# 一冊で読む
# 漢詩
# 400

400
CHINESE POETRY
IN ONE BOOK.

編著
鷲野正明

笠間書院

# はしがき

本書は、紀元前十二世紀ころから紀元後二十世紀までの、中国の長い詩の歴史の中から主だった詩を四百首選び、一冊で読んでみようというものです。詩の採用数の多寡はありますが、以下の七章に分けてあります。第三章の唐は、詩の黄金時代でもあり、多くの人に知られている作品が多数ありますので、採用数が最も多くなっています。従来の歴代の中国詩を集めた詞華集などは唐宋に偏り、金・元・明・清の詩はあまり採られることがなく、採られても数が極めて少ないことから、本書ではできる限り多く採るようにしました。

第一章　先秦時代の詩（紀元前十二世紀〜紀元前二世紀）
第二章　漢魏晋南北朝時代の詩（紀元前二世紀〜七世紀）
第三章　唐代の詩（七世紀〜十世紀）
第四章　北宋・南宋の詩（十世紀〜十三世紀）
第五章　金・元の詩（十二世紀〜十四世紀）

第六章　明代の詩（十四世紀～十七世紀）

第七章　清代の詩、近代の詩（十七世紀～二十世紀初頭）

以下、詩の流れを簡単に見ましょう。

今日一言で中国と言いますが、昔、中国の地は諸国が争って、時に秦や漢、あるいは魏や隋、また唐や宋など力のある国が全土をまとめていました。そしてその先進的な文化が、朝鮮半島や安南、日本などの近隣諸国に広まりました。文字を持たなかった日本では漢字と漢籍を輸入し、漢字の一部から「カタカナ」を、漢字の草書体から「ひらがな」を作り、漢詩や漢籍を「訓読」という独自な方法で読み、思想や詩文を学び、日本文化の土台を築きました。

中国の詩の歴史は、一句が四言の詩「四言詩《しごんし》」から始まります。五言詩は紀元後の後漢時代に生まれ、七言詩は七世紀の唐の少し前に生まれました。中国最古の詩集は紀元前十二世紀ころから紀元前六世紀ころまで、周と言われる時代に、黄河流域で詠われた詩を集めた『詩経《しきょう》』です。庶民が歌った民謡が多く集められ、素朴な表現で、素直な心が詠われます。三世紀ほど後の戦国時代になると、長江流域で詠われた歌が屈原《くつげん》によって洗練され、神秘的で香り高い詩「楚辞《そじ》」として結晶します。

漢代になると、民謡が集められて「楽府《がふ》」と呼ばれ、後漢時代に民間から五言詩が生まれます。詩はいつも民間から起こります。それを文人が文学的に高めていきます。五言詩は、三国時代、文人が個々の思いを詠う詩として定着します。漢末の建安時代に魏の曹操《そうそう》が文学サロンを開いて詩を作り合い、息子の曹植《そうしょく》はさまざまなテーマを五言詩に詠い、魏を代表する詩人となります。魏末以降、鬱積する思いを詠う阮籍《げんせき》、田園の生活を詠う陶淵明《とうえんめい》、山水の美を詠う謝霊運《しゃれいうん》など、個性豊かな詩人が輩出します。

唐の時代になると、「四声《しせい》」が「平《ひょう》」と「仄《そく》」に分けられて詩における声調の規則性が重んじられ、四句構成の絶句、八句構成の律詩、いわゆる近体詩が生まれます。初唐時代は、六朝の繊細華麗な風をきらい曹操《そうそう》のころの建安時代の質実剛健な詩風が尊ばれ、王勃《おうぼつ》や楊炯《ようけい》などの詩人が現れ、盛唐時代は、王維《おうい》・孟浩然《もうこうねん》・李白《りはく》・杜甫《とほ》などのおなじみの詩人が活躍します。中唐時代は、韓愈《かんゆ》や柳宗元《りゅうそうげん》、日本の平安貴族に大きな影響を与えた白楽天《はくらくてん》（名は居易）、晩唐時代には、杜牧《とぼく》や李商隠《りしょういん》が活躍します。

宋詩は叙景を主とし、日常を細やかに描きます。北宋時代には蘇軾《そしょく》や黄庭堅《こうていけん》が、南宋時代では陸游《りくゆう》や范成大《はんせいだい》などが出ます。南宋時代、淮河《わいが》以北の地は金国が領有していました。元好問《げんこうもん》は祖国の滅亡後、やり切れない気持ちを静かに詠います。元は、金と南宋を滅ぼしますが、宋の皇室筋の趙孟頫《ちょうもうふ》を始め個性的な詩人が活躍します。

明代は、漢民族が統治した時代で、文化の爛熟を迎えますが、詩は古典を重視する「古文辞派《こぶんじは》」、性《せい》霊《れい》を重んじる「公安派《こうあんは》」などが出、政治とは関わらない文人が蘇州で活躍しました。清代は、古典文学のあらゆるジャンルがもう一度花開いた時代です。詩では王士禛《おうししん》の「神韻説」、沈徳潜《しんとくせん》の「格調説」、袁《えん》枚《ばい》の「性霊説」が行われます。張問陶《ちょうもんとう》や黄景仁《こうけいじん》などもよく知られています。

古代から近世・近代にいたるまでの詩を通して読むと、それぞれの時代で苦悩しながら、あるいは楽しみながら生きていた人々の姿が見えてきます。言葉の使い方や表現が違っても、人の心は昔も今も変わらず、詩は美しい、ということが分かります。

漢詩を読んでいると、「春草」「草萋萋」、「柳」「柳依依」「折楊柳」、「猿声」、「月」などの語がよく出てきます。これらはそれぞれ、ある感情を喚起させる働きがあります。「春草」「草萋萋」は別れの悲しみです（46頁）。「柳」も別れの象徴で、「柳依依」「折楊柳」は別れの悲しみを誘います（167頁、178頁他）。「猿声」も悲しみです。三峡地帯にいた猿はニホンザルと違って、とても悲しい声で鳴きます（129頁）。悲しみを表す「断腸」「腸断」（302頁他）は、子猿が連れ去られた親猿の悲しい話に基づきます。「月」は、家族や友人と遠く離れていても、同じように眺めることができます。そこで月を眺めると、今家族や友人はどうしているだろう、と思いを馳せることになります（165頁、197頁、200頁、203頁、231頁）。その他「白雲」は隠者や仙人の世界や自由を、「雁」「鯉」は手紙を表します。

「金樽」の「金」は「樽」を美的に表現したもので「黄金の樽」ではありません。「玉笛」も同じです。「荷風」はハスを渡ってくる風です。良い香りを伴っています。

漢語の奥深さや詩語のイメージを知った上で、色彩や風景を思い描きながら漢詩を読むと、漢詩はさらに楽しくなります。

CONTENTS

# もくじ

## 第三章　唐代の詩（七世紀〜十世紀）

## 王維《おうい》



## 李白《りはく》



## 高適《こうせき》



## 李華《りか》



## 常建《じょうけん》

## 秦観《しんかん》



## 陳師道《ちんしどう》



## 晁沖之《ちょうちゅうし》



## 李清照《りせいしょう》



## 陳与義《ちんよぎ》



## 陸游《りくゆう》

## 范成大《はんせいだい》



## 楊万里《ようばんり》



## 徐璣《じょき》



## 趙師秀《ちょうししゅう》



## 朱熹《しゅき》



## 方岳《ほうがく》

# 凡例

一、本書の原文は主に電子版『四庫全書』『四部叢刊』の各詩文集に拠るが、清代の詩や一部は通行本に従った。

一、原文の表記は旧漢字を基本とするが、用いた活字体により異なることがある。

一、書き下し文は読者の便を図り現代のかな表記に従う。

一、メモは、語釈や見どころなど、必要最小限に留めた。

一、韻字の韻目は「一〇六韻（平水韻）」に拠る。

韻目表

| 平仄 | 四声 | 圏点 | 一〇六韻（平水韻） |
|---|---|---|---|
| 平 | 平声 上平 | ◺ | 一東 二冬 三江 四支 五微 六魚 七虞 八斉 九佳 一〇灰 一一真 一二文 一三元 一四寒 一五刪 |
| | 平声 下平 | | 一先 二蕭 三肴 四豪 五歌 六麻 七陽 八庚 九青 一〇蒸 一一尤 一二侵 一三覃 一四塩 一五咸 |
| 仄 | 上声 | ◤ | 一董 二腫 三講 四紙 五尾 六語 七麌 八薺 九蟹 一〇賄 一一軫 一二吻 一三阮 一四旱 一五潸 一六銑 一七篠 一八巧 一九皓 二〇哿 二一馬 二二養 二三梗 二四迥 二五有 二六寝 二七感 二八琰 二九豏 |
| | 去声 | ◥ | 一送 二宋 三絳 四寘 五未 六御 七遇 八霽 九泰 一〇卦 一一隊 一二震 一三問 一四願 一五翰 一六諫 一七霰 一八嘯 一九効 二〇号 二一箇 二二禡 二三漾 二四敬 二五径 二六宥 二七沁 二八勘 二九豔 三〇陷 |
| | 入声 | ◢ | 一屋 二沃 三覚 四質 五物 六月 七曷 八黠 九屑 一〇薬 一一陌 一二錫 一三職 一四緝 一五合 一六葉 一七洽 |

第一章

# 先秦時代の詩

（紀元前十二世紀〜紀元前三世紀）

　秦に統一される以前（前二二一年まで）を先秦時代という。この時代には、黄河流域で歌われた詩が『詩経』としてまとめられた。詩形は四言で、韻を踏んでいる。現存する詩は全部で三〇五篇、「風」「雅」「頌」の三部構成になっている。「風」は黄河流域の十五の国ごとに集められた民謡。「十五国風」ともいう。庶民の日常生活の哀歓が素朴に詠われ、現代人の思いにも通じる。「雅」は「小雅」「大雅」に分けられ、儀式の際に詠歌された歌が収められる。「頌」は、「周頌」「魯頌」「商頌」に分けられ、周・魯・商（殷）の国で祖先を祀る際に詠歌された。

　表現方法は、ありのままに述べる「賦《ふ》」、比喩を用いる「比《ひ》」、詩のテーマに関連する自然のものを用いて詠い興《おこ》す「興《きょう》」の三つがあり、構成の「風」「雅」「頌」と合わせた六つを「詩の六義《りくぎ》」という。

　『詩経』から三〇〇年ほど経つと、南の長江沿いの楚の国で「楚辞」が歌われた。もともと楚国にあった歌を、屈原（前三四三年？〜前二七七年？）が文学に高めたもので、美しい措辞と神話的な要素をもった幻想的で香り高い文学である。屈原の作品として確定されるものには「離騒」「九歌」「九章」「天問」がある。六言または七言が基本の句形で、「兮」という助字が句中や句末に用いられる。屈原の弟子や継承者の作品を集めた『楚辞章句』という作品集が漢の時代にできて、屈原の詩風を襲う作品を「楚辞」というようになった。

# 關雎

關關雎鳩
在河之洲
窈窕淑女
君子好逑

參差荇菜
左右流之
窈窕淑女
寤寐求之

求之不得
寤寐思服
悠哉悠哉

関雎《かんしょ》（周南《しゅうなん》より）

関関《かんかん》たる雎鳩《しょきゅう》は
河《かわ》の洲《す》に在《あ》り
窈窕《ようちょう》たる淑女《しゅくじょ》は
君子《くんし》の好逑《こうきゅう》

参差《しんし》たる荇菜《こうさい》は
左右《さゆう》に之《これ》を流《もと》む
窈窕《ようちょう》たる淑女《しゅくじょ》は
寤寐《ごび》　之《これ》を求《もと》む

之《これ》を求《もと》めて得《え》ざれば
寤寐《ごび》　思服《しふく》す
悠《ゆう》なる哉《かな》　悠《ゆう》なる哉《かな》

無名氏《むめいし》



メモ
『詩経』「周南」の巻頭の詩。全五章からなり、結婚相手を探し求め、結婚したら琴瑟相和す睦まじい生活をしたいという。各章の前半2句は、自然の風景・自然の中での動作が歌われ、これが後半2句の伏線になっている。後半のテーマを詠うために、前半でテーマに似た自然風物などで詠い興す。この手法を「興」（暗喩）という。第三章の「悠哉悠哉」は悲しみが広がる様子、「輾轉反側」は眠れず寝返りをうつことをいう。韻字は第一章＝鳩・洲・逑。第二章＝流・求。第三章＝得・服・側、第四章＝采・友、第五章＝芼・樂。

輾轉反側
參差荇菜
左右采之
窈窕淑女
琴瑟友之
參差荇菜
左右芼之
窈窕淑女
鐘鼓樂之

輾轉反側《てんてんはんそく》す
参差《しんし》たる荇菜《こうさい》は
左右《さゆう》に之《これ》を采《と》る
窈窕《ようちょう》たる淑女《しゅくじょ》は
琴瑟《きんしつ》もて　之《これ》を友《とも》とせん
参差《しんし》たる荇菜《こうさい》は
左右《さゆう》に之《これ》を芼《えら》ぶ
窈窕《ようちょう》たる淑女《しゅくじょ》は
鐘鼓《しょうこ》もて　之《これ》を楽《たの》しまん

**大意**

雎鳩《ミサゴ》がカンカンと鳴き、川の中州で雌雄《しゆう》仲睦まじい。しとやかな娘さんは、立派な方とお似合いの夫婦。

長く短く生い茂る荇菜《アサザ》、右に左に探し求める。しとやかな娘さんを、寝ても覚めても思い続ける。

つき合いもできず、寝ても覚めても思い煩う。ずっとずっと思い続け、悲しくて何度も寝返りを打つ。

長く短く生い茂る荇菜《アサザ》、右に左に摘み取る。もし結婚したなら、しとやかな娘さんと、琴瑟を奏でて仲よく楽しもう。

長く短く生い茂る荇菜《アサザ》を、右に左に選び取る。もし結婚したら、しとやかな娘さんと、鐘や太鼓を鳴らして楽しもう。

# 桃夭

桃之夭夭
灼灼其華
之子于歸
宜其室家

桃之夭夭
有蕡其實
之子于歸
宜其家室

桃之夭夭
其葉蓁蓁
之子于歸

桃夭《とうよう》（周南《しゅうなん》より）

桃《もも》の夭夭《ようよう》たる
灼灼《しゃくしゃく》たる其《そ》の華《はな》
之《こ》の子于《ここ》に帰《とつ》ぐ
其《そ》の室家《しつか》に宜《よろ》しからん

桃《もも》の夭夭《ようよう》たる
蕡《ふん》たる其《そ》の実《み》有《あ》り
之《こ》の子于《ここ》に帰《とつ》ぐ
其《そ》の家室《かしつ》に宜《よろ》しからん

桃《もも》の夭夭《ようよう》たる
其《そ》の葉《は》蓁蓁《しんしん》たり
之《こ》の子于《ここ》に帰《とつ》ぐ

無名氏《むめいし》

メモ
結婚を寿ぐ歌。婚礼のときに歌われたとされる。桃は幸福・長寿の象徴。第一章から順に桃の花、花のあとにできる実、実のあとにふさふさ茂る葉をいい、嫁ぎゆく娘さんの健康的で美しい様子、嫁いで健やかな子が生まれること、子孫が増えること、を重ねる。「帰」は「嫁」と同義で「嫁入りする」の意。「宜」はよく調和する意。「蓁蓁」は葉が盛んに茂る様子。韻字は第一章＝華・家。第二章＝實・室。第三章＝蓁・人。

# 宜其家人

其《そ》の家人《かじん》に宜《よろ》しからん



**大意**

桃の樹は若々しくつややかに、燃え立つように輝く赤い花。この子がお嫁にいったなら、きっと家の人々とうまくゆくだろう。

桃の樹は若々しくつややかに、大きな実がなっている。この子がお嫁にいったなら、やがて赤ちゃんができて、家の人々となじみ深くなるだろう。

桃の樹は若々しくつややかに、青々と茂るその葉。この子がお嫁にいったなら、家の人々に喜ばれて家が栄えよう。

# 陟岵

陟彼岵兮
瞻望父兮
父曰嗟予子
行役夙夜無已
上愼旃哉
猶來無止

陟彼屺兮
瞻望母兮
母曰嗟予季
行役夙夜無寐
上愼旃哉
猶來無棄

陟岵《ちょくこ》（魏風《ぎふう》より）

彼《か》の岵《こ》に陟《のぼ》りて
父《ちち》を瞻望《せんぼう》す
父《ちち》は曰《い》わん嗟予《ああわ》が子《こ》よ
行役《こうえき》して夙夜《しゅくや》已《や》むこと無《な》けん
上《ねが》わくは旃《これ》を愼《つつし》まん哉《かな》
猶《な》お来《きた》りて止《とど》まる無《な》かれと

彼《か》の屺《き》に陟《のぼ》りて
母《はは》を瞻望《せんぼう》す
母《はは》は曰《い》わん嗟予《ああわ》が季《すえこ》よ
行役《こうえき》して夙夜《しゅくや》寐《い》ぬること無《な》けん
上《ねが》わくは旃《これ》を愼《つつし》まん哉《かな》
猶《な》お来《きた》りて棄《す》つること無《な》かれと

無名氏《むめいし》

メモ
父・母・兄の言葉を通して家族と別れて戦地にいる辛さ・悲しさを詠う。父は弱音は吐くな、母はぐっすり眠って体に気をつけて、兄は友と仲良くするように、とそれぞれの立場で励まし、万事に気をつけて、父は行ったきりにならないように、母は私を捨てないように、兄は死ぬなと言う。語られる言葉がそれぞれに愛おしく、平和な家庭を壊す戦争の理不尽さを暗示する。韻字は第一章＝岵・父、子・已・止。第二章＝屺・母、季・寐・棄。第三章＝岡・兄、弟・偕・死。

陟彼岡兮
瞻望兄兮
兄曰嗟予弟
行役夙夜必偕
上愼旃哉
猶來無死

彼《か》の岡《おか》に陟《のぼ》りて
兄《あに》を瞻望《せんぼう》す
兄《あに》は曰《い》わん嗟予《ああわ》が弟《おとうと》よ
行役《こうえき》して夙夜《しゅくや》必《かなら》ず偕《とも》にせん
上《ねが》わくは旃《これ》を愼《つつし》まん哉《かな》
猶《な》お来《き》たりて死《し》する無《な》かれと

**大意**

あの高い岩山に上って、遥か父のおられる彼方を眺める。父は言っておられるだろう。「ああ、我が子よ、軍役についたら明け暮れ奉公を怠らぬように、また万事に気をつけるように。そうして無事に帰ってこい、行ったきりにならないようにな」と。

あの岩山の高いところに上って、遥か母のおられる彼方を眺める。母は言っているであろう。「ああ、我が末っ子よ、軍役についたら明け暮れ働いて、ぐっすり眠ることもないだろう。でも、万事に気をつけてね。そうして、無事に帰ってきておくれ、私を棄てることがないようにね」と。

あの尾根に上って、遥か兄のいる彼方を眺める。兄は言っているだろう。「ああ、我が弟よ、軍役についたら明け暮れ同僚とともに励んでいることだろう。しかし、万事に気をつけろ。そうして無事に帰ってこい。死ぬんじゃないぞ」と。

# 碩鼠

碩鼠碩鼠
無食我黍
三歳貫女
莫我肯顧
逝將去女
適彼樂土
樂土樂土
爰得我所

碩鼠碩鼠
無食我麥
三歳貫女
莫我肯德

碩鼠《せきそ》（魏風《ぎふう》より）

碩鼠《せきそ》　碩鼠《せきそ》
我《わ》が黍《きび》を食《く》らうこと無《な》かれ
三歳《さんさい》　女《なんじ》に貫《つか》えしに
我《われ》を肯《あえ》て顧《かえり》みる莫《な》し
逝《ゆ》きて将《まさ》に女《なんじ》を去《さ》り
彼《か》の楽土《らくど》に適《ゆ》かんとす
楽土《らくど》　楽土《らくど》
爰《ここ》に我《わ》が所《ところ》を得《え》たり

碩鼠《せきそ》　碩鼠《せきそ》
我《わ》が麦《むぎ》を食《く》らうこと無《な》かれ
三歳《さんさい》　女《なんじ》に貫《つか》えしに
我《われ》を肯《あえ》て徳《とく》する莫《な》し

無名氏《むめいし》



メモ
碩鼠は、大きなネズミ。過酷な税の取り立てをする役人にたとえる。当時は穀物を税として毎年納めていたが、暮らし向きは少しもよくならない。詩は第一章から順に、黍から麦、そして苗へと、だんだんと背丈の低いものが食い荒らされる。取り立てが年ごとに厳しくなる。耐えられず、土地を捨てて他所に行きたいと願うが、それは決してかなうことはない。詩を歌って憂さを晴らすしかなかった。韻字は第一章＝鼠・黍・女・顧・女・土・土・所。第二章＝鼠・女・女、麥・德・國・國・直。第三章＝鼠・女・女、苗・勞・郊・郊・號。

逝將去女
適彼樂國
樂國樂國
爰得我直

碩鼠碩鼠
無食我苗
三歲貫女
莫我肯勞
逝將去女
適彼樂郊
樂郊樂郊
誰之永號

逝《ゆ》きて将《まさ》に女《なんじ》を去《さ》り
彼《か》の楽国《らくこく》に適《ゆ》かんとす
楽国《らくこく》　楽国《らくこく》
爰《ここ》に我《わ》が直《ところ》を得《え》たり

碩鼠《せきそ》　碩鼠《せきそ》
我《わ》が苗《なえ》を食《く》らうこと無《な》かれ
三歳《さんさい》　女《なんじ》に貫《つか》えしに
我《われ》を肯《あえ》て労《ねぎら》う莫《な》し
逝《ゆ》きて将《まさ》に女《なんじ》を去《さ》り
彼《か》の楽郊《らくこう》に適《ゆ》かんとす
楽郊《らくこう》　楽郊《らくこう》
誰《たれ》か之《これ》れ永号《えいごう》せん



**大意**

大鼠よ大鼠よ、われらの黍を食い荒らしてくれるな。三年もの間おまえに仕えたのに、ちっとも振り返ってくれなかった。おまえたちから逃れて、安楽な国へ行こう。楽土よ楽土よ、そこに落ち着きが得られよう。

大鼠よ大鼠よ、われらの麦を食い荒らしてくれるな。三年もの間おまえに仕えたのに、ちっとも慈しんでくれなかった。おまえたちから逃れて、安楽な国へ行こう。楽国よ楽国よ、そこに落ち着いてまっとうな生活をしよう。

大鼠よ大鼠よ、われらの稲の苗を食い荒らしてくれるな。三年もの間おまえに仕えたのに、ちっともいたわってくれなかった。おまえたちから逃れて、安楽な田舎へ行こう。楽郊よ楽郊よ、そこでは泣き叫ぶこともなかろう。

# 采葛

彼采葛兮
一日不見
如三月兮
彼采蕭兮
一日不見
如三秋兮
彼采艾兮
一日不見
如三歳兮

采葛《さいかつ》（王風《おうふう》より）

彼《か》しこに葛《くず》を采《と》る
一日《いちにち》見《み》ざれば
三月《みつき》の如《ごと》し
彼《か》しこに蕭《よもぎ》を采《と》る
一日《いちにち》見《み》ざれば
三秋《さんしゅう》の如《ごと》し
彼《か》しこに艾《よもぎ》を采《と》る
一日《いちにち》見《み》ざれば
三歳《さんさい》の如《ごと》し

無名氏《むめいし》

メモ
一日でも会わないと三月も会わないようだ、から始まり、三秋、三年、と思慕の情が強くなってゆく。第二章の「一日…三秋」は後に「一日千秋」「一日千秋の思い」などと使われる。「関雎」では水草の「アサザ」を刈っていたが、ここでは地上の植物の葛・蕭・艾を刈り取る。いずれも恋人を求める暗喩である。「如し」は比喩であることが明らかで、この手法を「比」（明喩）という。韻字は第一章＝葛・月。第二章＝蕭・秋。第三章＝艾・歳。

**大意**

向こうで葛の葉を摘む人。一日会わないと、三月も会わないよう。
向こうで蕭を摘む人。一日会わないと、三秋も会わないよう。
向こうで艾を摘む人。一日会わないと、三年も会わないよう。

## 滄浪歌

滄浪之水清兮
可以濯吾纓
滄浪之水濁兮
可以濯吾足

### 滄浪《そうろう》の歌《うた》

屈原《くつげん》

滄浪《そうろう》の水《みず》清《す》まば
以《もっ》て吾《わ》が纓《えい》を濯《あら》うべし
滄浪《そうろう》の水《みず》濁《にご》らば
以《もっ》て吾《わ》が足《あし》を濯《あら》うべし

メモ

戦国時代の楚の屈原の作と言われる「漁父辞（漁父の辞：ぎょほのじ）」の中に出てくる歌。誠実さを貫く屈原と、世俗の清濁に応じて臨機応変に生きるのがよいとする漁父の問答を通して、人はどう生きるべきかを問うている。滄浪歌は漁父が別れて去りながら歌った歌。纓は冠のひも。世の中が治まっていれば出仕し、乱れれば隠遁する、とする解釈もある。「楚辞」の形式で「兮」の助字がつく。韻字は前半＝清・纓、後半＝濁・足。

**大意**

滄浪の川の水が澄んでいるときは私の冠の紐を洗いましょう。滄浪の川の水が濁っているときは、私の足を洗いましょう。

# 湘夫人

帝子降兮北渚
目眇眇兮愁予
嫋嫋兮秋風
洞庭波兮木葉下
登白薠兮騁望
與佳期兮夕張
鳥何萃兮蘋中
罾何爲兮木上
沅有茝兮澧有蘭
思公子兮未敢言
荒忽兮遠望
觀流水兮潺湲
麋何爲兮庭中

## 湘夫人《しょうふじん》

帝子《ていし》　北渚《ほくしょ》に降《くだ》る
目《め》眇眇《びょうびょう》として予《われ》を愁《うれ》えしむ
嫋嫋《じょうじょう》たる秋風《しゅうふう》
洞庭《どうてい》波《なみ》だちて木葉《もくよう》下《くだ》る
白薠《はくひん》に登《のぼ》りて望《のぞ》みを騁《は》せ
佳《か》と期《き》して夕《ゆう》べに張《は》らんとす
鳥《とり》何《なん》ぞ蘋中《ひんちゅう》に萃《あつ》まる
罾《あみ》何《なん》ぞ木上《もくじょう》に為《な》す
沅《げん》に茝《し》有《あ》り　澧《れい》に蘭《らん》有《あ》り
公子《こうし》を思《おも》えども未《いま》だ敢《あ》えて言《い》わず
荒忽《こうこつ》として遠《とお》く望《のぞ》めば
流水《りゅうすい》の潺湲《せんかん》たるを観《み》る
麋《び》　何為《なんす》れぞ庭中《ていちゅう》にある

屈原《くつげん》

メモ
「九歌」は、祭祀に演じられ、歌われた歌である。この世の最高神「東皇太一」が巫女によって降臨して、「雲中君」「湘君」「湘夫人」「大司命」「少司命」「東君」「河伯」「山鬼」「国殤」の九つの歌が歌われ、最後は「礼魂」で終わる。前半の五篇は明るい憧憬の世界、後半の四篇は暗い現実の世界である。「九歌」は『楚辞』の中で最も美しい詩で、この「湘夫人」の前半は、湘君に恋心を抱く湘夫人の恋する嬉しさと不安を歌う。韻字＝渚・予・下、望・張・上、蘭・言・湲、裔・澨・逝。

蛟何爲兮水裔
朝馳余馬兮江皐
夕濟兮西澨
聞佳人兮召予
將騰駕兮偕逝

蛟《こう》　何為《なんす》れぞ水裔《すいえい》にある
朝《あした》に余《わ》が馬《うま》を江皐《こうこう》に馳《は》せ
夕《ゆう》べに西澨《せいぜい》に濟《わた》る
佳人《かじん》の予《われ》を召《め》すと聞《き》き
将《まさ》に騰駕《とうが》して偕《とも》に逝《ゆ》かんとす

**大意**

帝堯《ていぎょう》の御子、湘君が北の渚に降りたもうたとか。見る目遥かな大江の流れ、私はもう悲しみに胸が張りさけそう。そよそよと吹く秋風に、洞庭の水は波だち、木の葉が散る。白薠《ハマスゲ》の咲く岸に立ち、遥か遠くを眺め、こよい、佳き人との逢瀬に心をときめかせ、帳《とばり》を張りめぐらす。それなのに、なぜ魚ならぬ鳥が水草に集まるのかしら、魚を捕る網を木の上にかけるのかしら（私の恋は実らないのでは）。沅水のあたりには茝《ヨロイグサ》が生え、澧水《れいすい》のほとりには蘭《ラン》が咲きます。その香草のような香しいお方に、私はまだ胸のうちを言えないでいます。うつろに遠くを眺めると、さらさらと流れる水が見えるだけ。山奥にいる臆病な麋《オオジカ》が人の庭にまで出てくるのはなぜかしら、深い淵にいる蛟《ミズチ》が水辺にまで出てくるのはなぜかしら（私はこのせつない思いにたえられない）。朝、私の馬を大江の岸辺に走らせ、夕べに、西のみぎわに渡る。かの佳き人が私をお呼びになっていると聞き、今湘君の使者に連れられていくのです。

築室兮水中
葺之兮荷蓋
蓀壁兮紫壇
播芳椒兮成堂
桂棟兮蘭橑
辛夷楣兮葯房
罔薜荔兮爲帷
擗蕙櫋兮既張
白玉兮爲鎭
疏石蘭兮爲芳
芷葺兮荷屋
繚之兮杜衡
合百草兮實庭
建芳馨兮廡門
九嶷繽兮竝迎

室《しつ》を水中《すいちゅう》に築《きず》き
之《これ》を葺《ふ》くに荷蓋《かがい》をもってす
蓀《そん》の壁《かべ》に紫《むらさき》の壇《だん》
芳椒《ほうしょう》を播《ま》いて堂《どう》を成《な》す
桂《かつら》の棟《むね》に蘭《らん》の橑《たるき》
辛夷《しんい》の楣《び》に葯《やく》の房《ぼう》
薜荔《へいれい》を罔《あ》みて帷《い》と為《な》し
蕙櫋《けいめん》を擗《さ》きて既《すで》に張《は》る
白玉《はくぎょく》を鎮《ちん》と為《な》し
石蘭《せきらん》を疏《と》きて芳《ほう》と為《な》し
芷《し》もて荷屋《かおく》に葺《ふ》き
之《これ》に杜衡《とこう》を繚《めぐ》らす
百草《ひゃくそう》を合《がっ》して庭《にわ》に実《み》たし
芳馨《ほうけい》を廡門《ぶもん》に建《つ》む
九嶷繽《きゅうぎひん》として並《なら》び迎《むか》え



メモ
帝子からのお召があり（第17句・第18句）、湘夫人は使者の導きによって湘君との愛の巣にやってくる。第19句から第32句まで、香草香花香木でしつらえた控えの間から奥座敷、庭の様子などが細かく述べられ、第33句・34句で神々の歓迎を受ける。第35句以降は、恋が成就する場面。香り高く美しい恋の成就。「楚辞」の特徴である「兮」の文字が全句に使われている。韻字＝蓋、堂・房・張・芳・衡、門・雲、浦・者・与。

靈之來兮如雲
捐余袂兮江中
遺余褋兮澧浦
搴汀洲兮杜若
將以遺兮遠者
時不可兮驟得
聊逍遙兮容與

霊《れい》の来《きた》ること雲《くも》の如《ごと》し
余《わ》が袂《べい》を江中《こうちゅう》に捐《す》て
余《わ》が褋《ちょう》を澧浦《れいほ》に遺《す》つ
汀洲《ていしゅう》の杜若《とじゃく》を搴《と》り
将《まさ》に以《もっ》て遠《とお》き者《もの》に遺《おく》らんとす
時《とき》は驟《しば》しばは得《う》べからず
聊《しばら》く逍遙《しょうよう》して容与《ようよ》せん

**大意**

二人の愛の家は川の中に築かれ、屋根は蓮の葉でおおわれ、蓀《ソン》の香りを塗り込んだ壁に、紫貝をかさねた室壇、芳しい山椒をまき散らして造った奥座敷、桂木の棟《むなぎ》に木蘭の橑《たるき》、辛夷の梁《はり》、葯《ヨロイグサ》の香り立つ控えの間、薜茘《カズラ》を編んで垂れ幕とし、蕙櫋《ケイソウ》をさいた糸で周りがかがられています。白玉を筵《むしろ》の重しとし、石蘭の花がまかれて芳しく、蓮の葉の屋根には芷《ヨロイグサ》が葺かれ、杜衡《カンアオイ》で縁取りがされています。百草を合わせて庭に満たし、馥郁《ふくいく》と香る花々で廊下や門が飾られています。九嶷山のもろもろの神々がそろって私たちを出迎え、霊気が雲のように満ちあふれます。私は袂を川の中に脱ぎ棄て、肌着を澧浦に脱ぎ棄て、愛のしるしの杜若（香草の一種）を中州に摘み、遠き君に贈ります。二人の逢瀬のときはそうそう得られないのだから。すべてを忘れて喜びに浸りたい。

# 橘頌

后皇嘉樹
橘徠服兮
受命不遷
生南國兮
深固難徙
更壹志兮
綠葉素榮
紛其可喜兮
曾枝剡棘
圓果摶兮
青黃雜糅
文章爛兮
精色內白

## 橘頌《きつしょう》

后皇《こうこう》の嘉樹《かじゅ》
橘徠服《きつらいふく》す
命《めい》を受《う》けて遷《うつ》らず
南国《なんごく》に生《しょう》ず
深固《しんこ》にして徙《うつ》し難《がた》く
更《さら》に志《こころざし》を壱《いつ》にす
緑葉《りょくえい》素《そ》栄《えい》
紛《ふん》として其《そ》れ喜《よろこ》ぶべし
曾枝剡棘《そうしえんきょく》
円《えん》果《か》摶《たん》たり
青黄雑糅《せいこうざつじゅう》して
文章爛《ぶんしょうらん》たり
精色《せいしょく》にして内《うち》は白《しろ》く

屈原《くつげん》



メモ
「橘頌」は「九章」の一章。橘は食用ミカンの古代名。江南の名産で、淮水（わいすい）より北に移植するとカラタチになるという。花が咲くと緑の葉と白い花が照り映え、実がなると青い葉の中の黄色い実が照り映える。また、実の外側はつややかで、中の実は純白で、徳のある君子のようだ、という。この作品の後半はその橘のような「爾（なんじ）」を生涯模範にしよう、と言う。「爾」は、立派な若者のこと。つまり「橘頌」は若者賛歌なのである。韻字＝服・國、志・喜、摶・爛、道・醜。

類任道兮
紛縕宜脩
姱而不醜兮

嗟爾幼志
有以異兮
獨立不遷
豈不可喜兮
深固難徙

道《みち》に任《た》うるに類《るい》す
紛縕《ふんうん》として脩《おさ》むるに宜《よろ》しく
姱《か》にして醜《みにく》からず

嗟爾《ああなんじ》の幼志《ようし》
以《もっ》て異《こと》なる有《あ》り
独立《どくりつ》して遷《うつ》らず
豈《あ》に喜《よろこ》ぶべからざらんや
深固《しんこ》にして徙《うつ》し難《がた》く

**大意**

天地の恵みを受けためでたい樹木、橘《タチバナ》はこの地に根づき、天命のままに他所の地には移らず、この南国・楚に生育する。根は深く固く、他所に移植し難く、志を一途にして楚の大地とともに生きる。緑の葉の中に白く咲く花が見えると嬉しくてたまらない。枝は

重なり棘《とげ》は鋭く、丸い実がみのり、青い葉の中に黄色の実が入りまじり、色彩りあざやかに輝く。外被はつややか、中の実は純白、まるで道に背くことのない徳のある君子のようで、よい香りが紛縕《ふんうん》とただよい、こよなく麗しい。

廓其無求兮
蘇世獨立
横而不流兮
閉心自愼
終不失過兮
秉德無私
參天地兮
願歳幷謝
與長友兮
淑離不淫
梗其有理兮
年歳雖少
可師長兮
行比伯夷
置以爲像兮

廓《かく》として其《そ》れ求《もと》むる無《な》し
世《よ》に蘇《そ》して独立《どくりつ》し
横《おう》にして流《なが》れず
心《こころ》を閉《と》じて自《みずか》ら愼《つつし》み
終《つい》に失過《しっか》せず
徳《とく》を秉《と》りて私《わたくし》無《な》く
天地《てんち》に參《まじ》わる
願《ねが》わくは歳《とし》の幷《なら》び謝《しゃ》するまで
与《とも》に長《なが》く友《とも》たらん
淑離《しゅくり》にして淫《いん》ならず
梗《こう》として其《そ》れ理《り》有《あ》り
年歳《ねんさい》は少《わか》しと雖《いえど》も
師長《しちょう》とすべし
行《おこな》いは伯夷《はくい》に比《ひ》す
置《お》きて以《もっ》て像《のり》と為《な》さん



メモ
全編を通して偶数句目の最後に「兮」の字を置く。「楚辞」には香草香木などの香り高い直物がよく詠いこまれる。香草香木は、孤高・徳義・純潔などの象徴である。明代の劉基に「売柑者の言」という、見かけは立派でおいしそうな蜜柑だが、中は腐っている、と、当時の文武大臣の無能を風刺する散文がある。韻字＝異・喜、求・流、過・地、友・理、長・像。

## 大意

ああ、おまえは幼いころより、心ばえは他に並ぶ者がなく、楚の国に独り立って他所に移ることがなかった。何とすばらしいことではないか。深く固くこの大地に根を下ろし、ゆったりとして他に求めることなく、世に覚醒して独り立ち、気ままにしながら流されない。自己を見つめて慎み深く、道理に背くこともなく、私のない真っすぐな心は、天地とまじわる。願わくは生涯ずっと、変わらぬ友でありたい。清らかで節度ある、かたく交わり理を失わぬ友として。おまえの年が若くても、師とも長ともあがめよう。行いが伯夷にも比べられるおまえを、私は模範としよう。

## 九辯　一

悲哉秋之爲氣也
蕭瑟兮草木搖落而變衰
憭慄兮若在遠行
登山臨水兮送將歸
泬寥兮天高而氣淸
寂寥兮收潦而水淸
憯悽增欷兮薄寒之中人
愴怳懭悢兮去故而就新
坎廩兮貧士失職而志不平
廓落兮羇旅而無友生
惆悵兮而私自憐
燕翩翩其辭歸兮
蟬寂漠而無聲

## 九弁《きゅうべん》　一

宋玉《そうぎょく》

悲《かな》しい哉《かな》　秋《あき》の気《き》為《た》る也《や》
蕭瑟《しょうしつ》として草木《そうもく》搖落《ようらく》して変衰《へんすい》す
憭慄《りょうりつ》として遠行《えんこう》に在《あ》りて
山《やま》に登《のぼ》り水《みず》に臨《のぞ》みて将《まさ》に帰《かえ》らんとするを送《おく》るが若《ごと》し
泬寥《けつりょう》として天《てん》は高《たか》くして気《き》は清《きよ》く
寂寥《せきりょう》として潦《ろう》を収《おさ》めて水《みず》は清《きよ》し
憯悽《さんせい》として欷《なげ》を増《ま》し薄寒《はっかん》人《ひと》に中《あた》れり
愴怳懭悢《そうきょうこうろう》として故《こ》を去《さ》りて新《しん》に就《つ》く
坎廩《かんりん》として貧士《ひんし》職《しょく》を失《うしな》いて志《こころざし》平《たい》らかならず
廓落《かくらく》として羇旅《きりょ》して友生《ゆうせい》無《な》く
惆悵《ちゅうちょう》として私《ひそ》かに自《みずか》ら憐《あわれ》む
燕《つばめ》は翩翩《へんぺん》として其《そ》れ辞《じ》し帰《かえ》り
蟬《せみ》は寂漠《せきばく》として声《こえ》無《な》し

鴈廱廱而南遊兮
鶤雞啁哳而悲鳴
獨申旦而不寐兮
哀蟋蟀之宵征
時亹亹而過中兮
蹇淹留而無成

鴈《かり》は廱廱《ようよう》として南《みなみ》に遊《あそ》び
鶤雞《こんけい》は啁哳《とうたつ》として悲鳴《ひめい》す
独《ひと》り旦《あした》に申《いた》るまで寐《い》ねられず
蟋蟀《しつしゅつ》の宵《よる》に征《ゆ》くを哀《かな》しむ
時《とき》は亹亹《びび》として中《なかば》を過《す》ぐるに
蹇《ああ》　淹留《えんりゅう》して成《な》る無《な》し

メモ

「九辯」の第一段。全部で五段ある。冒頭で秋は悲しいもの、と定義し、秋の悲しい風景が具体的に描かれる。秋の冴えた気配の中、風物が衰え変わっていくのを見て、追放されて遠く旅をしているわびしさを詠う。宋玉のこの作品以降、「悲秋」が自覚されて文学に詠われる。韻字＝哀・帰、清・清、人・新、平・生、憐・帰、声・鳴・征・成。

**大意**

悲しいかな、秋の気というものは！　寒々と寂しそうに風が吹き、草木の花や葉が揺らぎ落ち、姿が変わり衰えていく。こんなときには、心がおののき、あたかも遠い旅の空のもと、山に登り、水辺に立って、故郷に帰る友人を見送るような悲しみにとらわれる。空はただ広々とひろがり、どこまでも高く、空気は清々しい。水は音もなく静かに流れ、あふれる濁り水を収めて、川は澄み切っている。心が苦しく、いつもため息をついているのに、さらに寒さが身に迫ってくる。故郷を離れ、見知らぬところに行っても、気持ちは沈んだまま。運が悪く、貧乏なうえにさらに職を失い、心は穏やかではない。独りぼっちでわびしく旅をして友もなく、嘆き悲しみ、ひそかに独り憐れんでいる。燕はひらひら飛んで去り、蝉が鳴りをひそめてひっそりしている。雁が列を作って鳴きながら南へ飛んでいき、唐丸（羽が黄みを帯びた鶴に似た鳥）が羽音を立てながら悲しそうに行く。こんなとき、私は独りで一睡もできず、こおろぎが終夜移動しながら鳴いているのを哀しく思う。どんどん年月が過ぎ去り、すでに中年を過ぎた。ああ、それなのに情けないことに、ぐずぐずして何も成就できないでいる。

## 招隱士

桂樹叢生兮山之幽
偃蹇連蜷兮枝相繚
山氣巃嵸兮石嵯峨
谿谷嶄巖兮水曾波
猨狖羣嘯兮虎豹嗥
攀援桂枝兮聊淹留
王孫遊兮不歸
春草生兮萋萋

（更に山中は険阻で猛獣が棲み危険な地であることを言い、最後の二句）

王孫兮歸來
山中兮不可以久留

招隠士《しょういんし》　淮南小山《わいなんしょうざん》（劉安《りゅうあん》）

桂樹叢生《けいじゅそうせい》す　山《やま》の幽《ゆう》
偃蹇連蜷《えんけんれんけん》として枝相《えだあ》い繚《まと》う
山気巃嵸《さんきろうそう》として石《いし》は嵯峨《さが》たり
谿谷嶄巖《けいこくざんがん》として水《みず》は曾《かさ》なり波《なみ》だつ
猨狖《えんゆう》は羣嘯《ぐんしょう》し　虎豹《こひょう》は嗥《ほ》え
桂枝《けいし》に攀援《はんえん》して聊《いささ》か淹留《えんりゅう》す
王孫遊《おうそんあそ》びて帰《かえ》らず
春草生《しゅんそうしょう》じて萋萋《せいせい》たり

王孫《おうそん》　帰《かえ》り来《きた》れ
山中《さんちゅう》は以《もっ》て久《ひさ》しく留《とど》まるべからず



メモ
「兮」の字が各句の中ほどに用いられる。「春草生じて萋萋たり」とは、春になって冬には何もなかった大地に草が芽を出し、やがて青々と茂ることをいう。春が帰ってきたのだ。しかし、旅に出た若者は帰ってこない。そこで後世「春草」あるいは「春草萋萋」が、待ち人が来ない悲しみを象徴したり、栄枯盛衰の悲しみを導き出したりする詩語になった。隠者は世俗を逃れて山に隠棲する賢人。「招隠士」は隠者に山から出てくるよう呼びかける詩。韻字＝幽・繚、峨・波、嗥・留、帰・萋。

**大意**

| | |
|---|---|
| 桂《モクセイ》の樹が群《むら》がり生える山の幽《おく》、偃蹇と高く連蜷と曲がりくねり、枝が相い互いに絡まり合う。山の気はむくむくと立ち上り、石はごつごつと聳え、渓谷は嶄巖と険しく、水は重なり波だつ。猿が群れて叫び、虎や豹が吠えるなか、 | 桂の枝によじ登り、安んじて留まっている。若者は旅に出たまま帰ってこない。春の草は青々と茂っている。（略）若者よ、帰りきたれ。山の中は久しく留るところではない。 |

# 第二章

# 漢魏晋南北朝時代の詩

（紀元前二世紀～七世紀）

秦（前二二一年～前二〇七年）―前漢（前二〇六年～後八年）―新（八年～二三年）―後漢（二五年～二二〇年）― 魏（二二〇年～二六四年）―晋（二六五年～四二〇年）―南北朝（四二〇年～五八九年）―隋（五八一年～六一七年）

　秦から漢にかけて、楚辞の系統の短詩形「楚歌」が歌われた。「兮」の助字を用いて、知識人が即興で歌った詩である。前漢・後漢には「楚辞」の流れを汲む「賦」や「辞」が作られた。長編の叙事散体と短編の抒情騒体とがあり、漢代を代表する文学として隆盛したが、長編の「賦」は漢が滅ぶと次第に衰退していった。

　前漢の武帝の時代、西域との交流から新しい音楽が流入し、音楽をつかさどる役所の「楽府《がくふ》」が創設され、民謡の収集や新しい曲が作られた。この役所の「楽府《がくふ》」に集められた詩を「楽府《がふ》」といい、曲調が失われたあとも替え歌が盛んに作られた。

　後漢には、民間から五言詩が生まれ、知識人によって洗練された。古い五言詩は「古詩」として十九首が南北朝梁の時代の『文選』に収録される。

　五言詩は、漢末の建安時代から文人によって盛んに作られ、文人の情志を詠う詩となり、魏を代表する曹植、魏末晋初の暗黒時代に苦悩を詠った阮籍、晋代田園に隠棲した陶淵明、山水詩の祖の宋の謝霊運など個性的な詩人が登場した。六朝時代は、漢字に四つの声調（「四声《しせい》」）があることが認識され、その配列によってより美しい韻律が追求され、対隅などの表現技巧が駆使されて、いっそう美しい詩が作られた。

# 易水歌

風蕭蕭兮易水寒
壮士一去兮不復還

易水《えきすい》の歌《うた》

風蕭蕭《かぜしょうしょう》として易水寒《えきすいさむ》し
壮士《そうし》一《ひと》たび去《さ》って復《ま》た還《かえ》らず

荊軻《けいか》

メモ
荊軻が秦の政（後の始皇帝）を暗殺しにいくとき、易水で歌った歌。蕭蕭と寂しく吹く風の音と寒さが、死を覚悟した壮絶な別れを暗示する。「不復〜」は二度と〜しない、の意。「楚辞」の系統の楚調の詩で「兮」が句中に置かれる。燕の太子丹をはじめ見送りにきた人々はみな葬式に着る白装束に身を包み、荊軻は親友高漸離の演奏する筑（琴の一種）に合わせて悲しい曲調で歌うと、怒りのために髪の毛が逆立って冠を突き上げたという。「怒髪（どはつ）冠（かんむり）を衝（つ）く」の出典。司馬遷の『史記』「刺客列伝」に見える。韻字＝寒・還。



**大意**

風は蕭々と寂しそうに吹き、易水は身を切る寒さ。壮士（意気盛んな男子）は一たび去ったなら、二度と帰ってこない。

# 垓下歌

力拔山兮氣蓋世
時不利兮騅不逝
騅不逝兮可奈何
虞兮虞兮奈若何

垓下《がいか》の歌《うた》

力《ちから》は山《やま》を抜《ぬ》き気《き》は世《よ》を蓋《おお》う
時利《ときり》あらず　騅逝《すいゆ》かず
騅《すい》の逝《ゆ》かざる　奈何《いかん》すべき
虞《ぐ》や虞《ぐ》や　若《なんじ》を奈何《いかん》せん

項羽《こうう》

メモ
秦末、天下を平定すべく楚の項羽と漢の劉邦とが戦い、項羽が敗れて垓下（安徽省霊璧県の東南）に追いつめられたとき、四方を囲む劉邦の軍勢から楚の歌が聞こえてきた（「四面楚歌」）。もはやこれまでと覚悟した項羽が最後の宴を開き、かたわらの虞美人をかえりみながらこの歌を歌った（司馬遷の『史記』項羽本紀）。虞美人が自害し、赤い血が滴ったところに翌年赤い花が咲いたという。これが虞美人草である。「美人」は官名。句中に「兮」の字を置く楚調の詩。韻字＝世・逝、何・何。



**大意**

力は山を引き抜くほど強く、心意気は世を蓋い尽くすほど高かった。だが、時勢が味方してくれず、愛馬の騅も進まなくなってしまった。騅が進まなくては、どうしようもない。虞よ虞よ、おまえをどうしたらよいのか。

# 大風歌

大風起兮雲飛揚
威加海内兮歸故郷
安得猛士兮守四方

大風《たいふう》の歌《うた》

漢《かん》・高祖《こうそ》 劉邦《りゅうほう》

大風起《たいふうお》こりて雲《くも》飛揚《ひよう》す
威《い》　海内《かいだい》に加《くわ》わりて故郷《こきょう》に帰《かえ》る
安《いず》くにか猛士《もうし》を得《え》て四方《しほう》を守《まも》らしめん



メモ
鯨布の反乱を平定して凱旋の途中、故郷の沛（はい）（江蘇省沛県）に立ち寄り、昔なじみの友人や土地の長老、若者を招いて酒宴を開き、自ら筑を打ち、歌ったという。「兮」を句中に置く楚調の詩。韻字＝揚・郷・方。

**大意**

激しい風が吹いて雲が舞い上げられた。（そのように各地で力のある者が立ち上がり、幾多の戦いに勝って）我が威光は国中におよんで、今故郷に帰ってきた。さあ、これからは勇猛な士を捜し出し、四方の国々を治めていこう。

# 秋風辭

秋風起兮白雲飛
草木黄落而雁南歸
蘭有秀兮菊有芳
懷佳人兮不能忘
汎樓船兮濟汾河
横中流兮揚素波
簫鼓鳴兮發棹歌
歡樂極兮哀情多
少壯幾時兮奈老何

## 秋風《しゅうふう》の辞《じ》

漢《かん》・武帝《ぶてい》 劉徹《りゅうてつ》

秋風起《しゅうふうおこ》りて白雲《はくうん》飛《と》び
草木黄落《そうもくこうらく》して雁南《かりみなみ》に帰《かえ》る
蘭《らん》に秀《はな》有《あ》り菊《きく》に芳《かお》り有《あ》り
佳人《かじん》を懐《おも》いて忘《わす》るる能《あた》わず
楼船《ろうせん》を汎《うか》べて汾河《ふんが》を済《わた》り
中流《ちゅうりゅう》に横《よこ》たわりて素波《そは》を揚《あ》ぐ
簫鼓《しょうこ》鳴《な》りて棹歌《とうか》発《はっ》す
歓楽極《かんらくきわ》まりて哀情多《あいじょうおお》し
少壮幾時《しょうそういくとき》ぞ老《お》いを奈何《いかん》せん

**大意**

秋風が吹くと、白雲が飛び、草木は黄ばみ落ち、雁の群れは南に帰っていく。蘭に花が咲き、菊に清々しい香りも立ち、女神の面影が胸に湧いて、忘れることができない。立派な屋形船を汾河に浮かべ、流れの中ほどに横たえると、船ばたに白い波が立つ。笛や太鼓の華麗な音が響き、水夫たちの威勢のいい船歌も湧き起こる。しかし歓楽が極まると、悲しみが深まる。若くて元気な日々はいつまで続くというのか。迫りくる老いをどうしよう。

メモ

秋風が立つと秋の雲が流れ、秋の花が咲き匂う。人恋しくなる爽やかな秋に、豪華な船を浮かべて酒を飲み、音楽や舞を存分に楽しむが、歓楽が最高潮に達すると、いつかその歓楽が尽きてしまうことを思い、悲しみが湧き起こる。それはあたかも、元気で若々しい青春時代があっと言う間に過ぎて老いを迎えるのと同じ。季節の秋と人生の秋を重ねて、人生の秋を悲しむ歌で、最後の二句に到るまで楽しみを詠いあげることによって、最後の二句がより効果的に働く。韻字＝飛・歸、芳・忘、河・波・歌・多・何。

# 李夫人歌

是耶非耶
立而望之
翩何姍姍
其來遲

李《り》夫《ふ》人《じん》の歌《うた》

漢《かん》・武《ぶ》帝《てい》 劉《りゅう》徹《てつ》

是《ぜ》か非《ひ》か
立《た》ちて之《これ》を望《のぞ》むに
翩《へん》として何《なん》ぞ姍姍《せんせん》たる
其《そ》の来《きた》るや遅《おそ》し

メモ
武帝は早世した李夫人が恋しく、方士少翁に魂を呼び寄せさせた。夜、燭を点し、その中に座っていると、李夫人のような女性がとばりの向こうに現れ、とばりをめぐって歩むが、近づいて見ることができなかった。帝はますます思いがつのって悲しみ、この歌を作ったという。愛する人が亡くなったあと恋しさにその魂を招くことは、後の白楽天の「長恨歌」に引き継がれる。
韻字＝之・遲。

## 大意

あの姿は李夫人なのか、それとも別人なのか。立って眺めていると、ひらひらと袖を翻し、なよなよと歩んでいる。でも、なぜもっと早くこちらに来ないのだろう。

# 悲愁歌

吾家嫁我兮天一方
遠託異國兮烏孫王
穹廬爲室兮旃爲牆
以肉爲食兮酪爲漿
居常土思兮心內傷
願爲黄鵠兮歸故鄉

悲愁歌《ひしゅうか》

烏孫公主《うそんこうしゅ》

吾《わ》が家《いえ》　我《われ》を嫁《か》す　天《てん》の一方《いっぽう》
遠《とお》く異国《いこく》に託《たく》す　烏孫王《うそんおう》
穹廬《きゅうろ》を室《しつ》と為《な》し　旃《せん》を牆《しょう》と為《な》す
肉《にく》を以《もっ》て食《しょく》と為《な》し　酪《らく》を漿《しょう》と為《な》す
居常《きょじょう》　土《ど》を思《おも》うて　心《こころ》　内《うち》に傷《いた》む
願《ねが》わくは黄鵠《こうこく》と為《な》って　故郷《こきょう》に帰《かえ》らん

メモ
政略結婚で異国に嫁がされた公主の悲しみが詠われる。公主は内親王に当たる。漢の武帝の兄・江都王劉非の子劉建の娘、劉細君。烏孫は、漢代の西域の遊牧民族で、天山山脈の北方、イシク湖付近から、イリ河の盆地や、シル河上流のナリン河渓谷にあった赤谷城を中心に治めていた。漢の武帝は北方の匈奴を挫くため、烏孫と同盟を結び、公主を烏孫王に嫁がせた。詩の最終句に公主の切々とした思いが吐露される。異国に嫁いだ王昭君伝説と好一対をなす悲話とされる。韻字＝方・王・牆・漿・傷・鄉。

55

**大意**

漢の宮廷は、私を天の果ての国に嫁がせた。私ははるばる異国の地に来て、烏孫王に身をまかせたのです。ここでは天幕を家とし、毛布を下げて部屋の壁とし、獣の肉を常食とし、乳汁を飲み物としている。いつも漢の故郷が恋しくて、心は悲しみでいっぱい。せめてあの渡り鳥となって、故郷に帰りたい。

# 李延年歌

北方有佳人
絶世而獨立
一顧傾人城
再顧傾人國
寧不知傾城與傾國
佳人難再得

李延年《りえんねん》の歌《うた》

北方《ほっぽう》に佳人《かじん》有《あ》り
絶世《ぜっせい》にして独立《どくりつ》す
一《ひと》たび顧《かえり》みれば人《ひと》の城《しろ》を傾《かたむ》け
再《ふたた》び顧《かえり》みれば人《ひと》の国《くに》を傾《かたむ》く
寧《なん》ぞ傾城《けいじょう》と傾国《けいこく》とを知《し》らざらんや
佳人《かじん》再《ふたた》びは得難《えがた》し

李延年《りえんねん》

メモ

「傾」は一方に傾くこと。「傾城」「傾国」は、美人を見ようと人々が殺到してその重みで町や国が傾くこと。後には、美人によって町や国が衰亡することを言うようになる。漢の武帝はそれほどの佳人のいないことを嘆くと、李延年は妹を推薦した。これが李夫人で、一子を産み、ほどなくして死んだ。韻字＝立・國・國・得。

**大意**

北方の佳人は、世に並ぶ者なく、独り際立っている。一たび振り返って流し目を送れば町は傾き、ふたたび振り返って見れば国が傾いてしまうほど。町を傾け、国を傾ける佳人を知らずにおられようか。佳人は二度と見つからない。

# 怨歌行

新裂齊紈素
皎潔如霜雪
裁爲合歡扇
團團似明月
出入君懷袖
動搖微風發
常恐秋節至
涼風奪炎熱
棄捐篋笥中
恩情中道絕

怨歌行《えんかこう》

新《あら》たに裂《さ》く斉《せい》の紈素《がんそ》
皎潔《こうけつ》　霜雪《そうせつ》の如《ごと》し
裁《た》ちて合歓《ごうかん》の扇《おうぎ》と為《な》せば
団団《だんだん》として明月《めいげつ》に似《に》たり
君《きみ》の懐袖《かいしゅう》に出入《しゅつにゅう》し
動揺《どうよう》して微風《びふう》発《はっ》す
常《つね》に恐《おそ》る　秋節《しゅうせつ》至《いた》り
涼風《りょうふう》の炎熱《えんねつ》を奪《うば》わんことを
篋笥《きょうし》の中《うち》に棄捐《きえん》せられ
恩情《おんじょう》　中道《ちゅうどう》に絶《た》えん

班婕妤《はんしょうよ》

**大意**

裁ち切ったばかりの斉の国の白絹は、まるで霜や雪のように真っ白で清らか。はさみを入れて合歓の団扇《うちわ》に仕立てると、まん丸でまるで満月のよう。あなたの懐《ふところ》や袖に出たり入ったり、仰げばそよ風が起こる。でも、いつも心配なのは、秋がやってきて、涼しい風が炎熱を奪うこと。そうなったら箱の中に打ち棄てられて、愛情が途絶えてしまうから。

メモ
「合歓扇」は表と裏を貼り合わせた団扇。「合歓」は男女の和合、「団団」は男女の睦まじいことを暗示する。「出入懐袖」は肌身離さず。「恩情」は男性から女性への愛情。団扇に託して、いつか寵愛を失うのではないかと恐れる詩。班婕妤は寵愛を失った宮女の典型として詩によく詠われる。この詩から「秋扇」は捨てられた女性を指す語となった。韻字＝雪・月・發・熱・絕。

# 上邪

上邪
我欲與君相知
長命無絶衰
山無陵
江水爲竭
冬雷振振
夏雨雪
天地合
乃敢與君絶

上邪《じょうや》

無名氏《むめいし》

上《かみ》よ
我《われ》君《きみ》と相《あ》い知《し》らんと欲《ほっ》す
長《とこし》えに絶衰《ぜっすい》すること無《な》からしめん
山《やま》に陵《おか》無《な》く
江水《こうすい》為《ため》に竭《つ》き
冬雷《とうらい》振振《しんしん》たり
夏《なつ》に雪《ゆき》雨《ふ》り
天地《てんち》合《がっ》せば
乃《すなわ》ち敢《あ》えて君《きみ》と絶《た》たん

メモ
天変地異が起こらない限り、永遠に一緒にいたい、という激しい思いを神に誓う。最後の二句は直訳すると「天地が一つになったら（天変地異が起こったら）、そのときにはあえてあなたと別れます」。
韻字＝知・衰、竭・雪・絶。

**大意**

神よ！　あなたと結ばれたい。とこしえに尽きることなく。山が平らになり、川の水がすっかり干上がり、冬に雷が激しく鳴り、夏に雪が降り、天地が一つになるようなことがあったら、お別れします。

# 長歌行

青青園中葵
朝露行日晞
陽春布德澤
萬物生光暉
常恐秋節至
焜黄華蘂衰
百川東到海
何時復西歸
少壯不努力
老大乃傷悲

長歌行《ちょうかこう》

青青《せいせい》たり　園中《えんちゅう》の葵《あおい》
朝露《ちょうろ》　行日《こうじつ》に晞《かわ》く
陽春《ようしゅん》　徳沢《とくたく》を布《し》き
万物《ばんぶつ》　光暉《こうき》を生《しょう》ず
常《つね》に恐《おそ》る　秋節《しゅうせつ》の至《いた》り
焜黄《こんこう》して　華蘂《かずい》の衰《おとろ》えんことを
百川《ひゃくせん》　東《ひがし》して海《うみ》に到《いた》らば
何《いず》れの時《とき》にか　復《ま》た西《にし》に帰《かえ》らん
少壮《しょうそう》　努力《どりょく》せずんば
老大《ろうだい》　乃《すなわ》ち傷悲《しょうひ》せん

無名氏《むめいし》

メモ

「飲馬長城窟行」とともに楽府古辞三首の一つ。人の寿命の短く、はかないことをテーマに歌う。この詩は、若いときに無為に過ごした人の、老年になってからの嘆き。韻字＝葵・晞・暉・衰・歸・悲。

**大意**

青々と茂る園中の葵《アオイ》、葉の上の朝露はやがて日が射せば乾いてしまう。暖かな春は恵みをおよぼし、万物は光り輝く。しかしいつも恐れているのは、秋の季節になり、枝葉が黄ばんで花が衰えてしまうこと。すべの川が東に向かって海に入ったなら、いつの日にまた西に帰ってくるだろうか。若く血気盛んなときにがんばらないと、年を取ってから悲しむことになろう。

# 飲馬長城窟行

青青河邊草
緜緜思遠道
遠道不可思
夙夕夢見之
夢見在我傍
忽覺在他鄕
他鄕各異縣
輾轉不可見
枯桑知天風
海水知天寒
入門各自媚
誰肯相爲言
客從遠方來

飲馬長城窟行《いんばちょうじょうくつこう》

青青《せいせい》たり　河辺《かへん》の草《くさ》
緜緜《めんめん》として遠道《えんどう》を思《おも》う
遠道《えんどう》　思《おも》うべからざるも
夙夕《しゅくせき》　夢《ゆめ》に之《これ》を見《み》る
夢《ゆめ》に見《み》れば我《わ》が傍《かたわ》らに在《あ》るも
忽《たちま》ち覚《さ》むれば他郷《たきょう》に在《あ》り
他郷《たきょう》　各《おの》おの県《けん》を異《こと》にし
輾転《てんてん》して見《み》るべからず
枯桑《こそう》は天風《てんぷう》を知《し》り
海水《かいすい》は天寒《てんかん》を知《し》る
門《もん》に入《い》れば各《おの》おの自《みずか》ら媚《いつくし》むも
誰《たれ》か肯《あえ》て相《あ》い為《ため》に言《い》わん
客《かく》　遠方《えんぽう》より来《きた》り

無名氏《むめいし》



メモ
題名の「飲馬長城窟行」は楽府（がふ）の曲名。もともとの歌詞は、万里の長城の洞窟で馬の世話をしている夫をしのんで妻が歌う内容だったが、後に、遠くにいる夫を思う妻の気持ちを歌う歌に、この題名をつけるようになった。作者は『文選』では無名氏とし、『玉台新詠（ぎょくだいしんえい）』では蔡邕（さいよう）とする。手紙を「鯉書」「鯉素」と言うのはこの詩に由来する。第2句・第3句で「遠道」、第4句・第5句で「夢見」、第6句・第7句で「他郷」が尻取りのように繰り返される。第9句・第10句では「天風」「天寒」と対になり、第14句・第15句は「鯉魚」が、第16句・第17句は「素書」が、句末に繰り返される。脚韻は七回換わる。韻字＝草・道（皓韻）、思・之（支韻）、傍・郷（陽韻）、縣・見（霰韻）、寒・言（寒韻元韻通用）、魚・書・如（魚韻）、食・憶（職韻）。

遺我雙鯉魚
呼兒烹鯉魚
中有尺素書
長跪讀素書
書上竟何如
上有加餐食
下有長相憶

我《われ》に双鯉魚《そうりぎょ》を遺《おく》れり
児《じ》を呼《よ》びて鯉魚《りぎょ》を烹《に》しむれば
中《うち》に尺素《せきそ》の書《しょ》有《あ》り
長跪《ちょうき》して素書《そしょ》を読《よ》めば
書上《しょじょう》　竟《つい》に何如《いかん》
上《うえ》に餐食《さんしょく》を加《くわ》えよと有《あ》り
下《した》に長《なが》く相《あ》い憶《おも》うと有《あ》り

**大意**

青々としている河辺の草を見るにつけ、遠い道の向こうのあなたを思います。道が遠いので思いは届きませんが、夕べは夢でお会いしました。夢では私のそばにいたのに、目が覚めたとたん、やはりあなたは他国にいることを思い知りました。他国のあなたとは住むところも違い、また夢で会おうとしても何度も寝返りを打つばかり。葉が散った桑の木から大空の風が冷たくなったことが分かり、広い海の水の色から大空が寒くなったことが分かります。門に入れば優しい言葉をかけてくれる人もいますが、あなたのことを話してくれる人はいません。遠くからきた旅人が、私に二匹の鯉を届けてくれました。童僕を呼んで鯉を煮させると、中には一尺の白絹の手紙が。ひざまずき、押し頂いて読みます。手紙には何とあるかしら。始めには、ご飯をたくさん食べて健康に気をつけてとあり、終わりにはいつまでも君のことを思っているよ、とありました。

# 古詩　十九首　其一

行行重行行
與君生別離
相去萬餘里
各在天一涯
道路阻且長
會面安可知
胡馬依北風
越鳥巢南枝
相去日已遠
衣帶日已緩
浮雲蔽白日
遊子不顧反
思君令人老

古詩《こし》　十九首《じゅうきゅうしゅ》　其《そ》の一《いち》　無名氏《むめいし》

行《ゆ》き行《ゆ》きて重《かさ》ねて行《ゆ》き行《ゆ》く
君《きみ》と生《い》きながら別離《べつり》す
相《あ》い去《さ》ること万余里《ばんより》
各《おの》おの天《てん》の一涯《いちがい》に在《あ》り
道路《どうろ》は阻《けわ》しくして且《か》つ長《なが》し
会面安《かいめんいず》くんぞ知《し》るべけん
胡馬《こば》は北風《ほくふう》に依《よ》り
越鳥《えっちょう》は南枝《なんし》に巣《す》くう
相《あ》い去《さ》ること日《ひ》に已《すで》に遠《とお》く
衣帯日《いたいひ》に已《すで》に緩《ゆる》む
浮雲《ふうん》　白日《はくじつ》を蔽《おお》い
遊子《ゆうし》　顧反《こへん》せず
君《きみ》を思《おも》えば人《ひと》をして老《お》いしむ

メモ
古詩十九首のうちで最も有名な詩で、後世への影響も大きい。捨てられた妻が一途に夫を思ういじらしさが前面に出ている。第11句の「浮雲蔽白日」は浮き雲が太陽の光をさえぎり隠すの意。解釈として①山河が夫を隔てる、②愛人が邪魔をして夫との間を隔てる、③君側の奸臣が天子の聡明をおおう、などがある。第16句「加餐飯」は「飲馬長城窟行」（60頁）に「加餐食」とある。相手の健康を祈る挨拶語。五言古詩。韻字＝離・涯・知・枝（支韻）、遠・緩・反・晩・飯（阮韻）。

歳月忽已晩
棄捐勿復道
努力加餐飯

歳月《さいげつ》　忽《たちま》ち已《すで》に晩《く》る
棄捐《きえん》して復《ま》た道《い》う勿《な》けん
努力《どりょく》して餐飯《さんぱん》を加《くわ》えよ

**大意**

あなたは遠くへ行き、旅を重ねてさらに遠くへ行き、私は生き別れの悲しみを抱いています。二人は万里も遠く離れそれぞれ天の果てにいるかのよう。あなたのところへの道は険しくてしかも遠く、いつ会えるか分かりません。北の馬は故郷をしのんで北風に鳴き、南の鳥は故郷に少しでも近くと南の枝に巣くうといいます。二人は日ごとに遠ざかり、私は日ごとに痩せて衣の帯がゆるくなってしまいました。浮き雲が太陽をおおうように、あなたの心は惑わされて私を振り返ってもくれません。あなたのことばかり考えて私はすっかり老け込んでしまいました。歳月は容赦なく過ぎ去っていきます。乱れる思いは打ち捨てて、もう怨み言はいいません。どうか、努めてお体をおいといください。

# 古詩　十九首　其二

青青河畔草
鬱鬱園中柳
盈盈樓上女
皎皎當牕牖
娥娥紅粉粧
纖纖出素手
昔爲倡家女
今爲蕩子婦
蕩子行不歸
空牀難獨守

古詩《こし》　十九首《じゅうきゅうしゅ》　其《そ》の二《に》　無名氏《むめいし》

青青《せいせい》たる河畔《かはん》の草《くさ》
鬱鬱《うつうつ》たる園中《えんちゅう》の柳《やなぎ》
盈盈《えいえい》たる楼上《ろうじょう》の女《じょ》
皎皎《きょうきょう》として牕牖《そうゆう》に当《あ》たる
娥娥《がが》たる紅粉《こうふん》の粧《よそお》い
纖纖《せんせん》として素手《そしゅ》を出《い》だす
昔《むかし》は倡家《しょうか》の女《じょ》為《た》り
今《いま》は蕩子《とうし》の婦《つま》為《た》り
蕩子《とうし》行《ゆ》きて帰《かえ》らず
空牀《くうしょう》独《ひと》り守《まも》ること難《かた》し

メモ

旅に出た夫を待つ妻の歌。第1句の「青青河畔草」は「飲馬長城窟行」第1句と同じ。春は帰ってきたのに、夫は帰ってこないことを暗に言う。「春草」は待ち人が来ないことの象徴で、「招隠士」(46頁)に始まる。女性の姿態を第1句から第6句まで「青青」「鬱鬱」「盈盈」「皎皎」「娥娥」「纖纖」と畳語を重ねていう。寂しさを詠う歌だが、どことなくつやっぽい。韻字=柳・牖・手・婦・守。

**大意**

青々と萌える岸辺の草、こんもりと茂る庭の柳。高殿には眉目麗しい女性、白く輝く顔を窓からのぞかせている。あでやかな紅《べに》と白粉の粧い、ほっそりとした白い手が見えている。昔は妓楼の歌姫だったが、今は道楽者の妻。夫は旅に出たまま帰らず、独り寝の寂しさに耐えられない。

# 古詩　十九首　其十

迢迢牽牛星
皎皎河漢女
纖纖擢素手
札札弄機杼
終日不成章
泣涕零如雨
河漢清且淺
相去復幾許
盈盈一水間
脈脈不得語

古詩《こし》　十九首《じゅうきゅうしゅ》　其《そ》の十《じゅう》

無名氏《むめいし》

迢迢《ちょうちょう》たり牽牛星《けんぎゅうせい》
皎皎《きょうきょう》たり河漢《かかん》の女《じょ》
纖纖《せんせん》として素手《そしゅ》を擢《ぬき》んで
札札《さつさつ》として機杼《きちょ》を弄《ろう》す
終日《しゅうじつ》　章《あや》を成《な》さず
泣涕零《きゅうていお》つること雨《あめ》の如《ごと》し
河漢《かかん》　清《きよ》くして且《か》つ浅《あさ》し
相《あ》い去《さ》ること復《ま》た幾許《いくばく》ぞ
盈盈《えいえい》たる一水《いっすい》の間《かん》
脈脈《みゃくみゃく》として語《かた》るを得《え》ず

メモ
七夕伝説を題材にした詩。畳語を多用してリズムが良い。七夕の詩は、織女の片思いを歌うのが基本で、六朝時代に多くの詩が作られ、日本にも影響を与えた。のちに牽牛の方から詠う詩も作られる。韻字＝女・杼・雨・許・語。

**大意**

遥かに遠い牽牛星、白く輝く織姫星。ほっそりした白い手をあげ、サッサッと機《はた》を織る。一日織っても綾模様はできず、涙が雨のようにこぼれ落ちる。

天の川は清らかでしかも浅い、距離はいくらもないのに、満々とたたえられた川に隔てられ、じっと見つめるだけで語ることはできない。

# 古詩　十九首　其十四

古詩《こし》　十九首《じゅうきゅうしゅ》　其《そ》の十四《じゅうし》　無名氏《むめいし》

去者日以疎
生者日以親
出郭門直視
但見丘與墳
古墓犂爲田
松柏摧爲薪
白楊多悲風
蕭蕭愁殺人
思還故里閭
欲歸道無因

去《さ》る者《もの》は日《ひ》びに以《もっ》て疎《うと》く
生《い》ける者《もの》は日《ひ》びに以《もっ》て親《した》し
郭門《かくもん》を出《い》でて直視《ちょくし》すれば
但《た》だ見《み》る　丘《きゅう》と墳《ふん》と
古墓《こぼ》は犂《す》かれて田《でん》と為《な》り
松柏《しょうはく》は摧《くだ》かれて薪《たきぎ》と為《な》る
白楊《はくよう》に悲風《ひふう》多《おお》く
蕭蕭《しょうしょう》として人《ひと》を愁殺《しゅうさつ》す
故《もと》の里閭《りりょ》に還《かえ》らんと思《おも》い
帰《かえ》らんと欲《ほっ》するも道《みち》の因《よ》る無《な》し

メモ
「去る者は日々に疎し」という有名なことわざの出典。「去る者」は死んだ人。第8句まで墓の描写が続く。「丘」は大きな墓、「墳」は小さな墓。「松柏」は常緑樹のマツとコノテガシワで富貴の人の墳墓に植えられ、「白楊」はハコヤナギで庶民の墓に目印として植えられた。寂しさのあまり故郷に安らぎをもとめようとするが、それさえもかなわない。韻字＝親・墳・薪・人・因。

**大意**

去りゆく者は日に日に忘れられ、来たる者とは日に日に親しくなる。城門を出てあたりを見つめると、見えるのはただ大小の墓ばかり。古い墓は犁き返されて畑になり、松柏は砕かれて薪となる。白楊《ハコヤナギ》には悲しそうに風が吹きつのり、さらさらと葉が鳴って人を悲しませる。懐かしい故里に帰ろうと思い、いざ帰ろうとするとその道さえ閉ざされてしまった。

# 古詩　十九首　其十五

生年不滿百
常懷千歳憂
晝短苦夜長
何不秉燭遊
爲樂當及時
何能待來茲
愚者愛惜費
但爲後世嗤
仙人王子喬
難可與等期

古詩《こし》　十九首《じゅうきゅうしゅ》　其《そ》の十五《じゅうご》　無名氏《むめいし》

生年《せいねん》は百《ひゃく》に満《み》たざるに
常《つね》に千歳《せんざい》の憂《うれ》いを懐《いだ》く
昼《ひる》は短《みじか》くして夜《よる》の長《なが》きに苦《くる》しむ
何《なん》ぞ燭《しょく》を秉《と》りて遊《あそ》ばざる
楽《たの》しみを為《な》すは当《まさ》に時《とき》に及《およ》ぶべし
何《なん》ぞ能《よ》く来茲《らいじ》を待《ま》たん
愚者《ぐしゃ》は費《ついえ》を愛惜《あいせき》して
但《た》だ後世《こうせい》の嗤《わらい》と為《な》る
仙人《せんにん》の王子喬《おうしきょう》
与《とも》に期《き》を等《ひと》しうすべきこと難《かた》し

**大意**

寿命は百年にも満たないのに、いつも千年も続く憂いを抱いている。昼は短くて夜は長いといって苦しむなら、どうして灯りを手にして遊ばないのか。楽しむにはそのときを逃してはいけない。来年を待つことなどできようか。愚か者はわずかな費用を惜しんで、後世の人に笑われるのが落ちだ。仙人の王子喬と同じように長生きすることなど期待できないのだから。

メモ

短い人生なのに常に憂いを抱いている、それなら憂いを忘れて遊べ。遊ぶのに昼は短いというなら、灯りを点して夜にも遊べ、ケチケチするな、という。じつに享楽的で明るい。後の晋の時代の陶淵明は「時に及んで当に勉励すべし、歳月は人を待たず」（102頁）という。これも、楽しめるときには大いに楽しめ、というもの。勉強に励め、というのではない。韻字＝憂・遊・時・茲・嗤・期。

陌上桑《はくじょうそう》（日出東南隅行《にっしゅつとうなんぐうこう》）

無名氏《むめいし》

## 陌上桑（日出東南隅行）

日出東南隅
照我秦氏樓
秦氏有好女
自名爲羅敷
羅敷喜蠶桑
採桑城南隅
青絲爲籠係
桂枝爲籠鉤
頭上倭墮髻
耳中明月珠
綠綺爲下裳
紫綺爲上襦
行者見羅敷

日《ひ》は東南《とうなん》の隅《すみ》に出《い》で
我《わ》が秦氏《しんし》の楼《ろう》を照《て》らす
秦氏《しんし》に好女《こうじょ》有《あ》り
自《みずか》ら名《な》のりて羅敷《らふ》と為《な》す
羅敷《らふ》　蚕桑《さんそう》を喜《よろこ》び
桑《くわ》を採《と》る　城南《じょうなん》の隅《すみ》
青糸《せいし》を籠係《ろうけい》と為《な》し
桂枝《けいし》を籠鉤《ろうこう》と為《な》す
頭上《とうじょう》には倭堕《いだ》の髻《もとどり》
耳中《じちゅう》には明月《めいげつ》の珠《たま》
緑綺《りょくき》を下裳《かしょう》と為《な》し
紫綺《しき》を上襦《じょうじゅ》と為《な》す
行《ゆ》く者《もの》羅敷《らふ》を見《み》て

メモ
三段に分けられる。一段目は、第1句から第12句まで。羅敷の美しさを色彩豊かに描写する。二段目は、第13句から第20句までで、羅敷に見とれる人物をコミカルに描く。三段目は、第21句から最後までで、美しい人妻を自分のものにしようとする太守の専横ぶり、その誘いをきっぱり断り、自分の夫のすばらしさをこれでもかと述べる。一場の劇を観ているかのようで、爽快な気分になる。韻字＝隅・楼・敷・隅・鉤・珠・襦・敷・鬚・敷・頭・鋤・敷・蹰・姝・敷・餘・敷・不・愚・夫・頭・駒・頭・餘・夫・居・鬚・趨・殊。

下擔捋髭鬚
少年見羅敷
脫巾著帩頭
耕者忘其耕
鋤者忘其鋤
來歸相喜怒
但坐觀羅敷
使君從南來
五馬立踟蹰
使君遣吏往
問是誰家姝
秦氏有好女
自名爲羅敷
羅敷年幾何
二十尚不滿

担《たん》を下《おろ》して髭鬚《ししゅ》を捋《ひね》る
少年《しょうねん》は羅敷《らふ》を見《み》て
巾《きん》を脱《だっ》して帩頭《しょうとう》を著《あらわ》す
耕《たがや》す者《もの》は其《そ》の耕《たがや》すことを忘《わす》れ
鋤《す》く者《もの》は其《そ》の鋤《す》くことを忘《わす》る
来《きた》り帰《かえ》りて相《あ》い喜怒《きど》するは
但《た》だ羅敷《らふ》を観《み》しに坐《よ》る
使君《しくん》　南《みなみ》より来《きた》り
五馬《ごば》　立《た》ちどころに踟蹰《ちちゅう》す
使君《しくん》　吏《り》を遣《つか》わして往《ゆ》かしめ
問《と》う是《こ》れ誰《た》が家《いえ》の姝《しゅ》ぞと
秦氏《しんし》に好女《こうじょ》有《あ》り
自《みずか》ら名《な》のりて羅敷《らふ》と為《な》す
羅敷《らふ》年《とし》は幾何《いくばく》ぞ
二十《にじゅう》には尚《な》お満《み》たず

十五頗有餘
使君謝羅敷
寧可共載不
羅敷前致詞
使君一何愚
使君自有婦
羅敷自有夫
東方千餘騎
夫壻居上頭
何用識夫壻
白馬從驪駒
青絲繫馬尾
黃金絡馬頭
腰閒鹿盧劍
可直千萬餘

十五《じゅうご》には頗《やや》余《あま》り有《あ》り
使君《しくん》　羅敷《らふ》に謝《しゃ》す
寧《むし》ろ共《とも》に載《の》るべきや不《いな》やと
羅敷《らふ》　前《すす》みて詞《ことば》を致《いた》す
使君《しくん》　一《いっ》に何《なん》ぞ愚《おろか》なる
使君《しくん》　自《おの》ずから婦《つま》有《あ》り
羅敷《らふ》　自《おの》ずから夫《おっと》有《あ》り
東方《とうほう》の千余騎《せんよき》
夫壻《ふせい》　上頭《じょうとう》に居《お》る
何《なに》を用《もっ》てか夫壻《ふせい》を識《し》る
白馬《はくば》　驪駒《りく》を従《したが》え
青糸《せいし》　馬《うま》の尾《お》に繋《つな》ぎ
黄金《おうごん》　馬《うま》の頭《あたま》に絡《まと》う
腰間《ようかん》の鹿盧《ろくろ》の剣《けん》は
千万余《せんまんよ》に直《あたい》すべし



**大意**

太陽が東南の隅から出て、我が秦氏の高殿を照らす。秦氏には美しい娘がいて、名前は羅敷という。羅敷は養蚕が好きで、城の南で桑を摘む。青い糸を籠のひもとし、桂の枝を籠の取っ手にしている。頭の上にはあだっぽいまげ、耳には真珠のイヤリング。緑の綾絹のスカート、紫の綾絹をチョッキにしている。道行く者は羅敷を見て、荷物を下して髭をひねって見とれ、若者は羅敷を見て、帽子を脱いで髪巻きをあらわにする。耕す者は耕すことを忘れ、鋤く者は鋤くことを忘れてしまう。家に帰ってニヤニヤしたり怒鳴ったりするのは、羅敷に見とれていたから。太守が南からやってきたが、五頭立ての馬車はたちまち立ちどまり進むのをた

十五府小吏
二十朝大夫
三十侍中郎
四十專城居
爲人潔白皙
鬑鬑頗有鬚
盈盈公府步
冉冉府中趨
坐中數千人
皆言夫壻殊

十五《じゅうご》にして府《ふ》の小吏《しょうり》
二十《にじゅう》にして朝《ちょう》の大夫《たいふ》
三十《さんじゅう》にして侍中郎《じちゅうろう》
四十《しじゅう》にして城《しろ》を専《もっぱ》らにして居《お》る
人《ひと》と為《な》り潔白皙《けっぱくせき》
鬑鬑《れんれん》として頗《すこぶ》る鬚《ひげ》有《あ》り
盈盈《えいえい》として公府《こうふ》に歩《ほ》し
冉冉《ぜんぜん》として府中《ふちゅう》に趨《はし》る
坐中《ざちゅう》の数千人《すうせんにん》
皆言《みない》う　夫壻《ふせい》は殊《こと》なりと



めらう。太守は家来を遣わし、「どこの美人か」と尋ねさせる。「秦氏に美しい娘がいて、名前は羅敷といいます」。「羅敷はいくつか」。「二十にはなりませんが、十五より少し上です」。太守はそこで羅敷に挨拶する。「どうだ、車に一緒に乗らないか」。羅敷は進み出て申し上げる。「太守様は何と愚かなお方。太守様には奥様がいらっしゃり、私には夫がおります。東方の千余の騎馬武者の中で、夫は頭《かしら》になっています。何で夫を見分けるかといえば、白馬にまたがり黒毛の馬を従え、青い糸を馬の尾に結び、黄金を馬の頭につけています。腰に帯びる鹿盧の剣は、千万余に値するもの。十五のときに役所の役人、二十で朝廷の大夫、三十で天子の侍中郎、四十で一城の主。容姿は色白の美男子で、ふさふさと髭をたくわえています。ゆったりと役所を歩き、しずしずと殿中を進めば、居並ぶ数千人は、みな私の夫を、立派な方と褒めるのです」。

# 梁甫吟

步出齊城門
遙望蕩陰里
里中有三墳
累累正相似
問是誰家墓
田疆古冶子
力能排南山
又能絕地紀
一朝被讒言
二桃殺三士
誰能爲此謀
國相齊晏子

梁甫吟《りょうほぎん》

歩《ほ》して斉《せい》の城門《じょうもん》を出《い》で
遥《はる》かに蕩陰里《とういんり》を望《のぞ》む
里中《りちゅう》に三墳《さんぷん》有《あ》り
累累《るいるい》として正《まさ》に相《あ》い似《に》たり
問《と》う是《こ》れ誰《た》が家《いえ》の墓《はか》ぞ
田疆《でんきょう》　古冶子《こやし》
力《ちから》は能《よ》く南山《なんざん》を排《はい》し
又《また》能《よ》く地紀《ちき》を絶《た》つ
一朝讒言《いちちょうざんげん》を被《こうむ》り
二桃《にとう》　三士《さんし》を殺《ころ》す
誰《たれ》か能《よ》く此《こ》の謀《はかりごと》を為《な》す
国相《こくしょう》　斉《せい》の晏子《あんし》なり

無名氏《むめいし》



メモ
諸葛孔明が劉備玄徳に見出される前、自らを晏子に比してこの歌を愛誦していたという。晏子は自分に対して無礼な振る舞いをしていた三士を景公に讒言し、処分する許しを得、二つの桃を三人に与え、功の多い者が食べよ、という。先に公孫接と田開彊が桃を取ると、俺が一番だと古冶子が迫る。二人はそれを認めて桃を返して、自害する。古冶子も自分だけが生きるのは恥だと桃を返して死んだ。二つの桃で勇者三人を排除した晏子の知力を讃える詩。韻字＝里・似・子・紀・士・子。

## 大意

斉の城門を歩み出て、遥か蕩陰里を望み見る。すると里中に三つの墳墓があり、似たような形で累々と連なっている。誰の墓かと問うと、田開疆、古冶子らのものだという。彼らの力は南山をも押しのけ、また天地をつなぐ大綱をも断ち切るほどだった。だが、一たび讒言にあって、二つの桃で三勇士は殺されてしまった。いったい誰がこのような計略をめぐらしたのか、それは斉の宰相の晏子である。

# 短歌行

對酒當歌
人生幾何
譬如朝露
去日苦多
慨當以慷
憂思難忘
何以解憂
唯有杜康
青青子衿
悠悠我心
但爲君故
沈吟至今
呦呦鹿鳴

## 短歌行《たんかこう》

魏《ぎ》・武帝《ぶてい》曹操《そうそう》

酒《さけ》に対《たい》して当《まさ》に歌《うた》うべし
人生幾何《じんせいいくばく》ぞ
譬《たと》えば朝露《ちょうろ》の如《ごと》し
去《さ》りゆく日《ひ》は苦《はなは》だ多《おお》し
慨《がい》しては当《まさ》に以《もっ》て慷《こう》すべし
憂思《ゆうし》忘《わす》れ難《がた》し
何《なに》を以《もっ》てか憂《うれ》いを解《と》かん
唯《た》だ杜康《とこう》有《あ》るのみ
青青《せいせい》たり子《し》が衿《えり》
悠悠《ゆうゆう》たり我《わ》が心《こころ》
但《た》だ君《きみ》が為《ため》の故《ゆえ》に
沈吟《ちんぎん》して今《いま》に至《いた》る
呦呦《ゆうゆう》として鹿鳴《しかな》き



メモ
「楽府（がふ）」の形式を借りて、有能な人材を得たいという思いを詠う。漢の高祖劉邦は「大風の歌」（52頁）で「安くにか猛士を得て四方を守らしめん」と歌った。天下を取る人の共通の思いである。第25句の「月明らかに星稀にして、烏鵲南に飛ぶ」は、宋・蘇軾（東坡）の「赤壁の賦」にも引かれている。小説の『三国志演義』では、赤壁の戦いに臨み、曹操が槊を横たえてこれを歌っている。四句ずつ全八段落に分けられ、四句ずつで韻が換わる。韻字は第一段＝歌・何・多（下平歌韻）、第二段＝慷・忘・康（下平陽韻）、第三段＝衿・心・今（下平侵韻）、第四段＝鳴・苹・笙（下平庚韻）、第五段＝月・掇・絶（入声月韻）、第六段＝阡・存・恩（下平先韻・上平元韻通押）、第七段＝稀・飛・依（上平微韻）、第八段＝深・心（下平侵韻）。

食野之苹
我有嘉賓
鼓瑟吹笙
明明如月
何時可掇
憂從中來
不可斷絕
越陌度阡
枉用相存
契濶談讌
心念舊恩
月明星稀
烏鵲南飛
繞樹三匝
何枝可依

野《の》の苹《よもぎ》を食《く》らう
我《われ》に嘉賓《かひん》有《あ》らば
瑟《しつ》を鼓《こ》し笙《しょう》を吹《ふ》かん
明明《めいめい》たること月《つき》の如《ごと》き
何《いず》れの時《とき》にか掇《と》るべき
憂《うれ》いは中従《うちょ》り来《きた》りて
断絶《だんぜつ》すべからず
陌《はく》を越《こ》え阡《せん》を渡《わた》り
枉《ま》げて用《もっ》て相《あ》い存《そん》せば
契濶談讌《けっかつだんえん》して
心《こころ》に旧恩《きゅうおん》を念《おも》う
月明《つきあき》らかに星稀《ほしまれ》にして
烏鵲南《うじゃくみなみ》に飛《と》ぶ
樹《き》を繞《めぐ》りて三匝《さんそう》
何《いず》れの枝《えだ》にか依《よ》るべき

山不厭高
海不厭深
周公吐哺
天下歸心

山《やま》は高《たか》きを厭《いと》わず
海《うみ》は深《ふか》きを厭《いと》わず
周公哺《しゅうこうほ》を吐《は》き
天下《てんか》心《こころ》を帰《き》す



**大意**

酒を飲んで大いに歌おう。人の命などどれほどあると言うのか。たとえるなら朝露のようにはかなく、過ぎ去る日々だけが多い。いくら慷慨《こうがい》しても、憂いは消えない。憂いを払えるのは、ただ酒だけだ。才ある青い衿の若者よ。私の心は憂いでいっぱいだ。ただ君のような人を得たいがために、深い思いを今も歌うのだ。ユウユウと友を求めながら鹿は鳴き、野原の草を食べている。私のもとに立派な客人があれば、瑟《おおごと》を奏で笙を吹いて迎えよう。明るく輝く月のような人を、いつになったら手に入れられるだろう。これを思うと心の中から憂いが起こり、断ち切ることができない。遠い道のりを越えて、わざわざ訪ねてきてくれるなら、固く契りを結んで酒を酌み歓談し、昔のよしみを忘れまい。月は明るく、星はまばら、烏鵲《カササギ》が南に翔ける。木の周りを三たび回り、身を寄せるべき枝を探している。山はいくら高くなってもかまわない。海はいくら深くなってもかまわない。周公は賢人が訪ねてきたら口の中の食べかけのものを吐いてでもすぐに面会し採用したという、そうだから天下の人々の心がつき従ったのだ。

# 歩出夏門行

魏《ぎ》・武帝《ぶてい》 曹操《そうそう》

神龜雖壽
猶有竟時
騰蛇乘霧
終爲土灰
老驥伏櫪
志在千里
烈士暮年
壯心不已
盈縮之期
不但在天
養怡之福
可得永年

歩出夏門行《ほしゅつかもんこう》

神亀《しんき》　寿《じゅ》なりと雖《いえど》も
猶《な》お竟《つ》くる時《とき》有《あ》り
騰蛇《とうじゃ》　霧《きり》に乗《の》るも
終《つい》に土灰《どかい》と為《な》る
老驥《ろうき》　櫪《れき》に伏《ふく》するも
志《こころざし》は千里《せんり》に在《あ》り
烈士《れっし》の暮年《ぼねん》
壮心《そうしん》　已《や》まず
盈縮《えいしゅく》の期《き》
但《た》だ天《てん》に在《あ》るのみならず
養怡《ようい》の福《ふく》
永年《えいねん》を得《う》べし

メモ
命は尽きることがあるが、志は老いても尽きることはない。ただ悲嘆するのではなく、身も心も健康健全であれ、という。曹操の前向きな強い精神がうかがえる。韻字＝時・灰、里・已、天・年。

**大意**

めでたい神亀は長命ではあるが、それでも命の尽きるときがあり、天に翔ける龍は霧に乗るが、ついには土や灰になってしまう。老いた名馬は馬小屋で伏せっていても、志は千里を駆けめぐり、烈士は老いを迎えても、壮心は衰えない。命の長短は、ただ天が決めるだけではない。養生につとめ心を明るく保って得られる幸福によって、長寿を得ることができるのだ。

# 苦寒行

北上太行山
艱哉何巍巍
羊腸坂詰屈
車輪爲之摧
樹木何蕭瑟
北風聲正悲
熊羆對我蹲
虎豹夾路啼
谿谷少人民
雪落何霏霏
延頸長歎息
遠行多所懷
我心何怫鬱

苦寒行《くかんこう》

北《きた》のかた太行山《たいこうざん》に上《のぼ》らんとす
艱《かた》いかな　何《なん》ぞ巍巍《ぎぎ》たる
羊腸《ようちょう》として坂《さか》は詰屈《きつくつ》し
車輪《しゃりん》は之《これ》が為《ため》に摧《くだ》かれんとす
樹木《じゅもく》　何《なん》ぞ蕭瑟《しょうしつ》たる
北風《ほくふう》　声正《こえまさ》に悲《かな》し
熊羆《ゆうひ》　我《われ》に対《たい》して蹲《うずくま》り
虎豹《こひょう》　路《みち》を夾《はさ》みて啼《な》く
谿谷《けいこく》　人民少《じんみんすくな》く
雪落《ゆきお》ちて何《なん》ぞ霏霏《ひひ》たる
頸《くび》を延《の》べて長歎息《ちょうたんそく》し
遠行《えんこう》して懐《おも》う所多《ところおお》し
我《わ》が心何《こころなん》ぞ怫鬱《ふつうつ》たる

魏《ぎ》・武帝《ぶてい》　曹操《そうそう》

メモ
寒さの中、難所の太行山を行軍する様子を詠う。四句を一解とし、すべて六解。第7句・第8句は、手のひらを合せたように同じ内容を言う「合掌対」という対句。原初的な対句である。第23句の「東山の詩」は、『詩経』豳風の東山詩のこと。周公が東征して帰るとき兵士を慰めたという内容で、なかなか故郷に帰れないことを嘆いている。偶数句目で押韻。韻字＝巍・摧・悲・啼・霏・懐・歸・徊・棲・饑・糜・哀（上平・支韻微韻）。

思欲一東帰
水深橋梁絶
中路正徘徊
迷惑失故路
薄暮無宿棲
行行日已遠
人馬同時饑
擔囊行取薪
斧冰持作糜
悲彼東山詩
悠悠使我哀

一《ひと》えに東《ひがし》に帰《かえ》らんと思欲《しよく》す
水深《みずふか》くして橋梁《きょうりょう》絶《た》え
中路《ちゅうろ》にして正《まさ》に徘徊《はいかい》す
迷惑《めいわく》して故路《ころ》を失《うしな》い
薄暮《はくぼ》に宿棲《しゅくせい》するところ無《な》し
行《ゆ》き行《ゆ》きて日《ひ》已《すで》に遠《とお》く
人馬同時《じんばどうじ》に饑《う》う
嚢《ふくろ》を担《にな》い行《ゆ》きて薪《たきぎ》を取《と》り
氷《こおり》を斧《き》り持《も》って糜《び》を作《つく》れり
彼《か》の東山《とうざん》の詩《し》を悲《かな》しみ
悠悠《ゆうゆう》として我《われ》をして哀《かな》しましむ

**大意**

北方の太行山に登ろうとしたが、道は何と険しいことか、山は何と高いことか。羊腸坂（山西省太原県晋陽の北にある）はその名の通り曲がりくねり、車輪も砕けそうだ。樹木は何とも物寂しく、北風が悲しく吹きすさぶ。時には大熊や羆《ヒグマ》が我々に向かってうずくまり、虎や豹が路の両側に吼えている。谿谷には人も少なく、雪がひどく降りしきる。首をのばしてもと来た道を振り返って見ると、深いため息が出る。はるばる遠くから来たので、思い悩むことが多いのだ。心は何とふさがっていることか。ひたすら故郷に帰りたいと思う。しかし、川の水は深く橋は壊れていて渡れない。途中でうろうろするばかり。道に迷い、来た道も分からなくなり、夕暮れになっても仮寝するところもない。毎日毎日旅をして遠くへとやってきて、人も馬もともに飢えた。袋をかついで薪を取りにいき、斧で氷をわってその水でかゆを作り、かろうじて飢えと寒さをしのぎ、かの東山の詩を歌った詩人の心を思って悲しみ、私はいつまでも哀しみに沈むのだった。

# 七哀詩　其一

王粲《おうさん》

西京亂無象
豺虎方遘患
復棄中國去
遠身適荊蠻
親戚對我悲
朋友相追攀
出門無所見
白骨蔽平原
路有饑婦人
抱子棄草間
顧聞號泣聲
揮涕獨不還
未知身死處

七哀《しちあい》の詩《し》　其《そ》の一

西京《せいけい》乱《みだ》れて象《みち》無《な》く
豺虎《さいこ》方《まさ》に患《わざわい》を遘《かま》う
復《ま》た中国《ちゅうごく》を棄《す》てて去《さ》り
身《み》を遠《とお》ざけて荊蛮《けいばん》に適《ゆ》く
親戚《しんせき》　我《われ》に対《たい》して悲《かな》しみ
朋友《ほうゆう》　相《あ》い追攀《ついはん》す
門《もん》を出《い》づるも見《み》る所《ところ》無《な》く
白骨《はっこつ》　平原《へいげん》を蔽《おお》う
路《みち》に饑《う》えたる婦人《ふじん》有《あ》り
子《こ》を抱《いだ》きて草間《そうかん》に棄《す》つ
顧《かえり》みて号泣《ごうきゅう》の声《こえ》を聞《き》くも
涕《なみだ》を揮《ふる》いて独《ひと》り還《かえ》らず
未《いま》だ身《み》の死《し》する処《ところ》を知《し》らず



メモ
孔融の「雑詩」と双璧をなす叙事詩の傑作。後漢末の混乱を写実的に描き、のちの杜甫の「社会詩」の先駆とされる。三回「棄」が出てきて、棄てざるを得ない現実をあぶり出す。中でも女が泣き叫ぶ子どもを棄てて去る描写が真に迫る。「下泉」の詩は『詩経』曹風にあり、暴虐な君主を恨み善政への願いを詠う。「下泉」は黄泉の意味もあるので、不遇にも亡くなった人を悼む気持ちもある。韻字＝患・蠻・攀・原・間・還・完・言・安・肝（上平・元韻寒韻刪韻）。

何能兩相完
驅馬棄之去
不忍聽此言
南登霸陵岸
迴首望長安
悟彼下泉人
喟然傷心肝

何《なん》ぞ能《よ》く両《ふた》つながら相《あ》い完《まった》からんと
馬《うま》を駆《か》りて之《これ》を棄《す》てて去《さ》る
此《こ》の言《げん》を聴《き》くに忍《しの》びず
南《みなみ》のかた霸陵《はりょう》の岸《きし》に登《のぼ》り
首《こうべ》を廻《めぐ》らして長安《ちょうあん》を望《のぞ》む
悟《さと》る　彼《か》の下泉《かせん》の人《ひと》
喟然《きぜん》として心肝《しんかん》を傷《いた》ましむるを

**大意**

西の都長安は乱れて正道が行われなくなり、豺虎の輩が災禍を起こしている。そこで、ふたたび中原の地を棄て、身を遠ざけて南の果ての荊蛮に赴くことにした。親戚は私の顔を見て悲しみ、朋友は追いかけてきて車にすがる。城門を出ても見るべきものはなく、白骨がゴロゴロと平原をおおい尽くしている。途中、飢えた女に出会ったが、女は抱いていた子どもを草むらに棄てていた。振り返りつつ泣き叫ぶ声を聞き、涙をぬぐうとそのまま立ち去り戻ってくることはなかった。「自分一人でさえどこで死ぬか分からないのに、どうして二人ともに生きていけるでしょう」。私は馬に鞭をくれ、見棄てて立ち去った。女の言葉を聞くのに忍びなかったから。南のかた霸陵の丘に登り、振り返って長安を眺めると、かの「下泉」の詩の作者の気持ちがよく分かり、深いため息をつくのだった。

# 燕歌行

秋風蕭瑟天氣涼
草木搖落露爲霜
羣燕辭歸雁南翔
念君客遊思斷腸
慊慊思歸戀故鄕
君何淹留寄他方
賤妾煢煢守空房
憂來思君不敢忘
不覺淚下霑衣裳
援琴鳴絃發淸商
短歌微吟不能長
明月皎皎照我牀
星漢西流夜未央

## 燕歌行《えんかこう》

魏《ぎ》・文帝《ぶんてい》 曹丕《そうひ》

秋風蕭瑟《しゅうふうしょうしつ》として天気《てんき》涼《すず》しく
草木搖落《そうもくようらく》して露霜《つゆしも》と為《な》る
羣燕辞《ぐんえんじ》し帰《かえ》り　雁南《がんみなみ》に翔《かけ》る
君《きみ》が客遊《かくゆう》を念《おも》えば思《おも》い腸《はらわた》を断《た》つ
慊慊《けんけん》として帰《かえ》らんと思《おも》い　故郷《こきょう》を恋《こ》わん
君何《きみなん》ぞ淹留《えんりゅう》して他方《たほう》に寄《よ》る
賤妾煢煢《せんしょうけいけい》として空房《くうぼう》を守《まも》り
憂《うれ》い来《きた》りて君《きみ》を思《おも》い敢《あ》えて忘《わす》れず
覚《おぼ》えず涙下《なみだくだ》りて衣裳《いしょう》を霑《うるお》す
琴《きん》を援《ひ》き絃《げん》を鳴《な》らして清商《せいしょう》を発《はっ》し
短歌微吟《たんかびぎん》して長《なが》うする能《あた》わず
明月皎皎《めいげつきょうきょう》として我《わ》が牀《しょう》を照《て》らし
星漢西《せいかんにし》に流《なが》れて夜未《よるいま》だ央《つ》きず

82

メモ
漢代歌曲の題の一つ。北征したまま帰ってこない夫を一途に思う妻の孤独が、冷涼な秋の風物とともに詠われる。第5句の「慊慊」は心の満たされないさま、第7句の「煢煢」は孤独なさま。唐の時代に流行する「閨怨詩」の先がけでもあり、また最も早い七言詩の一つでもある。第12句の「明月が皎皎として我が牀を照らす」という表現は、のちに李白の「牀前月光を看る」(「静夜思」 200頁) に受け継がれる。押韻は毎句第七字目(下平・陽韻)。

# 牽牛織女遙相望
# 爾獨何辜限河梁

牽牛織女《けんぎゅうしょくじょ》遙《はる》かに相《あ》い望《のぞ》む
爾《なんじ》独《ひと》り何《なん》の辜《つみ》あってか河梁《かりょう》に限《かぎ》らる

**大意**

秋風が寂しそうに吹いて涼しい季節となり、草木の葉は枯れ落ち、露は霜となりました。燕の群れは飛び去り、雁は南へと飛んできたのに、あなたが旅に出たままなのを思うと、悲しくて心が乱れます。きっとあなたも早く帰りたいと、故郷を懐かしくお思いでしょうに、どうしていつまでも他国に身を寄せたままなのかしら。私は独り空しく空房を守り、寂しさがつのって、あなたのことがどうしても忘れられず、思わず涙がこぼれて衣裳を濡らしてしまいました。琴を引き寄せ絃を鳴らして清商の澄んだ調子を弾き、短い歌をそっと歌っただけでも、胸がつまって長く歌うことはできません。明月は白々と私のベッドを照らし、天の川は西に傾いてもまだ夜は明けません。牽牛と織女の二星が天の川を隔てて遥かに向かい合っています。あの二星はいったい何の罪があって川に隔てられているのでしょう。

# 名都篇

名都多妖女
京洛出少年
寶劍直千金
被服麗且鮮
鬭雞東郊道
走馬長楸間
馳騁未能半
雙兎過我前
攬弓捷鳴鏑
長驅上南山
左挽因右發
一縱兩禽連
餘巧未及展

## 名都篇《めいとへん》

曹植《そうしょく》

名都《めいと》　妖女《ようじょ》多《おお》く
京洛《けいらく》　少年《しょうねん》出《い》づ
宝剣《ほうけん》　直《あたい》千金《せんきん》
被服《ひふく》　麗《うるわ》しく且《か》つ鮮《あざ》やかなり
鶏《にわとり》を東郊《とうこう》の道《みち》に闘《たたか》わし
馬《うま》を長楸《ちょうしゅう》の間《かん》に走《はし》らす
馳騁《ちてい》未《いま》だ能《よ》く半《なか》ばならざるに
双兎《そうと》　我《わ》が前《まえ》を過《す》ぐ
弓《ゆみ》を攬《と》りて鳴鏑《めいてき》を捷《さしはさ》み
長駆《ちょうく》して南山《なんざん》に上《のぼ》る
左《ひだり》に挽《ひ》き因《よ》って右《みぎ》に発《はっ》し
一《ひと》たび縦《はな》てば両禽《りょうきん》連《つら》なる
余巧《よこう》未《いま》だ展《の》ぶるに及《およ》ばず

メモ
全篇上流階級の若者の豪奢で粋なさまを描く。「少年」は若者の意。三十歳くらいまで「少年」である。第1句の「妖女」は次句以降まったく登場しないが、当然、若者が遊びに興じているときに花を添えている。後世「少年行」と題する詩が多く作られるが、これはその源となる詩である。なお第23句の「撃壌」は、木製のくつに似たものを一つ地に立て、他の一つを投げて当てる遊戯。韻字＝年・鮮・間・前・山・連・鳶・妍・千・蹯・筵・端・攀・還（上平・元韻寒韻刪韻、下平・先韻通押）。

**大意**

名高い都にはあでやかな女性が多く、洛陽にはいなせな若者が多い。千金にも値する宝剣をおび、着物は麗しく鮮

仰手接飛鳶
觀者咸稱善
衆工歸我妍
歸來宴平樂
美酒斗十千
膾鯉臇胎鰕
炮鼈炙熊蹯
鳴儔嘯匹侶
列坐竟長筵
連翩擊鞠壤
巧捷惟萬端
白日西南馳
光景不可攀
雲散還城邑
清晨復來還

手《て》を仰《あお》ぎて飛鳶《ひえん》を接《う》つ
観《み》る者咸《ものことごと》く善《よ》しと称《しょう》し
衆工《しゅうこう》　我《われ》に妍《けん》を帰《き》す
帰《かえ》り来《きた》りて平楽《へいらく》に宴《えん》す
美酒《びしゅ》　斗十千《とじゅっせん》
鯉《こい》を膾《なます》にし胎鰕《たいか》を臇《あつもの》にし
鼈《べつ》を炮《に》て熊蹯《ゆうはん》を炙《しゃ》にす
儔《とも》を鳴《よ》び匹侶《ひつりょ》と嘯《うそぶ》き
坐《ざ》を列《つら》ねて長筵《ちょうえん》を竟《きわ》む
連翩《れんぺん》として鞠壌《きくじょう》を撃《う》ち
巧捷《こうしょう》たること惟《こ》れ万端《ばんたん》
白日西南《はくじつせいなん》に馳《はし》りて
光景《こうけい》　攀《とど》むべからず
雲散《うんさん》して城邑《じょうゆう》に還《かえ》り
清晨《せいしん》に復《ま》た来《きた》り還《かえ》る

85

やか。東の郊外の道で鶏を闘わせ、ヒサギの街路樹の間に馬を走らせる。駆けている途中、二匹の兎が目の前に飛び出すと、弓を取り、かぶら矢をつがえ、どこまでも駆けて南の山に追いつめ、左に紘を引き絞って右に放つと、一度で二匹の兎を射止める。それでもまだ物足りず、仰ぎ見て飛ぶ鳶を射る。観ている者は口々に喝采し、腕自慢の者たちもあいつが一番と褒めそやす。帰ってくると、洛陽の西門街にある平楽観で宴会だ。美酒は一斗一万銭もする。鯉のなますに子持ちの鰕《エビ》の吸い物、鼈《スッポン》の煮物に、炙《あぶ》った熊の手のひら。友を呼んでしゃべったり、一緒に歌を歌ったり、座を列ねて長々と筵《むしろ》を囲む。庭では軽やかに身をこなして鞠を蹴ったり撃壌したり、何をやっても敏捷で上手だ。やがて太陽は西南に傾き、その輝きを引き戻すことはできない。若者たちは雲のように散り町へと帰っていく。しかし翌日もまたやってきて楽しむのだ。

# 七哀詩

明月照高樓
流光正徘徊
上有愁思婦
悲歎有餘哀
借問歎者誰
言是客子妻
君行踰十年
孤妾常獨棲
君若清路塵
妾若濁水泥
浮沈各異勢
會合何時諧
願爲西南風

## 七哀《しちあい》の詩《し》

曹植《そうしょく》

明月《めいげつ》　高楼《こうろう》を照《て》らし
流光《りゅうこう》　正《まさ》に徘徊《はいかい》す
上《うえ》に愁思《しゅうし》の婦《ふ》有《あ》り
悲歎《ひたん》して余哀《よあい》有《あ》り
借問《しゃもん》す　歎《なげ》く者《もの》は誰《たれ》ぞ
言《い》う　是《こ》れ客子《かくし》の妻《つま》なりと
君《きみ》行《ゆ》きて十年《じゅうねん》を踰《こ》え
孤妾《こしょう》　常《つね》に独《ひと》り棲《す》む
君《きみ》は清路《せいろ》の塵《ちり》の若《ごと》く
妾《しょう》は濁水《だくすい》の泥《どろ》の若《ごと》し
浮沈《ふちん》各《おの》おの勢《いきお》いを異《こと》にし
会合《かいごう》　何《いず》れの時《とき》にか諧《かな》わん
願《ねが》わくは西南《せいなん》の風《かぜ》と為《な》り

メモ

いつ帰るか分からない夫を待つ妻の歌。「七哀」は後漢末にできた新しい楽府題とも言われる。王粲（80頁）、阮瑀、張載らに同題の詩がある。典型的な「閨怨詩」で第1句・第2句の月光の描写が女性の悲しみを象徴的に詠う。後世「楼上の思婦」をテーマにして詩が作られるが、この詩が影響を与えた。韻字＝徊・哀・妻・棲・泥・諧・懐・開・依（上平・灰韻斉韻佳韻、微韻通押）。

長逝入君懷
君懷良不開
賤妾當何依

長《なが》く逝《ゆ》きて君《きみ》が懐《ふところ》に入《い》らん
君《きみ》が懐《ふところ》　良《まこと》に開《ひら》かずんば
賤妾《せんしょう》　当《まさ》に何《いず》れにか依《よ》るべき

**大意**

明るい月が高楼を照らし、流れる光が移りゆく。楼上に愁いに沈む女が独り、悲嘆して哀しみは尽きない。嘆いているのは誰ですか、と尋ねると、夫の帰りを待つ妻です、と。あなたが旅に出てもう十年が過ぎ、私はずっと独りで暮らしています。あなたは清らかな路上に舞う塵のよう、私は濁る川の中に沈む泥のよう。浮くと沈むとそれぞれ境遇が違い、いつになったらお会いできることか。かなうことなら、西南の風となり、遠く吹いていってあなたの懐に入りたい。あなたがもし懐を開いてくださらなければ、私はどこに身を寄せたらよいのでしょう。

# 雑詩　六首　其一

高臺多悲風
朝日照北林
之子在萬里
江湖迥且深
方舟安可極
離思故難任
孤雁飛南游
過庭長哀吟
翹思慕遠人
願欲托遺音
形影忽不見
翩翩傷我心

雑詩《ざつし》　六首《ろくしゅ》　其《そ》の一《いち》

高台《こうだい》　悲風《ひふう》多《おお》し
朝日《ちょうじつ》　北林《ほくりん》を照《て》らす
之《こ》の子《こ》　万里《ばんり》に在《あ》り
江湖《こうこ》　迥《はる》かにして且《か》つ深《ふか》し
方舟《ほうしゅう》　安《いず》くんぞ極《きわ》むべけんや
離思《りし》　故《もと》より任《た》え難《がた》し
孤雁《こがん》　飛《と》びて南《みなみ》に游《あそ》び
庭《にわ》を過《よぎ》りて長《なが》く哀吟《あいぎん》す
翹思《ぎょうし》して遠人《えんじん》を慕《した》い
願《ねが》わくは遺音《いいん》を托《たく》せんと欲《ほっ》す
形影《けいえい》　忽《たちま》ち見《み》えず
翩翩《へんぺん》　我《わ》が心《こころ》を傷《いた》ましむ

曹植《そうしょく》

メモ

雑詩六首の其の一。雑詩はさまざまな主題を詠う。この詩は友との別れが主題。文帝曹丕によって、もっとも仲の良かった弟の曹彪（そうひゅう）と隔絶されたのを悲しむ詩と解釈されている。第9句の「翹思」は心をかけて思うこと。韻字＝林・深・任・吟・音・心（下平・侵韻）。

**大意**

高い楼台にはいつも悲しそうに激しい風が吹き、朝日が北の林を照らす。あの方は万里の彼方にいて、川や湖に遠く深く隔てられている。舟で行っても行きつけるはずもなく、別離の思いにもう堪えられない。一羽の雁が南に飛び、悲しげに鳴いて庭の上を横切っていく。ますます思いはつのり遠くにいる人が慕われ、せめて伝言を託せないものかと願う。しかし形も影もすぐに見えなくなり、羽ばたく音に、私の心はますます悲しみに沈むのだった。

# 野田黄雀行

曹植《そうしょく》

高樹多悲風
海水揚其波
利劍不在掌
結友何須多
不見籬間雀
見鷂自投羅
羅家得雀喜
少年見雀悲
拔劍捎羅網
黃雀得飛飛
飛飛摩蒼天
來下謝少年

野田黄雀行《やでんこうじゃくこう》

高樹《こうじゅ》　悲風《ひふう》多《おお》く
海水《かいすい》　其《そ》の波《なみ》を揚《あ》ぐ
利剣《りけん》　掌《て》に在《あ》らざれば
友《とも》を結《むす》ぶに何《なん》ぞ多《おお》きを須《もち》いん
見《み》ずや　籬間《りかん》の雀《すずめ》
鷂《たか》を見《み》て自《みずか》ら羅《あみ》に投《とう》ずるを
羅家《らか》は雀《すずめ》を得《え》て喜《よろこ》ぶも
少年《しょうねん》は雀《すずめ》を見《み》て悲《かな》しむ
剣《けん》を抜《ぬ》きて羅網《らもう》を捎《はら》えば
黄雀《こうじゃく》　飛《と》び飛《と》ぶを得《え》たり
飛《と》び飛《と》びて蒼天《そうてん》を摩《ま》し
来《きた》り下《くだ》りて少年《しょうねん》に謝《しゃ》す

メモ

多くの友人よりも鋭利な剣が必要だという。曹植に「悲風」が吹きつけ、身近に荒波が立っていたことがうかがえる。兄の曹丕が即位ののち、曹植の侍臣たちが粛清されてゆく様子を描いた、とも言われる。韻字＝波・多・羅（下平・歌韻）、悲・飛（上平・支韻微韻）、天・年（下平・先韻）。

## 大意

高い樹には悲しそうに激しく風が吹き、広い海には大きな波が立つ。鋭利な剣を持っていなければ、多くの友人と交わりを結ぶべきではない。見てごらん、あの垣根の雀を。鷹を見ると自分から網に飛び込んでしまう。猟師は雀を捕えて大喜びしているが、若者は雀を見て悲しそうだ。若者が剣を抜いて網を切り払うと、雀は自由に飛んでいく。雀は自由に青空高く飛んで、やがて降りてきて少年に礼を言った。

# 七歩詩

煮豆持作羹
漉豉以爲汁
萁向釜下然
豆在釜中泣
本是同根生
相煎何太急

七歩《しちほ》の詩《し》

曹植《そうしょく》

豆《まめ》を煮《に》て持《も》って羹《あつもの》と作《な》し
豉《し》を漉《こ》して以《もっ》て汁《しる》と為《な》す
萁《まめがら》は釜《かま》の下《した》に向《お》いて然《も》え
豆《まめ》は釜《かま》の中《うち》に在《あ》りて泣《な》く
本《もと》是《こ》れ根《ね》を同《おな》じくして生《しょう》ぜしに
相《あ》い煎《い》ること何《なん》ぞ太《はなは》だ急《きゅう》なる

メモ

兄の文帝曹丕に、七歩歩く間に詩を作らなければ死刑に処す、と言われて作ったという。微妙な兄弟関係を、釜の中で煎られる豆（曹植）と釜の下で燃える豆がら（文帝）にたとえ、当意即妙な味わいがある。曹植の作品集には収められていないことから、曹植の作ではないともされる。韻字＝汁・泣・急（去声・緝韻）。

**大意**

豆を煮てスープを作り、発酵させた豆をこして汁物を作る。豆がらは釜の下で然え、豆は釜の中で泣いている。もとは同じ根から生まれて育ったものなのに、どうしてそんなにひどく煎りつける（いじめる）のか。

# 詠懐詩

夜中不能寐
起坐彈鳴琴
薄帷鑑明月
清風吹我襟
孤鴻號外野
朔鳥鳴北林
徘徊將何見
憂思獨傷心

詠懐詩《えいかいし》　　阮籍《げんせき》

夜中《やちゅう》　寐《い》ぬる能《あた》わず
起坐《きざ》して鳴琴《めいきん》を弾《だん》ず
薄帷《はくい》　明月《めいげつ》鑑《て》り
清風《せいふう》　我《わ》が襟《えり》を吹《ふ》く
孤鴻《ここう》　外野《がいや》に号《さけ》び
朔鳥《さくちょう》　北林《ほくりん》に鳴《な》く
徘徊《はいかい》して将《は》た何《なに》をか見《み》る
憂思《ゆうし》して独《ひと》り心《こころ》を傷《いた》ましむ

メモ

夜眠れないのは憂いがあるため。琴を弾いて心が少し晴れるが、孤独な大鳥や小鳥の鳴き声を聞いてまたふさぎ込む。そこで家の外に出て歩き回るが、かえって深い憂愁に沈む。解放できない憂鬱、ますます内にこもる憂愁。第5句の「孤鴻」は賢人に、第6句の「朔鳥」は俗物の小人に譬える。「朔鳥」は「翔鳥」とするテキストもある。阮籍は、魏末晋初、晋に仕えながら晋を批判する気骨を示した。いつ処刑されるか分からない危うい状況の中で生きる苦悩が詩に込められている。韻字＝琴・襟・林・心（下平・侵韻）。

**大意**

夜中になっても寝つかれず、起きて座り、琴《きん》をつまびく。薄い帷《とばり》に明月が射し、涼しい風が襟もとを吹きすぎる。群れを離れた一羽の大鳥が広い野原で叫び、朔北の小鳥たちが北の林で鳴いている。歩き回って、いったい何を見ようというのか、憂い悩み独り心を苦しめる。

# 贈秀才入軍

息徒蘭圃
秣馬華山
流磻平皐
垂綸長川
目送歸鴻
手揮五絃
俯仰自得
游心太玄
嘉彼釣叟
得魚忘筌
郢人逝矣
誰與盡言

## 秀才《しゅうさい》の軍《ぐん》に入《い》るに贈《おく》る

徒《と》を蘭圃《らんぽ》に息《いこ》わしめ
馬《うま》を華山《かざん》に秣《まぐさか》う
磻《は》を平皐《へいこう》に流《なが》し
綸《いと》を長川《ちょうせん》に垂《た》る
目《め》に帰鴻《きこう》を送《おく》り
手《て》に五絃《ごげん》を揮《ふる》う
俯仰《ふぎょう》して自得《じとく》し
心《こころ》を太玄《たいげん》に游《あそ》ばしむ
彼《か》の釣叟《ちょうそう》を嘉《よみ》す
魚《うお》を得《え》て筌《せん》を忘《わす》るるを
郢人《えいひと》逝《ゆ》きぬ
誰《た》と与《とも》にか言《げん》を尽《つ》くさん

嵆康《けいこう》

メモ
題名の「秀才」は任官候補者の兄曹喜。従軍するときに贈った詩。第3句の「磻」はいぐるみ。第10句の「筌」は、細い竹で編んで、水中に沈めて魚を取る道具。「得魚忘筌」は『荘子』外物篇に見える。「郢人」は『荘子』徐無鬼篇に見える。知己同心の人をいう。第5句・第6句の「目送帰鴻、手揮五絃」は高士の典型とされる。魏末晋初、嵆康は晋の圧力に屈せず捕えられ刑死した。韻字＝山・川・絃・玄・筌・言（上平・元韻刪韻、下平・先韻通押）。

### 大意

兄上は蘭の花咲く園に兵を休息させ、緑美しい山で馬に秣《まぐさ》を与えることでしょう。平らな沢地でいぐるみを射たり、大きな川で釣り糸を垂れたりもするでしょう。故郷に帰る大鳥を見送り、五絃の琴をつまびくこともあるでしょう。俯仰する日常の立ち居振る舞いの中で自ら悟るところがあり、心を無為自然の道に遊ばせることでしょう。あの魚釣りの老人は、魚を得ると漁具のことなど忘れてしまうとか、何とも羨ましいことです（私は兄上のことが忘れられません）。私のことを心の底から理解してくれる郢人（知己同心の人）のような兄上は行ってしまわれた。私はいったい誰と心のうちを話したらよいのでしょうか。

# 悼亡詩　三首　其一

荏苒冬春謝
寒暑忽流易
之子歸窮泉
重壤永幽隔
私懷誰克從
淹留亦何益
僶俛恭朝命
迴心反初役
望廬思其人
入室想所歴
幃屛無髣髴
翰墨有餘跡
流芳未及歇

悼亡詩《とうぼうし》　三首《さんしゅ》　其《そ》の一《いち》　　潘岳《はんがく》

荏苒《じんぜん》として冬春《とうしゅん》謝《さ》り
寒暑《かんしょ》忽《たちま》ち流易《りゅうえき》す
之《こ》の子《こ》　窮泉《きゅうせん》に帰《き》し
重壌《ちょうじょう》　永《なが》く幽隔《ゆうかく》す
私懐《しかい》　誰《たれ》か克《よ》く従《したが》わん
淹留《えんりゅう》するも亦《ま》た何《なん》の益《えき》かあらん
僶俛《びんべん》として朝命《ちょうめい》を恭《つつし》み
心《こころ》を廻《めぐ》らして初役《しょえき》に反《かえ》る
廬《ろ》を望《のぞ》んでは其《そ》の人《ひと》を思《おも》い
室《しつ》に入《い》っては歴《へ》し所《ところ》を想《おも》う
幃屏《いへい》に髣髴《ほうふつ》たること無《な》きも
翰墨《かんぼく》に余跡《よせき》有《あ》り
流芳《りゅうほう》　未《いま》だ歇《つ》くるに及《およ》ばず

メモ
三首連作の其の一。其の一は晩春、其の二は秋、其の三は冬を背景にして、妻の死を悼む。「悼亡」は「亡き人を悼む」の意であるが、潘岳の三首の詩から「悼亡」は、自分の妻の死を悼む意になった。後世、模擬の詩も多く作られている。中でも中唐・元稹の「悼亡」が有名である。韻字＝易・隔・益・役・歴・跡・壁・惕・隻・析・滴・積・擊（入声）。

遺挂猶在壁
悵怳如或存
周遑忡驚惕
如彼翰林鳥
雙栖一朝隻
如彼游川魚
比目中路析
春風縁隟來
晨霤承簷滴
寢息何時忘
沈憂日盈積
庶幾有時衰
莊缶猶可擊

遺挂《いけい》　猶《な》お壁《かべ》に在《あ》り
悵怳《ちょうきょう》として存《そん》すること或《あ》るが如《ごと》く
周遑《しゅうこう》として忡《うれ》えて驚惕《けいてき》す
彼《か》の林《はやし》に翰《と》ぶ鳥《とり》の
双栖一朝《そうせいいっちょう》にして隻《ひとり》となるが如《ごと》し
彼《か》の川《かわ》に游《およ》ぐ魚《うお》の
比目中路《ひもくちゅうろ》にして析《わ》かるるが如《ごと》し
春風《しゅんぷう》は隟《すきま》に縁《よ》りて来《きた》り
晨霤《しんりゅう》は簷《のき》を承《う》けて滴《したた》る
寝息《しんそく》　何《いず》れの時《とき》か忘《わす》れん
沈憂《ちんゆう》　日《ひ》びに盈積《えいせき》す
庶幾《こいねが》わくは時《とき》に衰《おとろ》うこと有《あ》りて
荘缶《そうふ》の猶《な》お撃《う》つべきを

**大意**

月日は流れて冬も春も過ぎ去り、寒暑がたちまち入れ替わった。妻は黄泉の国に帰り、重なる土が永遠に二人を暗く隔てた。私情に浸ってはいられない、長く引きずったところで何になろう。勉めて朝廷の命を奉じ、気持ちを改めて前の職務に戻った。家を眺めては亡き妻を思い、部屋に入っては妻と暮らした日々を思い出す。帳《とばり》や屏風のあたりに妻の姿はないが、筆墨の跡がくっきり残っている。香はまだ消えず、衣装はまだ壁にかかっている。ぼんやりと妻が生きているような気がしたが、いないことに気づいて悲しみうろたえる。あの林に飛ぶ鳥が、つがいでいたのに、突然一羽になったかのよう、あの川に泳ぐ魚が、並んで泳いでいたのに、途中で引き離されたかのよう。春風が隙間から吹き込み、朝の雨が軒から滴り落ちる。寝ても覚めても忘れられず、深い悲しみは日に日に積もる。願わくは、いつか悲しみが薄れて、荘子のように甕を叩いて歌えるようになりたい。

# 情人碧玉歌

碧玉破瓜時
相爲情顚倒
感郎不羞難
廻身就郎抱

情人碧玉《じょうじんへきぎょく》の歌《うた》

孫綽《そんしゃく》

碧玉《へきぎょく》　破瓜《はか》の時《とき》
相《あ》い為《ため》に情顚倒《じょうてんとう》す
郎《ろう》に感《かん》じて羞難《しゅうなん》せず
身《み》を廻《めぐ》らして郎《ろう》に就《つ》きて抱《いだ》かる



メモ
「破瓜」は女子の年齢をいう隠語。「瓜」の字を分解すると、二と八になる。二かける八で、つまり十六。「碧玉」は晋の汝南王の寵妾（妓女）といわれる。韻字＝倒・抱（去声・皓韻）。

**大意**

碧玉は破瓜（十六）の娘盛り。可愛さに男は気も顚倒せんばかり。娘はその気持ちが嬉しくて、恥ずかしさも忘れ、身をくねらせ男の胸に飛び込んで抱かれる。

# 情人桃葉歌　二首

其一
桃葉復桃葉
渡江不用檝
但渡無所苦
我自迎接汝

其二
桃葉復桃葉
桃葉連桃根
相憐兩樂事
獨使我殷勤

情人桃葉歌《じょうじんとうようか》　二首《にしゅ》

王献之《おうけんし》

其《そ》の一《いち》
桃葉《とうよう》　復《ま》た桃葉《とうよう》
江《こう》を渡《わた》るに檝《かじ》を用《もち》いず
但《た》だ渡《わた》れ　苦《くる》しむ所無《ところな》し
我自《われみずか》ら汝《なんじ》を迎接《げいせつ》せん

其《そ》の二《に》
桃葉《とうよう》　復《ま》た桃葉《とうよう》
桃葉《とうよう》は桃根《とうこん》に連《つら》なる
相《あ》い憐《あわれ》む両楽事《りょうらくじ》
独《ひと》り我《われ》をして殷勤《いんぎん》せしむ



メモ
王献之は晋の書家。父は書聖と言われる王羲之。父とともに「二王」と称される。桃葉は王献之の愛妾の名。五言四句の短詩形は庶民の間から起こったが、貴族たちも作るようになった。韻字は其一＝葉・檝（入声・葉韻）、苦・汝（上声・語韻麌韻）。其二＝根・勤（上平・元韻文韻）。

**大意**

桃葉よ桃葉、川を渡るのに檝《かじ》なんかいらないよ。ただ渡ればいいのだ、心配することはない。私が出むいて迎えてあげるから。

桃葉よ桃葉、桃の葉は桃の根と一つにつながっているのだよ（おまえと私の仲は桃の葉と根のように一つ）。愛し合うのはおまえも私も楽しいこと、それなのに私ばかりに言い寄らせておまえはつれないそぶり。

## 歸園田居　五首　其一

園田《えんでん》の居《きょ》に帰《かえ》る　五首《ごしゅ》　其《そ》の一

陶淵明《とうえんめい》

少無適俗韻
性本愛丘山
誤落塵網中
一去三十年
羈鳥戀舊林
池魚思故淵
開荒南野際
守拙歸園田
方宅十餘畝
草屋八九間
楡柳蔭後簷
桃李羅堂前
曖曖遠人村

少《わか》きより俗《ぞく》に適《かな》うの韻《しらべ》無《な》く
性本《せいもと》丘山《きゅうざん》を愛《あい》す
誤《あやま》りて塵網《じんもう》の中《うち》に落《お》ち
一《ひと》たび去《さ》って三十年《さんじゅうねん》
羈鳥《きちょう》　旧林《きゅうりん》を恋《こ》い
池魚《ちぎょ》　故淵《こえん》を思《おも》う
荒《こう》を南野《なんや》の際《さい》に開《ひら》き
拙《せつ》を守《まも》りて園田《えんでん》に帰《かえ》る
方宅《ほうたく》　十余畝《じゅうよほ》
草屋《そうおく》　八九間《はちきゅうけん》
楡柳《ゆりゅう》　後簷《こうえん》を蔭《おお》い
桃李《とうり》　堂前《どうぜん》に羅《つら》なる
曖曖《あいあい》たり　遠人《えんじん》の村《むら》

メモ

作者四十二歳の作。隠棲の喜びを詠う。前年の十一月、彭沢の県令を辞めて隠棲していた。第1句の「韻」は気質、性格の意。第4句の「三十」は「十三」とするテキストもある。第8句の「守拙」は世渡りべたな愚直な性格を押し通すこと。第20句の「自然」は今日の風景自然という「自然」ではなく、「自ずから然(しか)る」、もって生まれた自分、「丘山を愛す」る自分、の意。韻字＝山・年・淵・田・間・前・煙・巓・閑・然（上平・删韻、下平・先韻通押）。

依依墟里煙
狗吠深巷中
雞鳴桑樹巓
戸庭無塵雜
虚室有餘閑
久在樊籠裏
復得返自然

依依《いい》たり　墟里《きょり》の煙《けむり》
狗《いぬ》は吠《ほ》ゆ　深巷《しんこう》の中《うち》
雞《にわとり》は鳴《な》く　桑樹《そうじゅ》の巓《いただき》
戸庭《こてい》　塵雜《じんざつ》無《な》く
虚室《きょしつ》　余閑《よかん》有《あ》り
久《ひさ》しく樊籠《はんろう》の裏《うち》に在《あ》りしも
復《ま》た自然《しぜん》に返《かえ》るを得《え》たり



**大意**

若いころから俗世間と調子が合わず、生まれつき山や丘を愛する気持ちが強かった。ところが誤って俗世の塵まみれの網に落ち込んで(役人生活をして)、あっと言う間に三十年の月日が過ぎてしまった。籠の鳥がもと住んでいた林を恋い、池の魚がもとの淵を思うように、私も故郷が懐かしく、村の南の荒れ地を開墾しようと、世渡りべたな性格を守り通して園田に帰ってきた。宅地は十畝あまり、草ぶきの家は間取り八、九室。楡や柳が裏手の軒先をおおい、桃や李《スモモ》が座敷の庭先に連なっている。遠くに霞む村里には、ゆらゆらと炊事の煙が立ち上り、村の路地裏の奥で犬が吠え、桑の木のいただきで鶏が鳴いている。我が家の門や庭には俗世の雑多な塵一つなく、がらんとした部屋はゆったりとして静かである。長い間、鳥籠に閉じ込められていたが、これでまた本来の自分に戻ることができた。

# 歸園田居　五首　其三

園田《えんでん》の居《きょ》に帰《かえ》る　五首《ごしゅ》　其《そ》の三《さん》　陶淵明《とうえんめい》

種豆南山下
草盛豆苗稀
晨興理荒穢
帶月荷鋤歸
道狹草木長
夕露沾我衣
衣沾不足惜
但使願無違

豆《まめ》を南山《なんざん》の下《もと》に種《う》う
草《くさ》盛《さか》んにして豆苗《とうびょう》稀《まれ》なり
晨《あした》に興《お》きて荒穢《こうわい》を理《おさ》め
月《つき》を帯《お》び鋤《すき》を荷《にな》いて帰《かえ》る
道《みち》狭《せま》くして草木《そうもく》長《ちょう》じ
夕露《せきろ》　我《わ》が衣《ころも》を沾《うるお》す
衣《ころも》の沾《うるお》うは惜《お》しむに足《た》らず
但《た》だ願《ねが》いをして違《たが》うこと無《な》からしめよ

メモ

朝から晩まで畑仕事に精を出し、収穫の多いことを願う。「荒穢」は雑草が生い茂ってあれていること。自らの労働から第4句や第6句の写実が生まれる。韻字=稀・歸・衣・違（上平・微韻）。

**大意**

豆を南山の麓に植えたが、雑草が盛んに茂って豆の苗は稀である。朝早く起きて雑草を抜き荒れた地を整え、月に照らされて鋤をかついで帰る。狭い道に草木が生い茂っているので、夜露で着物がぐっしょり濡れる。着物が濡れるのは惜しくはない。ただ豆が無事に育ってくれることだけを願う。

# 飲酒　二十首　其五

結廬在人境
而無車馬喧
問君何能爾
心遠地自偏
采菊東籬下
悠然見南山
山氣日夕佳
飛鳥相與還
此中有眞意
欲辯已忘言

飲酒《いんしゅ》　二十首《にじゅっしゅ》　其《そ》の五《ご》

陶淵明《とうえんめい》

廬《いおり》を結《むす》んで人境《じんきょう》に在《あ》り
而《しか》も車馬《しゃば》の喧《かまびす》しき無《な》し
君《きみ》に問《と》う　何《なん》ぞ能《よ》く爾《しか》るやと
心遠《こころとお》ければ　地自《ちおの》ずから偏《へん》なり
菊《きく》を采《と》る　東籬《とうり》の下《もと》
悠然《ゆうぜん》として南山《なんざん》を見《み》る
山気《さんき》　日夕《にっせき》に佳《よ》く
飛鳥《ひちょう》　相《あ》い与《とも》に還《かえ》る
此《こ》の中《うち》に真意《しんい》有《あ》り
弁《べん》ぜんと欲《ほっ》して已《すで》に言《げん》を忘《わす》る

**大意**

人里に粗末な家を構えているが、車馬が往来するわずらわしさはない。「君に聞くが、どうしてそんなことができるのだ」。なあに、心が俗世から遠く離れているから、地はおのずから辺鄙になるのだ。菊の花を東の垣根のもとで手折り、悠然と南山を見る。山には夕霞が美しくたなびき、鳥たちが連れだって帰っていく。この何気ない風景の中に、人が本来あるべき本当の生き方、生きる意義がある。しかし、これを説明しようとすると、もう説明する言葉を忘れているのだ。

メモ
第5句・第6句は、味わい深い名句。夏目漱石の『草枕』にも引く。菊の花を何気なく折り取り、ふと見上げると南山が目に入る。ただそれだけのこと。目に入った山は夕暮れ時で紅（くれない）色の霞がただよい、その中を鳥たちがねぐらへと帰っていく。「自然」の中に生きること、それが「真意」なのである。韻字＝喧・偏・山・還・言（上平・元韻刪韻、下平・先韻通押）。

## 雑詩　其一

人生無根蔕
飄如陌上塵
分散逐風轉
此已非常身
落地爲兄弟
何必骨肉親
得歡當作樂
斗酒聚比隣
盛年不重來
一日難再晨
及時當勉勵
歲月不待人

## 雑詩《ざつし》　其《そ》の一《いち》

陶淵明《とうえんめい》

人生《じんせい》　根蔕《こんてい》無《な》く
飄《ひょう》として陌上《はくじょう》の塵《ちり》の如《ごと》し
分散《ぶんさん》して風《かぜ》を逐《お》って転《てん》ず
此《こ》れ已《すで》に常《つね》の身《み》に非《あら》ず
地《ち》に落《お》ちて兄弟《けいてい》と為《な》る
何《なん》ぞ必《かなら》ずしも骨肉《こつにく》の親《しん》のみならんや
歓《かん》を得《え》なば当《まさ》に楽《たの》しみを作《な》すべし
斗酒《としゅ》もて比隣《ひりん》を聚《あつ》めん
盛年《せいねん》　重《かさ》ねて来《きた》らず
一日《いちじつ》　再《ふたた》び晨《あした》なり難《がた》し
時《とき》に及《およ》んで当《まさ》に勉励《べんれい》すべし
歳月《さいげつ》は人《ひと》を待《ま》たず



メモ

「雑詩」はさまざまなテーマを詠う。第11句・第12句「及時當勉勵、歲月不待人」(時に及んで当に勉勵すべし、歳月は人を待たず)は金言として「若いときに勉強せよ、歳月は人を待ってくれないから」という意味で用いる。しかし、出典であるこの詩は、楽しいことがあったら、時をのがさず酒を飲んで楽しめ、という。「勉励」は「つとめはげむ」の意で、学問する意味の「勉強」ではない。「断章取義」の好例である。韻字=塵・身・親・隣・晨・人(上平・真韻)。

**大意**

人の命には、木の根や果実の蔕《ヘタ》のようにしっかりつなぎ止めておくものがなく、風にフワフワと舞う路上の塵のようなものだ。風のままに分散して転がり、もはやこの身は一定不変の姿ではない。地に落ちてこの世に生まれれば、みな兄弟である、どうして近親の者だけに限ろうか。嬉しいときには当然楽しむべきで、酒をたっぷり用意して近所の仲間を集めて飲もう。若いときは二度とやってこない。一日に二度朝になることはない。楽しめるときには、大いに楽しむべきだ。歳月は人を待ってはくれない。

# 雜詩　其二

白日淪西阿
素月出東嶺
遙遙萬里輝
蕩蕩空中景
風來入房戶
夜中枕席冷
氣變悟時易
不眠知夕永
欲言無予和
揮杯勸孤影
日月擲人去
有志不獲騁
念此懷悲悽

## 雑詩《ざっし》　其《そ》の二《に》

陶淵明《とうえんめい》

白日《はくじつ》　西阿《せいあ》に淪《しず》み
素月《そげつ》　東嶺《とうれい》に出《い》づ
遥遥《ようよう》たり万里《ばんり》の輝《かがや》き
蕩蕩《とうとう》たり空中《くうちゅう》の景《ひかり》
風来《かぜきた》りて房戸《ぼうこ》に入《い》り
夜中《やちゅう》　枕席冷《ちんせきひや》やかなり
気変《きへん》じて時《とき》の易《うつ》れるを悟《さと》り
眠《ねむ》らずして夕《よる》の永《なが》きを知《し》る
言《い》わんと欲《ほっ》するも予《われ》に和《わ》するもの無《な》く
杯《はい》を揮《ふる》って孤影《こえい》に勧《すす》む
日月《じつげつ》は人《ひと》を擲《す》てて去《さ》り
志《こころざし》　有《あ》るも騁《は》するを獲《え》ず
此《これ》を念《おも》いて悲悽《ひせい》を懐《いだ》き

メモ
第1句から第10句まで季節の移ろいと孤独を詠い、それをまとめるかたちで第11句・第12句で無常な歳月への恨みと遂げられない「志」のあることを明らかにする。「自然に還って」達観していたはずなのに、うまくいかないのが人の世である。韻字＝嶺・景・冷・永・影・騁・靜（上声・梗韻）。

# 終曉不能靜

曉《あかつき》を終《お》うるまで静《しず》かなる能《あた》わず



**大意**

太陽が西の山に沈み、白く輝く月が東の嶺から上る。月は万里の彼方まで輝き、光は夜空いっぱいに広がっている。風が部屋に吹き込んで、夜ふけは夜具が冷たい。大気の変化に季節が移ったことを悟り、眠れないために夜の長さを知る。心のうちを語ろうにも相手をしてくれる者もなく、独り酒をついで自分の影に勧める。歳月は人の思いにかまわず去ってゆき、志を抱いていても遂げることはできない。このことを思っていると悲しみが湧き起こり、朝を迎えるまで心は落ち着かなかった。

# 責子

白髪被兩鬢
肌膚不復實
雖有五男兒
總不好紙筆
阿舒已二八
懶惰故無匹
阿宣行志學
而不愛文術
雍端年十三
不識六與七
通子垂九齡
但覓梨與栗
天運苟如此

子《こ》を責《せ》む

陶淵明《とうえんめい》

白髪《はくはつ》　両鬢《りょうびん》に被《おお》い
肌膚《きふ》　復《ま》た実《み》たず
五男児《ごだんじ》有《あ》りと雖《いえど》も
総《すべ》て紙筆《しひつ》を好《この》まず
阿舒《あじょ》は已《すで》に二八《にはち》なるも
懶惰《らんだ》　故《もと》より匹《たぐい》無《な》し
阿宣《あせん》は行《ゆく》ゆく志学《しがく》にして
而《しか》も文術《ぶんじゅつ》を愛《あい》せず
雍《よう》と端《たん》は年十三《としじゅうさん》なるも
六《ろく》と七《しち》とを識《し》らず
通子《つうし》は九齢《きゅうれい》に垂《なんなん》として
但《た》だ梨《なし》と栗《くり》とを覓《もと》むるのみ
天運苟《てんうんいやし》くも此《か》くの如《ごと》くんば

メモ
五人の男の子がいるが、そろいもそろって勉強嫌いだ、と嘆く。自分の子どもを詩に詠うのは珍しい。第14句の「且」は、まあしばらく、「杯中の物」は酒。酒を飲みながら、数字の語呂合わせやユーモアを交えて嘆き、楽しそうである。親の情愛がにじみ出る。韻字＝実・筆・匹・術・七・栗・物（入声・質韻物韻）。

# 且進杯中物

且《しばら》く杯中《はいちゅう》の物《もの》を進《すす》めん



## 大意

私はもう左右の耳ぎわの毛がすっかり白くなり、皮膚にも色つやがなくなった。男の子が五人いるが、そろいもそろって紙と筆が好きではない（勉強嫌いだ）。舒はもう十六歳にもなるが、比べ者のないほどの怠け者。宣は学問に志を立てる十五というのに、文章や学術が好きにならない。雍と端はどちらも十三だが、六と七を足すと自分の年になることも知らない。通はまもなく九つになるが、ただ梨や栗をねだるだけだ。これがもし私の命運ならしかたがない、まあ酒でも飲むことにしよう。

# 過始寧墅

束髪懐耿介
逐物遂推遷
違志似如昨
二紀及茲年
淄磷謝清曠
疲薾慙貞堅
拙疾相倚薄
還得靜者便
剖竹守滄海
枉帆過舊山
山行窮登頓
水涉盡洄沿
巖峭嶺稠疊

## 始寧《しねい》の墅《しょ》に過《よ》ぎる

謝霊運《しゃれいうん》

束髪《そくはつ》より耿介《こうかい》を懐《いだ》き
物《もの》を逐《お》いて遂《つい》に推遷《すいせん》す
志《こころざし》に違《たが》うこと昨《きのう》の如《ごと》きに似《に》たるも
二紀《にき》にして茲《こ》の年《とし》に及《およ》ぶ
淄磷《しりん》は清曠《せいこう》を謝《しゃ》し
疲薾《ひでい》して貞堅《ていけん》に慙《は》ず
拙疾《せっしつ》相《あ》い倚薄《いはく》し
還《かえ》って静者《せいじゃ》の便《べん》を得《え》たり
竹《たけ》を剖《さ》きて滄海《そうかい》に守《しゅ》たり
帆《ほ》を枉《ま》げて旧山《きゅうざん》に過《よ》ぎる
山行《さんこう》しては登頓《とうとん》を窮《きわ》め
水渉《すいしょう》しては洄沿《かいえん》を尽《つ》くす
巌《いわお》は峭《けわ》しくして嶺《みね》は稠畳《ちゅうじょう》たり



メモ
第11句から第18句まで、山と水を対にした聯で構成されている。このうち第15句・第16句の「白雲幽石を抱き、緑篠清漣に媚ぶ」は幽遠にして清新と評される絶唱である。美しい山水を純粋に「美しい」と意識して詠ったもので、背景に政治的・道徳的な思念はない。山水詩の祖と言われる所以である。韻字＝遷・年・堅・便・山・沿・綿・漣・巓・旋・言（下平・先韻、上平・刪韻元韻通押）。

洲縈渚連綿
白雲抱幽石
緑篠媚清漣
葺宇臨廻江
築觀基曾巓
揮手告鄉曲
三載期歸旋
且爲樹枌檟
無令孤願言

洲《しま》は縈《めぐ》りて渚《なぎさ》は連綿《れんめん》たり
白雲《はくうん》　幽石《ゆうせき》を抱《いだ》き
緑篠《りょくしょう》　清漣《せいれん》に媚《こ》ぶ
宇《う》を葺《ふ》きて廻江《かいこう》に臨《のぞ》み
観《かん》を築《きず》きて曾巓《そうてん》に基《もとい》す
手《て》を揮《ふる》い郷曲《きょうきょく》に告《つ》ぐ
三載《さんさい》にして帰旋《きせん》を期《き》す
且《か》つ為《ため》に枌檟《ふんか》を樹《う》えよ
願言《がんげん》に孤《そむ》かしむる無《な》かれ



**大意**

若いころから世俗と相容れない強い志を抱いていたが、世事を追って役人となり、志は変わってしまった。志にそむいて仕官したのは昨日のことのようだが、今年で二十四年になる。白いものが黒ずみ、堅いものが薄くなるように、高潔な心はなくなり、疲れ果てて力も尽きて、正しく堅い志のあった昔を思うと恥ずかしい。世渡りべたと病気が重なり、かえって静かに山水に親しむのに便利になった。任命の証拠の割符を与えられて永嘉の太守となり、赴任の途中で行き先を変えて故郷に立ち寄った。上り下りして山を窮め、遡ったり流れに従ったりして川を渡り尽くした。巨大な岩山には鋭い峰が連なり、大きな中洲では渚がめぐり連なっている。白雲は山奥の岩山を抱くようにかかり、緑の篠竹《しのたけ》は清らかなさざ波に媚びるように美しく映えている。この流れの隈《くま》に臨んで家を建て、高い山の巓に高楼を築いた。別れに際して故郷の人に告げる。三年経って任期を終えたらきっと帰ります。まあ、棺桶を造る楡《ニレ》か楸《ヒサギ》でも植えておいてください。ここで生涯を終えたいというのが私の願いなのです。

# 石壁精舍還湖中作

昏旦變氣候
山水含清暉
清暉能娯人
遊子憺忘歸
出谷日尚蚤
入舟陽已微
林壑斂瞑色
雲霞收夕霏
芰荷迭映蔚
蒲稗相因依
披拂趨南徑
愉悦偃東扉
慮澹物自輕

石壁精舎《せきへきしょうじゃ》より湖中《こちゅう》に還《かえ》る作《さく》　謝霊運《しゃれいうん》

昏旦《こんたん》　気候《きこう》変《へん》じ
山水《さんすい》　清暉《せいき》を含《ふく》む
清暉《せいき》能《よ》く人《ひと》を娯《たの》しましめ
遊子《ゆうし》憺《やす》んじて帰《かえ》るを忘《わす》る
谷《たに》を出《い》でて日《ひ》尚《な》お蚤《はや》く
舟《ふね》に入《い》りて陽《ひ》已《すで》に微《び》なり
林壑《りんがく》瞑色《めいしょく》を斂《おさ》め
雲霞《うんか》夕霏《せきひ》を収《おさ》む
芰荷《きか》迭《たが》いに映蔚《えいい》し
蒲稗《ほはい》相《あ》い因依《いんい》す
披払《ひふつ》して南径《なんけい》に趨《おもむ》き
愉悦《ゆえつ》して東扉《とうひ》に偃《ふ》す
慮《りょ》澹《しず》かにして物《もの》自《おの》ずから軽《かる》く

メモ
全篇にわたって山水の美しさとそこで過ごす楽しさを詠う。特に第7句・第8句の「林壑瞑色を斂め、雲霞夕霏を収む」は、光の変化を捉えて秀逸。夕暮れ時は、まず地上の谷や林が暗くなり、空では雲や霞（夕焼け）が真赤な夕陽を吸い取り、刻々と色が変化し、やがて夕陽が沈み残照もかげっていく。韻字＝暉・歸・微・霏・依・扉・違・推（上平・微韻支韻通押）。

意愜理無違
寄言攝生客
試用此道推

意《い》愜《かな》いて理《り》違《たが》う無《な》し
言《げん》を寄《よ》す摂生《せっせい》の客《かく》
試《こころ》みに此《こ》の道《みち》を用《もっ》て推《お》せ

**大意**

石壁精舎は夕暮れと朝とで気候が変わり、山も川も清らかな光に満ちている。その日の光は人々を楽しませ、うっとりして帰るのも忘れさせる。日の上る前に谷を出て遊びに出かけても、つい夕暮れの太陽がすでにかすかになる時分になってようやく帰りの舟に乗る。林や谷が夕暮れの光を吸い込むように次第に暗くなってゆき、雲や霞が夕焼けの輝きを吸い込むようにゆっくり消えてゆく。残照の中で、岸辺の芰《ヒシ》や荷《ハス》が互いに照り映え、蒲《ガマ》や稗《ヒエ》が互いに寄りかかっている。舟を降りて草や木を払いながら南の小径を小走りして帰り、嬉しさいっぱいに東の扉のところに横になる。気持ちがすっきりして世間のことなど気にならなくなり、満足して自分の本性に違うものはない。長生きしようと養生している人にちょっと言いたい。試みにこのような生き方をしてみたまえ、と。

# 東陽谿中贈答　二首

東陽谿中贈答《とうようけいちゅうぞうとう》　二首《にしゅ》　謝霊運《しゃれいうん》

可憐誰家婦
縁流洗素足
明月在雲間
迢迢不可得

可憐誰家郎
縁流乗素舸
但問情若爲
月就雲中墮

憐《あわれ》むべし　誰《た》が家《いえ》の婦《つま》ぞ
流《なが》れに縁《よ》りて素足《そそく》を洗《あら》う
明月《めいげつ》　雲間《うんかん》に在《あ》り
迢迢《ちょうちょう》として得《う》べからず

憐《あわれ》むべし　誰《た》が家《いえ》の郎《ろう》ぞ
流《なが》れに縁《よ》りて素舸《そか》に乗《じょう》ず
但《た》だ問《と》う　情若為《じょういかん》と
月《つき》は雲中《うんちゅう》に就《つ》きて堕《お》つ

メモ
前半は男性が歌い、後半は女性が歌ったもの。民謡調の素朴な詩。「素足」は真っ白な足。「素」は白の意。今日いう「すあし」ではない。『今昔物語』『徒然草』に、吉野川で衣を洗う女の白い脛に目がくらみ、空を飛んでいた久米仙人が墜落した話がある。韻字は一首目＝足・得（入声・沃韻職韻）、二首目＝舸・堕（上声・哿韻）。

**大意**

可愛らしい女《ひと》はどこの家の妻だろう。清らかな流れで真っ白な足を洗っている。雲間に輝く明月のように、遥かに遠いため、手に入れられない。

素敵な方はどこの家の若様だろう。清らかな流れに白い舟を浮かべている。あの方の心はどうなのかしら、月は雲の中に隠れてしまいました。

# 玉階怨

夕殿下珠簾
流螢飛復息
長夜縫羅衣
思君此何極

玉階怨《ぎょくかいえん》

謝朓《しゃちょう》

夕殿《せきでん》　珠簾《しゅれん》を下《お》ろし
流蛍《りゅうけい》　飛《と》んで復《ま》た息《いこ》う
長夜《ちょうや》　羅衣《らい》を縫《ぬ》う
君《きみ》を思《おも》うこと此《ここ》に何《なん》ぞ極《きわ》まらん

メモ
着物を縫う手を止めては、力なく飛んできて止まる蛍を見る。そして失われた愛を思い出しては、ため息をつく。秋の夜長の尽きない悲しみ。悲しむ女性を「美しい」ものとして詠う。六朝の半ばころから、宮中の女性をテーマに詠う詩「宮詞」が盛んになった。韻字＝息・極（入声・職韻）。

**大意**

夕暮れの宮殿の中、御簾を下ろす。スーッと蛍が飛んできては、止まって憩う。長い秋の夜、一人薄絹の衣を縫い、君への思いは極まることがない。

# 遊東田

謝朓《しゃちょう》

慼慼苦無悰
攜手共行樂
尋雲陟累榭
隨山望菌閣
遠樹曖仟仟
生煙紛漠漠
魚戲新荷動
鳥散餘花落
不對芳春酒
還望青山郭

東田《とうでん》に遊《あそ》ぶ

慼慼《せきせき》として悰《たの》しみ無《な》きに苦《くる》しみ
手《て》を携《たずさ》えて共《とも》に行楽《こうらく》す
雲《くも》を尋《たず》ねて累榭《るいしゃ》に陟《のぼ》り
山《やま》に随《したが》いて菌閣《きんかく》を望《のぞ》む
遠樹《えんじゅ》　曖《あい》として仟仟《せんせん》たり
生煙《せいえん》　紛《ふん》として漠漠《ばくばく》たり
魚《うお》戯《たわむ》れて新荷《しんか》動《うご》き
鳥《とり》散《さん》じて余花《よか》落《お》つ
芳春《ほうしゅん》の酒《さけ》に対《むか》わずして
青山《せいざん》の郭《かく》を還望《かんぼう》す

メモ
山水の自然に浸り、その美しい光景を美しいと意識して詠う。第7句・第8句は、魚も鳥も姿は見えないが、その存在を詠った新しい表現で、後世の詩人に影響を与えた（187頁）。韻字＝楽・閣・漠・落・郭（入声・薬韻）。

**大意**

憂いに沈んで楽しみがないので、友人と連れだって行楽に出かけた。雲のたなびく高みを目指して高台に登ったり、山道をたどりながら美しい楼閣を眺めたり。遠くの木々は霞んでこんもり茂り、立ち上るもやが一面に広がる。魚が戯れて咲いたばかりの荷《ハス》が揺れ、鳥が飛び立って名残の花が落ちる。春の芳しい酒を飲むこともせず、青々とした山裾の村を眺めやる。

## 別詩

洛陽城東西
長作經時別
昔去雪如花
今來花似雪

別《わか》れの詩《し》

洛陽城《らくようじょう》の東西《とうざい》
長《なが》く時《とき》を経《ふ》るの別《わか》れを作《な》せり
昔去《むかしさ》りしに雪《ゆき》は花《はな》の如《ごと》く
今来《いまきた》れば花《はな》は雪《ゆき》に似《に》たり

范雲《はんうん》

メモ
五言四句の素朴な民歌が五言絶句に進化する過程の詩とされる。後半二句は対句で、「花」と「雪」がたすき掛けのようになっている。起句の平仄は合わない。韻字＝別・雪（入声・屑韻）。



**大意**

洛陽の町の東と西に、長い別れをした。昔別れたとき、雪が花のように降っていたが、今帰ってくると、花が雪のように真っ白に咲いている。

# 河中之水歌

河中之水向東流
洛陽女兒名莫愁
莫愁十三能織綺
十四采桑南陌頭
十五嫁爲盧家婦
十六生兒字阿侯
盧家蘭室桂爲梁
中有鬱金蘇合香
頭上金釵十二行
足下絲履五文章
珊瑚挂鏡爛生光
平頭奴子擎履箱
人生富貴何所望

## 河中《かちゅう》の水《みず》の歌《うた》

梁《りょう》・武帝《ぶてい》　蕭衍《しょうえん》

河中《かちゅう》の水《みず》は東《ひがし》に向《む》かって流《なが》る
洛陽《らくよう》の女児《じょじ》　名《な》は莫愁《ばくしゅう》
莫愁《ばくしゅう》　十三《じゅうさん》能《よ》く綺《き》を織《お》り
十四《じゅうし》桑《くわ》を采《と》る　南陌《なんぱく》の頭《ほとり》
十五《じゅうご》嫁《か》して盧家《ろか》の婦《つま》と為《な》り
十六《じゅうろく》児《こ》を生《う》む　字《あざな》は阿侯《あこう》
盧家《ろか》の蘭室《らんしつ》　桂《かつら》を梁《はり》と為《な》し
中《うち》に鬱金《うっこん》蘇合《そごう》の香《かお》り有《あ》り
頭上《とうじょう》の金釵《きんさ》は十二行《じゅうにこう》
足下《そっか》の糸履《しり》は五文章《ごぶんしょう》
珊瑚《さんご》の挂鏡《けいきょう》　爛《らん》として光《ひかり》を生《しょう》じ
平頭《へいとう》の奴子《どし》　履箱《りしょう》を擎《ささ》ぐ
人生《じんせい》の富貴《ふうき》は何《なん》の望《のぞ》む所《ところ》ぞ



メモ
「莫愁」は中国の詩によく登場する。金持ちの家が香草香木で造られるのは、楚辞の「湘夫人」にも見られる（36頁）。この詩は、七言詩の発展過程を示す作品で、漢の「柏梁体聯句」、魏の曹丕「燕歌行」（82頁）の流れを汲む。七言古詩。韻字＝流・愁・頭・侯（下平・尤韻）、梁・香・行・章・光・箱・望・王（下平・陽韻）。

# 恨不早嫁東家王

恨《うら》むらくは早《つと》に東家《とうか》の王《おう》に嫁《とつ》がざりしを



**大意**

河の水は東に向かって流れる。洛陽の娘の名は莫愁。莫愁は、十三で綾絹《あやぎぬ》を上手に織り、十四で南の畦《あぜ》道で桑を採り、十五で盧家の嫁となり、十六で男子を生んで阿侯と名づけた。盧家は大金持ちで、蘭草を壁に塗り込め、桂を梁とし、部屋の中には鬱金《ウコン》や蘇合の香りが満ちる。莫愁は、頭上に金のかんざしを十二列に差し、足には五色のあや模様の絹の履《くつ》をはく。珊瑚樹の台にかけた鏡は明るく輝き、頭を下げて召使がうやうやしく靴箱を捧げている。でも莫愁は、人の世の富や高い身分など少しも望んでいない。東隣の王さんの家に早く嫁がなかったことを悔やんでいる。

別范安成

生平少年日
分手易前期
及爾同衰暮
非復別離時
勿言一樽酒
明日難重持
夢中不識路
何以慰相思

范安成《はんあんせい》と別《わか》る

沈約《しんやく》

生平少年《せいへいしょうねん》の日《ひ》
手《て》を分《わか》ちて前期《ぜんき》し易《やす》し
爾《なんじ》と同《おな》じく衰暮《すいぼ》す
復《ま》た別離《べつり》の時《とき》に非《あら》ず
言《い》う勿《な》かれ　一樽《いっそん》の酒《さけ》と
明日《みょうにち》重《かさ》ねて持《じ》し難《がた》し
夢中路《むちゅうみち》を識《し》らず
何《なに》を以《もっ》てか相思《そうし》を慰《なぐさ》めん

メモ
沈約は、詩の声律を論じた「四声八病説（しせいはっぺいせつ）」を立てた学者、文人。この詩は五言律詩の祖型で、第5句・第6句は李白の「何ぞ言わん石門の路、重ねて金樽の開く有らん」（〈魯郡の東石門にて杜二甫を送る〉）や杜甫の「何れの時か一樽の酒もて、重ねて与に細かに文を論ぜん」（〈春日李白を憶う〉226頁）に受け継がれる。
韻字＝期・時・持・思（上平・支韻）。



**大意**

若いときには別れても再会の約束は容易だった。ところが今や互いに老い衰え、簡単に別れられる年齢ではなくなった。わずか一杯の酒と言わないでくれ。明日には酒を酌み交わせられないかもしれないのだから。夢で会おうと思っても道に迷ってしまったら、どうやって互いに思いやる気持ちを慰められよう。

# 相送

客心已百慮
孤遊重千里
江暗雨欲來
浪白風初起

相《あ》い送《おく》る

客心《かくしん》　已《すで》に百慮《ひやくりょ》
孤遊《こゆう》　千里《せんり》を重《かさ》ぬ
江《こう》は暗《くら》く　雨来《あめきた》らんと欲《ほっ》し
浪《なみ》は白《しろ》く　風初《かぜはじ》めて起《お》こる

何遜《かそん》

メモ
前半の第1句・第2句が対句、後半の第3句・第4句も対句で、全対格の詩。感懐をすべて吐き出すように詠う従来の詩と異なり、抑制しながら詠う新感覚の詩。この詠い方が唐の五言絶句へと発展する。韻字＝里・起（上声・紙韻）。

**大意**

旅人の心にはすでに数え切れない思いがあるのに、一人でまた千里の旅を続ける。長江は暗く、雨が降りそうだ。波は白く立って風が吹きはじめた。

# 玉樹後庭花

麗宇芳林對高閣
新妝艷質本傾城
映戸凝嬌乍不進
出帷含態笑相迎
妖姫臉似花含露
玉樹流光照後庭

玉樹後庭花《ぎょくじゅこうていか》　陳《ちん》・後主《こうしゅ》 陳叔宝《ちんしゅくほう》

麗宇《れいう》　芳林《ほうりん》　高閣《こうかく》に対《たい》し
新妝《しんしょう》の艶質《えんしつ》　本傾城《もとけいじょう》
戸《こ》に映《えい》じて嬌《きょう》を凝《こ》らし乍《しばら》く進《すす》まず
帷《とばり》を出《い》でて態《たい》を含《ふく》み笑《わら》いて相《あ》い迎《むか》う
妖姫《ようき》の臉《かお》は花《はな》の露《つゆ》を含《ふく》むに似《に》たり
玉樹《ぎょくじゅ》　流光《りゅうこう》　後庭《こうてい》を照《て》らす

メモ
陳の後主が自分の寵妃を描き、後宮の宮女たちに歌わせたものという。傾城の美人が化粧していっそう美しく、男性を迎えるときの様子を第3句・第4句で描写する。頽廃的ななまめかしさを、すべて月光が包み込む。後主は多芸多才だったが、酒食に溺れ国事をかえりみず、隋に滅ぼされた六朝最後の天子。杜牧が「秦淮に泊す」で「商女は知らず亡国の恨み、江を隔てて猶お唱う後庭花」（345頁）というのがこの詩。韻字＝城・迎・庭（下平・庚韻青韻通用）。

**大意**

美しい軒と花咲く木々が高殿に向かい合う。化粧したての天性の麗わしさ、もとより城を傾けさせるほどの美人。戸口で姿を映し、嬌媚を凝らし、しばらく立ち止まり、帷を出るとしなを作り、にっこりと出迎える。妖艶な姫の顔はしっとり濡れた花のよう。玉樹に月光が流れ後宮の庭を照らす。

# 重別周尚書　二首　其一

陽關萬里道
不見一人歸
惟有河邊雁
秋來南向飛

重《かさ》ねて周尚書《しゅうしょうしょ》に別《わか》る　二首《にしゅ》　其《そ》の一《いち》　庾信《ゆしん》

陽関《ようかん》　万里《ばんり》の道《みち》
一人《いちにん》の帰《かえ》るを見《み》ず
惟《た》だ河辺《かへん》の雁《がん》のみ有《あ》りて
秋来《しゅうらい》　南《みなみ》に向《む》かって飛《と》ぶ

メモ
陳の使者として長安にやってきた周弘正が帰っていく。第1句「陽関万里の道」は雁でなければ帰ることのできない距離感をいう。北にいる庾信にとって、南朝の故郷は雁でなければ帰れない「万里の道」である。韻字＝歸・飛（上平・微韻）。

**大意**

陽関から万里彼方の都への道を、一人として帰っていくのを見ない。ただ黄河のほとりの雁が、秋になって南へ向かって飛んでいく。

# 擬詠懷

疇昔國士遇
生平知己恩
直言珠可吐
寧知炭可呑
一顧重尺璧
千金輕一言
悲傷劉孺子
悽愴史皇孫
無因同武騎
歸守灞陵園

詠懐《えいかい》に擬《ぎ》す

庾信《ゆしん》

疇昔《ちゅうせき》　国士《こくし》の遇《ぐう》
生平《せいへい》　知己《ちき》の恩《おん》
直言《ちょくげん》　珠《たま》吐《は》くべし
寧《いず》くんぞ知《し》らん炭《すみ》呑《の》むべしとは
一顧《いっこ》　尺璧《せきへき》より重《おも》く
千金《せんきん》　一言《いちげん》より軽《かろ》し
悲傷《ひしょう》す　劉孺子《りゅうじゅし》
悽愴《せいそう》たり　史皇孫《しこうそん》
武騎《ぶき》と同《おな》じく
帰《かえ》りて灞陵《はりょう》の園《えん》を守《まも》るに因《よし》無《な》し



メモ
庾信は梁の元帝に「国士」として厚遇され、使いとして西魏（長安）に行くが、その間に梁が滅んでしまった。知己の恩に報いようにも、もうそのすべはない。無念の気持ちと怒りがこもる。『擬詠懐』は、魏の阮籍の「詠懐詩」（91頁）になぞらえた詩。二十七首連作の第六首。第1句の「国士」、第4句の「炭可呑」は、『史記』刺客列伝の豫譲の記述を踏まえる。豫譲は智伯に国士として遇され、智伯の仇を討つため炭を呑んで声が出ないようにした。第6句「千金・一言」は『史記』季布欒布列伝の「黄金百金を得るも、季布の一諾に如かず」を踏まえる。韻字＝恩・呑・言・孫・園（上平・元韻）。

## 大意

昔、梁に仕えて一国を代表する「国士」として厚遇され、常々知己《ちき》として扱ってくださったことに恩義を感じていた。道理にかなった珠玉のような言葉をまっすぐ述べるべきだったのに、炭を呑んで声を出せなくなるような屈辱に耐えねばならないとは、誰が予測できたであろうか。天子から一たび恩顧を受けることは、直径が一尺もある貴重な璧よりも重く貴く、千金を積んでも天子との約束の一言より軽い。王莽に位を奪われた漢の玄孫、劉氏の孺子嬰のように、我が梁の敬帝（元帝の子）が在位わずか三年で陳に位を遜られたのを悲しみ、また漢の武帝の孫、史皇孫が父母・妻とともに殺されたのと同じように、梁の子女が多く殺されたことを悼み悲しむ。漢の武騎常侍の司馬《しば》相如《しょうじょ》が灞陵の天子の墓を守ったように、私も梁の天子の御陵を守りたいが、もはや帰るすべはない。

# 子夜歌　七首　其一

落日出前門
瞻矚見子度
冶容多姿鬢
芳香已盈路

子夜歌《しやか》　七首《しちしゅ》　其《そ》の一《いち》　　無名氏《むめいし》

落日《らくじつ》　前門《ぜんもん》に出《い》で
瞻矚《せんしょく》して子《きみ》の度《わた》るを見《み》る
冶容《やよう》　姿鬢《しびん》に多《おお》く
芳香《ほうこう》　已《すで》に路《みち》に盈《み》つ



メモ
男から女への呼びかけ。第2句「瞻矚」は仰ぎ見ること。待ちどおしい様子。「度」は来る。韻字＝度・路（去声・遇韻）。

**大意**

日が沈むころ門の前に出て、君が来るのを首をのばして待っている。君がやってくると、あでやかさが、体からも髪からもあふれ、いい匂いが路いっぱいにただよう。

# 子夜歌　七首　其二

芳是香所爲
治容不敢當
天不奪人願
故使儂見郎

子夜歌《しやか》　七首《しちしゆ》　其《そ》の二《に》　無名氏《むめいし》

芳《ほう》は是《こ》れ香《こう》の為《な》す所《ところ》
冶容《やよう》は敢《あ》えて当《あ》たらず
天《てん》は人《ひと》の願《ねが》いを奪《うば》わず
故《ゆえ》に儂《われ》をして郎《ろう》に見《まみ》えしむ

メモ
女から男への返し。男が「冶容」「芳香」と褒めたのをやんわり否定し、お天道様のおかげ、と言う。韻字＝當・郎（下平・陽韻）。



**大意**

いい匂いは香料のせいよ、あでやかだなんて。お天道様は人の願いを奪ったりしないわ、だからあなたに会えたの。

# 子夜歌　七首　其七

子夜歌《しやか》　七首《しちしゅ》　其《そ》の七《しち》

無名氏《むめいし》

始欲識郎時
兩心望如一
理絲入殘機
何悟不成匹

始《はじ》めて郎《ろう》を識《し》らんと欲《ほっ》せし時《とき》
両心一《りょうしんいっ》なるが如《ごと》きを望《のぞ》む
糸《いと》を理《ととの》えて残機《ざんき》に入《い》るに
何《なん》ぞ悟《さと》らん匹《ひつ》を成《な》さざらんとは

メモ
第3句の「糸」は音（おん）の「シ」から同じ音の「思」に通じる。糸をそろえて織ろうにも織機が壊れていては織れない。これではどんなに気持ちを落ち着けても、二人の心を織りなすことはもうできない、という。「残機」は壊れたはた織り機。韻字＝一・匹。

**大意**

あなたと初めて識りあったとき、二人の心がずっと一つであるようにと望みました。でも、壊れた織機では、いくら糸をそろえて織っても、布は一匹も織れないことが分かりました。

# 子夜四時歌　春

春林花多媚
春鳥意多哀
春風復多情
吹我羅裳開

子夜四時歌《しやしいじか》　春《はる》

無名氏《むめいし》

春林《しゅんりん》　花《はな》　媚《こ》び多《おお》く
春鳥《しゅんちょう》　意《い》　哀《かな》しみ多《おお》し
春風《しゅんぷう》復《ま》た情《じょう》多《おお》く
我《わ》が羅裳《らしょう》を吹《ふ》いて開《ひら》く

メモ
春のなまめかしさ。第2句「多哀」は悲しみを誘うほどのよい声で鳴くこと。第4句は風でスカートがめくれること。韻字＝哀・開（上声・灰韻）。

**大意**

春の林には花がなまめかしく咲き、春の鳥は愁いを誘うように綺麗な声で鳴く。春風もまた思わせぶりに、私の絹のスカートを吹き上げる。

# 子夜四時歌　冬

淵冰厚三尺
素雪覆千里
我心如松柏
君情復何似

子夜四時歌《しやしいじか》　冬《ふゆ》　無名氏《むめいし》

淵冰《えんぴょう》　厚《あつ》さ三尺《さんせき》
素雪《そせつ》　千里《せんり》を覆《おお》う
我《わ》が心《こころ》は松柏《しょうはく》の如《ごと》し
君《きみ》が情《じょう》は復《ま》た何《なに》にか似《に》たる

メモ
第3句「松柏」は、常緑樹のマツとコノテガシワ。冬でも枯れずに葉が青々としていることから節操の堅いことにたとえる。　韻字＝里・似（上声・紙韻）。

**大意**

淵の氷の厚さは三尺もあり、白い雪は千里をおおっています。そんな中でも、私の心は松柏のようにいつも青々として節操を変えることはありません。あなたのお心は何に似ていますか。

# 巴東三峽歌

巴東三峽巫峽長
猿鳴三聲涙沾裳
巴東三峽猿鳴悲
猿鳴三聲涙沾衣

## 巴《は》東《とう》三峡《さんきょう》歌《か》

巴《は》東《とう》三峡《さんきょう》　巫《ふ》峡《きょう》長《なが》し
猿《さる》鳴《な》いて三声《さんせい》　涙《なみだ》裳《もすそ》を沾《うるお》す
巴《は》東《とう》三峡《さんきょう》　猿《さる》鳴《な》くこと悲《かな》し
猿《さる》鳴《な》いて三声《さんせい》　涙《なみだ》衣《ころも》を沾《うるお》す

無名氏《むめいし》

メモ
巴東の漁師の歌。酈道元（れきどうげん）の『水経注（すいけいちゅう）』に見える。巴東は四川省の東部。三峡は、瞿塘峡・巫峡・西陵峡をいう。四川・湖北の両省の境にある長江の難所。この一帯に猿が多くいた。その鳴き声は悲しそうである。韻字＝長・裳(下平・陽韻)、悲・衣（上平・支韻微韻）。

**大意**

巴東の三峡のうちでもっとも長い巫峡。その両岸の猿の鳴くのを三声聞いただけで、涙がこぼれて衣裳を濡らす。巴東の三峡では猿が悲しそうに鳴く。猿の鳴くのを三声聞いただけで涙がこぼれて衣裳を濡らす。

## 企喩歌

男兒可憐蟲
出門懷死憂
尸喪狹谷中
白骨無人收

企喩歌《きゆか》

男児《だんじ》は憐《あわ》れむべき虫《むし》
門《もん》を出《い》づれば死《し》の憂《うれ》いを懐《いだ》く
尸《しかばね》は峡谷《きょうこく》の中《うち》に喪《うしな》われ
白骨《はっこつ》人《ひと》の収《おさ》むる無《な》し

無名氏《むめいし》



メモ
「ムシ」は、「虫」と「蟲」の二つの漢字があり、「蟲」は簡略化して「虫」としている。「虫」はまむし（虺）の意で、「蟲」（虫）は、昆虫の虫や、動物をいう。第4句の「白骨人の収むる無し」は杜甫の「兵車行」に使われている。この詩は馬上で歌われたといわれる。韻字＝憂・収（下平・尤韻）。

**大意**

男はかわいそうな生き物。門を出たら死の憂いを抱く。死体は狭い谷間に打ち棄てられ、白骨を拾ってくれる人もいない。

隴頭歌　三首　一

隴頭流水
流離山下
念吾一身
飄然曠野

隴頭歌《ろうとうか》　三首《さんしゅ》　一《いち》　　無名氏《むめいし》

隴頭《ろうとう》の流水《りゅうすい》
山下《さんか》に流離《りゅうり》す
念《おも》う　吾《わ》が一身《いっしん》
曠野《こうや》に飄然《ひょうぜん》たり

メモ
隴頭は甘粛省甘谷県にある隴山のほとり。匈奴の侵入を防ぐ守備兵を置いた。隴山は、高く険しく、坂が七曲（ななま）がりしていて越えるのに七日かかるという。山の頂上は故郷を振り返ることのできる最後の場所で、ここを下って旅人は四方八方へと道を取る。その一は、独りで旅をする孤独と寂寥を詠う。韻字＝下・野（上声・馬韻）。



**大意**

隴山から流れ落ちる水は、山の麓へ幾筋にも分かれて流れてゆく。思えば私も、その水のようにただ独り、飄然と行方定めず広々とした原野にさまよう身。

# 隴頭歌　三首　二

朝發欣城
暮宿隴頭
寒不能語
舌卷入喉

隴頭歌《ろうとうか》　三首《さんしゅ》　二《に》

朝《あした》に欣城《きんじょう》を発《はっ》し
暮《くれ》に隴頭《ろうとう》に宿《やど》る
寒《さむ》くして語《かた》る能《あた》わず
舌巻《したま》きて喉《のど》に入《い》る

無名氏《むめいし》



メモ
第1句・第2句の「朝に〜を発し、暮れに〜に宿る」は、のちに一日の旅を描く常套的な表現となる。第3句・第4句は、寒さで口がこわばってうまく話せないこと。韻字＝頭・喉（下声・尤韻）。

**大意**

早朝に欣城を出発し、暮に隴頭に泊る。寒くて話すこともできず、舌が巻き上がって喉の奥に押し込まれる。

# 隴頭歌　三首　三

無名氏《むめいし》

隴頭流水
鳴聲幽咽
遙望秦川
心肝斷絶

隴頭歌《ろうとうか》　三首《さんしゅ》　三《さん》

隴頭《ろうとう》の流水《りゅうすい》
鳴声《めいせい》　幽咽《ゆうえつ》す
遥《はる》かに秦川《しんせん》を望《のぞ》めば
心肝断絶《しんかんだんぜつ》す

メモ
川の水がむせび泣くように流れる中、故郷を振り返る。韻字＝咽・絶（入声・屑韻）。

**大意**

隴山から流れ落ちる水は、むせび泣くような音。遥かに故郷の方の秦川を眺めると、はらわたがちぎれるような思い。

# 敕勒歌

敕勒川
陰山下
天似穹廬
籠蓋四野
天蒼蒼
野茫茫
風吹草低
見牛羊

## 敕勒《ちょくろく》の歌《うた》

無名氏《むめいし》

敕勒《ちょくろく》の川《かわ》
陰山《いんざん》の下《もと》
天《てん》は穹廬《きゅうろ》に似《に》て
四野《しや》を籠蓋《ろうがい》す
天《てん》は蒼蒼《そうそう》
野《の》は茫茫《ぼうぼう》
風《かぜ》吹《ふ》き草《くさ》低《た》れて
牛羊《ぎゅうよう》見《あら》わる



メモ
「敕勒」は、昔中国の北方に住んでいたトルコ系民族の名。また、その民族が住む地名。「陰山」は中国の北方にあり、中国と蒙古の間に聳える山脈。「穹廬」は遊牧民の移動式住居ゲル（中国式の言い方はパオ）。詩は、どこまでも広がる草原と青い空を描き、風が吹き草が倒れると、牛や羊の群れが見える、という。美しく爽やかで、心が解放される。韻字＝下・野（上声・馬韻）、蒼・茫・羊（下声・陽韻）。

### 大意

敕勒の川は、陰山の麓を滔々《とうとう》と流れる。天は円形住居（ゲル）の丸屋根のように、四方の草原をすっぽりおおう。空はどこまでも青々と澄みわたり、草原は果てしなく広い。風が吹き草がなびいて倒れると、牛や羊の群れが現れる。

# 木蘭詩

喞喞復喞喞
木蘭當戶織
不聞機杼聲
唯聞女歎息
問女何所思
問女何所憶
女亦無所思
女亦無所憶
昨夜見軍帖
可汗大點兵
軍書十二卷
卷卷有爺名
阿爺無大兒

## 木蘭《もくらん》の詩《し》

無名氏《むめいし》

喞喞《そくそく》復《ま》た喞喞《そくそく》
木蘭戸《もくらんこ》に当《あ》たって織《お》るも
機杼《きちょ》の声《こえ》を聞《き》かず
唯《た》だ女《むすめ》の歎息《たんそく》を聞《き》くのみ
女《むすめ》に問《と》う　何《なん》の思《おも》う所《ところ》ぞ
女《むすめ》に問《と》う　何《なん》の憶《おも》う所《ところ》ぞ
女《むすめ》に亦《ま》た思《おも》う所《ところ》無《な》く
女《むすめ》に亦《ま》た憶《おも》う所《ところ》無《な》し
昨夜《さくや》軍帖《ぐんちょう》を見《み》るに
可汗《かかん》大《おお》いに兵《へい》を点《てん》す
軍書十二巻《ぐんしょじゅうにかん》
巻巻《かんかん》に爺《ちち》の名《な》有《あ》り
阿爺《あや》に大児《だいじ》無《な》く

メモ
木蘭が父の代わりに男装して従軍する経緯を描く。韻字＝喞・織・息・憶・憶（入声・職韻）、兵・名・兒・征（下平・庚韻）。

木蘭無長兄
願爲市鞍馬
従此替爺征

木蘭《もくらん》に長兄《ちょうけい》無《な》し
願《ねが》わくは為《ため》に鞍馬《あんば》を市《か》いて
此《こ》れ従《よ》り爺《ちち》に替《かわ》って征《ゆ》かん

**大意**

フーッ、フー。木蘭は戸口で機《はた》を織っているが、機の杼《ひ》の音は聞こえてこない。ただ木蘭のため息ばかりが聞こえてくる。「木蘭よ、おまえは誰を慕っているの」「木蘭よ、おまえは誰のことを思い出しているの」と聞けば、木蘭は「慕っている人も、思い出している人もいない」と言う。木蘭は昨日の夜、徴兵名簿を見てしまったのだ。可汗が大規模に兵を集めていた。軍の書類は十二巻ありそのどの巻にも父の名が記されていた。父には大きな息子はいない、木蘭には年長の兄はいない。そこで木蘭は、自分のために鞍と馬を買い、父の代わりに出征したいと願い出た。

東市買駿馬
西市買鞍韉
南市買轡頭
北市買長鞭
旦辭爺孃去

東市《とうし》に駿馬《しゅんめ》を買《か》い
西市《せいし》に鞍韉《あんせん》を買《か》い
南市《なんし》に轡頭《ひとう》を買《か》い
北市《ほくし》に長鞭《ちょうべん》を買《か》う
旦《あした》に爺嬢《やじょう》を辞《じ》し去《さ》り

暮宿黄河邊
不聞爺孃喚女聲
但聞黄河流水鳴濺濺
旦辭黄河去
暮至黑山頭
不聞爺孃喚女聲
但聞燕山胡騎鳴啾啾
萬里赴戎機
關山度若飛

暮《くれ》に黄河《こうが》の辺《ほとり》に宿《やど》る
爺孃《やじょう》の女《むすめ》を喚《よ》ぶ声《こえ》を聞《き》かず
但《た》だ黄河《こうが》の流水《りゅうすい》鳴《な》りて濺濺《せんせん》たるを聞《き》くのみ
旦《あした》に黄河《こうが》を辞《じ》し去《さ》り
暮《くれ》に黒山《こくざん》の頭《ほとり》に至《いた》る
爺孃《やじょう》の女《むすめ》を喚《よ》ぶ声《こえ》を聞《き》かず
但《た》だ燕山《えんざん》の胡騎《こき》鳴《な》いて啾啾《しゅうしゅう》たるを聞《き》くのみ
万里《ばんり》　戎機《じゅうき》に赴《おもむ》き
関山《かんざん》　度《わた》って飛《と》ぶが若《ごと》し

**大意**

東の市場で駿馬を買い、西の市場で鞍や鞍敷きを買い、南の市場で手綱を買い、北の市場で長い鞭を買った。ある日の朝、木蘭は父母に別れを告げ、夕暮れに黄河のほとりで宿を取った。父母の自分を呼ぶ声は聞こえない。ただ黄河の水がゴーゴーと音を立てながら流れていく音が聞こえてくるだけ。朝、黄河と別れ、暮れに黒山のほとりについた。ここでも父母の自分を呼ぶ声は聞こえない。ただ燕山の胡人の馬が寂しそうに鳴く声が聞こえてくるだけ。

メモ

従軍のために馬や鞍などを買い、いよいよ従軍し、黄河や黒山へと赴く。買い物の様子を繰り返し述べ、出征当初の寂しさと望郷の思い、またそれを断ち切る強い決意を詠う。「黒山」は河北省沙河県の北にある山。「燕山」は河北省北部にある山。韻字＝韉・鞭・辺・濺（下平・先韻）、頭・啾（下平・尤韻）。

朔氣傳金柝
寒光照鐵衣
將軍百戰死
壯士十年歸
歸來見天子
天子坐明堂
策勳十二轉
賞賜百千彊
可汗問所欲
木蘭不用尙書郎
願馳明駝千里足
送兒還故鄉

朔気《さくき》　金柝《きんたく》を伝《つた》え
寒光《かんこう》　鉄衣《てつい》を照《てら》す
将軍百戦《しょうぐんひゃくせん》して死《し》し
壮士十年《そうしじゅうねん》にして帰《かえ》る
帰来天子《きらいてんし》に見《まみ》ゆれば
天子明堂《てんしめいどう》に坐《ざ》す
策勲《さくくん》　十二転《じゅうにてん》
賞賜《しょうし》　百千彊《ひゃくせんきょう》
可汗欲《かかんほっ》する所《ところ》を問《と》う
木蘭用《もくらんもち》いず　尚書郎《しょうしょろう》
願《ねが》わくは明駝千里《めいだせんり》の足《あし》を馳《は》せ
児《じ》を送《おく》って故郷《こきょう》に還《かえ》らしめん

**大意**

木蘭の従軍した部隊は、万里彼方の遠くの決戦場に赴き、関所の山をいくつも飛ぶように越えていき、北方の冷たい気がドラの音を伝え、寒々とした月光が鎧《よろい》を照らす。百たびも戦って将軍は戦死したが、壮士木蘭は従軍十年の

メモ
北方における激戦と木欄の帰還、功績により位が十二階級上がり、帰郷の許しを得たこと。第29句の「戎機」は決戦場。韻字＝機・飛・衣・歸（上平・微韻）、堂・彊・郎・郷（下平・陽韻）。

爺孃聞女來
出郭相扶將
阿姊聞妹來
當戶理紅妝
小弟聞姊來
磨刀霍霍向豬羊
開我東閣門
坐我西間牀
脫我戰時袍
著我舊時裳

爺孃《やじょう》は女《むすめ》の来《きた》るを聞《き》きて
郭《かく》を出《い》でて相《あ》い扶将《ふしょう》す
阿姉《あし》は妹《いもうと》の来《きた》るを聞《き》きて
戸《こ》に当《あ》たりて紅妝《こうしょう》を理《おさ》む
小弟《しょうてい》は姉《あね》の来《きた》るを聞《き》きて
刀《かたな》を磨《みが》きて霍霍《かくかく》として猪羊《ちょよう》に向《む》かう
我《わ》が東閣《とうかく》の門《もん》を開《ひら》き
我《わ》が西間《せいかん》の牀《しょう》に坐《ざ》し
我《わ》が戦時《せんじ》の袍《ほう》を脱《ぬ》ぎ
我《わ》が旧時《きゅうじ》の裳《しょう》を著《つ》け

のち帰還することになった。木蘭は帰還して天子にまみえると、天子は明堂に座って引見した。木蘭の勲功は策《ふだ》に記され一気に十二階級も位が上がり、賜った賞与の品は百千余り。天子は木

蘭に欲しいものを問うたが、木蘭は、「尚書郎のような高い位はいりません、それよりも、一日千里を行く駱駝を走らせて、少しでも早く私を故郷へ帰してください」と願った。

メモ
帰郷の知らせを聞いた父母姉弟の喜びと、木蘭が軍服を脱ぎ、豊かな髪を整え、化粧をして戦友の前に出ると、戦友が初めて木蘭が女だったことを知ってびっくりするところを、細かに描写する。女子が男装して従軍し手柄を立てて凱旋するという痛快な物語は、西洋の音楽や映画などに影響を与えている。最近ではディズニーの「ムーラン」がある。韻字＝将・妝・羊・牀・裳・黄・惶・郎（下平・陽韻）、離・雌（上平・支韻）。

當窗理雲鬢
對鏡帖花黄
出門看火伴
火伴始驚惶
同行十二年
不知木蘭是女郎
雄兎脚撲朔
雌兎眼迷離
兩兎傍地走
安能辨我是雄雌

窓《まど》に当《あ》たって雲鬢《うんびん》を理《おさ》め
鏡《かがみ》に対《む》かって花黄《かこう》を帖《つ》く
門《もん》を出《い》でて火伴《かはん》を看《み》れば
火伴《かはん》始《はじ》めて驚惶《きょうこう》す
同行《どうこう》すること十二年《じゅうにねん》
知《し》らず　木蘭《もくらん》は是《こ》れ女郎《じょろう》なるを
雄兎《ゆうと》は脚撲朔《あしぼくさく》たり
雌兎《しと》は眼迷離《まなこめいり》たり
両兎地《りょうとち》に傍《そ》って走《はし》れば
安《いず》くんぞ能《よ》く我《われ》は是《こ》れ雄雌《ゆうし》なるを弁《べん》ぜん

**大意**

父母は娘の帰還の知らせを聞くと、村の門を出て支え合いながら出迎えた。姉は妹が帰ると聞くと、戸口で化粧し、弟は姉が帰ると聞いて、刀をシュッ、シュッと研いで、豚や羊の料理にかかった。やがて木蘭は我が家に着くと、東の楼閣の門を開け、西の居間のベッドに腰をかけ、これまで着ていた軍服を脱ぎ、昔の衣裳を身に着け、窓辺で雲のような豊かな髪を整え、鏡を見ながら額《ひたい》に黄金の花紋様を貼りつけた。門を出て戦友に会うと、戦友はびっくり。十二年も一緒に戦ってきたのに、木蘭が女と気がつかなかったのである。

オスの兔はよく跳ねて脚をちぢめて走るというし、メスの兔は目がぼんやりしているというが、二匹の兔が地上を並んで走るとき、どうしてオスとメスを見分けることができようか。

第三章

# 唐代の詩

（七世紀～十世紀）

唐代では、新しく絶句や律詩という近体詩が生まれ、科挙の試験に作詩が課せられるなどして、詩は多くの人によって作られ空前の隆盛を迎える。唐詩の流れは以下の四期に分けられる。

【初唐　高祖の武徳元年から玄宗の即位の前まで（六一八年～七一二年）】

初めは、劉希夷《りゅうきい》の「白頭を悲しむ翁に代りて」のような南朝風の華麗な詩が作られていたが、次第に王籍《おうせき》や陳子昂《ちんすごう》などのますらおぶりの詩が生まれ、初唐の四傑や沈佺期《しんせんき》、宋之問《そうしもん》などが登場する。

【盛唐　玄宗の開元から代宗の永泰まで（七一三年～七六五年）】

王維《おうい》、李白《りはく》、杜甫《とほ》等の詩人が輩出した唐詩の黄金時代である。あらゆる詩形が整い、熟成した。王維は陶淵明《とうえんめい》の詩風を受け継ぎ、李白《りはく》はそれまでの詩形を駆使して清新な詩を作り、杜甫《とほ》は誠実な詠いぶりで社会を見つめた。

【中唐　代宗の大暦から文宗の太和まで（七六六年～八三五年）】

大暦の十才子と呼ばれる才人が活躍し、貞元・元和（七八五年～八二〇年）ころ、韓愈《かんゆ》が新しい詩境をさぐり、晦渋な詩を作った。一方で、白居易は平易な詩風を追求し、また「新楽府《しんがふ》」五十首、「秦《しん》中吟《ちゅうぎん》」十首などの風諭詩を作った。

【晩唐　文宗の開成から唐末（八三六年～九〇七年）】

杜牧《とぼく》、李商隠《りしょういん》、温庭筠《おんていいん》等が活躍し、唐末には韋《い》荘《そう》、韓偓《かんあく》等が活躍した。晩唐の詩は表現がより緻密になり、鋭い感覚で詠われる。しかし、弱々しく感傷に陥りやすい。この特色を活かして、詞《ツー》の形式が新たに起こり、五代から宋にかけて発展してゆく。

# 野望

東皐薄暮望
徙倚欲何依
樹樹皆秋色
山山惟落暉
牧人驅犢返
獵馬帶禽歸
相顧無相識
長歌懷采薇

## 野望《やぼう》

王績《おうせき》

東皐《とうこう》　薄暮《はくぼ》に望《のぞ》み
徙倚《しい》して何《いず》くに依《よ》らんと欲《ほっ》する
樹樹《じゅじゅ》　皆秋色《みなしゅうしょく》
山山《さんさん》　惟《た》だ落暉《らくき》
牧人《ぼくじん》　犢《とく》を駆《か》りて返《かえ》り
猟馬《りょうば》　禽《きん》を帯《お》びて帰《かえ》る
相《あ》い顧《かえり》みるに相識《そうしき》無《な》し
長歌《ちょうか》して采薇《さいび》を懐《おも》う



メモ
第3句から第8句は、丘の上から見た美しくも寂しい秋の夕暮れ。牛も馬も帰っていくところがあるが、自分には身を寄せるところがない。第8句の「采薇」は、周の武王が武力で殷を滅ぼしたことを恥じた伯夷・叔斉が首陽山に隠れて蕨を採って食物とし、餓死したことを指す。この清潔な生き方は後世多くの人の模範となった。作者もそうした生き方をしたいが同志がいないと嘆く。五言律詩。韻字＝依・暉・歸・薇（上平・微韻）。

### 大意

東の丘に登り、夕暮れ迫る景色を眺めながら、行きつ戻りつして、どこに落ち着こうとするのか。木々はみな紅葉して秋の色を帯び、山々にはただ落日の光があるだけ。牛飼いは仔牛を追い立てて戻り、狩人の馬は、獲物を鞍にぶら下げて帰ってゆく。周りを見回しても知り合いはいない。独り長く声を引いて歌いながら、昔 薇《ノエンドウ》 を摘んだ伯夷・叔斉を思いやる。

# 易水送別

此地別燕丹
壮士髪衝冠
昔時人已没
今日水猶寒

易水送別《えきすいそうべつ》

駱賓王《らくひんおう》

此《こ》の地《ち》　燕丹《えんたん》に別《わか》る
壮士《そうし》　髪《はつ》　冠《かんむり》を衝《つ》く
昔時《せきじ》　人《ひと》已《すで》に没《ぼっ》し
今日《こんにち》　水《みず》猶《な》お寒《さむ》し

メモ
戦国時代の終わりころ、荊軻は燕の太子の丹の要請により秦の政（後の始皇帝）を暗殺するため易水（河北省）のほとりで人々と別れて出発した。その際、荊軻は悲しい曲調で「風は蕭蕭として易水寒し、壮士一たび去って復た還らず」と歌うと、集まった人々の髪の毛が逆立ち冠を突き上げたという（『史記』刺客列伝）。五言絶句。韻字＝丹・冠・寒（上平・寒韻）。



大意

この地で燕の太子の丹に別れを告げたとき、壮士の髪の毛は冠を突き上げた。当時の人はすでに亡くなったが、今日もなお水は冷たく流れている。

# 渡湘江

遲日園林悲昔遊
今春花鳥作邊愁
獨憐京國人南竄
不似湘江水北流

湘江《しょうこう》を渡《わた》る　杜審言《としんげん》

遅日《ちじつ》　園林《えんりん》　昔遊《せきゆう》を悲《かな》しみ
今春花鳥《こんしゅんかちょう》　辺愁《へんしゅう》を作《な》す
独《ひと》り憐《あわれ》む　京国《けいこく》の人《ひと》の南竄《なんざん》せられて
湘江《しょうこう》の水《みず》の北流《ほくりゅう》するに似《に》ざるを

メモ

昔は楽しかったのに、今は花を見ても鳥の声を聞いても憂愁が湧く。見どころは後半。湘江は都のある北の方に流れていくのに、自分は南へ南へと都を離れて貶謫(へんたく)されていく、と水の流れと逆行することをいう。七言絶句。韻字＝遊・愁・流（上平・尤韻）。

## 大意

のどかな春の日ざしの園林に、かつての行楽を思い出しては悲しみ、今年の春の花を見、鳥の声を聞いては、辺境にいる憂愁が引き起こされる。一番の悲しみは、都の人が南の国に流され、湘江の水が北に流れるように、北に帰ることができないことだ。

# 蜀中九日

九月九日望鄉臺
他席他鄉送客杯
人情已厭南中苦
鴻雁那從北地來

蜀中九日《しょくちゅうきゅうじつ》

九月九日望郷台《くがつここのかぼうきょうだい》
他席他郷《たせきたきょう》　客《かく》を送《おく》るの杯《はい》
人情《にんじょう》已《すで》に南中《なんちゅう》の苦《く》を厭《いと》うに
鴻雁《こうがん》那《な》んぞ北地《ほくち》従《よ》り来《きた》る

王勃《おうぼつ》

メモ

前半対句、後半も対句の「全対格」の詩。「望郷台」は故郷を望む物見台。「九月九日」は重陽の節句で高台に登って故郷を懐かしむ習慣があった。第2句は、北に帰る人を見送る宴席。作者の望郷の念をさらにかき立てる。故郷のある北に帰りたいのに、なぜ鴻雁はわざわざ南にくるのか、と思いをぶつける。鴻雁は大型の雁と小型の雁。渡り鳥をいう。七言絶句。韻字＝臺・杯・來（上平・灰韻）。

## 大意

九月九日の重陽の節句に望郷台に登ると、他所の席では他郷に行く人を見送る杯《さかずき》を交わしている。私の心はもうすっかり南の地の苦労に嫌気が差しているというのに、鴻雁はどうしてわざわざ北からこちらにやってくるのか。

## 送杜少府之任蜀州

城闕輔三秦
風煙望五津
與君離別意
同是宦遊人
海内存知己
天涯若比隣
無爲在岐路
兒女共霑巾

杜少府《としょうふ》の任《にん》に蜀州《しょくしゅう》に之《ゆ》くを送《おく》る　王勃《おうぼつ》

城闕《じょうけつ》　三秦《さんしん》を輔《まも》り
風煙《ふうえん》　五津《ごしん》を望《のぞ》む
君《きみ》と離別《りべつ》の意《い》
同《とも》に是《こ》れ宦遊《かんゆう》の人《ひと》
海内《かいだい》に知己《ちき》を存《そん》すれば
天涯《てんがい》も比隣《ひりん》の若《ごと》し
為《な》す無《な》かれ　岐路《きろ》に在《あ》りて
児女《じじょ》と共《とも》に巾《きん》を霑《うるお》すを

メモ

「蜀州」は今の四川省。「三秦」は項羽が秦を滅ぼし、都咸陽の一帯を三つに分けて秦の降将を王としたことから、広く蜀の地をいう。「五津」は蜀に到る長江の五つの渡し場。六朝時代は言葉や表現の美しさを追求し線の弱い詩が流行したが、初唐では雄々しく力強い詩が模索された。第8句は作者の気概の表れである。五言律詩。韻字＝秦・津・人・隣・巾（上平・真韻）。



### 大意

都長安の城門は三秦の地を守っている。ここから遠く風煙の立ち込める蜀の地、五つの渡し場のあたりを眺める。君との別れで心は傷む、まして、二人とも地方に出る者同士。だが、四海のうちには理解してくれる友もいるのだから、天の果てでも、隣同士のようなものだ。この別れ道で、女子どものようにハンカチを濡らすのはよそう。

## 滕王閣

滕王高閣臨江渚
佩玉鳴鸞罷歌舞
畫棟朝飛南浦雲
珠簾暮捲西山雨
閑雲潭影日悠悠
物換星移幾度秋
閣中帝子今何在
檻外長江空自流

滕王閣《とうおうかく》

王勃《おうぼつ》

滕王《とうおう》の高閣《こうかく》　江渚《こうしょ》に臨《のぞ》み
佩玉《はいぎょく》　鳴鸞《めいらん》　歌舞《かぶ》　罷《や》みぬ
画棟《がとう》　朝《あした》に飛《と》ぶ南浦《なんぽ》の雲《くも》
珠簾《しゅれん》　暮《くれ》に捲《ま》く西山《せいざん》の雨《あめ》
閑雲《かんうん》　潭影《たんえい》　日《ひ》に悠悠《ゆうゆう》
物換《ものかわ》り星移《ほしうつ》りて幾度《いくたび》の秋《あき》ぞ
閣中《かくちゅう》の帝子《ていし》　今《いま》何《いず》くにか在《あ》る
檻外《かんがい》の長江《ちょうこう》　空《むな》しく自《おのずか》ら流《なが》る

メモ

滕王閣は、唐の第二代太宗の弟で滕王に封ぜられた李元嬰（りげんえい）が洪州（江蘇省南昌）都督のときに建てた楼閣。第4句「西山」は南昌の西にある南昌山。王勃が父を訪ねる旅の途中、荒廃していたこの楼閣を、時の洪州都督の閻伯嶼（えんはくしょ）が修復し、その修復完了を祝した落成記念の宴会の場で詠った詩。第3句・4句は六朝風の美しさを備えている。第5句と第8句は、対象の核心を大胆に詠い、以降の盛唐期に引き継がれる。七言古詩。韻字＝渚・舞・雨（上声・語韻麌韻）、悠・秋・流（下平・尤韻）。

### 大意

滕王の高閣は贛江《かんこう》の波打ちぎわに聳え立っている。かつては貴人が飾りとして腰帯に下げた玉や天子の車についている鈴などが美しい音を響かせ、あでやかな女官たちが華やかに歌ったり踊ったりしたであろうに、今はもうすべてない。朝には、彩色した美しい棟木の上を南浦の雲が横切っていたであろう。夕暮れどきには、玉簾を巻き上げて、西山に降る雨を望んだであろう。静かに流れゆく雲が日ごとにのどかな姿を見せている。歳月が経ち、万物が移ろい、いったい幾たびの秋が過ぎたことか。楼閣におられた皇子は今どこにいるのだろう。てすりの向こう側を、今も滔々《とうとう》と贛江が流れている。

# 従軍行

烽火照西京
心中自不平
牙璋辭鳳闕
鐵騎繞龍城
雪暗凋旗畫
風多雜鼓聲
寧爲百夫長
勝作一書生

従軍行《じゅうぐんこう》

楊炯《ようけい》

烽火《ほうか》　西京《せいけい》を照《て》らし
心中《しんちゅう》　自《おの》ずから平《たい》らかならず
牙璋《がしょう》　鳳闕《ほうけつ》を辞《じ》し
鉄騎《てっき》　竜城《りゅうじょう》を繞《めぐ》る
雪暗《ゆきくら》くして旗画《きが》凋《しぼ》み
風多《かぜおお》くして鼓声《こせい》雑《まじ》う
寧《むし》ろ百夫《ひゃっぷ》の長《ちょう》と為《な》らんも
一書生《いちしょせい》と作《な》るに勝《まさ》れり



メモ
出征兵士の意気軒高なさまを詠う。題名の「従軍行」は楽府題(がふだい)。楽府題とは、漢の時代に設けられた音楽をつかさどる楽府（がくふ）に採集され、音楽に合わせて歌われた詩の題名。唐代以降、楽府題を借りて替え歌が盛んに作られた。五言律詩。韻字＝京・平・城・聲・生（下平・庚韻）。

**大意**

戦を知らせる狼煙《のろし》の火が西の都の長安を照らし、心中はおのずから高ぶる。天子から象牙の割符を賜って宮城を後にし、甲冑に身を固めた騎兵隊は敵の要害の地の龍城を取り囲む。降る雪にあたりは暗く、軍旗の画も色あせて見える。風は吹きすさび、太鼓の音がまじる。たった百人の小隊長になったとしても、一書生でいるよりはましだ。

# 代悲白頭翁

洛陽城東桃李花
飛來飛去落誰家
洛陽女兒惜顏色
行逢落花長歎息
今年花落顏色改
明年花開復誰在
已見松柏摧爲薪
更聞桑田變成海
古人無復洛城東
今人還對落花風
年年歲歲花相似
歲歲年年人不同
寄言全盛紅顏子

白頭《はくとう》を悲《かな》しむ翁《おきな》に代《か》わる　劉希夷《りゅうきい》

洛陽城東《らくようじょうとう》　桃李《とうり》の花《はな》
飛《と》び来《きた》り飛《と》び去《さ》って誰《た》が家《いえ》にか落《お》つる
洛陽《らくよう》の女児《じょじ》　顔色《がんしょく》を惜《お》しみ
行《ゆく》ゆく落花《らっか》に逢《あ》いて長《なが》く歎息《たんそく》す
今年《こんねん》　花《はな》落《お》ちて顔色改《がんしょくあらた》まり
明年《みょうねん》　花《はな》開《ひら》いて復《ま》た誰《たれ》か在《あ》る
已《すで》に見《み》る　松柏《しょうはく》の摧《くだ》かれて薪《たきぎ》と為《な》るを
更《さら》に聞《き》く　桑田《そうでん》の変《へん》じて海《うみ》と成《な》るを
古人《こじん》　復《ま》た洛城《らくじょう》の東《ひがし》に無《な》く
今人《こんじん》　還《ま》た対《たい》す落花《らっか》の風《かぜ》
年年歳歳《ねんねんさいさい》　花《はな》相《あ》い似《に》たり
歳歳年年《さいさいねんねん》　人《ひと》同《おな》じからず
言《げん》を寄《よ》す　全盛《ぜんせい》の紅顔子《こうがんし》

メモ
第12句までは、青春の移ろいやすさを、洛陽の春を舞台に甘美に詠う。「花」「落」が繰り返され、対句も多用される。そのクライマックスが、第11句・第12句の「年年歳歳花相似たり、歳歳年年人同じからず」。同じ語を反復する意外性が、深い無常観を表現する。この対句ができたとき、作者は不吉な予感がしたという。作者劉希夷の舅の宋之問（そうしもん）がこの対句をたいそう気に入り、譲ってもらうことになったが、劉希夷が約束を破ったため、怒った宋之問が人をやって土嚢で圧殺させたという。後半は、前半の若い娘から一転して、白髪頭の老人の青春時代の回想になり、夕暮れに鳥が悲しく鳴いて、終わる。無常がこの詩のテーマであるが、無常を意識させることによって、青春の甘さ・はかなさ・美しさを詠う詩になっている。「紅顔の

應憐半死白頭翁
此翁白頭眞可憐
伊昔紅顏美少年
公子王孫芳樹下
清歌妙舞落花前
光祿池臺開錦繡
將軍樓閣畫神仙
一朝臥病無相識
三春行樂在誰邊
宛轉娥眉能幾時
須臾鶴髮亂如絲
但看古來歌舞地
惟有黄昏鳥雀悲

応《まさ》に憐《あわれ》むべし　半死《はんし》の白頭翁《はくとうおう》
此《こ》の翁《おう》　白頭《はくとう》　真《まこと》に憐《あわれ》むべし
伊《こ》れ昔《むかし》は紅顔《こうがん》の美少年《びしょうねん》
公子王孫《こうしおうそん》　芳樹《ほうじゅ》の下《もと》
清歌妙舞《せいかみょうぶ》す　落花《らっか》の前《まえ》
光禄《こうろく》の池台《ちだい》　錦繡《きんしゅう》を開《ひら》き
将軍《しょうぐん》の楼閣《ろうかく》　神仙《しんせん》を画《えが》く
一朝《いっちょう》　病《やまい》に臥《ふ》して相識《そうしき》無《な》く
三春《さんしゅん》の行楽《こうらく》　誰《た》が辺《あた》りにか在《あ》る
宛転《えんてん》たる娥眉《がび》　能《よ》く幾時《いくとき》ぞ
須臾《しゅゆ》にして鶴髪《かくはつ》　乱《みだ》れて糸《いと》の如《ごと》し
但《た》だ看《み》る　古来歌舞《こらいかぶ》の地《ち》
惟《た》だ黄昏《こうこん》　鳥雀《ちょうじゃく》の悲《かな》しむ有《あ》るのみ



美少年」の成句はこの詩の第16句に由来する。七言古詩。韻字＝花・家（下平・麻韻）、色・息（入声・職韻）、改・在・海（上声・賄韻）、東・風・同・翁（上平・東韻）、憐・年・前・仙・辺（下平・先韻）、時・糸・悲（上平・支韻）。

## 大意

洛陽の町の東に咲く桃や李《スモモ》の花、飛びきたり、また飛び去って、誰の家に落ちるのか。洛陽の娘たちは、美しい容色の失われるのを惜しみ、町を歩いてハラハラ散る花に出会うと、長いため息をつく。今年も花が散って春が去り、娘の美しさも衰えてゆく。明年花が咲くころ、誰が元気でいるだろう。私は見たことがある、とこしえに青々しているからと墓場に植えられる松や柏《コノテガシワ》でさえ、切り砕かれて薪となってしまったことを。また聞いたこともある、桑畑もいつしか海になってしまうことを。散りゆく花を惜しんだ昔の人は、この町の東から、もう姿を消してしまった。しかし、今もやはり花を散らす風の中に立つ人がいる。くる年もくる年も、花は同じ。ゆく歳もゆく歳も、人だけが変わってゆく。聞きたまえ、青春の真っただ中にいる若者たちよ、今死にかけている白髪頭の老人を哀れだと思ってくれたまえ。この老人の白髪頭には、まったく同情せずにはおれないのだ。この人こそは、その昔は紅顔の美少年だった。貴顕の子弟たちにまじって花咲く木の下で遊び、花ふぶきの中で、清らかな歌を聴いたり、みごとな舞を見て楽しんだこともあった。池の中に高殿を造り、それに錦や絹の縫い取りのある幕をめぐらしたという光禄大夫《こうろくたいふ》王根《おうこん》の庭園、長生きを願う神仙の絵を描かせたという大将軍梁冀《りょうき》の豪壮な館。（この老人の青春時代は、それらの庭や建物に優るとも劣らないところで遊び呆けたものだ）。それが一たび病の床に就くと、友だちもいつしか寄りつかなくなってしまった。三春の行楽は、今は誰のものか。若い娘の美しい眉も、いつまでそのままでいられるものか。あっという間に、真っ白な髪が糸のように乱れるのだ。見よ、昔から歌舞でにぎわっていたところを。今はただ黄昏どきに小鳥たちが悲しく鳴き騒いでいるだけだ。

## 江亭晩望

浩渺浸雲根
煙嵐出遠村
鳥歸沙有跡
帆過浪無痕
望水知柔性
看山欲斷魂
縦情猶未已
迴馬欲黄昏

江亭晩望《こうていばんぼう》　　宋之問《そうしもん》

浩渺《こうびょう》　雲根《うんこん》を浸《ひた》し
煙嵐《えんらん》　遠村《えんそん》より出《い》ず
鳥《とり》帰《かえ》りて沙《すな》に跡《あと》有《あ》り
帆《ほ》過《す》ぎて浪《なみ》に痕《あと》無《な》し
水《みず》を望《のぞ》みて柔性《じゅうせい》を知《し》り
山《やま》を看《み》て魂《こん》を断《た》たんと欲《ほっ》す
情《じょう》を縦《ほしい》ままにして猶《な》お未《いま》だ已《や》まず
馬《うま》を廻《めぐ》らせば黄昏《こうこん》ならんと欲《ほっ》す

メモ
広々とした川の夕暮れの景色。遠くには山が見え、空には薄く夕焼け雲がかかっている。また遠くの村には炊事の煙も上がっている。鳥たちはねぐらへと帰り、舟も静かに通り過ぎていく。穏やかで美しい夕景である。第1句の「雲根」は石をいう。陶淵明の詩に通じる。宋之問は沈佺期とともに律詩を完成させた。五言律詩。韻字＝根・村・痕・魂・昏（上平・元韻）。



### 大意

ひろびろと果てしない川は雲の根(石)を濡らし、もやと山の気は遠い村から生まれ出てくる。鳥は足跡を岸の砂に残してねぐらに帰り、船は波に痕跡を残さずに過ぎてゆく。水を見ると柔軟な性質であることが分かり、山を見ると魂が断ち切れそうになる。川の夕暮れの風景はいくら見ても見飽きることはない。馬をめぐらして帰途に着くと、もう黄昏時だ。

# 邙山

北邙山上列墳塋
萬古千秋對洛城
城中日夕歌鐘起
山上惟聞松柏聲

邙山《ぼうざん》

北邙山上《ほくぼうさんじょう》　墳塋《ふんえい》列《つら》なり
万古千秋《ばんこせんしゅう》　洛城《らくじょう》に対《たい》す
城中日夕《じょうちゅうにっせき》　歌鐘《かしょう》起《おこ》り
山上《さんじょう》惟《た》だ聞《き》く　松柏《しょうはく》の声《こえ》

沈佺期《しんせんき》

メモ
賑やかな生と寂しい死を対比した詩。松と柏は墓地に植えられる植物。柏は常緑樹のコノテガシワ。生は有限で、必ず死の世界に行く。ゴーッという松柏の音は生ある者の定めを暗示するかのようだ。七言絶句。韻字=塋・城・声（下平・庚韻）。

**大意**

北邙山の上には墓が連なり、遥か昔から洛陽の町と向かい合っている。夕暮れになると、洛陽の町には美しい歌声や賑やかな鐘の音が湧き立つが、この山の上では、松や柏の寂しい葉音が響くだけだ。

## 古意　呈補闕喬知之

盧家少婦鬱金堂
海燕雙棲玳瑁梁
九月寒砧催木葉
十年征戍憶遼陽
白狼河北音書斷
丹鳳城南秋夜長
誰爲含愁獨不見
更教明月照流黄

古意《こい》　補闕《ほけつ》の喬知之《きょうちし》に呈《てい》す　沈佺期《しんせんき》

盧家《ろか》の少婦《しょうふ》　鬱金堂《うっこんどう》
海燕《かいえん》双棲《そうせい》す　玳瑁《たいまい》の梁《はり》
九月《くがつ》　寒砧《かんちん》　木葉《もくよう》を催《うなが》し
十年《じゅうねん》　征戍《せいじゅ》　遼陽《りょうよう》を憶《おも》う
白狼河北《はくろうかほく》　音書《いんしょ》断《た》え
丹鳳城南《たんぽうじょうなん》　秋夜《しゅうや》長《なが》し
誰《たれ》か愁《うれ》いを含《ふく》みて独《ひと》り見《み》ざるが為《ため》に
更《さら》に明月《めいげつ》をして流黄《りゅうこう》を照《て》らさしむ

メモ
夫の帰りを待つ若妻のせつない思いを詠う。「古意」は楽府体の民謡の意を借りたもので、恋愛の情を主題とすることが多い。「補闕」は官名。「喬知之」は則天武后のとき右補闕の任にあった。第1句は梁の武帝蕭衍の「河中の水の歌」（116頁）を踏まえる。「独不見」は楽府題の一つ。「我独り愛する人に見（まみ）えず」の意。「流黄」は黄繭で作った絹。七言律詩。韻字＝堂・梁・陽・長・黄（下平・陽韻）。

**大意**

盧の家の新妻は鬱金の香りを塗り込めた部屋の中。海を渡ってきた燕が、玳瑁で飾った梁上につがいで仲良く棲んでいる。陰暦九月、冬に備える砧《きぬた》の音は木々の落葉をせき立て、十年出征したまま帰らない夫のいる遼陽を思わずにいられない。白狼河の北からは音信が途絶え、丹鳳城（都の長安城）の南で思いにふける秋の夜は長い。いったい誰が夫に会えず悲しんでいる私に、さらに、明月に流黄を照らさせ、いっそう思慕の情をつのらせたりするのでしょう。

# 登幽州臺歌

前不見古人
後不見來者
念天地之悠悠
獨愴然而涕下

幽州《ゆうしゅう》の台《だい》に登《のぼ》る歌《うた》

前《まえ》に古人《こじん》を見《み》ず
後《しりえ》に来者《らいしゃ》を見《み》ず
天地《てんち》の悠悠《ゆうゆう》たるを念《おも》い
独《ひと》り愴然《そうぜん》として涕下《なみだくだ》る

陳子昂《ちんすごう》

メモ
悠久で広大無辺な天地を前にして、人間の命のはかなさに愴然として涙を流す。「幽州」は現在の北京のあたり。『楚辞』「遠遊」に「天地の無窮なるを惟（おも）い、人生の長く勤むるを哀しむ。往者（おうしゃ）は余（われ）及ばす、来者（らいしゃ）は吾（われ）聞かず」とあるのを意識しよう。古詩。韻字＝者・下（上声・馬韻）。



## 大意

私の前に生まれた昔の人に会うことはできない。私の後に生まれくる未来の人にも会うことはできない。天地がいつまでも絶えることがないと思うと、人の一生の短さに悲しくなり、涙が流れる。

汾上驚秋

北風吹白雲
萬里渡河汾
心緒逢搖落
秋聲不可聞

汾上秋《ふんじょうあき》に驚《おどろ》く

蘇頲《そてい》

北風《ほくふう》　白雲《はくうん》を吹《ふ》き
万里《ばんり》　河汾《かふん》を渡《わた》る
心緒《しんしょ》　揺落《ようらく》に逢《あ》い
秋声《しゅうせい》　聞《き》くべからず



大意

北風が吹いて白い雲が流れてゆく中、万里の旅の途中、汾河を渡る。あたりを見ると草や木の葉が震えながら散ってゆき、私の心も震える。旅はただでさえ物悲しいものなのに、この秋のわびしい音を、平静な気持ちで聞くことはできない。

メモ
旅の途中、秋の到来にはっと気づいた、という詩。和歌にもいう。「秋来ぬと目にはさやかに見えねども風の音にぞ驚かれぬる」（『古今和歌集』藤原敏行）。この詩では、秋の到来を知り、気がめいったことをいうのが主眼。秋は悲しいと明言したのは戦国時代の宋玉で、「九弁」に「悲しい哉、秋の気為る也、蕭瑟として草木揺落して変衰す」（44頁）とある。また漢の武帝劉徹は「秋風の辞」（53頁）で「秋風起こりて白雲飛び…少壮幾時ぞ老いを奈何せん」と詠った。武帝と蘇頲の詩の舞台がともに汾河であることも「悲秋」の系譜を継ぐ。第3句の「心緒」は、心の動く糸口。五言絶句。韻字＝雲・汾・聞（上平・文韻）。

## 南樓望

盧僎《ろせん》

去國三巴遠
登樓萬里春
傷心江上客
不是故鄉人

南楼《なんろう》の望《ぼう》

国《くに》を去《さ》って三巴《さんぱ》遠《とお》く
楼《ろう》に登《のぼ》れば万里春《ばんりはる》なり
傷心《しょうしん》す　江上《こうじょう》の客《かく》
是《こ》れ故郷《こきょう》の人《ひと》ならず

メモ
望郷の詩。「万里春」は見わたす限り春の盛りであることをいう。春の景色は美しい、だが私はこの土地の人間ではないので、目の前の景色がどんなに美しくても十分堪能できない、という。第4句の「是れ故郷の人ならず」という表現に、望郷の強さが表れる。五言絶句。韻字＝春・人（上平・真韻）。

### 大意

都に別れを告げ、遠く三巴の地まで流されてきた。町の南楼に登ると、見わたすかぎりの春景色。だが、長江のほとりを旅する私の心は傷む。私は、この春景色を楽しむのにふさわしいこの土地の人ではないのだから。

# 題袁氏別業

主人不相識
偶坐爲林泉
莫謾愁沽酒
囊中自有錢

袁氏《えんし》の別業《べつぎょう》に題《だい》す

賀知章《がちしょう》

主人《しゅじん》　相《あ》い識《し》らず
偶《たま》たま坐《ざ》すは林泉《りんせん》の為《ため》なり
謾《みだ》りに酒《さけ》を沽《か》うを愁《うれ》うる莫《な》かれ
囊中《のうちゅう》自《おの》ずから銭《ぜに》有《あ》り



メモ
林や泉を愛する心で結ばれる二人の交情を詠う。後半は、主人が客人に気をつかっているのを見て、銭はあるから心配ない、とユーモアまじりで二人の自然を愛する境地を詠う。五言絶句。韻字＝泉・銭（上平・先韻）。

**大意**

別荘の主人と面識はないが、たまたま一緒に座っているのは、林と泉のおかげ。酒が買えないなどとそんなに心配なさるな。財布の中にはちゃんと銭があるのだから。

# 回郷偶書

少小離家老大回
郷音無改鬢毛衰
兒童相見不相識
笑問客從何處來

郷《きょう》に回《かえ》りて偶《たま》たま書《しょ》す　賀知章《がちしょう》

少小《しょうしょう》　家《いえ》を離《はな》れて老大《ろうだい》にして回《かえ》る
郷音《きょういん》改《あらた》まらずして鬢毛《びんもう》衰《おとろ》う
児童《じどう》相《あ》い見《み》て相《あ》い識《し》らず
笑《わら》って問《と》う　客《かく》は何《いず》れの処《ところ》従《よ》り来《きた》ると

メモ
年を取って故郷に帰ってきた。鬢毛は衰えたが、自分は若いころと変わらないつもり。だが、子どもたちにはよそのお爺さん。第4句、ユーモア溢れる詠いぶりではあるが、いつの間にかよそ者になってしまった悲哀がただよう。七言絶句。韻字＝回・衰・來（上平・灰韻）。



**大意**

若いころ故郷の家を離れ、年老いて帰ってきた。お国なまりは一向なおっていないが、鬢のあたりの毛は白くなったり抜け落ちてしまったり。子どもたちと顔を合わせても、お互い知らない。子どもはにこにこ笑いながら尋ねる、お客様はどちらからいらっしゃいましたか、と。

# 送梁六

巴陵一望洞庭秋
日見孤峰水上浮
聞道神仙不可接
心随湖水共悠悠

梁六《りょうろく》を送《おく》る

張説《ちょうえつ》

巴《は》陵一望《りょういちぼう》す　洞庭《どうてい》の秋《あき》
日《ひ》に見《み》る　孤峰《こほう》の水上《すいじょう》に浮《う》かぶを
聞道《きくなら》く　神仙接《しんせんせつ》すべからずと
心《こころ》は湖水《こすい》に随《したが》って共《とも》に悠悠《ゆうゆう》たり



メモ
梁六は梁知微（りょうちび）。「六」は六番目の男子であることをいう。梁六の旅立ちを見送る詩。一見すると君山のあたりに隠棲するようであるが、張説に「岳州にて梁六の入朝するに別る」の詩があり、梁六に「入朝するに張燕公（張説）に別る」と応じる詩があることから、「神仙」は皇帝を指し、「孤峰」（君山）は都の長安を指すものと考えられる。「洞庭の秋」から『楚辞』「九歌〈湘夫人〉」（36頁）が連想される。七言絶句。韻字＝秋・浮・悠（下平・尤韻）。

## 大意

巴陵から一望のもとに見わたす洞庭の秋。日ごと目に映るのは、水上に浮かび聳える孤峰（君山）。聞くところによると、神仙は近づくことができないものという。神仙の住む山に入ってゆくあなたを見送ると、私の心は湖水とともに悠々となる。

# 醉後作

醉後方知樂
彌勝未醉時
動容皆是舞
出語總成詩

醉後《すいご》の作《さく》

醉後《すいご》方《まさ》に楽《たの》しみを知《し》る
弥《いよ》いよ未《いま》だ酔《よ》わざる時《とき》に勝《まさ》る
容《かたち》を動《うご》かせば皆是《みなこ》れ舞《まい》となり
語《ご》を出《い》だせば総《すべ》て詩《し》と成《な》る

張説《ちょうえつ》

メモ
酒の楽しさにもいろいろあるが、動作が舞に言葉が詩になるというのは、詩人でなければできない。五言絶句は、ふと口をついて出るもの、まさにこの詩は酔った楽しさから生まれた。五言絶句。韻字＝時・詩（上平・支韻）。



**大意**

酔っぱらって初めて酒の楽しみが分かる。酔う前より遥かに楽しいのだ。体を動かせばみな舞となり、言葉を吐けばすべて詩になる。

# 照鏡見白髪

宿昔青雲志
蹉跎白髪年
誰知明鏡裏
形影自相憐

鏡《かがみ》に照《て》らして白髪《はくはつ》を見《み》る

張九齢《ちょうきゅうれい》

宿昔《しゅくせき》　青雲《せいうん》の志《こころざし》
蹉跎《さた》たり　白髪《はくはつ》の年《とし》
誰《たれ》か知《し》らん　明鏡《めいきょう》の裏《うち》
形影《けいえい》自《みずか》ら相《あ》い憐《あわれ》まんとは

メモ
若いころの志が、みなうまくいくとは限らない。蹉跎として、つまづき、失敗することの方が多い。若いころには、年を取ってつまづきの人生を振り返ることなど、想像もできない。「青雲の志」は立身出世の志という意味で使われる。五言絶句。韻字＝年・憐（上平・先韻）。



## 大意

昔は青い空に浮かぶ白い雲のような高い境地を目指していたが、つまづき、失敗して、すっかり白髪の年となった。誰が予想し得たであろうか、澄んだ鏡の中で、自分の姿と映る姿が互いに憐れみ合うことになろうとは。

## 望月懷遠

海上生明月
天涯共此時
情人怨遙夜
竟夕起想思
滅燭憐光滿
披衣覺露滋
不堪盈手贈
還寢夢佳期

月《つき》を望《のぞ》んで遠《とお》きを懐《おも》う

張九齢《ちょうきゅうれい》

海上《かいじょう》　明月《めいげつ》を生《しょう》ず
天涯《てんがい》　此《こ》の時《とき》を共《とも》にす
情人《じょうじん》　遙夜《ようや》を怨《うら》み
竟夕《きょうせき》　想思《そうし》を起《お》こす
燭《しょく》を滅《めっ》して光《ひかり》の満《み》てるを憐《あわれ》み
衣《ころも》を披《はお》りて露《つゆ》の滋《しげ》きを覚《おぼ》ゆ
堪《た》えず　手《て》に盈《みた》して贈《おく》るに
還《ま》た寝《い》ねて佳期《かき》を夢《ゆめ》みん

メモ
「望月」は、もち月、満月。また「月を望む」。月は、どんなに離れていても同時に見ることができ、恋人や故郷を思い出させる働きがある。第8句の「佳期」は美人と約束して逢うこと。『楚辞』「九歌〈湘夫人〉」(36頁)に出てくる語。民謡調の素朴な詩。五言律詩。韻字=時・思・滋・期(上平・支韻)。

### 大意

海の上に明るい月が浮かび出た。互いに天の涯にいようと、今同じ時間に生きている。愛する人はこの長い夜を怨み、一晩中、恋心を起こしているだろう。灯火を消すと満ちあふれる月の光が愛おしく、衣をはおると露がしっとり降りていることに気づく。手にいっぱいの光を贈りたいが、かなわぬこと。もう一度眠って、夢の中でお会いしましょう。

# 涼州詞

葡萄美酒夜光杯
欲飲琵琶馬上催
醉臥沙場君莫笑
古來征戰幾人回

涼州詞《りょうしゅうし》　王翰《おうかん》

葡萄《ぶどう》の美酒《びしゅ》　夜光《やこう》の杯《はい》
飲《の》まんと欲《ほっ》すれば　琵琶《びわ》　馬上《ばじょう》に催《もよお》す
酔《よ》うて沙場《さじょう》に臥《ふ》すとも君笑《きみわら》うこと莫《な》かれ
古来《こらい》　征戦《せいせん》　幾人《いくにん》か回《かえ》る

メモ
明日には前線に出るので、今日が最後の日。高価な葡萄酒に立派な夜光杯、琵琶の演奏つきの豪華な宴会である。詩の後半は一転して、殺伐とした砂漠。砂漠は戦場である。明日出征したら無事に帰ってはこれない、今日が最後の命、だからへべれけに酔っても、笑わないでくれ。悲しい兵士の言葉である。七言絶句。韻字＝杯・催・回（上平・灰韻）。

**大意**

葡萄の美酒を夜光の杯《さかずき》になみなみ注ぐと、さあ飲めとばかりに馬上で琵琶がかき鳴らされる。酔って砂漠に寝転がっても、君、どうか笑わないでくれ。昔から戦争に行ってどれくらいの人が帰ってきたことか、帰ってきた者はいないのだから。

長樂少年行

遺卻珊瑚鞭
白馬驕不行
章臺折楊柳
春日路傍情

長楽少年行《ちょうらくしょうねんこう》　崔国輔《さいこくほ》

珊瑚《さんご》の鞭《むち》を遺却《いきゃく》して
白馬《はくば》　驕《おご》りて行《ゆ》かず
章台《しょうだい》　楊柳《ようりゅう》を折《お》る
春日《しゅんじつ》　路傍《ろぼう》の情《じょう》

メモ
鞭を忘れたのは、第3句の「章台」（色町）のなじみの家。馬が進まないので鞭の代りに柳を折ると、今しがた別れてきた人をふと思い出した。柳は別れの象徴である。七言絶句。韻字＝行・情（下平・庚韻）。

大意

珊瑚の鞭を忘れたので、白馬は人を侮って進まない。章台で柳を手折ると、春の日の路傍でふときざす恋ごころ。

# 春曉

春眠不覺曉
處處聞啼鳥
夜來風雨聲
花落知多少

春暁《しゅんぎょう》

孟浩然《もうこうねん》

春眠《しゅんみん》　暁《あかつき》を覚《おぼ》えず
処処《しょしょ》　啼鳥《ていちょう》を聞《き》く
夜来《やらい》　風雨《ふうう》の声《こえ》
花落《はなお》つること知《し》んぬ多少《たしょう》ぞ

メモ

前半は暖かな蒲団の中で次第に目覚めていく様子。鳥の鳴き声で覚醒していく。そこでふと、「昨日は一晩中春の嵐だったな」と思い出す。前半の明るい朝から、転句で昨日の嵐に移る。これが転句の妙。官僚であれば夜明け前に起きて正装して出廷しなければならないが、蒲団の中で春の嵐に散った花を思い浮かべる、悠々自適な生活である。五言絶句。韻字＝暁・鳥・少（上声・篠韻）。

### 大意

春の眠りは心地よく、いつ夜が明けたか気づかなかった。あちらこちらで鳴いている鳥の声を聞いて夜が明けたことが分かった。そういえば昨晩は風と雨の音がすごかった。花はどれだけ散ったことやら、たくさん散ったことだろう。

# 宿建徳江

移舟泊煙渚
日暮客愁新
野曠天低樹
江清月近人

建徳江《けんとくこう》に宿《しゅく》す

孟浩然《もうこうねん》

舟《ふね》を移《うつ》して煙渚《えんしょ》に泊《はく》す
日暮《にちぼ》　客愁《かくしゅう》新《あら》たなり
野《の》は曠《ひろ》くして天《てん》は樹《き》に低《た》れ
江《こう》は清《きよ》くして月《つき》は人《ひと》に近《ちか》し

メモ

広漠とした平原、大川の岸辺に停泊した舟。夕暮れ時に独り佇むと、旅愁がつのりくる。やがて清らかな水を照らして月が輝くと、友を得たように寂しさが慰められた。建徳江は富春江の上流の新安江。五言絶句。韻字＝新・人（上平・真韻）。



**大意**

舟を移動させて夕もやの渚に停泊する。日が暮れると、旅の愁いが新たに湧き起こる。平原は広々として天が樹に垂れさがり、江《かわ》は清みきって月が人の間近に見える。

# 洛陽訪袁拾遺不遇

洛陽《らくよう》にて袁拾遺《えんしゅうい》を訪《と》うて遇《あ》わず　孟浩然《もうこうねん》

洛陽訪才子
江嶺作流人
聞說梅花早
何如此地春

洛陽《らくよう》に才子《さいし》を訪《と》えば
江嶺《こうれい》に流人《りゅうじん》と作《な》る
聞説《きくなら》く　梅花《ばいか》早《はや》しと
何如《いかん》ぞ　此《こ》の地《ち》の春《はる》に

メモ
前半二句は対句で、「洛陽」と「江嶺」、「才子」と「流人」、が、明と暗の対比となってい て、作者の驚きが伝わる。「江嶺」は長江と五嶺。江西・湖南の地を指す。洛陽よりも南で春のおとずれが早い。中でも五嶺の一つの大庾嶺は梅がもっとも早く咲くという。五言絶句。韻字＝人・春（上平・真韻）。



**大意**

洛陽に才子の袁拾遺を訪ねたところ、江嶺に流罪の身になって行ってしまわれたとのこと。あちらは梅の花が早く咲くと聞くが、ここ洛陽の春と比べてどうだろうか。

# 赴京途中遇雪

迢遞秦京道
蒼茫歳暮天
窮陰連晦朔
積雪滿山川
落雁迷沙渚
饑鳥噪野田
客愁空佇立
不見有人烟

京《みやこ》に赴《おもむ》く途中《とちゅう》雪《ゆき》に遇《あ》う　孟浩然《もうこうねん》

迢遞《ちょうてい》たり　秦京《しんけい》の道《みち》
蒼茫《そうぼう》たり　歳暮《さいぼ》の天《てん》
窮陰《きゅういん》　晦朔《かいさく》に連《つら》なり
積雪《せきせつ》　山川《さんせん》に満《み》つ
落雁《らくがん》　沙渚《さしょ》に迷《まよ》い
饑鳥《きちょう》　野田《やでん》に噪《さわ》ぐ
客愁《かくしゅう》　空《むな》しく佇立《ちょりつ》すれば
人烟《じんえん》有《あ》るを見《み》ず

メモ
空は暗く、大晦日から元日まで雪が降り、山川は雪におおわれた。雁はとまどい、鳥は飢えて鳴き騒いでいる。人の気配もない。旅愁はさらに深まる。五言律詩。韻字＝天・川・田・烟（下平・先韻）。

**大意**

遥かに遠い長安への道、歳の暮れの空は暗い。冬は晦日から朔日に連なり、積雪は山や川に満ちている。舞い降りる雁はみぎわの砂原を探しあぐね、飢えた鳥は野中の畑で騒いでいる。旅の愁いにぼんやり佇めば、炊事の煙も見えない。

# 望洞庭湖贈張丞相

八月湖水平
涵虚混太清
氣蒸雲夢澤
波撼岳陽城
欲濟無舟楫
端居恥聖明
坐觀垂釣者
徒有羨魚情

洞庭湖《どうていこ》を望《のぞ》み張丞相《ちょうじょうしょう》に贈《おく》る

孟浩然《もうこうねん》

八月《はちがつ》　湖水《こすい》平らかに
虚《きょ》を涵《ひた》して太清《たいせい》に混《こん》ず
気《き》は蒸《む》す　雲夢《うんぼう》の沢《たく》
波《なみ》は撼《ゆる》がす岳陽城《がくようじょう》
済《わた》らんと欲《ほっ》して舟楫《しゅうしゅう》無《な》く
端居《たんきょ》して聖明《せいめい》に恥《は》ず
坐《そぞ》ろに釣《つ》りを垂《た》るる者《もの》を観《み》て
徒《いたずら》に魚《うお》を羨《うらや》むの情《じょう》有《あ》り



## 大意

秋八月、湖の水はなみなみとして水面は平らに広がる。大空を浸し、最も高い太清天まで届き、天空と湖水がまじり合う。水蒸気は雲夢の大湿地帯に立ち込め、波は岳陽の町をゆり動かさんばかり。この広大な湖水を渡っていきたいが、舟も楫もない。聖明の世に何もせずにいるのは恥ずかしい。釣り糸を垂れている人を眺めていると、いたずらに魚を得たいという気持ちが湧いてくる。

メモ

第1句・第2句は、洞庭湖の大きさを「平らか」とまず巨視的に捉え、さらに虚と太清の天を浸しまじわる、と、その広大さを際立たせる。第3句・4句は、洞庭湖の絶唱とされる。霧に包まれる神秘的で奥深い雲夢の地、水蒸気の立ち上る縦の動きと、波が岳陽の町を揺り動かす横の動きで、洞庭湖をダイナミックに詠う。第5句からの後半は「情」を詠う。広大な景色を前にして孤独であること、官僚として活躍したいが渡る舟や楫がない、手づるがないことを、ただいたずらに魚を得たい、職を得たい、と言う。五言律詩。韻字＝平・清・城・明・情（下平・庚韻）。

# 宴城東莊

一月主人笑幾回
相逢相値且銜杯
眼看春色如流水
今日殘花昨日開

城東《じょうとう》の荘《そう》に宴《えん》す　崔恵童《さいけいどう》

一月《いちげつ》　主人《しゅじん》　笑《わら》うこと幾回《いくかい》ぞ
相《あ》い逢《あ》い相《あ》い値《あ》う　且《しば》らく杯《はい》を銜《ふく》まん
眼《ま》のあたりに看《み》る　春色《しゅんしょく》の流水《りゅうすい》の如《ごと》きを
今日《こんにち》の残花《ざんか》は昨日《さくじつ》開《ひら》く

メモ
人生ははかなく、時は移ろいゆく。みなこうして集まったのだから、しばし無常の世を忘れて楽しく酒を飲みましょう、という。無常を表す結句が分かりやすい。七言絶句。韻字＝回・杯・開（上平・灰韻）。

173

大意

一月《ひと》のうちで、御主人よ、笑うことが何回ありますか。こうして互いに顔を合わせたのですから、まあ楽しく杯《さかずき》を傾けましょう。春の景色は、流れる水のように、目の前をあれよと言う間に過ぎ去っていきます。今日のしおれた花は、昨日開いたばかりのものですよ。

# 邊詞

五原春色舊來遲
二月垂楊未掛絲
即今河畔冰開日
正是長安花落時

辺詞《へんし》

五原《ごげん》の春色《しゅんしょく》旧来《きゅうらい》遅《おそ》し
二月《にがつ》の垂楊《すいよう》未《いま》だ糸《いと》を掛《か》けず
即今《そっこん》河畔《かはん》氷《こおり》開《ひら》く日《ひ》
正《まさ》に是《こ》れ長安《ちょうあん》花《はな》落《お》つるの時《とき》

張敬忠《ちょうけいちゅう》



メモ
辺境にあって都への思いを詠う。「五原」は現在の内蒙古自治区五原県のあたり。受降城（268頁）があり多くの兵が駐屯した。第1句で北方の春の遅いことをいう。それを際立たせるために、後半では川の氷が「開く」日は、長安では花が「落ちる」ときだ、という。花が「開く」のではなく、氷がやっと解けて水面が開いてくるとき、故郷では花が「落ちる」という表現の妙によって、望郷の意が強くなる。七言絶句。韻字＝遅・糸・時（上平・支韻）。

**大意**

五原では春の来るのはもともと遅い。二月になってもしだれ柳はまだ糸をかけない。今日ようやく黄河の氷が溶けたが、長安ではちょうど花が落ちるころだ。

# 次北固山下

客路青山下
行舟綠水前
潮平兩岸濶
風正一帆懸
海日生殘夜
江春入舊年
鄉書何處達
歸雁洛陽邊

北固山《ほっこさん》の下《もと》に次《やど》る

王湾《おうわん》

客路《かくろ》　青山《せいざん》の下《もと》
行舟《こうしゅう》　緑水《りょくすい》の前《まえ》
潮《うしお》平《たい》らかにして両岸《りょうがん》濶《ひろ》く
風《かぜ》正《ただ》しくして一帆《いっぱん》懸《か》かる
海日《かいじつ》　残夜《ざんや》に生《しょう》じ
江春《こうしゅん》　旧年《きゅうねん》に入《い》る
郷書《きょうしょ》　何《いず》れの処《ところ》にか達《たっ》する
帰雁《きがん》　洛陽《らくよう》の辺《へん》

メモ
北固山は江蘇省鎮江県、長江の南岸にある。第6句は年が明ける前、年末のうちに立春を迎えたことをいう。作者王湾の故郷は洛陽。春になると雁は南から北に移動するので、第8句のように手紙は洛陽についたのでは、という。雁は手紙を運ぶ鳥として詩によく詠われる。手紙を「雁書」「雁信」などともいう。五言律詩。韻字＝前・懸・年・邊（下平・先韻）。

## 大意

旅路は青い山の麓、旅の小舟は緑の水の前。潮が満ちて平らに、両岸は広く、風はまっすぐに吹いて、一つの帆が膨らんで懸かっている。夜明け前の海から太陽が上り、川辺の春は去年の暦のうちに始まっている。故郷への便りはどこまで行っただろうか、手紙を運ぶ雁は洛陽のあたりについたころだろう。

# 黄鶴樓

昔人已乘白雲去
此地空餘黃鶴樓
黃鶴一去不復返
白雲千載空悠悠
晴川歷歷漢陽樹
芳草萋萋鸚鵡洲
日暮鄉關何處是
煙波江上使人愁

黄鶴楼《こうかくろう》

崔顥《さいこう》

昔人《せきじん》已《すで》に白雲《はくうん》に乗《の》って去《さ》り
此《こ》の地《ち》空《むな》しく余《あま》す黄鶴楼《こうかくろう》
黄鶴《こうかく》一《ひと》たび去《さ》って復《ま》た返《かえ》らず
白雲《はくうん》千載《せんざい》　空《むな》しく悠悠《ゆうゆう》
晴川《せいせん》歴歴《れきれき》たり　漢陽《かんよう》の樹《じゅ》
芳草《ほうそう》萋萋《せいせい》たり　鸚鵡洲《おうむしゅう》
日暮《にちぼ》郷関《きょうかん》　何《いず》れの処《ところ》か是《これ》なる
煙波《えんぱ》江上《こうじょう》　人《ひと》をして愁《うれ》えしむ



## 大意

昔の人はすでに白雲に乗って去り、この地には空しく黄鶴楼だけが残っている。黄色の鶴は一度去ってしまうと、もう二度と帰ってこず、白い雲が千年の間空しく悠悠と浮かんでいる。晴れわたった川の向こうには漢陽の樹々が一本一本見え、香り高い草が中洲の鸚鵡洲に茂っている。夕暮れに故郷はどのあたりかと見ると、夕もやの立ち込める川のほとりは、人を愁いに沈ませる。

メモ

黄鶴楼は湖北省武昌（現在の武漢市）にある。楼上から長江と対岸の漢陽の町（武漢市）が見える。この楼の名の由来の一つに、以下のような話がある。かつてみすぼらしい老人（実は仙人）が辛氏の酒屋で半年ほどただで酒を飲んだが、辛氏は酒代を請求することはなかった。ある日老人が酒代の代わりにと壁に黄色い鶴の絵を描いて立ち去った。その絵の鶴は客が酒を飲んで手拍子を打ち歌を歌うと壁の中で踊り出し、それが評判になって辛氏の酒屋は巨万の富を得た。十年ほど経つと老人がやってきて笛を吹くと壁の中の鶴が飛び出してきた。老人はそれに乗ってどこかに飛んでいき、二度と戻ってこなかった。辛氏は記念にと楼を建て黄鶴楼と名づけた、と。李白がこの楼にやってきて詩を作ろうとしたが、書きつけられていた崔顥のこの詩を見てこれ以上の詩はできない、と言って立ち去ったという逸話もある。七言律詩。韻字＝樓・悠・洲・愁（下平・尤韻）。

# 登鸛鵲樓

白日依山盡
黄河入海流
欲窮千里目
更上一層樓

鸛鵲楼《かんじゃくろう》に登《のぼ》る

白日《はくじつ》　山《やま》に依《よ》りて尽《つ》き
黄河《こうが》　海《うみ》に入《い》りて流《なが》る
千里《せんり》の目《め》を窮《きわ》めんと欲《ほっ》して
更《さら》に上《のぼ》る一層《いっそう》の楼《ろう》

王之渙《おうしかん》

メモ
前半、「白日」「黄河」と色を対比させた対句、後半も「千里」「一層」と数字を対比させた対句。「全対格」の詩。第1句は遠景で、夕陽の赤とその手前が逆光のため黒くなった山々、第2句は近景で、眼下に滔々と海に流れこもうとするダイナミックな黄河、とスケールの大きな景色を描く。後半はその景色をさらに遠くまでみたい、と一階上に上る。「一」によって「千」が強調される。五言絶句。韻字=流・樓（下平・尤韻）。



**大意**

太陽が山に寄り添うように落ち、眼下には黄河が海へと流れてゆく。もっと遠く千里彼方まで眺めようと、さらにもう一階上の楼に上った。

# 涼州詞

黄河遠上白雲間
一片孤城萬仞山
羌笛何須怨楊柳
春光不度玉門關

涼州詞《りょうしゅうし》

黄河《こうが》遠《とお》く上《のぼ》る　白雲《はくうん》の間《かん》
一片《いっぺん》の孤城《こじょう》　万仞《ばんじん》の山《やま》
羌笛《きょうてき》何《なん》ぞ須《もち》いん楊柳《ようりゅう》を怨《うら》むを
春光《しゅんこう》度《わた》らず　玉門関《ぎょくもんかん》

王之渙《おうしかん》

メモ
第2句「万仞」の「仞」は長さを表す単位。「一仞」は七尺（約一五八センチ）。詩中の「万仞」は、実数を表すのではなく、極めて高いことを言う。高い山々が連なり、雲が湧く辺境の地。そこは敵を防ぐ最前線で、一つだけ町があり、兵士たちが駐屯している。第2句の「一」「孤」に「万」が響きあって、孤独を表す。第3句「笛」に「楊柳」と言えば笛曲の「折楊柳」と取るのが漢詩の世界。「折楊柳」の曲は、よく送別のときに演奏される別れの悲しい曲。結句の第4句は、「折楊柳」の曲が演奏されても、少しも悲しくならないぞ、ここには柳を芽吹かせる春はこないのだから、という。強がりである。春のある故郷が恋しくてたまらないのだ。七言絶句。韻字＝間・山・關（上平・刪韻）。



**大意**

黄河を遠く白雲の湧くあたりまで遡ると、高い万仞の山々の中に、ぽつんと取り残されたように一つの町がある。誰が吹くのか「折楊柳」の別れの曲が流れてきたが、わざわざ悲しい「折楊柳」を吹く必要などあろうか、必要ない。なぜなら春の光は、玉門関を越えてここには届かないのだから。

# 芙蓉樓送辛漸

寒雨連江夜入呉
平明送客楚山孤
洛陽親友如相問
一片冰心在玉壺

芙蓉楼《ふようろう》にて辛漸《しんぜん》を送《おく》る

寒雨《かんう》江《こう》に連《つら》なりて夜《よる》呉《ご》に入《い》る
平明《へいめい》客《かく》を送《おく》れば楚山《そざん》孤《こ》なり
洛陽《らくよう》の親友《しんゆう》　如《も》し相《あ》い問《と》はば
一片《いっぺん》の冰心《ひょうしん》　玉壺《ぎょくこ》に在《あ》り

王昌齢《おうしょうれい》

メモ
始まりの「寒雨」が結句では「氷」になっている。寒々とした冷たい心で、第2句にいうように「孤」、孤独なのだ。本音は、田舎の役人生活はいやで、早く都に帰りたい。だが、「一片の氷心玉壺に在り」、氷のような清らかな心境だ、と強がってみせる。「芙蓉楼」は江蘇省鎮江の町にあった。「平明」は夜明けのうす明るい時分。夜来の雨は止んでいる。「辛漸」について詳しいことは分からない。七言絶句。韻字＝呉・孤・壺（上平・虞韻）。

**大意**

夜になって、この呉の地方にも冷たい雨が川に降り注いだ。明け方、旅人を見送ると、楚の山が一つポツンと聳えている。洛陽にいる私の親友がもし私の消息を尋ねたなら、答えてくれたまえ。一かけらの氷が玉の壺の中にあるように、清らかな心で過ごしているよ、と。

# 閨怨

閨中少婦不知愁
春日凝粧上翠楼
忽見陌頭楊柳色
悔教夫婿覓封侯

閨怨《けいえん》　　王昌齢《おうしょうれい》

閨中《けいちゅう》の少婦《しょうふ》　愁《うれ》いを知《し》らず
春日《しゅんじつ》粧《よそお》いを凝《こら》して翠楼《すいろう》に上《のぼ》る
忽《たちま》ち見《み》る　陌頭《はくとう》　楊柳《ようりゅう》の色《いろ》
悔《く》ゆらくは夫婿《ふせい》をして封侯《ほうこう》を覓《もと》め教《し》めしを

メモ

柳は別れの象徴で、春先に青々とした柳を見ると悲しくなる。だから第3句で柳をふと見て夫との別れを思い出し、悲しくなり、第4句で励まして送り出したのが悔やまれた、という。幼い妻だけに、もとより別れの悲しみなど経験したことがなかったのである。当時、女性は十三、四歳で結婚した。この詩は閨怨詩の傑作で、「閨怨詩」のジャンルが確立された。七言絶句。韻字＝愁・樓・侯（下平・尤韻）。

**大意**

部屋の中の新妻は、まだ若いので愁いということを知らない。春うららかな日、化粧を凝らして美しい高楼に上る。ふと見ると、大通りの柳が芽吹いて青々としている。ああ、悔やまれてたまらない。去年の今ごろ、戦争に行って手柄を立てて出世してね、と夫を送り出したことが。

# 西宮春怨

西宮夜靜百花香
欲捲珠簾春恨長
斜抱雲和深見月
朦朧樹色隱昭陽

西宮春怨《せいきゅうしゅんえん》

王昌齢《おうしょうれい》

西宮《せいきゅう》　夜静《よるしず》かにして百花香《ひゃっかかんば》し
珠簾《しゅれん》を捲《ま》かんと欲《ほっ》して春恨長《しゅんこんなが》し
斜《なな》めに雲和《うんわ》を抱《いだ》いて深《ふか》く月《つき》を見《み》れば
朦朧《もうろう》たる樹色《じゅしょく》　昭陽《しょうよう》を隠《かく》す

メモ

「西宮」は長信宮とも。漢代の太后の宮殿。班婕妤が趙飛燕姉妹によって成帝の寵愛を失い、王太后づきの侍女となったところ。「昭陽」は昭陽殿。妹の趙昭儀の住んでいた宮殿。班婕妤の境遇は古来多くの詩人の同情を誘い、彼女の胸中に託して寵愛を失った宮女の悲しみを詠う詩が多く作られた。王昌齢には他に「西宮秋怨」「長信秋詞」などがある。班婕妤には「怨歌行」がある（57頁）。「雲和」は琴の良材を産出すると伝えられた山の名で、「雲和」と言えば、琴を意味する。七言絶句。韻字＝香・長・陽（下平・陽韻）。

**大意**

夜の西宮はひっそりとして、花々はむせるように香る。珠簾を巻き上げようとしたまま、いつまでも春の物思いにふけってしまった。雲和の琴《きん》を斜めに抱え、深い思いを込めてじっと月を見つめると、こんもりとした木陰が昭陽殿を隠している。

# 出塞

秦時明月漢時關
萬里長征人未還
但使龍城飛將在
不教胡馬度陰山

出塞《しゅっさい》　　王昌齢《おうしょうれい》

秦時《しんじ》の明月《めいげつ》　漢時《かんじ》の関《かん》
万里《ばんり》長征《ちょうせい》して人《ひと》未《いま》だ還《かえ》らず
但《た》だ龍城《りゅうじょう》の飛将《ひしょう》をして在《あ》ら使《し》めば
胡馬《こば》をして陰山《いんざん》を度《わた》ら教《し》めじ



メモ
唐代五大絶句の一つで、第1句は絶唱とされる。「秦時の明月漢時の関」の七文字によって時間と空間の広がりを捉え、高い風趣をただよわせている。第2句と合わせて、戦争に行った者は昔からずっと永遠に帰らない、と言う。第3句「龍城の飛将」は、前漢の将軍李広。匈奴はその名を聞いただけで戦争をしかけなかったという。唐代の詩は、時代を漢に設定する。七言絶句。韻字＝関・還・山（上平・刪韻）。

**大意**

秦のときと同じ明月が漢のときの関所を照らす。万里の彼方に遠征した人はまだ帰ってこない。龍城の飛将軍のような名将さえいれば、異民族の馬に陰山を越えさせることなどしないのに。

# 従軍行

青海長雲暗雪山
孤城遙望玉門關
黄沙百戰穿金甲
不破樓蘭終不還

従軍行《じゅうぐんこう》

青海《せいかい》の長雲《ちょううん》　雪山《せつざん》暗《くら》し
孤城《こじょう》　遥《はる》かに望《のぞ》む　玉門関《ぎょくもんかん》
黄沙《こうさ》　百戦《ひゃくせん》して金甲《きんこう》を穿《うが》つも
楼蘭《ろうらん》を破《やぶ》らずんば終《つい》に還《かえ》らじ

王昌齢《おうしょうれい》

メモ

「従軍行」七首のうちの其の四。戦争をテーマとする詩を「辺塞詩（へんさいし）」という。一般的には、戦争の悲哀、反戦・厭戦を詠うが、この詩は威勢のよい兵士の心意気を詠う。青・雪（白）・玉（白）・黄・金・蘭のように視覚に訴える色彩が散りばめられ、意気のたかまりを表す。七言絶句。韻字＝山・關・還（上平・刪韻）。

**大意**

青海に垂れ込めた厚い雲に雪山は暗く、孤城から遥か玉門関のあたりを見る。黄色い砂塵の飛ぶこの砂漠で幾たびも戦い、黄金《こがね》造りの鎧《よろい》やかぶとも穴が空いてしまった。だが、楼蘭を打ち破るまで、断じて故国へは帰らぬ。

# 題灞池

腰鎌欲何之
東園刈秋韭
世事不復論
悲歌和樵叟

灞池《はち》に題《だい》す

王昌齢《おうしょうれい》

鎌《かま》を腰《こし》にして何《いず》くに之《ゆ》かんと欲《ほっ》す
東園《とうえん》　秋《あき》の韭《にら》を刈《か》る
世事《せいじ》　復《ま》た論《ろん》ぜず
悲歌《ひか》　樵叟《しょうそう》に和《わ》す



メモ
隠居生活をしていたころの作であろうか。「園」は畑。「樵叟」は木こり。漢詩では「漁父」とともに隠者を指す。常建に「王昌齢の隠居に宿る」という詩がある。五言絶句。韻字＝韭・叟（上声・有韻）。

**大意**

鎌を腰に挿してどこへ行く。東の畑で秋の韭を刈るのさ。世間のことにはもう口出しはしない。悲しい歌を木こりの爺さんと一緒に歌うのだ。

## 九月九日憶山東兄弟

王維《おうい》

獨在異鄕爲異客
毎逢佳節倍思親
遙知兄弟登高處
遍挿茱萸少一人

九月九日《くがつここのか》山東《さんとう》の兄弟《けいてい》を憶《おも》う

独《ひと》り異郷《いきょう》に在《あ》りて異客《いかく》と為《な》り
佳節《かせつ》に逢《あ》う毎《ごと》に倍《ます》ます親《しん》を思《おも》う
遥《はる》かに知《し》る　兄弟《けいてい》の高《たか》きに登《のぼ》る処《ところ》
遍《あまね》く茱萸《しゅゆ》を挿《さ》して一人《いちにん》を少《か》くを

メモ

科挙の受験のため長安に滞在していた十七歳のときの作品。重陽の節句には家族がそろって高台に登り、髪に茱萸の枝を差して宴を開いた。他国にいてその宴に加われない、みんながそろっているのに自分一人だけ欠けている、という視点は新鮮である。想像の中の茱萸の赤い実が印象的。七言絶句。韻字＝親・人（上平・真韻）。

### 大意

たった一人で故郷を離れ、見知らぬ異郷で旅人となっている。めでたい節句を迎えるたびに、ますます家族が忍ばれる。遥かに想像する。兄弟たちが高いところに登って、みんな茱萸《カワハジカミ》の枝を髪に挿している中に、自分一人だけそこにいないのを。

# 送元二使安西

渭城朝雨浥輕塵
客舎青青柳色新
勸君更盡一杯酒
西出陽關無故人

元二《げんじ》の安西《あんせい》に使《つか》いするを送《おく》る　王維《おうい》

渭城《いじょう》の朝雨《ちょうう》　軽塵《けいじん》を浥《うるお》す
客舎《かくしゃ》　青青《せいせい》　柳色新《りゅうしょくあら》たなり
君《きみ》に勧《すす》む　更《さら》に尽《つ》くせ　一杯《いっぱい》の酒《さけ》
西《にし》のかた陽関《ようかん》を出《い》づれば故人《こじん》無《な》からん

メモ
「元二」は元氏の二番目の男子。詳しくは分からない。「渭城」、今の咸陽を出発して「安西」安西都護府へ向かう。途中、敦煌の西の「陽関」を通る。もう十分別れを惜しみ、いざ出発、というときに通り雨が降って、柳が洗われて青々として新鮮になった。「柳」は別れの象徴、その青々とした柳を見て、「新た」に別離の悲しみが湧いた。そこで、さらに一杯、飲みほしてくれという。別れは秋の夕暮れという常識を破り、春の朝を背景とした、新しい別れの表現。これ以降、別れのときに王維のこの詩が詠われるようになった。三回繰り返し歌われたので「陽関三畳」ともいう。七言絶句。韻字＝塵・新・人（上平・真韻）。

**大意**

朝、渭城の町に通り雨が降って、軽く舞っていた塵を洗い流した。旅館の前の柳も青々として、今芽吹いたばかりのように新鮮だ。どうだい、君、もう一杯酒を飲まないか。西の陽関を出たら旧友はいないのだから。

山居秋暝
空山新雨後
天氣晩來秋
明月松閒照
清泉石上流
竹喧歸浣女
蓮動下漁舟
隨意春芳歇
王孫自可留

山居秋暝《さんきょしゅうめい》

空山《くうざん》　新雨《しんう》の後《のち》
天気《てんき》　晩来秋《ばんらいあき》なり
明月《めいげつ》　松間《しょうかん》に照《て》り
清泉《せいせん》　石上《せきじょう》に流《なが》る
竹喧《たけかまびす》しくして浣女帰《かんじょかえ》り
蓮動《はすうご》きて漁舟下《ぎょしゅうくだ》る
随意《ずいい》なれ　春芳歇《しゅんぽうや》むに
王孫自《おうそんおの》ずから留《とど》まるべし

王維《おうい》

**大意**

人けのない静かな山にサーッと雨が降ったあと、夕暮れの気配はいよいよ清らかに、秋らしくなる。明るい月が松の葉ごしに照り、石の上を清らかな水が流れる。竹林がかしましいのは洗濯を終えた娘たちが帰ってゆくから、蓮が動いたのは漁を終えた舟が下ってゆくから。春の花は勝手に散ってしまうがいい。王孫（若者）は春の草花が枯れ尽きようと、ここに留まるだろう。

メモ

春になると春草が青々と萌え、遠く旅をしていた大切な人も帰ってくる。大切な人が帰ってこないまま春草が萋々（せいせい）と茂ると、別離の悲しみが湧く。春草は別離の象徴である(46頁)。しかし、この詩は山居を取り巻く自然の美しさに、故郷に帰らなくてもよい、という。第1句・2句は、寂びた山に雨が降って山が蘇るさま。第3句・4句は、雨上がりの清々しい景色。松の葉ごしに照る月を詠うのは、新しい美の発見である。第5句・第6句は、娘も舟も、その姿は見えない。声でそれと分かり、ハスの揺れでそれと分かる。五言律詩。韻字＝秋・流・舟・留（下平・尤韻）。

使至塞上

單車欲問邊
屬國過居延
征蓬出漢塞
歸雁入胡天
大漠孤烟直
長河落日圓
蕭關逢候騎
都護在燕然

使《つか》いして塞上《さいじょう》に至《いた》る　王維《おうい》

単車《たんしゃ》　辺《へん》を問《と》わんと欲《ほっ》し
属国《ぞっこく》　居延《きょえん》を過《す》ぐ
征蓬《せいほう》　漢塞《かんさい》を出《い》で
帰雁《きがん》　胡天《こてん》に入《い》る
大漠《たいばく》　孤烟《こえん》直《なお》く
長河《ちょうが》　落日《らくじつ》円《まど》かなり
蕭関《しょうかん》　候騎《こうき》に逢《あ》えば
都護《とご》　燕然《えんぜん》に在《あ》り



メモ

開元二十五年（七三七）節度判官に転任し、初めて塞外へ出たときの詩。時代設定は漢代である。頷聯（第3句・第4句）は地上と天上と、出ると入るとで対にし、頸聯（第5句・第6句）は広がる砂漠の面と、直線の一すじの煙、長い河とまん丸な夕陽、と、幾何学模様の絵画を見るようである。黄金色の砂漠、真赤な夕陽、青い煙、白い河、と色彩も豊か。「居延」は内蒙古自治区にある地名。「征蓬」はさすらいの旅人の象徴で、作者自身を指す。「蕭関」は今の甘粛省固原にあった関所。西域交通の要衝。「都護」は辺境の政治・軍事をつかさどる長官。「燕然」は匈奴領域内の山の名。五言律詩。韻字＝辺・延・天・円・然（下平・先韻）。

### 大意

一台の車で辺境を視察しようと、属国管理の任を帯びて匈奴の地の居延のあたりに差し掛かった。風に吹かれて転がる蓬《よもぎ》は漢の国境を出ていき、帰りいく雁は異国の空に入っていく。大砂漠に一すじの煙がまっすぐ立ち、長い川の彼方に沈む夕陽は丸い。蕭関で斥候の騎馬兵に出会うと、都護殿は燕然山まで前進しておられるとのこと。

# 鹿柴

空山不見人
但聞人語響
返景入深林
復照青苔上

鹿柴《ろくさい》

空山《くうざん》　人《ひと》を見《み》ず
但《た》だ聞《き》く　人語《じんご》の響《ひび》くを
返景《へんけい》　深林《しんりん》に入《い》り
復《ま》た照《て》らす　青苔《せいたい》の上《うえ》

王維《おうい》

メモ
前半は、人の話し声が止んだあとのいっそうの静けさ。後半は、人が見ていなくてもおのずから起こる現象を発見したこと。夕陽が斜めに林の奥まで差し込み、青い苔を照らし出す。昼には見られない美しい光景である。これと次の二首は別荘の輞川荘での作。五言絶句。韻字＝響・上（上声・養韻）。

**大意**

ひっそりとした山に人の姿は見えないが、人の話し声だけがこだまして聞こえてくる。夕陽が奥深い林の中に差し込むと、根方の青い苔を照らし出す。

# 竹里館

獨坐幽篁裏
彈琴復長嘯
深林人不知
明月來相照

竹里館《ちくりかん》

独《ひと》り坐《ざ》す　幽篁《ゆうこう》の裏《うち》
琴《きん》を弾《だん》じて復《ま》た長嘯《ちょうしょう》す
深林《しんりん》　人《ひと》知《し》らず
明月来《めいげつき》りて相《あ》い照《て》らす

王維《おうい》

メモ
静かな竹林の中での楽しみ。俗人はその楽しみを理解できないが、月は知っていて照らしにやってくる。竹林といえば、世俗から逃れた「竹林の七賢」を思い出す。五言絶句。韻字＝嘯・照（去声・嘯韻）。



**大意**

静かな竹林に独り座り、琴を弾いてはまた声を長く引いて詩を吟じる。人は深い林のことを知らないが、明月は照らしにやってくる。

# 辛夷塢

木末芙蓉花
山中發紅蕚
澗戸寂無人
紛紛開且落

辛夷塢《しんいお》

木末《ぼくまつ》　芙蓉《ふよう》の花《はな》
山中《さんちゅう》　紅蕚《こうがく》を発《ひら》く
澗戸《かんこ》　寂《せき》として人《ひと》無《な》く
紛紛《ふんぷん》として開《ひら》き且《か》つ落《お》つ

王維《おうい》

メモ

「塢」は窪地のこと。第1句は、辛夷（モクレン）を木に咲くハスの花のようだ、という。『楚辞』「九歌・湘君」に「芙蓉を木末に搴（と）る」とある。美しい湘君を得るのは、水に咲く芙蓉（ハス）を木の梢に取るように不可能だ、と。つまり辛夷は、この世のものとは思えないほど美しい、ということ。第3句は「静」、第4句は「動」。五言絶句。韻字＝蕚・落（去声・薬韻）。



## 大意

梢に咲く蓮《ハス》の花、山の中で紅《あか》い花を咲かせた。谷間の家はひっそりとして人の姿はない。誰が見るともなく、花は紛々と咲いては散ってゆく。

# 送別

下馬飲君酒
問君何所之
君言不得意
歸臥南山陲
但去莫復問
白雲無盡時

送別《そうべつ》　　王維《おうい》

馬《うま》より下《くだ》り　君《きみ》に酒《さけ》を飲《の》ましむ
君《きみ》に問《と》う　何《いず》れの所《ところ》に之《ゆ》くと
君《きみ》は言《い》う　意《い》を得《え》ず
南山《なんざん》の陲《ほとり》に帰臥《きが》せんと
但《た》だ去《さ》れ　復《ま》た問《と》う莫《な》からん
白雲《はくうん》　尽《つ》くるの時《とき》無《な》し

メモ
第4句は南山の麓に隠棲したい、ということ。南山は「廬山」のことで、昔匡俗という仙人が住んでいたという。第5句「但だ去れ」は、早く行け、の意。第6句、白雲がいつもあるのは、そこが仙人がいるところだから。「白雲郷」の語もある。五言古詩。韻字＝之・陲・時（上平・支韻）。

**大意**

馬から下りて君に酒を進ぜよう。ところで君はどこへ行くのだ。人生に望みを失ったので、南山の麓に帰って寝そべろうと思うんだ。そうか、それなら何も聞くことはないな、早く行きたまえ。白雲はなくなることなく、いつでもたなびいて君を迎えてくれるよ。

# 少年行

新豐美酒斗十千
咸陽遊俠多少年
相逢意氣爲君飲
繫馬高樓垂柳邊

少年行《しょうねんこう》

新豊《しんぽう》の美酒《びしゅ》　斗《と》十千《じゅっせん》
咸陽《かんよう》の遊侠《ゆうきょうしょうねんおお》　少年多し
相《あ》い逢《あ》うて　意気《いき》　君《きみ》が為《ため》に飲《の》む
馬《うま》を繋《つな》ぐ　高楼《こうろう》　垂柳《すいりゅう》の辺《へん》

王維《おうい》

メモ
「新豊」は酒の名産地。「斗十千」は一斗一万銭。高価なことをいう。曹植の「名都篇」にもある(84頁)。第4句の「高楼」は酒楼・妓楼をいう。なお「少年」は富豪の子弟、若者の意で、三十歳くらいまでをいう。七言絶句。韻字＝千・年・辺（下平・先韻）。



**大意**

新豊の美酒は一斗一万銭。咸陽には遊侠の若者がたくさんいる。出会って意気投合すれば君のためにまずは一杯と、馬を高楼の柳のあたりにつなぐ。

# 雜詩　三首　其二

君自故鄉來
應知故鄉事
來日綺窻前
寒梅着花未

雑詩《ざつし》　三首《さんしゅ》　其《そ》の二《に》

王維《おうい》

君《きみ》故郷《こきょう》より来《きた》る
応《まさ》に故郷《こきょう》の事《こと》を知《し》るべし
来日《らいじつ》　綺窓《きそう》の前《まえ》
寒梅花《かんばいはな》を着《つ》けしや未《いま》だしや



メモ
旅にある夫が妻の消息を尋ねる。第3句の「綺窓」は綺麗な窓、そこには妻がいる。第4句、窓の前の寒梅が咲いたかどうか尋ねるのは、妻が息災であるかを聞いているのである。あからさまに聞いたのでは、詩にならない。七言絶句。韻字＝事・未（去声・寘韻未韻）。

**大意**

君は故郷から来たのだから、きっと故郷のことを知っているに違いない。こちらへ来る日、綺麗な窓の前の、寒梅は花を咲かせていたかね、それともまだだったかね。

# 送秘書晁監還日本國

積水不可極
安知滄海東
九州何處遠
萬里若乘空
向國惟看日
歸帆但信風
鰲身映天黑
魚眼射波紅
鄉樹扶桑外
主人孤島中
別離方異域
音信若爲通

秘書晁監《ひしょちょうかん》の日本国《にっぽんこく》に還《かえ》るを送《おく》る　王維《おうい》

積水《せきすい》　極《きわ》むべからず
安《いず》くんぞ知《し》らん　滄海《そうかい》の東《ひがし》
九州《きゅうしゅう》　何《いず》れの処《ところ》か遠《とお》からん
万里《ばんり》　空《くう》に乗《じょう》ずるが若《ごと》し
国《くに》に向《む》かいて惟《た》だ日《ひ》を看《み》
帰帆《きはん》　但《た》だ風《かぜ》に信《まか》すのみ
鰲身《ごうしん》　天《てん》に映《えい》じて黒《くろ》く
魚眼《ぎょがん》　波《なみ》を射《い》て紅《くれない》なり
郷樹《きょうじゅ》　扶桑《ふそう》の外《そと》
主人《しゅじん》　孤島《ことう》の中《うち》
別離《べつり》　方《まさ》に異域《いいき》
音信《おんしん》　若為《いかで》か通《つう》ぜん

メモ
阿倍仲麻呂を送別した詩。阿倍仲麻呂は中国で宮中の蔵書を管理する秘書省の長官「秘書監」となった。名前は「晁衡」と名乗った。阿倍仲麻呂の船は途中難破し、死んだという知らせに李白が「晁卿衡を哭す」という詩を作った(208頁)。船はベトナムのあたりまで漂流し、陸路長安に戻って、終生中国に過ごし、日本に帰ることはなかった。当時実際に海を見たことのある人は少なかった。だから、海は「滄海」、黒々としていて、大海亀がいたり、赤い目をした巨大な魚がいたり、と詠う。五言排律。韻字=東・空・風・紅・中・通（上平・東韻）。

## 大意

広々とした海はその果てを極めることができない。東の青黒い海のさらに東にある君の故国のことなど、どうして分かろうか。中国の外の九大州は遠いというが、日本国に比べたらどこが遠いというのか。君の故国へは万里もあり、帰るには空を飛んでいかねばなるまい。故国に向かってただ太陽を見、船はただ風にまかせるだけ。途中、波間に大海亀の甲が天に聳えて黒く、大魚の目は波を射て赤く輝く。君の故郷の木々は、扶桑の国の外に茂り、その国の主人である君は孤島の中に住む。別れてしまえば別々の世界の人、便りをどのように通わせよう。

# 峨眉山月歌

峨眉山月半輪秋
影入平羌江水流
夜發清溪向三峽
思君不見下渝州

峨眉山月《がびさんげつ》の歌《うた》

李白《りはく》

峨眉山月半輪《がびさんげつはんりん》の秋《あき》
影《かげ》は平羌江水《へいきょうこうすい》に入《い》りて流《なが》る
夜清渓《よるせいけい》を発《はっ》して三峡《さんきょう》に向《む》かう
君《きみ》を思《おも》えども見《み》えず　渝州《ゆしゅう》に下《くだ》る

**大意**

峨眉山に半輪の月がかかる秋、月影は平羌江に落ち、水は輝きながら流れてゆく。夜半、清渓を出発して三峡に向かう。君を思い、振り返って見るが、見えないまま、渝州へと下る。

メモ

李白二十五歳、故郷に別れを告げ、三峡を通って江南に行く旅に出たときの作。出発地は第3句にいう清渓。蜀の都の成都から岷江（びんこう）を下ったところにある。ここから楽山（らくざん）に到るまでの岷江の一部を平羌江という。船着き場を発ってしばらく行くと川幅が広くなり、波も平らになる。李白が夜半に出発したとき前方には峨眉山と下弦の半輪の月が見えた。水面はキラキラ輝き、流れてゆく。明け方には難所の楽山を通過する。楽山は、船が多く難破したところで楽山大仏が造られている。この難所を過ぎてから月を見たいと思っても、月はもう山の向こうに沈んでいて見えない。「渝州」は今の重慶。そこからさらに下ると三峡に到る。第4句の「君」は題名「峨眉山月」から月を指す。故郷の人々、見送ってくれた人々、あるいは彼女ではないか、と諸説ある。七言絶句。韻字＝秋・流・州（下平・尤韻）。

## 早發白帝城

朝辭白帝彩雲閒
千里江陵一日還
兩岸猿聲啼不住
輕舟已過萬重山

早《つと》に白帝城《はくていじょう》を発《はっ》す

李白《りはく》

朝《あした》に辞《じ》す　白帝《はくてい》　彩雲《さいうん》の間《かん》
千里《せんり》の江陵《こうりょう》　一日《いちじつ》にして還《かえ》る
両岸《りょうがん》の猿声《えんせい》　啼《な》いて住《や》まざるに
軽舟已《けいしゅうすで》に過《す》ぐ　万重《ばんちょう》の山《やま》

メモ
制作年について諸説あるうち、二十五歳説と五十九歳説が有力だ。二十五歳説では第3句に悲しい鳴き声の「猿声」があるのは、初めて故郷をあとにして悲しみがきざし、それを振り切るように出発したからだという。五十九歳説の主な根拠は、第2句に「還（かえる）」とあることから、夜郎に流される途中恩赦により解放されて引き返したのが五十九歳だからだという。二十五歳説では「還」は単に行くという意味だといい、五十九歳説では実際に猿が鳴いたのでそれを詠ったまでだ、という。七言絶句。韻字＝間・還・山（上平・刪韻）。

**大意**

早朝、彩雲がたなびく白帝城に別れを告げ、千里彼方の江陵にたった一日で帰る。両岸の猿が鳴き止まないうちに、私の乗った軽い舟は幾重にもつらなるどっしりとした山の間を通り過ぎた。

## 黄鶴樓送孟浩然之廣陵

黄鶴楼《こうかくろう》にて孟浩然《もうこうねん》の広陵《こうりょう》に之《ゆ》くを送《おく》る　李白《りはく》

故人西辭黄鶴樓
煙花三月下揚州
孤帆遠影碧空盡
唯見長江天際流

故人《こじん》西《にし》のかた黄鶴楼《こうかくろう》を辞《じ》し
煙花《えんか》三月《さんがつ》　揚州《ようしゅう》に下《くだ》る
孤帆《こはん》の遠影《えんえい》　碧空《へきくう》に尽《つ》き
唯《た》だ見《み》る　長江《ちょうこう》の天際《てんさい》に流《なが》るるを

メモ
李白二十八歳の作という。黄鶴楼は現在の武漢市、長江の南側の武昌地区に建っていた高楼（176頁）。題名にある「広陵」は第2句の「揚州」。当時もっとも繁華な町で、誰もが一度は行ってみたいとあこがれた。舟の姿が見えなくなった第3句に友が行ってしまった空虚感が詠われ、長江の水が天際に流れていく第4句に、胸にあふれる惜別の情を込める。七言絶句。韻字＝樓・州・流（下平・尤韻）。

**大意**

古くからの友人が西の黄鶴楼に別れを告げ、花霞立つ三月、東の揚州へと下っていく。一艘の舟が遠ざかり、その姿が青い空の彼方に消えてしまうと、ただ、長江の水が天の際へと流れてゆくのが見えるだけだ。

# 靜夜思

牀前看月光
疑是地上霜
舉頭望山月
低頭思故鄕

静夜思《せいやし》

牀前《しょうぜん》　月光《げっこう》を看《み》る
疑《うたが》うらくは是《こ》れ地上《ちじょう》の霜《しも》かと
頭《こうべ》を挙《あ》げて山月《さんげつ》を望《のぞ》み
頭《こうべ》を低《た》れて故郷《こきょう》を思《おも》う

李白《りはく》

メモ
「霜」は空中にただよう冷気。地面が真っ白だったので地上に降りた霜かと思った。だがよく見ると月の光だった。「月」は故郷への思いをかき立てる。だから山上の月を見ているうちにうなだれて故郷を思っていた、という。視線が下から上、上から下へと動き、それにつれて気持ちは美しい月を見た嬉しさから故郷を思う悲しさとなる。五言絶句。韻字＝光・霜・郷（下平・陽韻）。

**大意**

ベッドの前まで差し込んできた月の光を見て、あまりにも白いので、地上に降りた霜かと思った。頭を上げて山の上の月を見ているうちに、いつしか頭を垂れて故郷を思っていた。

# 客中作

蘭陵美酒鬱金香
玉椀盛來琥珀光
但使主人能醉客
不知何處是他郷

客中《かくちゅう》の作《さく》

蘭陵《らんりょう》の美酒《びしゅ》　鬱金香《うつこんこう》
玉椀《ぎょくわん》盛《も》り来《きた》る琥珀《こはく》の光《ひかり》
但《た》だ主人《しゅじん》をして能《よ》く客《かく》を酔《よ》わしめば
知《し》らず　何《いず》れの処《ところ》か是《こ》れ他郷《たきょう》

李白《りはく》

メモ
蘭陵は山東省嶧（えき）県の東、酒の名産地。「らん・りょう」と「ら行」の「ら」と「り」の子音で頭がそろえられている。このように頭の子音がそろう語を「双声語」という。柔らかな「ら行」の音は、口当たりの良いおいしい酒をイメージさせる。鬱金の香りもする。玉の白い椀に満たすと琥珀色に輝く。玉や琥珀は宝石の名。宝石のような高価な酒。そんな酒をご馳走してもらって、十分に酔った。心のこもった持てなしに、他郷が故郷にならないわけはない。七言絶句。韻字＝香・光・郷（下平・陽韻）。

## 大意

蘭陵の美酒は鬱金の香り。玉の椀になみなみつぐと琥珀色に輝く。主人が客の私を十分に酔わせてくれたので、ここはよその土地などではなく、もう私の故郷。

# 春夜洛城聞笛

誰家玉笛暗飛聲
散入春風滿洛城
此夜曲中聞折柳
何人不起故園情

春《しゅん》夜《や》洛城《らくじょう》に笛《ふえ》を聞《き》く

李白《りはく》

誰《た》が家《いえ》の玉笛《ぎょくてき》か暗《あん》に声《こえ》を飛《と》ばす
散《さん》じて春風《しゅんぷう》に入《い》り　洛城《らくじょう》に満《み》つ
此《こ》の夜《よ》　曲中《きょくちゅう》に折柳《せつりゅう》を聞《き》く
何人《なんぴと》か故園《こえん》の情《じょう》を起《お》こさざらん



メモ

三十四、五歳のころの作。夜で暗く、誰が吹いているのか分からないから「暗」といい、音を「飛」ばすので「散じて」「春風に入る」という。「春」は第3句の「柳」を呼び起こし、「折柳」（折陽柳の意）から「故園の情」が引き起こされる（178頁の王之渙の「涼州詞」参照）。第2句の「満」が第4句の「何人不起」＝誰もがみなを導き、暗・散・飛は不安な思いを抱かせるので、「故園の情」と呼応する。七言絶句。韻字＝声・城・情（下平・庚韻）。

**大意**

どこの誰が吹く笛の音だろう、どこからともなく聞こえてくる。春風に乗って洛陽の町のすみずみまで響きわたっている。今夜は曲の中で別れの折楊柳を聞いたが、いったい誰が故郷への思いを起こさないものがあるだろうか。

子夜呉歌　四首　其三

長安一片月
萬戸擣衣聲
秋風吹不盡
總是玉關情
何日平胡虜
良人罷遠征

子夜呉歌《しやごか》　四首《よんしゅ》　其《そ》の三《さん》　李白《りはく》

長安一片《ちょうあんいっぺん》の月《つき》
万戸《ばんこ》衣《ころも》を擣《う》つの声《こえ》
秋風《しゅうふう》吹《ふ》いて尽《つ》きず
総《すべ》て是《こ》れ玉関《ぎょくかん》の情《じょう》
何《いず》れの日《ひ》か胡虜《こりょ》を平《たい》らげ
良人《りょうじん》遠征《えんせい》を罷《や》めん

メモ

楽府の題名。東晋時代、子夜という女性が歌いはじめた民謡（124頁）。哀調が人々の心をひいた。後世、この題のもとで替え歌が作られた（127頁）。李白は、民謡調を残しながら、文学的な詩へと高めた。四首連作の其の三。第1句は視覚、第2句は聴覚、第3句は頬や肌に感じる風を詠い触覚に訴える。月は懐かしい人を思い起こさせ、砧の音は良人に冬着を送るための準備の音、秋風（西風）は良人のいる西の玉門関を思い出させる。第5句・第6句は、遠征している良人の帰りを待つ妻の、ため息まじりの嘆き。五言古詩。韻字＝声・情・征（下平・庚韻）。

**大意**

長安の空に輝く一つの月、家々から響く衣を打つ砧《きぬた》の音、尽きることのない秋風。このすべてが玉門関《ぎょくもんかん》への思いをかき立てる。ああ、いつになったら敵を平らげ、良人《おっと》は遠征を止めて帰ってくるのだろう。

# 玉階怨

玉階生白露
夜久侵羅襪
却下水晶簾
玲瓏望秋月

玉階怨《ぎょくかいえん》

玉階《ぎょくかい》に白露《はくろ》生《しょう》じ
夜久《よるひさ》しくして羅襪《らべつ》を侵《おか》す
水晶《すいしょう》の簾《すだれ》を却下《きゃっか》して
玲瓏《れいろう》　秋月《しゅうげつ》を望《のぞ》む

李白《りはく》



メモ

「子夜呉歌」其の三は、庶民の女性を詠うが、この詩は上流階級の女性。「玉階」「白露」「羅襪（絹の靴下）」「水晶の簾」「秋月」と透明感のある美しさを詠う。後半は部屋に入って、月を見る。水晶の簾を透過した月の光は部屋いっぱいにひろがっている。恋人に会えなかった悲しみがひろがるように。「怨」は大きな悲しみをいう。誰かを怨むのではない。五言絶句。韻字＝襪・月（入声・月韻）。

大意

大理石の階段に白露が生じ、夜がふけて絹の靴下に染み込んできた。水晶の簾を下ろし、清らかに輝く秋の月を眺める。

# 月下獨酌

花間一壺酒
獨酌無相親
舉杯邀明月
對影成三人
月既不解飲
影徒隨我身
暫伴月將影
行樂須及春
我歌月徘徊
我舞影凌亂
醒時同交歡
醉後各分散
永結無常遊

月下独酌《げっかどくしゃく》

花間一壺《かかんいっこ》の酒《さけ》
独《ひと》り酌《く》んで相《あ》い親《した》しむ無《な》し
杯《さかずき》を挙《あ》げて明月《めいげつ》を邀《むか》え
影《かげ》に対《たい》して三人《さんにん》と成《な》る
月《つき》は既《すで》に飲《の》むを解《かい》せず
影《かげ》は徒《いたずら》に我《わ》が身《み》に随《したが》う
暫《しばら》く月《つき》と影《かげ》とを伴《ともな》って
行楽須《こうらくすべか》らく春《はる》に及《およ》ぶべし
我歌《われうた》えば月徘徊《つきはいかい》し
我舞《われま》えば影凌乱《かげりょうらん》す
醒時《すいじ》は同《とも》に交歓《こうかん》し
酔後《すいご》は各《おの》おの分散《ぶんさん》す
永《なが》く無常《むじょう》の遊《ゆう》を結《むす》び

李白《りはく》

メモ
月が出ている夜、独りで酒を飲むと、月と自分の影で三人になる。月は酒を飲まないし、影は自分に従うだけの無粋な二人だが、自分が酔ってふらふらすると月も影も一緒にふらふらする。自分が寝てしまうと散会。またいつか天の川のほとりで世俗をはなれた無常の交遊をしよう、と約束する。五言古詩。韻字＝親・人・身・春（上平・真韻）、亂・散・漢（去声・翰韻）。

相期邈雲漢

相《あ》い期《き》す　雲漢《うんかん》邈《はる》かなるに



**大意**

春の花の咲く中、一壺の酒を抱え、親しい人もなく、独り酒を酌む。杯《さかずき》を高く挙げて昇ってきた明月を迎え、月と我が影とで三人となった。月はもともと酒を飲むことはできない、影はただ我が身につき従うだけ。まあしばらくは月と影とを連れにして、春のよい季節を逃さず楽しみを尽くそう。私が歌うと月はふらふらと天上をさまよい、私が舞うと影は地上で乱れ動く。醒めているときには三人ともに喜び楽しむが、酔って寝た後にはそれぞれ別れてしまう。いつまでも世俗を離れた交遊を結ぼうと、遥かな天の川で再会を約束する。

# 山中問答

問余何意棲碧山
笑而不答心自閑
桃花流水窅然去
別有天地非人間

山中問答《さんちゅうもんどう》　李白《りはく》

余《よ》に問《と》う　何《なん》の意《い》ありてか碧山《へきざん》に棲《す》むと
笑《わら》って答《こた》えず　心自《こころおの》ずから閑《かん》なり
桃花流水窅然《とうかりゅうすいようぜん》として去《さ》る
別《べつ》に天地《てんち》の人間《じんかん》に非《あら》ざる有《あ》り

メモ
「碧山」は俗人が行かない奥深い青々とした美しい山。「青山」も青々とした山だが、こちらは身近にある親しい山。「碧山」は隠者が棲む山で、第1句の問いを発した人は俗人で、隠者の気持ちは分からない。言っても分かってもらえないので、何も答えないでニコニコしている。青々とした山の中、清らかな川は桃の花びらをうかべて流れていく。美しい風景である。陶淵明の「桃花源の記」に通じる世界である。「別天地」の語源の詩。韻字＝山・閑・間（上平・刪韻）。



大意

君はどんな気がしてこんな碧山に棲んでいるのだと聞かれたが、笑っているだけで何も答えない。心はおのずから静かだ。桃の花びらを浮かべて水が遥か遠くに流れていく。ここには俗世間とは違う別の天地があるのだ。

## 哭晁卿衡

日本晁卿辭帝都
征帆一片遶蓬壺
明月不歸沈碧海
白雲愁色滿蒼梧

晁卿衡《ちょうけいこう》を哭《こく》す

日本《にほん》の晁卿《ちょうけい》帝都《ていと》を辞《じ》し
征帆一片《せいはんいっぺん》　蓬壺《ほうこ》を遶《めぐ》る
明月《めいげつ》帰《かえ》らず碧海《へきかい》に沈《しず》み
白雲愁色《はくうんしゅうしょく》　蒼梧《そうご》に満《み》つ

李白《りはく》

メモ
李白五十三歳の詩。「晁卿衡」は阿倍仲麻呂。日本に帰国する途中船が難破し、その死が都に伝えられた。「蓬壺」は東の海上にあるとされた仙人の住む島、蓬莱山。「碧海」は深緑色の大海原。「蒼梧」は舜が崩じた湖南省寧遠県一帯の地。「明月」「碧海」「白雲」と幻想的な表現によって悲しみが増す。死の知らせは実は誤報で、仲麻呂は長安に帰ってかの地で没した。王維に仲麻呂を送別した詩がある（195頁）。七言絶句。韻字＝都・壺・梧（上平・虞韻）。

**大意**

日本の晁卿は唐の都の長安を辞去し、一片の去りゆく船が蓬壺の島をめぐっていった。明月のように輝いていた君は碧海の底に沈み、白雲とともに深い悲しみの色が蒼梧の空に満ちている。

# 獨坐敬亭山

李白《りはく》

衆鳥高飛盡
孤雲獨去閑
相看兩不厭
只有敬亭山

独《ひと》り敬亭山《けいていざん》に坐《ざ》す

衆鳥《しゅうちょう》　高《たか》く飛《と》んで尽《つ》き
孤雲《こうん》　独《ひと》り去《さ》って閑《かん》なり
相《あ》い看《み》て両《ふた》つながら厭《いと》わざるは
只《た》だ敬亭山《けいていざん》有《あ》るのみ

メモ
李白五十三、四歳の作。敬亭山は安徽省宣城県の東にある山。前半は、陶淵明の「雲は無心にして以て岫（しゅう）を出（い）で、鳥は飛ぶに倦（う）みて還るを知る」（帰去来辞：ききょらいのじ）を意識し、後半は山を擬人化して、自然と一体となった心境を詠う。陶淵明の「菊を采る東籬の下、悠然として南山を見る、山気日夕に佳く、飛鳥相い与に還る」（「飲酒」其の五、101頁）に通じる。五言絶句。韻字＝閑・山（上平・删韻）。

**大意**

鳥たちは空高く飛んでいなくなり、一《ひと》ひらの雲もおのずから去ってあたりは静かになった。いつまでも見つめあっていて嫌にならないのは、ただ、敬亭山よ、お前だけだ。

秋浦歌　十七首　其十五

秋浦《しゅうほ》の歌《うた》　十七首《じゅうしちしゅ》　其《そ》の十五《じゅうご》　李白《りはく》

白髪三千丈
縁愁似箇長
不知明鏡裏
何處得秋霜

白髪三千丈《はくはつさんぜんじょう》
愁《うれ》いに縁《よ》りて箇《か》くの似《ごと》く長《なが》し
知《し》らず明鏡《めいきょう》の裏《うち》
何《いず》れの処《ところ》よりか秋霜《しゅうそう》を得《え》たる

メモ

「秋浦」は安徽省西南部、長江の南岸。「白髪三千丈」といい、その「三千」を承けて愁いのために長くなったという。後半は「白髪」の「白」を承けて「白い秋の霜」はどこから来たのだ、という。白髪の長いこと、白いことに無邪気に、大げさに驚きながら、人はみな万古の愁いを抱いている、という。五言絶句。韻字＝長・霜（下平・陽韻）。

**大意**

白髪は三千丈。悲しみのためにこんなに長く伸びてしまったのだ。ところで、澄んだ鏡の中の、秋の霜はどこから降りてきたのだ。

## 贈汪倫

李白乘舟將欲行
忽聞岸上踏歌聲
桃花潭水深千尺
不及汪倫送我情

汪倫《おうりん》に贈《おく》る　　李白《りはく》

李白《りはく》　舟《ふね》に乗《の》りて将《まさ》に行《ゆ》かんと欲《ほっ》す
忽《たちま》ち聞《き》く　岸上《がんじょう》　踏歌《とうか》の声《こえ》
桃花潭水《とうかたんすい》　深《ふか》さ千尺《せんせき》なるも
及《およ》ばず　汪倫《おうりん》の我《われ》を送《おく》るの情《じょう》に

メモ

李白五十五歳の作。自分の名前を入れた軽妙な作りであるが、この「李白」が、スモモの花が白い、の意として働く。これは第3句の「桃花」と応じて、こちらは桃の花の赤い色を連想させる。「桃花潭」は安徽省涇県の西南といい、汪倫は潭《ふち》の近くで酒造りをしていたという。「潭」は水のよどんだところ。千尺もあれば青い色が想像される。この詩は色彩語こそないが、色が盛り込まれている美しい詩である。第4句に固有名詞「汪倫」がある。「汪」は水がひろびろ広がる様子、「倫」は友の意で、「情」と結びついて、友情となる。つまり汪倫は広い心をもち深い情のある友人だ、というのである。七言絶句。韻字＝行・声・情（上平・庚韻）。

### 大意

吾が輩李白が舟に乗って今まさに出発しようとしていると、たちまち岸の上で踊りながら歌を歌う声が聞こえてきた（何と汪倫が見送りにきてくれたのだ）。桃花潭の水の深さは千尺もあるが、汪倫が私を見送ってくれる情の深さにはおよばない。

# 望廬山瀑布

日照香爐生紫烟
遙看瀑布挂長川
飛流直下三千尺
疑是銀河落九天

廬山《ろざん》の瀑布《ばくふ》を望《のぞ》む　李白《りはく》

日《ひ》は香炉《こうろ》を照《て》らして紫烟《しえん》を生《しょう》ず
遥《はる》かに看《み》る　瀑布《ばくふ》の長川《ちょうせん》を挂《か》くるを
飛流直下《ひりゅうちょっか》三千尺《さんぜんじゃく》
疑《うたが》うらくは是《こ》れ銀河《ぎんが》の九天《きゅうてん》より落《お》つるかと

メモ
前半は遠景、後半は近景で、第2句で滝が長い川を立てかけたようだといい、後半で天の川が高い空から三千尺も真っすぐ落ちてくるようだという。奇抜な着想と豪快な表現が李白の特徴である。韻字＝烟・川・天（下平・先韻）。

**大意**

太陽が香爐峰を照らして紫色の烟が立ち昇る。遥か彼方に瀑布が長い川を立て掛けたように見える。瀑布の水は飛ぶように真っすぐ三千尺も流れ下り、まるで天の川が最も高い九天の空から落ちてくるようだ。

# 山中與幽人對酌

兩人對酌山花開
一杯一杯復一杯
我醉欲眠卿且去
明朝有意抱琴來

山中《さんちゅう》にて幽人《ゆうじん》と対酌《たいしゃく》す　李白《りはく》

両人対酌《りょうにんたいしゃく》して山花《さんか》開《ひら》く
一杯《いっぱい》　一杯《いっぱい》　復《ま》た一杯《いっぱい》
我《われ》酔《よ》うて眠《ねむ》らんと欲《ほっ》す　卿《きみ》且《しばら》く去《さ》れ
明朝《みょうちょう》意《い》有《あ》らば琴《こと》を抱《いだ》いて来《きた》れ

メモ
「幽人」は世を避けてひっそり過ごしている人、隠者である。李白も隠者のような生活をしていたので、気の置けない友人だったのだろう。酔って眠くなったので帰れ、という天衣無縫の放逸さが見どころであるが、前半第2句も実感がこもっている。李白でなければ詠えない。七言絶句。韻字＝開・杯・来（上平・灰韻）。



**大意**

山の花咲くもとで、二人が向かい合って酒を酌み交わす。一杯、一杯、また一杯と。俺は酔って眠くなった、君はまあちょっとどこかへ行ってくれ。明朝気が向いたら琴を持ってきてくれ。

## 清平調詞　三首　其一

雲想衣裳花想容
春風拂檻露華濃
若非羣玉山頭見
會向瑤臺月下逢

清平調詞《せいへいちょうし》　三首《さんしゅ》　其《そ》の一《いち》　李白《りはく》

雲《くも》には衣裳《いしょう》を想《おも》い花《はな》には容《かんばせ》を想《おも》う
春風《しゅんぷう》檻《おばしま》を払《はら》って露華《ろか》濃《こま》やかなり
若《も》し群玉山頭《ぐんぎょくさんとう》にて見《み》るに非《あら》ずんば
会《かなら》ず瑤台《ようだい》月下《げっか》に向《お》いて逢《あ》わん

メモ
沈香亭で玄宗と楊貴妃が牡丹の花見の会を開いたとき、李白が即興で作った詩。三首ある其の一。李白四十三、四歳。楊貴妃は二十四、五歳。玄宗は貴妃より三十五歳年上である。第1句は牡丹の花と楊貴妃とを重ねて詠う。「羣玉山」は伝説上の山の名。西王母が住むところ。「瑤台」は仙人のいるところ。どちらも人は行くことができない。つまり、楊貴妃には絶対に会えないということ。七言絶句。韻字＝容・濃・逢（上平・冬韻）。

**大意**

雲を見れば楊貴妃の衣裳を想い浮かべ、牡丹の花を見れば楊貴妃の美貌が連想される。春風は沈香亭の欄干を吹き抜け、牡丹を濡らす露は月光を受けて輝いている。もし、群玉山の上で見かけるのでなければ、きっと仙女たちのいる瑤台の月光のもとでしかめぐり会えないだろう。

# 田家春望

出門何所見
春色滿平蕪
可歎無知己
高陽一酒徒

田家春望《でんかしゅんぼう》

門《もん》を出《い》でて何《なん》の見《み》る所《ところ》ぞ
春色《しゅんしょく》　平蕪《へいぶ》に満《み》つ
歎《たん》ずべし知己《ちき》無《な》きを
高陽《こうよう》の一酒徒《いちしゅと》

高適《こうせき》

メモ
第1句の表現は漢・魏の詩にもよく見られるが、詠われるのは目の前に広がる暗澹とした世界だった。しかし、この詩では「春色平蕪に満つ」と、若草の生い茂る春の野を詠う。広い空間の中の孤独を詠うことは共通しているが、明るい春だけにいっそう焦燥感がともなう。後半は、漢の高祖に「吾は高陽の酒徒、儒生ではない」と言って面会がかない、重用された漢の酈食其（れきいき）のように、車に寄りかかったまま斉の七十余城を下すほどの男だ、という気概をうちに込める。高適は実際、安史の乱をきっかけにして立身出世した。「知己」は自分の真価を知ってくれる人。七言絶句。韻字＝蕪・徒（上平・虞韻）。

**大意**

門を出ても見るべきものは何もない。ただ広々とした平原に春の景色があふれている。嘆かわしいことに、俺を理解してくれる知己はいない。高陽の一酒徒であるこの俺を。

# 除夜作

旅館寒燈獨不眠
客心何事轉凄然
故鄉今夜思千里
霜鬢明朝又一年

除夜《じょや》の作《さく》

旅館《りょかん》の寒灯《かんとう》　独《ひと》り眠《ねむ》らず
客心何事《かくしんなにごと》ぞ　転《うた》た凄然《せいぜん》
故郷今夜《こきょうこんや》千里《せんり》を思《おも》わん
霜鬢明朝又一年《そうびんみょうちょうまたいちねん》

高適《こうせき》



メモ
旅先で大晦日を迎え、故郷をしのび、白髪の身を悲しむ詩。第3句の解釈に二つある。一つは、自分が千里彼方の故郷の家族を思っている、というもの。もう一つは、左の大意のように、故郷の家族が千里彼方の異郷の地に旅に出ている自分を思っていてくれるだろう、というもの。前者のストレートな解釈より、後者の屈折した解釈の方が承句の「転た凄然」と相応じて味わい深い。七言絶句。韻字＝眠・然・年（上平・先韻）。

**大意**

旅館の寒々とした灯りのもと、独り寝つかれない。旅人の心はいったいどうしてこんなにも寂しいのだろう。今夜は大晦日、故郷では家族の者たちが遠く旅に出ている私のことを思っていることだろう。夜が明けると、白髪の老いの身にまた一つ年を取るのだ。

# 別董大

千里黄雲白日曛
北風吹雁雪紛紛
莫愁前路無知己
天下誰人不識君

董大《とうだい》に別《わか》る

千里《せんり》の黄雲《こううん》　白日曛《はくじつくら》し
北風《ほくふう》雁《かり》を吹《ふ》いて雪紛紛《ゆきふんぷん》
愁《うれ》うる莫《な》かれ前路《ぜんろ》知己《ちき》無《な》きを
天下《てんか》誰人《たれひと》か君《きみ》を識《し》らざらん

高適《こうせき》

メモ

董大は、音楽家の董庭蘭（とうていらん）と推定される。宰相となった房琯に愛された琴の名手で、後に音楽を演奏しながら流れ歩いていた。李頎（りき）に「董大の胡笳を弾ずる声を聴く」がある。前半は、夕暮れ時で、雪が降る心細い景色。董大の心細さを重ねる。そして後半、君は、自分を理解してくれる人はいないと心配するが、琴の名手として君を知らない者はいないから心配することはない、と慰める。七言絶句。韻字＝曛・紛・君（上平・文韻）。

**大意**

千里彼方まで黄色い雲が垂れ込め、太陽も淡くたそがれている。渡りゆく雁に北風が吹きつけ、雪が紛々と降りしきる。旅先に自分を理解してくれる人がいないなどと悲しむことはない。この天下に、君を知らない者などいるはずはなく、みんな君を知っているのだから。

# 塞上聞吹笛

雪淨胡天牧馬還
月明羌笛戍樓間
借問梅花何處落
風吹一夜滿關山

塞上《さいじょう》にて吹笛《すいてき》を聞《き》く　高適《こうせき》

雪浄《ゆききよ》く　胡天《こてん》　馬《うま》を牧《ぼく》して還《かえ》る
月《つき》は明《あき》らかにして　羌笛《きょうてき》　戍楼《じゅろう》の間《かん》
借問《しゃもん》す　梅花《ばいか》は何《いず》れの処《ところ》よりか落《お》つる
風吹《かぜふ》いて　一夜《いちや》　関山《かんざん》に満《み》つ

メモ
辺境で聞いた笛の曲の中に梅花の散る様子を詠う「梅花落」があり、その調べが雪の月夜に「梅のはなびらが散る」ように響きわたり、風に乗って一晩で関山に満ちる。月下の白い雪が「梅のはなびら」のように見える幻想的な詩の世界。七言絶句。韻字＝還・間・山（上平・删韻）。

**大意**

雪が浄《きよ》らかに降り積もる北の地に放牧した馬を追って帰ると、月は明るく照り、物見の楼のあたりに異民族の吹く笛の音《ね》が響きわたる。はて、この辺境の地では梅の花は咲かないのに、この梅の花びらのような雪はどこから散ってきたのだろう。（きっと笛の「梅花落」の曲につれて散ったのだ。そして）風が吹くと花びらは一夜のうちに関所の山々に満ちわたるのだ。

# 邯鄲少年行

邯鄲城南游俠子
自矜生長邯鄲裏
千場縱博家仍富
幾度報讎身不死
宅中歌笑日紛紛
門外車馬常如雲
未知肝膽向誰是
令人却憶平原君
君不見今人交態薄
黄金用盡還疎索
以茲感歎辭舊遊
更於時事無所求
且與少年飲美酒

邯鄲少年行《かんたんしょうねんこう》

高適《こうせき》

邯鄲城南《かんたんじょうなん》　游俠《ゆうきょう》の子《こ》
自《みずか》ら矜《ほこ》る　邯鄲《かんたん》の裏《うち》に生長《せいちょう》せしを
千場《せんじょう》　博《はく》を縱《ほしいまま》にして家《いえ》仍《な》お富《と》み
幾度《いくたび》か讎《あだ》を報《ほう》じて身《み》死《し》せず
宅中《たくちゅう》の歌笑《かしょう》　日《ひ》に紛紛《ふんぷん》
門外《もんがい》の車馬《しゃば》　常《つね》に雲《くも》の如《ごと》し
未《いま》だ知《し》らず　肝胆《かんたん》　誰《たれ》に向《む》かって是《ぜ》なるかを
人《ひと》をして却《かえ》って平原君《へいげんくん》を憶《おも》わしむ
君《きみ》見《み》ずや　今人《こんじん》　交態《こうたい》の薄《うす》きを
黄金《おうごん》用《もち》い尽《つ》くせば還《ま》た疎索《そさく》
茲《これ》を以《もっ》て感歎《かんたん》して旧遊《きゅうゆう》を辞《じ》し
更《さら》に時事《じじ》に於《お》いて求《もと》むる所《ところ》無《な》し
且《しばら》く少年《しょうねん》と美酒《びしゅ》を飲《の》み

メモ

第1句「邯鄲」（河北省）は戦国時代の趙の都。歌舞音曲の盛んな歓楽的な都市だった。「游侠子」は遊侠の徒。第8句「平原君」は趙の有名な王子で数千人の食客を抱えた。戦国四君の一人。第9句「君不見」は古体詩の常套句で、読者の注意を引き、詩の流れを変える。金があればちやほやするが、なくなると手のひらを反すように冷たくなる交遊の軽薄さをいう。七言古詩。韻字＝子・裏・死（上声・紙韻）、紛・雲・君（上平・文韻）、薄・索（入声・薬院）、遊・求・頭（下平・尤韻）。

# 往來射獵西山頭

往来《おうらい》して　射猟《しゃりょう》せん　西山《せいざん》の頭《ほとり》



**大意**

邯鄲の町の南に住む男伊達、生粋の邯鄲育ちと自慢する。千回博打をしても家はなお富み、幾たび仇討ちしても命は無事。屋敷の中では日ごと美人のなまめかしい歌声や笑い声が入り乱れ、門前には車や馬がいつも雲のように集まっている。いったい誰に向かって肝胆相い照らして心を開くのだろうか、たしかに昔の平原君を思わせもするのだ。諸君見たまえ、近時の人づき合いの軽薄さを。金を使い果たせばもう知らん顔。だからため息をついて昔の仲間から離れ、浮き世に何も求めない。まずは若者たちと美酒を酌み、西山のあたりを行き来して狩りをするのだ。

# 春行寄興

宜陽城下草萋萋
澗水東流復向西
芳樹無人花自落
春山一路鳥空啼

春行《しゅんこう》して興《きょう》を寄《よ》す

李華《りか》

宜陽城下《ぎようじょうか》　草萋萋《くさせいせい》
澗水東流《かんすいとうりゅう》して復《ま》た西《にし》へ向《か》かう
芳樹人無《ほうじゅひとな》く花自《はなおの》ずから落《お》ち
春山一路《しゅんざんいちろ》　鳥空《とりむな》しく啼《な》く

メモ

宜陽は河南省宜陽県。洛陽の西南にあたる。安禄山の乱の後、感じるところがあって詠った詩という。第1句、荒廃した宜陽の町と、春になって茂る草、第2句は、地形に沿って流れる川。自らの人生と生き方を託していようか。後半は、人の世にかかわらず繰り返し営まれる悠久な自然と、鳥の声だけが響く閑静な光景。第4句は空虚なはかなさがただよう。韻字＝萋・西・啼（上平・斉韻）。

## 大意

宜陽の町の郊外に草が青々と茂り、その間をぬって谷川の水が東に流れ、また西に向かう。美しい花をつけた木は、見る人もいないのに花が独りでに散り、一すじの春の山道には、聞く人がいないのに鳥がしきりに鳴く。

# 塞下曲

北海陰風動地來
明君祠上望龍堆
髑髏盡是長城卒
日暮沙場飛作灰

塞下曲《さいかきょく》

北海《ほっかい》の陰風《いんぷう》地《ち》を動《うご》かして来《きた》る
明君祠上《めいくんしじょう》　竜堆《りょうたい》を望《のぞ》む
髑髏《どくろ》　尽《ことごと》く是《こ》れ長城《ちょうじょう》の卒《そつ》
日暮《にちぼ》　沙場《さじょう》　飛《と》んで灰《はい》と作《な》る

常建《じょうけん》



メモ

第2句の「明君」は、漢の元帝の後宮にいた王嬙（おうしょう）、字（あざな）は昭君（しょうくん）。後宮一の美人だったが画家に賄賂を贈らなかったため、肖像画が醜くく描かれ、匈奴との和睦にさいし醜い王昭君が選ばれて朔北の地に嫁いだ。この悲劇は歌や物語となり、詩にも詠われた。「王昭君」「明君」「明妃」と呼ばれる。「龍堆」は白龍堆のことで、今の新疆ウイグル自治区、ロブノール湖の東にある砂漠。塞下曲は楽府題で、これは四首連作のうちの第二首。戦争の悲惨さを詠う七言絶句。韻字＝来・堆・灰（上平・灰韻）。

**大意**

北海から陰鬱な風が地をとどろかせて吹いてくる。王昭君の祠のあたりから白龍堆が望まれる。そこかしこに転がる髑髏は、すべて万里の長城を築き、異民族との戦いで死んでいった兵士たち。夕暮れの砂漠にそれらは灰となって飛んでゆく。

## 送宇文六

花映垂楊漢水清
微風林裏一枝輕
即今江北還如此
愁殺江南離別情

宇文六《うぶんろく》を送《おく》る

常建《じょうけん》

花《はな》は垂楊《すいよう》に映《えい》じて漢水清《かんすいきよ》く
微風林裏《びふうりんり》一枝軽《いっしかろ》し
即今江北《そっこんこうほく》還《ま》た此《か》くの如《ごと》し
愁殺《しゅうさつ》す　江南離別《こうなんりべつ》の情《じょう》

メモ

透明感のある美しい春。そこでの別れが切ない。常建は辺塞詩にも優れるが、この詩のような風景に寄せて思いを詠う詩にも優れる。七言絶句。韻字＝清・軽・情（下平・庚韻）。



### 大意

花の紅《くれない》がしだれ柳の緑と照り映え、漢水の流れは清らか。そよ風が林の中を吹きぬけると、しなやかな枝が軽やかに揺れる。今、江北の地はこのような春景色だが、君が、ここよりもっと暖かな美しい江南に旅立っていくことを思うと、君との別れに深い悲しみが湧いてくる。

# 破山寺後禪院

清晨入古寺
初日照高林
曲徑通幽處
禪房花木深
山光悅鳥性
潭影空人心
萬籟此俱寂
惟聞鐘磬音

破山寺後《はざんじご》の禅院《ぜんいん》

常建《じょうけん》

清晨《せいしん》　古寺《こじ》に入《い》れば
初日《しょじつ》　高林《こうりん》を照《て》らす
曲径《きょくけい》　幽処《ゆうしょ》に通《つう》じ
禅房《ぜんぼう》　花木《かぼく》深《ふか》し
山光《さんこう》　鳥性《ちょうせい》を悦《よろこ》ばしめ
潭影《たんえい》　人心《じんしん》を空《むな》しうす
万籟《ばんらい》　此《ここ》に倶《とも》に寂《せき》たり
惟《た》だ鐘磬《しょうけい》の音《おと》を聞《き》くのみ



メモ
景を詠う「写景詩」。情は静寂な景と一つになっている。第8句の「磬」は中国古代の楽器の一つ。石や玉でつくった「へ」の字形で、台につるして打ち鳴らす。五言律詩。韻字＝林・深・心・音（下平・侵韻）。

**大意**

清らかな朝、古い寺の門を入ると、朝陽が高い林の梢を照らす。曲がりくねった小径は幽邃なところへと通じ、禅房には花木が深々と茂っている。山の光に鳥はその本性を喜ばせ、深くよどむ淵の影に人の心も空しくなる。すべての物音は寂《せき》として静まり、ただ鐘と磬《けい》の音だけが聞こえてくる。

# 釣魚灣

垂釣綠灣春
春深杏花亂
潭清疑水淺
荷動知魚散
日暮待情人
維舟綠楊岸

釣魚湾《ちょうぎょわん》

釣《つ》りを垂《た》る　緑湾《りょくわん》の春《はる》
春深《はるふか》くして杏花《きょうか》乱《みだ》る
潭清《ふちきよ》くして水《みず》の浅《あさ》きを疑《うたが》い
荷動《はすうご》いて魚《うお》の散《さん》ずるを知《し》る
日暮《にちぼ》　情人《じょうじん》を待《ま》ち
舟《ふね》を緑楊《りょくよう》の岸《きし》に維《つな》ぐ

儲光羲《ちょこうぎ》

メモ
「湾」は水辺がカーブしているところをいう。海に限らない。魚を釣るという表現はほしいものを手に入れる暗喩でもある。「情人」は友人であろう。五言古詩。韻字＝乱・散・岸（去声・翰韻）。

**大意**

釣り糸を春の緑の入り江に垂れると、たけなわの春に杏の花が乱れ咲いている。淵の水が澄みきっているため浅瀬ではないかと錯覚し、蓮の葉が動いて魚の群れが散らばっているのが分かる。夕暮れにあの人を待つため、舟を青柳の岸につないだ。

# 春日憶李白

白也詩無敵
飄然思不羣
清新庾開府
俊逸鮑參軍
渭北春天樹
江東日暮雲
何時一樽酒
重與細論文

春日《しゅんじつ》李白《りはく》を憶《おも》う

杜甫《とほ》

白也《はくや》詩《し》に敵《てき》無《な》し
飄然《ひょうぜん》として思《おも》い群《ぐん》せず
清新《せいしん》なるは庾開府《ゆかいふ》
俊逸《しゅんいつ》なるは鮑参軍《ほうさんぐん》
渭北《いほく》　春天《しゅんてん》の樹《き》
江東《こうとう》　日暮《にちぼ》の雲《くも》
何《いず》れの時《とき》か一樽《いっそん》の酒《さけ》もて
重《かさ》ねて与《とも》に細《こま》かに文《ぶん》を論《ろん》ぜん



メモ
天宝五年（七四六）杜甫三十五歳の作。杜甫は三十三歳のとき、十一歳年上の李白と出会った。杜甫は科挙に落第し、李白は朝廷から追い出された直後で、ともに意気投合し、足掛け二年ほど一緒に旅をした。「庾開府」は「開府」（官名）となった北周の庾信（121頁）。「鮑参軍」は臨海王の参軍（官名）だった南朝宋の鮑照。ともに詩人として知られる。五言律詩。韻字＝群・軍・雲・文（上平・文韻）。

## 大意

李白よ、君の詩は天下にかなうものはなく、その詩興は遥かに凡俗を超越している。清らかで新鮮なことは北周の庾信のようであり、優れてずばぬけていることは宋の鮑照のようである。今私は渭水の北の地にいて、春の樹の下で君を思っているが、君は長江の東で、日暮れの雲に都を思っていることだろう。いつの日か、君と樽の酒を酌み交わしながら、ふたたびともに、つぶさに文学について語り合いたいものだ。

## 貧交行

翻手作雲覆手雨
紛紛輕薄何須數
君不見管鮑貧時交
此道今人棄如土

貧交行《ひんこうこう》

手《て》を翻《ひるがえ》せば雲《くも》と作《な》り手《て》を覆《おお》えば雨《あめ》
紛紛《ふんぷん》たる軽薄《けいはく》何《なん》ぞ数《かぞ》うるを須《もち》いん
君《きみ》見《み》ずや管鮑《かんぽう》貧時《ひんじ》の交《まじ》わりを
此《こ》の道《みち》今人《こんじん》棄《す》てて土《つち》の如《ごと》し

杜甫《とほ》

メモ
第3句は「管鮑の交わり」の故事を踏まえたもの。管鮑は春秋時代の管仲と鮑叔。二人は貧乏書生のころから仲がよく、二人で商売をして管仲が分け前を多くとっても鮑叔は自分より管仲が貧乏なことを知っていたので欲ばりと思わなかった。また、管仲が三度戦争に行って逃げ帰ってきたが鮑叔は、管仲に老いた母がいるのを知っていたので、管仲を臆病とは思わなかった。後に管仲が宰相になったとき「私を生んだのは父母だが、私を本当に知っているのは鮑叔だ」といい、貧しいときからの交遊は生涯かわらなかったという。張謂の「長安の主人の壁に題す」（260頁）とともに人情の薄いことを詠った詩として有名。七言古詩。韻字=雨・数・土（上声・麌韻）。

### 大意

手のひらを上に向ければ雲となり、下に向ければ雨となる。このように手のひらを返すように変わるのが人情の常。この世にはそのような軽薄な者が多いので、それをいちいち数え立てるまでもない。諸君、見てごらん。管仲と鮑叔の貧しいときの交わりを。この交わりの道を今の人は土くれのように棄てている。

# 兵車行

車轔轔　馬蕭蕭
行人弓箭各在腰
耶孃妻子走相送
塵埃不見咸陽橋
牽衣頓足攔道哭
哭聲直上干雲霄
道旁過者問行人
行人但云點行頻
或從十五北防河
便至四十西營田
去時里正與裹頭
歸來頭白還戍邊
邊庭流血成海水

## 兵車行《へいしゃこう》　杜甫《とほ》

車轔轔《くるまりんりん》　馬蕭蕭《うましょうしょう》
行人《こうじん》の弓箭《きゅうせん》　各《おの》おの腰《こし》に在《あ》り
耶嬢妻子《やじょうさいし》走《はし》りて相《あ》い送《おく》る
塵埃《じんあい》に見《み》えず咸陽橋《かんようきょう》
衣《ころも》を牽《ひ》き足《あし》を頓《とん》して道《みち》を攔《さえぎ》りて哭《こく》す
哭声《こくせい》直《ただ》ちに上《のぼ》りて雲霄《うんしょう》を干《おか》す
道旁《どうぼう》の過《す》ぐる者《もの》　行人《こうじん》に問《と》う
行人《こうじん》但《た》だ云《い》う　点行《てんこう》頻《しき》りなりと
或《ある》いは十五《じゅうご》従《よ》り北《きた》に河《かわ》を防《ふせ》ぎ
便《すなわ》ち四十《しじゅう》に至《いた》りて西《にし》に田《でん》を営《いとな》む
去《さ》る時《とき》里正《りせい》与《ため》に頭《かしら》を裹《つつ》み
帰《かえ》り来《きた》れば頭《かしら》白《しろ》きに還《ま》た辺《へん》を戍《まも》る
辺庭《へんてい》の流血《りゅうけつ》海水《かいすい》と成《な》るも

メモ
天宝十一年（七五二）杜甫四十一歳の作。当時、唐の国境付近では異民族が頻繁に侵入し、その討伐のために重税が課せられ、徴兵され、民は次第に疲弊していった。その様子を歌った。出だしが天まで届く家族の哭声や立ち込める塵埃で始まり、最後は雨に濡れる遺骨と幽霊の悲しい泣き声で終わる、首尾相応じた構成で、通行人と兵士の会話の形式を取る。第15句のように字余りで呼びかけたり、第21句から第28句では五言に変わったりと変化をつけている。この五言のところは沈鬱で、「私ごとき一兵卒が何で恨みを述べましょう」（第22句）と言いながら恨みをぶつけるあたりに、はげしい憤りと悲しみが詠われる。時代設定は「長恨歌」（296頁）と同様に漢王朝で、第14句の「武皇」は漢の武帝をいう。実際は唐の玄宗を指す。七言古詩。韻

武皇開邊意未已
君不聞漢家山東二百州
千村萬落生荊杞
縱有健婦把鋤犂
禾生隴畝無東西
況復秦兵耐苦戰
被驅不異犬與雞
長者雖有問
役夫敢伸恨
且如今年冬
未休關西卒
縣官急索租
租稅從何出
信知生男惡
反是生女好

武皇《ぶこう》　辺《へん》を開《ひら》く　意《い》未《いま》だ已《や》まず
君《きみ》聞《き》かずや　漢家山東《かんかさんとう》の二百州《にひゃくしゅう》
千村万落荊杞《せんそんばんらくけいき》を生《しょう》ずるを
縦《たと》い健婦《けんぷ》の鋤犂《じょれい》を把《と》る有《あ》るも
禾《いね》は隴畝《ろうほ》に生《しょう》じて東西《とうざい》無《な》し
況《いわ》んや復《ま》た秦兵《しんぺい》の苦戦《くせん》に耐《た》うるをや
駆《か》ら被《る》ること犬《いぬ》と鶏《にわとり》とに異《こと》ならず
長者《ちょうじゃ》問《と》う有《あ》りと雖《いえど》も
役夫《えきふ》敢《あ》えて恨《うら》みを伸《の》べんや
且《か》つ今年《こんねん》の冬《ふゆ》の如《ごと》きは
未《いま》だ関西《かんせい》の卒《そつ》を休《や》めず
県官急《けんかんきゅう》に租《そ》を索《もと》むるも
租税《そぜい》何《いず》く従《よ》り出《い》でん
信《まこと》に知《し》る　男《おとこ》を生《う》むは悪《あ》しく
反《かえ》って是《こ》れ女《おんな》を生《う》むは好《よ》きを



字＝蕭・腰・橋・霄（下平・蕭韻）、人・頻・田・辺（真韻先韻）、水・已・杞（上声・紙韻）、犁・西・鶏（上平・斉韻）、問・恨（去声・問韻願韻）、卒・出（入声・質韻）、好・草（上声・皓韻）、頭・収・啾（下平・尤韻）。

生女猶是嫁比鄰
生男埋沒隨百草
君不見青海頭
古來白骨無人收
新鬼煩冤舊鬼哭
天陰雨濕聲啾啾

女《おんな》を生《う》まば猶《な》お是《こ》れ比鄰《ひりん》に嫁《か》するも
男《おとこ》を生《う》まば埋没《まいぼつ》して百草《ひゃくそう》に随《したが》う
君見《きみみ》ずや　青海《せいかい》の頭《ほとり》
古来白骨人《こらいはっこつひと》の収《おさ》むる無《な》きを
新鬼《しんき》は煩寃《はんえん》し旧鬼《きゅうき》は哭《こく》し
天陰《てんくも》り雨湿《あめうるお》うとき声啾啾《こえしゅうしゅう》たり

**大意**

車はゴロゴロ音を立て、馬は寂しそうにいななく。兵士たちが腰に弓矢をつけて行進する。父母や妻子が走って見送る。モウモウと立つ土埃で咸陽橋も見えない。着物をひっぱり足をばたつかせて道をさえぎり、大声で泣く。その鳴き声はまっすぐ立ち上って大空に届くほど。道のかたわらを通る者が兵士に聞くと、兵士はただ言う。「頻繁に徴兵が行われているのです」と。「ある者は十五歳で北方の河を防ぐために連れていかれ、四十になると今度は西方の屯田兵に駆り出されました。出征するとき村長さんが元服だということで頭に布を巻いてくれましたが、帰ってくると頭は白くなっているのに、また国境の守りに連れていかれました。国境のあたりでは血が海水のように流れても、武皇様は国境の開拓を止めることはありません。聞きませんか。漢の国家の山東の二百州では、多くの村々は荒れ放題で荊《イバラ》や杞《クコ》が生い茂っているということを。たとい留守を守る健気《けなげ》な妻たちが鋤《すき》や鍬《くわ》を取って耕しても、稲は畝《うね》や畦《あぜ》に雑然と生えて、西も東もありません。まして、この秦の地方の兵隊は苦戦にもがまん強いということで、まるで犬や鶏を駆り立てるように徴兵されていきます。あなたさまは私にお尋ねになりますが、一兵卒の私ごときが何で恨みなど申せましょうか。まして今年の冬などは、まだこの地方の兵を駆り立てるのを止めないのに、県の役人が早く早くと租税を求めてくる、租税がいったいどこから出てくるというのでしょうか。本当によく分かりました。男の子を生むのは悪く、かえって女の子を生む方が良いということが。女の子を生めば、それでもなお近隣に嫁がせることもできますが、男の子を生めば、戦死して死骸は埋もれたまま、雑草が生えるにまかせるだけです」。諸君、見てご覧、あの青海のほとりを。昔から白骨が散らばっていて、誰も葬むる者はいない。死んだばかりの亡霊はもだえ恨み、古い亡霊は慟哭している。天が曇り雨がしとしと降るとき、その泣き声が悲しげに聞こえてくる。

## 月夜

今夜鄜州月
閨中只獨看
遙憐小兒女
未解憶長安
香霧雲鬟濕
清輝玉臂寒
何時倚虛幌
雙照淚痕乾

月夜《げつや》

杜甫《とほ》

今夜《こんや》　鄜州《ふしゅう》の月《つき》
閨中《けいちゅう》只《た》だ独《ひと》り看《み》るならん
遙《はる》かに憐《あわ》れむ　小児女《しょうじじょ》の
未《いま》だ長安《ちょうあん》を憶《おも》うを解《かい》せざるを
香霧《こうむ》に雲鬟《うんかん》湿《うるお》い
清輝《せいき》に玉臂《ぎょくひ》寒《さむ》からん
何《いず》れの時《とき》か虚幌《きょこう》に倚《よ》り
双《なら》び照《てら》されて涙痕《るいこん》乾《かわ》かん

### 大意

今夜、鄜州に照る月を、妻は寝室からただ一人で一途に見ているだろう。遥かに愛おしく思うのは、幼い子どもたち。長安にいる父のことを思うこともできない。妻の豊かな髪は香わしい夜霧でしっとりうるおい、清らかな月の光が玉の臂《かいな》を寒むざむと照らしている。いつになったら人けのない窓辺で、嬉し涙が乾くまで、二人がともに月に照らされる日がくるのだろう。

### メモ

至徳元年（七五六）杜甫四十五歳、安禄山の賊軍につかまって長安に幽閉されているとき、鄜州に疎開していた妻を思って詠った詩。すべて想像の景で、第2句で、それぞれ「独り」で月を見ているといい、第8句でいつか「双（ふた）り」で月を見よう、という。いつ会うことができるか、と言えばありきたりの表現だが、会って嬉し涙を流し、その涙が乾くまで二人で一緒に月を眺める日がいつ来るだろう、という。第5句・第6句は、妻を宮女のように美しく詠う。「香」「清」「玉」が美しさを演出する。「臂」は手首からひじ。頬杖をついて一途に月を眺めているので月に照らされる。五言律詩。韻字＝看・安・寒・乾（上平・寒韻）。

# 春望

國破山河在
城春草木深
感時花濺涙
恨別鳥驚心
烽火連三月
家書抵萬金
白頭搔更短
渾欲不勝簪

## 春望《しゅんぼう》

杜甫《とほ》

国破《くにやぶ》れて山河《さんが》在《あ》り
城春《しろはる》にして草木《そうもく》深《ふか》し
時《とき》に感《かん》じては花《はな》にも涙《なみだ》を濺《そそ》ぎ
別《わか》れを恨《うら》んでは鳥《とり》にも心《こころ》を驚《おどろ》かす
烽火《ほうか》　三月《さんがつ》に連《つら》なり
家書《かしょ》　万金《ばんきん》に抵《あ》たる
白頭《はくとう》　搔《か》けば更《さら》に短《みじか》く
渾《すべ》て簪《しん》に勝《た》えざらんと欲《ほっ》す

メモ

至徳二年（七五七）杜甫四十六歳の作。第6句は、お金で買えないものをお金に換算する。後に宋の蘇軾が「春宵一刻値千金」と春の夜の時間をお金に換算して詠う。第7句、頭をかくのは、為すすべがないことを表す。第8句の「簪」は、官僚が冠を被ったとき、その冠が傾いたり飛んだりしないように冠と髪をともに挿すもの。髪の毛が少なくなりかんざしを支え切れないとは、官僚になる機会はもうないだろう、という諦めの境地。五言律詩。韻字＝深・心・金・簪（下平・侵韻）。

**大意**

国都長安は破壊されたが山や河はそのままあり、町に春がきて草や木が深々と茂っている。こんな時勢に心を傷めて美しい花を見ても涙が流れ、家族との別れを悲しんで、鳥の美しい囀りにも心が乱れる。戦を知らせる狼煙《のろし》は三月になっても上がり、家から手紙が来ることもなく、来たならば大金に値するほど。白髪頭はかけばかくほど少なくなり、もうまったくかんざしを支えることもできない。

## 曲江　二首　其一

一片花飛減却春
風飄萬點正愁人
且看欲盡花經眼
莫厭傷多酒入脣
江上小堂巢翡翠
苑邊高塚臥麒麟
細推物理須行樂
何用浮名絆此身

曲江《きょくこう》　二首《にしゅ》　其《そ》の一《いち》　杜甫《とほ》

一片花《いっぺんはな》飛《と》んで春《はる》を減却《げんきゃく》し
風《かぜ》は万点《ばんてん》を飄《ひるが》えして正《まさ》に人《ひと》を愁《うれ》えしむ
且《しばら》く看《み》ん　尽《つ》きんと欲《ほっ》する花《はな》の眼《め》を経《ふ》るを
厭《いと》う莫《な》かれ多《おお》きに傷《す》ぐる酒《さけ》の脣《くちびる》に入《い》るを
江上《こうじょう》の小堂《しょうどう》　翡翠《ひすい》巣《す》くい
苑辺《えんぺん》の高塚《こうちょう》　麒麟《きりん》臥《ふ》す
細《こま》かに物理《ぶつり》を推《お》すに須《すべか》らく行楽《こうらく》すべし
何《なん》ぞ用《もち》いん浮名《ふめい》もて此《こ》の身《み》を絆《ほだ》すを

メモ

乾元元年（七五八）杜甫四十七歳の作。過ぎゆく春を前に、人生は虚名に縛られず行楽すべきだ、と詠う。第6句の「苑」は曲江の西南の芙蓉苑。「麒麟」は聖人が出現すると現れるという瑞獣。苑に石造りの麒麟の像が建ててあったが、安禄山の乱で倒された。第8句「絆」はものをつなぎ止める。またその網。七言律詩。韻字＝春・人・脣・麟・身（上平・真韻）。

### 大意

一ひらの花びらが散ってさえ春の衰えに心が痛むのに、風が無数の花びらを翻すと悲しくてたまらない。しばらくは散り尽くそうとする花が目の前を通り過ぎるのを眺めよう、酒を飲み過ぎて身を損なうことも気にすることはない。水辺の小さな建物には翡翠《カワセミ》が巣くい、御苑のあたりの墓には石造りの麒麟が倒れている。つくづく物事の道理を推し量ってみると、人生は楽しく過ごすべきなのだ。虚名やつまらない名誉でこの身が縛られる必要があろうか。

# 曲江　二首　其二

朝回日日典春衣
毎日江頭盡醉歸
酒債尋常行處有
人生七十古來稀
穿花蛺蝶深深見
點水蜻蜓款款飛
傳語風光共流轉
暫時相賞莫相違

曲江《きょくこう》　二首《にしゅ》　其《そ》の二《に》

杜甫《とほ》

朝《ちょう》より回《かえ》りて日日《ひび》春衣《しゅんい》を典《てん》し
毎日江頭《まいにちこうとう》に酔《よ》いを尽《つ》くして帰《かえ》る
酒債尋常行《しゅさいじんじょうゆ》く処《ところ》に有《あ》り
人生七十古来稀《じんせいしちじゅうこらいまれ》なり
花《はな》を穿《うが》つ蛺蝶《きょうちょう》は深深《しんしん》として見《み》え
水《みず》に点《てん》ずる蜻蜓《せいてい》は款款《かんかん》として飛《と》ぶ
伝語《でんご》す　風光《ふうこう》　共《とも》に流転《るてん》して
暫時《ざんじ》相《あ》い賞《しょう》して相《あ》い違《たが》うこと莫《な》かれと

メモ
第3句・第4句は、昔から七十まで生きる者は稀で、人の命は短い、だから、せめて生きている間は存分に酒を飲もうではないか、酒のつけなどあってもかまわない、ということ。杜甫にはめずらしく頽廃的である。七十歳を古稀というのは第4句の「人生七十古来稀なり」による。七言律詩。韻字＝衣・帰・稀・飛・違(上平・微韻)。

**大意**

朝廷から下がると、毎日のように春着を質に入れ、曲江のほとりで酔いを尽くして帰る。酒のつけが行く先々にあるのはいつものこと、昔から七十まで生きる者は稀である。花の間を蛺蝶《チョウ》は深々ともぐり込んで見え隠れし、蜻蜓《トンボ》はしっぽの先をチョンと水につけてゆるやかに飛ぶ。春の風と光に伝えよう、蛺蝶《チョウ》や蜻蜓《トンボ》とともに時の流れに従って、しばしの間、時節に違うことなくこの景色を賞玩したい、と。

# 石壕吏

暮投石壕村
有吏夜捉人
老翁踰牆走
老婦出門看
吏呼一何怒
婦啼一何苦
聽婦前致詞
三男鄴城戍
一男附書至
二男新戰死
存者且偸生
死者長已矣
室中更無人

## 石壕《せきごう》の吏《り》

暮《くれ》に石壕村《せきごうそん》に投《とう》ずれば
吏《り》有《あ》りて　夜《よる》　人《ひと》を捉《とら》う
老翁《ろうおう》　牆《かき》を踰《こ》えて走《はし》り
老婦《ろうふ》　門《もん》を出《い》でて看《み》る
吏《り》の呼《よ》ぶこと一《いっ》に何《なん》ぞ怒《いか》れる
婦《ふ》の啼《な》くこと一《いっ》に何《なん》ぞ苦《くる》しめる
婦《ふ》の前《すす》みて詞《ことば》を致《いた》すを聴《き》くに
三男《さんだん》は鄴城《ぎょうじょう》に戍《まも》り
一男《いちだん》　書《しょ》を附《ふ》して至《いた》る
二男《にだん》は新《あら》たに戦死《せんし》すと
存《そん》する者《もの》は且《しばら》く生《せい》を偸《ぬす》むも
死《し》する者《もの》は長《とこし》えに巳《や》みぬ
室中更《しっちゅうさら》に人《ひと》無《な》く

杜甫《とほ》



### 大意

日暮れに石壕村に投宿すると、その夜、役人が人を捕まえにやってきた。爺さんは垣根を越えて逃げ去り、婆さんが門を出て応対していた。役人の怒鳴り

メモ
乾元二年（七五九）杜甫四十八歳の作。石壕は河南省陝州陝県。杜甫が洛陽から長安の東にある華州に戻る途中、戦乱下の民の苦しみを詠った詩。第8句「鄴城」は河南省安陽市。第19句「河陽」は河南省孟県。第22句「泣幽咽」はむせび泣くこと。この主語は「嫁」「嫁と孫」「嫁と老翁」という3つ説がある。この時期、世相を鋭く突く作品「新安吏」「潼関吏」「石壕吏」、「新婚別」「垂老別」「無家別」（「三吏三別」という）が作られ、杜甫はのちに「社会派詩人」として高く評価される。韻字＝村・人・看（上平・元韻真韻寒韻通押）、怒・苦・戍（去声・遇韻、上声・麌韻）、至・死・矣（去声・寘韻、上声・紙韻）、人・孫・裙（上平・真韻元韻文韻）。衰・歸・炊(上平・支韻微韻)、絶・咽・別（入声・屑韻）。

惟有乳下孫
有孫母未去
出入無完裙
老嫗力雖衰
請從吏夜歸
急應河陽役
猶得備晨炊
夜久語聲絶
如聞泣幽咽
天明登前途
獨與老翁別

惟《た》だ乳下《にゅうか》の孫《まご》有《あ》るのみ
孫《まご》有《あ》れば母《はは》未《いま》だ去《さ》らざるも
出入《しゅつにゅう》に完裙《かんくん》無《な》し
老嫗《ろうおう》　力《ちから》衰《おとろ》うと雖《いえど》も
請《こ》う　吏《り》に従《したが》いて夜帰《よるき》せん
急《いそ》ぎて河陽《かよう》の役《えき》に応《おう》ずれば
猶《な》お晨炊《しんすい》に備《そな》うるを得《え》んと
夜久《よるひさ》しうして語声《ごせい》絶《た》え
泣《な》きて幽咽《ゆうえつ》するを聞《き》くが如《ごと》し
天明《てんめい》前途《ぜんと》に登《のぼ》りて
独《ひと》り老翁《ろうおう》と別《わか》る



声の何と怒りに満ちていることか、婆さんの泣き叫ぶ声の何と苦し気なことか。婆さんが役人の前に進み出て申し開きをするのを耳をすまして聞くと、「私の三人の息子はみな鄴城の守りについています。一人の息子が人づてに手紙をよこし、二人の息子は最近戦で死んだとのことです。生きている者は何とか生きながらえているだけで、死んでしまった者は永遠にそのままです。この家にはもう男手がなく、ただ乳飲み子の孫がいるだけです。孫がいるため母親はこの家から出ていってはいませんが、外出しようにもちゃんとしたスカートもありません。この老婆は力が衰えてはおりますが、どうぞお役人に従って今夜にでも参りましょう。急いで河陽で労役に就くことができれば、これでも朝の炊事の支度くらいはできましょう」。夜がふけると話し声が途絶え、かすかにむせび泣く声が聞こえてきたようだった。夜が明けるころ、私はまた旅路についたが、ただ爺さんと別れを告げた。

# 秦州雑詩　二十首　其四

鼓角縁邊郡
川原欲夜時
秋聽殷地發
風散入雲悲
抱葉寒蟬靜
歸山獨鳥遲
萬方聲一概
吾道竟何之

秦州雑詩《しんしゅうざつし》　二十首《にじゅっしゅ》　其《そ》の四《よん》　杜甫《とほ》

鼓角《こかく》　縁辺《えんぺん》の郡《ぐん》
川原《せんげん》　夜《よる》ならんと欲《ほっ》する時《とき》
秋《あき》に聴《き》けば地《ち》を殷《どよ》もして発《おこ》り
風《かぜ》に散《さん》じて雲《くも》に入《い》りて悲《かな》し
葉《は》を抱《いだ》く寒蟬《かんせん》は静《しず》かに
山《やま》に帰《かえ》る独鳥《どくちょう》は遅《おそ》し
万方《ばんぽう》　声《こえ》は一概《いちがい》
吾《わ》が道《みち》　竟《つい》に何《いず》くに之《ゆ》かんとする

メモ
乾元二年（七五九）杜甫四十八歳の作。食糧難のため、秋、家族を引き連れて秦州（甘粛省天水市）に到り、詠った詩。「鼓角」は軍中で用いられる太鼓と角笛。「時」は、夕暮れに鼓角が鳴り響く、その「時」を限定する。第5句は、ものも言えずに沈黙せざるを得ない自分、第6句は、すべてが遅々として進まない様子を象徴的に詠う。この時期の作品は物事を尖鋭に捉える。第8句「吾道」は「理想の行路」の意味合いもあろう。五言律詩。韻字＝時・悲・遅・之（上平・支韻）。

**大意**

太鼓と角笛の音が辺境の郡に響きわたる。川沿いの平原が夜になろうとするそのとき。秋に聴けば鼓角の音は大地をとどろかせて起こり、その音は風に吹き散らされ悲しそうに雲に吸い込まれていく。木の葉にしがみついて秋蟬は静かに鳴きもせず、山に帰る一羽の鳥はゆっくりとねぐらに向かう。どこへ行っても鼓角の音が聞こえてくるのであれば、私の道は結局どこへ行けばよいのだろう。

# 蜀相

丞相祠堂何處尋
錦官城外柏森森
映階碧草自春色
隔葉黄鸝空好音
三顧頻繁天下計
兩朝開濟老臣心
出師未捷身先死
長使英雄涙滿襟

蜀相《しょくしょう》

丞相《じょうしょう》の祠堂《しどう》　何《いず》れの処《ところ》にか尋《たず》ねん
錦官城外柏森森《きんかんじょうがいはくしんしん》
階《かい》に映《えい》ずる碧草《へきそう》は自《おの》ずから春色《しゅんしょく》
葉《は》を隔《へだ》つる黄鸝《こうり》は空《むな》しく好音《こういん》
三顧頻繁《さんこひんぱん》なり　天下《てんか》の計《けい》
両朝開済《りょうちょうかいさい》す　老臣《ろうしん》の心《こころ》
出師《すいし》未《いま》だ捷《か》たざるに身《み》先《ま》ず死《し》し
長《とこし》えに英雄《えいゆう》をして涙襟《なみだえり》に満《み》たしむ

杜甫《とほ》

メモ
杜甫は天水から同谷へと放浪し、のち友人を頼って成都(四川省成都市)郊外に移り、浣花草堂を建てて家族とともに平穏な生活を送った。この詩は上元元年(七六〇)杜甫四十九歳、春のある日、諸葛孔明の廟に参拝して詠ったもの。前半は春の柔らかな景色を詠い、後半は激動の時代に生きた孔明の忠誠を詠う。現実の柔和な風景と歴史の過酷な風景とが対比されて、趣き深い詩的空間が創られている。七言律詩。韻字＝尋・森・音・心・襟(上平・侵韻)。

**大意**

蜀の丞相諸葛孔明《しょかつこうめい》の廟はどこに尋ねたらよいのだろうか。それは錦官城の郊外、柏《コノテガシワ》がこんもり繁るあたり。階段に映る緑の葉は春らしく萌え立ち、葉を隔てて鶯《ウグイス》がいたずらに良い声で鳴いている。思えば、劉備は三度も礼を尽くして孔明を訪ね、天下統一の計を問い、出馬を懇請した。

孔明はその誠意に感じて劉備とその子の劉禅の二朝に仕え、老臣としての真心を尽くした。蜀の危機を救おうと魏討伐の軍を進めたが、惜しいことに戦に勝つ前に陣中で亡くなり、永く後世の英雄たちが哀痛の涙で襟を濡らすことになった。

# 江村

清江一曲抱村流
長夏江村事事幽
自去自來梁上燕
相親相近水中鷗
老妻畫紙爲棊局
稚子敲針作釣鉤
多病所須唯藥物
微軀此外更何求

杜甫《とほ》

江村《こうそん》

清江一曲《せいこういっきょく》　村《むら》を抱《いだ》いて流《なが》る
長夏《ちょうか》　江村《こうそん》　事事幽《じじゆう》なり
自《おのずか》ら去《さ》り自《おのずか》ら来《きた》る梁上《りょうじょう》の燕《つばめ》
相《あ》い親《した》しみ相《あ》い近《ちか》づく水中《すいちゅう》の鷗《かもめ》
老妻《ろうさい》は紙《かみ》に画《えが》いて棊局《ききょく》を為《つく》り
稚子《ちし》は針《はり》を敲《たた》いて釣鉤《ちょうこう》を作《つく》る
多病《たびょう》須《ま》つ所《ところ》は唯《た》だ薬物《やくぶつ》のみ
微軀《びく》　此《こ》の外更《ほかさら》に何《なに》をか求《もと》めん

メモ

上元元年（七六〇）杜甫四十九歳の作。浣花草堂での、のどかで平和な生活を詠う。人の心が穏やかで鳥に危害を加える心配がないので第3句・第4句のように鳥が近くにやってくる。無心な者に鷗が群れをなして近づいたという故事がある（『列子』黄帝）。第5句・第6句のように、杜甫は妻や子どもを詩によく詠う。「月夜」（231頁）もそうである。家族を詠うことは杜甫以前にはあまり見られない。七言律詩。韻字＝流・幽・鷗・鉤・求（下平・尤韻）。

## 大意

清らかな川が村を抱くように一《ひと》曲がりして流れ、長い夏の日、川辺の村はすべてひっそりしている。家の梁に巣をかけている燕は自由に出たり入ったりし、水に浮かぶ鷗は、慣れ親しんで近づいてくる。老妻は紙に線を引いて碁盤を作り、幼い子どもは縫い針を叩いて釣り針を作っている。病気がちな私に必要なのは薬だけ、役に立たない身にこの他何を求めることがあろう。

# 客至

舎南舎北皆春水
但見羣鷗日日來
花徑不曾緣客掃
蓬門今始爲君開
盤飧市遠無兼味
樽酒家貧只舊醅
肯與鄰翁相對飮
隔籬呼取盡餘杯

客至《かくいた》る

杜甫《とほ》

舎南舎北《しゃなんしゃほく》　皆春水《みなしゅんすい》
但《た》だ見《み》る群鷗《ぐんおう》の日日《ひび》来《きた》るを
花径《かけい》曾《かつ》て客《かく》に縁《よ》りて掃《はら》わず
蓬門《ほうもん》今《いま》始《はじ》めて君《きみ》が為《ため》に開《ひら》く
盤飧《ばんそん》市《いち》遠《とお》くして兼味《けんみ》無《な》く
樽酒《そんしゅ》家《いえ》貧《まず》しくして只《た》だ旧醅《きゅうばい》
肯《あえ》て鄰翁《りんおう》と相《あ》い対《たい》して飲《の》まんや
籬《かき》を隔《へだ》てて呼《よ》び取《と》りて余杯《よはい》を尽《つ》くさん

メモ
上元二年（七六一）杜甫五十歳の作。第1句・第2句は気持ちのよい春景色。第2句は、無心な者に鷗が群れをなして舞い降りてきたという故事（『列子』黄帝）を踏まえる。第3句・4句は、客を迎えて浮き立つ心。第5句・第6句は精一杯のもてなし。第7句・第8句は、杜甫と村人との交遊。陶淵明の世界を踏まえる。七言律詩。韻字＝来・開・醅・杯（上平・灰韻）。

**大意**

家の南も家の北もみな春の水が流れ、毎日鷗が群れてくるのを見るだけ。花の小径もこれまで客が来るからと掃いたこともなかったが、蓬《ヨモギ》で屋根を葺いた粗末な門を今日は君のために初めて開いた。皿の料理は市場が遠いため二品もなく、酒は家が貧しいためただ濁り酒があるだけ。どうですか、隣のお爺さんと差し向いに飲みましょう。垣根ごしに呼び寄せて、残りの酒を飲み尽くしましょう。

春夜喜雨

好雨知時節
當春乃發生
隨風潛入夜
潤物細無聲
野徑雲俱黑
江船火獨明
曉看紅濕處
花重錦官城

春夜雨《しゅんやあめ》を喜《よろこ》ぶ

杜甫《とほ》

好雨時節《こううじせつ》を知《し》り
春《はる》に当《あ》たって乃《すなわ》ち発生《はっせい》す
風《かぜ》に随《したが》って潜《ひそ》かに夜《よる》に入《い》り
物《もの》を潤《うるお》して細《こまや》かにして声無《こえな》し
野径《やけい》　雲《くも》は倶《とも》に黒《くろ》く
江船《こうせん》　火《ひ》は独《ひと》り明《あき》らかなり
暁《あかつき》に紅《くれない》の湿《うるお》える処《ところ》を看《み》れば
花《はな》は錦官城《きんかんじょう》に重《おも》からん

メモ

上元二年（七六一）杜甫五十歳の作。真っ暗闇の中に一つ点る漁火の赤い色が、翌朝には町いっぱいに咲く花の赤い色として広がる。詩中に「喜ぶ」とは言わないが、柔らかに降る春雨によって万物が萌え、花が咲く嬉しさ・喜びがあふれている。第8句の「錦官城」は成都城。花が錦のように咲いていることを連想させる。「重」は、花が雨に濡れて重々しく咲いていること。また「重なる」の意もあるので、花が重なるように咲いている。五言律詩。韻字＝生・声・明・城（下平・庚韻）。

**大意**

好い雨は降るべき時節を知っていて、春になると降り出して、万物が萌えはじめる。雨は、風のまにまにひそかに夜になるまで降り続け、細やかに音もなく万物をしっとりうるおす。野の小道も、雲と同じように真っ黒、川に浮かぶ船の漁火だけが明るい。明け方、紅《くれない》色の湿っているところを見れば、それは錦官城に花がしっとり濡れて咲いているのだ。

# 江亭

坦腹江亭暖
長吟野望時
水流心不競
雲在意倶遲
寂寂春將晩
欣欣物自私
故林歸未得
排悶強裁詩

## 江亭《こうてい》

坦腹《たんぷく》すれば江亭《こうてい》暖《あたた》かに
長吟《ちょうぎん》す　野望《やぼう》の時《とき》
水流《みずなが》れて心競《こころきそ》わず
雲在《くもあ》りて意倶《いとも》に遅《おそ》し
寂寂《せきせき》として春《はる》は将《まさ》に晩《く》れんとし
欣欣《きんきん》として物《もの》は自《おの》ずから私《わたくし》す
故林《こりん》　帰《かえ》ること未《いま》だ得《え》ず
悶《もん》を排《はい》して強《し》いて詩《し》を裁《さい》す

杜甫《とほ》



メモ

上元二年（七六一）杜甫五十歳の作。川のほとりのあずまやで春の思いを詠う。川の水は流れ続けて戻ってくることはなく、雲も風に吹かれて去っていく。それは過ぎ去る時間に対する焦燥を誘い、またあてもなくさまようことへの不安をあおる。しかし、この詩では焦燥も不安もない。ただ、故郷に帰れない悲しみから、それを払おうと、無理に詩を作る。五言律詩。韻字＝時・遅・私・詩（上平・支韻）。

**大意**

大の字に寝そべると川のほとりの亭《あずまや》は暖かく、長く声を引いて詩を吟じ野を眺める、そのとき。水の流れと心は競わず、浮かぶ雲とともに気持ちはゆるやか。ひっそりと春は今まさに暮れようとし、楽しそうに万物は自足している。故郷に帰ろうにも帰れない。煩悶を払おうと強いて詩を作る。

# 茅屋爲秋風所破歌

八月秋高風怒號
卷我屋上三重茅
茅飛渡江灑江郊
高者挂罥長林梢
下者飄轉沈塘坳
南村羣童欺我老無力
忍能對面爲盜賊
公然抱茅入竹去
脣焦口燥呼不得
歸來倚杖自嘆息
俄頃風定雲墨色
秋天漠漠向昏黑
布衾多年冷似鐵

茅屋秋風《ぼうおくしゅうふう》の破《やぶ》る所《ところ》と為《な》る歌《うた》　杜甫《とほ》

八月秋高《はちがつあきたか》くして風怒号《かぜどごう》し
我《わ》が屋上《おくじょう》の三重《さんちょう》の茅《かや》を巻《ま》く
茅《かや》は飛《と》んで江《かわ》を渡《わた》り江郊《こうこう》に灑《そそ》ぐ
高《たか》き者《もの》は長林《ちょうりん》の梢《こずえ》に挂罥《かいけん》し
下《ひく》き者《もの》は飄転《ひょうてん》して塘坳《とうおう》に沈《しず》む
南村《なんそん》の羣童《ぐんどう》は我《われ》の老《お》いて力無《ちからな》きを欺《あざむ》き
忍《しの》んで能《よ》く対面《たいめん》して盗賊《とうぞく》を為《な》す
公然《こうぜん》と茅《かや》を抱《いだ》いて竹《たけ》に入《い》りて去《さ》り
脣《くちびる》　焦《こ》げ口燥《くちかわ》き　呼《よ》べども得《え》ず
帰《かえ》り来《きた》り杖《つえ》に倚《よ》りて自《みずか》ら嘆息《たんそく》す
俄頃《にわか》にして風定《かぜさだ》まり雲《くも》は墨色《ぼくしょく》
秋天漠漠《しゅうてんばくばく》として昏黒《こんこく》に向《む》かう
布衾多年《ふきんたねん》冷《つめ》たきこと鉄《てつ》に似《に》たり

メモ
上元二年（七六一）杜甫五十歳の作。浣花草堂の屋根が吹き飛ばされたことを詠う。屋根の茅が大風でとばされたという題材がおもしろく、悪童たちの持ち去り、息子の寝相が悪くて蒲団をけ破った、などとユーモラスに描いている。ただ、それで終わらず、「寒士」を収容できる大きな家があったらいいのに、という。社会派詩人と言われる所以である。七言古詩。韻字＝号・茅・郊・梢・坳（下平・豪韻肴韻通押）、力・賊・得・息・色・黒（入声・職韻）、鉄・裂・絶・徹（入声・屑韻）、間・顔・山（上平刪韻）、屋・足（入声・屋韻沃韻通押）。

驕兒惡臥踏裏裂
牀頭屋漏無乾處
雨脚如麻未斷絕
自經喪亂少睡眠
長夜沾濕何由徹
安得廣廈千萬間
大庇天下寒士俱歡顏
風雨不動安如山
嗚呼何時眼前突兀見此屋
吾廬獨破受凍死亦足

驕児《きょうじ》悪臥《あくが》して裏《うら》を踏《ふ》みて裂《さ》く
牀頭《しょうとう》　屋漏《おくも》りて乾《かわ》く処《ところ》無《な》く
雨脚《うきゃく》　麻《あさ》の如《ごと》く未《いま》だ断絶《だんぜつ》せず
喪乱《そうらん》を経《へ》てより睡眠《すいみん》少《すくな》く
長夜《ちょうや》沾湿《てんしつ》して何《なに》に由《よ》りてか徹《てつ》せん
安《いず》くにか広厦《こうか》千万間《せんまんげん》なるを得《え》て
大《おお》いに天下《てんか》の寒士《かんし》を庇《おお》いて倶《とも》に歓顔《かんがん》せん
風雨《ふうう》にも動《うご》かず　安《やす》きこと山《やま》の如《ごと》し
嗚呼《ああ》　何《いず》れの時《とき》か眼前《がんぜん》に突兀《とっこつ》として此《こ》の屋《おく》を見《み》ん
吾《わ》が廬《いおり》は独《ひと》り破《やぶ》れて凍死《とうし》を受《う》くるも亦《ま》た足れり

## 大意

秋八月の高い空に風が怒り叫び、我が屋根の三重の茅《かや》を巻き上げた。茅は飛んで川を渡り野原に散らばって落ち、高く飛んだ茅は深林の梢に引っかかり、低く飛んだのはくるくる回りながら水たまりに落ちて沈んでしまった。南の村の子どもたちは、私が年老いて力がないとみくびって、平気で目の前で盗みをはたらき、公然と茅を抱えて竹林に逃げていった。私は唇が焦げ口がからからになるまで叫んだが、どうにもならない。帰ってきて杖にすがってため息をつくばかり。またたく間に風が止み空に墨のようなまっ黒な雲が出て、秋の空はどんよりと暗くなり、日が暮れていく。木綿の蒲団は長年使ったので鉄のように冷たく、おまけにやんちゃな息子は寝相が悪く、蒲団の裏側を蹴って破っている。ベッドのあたりは雨もりがして乾いた場所がなく、雨は麻のように細かく降って止まない。世の乱れにあってからよく眠れずにいるのに、この長い夜を濡れたままでどうやって明かしたらよいのか。どこかにどうにかして千万間もの広い屋敷を手に入れ、世の中の貧乏人たちを大きな屋根でおおい、一緒に笑い合うことができないものか。風雨にもびくともせず、山のようなどっしりとした家。ああ、いつになったら、目の前に高く聳えるこのような家を見ることができるだろうか。その家を見ることができるなら、我の家だけが破壊され、凍死してしまっても、私はかまわない。

# 絶句　二首

其一
遅日江山麗
春風花草香
泥融飛燕子
沙暖睡鴛鴦

其二
江碧鳥逾白
山青花欲然

絶句《ぜっく》　二首《にしゅ》　杜甫《とほ》

其《そ》の一《いち》
遅日《ちじつ》　江山麗《こうざんうるわ》しく
春風《しゅんぷう》　花草香《かそうかんば》し
泥《どろ》融《と》けて燕子《えんし》飛《と》び
沙《すな》暖《あたた》かにして鴛鴦《えんおう》睡《ねむ》る

其《そ》の二《に》
江《こう》は碧《みどり》にして鳥《とり》は逾《いよ》いよ白《しろ》く
山《やま》は青《あお》くして花《はな》は然《も》えんと欲《ほっ》す



メモ
広徳二年（七六四）杜甫五十三歳、浣花草堂での作。春の景を写実的に描写し、美しい春に安らぎを得ている。後半の鳥は、穏やかで平和な世界の象徴である。「江村」（239頁）では「燕」「鷗」である。五言絶句。韻字＝香・鴦（下平・陽韻）。

前半は鮮やかな春の景色。対句で、しかも句は句中対になっている。異国の景色が美しいほど故郷が恋しくなる。帰りたいが、どうしようもできない悲しさをにじませる。「看」はあれよあれよと言う間にの意。韻字＝然・年（下平・先韻）。

今春看又過
何日是歸年

今春《こんしゅん》看《み》す又《また》過《す》ぐ
何《いず》れの日《ひ》か是《こ》れ帰年《きねん》ならん

**大意**

暮れるのが遅く日ざしが長くなった春の日に、川も山も麗しく、春風に花や草がかぐわしく香る。土が融けて柔らかくなったので燕は巣作りのために泥を運んで飛び交い、川辺の砂が暖かくなったので鴛鴦《オシドリ》が仲良く眠っている。

川は青々と澄み、鳥はますます白い。山は緑に映え、花は燃えるように　真っ赤。今年の春もみるみるうちにまた過ぎ去ろうとしている。一体いつになったら故郷に帰るときがやってくるのだろう。

# 旅夜書懐

細草微風岸
危檣獨夜舟
星垂平野闊
月湧大江流
名豈文章著
官應老病休
飄飄何所似
天地一沙鷗

旅夜書懐《りょやしょかい》

杜甫《とほ》

細草《さいそう》　微風《びふう》の岸《きし》
危檣《きしょう》　独夜《どくや》の舟《ふね》
星垂《ほした》れて平野《へいや》闊《ひろ》く
月湧《つきわ》いて大江《たいこう》流《なが》る
名《な》は豈《あ》に文章《ぶんしょう》もて著《あら》われんや
官《かん》は応《まさ》に老病《ろうびょう》にて休《や》むべし
飄飄《ひょうひょう》　何《なん》の似《に》る所《ところ》ぞ
天地《てんち》の一沙鷗《いちさおう》

メモ
永泰元年（七六五）杜甫五十四歳の作。生活援助をしてくれた幼馴染の厳武が亡くなったため、杜甫は浣花草堂をあとにしてふたたび家族を連れて食糧を求めて放浪することになった。長江を下り忠州（重慶市忠県）から雲安（重慶市雲陽県）に到る旅中に詠った詩。広大な天地の中の孤独を詠い、漂泊の身を鷗にたとえた絶唱。五言律詩。韻字＝舟・流・休・鷗（下平・尤韻）。

## 大意

かすかな風が吹いて岸辺の細くて小さな草がそよぐ中、帆柱が高く聳える舟で独り眠れぬ夜を過ごす。広々とした平野に降るように満天の星が輝き、月影が湧いて長江が輝きながら流れる。名声は文学などによって高くなるものではない、官吏は老いて病がちなら辞めるべきである。飄々とさまよう我が身は何に似ているのだろうか。それは、果てしない天地の間を飛び回る一羽の鷗。

# 漫成

江月去人只數尺
風燈照夜欲三更
沙頭宿鷺聯拳靜
船尾跳魚撥剌鳴

漫成《まんせい》　　杜甫《とほ》

江月《こうげつ》人《ひと》を去《さ》ること只《た》だ数尺《すうせき》
風燈《ふうとう》夜《よる》を照《て》らして三更《さんこう》ならんと欲《ほっ》す
沙頭《さとう》の宿鷺《しゅくろ》は聯拳《れんけん》として静《しず》かに
船尾《せんび》の跳魚《ちょうぎょ》は撥剌《はつらつ》として鳴《な》る

メモ
永泰元年（七六五）杜甫五十四歳の作。雲安から夔州（きしゅう）（四川省奉節県）に向かう船中で詠った詩。「三更」は真夜中。前半は光の静と動、後半は音の無と有。ほんのわずかな差を捉える。七言絶句。韻字＝更・鳴（下平・庚韻）。

## 大意

川に浮かぶ月影は私からほんの数尺のところにあり、風に揺れる灯火が闇夜を照らし、深夜になろうとしている。川原の砂の上では鷺《サギ》が拳《こぶし》を連ねたように丸まって静かに眠り、船尾では魚が跳ねてピチピチと音がする。

# 秋興　八首　其一

杜甫《とほ》

玉露凋傷楓樹林
巫山巫峽氣蕭森
江間波浪兼天湧
塞上風雲接地陰
叢菊兩開他日涙
孤舟一繫故園心
寒衣處處催刀尺
白帝城高急暮砧

秋興《しゅうきょう》　八首《はっしゅ》　其《そ》の一《いち》

玉露《ぎょくろ》凋傷《ちょうしょう》す　楓樹《ふうじゅ》の林《はやし》
巫山《ふざん》巫峡《ふきょう》　気《き》蕭森《しょうしん》
江間《こうかん》の波浪《はろう》は天《てん》を兼《か》ねて湧《わ》き
塞上《さいじょう》の風雲《ふううん》は地《ち》に接《せっ》して陰《くも》る
叢菊《そうきく》　両《ふた》たび開《ひら》く他日《たじつ》の涙《なみだ》
孤舟《こしゅう》　一《ひと》えに繋《つな》ぐ故園《こえん》の心《こころ》
寒衣《かんい》処処《しょしょ》刀尺《とうせき》を催《うなが》し
白帝城《はくていじょう》高《たか》くして暮砧《ぼちん》急《きゅう》なり

**大意**

玉のような露が楓樹の林をしぼませ、巫山巫峡のあたりは物寂しい秋の気配が立ち込める。長江の大波は天に届かんばかりに湧き起こり、城塞の風に吹かれて雲が地に接するほど垂れ込めて暗い。群がり生える菊の開花を見たのはこれで二度目。過ぎし日を思ってはまた涙を流し、一艘の小舟を岸につないでは、望郷の思いをつなぎ止める。冬服の準備のため、あちこちでその支度で裁縫に追われ、白帝城が高く聳える山のいただきまで、夕暮れの砧《きぬた》の音がせわしなく響きわたる。

メモ
大暦元年（七六六）杜甫五十五歳の作。第1句の「楓」はマンサク科の落葉高木で、日本のカエデとは異なる。前半は秋の風景で、水平と垂直の広がりを描く。第6句は、異郷をさまよう哀感。「孤舟」は孤独な杜甫の象徴である。尾聯（第7句・第8句）は冬支度をうながす砧のせわしない音によって、孤独の寂寥をかき立てる。「秋興八首」は、七言律詩を言語芸術に高めた作品と評価される。七言律詩。韻字＝林・森・陰・心・砧（下平・侵韻）。

# 登高

風急天高猿嘯哀
渚清沙白鳥飛廻
無邊落木蕭蕭下
不盡長江滾滾來
萬里悲秋常作客
百年多病獨登臺
艱難苦恨繁霜鬢
潦到新亭濁酒杯

## 登高《とうこう》

風急《かぜきゅう》に天高《てんたか》くして猿嘯哀《えんしょうかな》し
渚清《なぎさきよ》く沙白《すなしろ》くして鳥飛《とりと》び廻《めぐ》る
無辺《むへん》の落木《らくぼく》は蕭蕭《しょうしょう》として下《くだ》り
不尽《ふじん》の長江《ちょうこう》は滾滾《こんこん》として来《きた》る
万里《ばんり》　悲秋《ひしゅう》　常《つね》に客《かく》と作《な》り
百年《ひゃくねん》　多病《たびょう》　独《ひと》り台《だい》に登《のぼ》る
艱難《かんなん》　苦《はなは》だ恨《うら》む　繁霜《はんそう》の鬢《びん》
潦到《ろうとう》　新《あら》たに亭《とど》む　濁酒《だくしゅ》の杯《はい》

杜甫《とほ》

メモ
大暦二年（七六七）杜甫五十六歳の作。夔州（きしゅう）（四川省奉節県）で重陽の節句を迎え、独り高台に登って悲哀を詠う。前半は、第1句が上、第2句が下、第3句が広がり、第4句が奥行、という構成で、高台からの景色が立体的に描かれる。四つの聯（二句一聯）がそれぞれみな対句の「全対格」の詩だが、形式上の煩わしさはない。明代の胡応麟（こおうりん）は「古今七律の第一」と賞賛している。七言律詩。韻字＝哀・廻・来・台・杯（上平・灰韻）。

### 大意

風が激しく吹き、空が高く澄みわたって、猿の鳴き声が悲しく響く。渚の水は清らかで砂は真っ白、鳥たちが飛びめぐっている。見わたす限り木々の葉がカサカサと寂しい音を立てながら落ち、尽きることなく長江の水が滾々と流れてくる。都から万里も離れ、物悲しい秋にあっても相変わらず旅人となり、生涯病気がちで、この重陽の節句に独り高台に登っている。苦労を重ねたため鬢の毛が真っ白になったのがうらめしい。慰めにと濁り酒を飲んでいたが、老いぼれてしまったため、最近は飲むのを止めた。

# 登岳陽樓

昔聞洞庭水
今上岳陽樓
呉楚東南坼
乾坤日夜浮
親朋無一字
老病有孤舟
戎馬關山北
憑軒涕泗流

岳陽楼《がくようろう》に登《のぼ》る

杜甫《とほ》

昔《むかし》聞《き》く　洞庭《どうてい》の水《みず》
今《いま》上《のぼ》る　岳陽楼《がくようろう》
呉《ご》楚《そ》東南《とうなん》に坼《さ》け
乾坤《けんこん》日夜《にちや》浮《う》かぶ
親朋《しんぽう》一字《いちじ》無《な》く
老病《ろうびょう》　孤舟《こしゅう》有《あ》り
戎馬《じゅうば》　関山《かんざん》の北《きた》
軒《けん》に憑《よ》れば涕泗《ていし》流《なが》る

メモ

大暦三年（七六八）杜甫五十七歳の作。この年の春に長安に帰ろうと、二年ほど過ごした夔州から舟で下ったが、行くことができず岳州（湖南省岳陽県）にとどまった。第3句・第4句は、洞庭湖を初めて見た感動を詠う名句。孟浩然の「気は蒸す雲夢の沢、波は撼がす岳陽城」（172頁）とともに洞庭湖を詠う代表の句。五言律詩。韻字＝楼・浮・舟・流（下平・尤韻）。

**大意**

昔から聞いていた、洞庭湖のすばらしさ。今、湖に臨む岳陽楼に上り眺めている。広大な湖は呉楚の地を漢中から東南にしりぞけ、天地乾坤のすべてを日夜水に浮かべる。親類や友人から一字の便りもなく、故郷に帰って会いたいが、病身の老いぼれには一艘の小舟があるだけ。関所の山を越えた北には軍馬が走り回り戦乱が続いている。手すりにもたれると、知らないうちに涙が流れる。

# 江南逢李龜年

岐王宅裏尋常見
崔九堂前幾度聞
正是江南好風景
落花時節又逢君

江南《こうなん》にて李亀年《りきねん》に逢《あ》う　杜甫《とほ》

岐王《きおう》の宅裏《たくり》　尋常《じんじょう》に見《み》
崔九《さいきゅう》の堂前《どうぜん》　幾度《いくたび》か聞《き》きし
正《まさ》に是《こ》れ江南《こうなん》の好風景《こうふうけい》
落花《らっか》の時節《じせつ》又《また》君《きみ》に逢《あ》う

メモ

大暦五年（七七〇）杜甫五十九歳の作。李亀年は玄宗朝の名歌手で、興慶宮の沈香亭で牡丹の花見の会を催したとき、李白の「清平調詞」を歌った。安禄山の乱(七五五年)ののち各地を放浪し、江南で偶然出会ったのだった。ハラハラ散る花びらが、二人の老人の涙と重なる。この数か月ののち、杜甫は亡くなる。七言絶句。韻字＝聞・君（上平・文韻）。

## 大意

昔、長安にいたとき、岐王様の館でしょっちゅうお目にかかりました。また崔九様の座敷の前で、何度もあなたの歌を聞きました。今ちょうど江南の好風景の中、落花の時節にまたあなたと思いがけずお会いできました。

# 胡笳歌
## 送顏眞卿使赴河隴

君不聞胡笳聲最悲
紫髯綠眼胡人吹
吹之一曲猶未了
愁殺樓蘭征戍兒
涼秋八月蕭關道
北風吹斷天山草
崑崙山南月欲斜
胡人向月吹胡笳
胡笳怨兮將送君
秦山遙望隴山雲
邊城夜夜多愁夢
向月胡笳誰喜聞

胡笳《こか》の歌《うた》
顔真卿《がんしんけい》の使《つか》いして河隴《かろう》に赴《おもむ》くを送《おく》る

君《きみ》聞《き》かずや胡笳《こか》の声《こえ》最《もっと》も悲《かな》しきを
紫髯《しぜん》緑眼《りょくがん》の胡人《こじん》吹《ふ》く
之《これ》を吹《ふ》きて一曲《いっきょく》猶《な》お未《いま》だ了《おわ》らざるに
愁殺《しゅうさつ》す　楼蘭《ろうらん》征戍《せいじゅ》の児《じ》
涼秋八月《りょうしゅうはちがつ》　蕭関《しょうかん》の道《みち》
北風《ほくふう》吹断《すいだん》す　天山《てんざん》の草《くさ》
崑崙山南《こんろんさんなん》　月斜《つきなな》めならんと欲《ほっ》し
胡人《こじん》月《つき》に向《む》かって胡笳《こか》を吹《ふ》く
胡笳《こか》の怨《うら》み　将《まさ》に君《きみ》を送《おく》らんとす
秦山《しんざん》遥《はる》かに望《のぞ》む　隴山《ろうざん》の雲《くも》
辺城《へんじょう》夜夜《やや》　愁夢《しゅうむ》多《おお》し
月《つき》に向《む》かって　胡笳《こか》　誰《たれ》か聞《き》くを喜《よろこ》ばん

岑参《しんじん》

メモ
天宝七年(七四八)、顔真卿(七〇九~七八五)が監察御史として河隴に出張するのを見送ったときに作ったとされる。このころ、岑参はまだ西域に行ったことはない。悲しい調べの胡笳(西北の異民族が用いた葦笛)を聞いて、涼しい蕭関の道、北風が吹く天山、月の落ちかかる崑崙山、と西域を自由に想像する。読者も詩の調べにつれて遠く思いをはせ、月の光を浴びながら胡笳を吹く胡人の姿を思い描く。河隴は陝西省隴県のあたりらしいが、不詳。第10句は漢代の民謡「隴頭歌三首」(131~133頁)を踏まえる。七言古詩。韻字=悲・吹・児(上平・支韻)、道・草(上声・皓韻)、斜・笳(下平・麻韻)、君・雲・聞(上平・文韻)。

**大意**

君、聞いたことがないか、胡笳の最も悲しい響きを。赤い頬髭、青い目の北方の異人が吹くのだ。胡笳を吹いて一曲がまだ終わらないのに、楼蘭への出征兵士は深い愁いに沈む。涼しい秋八月、蕭関の街道では、北風が天山の草を吹きちぎる。崑崙山の南、月が斜めに傾いて沈もうとするとき、胡人は月に向かって胡笳を吹く。胡笳の調べは悲しみを乗せて君を送り、ここ秦山の山々から遥かに君のゆく隴山の雲を望む。辺境の町では、毎夜愁いの夢を多く見ることだろう。だから、月に向かって吹く胡笳を誰が喜んで聞くだろうか。

# 逢入京使

故園東望路漫漫
雙袖龍鍾涙不乾
馬上相逢無紙筆
憑君傳語報平安

京《きょう》に入《い》る使《つか》いに逢《あ》う

岑参《しんじん》

故園東《こえんひがし》に望《のぞ》めば路漫漫《みちまんまん》たり
双袖竜鍾《そうしゅうりょうしょう》として涙乾《なみだかわ》かず
馬上相《ばじょうあ》い逢《あ》うて紙筆《しひつ》無《な》し
君《きみ》に憑《よ》って伝語《でんご》し　平安《へいあん》を報《ほう》ぜん



メモ
第2句「龍鍾」は、涙を流すさま。前半は、都に帰る人に出会い望郷の念が湧き、大泣きする。それを承けて後半は、ともかくこの機会に手紙を書いて託そうとするが、あいにく紙も筆もない。そこで言づてを頼む。ポイントは、馬上で「逢う」ということ。これによって、慌ただしさと、臨場感が出る。第4句の「平安」は無事なこと。七言絶句。韻字＝漫・乾・安（上平・寒韻）。

**大意**

東のかた、故郷の方を眺めると、道は果てしなく遠い。故郷を思うと悲しくて両袖はあふれる涙で乾くひまもない。馬の上で出会ったので紙も筆もない。そこで君に頼みたい、私が無事でいることを家族に伝えてほしい。

# 經火山

岑参《しんじん》

火山今始見
突兀蒲昌東
赤焔燒虜雲
炎氛蒸塞空
不知陰陽炭
何獨燃此中
我來嚴冬時
山下多炎風
人馬盡汗流
孰知造化功

火山《かざん》を経《ふ》

火山今始《かざんいまはじ》めて見《み》る
突兀《とっこつ》たり蒲昌《ほしょう》の東《ひがし》
赤焔《せきえん》は虜雲《りょううん》を焼《や》き
炎氛《えんぷん》は塞空《さいくう》を蒸《む》す
知《し》らず陰陽《いんよう》の炭《すみ》の
何《なん》ぞ独《ひと》り此《こ》の中《うち》に燃《も》ゆるかを
我来《われきた》るは厳冬《げんとう》の時《とき》なるも
山下《さんか》に炎風多《えんぷうおお》く
人馬《じんば》尽《ことごと》く汗流《あせなが》る
孰《たれ》か知《し》らん造化《ぞうか》の功《こう》

メモ
岑参は天宝八年（七四九）から二度にわたって実際に西域に行き、熱海（ねつかい）、火山、天山の雪など、中国本土では見られない珍しい風景を描いた。エキゾチックな雰囲気に満ちた詩も多い。この詩は火を吐く雄大な山を詠うようだが、当時この付近には活火山はなかったので、赤い山肌の炎の形をした山だったのだろう、と言われる。五言古詩。韻字＝東・空・中・風・功（上平・東韻）。

**大意**

火の山を今初めて見た。蒲昌の東に高く聳えている。赤い炎は異国の雲を焼くほど高く吹き上がり、炎の熱気は辺塞の空を蒸すほど熱い。陰と陽の気はどうして、この山の中だけで燃えているのか。私が来たのは真冬だが、山の麓には熱風が吹きつけ、人も馬もみな汗を流している。造化の巧みな働きを誰が知ることができよう。

# 磧中作

走馬西來欲到天
辭家見月兩囘圓
今夜不知何處宿
平沙萬里絶人煙

磧中《せきちゅう》の作《さく》　岑参《しんじん》

馬《うま》を走《はし》らせて西《にし》に来《き》たり　天《てん》に到《いた》らんと欲《ほっ》す
家《いえ》を辞《じ》してより月《つき》の両回円《りょうかいまどか》なるを見《み》る
今夜《こんや》は知《し》らず　何《いず》れの処《ところ》にか宿《しゅく》せん
平沙万里《へいさばんり》　人煙《じんえん》を絶《た》つ

メモ
節度使の幕僚として西域を旅していたときの作。ひたすら西へ西へと旅をしてきたが、砂漠は地平線の彼方まで続いている。第2句「月の両回円なる」は二か月経ったことを言う。第4句の「平沙万里人煙絶ゆ」は、人間を拒絶する大自然の中の孤独。王維の「使いして塞上に至る」（188頁）と並ぶ辺塞詩の名編。七言絶句。韻字＝天・円・煙（下平・先韻）。

**大意**

馬を走らせて西へやってきて、天の果てまで行こうとする。家を出てから月が二回丸くなったのを見た。今夜はどこに宿を取ろうか。広がる砂漠は万里彼方まで続き、人家の煙りも絶え果ててどこにも見えない。

## 春怨

打却黄鶯兒
莫教枝上啼
啼時驚妾夢
不得到遼西

春怨《しゅんえん》

金昌緒《きんしょうしょ》

黄鶯児《こうおうじ》を打却《だきゃく》して
枝上《しじょう》に啼《な》かしむる莫《な》かれ
啼《な》く時《とき》　妾《しょう》の夢《ゆめ》を驚《おどろ》かし
遼西《りょうせい》に到《いた》るを得《え》ず

メモ
現実ではどんなに会いたくても会えない。夢の中でなら会えるのに、鶯に邪魔されてしまう。鶯を追い払ってもらうしか自分にはできない切なさ。五言絶句。韻字＝啼・西（上平・斉韻）。



**大意**

鶯を追い払って、枝で鳴かないようにしてちょうだい。鳴かれたら夢が覚めて、彼のいる遼西に行けなくなってしまうから。

# 題長安主人壁

世人結交須黄金
黄金不多交不深
縦令然諾暫相許
終是悠悠行路心

長安《ちょうあん》の主人《しゅじん》の壁《かべ》に題《だい》す

張謂《ちょうい》

世人《せじん》交《まじ》わりを結《むす》ぶに黄金《おうごん》を須《もち》う
黄金《おうごん》多《おお》からざれば交《まじ》わり深《ふか》からず
縦令《たと》い然諾《ぜんだく》して暫《しばら》く相《あ》い許《ゆる》すも
終《つい》に是《こ》れ悠悠《ゆうゆう》たる行路《こうろ》の心《こころ》



メモ

世間には真の友情が稀なことを詠う。杜甫の「貧交行」（227頁）も同じ内容だが、こちらの詩はより露骨である。七言絶句（拗体）。韻字＝金・深・心（下平・侵韻）。

**大意**

世間の人は交際するのに金の力を必要とする。金が多くないと交わりも深くはならない。たとい固く約束してしばらくの間心を許して交際しても、金がなくなれば、結局は行きずりの人のような疎遠な関係になってしまう。

# 湘南即事

盧橘花開楓葉衰
出門何處望京師
沅湘日夜東流去
不爲愁人住少時

湘南即事《しょうなんそくじ》　　戴叔倫《たいしゅくりん》

盧橘花開《ろきつはなひら》いて楓葉衰《ふうようおとろ》う
門《もん》を出《い》でて何《いず》れの処《ところ》にか京師《けいし》を望《のぞ》まん
沅湘《げんしょう》　日夜《にちや》　東《ひがし》に流《なが》れ去《さ》り
愁人《しゅうじん》の為《ため》に住《とど》まること少時《しばらく》もせず

メモ
川の水は留まることなく常に流れ去る。そこで、孔子の時代から「無常」のものとされてきた（『論語』子罕篇）。この詩ではさらに水の「無情」もつけ加わるが、似たような発想は初唐の杜審言「湘江を渡る」（146頁）にも見られる。七言絶句。韻字＝衰・師・時（上平・支韻）。

**大意**

盧橘の花が開き、楓の紅葉も色あせてきた。門を出て都を眺めようにも、あまりにも遠くて見ることはできない。沅水・湘水は昼も夜も東に流れ去り、愁いに沈む人のために少しも留まってくれない。

# 秋日

返照入閭巷
憂來誰共語
古道少人行
秋風動禾黍

秋日《しゅうじつ》

返照《へんしょう》閭巷《りょこう》に入《い》る
憂《うれ》い来《き》たりて誰《たれ》と共《とも》にか語《かた》らん
古道《こどう》人《ひと》の行《ゆ》くこと少《まれ》に
秋風《しゅうふう》禾黍《かしょ》を動《うご》かす

耿湋《こうい》



メモ
秋の夕暮れの哀しさを詠う。第４句の「秋風禾黍を動かす」は荒涼とした秋の景色を表し、秋風に揺れて稲や黍がさわさわと鳴る音がそのわびしさを際立たせる。平安時代後期の歌人 源 経信（みなもとのつねのぶ）の和歌「夕されば門田の稲葉おとづれてあしのまろ屋に秋風ぞ吹く」と同じ趣き。芭蕉には「此道や行く人なしに秋の暮れ」がある。五言絶句。韻字＝語・黍（上声・語韻）。

## 大意

夕陽の照り返しが村里の路地の奥深くまで差し込んでいる。ふときざす秋の夕暮れの悲しみ、誰とともに語り合って慰めようか、誰もいない。古い道は通る人も稀で、ただ秋風だけが稲や黍《キビ》をさわさわとうら寂しく吹いている。

# 江村即事

罷釣歸來不繫船
江村月落正堪眠
縱然一夜風吹去
只在蘆花淺水邊

江村即事《こうそんそくじ》

司空曙《しくうしょ》

釣《つ》りを罷《や》め帰《かえ》り来《きた》りて船《ふね》を繋《つな》がず
江村《こうそん》月《つき》落《お》ちて正《まさ》に眠《ねむ》るに堪《た》えたり
縦然《たとい》一夜《いちや》風《かぜ》吹《ふ》き去《さ》るとも
只《た》だ蘆花《ろか》浅水《せんすい》の辺《へん》に在《あ》らん

メモ
風まかせ、波まかせの悠々自適な生活を詠う。目が覚めたら、まっ白な蘆の花に囲まれている。眠っているうちに別天地に行くのだ。七言絶句。韻字＝船・眠・辺（下平・先韻）。

## 大意

釣を止めて帰ってきたが、船をつなごうともしない。川辺の村に月が落ちてちょうど眠るのによい。たとえ夜に風が吹いて船が流されたとしても、どうせ蘆《アシ》の花が咲く浅瀬に着くだけのこと。

# 楓橋夜泊

張継

月落烏啼霜満天
江楓漁火對愁眠
姑蘇城外寒山寺
夜半鐘聲到客船

楓橋夜泊《ふうきょうやはく》

月《つき》落《お》ち烏《からす》啼《な》いて霜天《しもてん》に満《み》つ
江楓漁火《こうふうぎょか》愁眠《しゅうみん》に対《たい》す
姑蘇《こそ》城外《じょうがい》の寒山寺《かんざんじ》
夜半《やはん》の鐘声客船《しょうせいかくせん》に到《いた》る

張継《ちょうけい》

メモ
寒山寺は蘇州の西の郊外にあり、寒山寺の門前を流れる川が大運河に注ぐあたりに楓橋がある。姑蘇は蘇州の雅名。烏が啼き止むと静寂がおとずれ、夜半の寒山寺の鐘の音が鳴り止むと、なおいっそうの静寂に包まれる。暗闇の中でちらちら揺れる漁火が、詩人の旅愁を誘い出す。七言絶句。韻字＝天・眠・船（下平・先韻）。



## 大意

月が沈み、烏が啼き、冷たい気が天に満ちた。愁いのために眠れずまどろんでいる目に、江のほとりの楓が漁火に照らされて見える。折しも、姑蘇の町の郊外の寒山寺から、夜半を告げる鐘の音が客船まで鳴り響いてきた。

# 長安春望

東風吹雨過青山
却望千門草色閑
家在夢中何日到
春來江上幾人還
川原繚繞浮雲外
宮闕參差落照間
誰念爲儒逢世難
獨將衰鬢客秦關

長安春望《ちょうあんしゅんぼう》　盧綸《ろりん》

東風雨《とうふうあめ》を吹《ふ》いて青山《せいざん》を過《す》ぐ
却《かえ》って千門《せんもん》を望《のぞ》めば草色閑《そうしょくかん》なり
家《いえ》は夢中《むちゅう》に在《あ》りて何《いず》れの日《ひ》にか到《いた》らん
春《はる》は江上《こうじょう》に来《きた》るも幾人《いくにん》か還《かえ》る
川原繚繞《せんげんりょうじょう》たり　浮雲《ふうん》の外《そと》
宮闕参差《きゅうけつしんし》たり　落照《らくしょう》の間《かん》
誰《たれ》か念《おも》わん　儒《じゅ》と為《な》りて世難《せいなん》に逢《あ》い
独《ひと》り衰鬢《すいびん》を将《も》って秦関《しんかん》に客《かく》たらんとは

メモ

広徳元年（七六三）吐蕃が長安に侵入するなどした混乱の時代に、長安の春景色を眺めながら不遇の身を嘆く。頷聯（第3句・第4句）の対句は平易な言葉を用いて、夢と現実、将来と現在が組み込まれて味わい深い。第8句の「衰鬢」が第1句の「青山」と相応じている。七言律詩。韻字＝山・閑・還・間・関（上平・刪韻）。

**大意**

春風が雨を吹いて青い山を通り過ぎてゆく。たくさんの宮城の門を振り返ると、若草がいたずらに生い茂っている。故郷の家は夢に現れるだけで、いつになったら帰れることか。春が故郷の長江のほとりにめぐってきても、幾人が帰ることができたであろう。川岸の野原は浮き雲の向こうまで続き、高くまた低く連なる宮殿は、夕陽に照らされている。儒者となって乱れた世に遭い、独り鬢の毛が白くなるまで長安に暮らすことになろうとは、誰が思ったであろう。

# 汴河曲

汴水東流無限春
隋家宮闕已成塵
行人莫上長堤望
風起楊花愁殺人

汴河《べんか》の曲《きょく》

李益《りえき》

汴水東流《べんすいとうりゅう》す　無限《むげん》の春《はる》
隋家《ずいか》の宮闕《きゅうけつ》　已《すで》に塵《ちり》と成《な》る
行人《こうじん》　長堤《ちょうてい》に上《のぼ》りて望《のぞ》むこと勿《な》かれ
風起《かぜおこ》りて楊花《ようか》　人《ひと》を愁殺《しゅうさつ》せん

メモ
隋の滅亡を悼む懐古の詩。隋の煬帝は北の黄河と南の長江を結ぶ運河を通じた。その汴河に沿って長い堤を築いて柳を植え、四十余りの離宮を置いた。離宮はやがて塵土となり、栄華の名残はわずかに残る柳の木だけとなり、人の世の移り変わりも知らぬように、晩春の風が吹くころ柳の白い花が舞った。七言絶句。韻字＝春・塵・人（上平・真韻）。

大意

汴水は東に流れてゆき、あたりは春の光にあふれている。隋の離宮はすでに朽ちて塵となってしまった。道行く人よ、長堤に登って眺めるのは止めたまえ。風が吹き起こって柳の花が飛ぶと、とても悲しくなるから。

## 聽曉角

邊霜昨夜墮關榆
吹角當城片月孤
無限塞鴻飛不度
秋風吹入小單于

曉角《ぎょうかく》を聴《き》く

李益《りえき》

辺霜《へんそう》　昨夜《さくや》　関楡《かんゆ》を堕《お》とす
吹角《すいかく》　城《しろ》に当《あ》たって片月孤《へんげつこ》なり
無限《むげん》の塞鴻《さいこう》　飛《と》びて度《わた》らず
秋風吹《しゅうふうふ》き入《い》る　小単于《しょうぜんう》

メモ
辺塞の秋の早暁を詠う。前半は「辺霜」「関楡」「吹角」「片月」と実景を描き、後半は「塞鴻」が飛び去らないのは、角笛の曲「小単于」が「秋風」に乗って響きわたり、辺塞の愁いがかき立てられたからだという。七言絶句。韻字＝楡・孤・于（上平・虞韻）。



### 大意

昨夜、辺境に霜が降りて、要塞の楡《ニレ》の葉をゆり落とした。暁に角笛が吹かれるころ、町の正面に欠けた月が寂しそうに浮かんでいる。無数の雁の群れも飛び去ることができない。角笛の調べ「小単于」が秋風に乗って悲しく響いているから。

# 夜上受降城聞笛

李益《りえき》

回樂峰前沙似雪
受降城外月如霜
不知何處吹蘆管
一夜征人盡望鄉

夜受降城《よるじゅこうじょう》に上《のぼ》りて笛《ふえ》を聞《き》く

回楽峰前《かいらくほうぜん》　沙雪《すなゆき》に似《に》たり
受降城外《じゅこうじょうがい》　月霜《つきしも》の如《ごと》し
知《し》らず　何《いず》れの処《ところ》にか芦管《ろかん》を吹《ふ》く
一夜征人《いちやせいじん》尽《ことごと》く郷《きょう》を望《のぞ》む



メモ

「回楽峰」は大同の西五百里にあったという。前半の二句は冷たい空気がピンと張りつめている殺伐とした戦場。白くて寒々としている風景には、人の心の寂しさや悲しさが重ねられる。後半の「芦管」は芦の茎で作った芦笛。一説に胡笳（254頁参照）ともいう。悲しい音色で、望郷をいざなう。王昌齢や李白の詩にも劣らない、中唐期の七言絶句の傑作といわれる。七言絶句。韻字＝霜・郷（下平・陽韻）。

**大意**

回楽峰の前の砂漠は白く光ってまるで雪が積もっているようだ。受降城の向こうには月の光が降り注いでまるで霜が降りているかのようだ。どこからともなく笛の音が聞こえてくる。夜の静けさの中、笛の音をじっと聞いて、兵士たちはみな故郷の空を眺める。

# 從軍北征

天山雪後海風寒
橫笛偏吹行路難
磧裏征人三十萬
一時囘首月中看

軍《ぐん》に従《したが》って北征《ほくせい》す

李益《りえき》

天山雪後《てんざんせつご》　海風寒《かいふうさむ》し
横笛《おうてき》偏《ひと》えに吹《ふ》く行路難《こうろなん》
磧裏《せきり》の征人三十万《せいじんさんじゅうまん》
一時《いちじ》に首《こうべ》を回《めぐ》らして月中《げっちゅう》に看《み》る

メモ
第2句の「偏」は、そうあってほしくないのに、ただひたすらに、の意味合い。「行路難」は笛の曲名。と同時に、行軍の困難も表している。第4句は「月中に看る」と言うだけで見る対象は不明である。従来、月、故郷の方角、笛の奏者のほう、互いの顔、などとする説がある。ここでは、月は望郷の思いを誘発する詩的な働きがあることから、故郷の方角を見る、と取る。兵士の悲しみを詠う詩。七言絶句。韻字＝寒・難・看（上平・寒韻）。

**大意**

天山に雪が降った後、青海から吹いてくる風はとても冷たい。横笛はしきりに「行路難」の曲を吹いている。砂漠の中を行軍する三十万の兵士。みないっせいに振り向き、月明かりの中に故郷の方角を見て茫然と立ちすくむ。

# 重送裴郎中貶吉州

猿啼客散暮江頭
人自傷心水自流
同作逐臣君更遠
青山萬里一孤舟

重《かさ》ねて裴郎中《はいろうちゅう》が吉州《きっしゅう》に貶《へん》せらるるを送《おく》る　劉長卿《りゅうちょうけい》

猿《さる》啼《な》き客散《かくさん》ず　暮江《ぼこう》の頭《ほとり》
人《ひと》自《おの》ずから心《こころ》を傷《いた》ましめ水《みず》自《おの》ずから流《なが》る
同《とも》に逐臣《ちくしん》と作《な》りて君《きみ》更《さら》に遠《とお》し
青山万里《せいざんばんり》　一孤舟《いちこしゅう》

メモ
漢詩では、「猿声」は悲しみを誘うものとして詠われる。「巴東三峡歌」（129頁）「早に白帝城を発す」（198頁）。第2句の「自」は、他とは関わりなく主体となるものがおのずから、の意。「人自傷心」は、今は別れのときだから人はおのずから傷心する。「水自流」は、そんな人の事情とは関わりなく、水の性質に従っておのずから流れる、の意。結句の「万」と「一」によって、孤独の思いが強まる。七言絶句。韻字＝頭・流・舟（下平・尤韻）。

**大意**

夕暮れの川のほとりに、猿は悲しそうに啼き、旅人もそれぞれ旅立っていった。人は別れにおのずから悲しまずにはおれないが、川は人の嘆きをよそにおのずから流れてゆく。ともに追放の身となり、君はさらに遠くへと流される。青々と続く山の間を、君の乗る小舟が一艘ぽつんと浮かぶ。

## 歸雁

瀟湘何事等閑回
水碧沙明兩岸苔
二十五絃彈夜月
不勝清怨却飛來

帰雁《きがん》

瀟湘何事《しょうしょうなにごと》ぞ　等閑《とうかん》に回《かえ》る
水《みず》は碧《みどり》に沙《すな》は明《あき》らかにして両岸苔《りょうがんこけ》むす
二十五絃《にじゅうごげん》　夜月《やげつ》に弾《だん》ずれば
清怨《せいえん》に勝《た》えずして却《かえ》って飛《と》び来《きた》る

銭起《せんき》

メモ
雁が春になって北に帰るのを、瀟湘地方の神話伝説の幻想的なイメージのもとで詠う。清らかな月の面を斜めに飛ぶ雁、下には清らかな湘江の流れ、水の流れる音に清らかな瑟のしらべを聞く。その「清怨に勝えず」雁は北に帰る。七言絶句。韻字＝回・苔・来（上平・灰韻）。

**大意**

雁よ、なぜこの瀟湘からあっさり帰っていくのか。水は青々と澄み、砂は白く輝き、両岸には苔が緑に蒸しているというのに。湘江の女神が、二十五絃の瑟《こと》を月の夜に弾いて、その清らかで悲しい音色に耐え切れず北に飛んで帰るのです。

# 秋夜寄丘二十二員外

秋夜《しゅうや》　丘二十二員外《きゅうにじゅうにうんがい》に寄《よ》す

韋応物《いおうぶつ》

懐君屬秋夜
散歩詠涼天
山空松子落
幽人應未眠

君《きみ》を懐《おも》うは秋夜《しゅうや》に属《ぞく》す
散歩《さんぽ》して涼天《りょうてん》に詠《えい》ず
山空《やまむな》しくして松子《しょうし》落《お》つ
幽人応《ゆうじんまさ》に未《いま》だ眠《ねむ》らざるべし

メモ
静かな山を散歩して松かさの落ちるかすかな音を聞いて、友も自分と同じように眠れずにいるに違いない、と思う。新鮮で鋭敏な感覚である。幽人は世を棄てた人、隠者をいう。ここでは丘二十二員外、丘丹を指す。五言絶句。韻字＝天・眠（下平・先韻）。

**大意**

君を懐かしく思う今は秋の夜。涼しい空のもと、そぞろに歩きながら詩を吟じる。人けがなく静かな山、松かさが落ちた。ひっそり棲むあなたも、きっとまだ眠っていないだろう。

# 答李澣

林中觀易罷
溪上對鷗閑
楚俗饒詞客
何人最往還

李澣《りかん》に答《こた》う

韋応物《いおうぶつ》

林中《りんちゅう》　易《えき》を観《み》罷《おわ》り
渓上《けいじょう》　鷗《かもめ》に対《たい》して閑《かん》ならん
楚俗《そぞく》　詞客《しかく》饒《おお》し
何人《なんぴと》か最《もっと》も往還《おうかん》せる

メモ
この詩は、旅先きから送られた李澣の詩に答えたもの。前半は運命にまかせた李澣の閑静な暮らしぶり。第3句の「饒」はものがたっぷり豊かにあること。楚は湖南省一帯を領有した国で、屈原や宋玉など不遇な詩人が多くいた。後半に、李澣の人がらや不遇の状況がうかがえ、韋応物の同情と励ましがにじみ出る。五言絶句。韻字＝閑・還（上平・刪韻）。



大意

君は今ごろ、林の中で易経を観終わり、渓流のほとりで静かに鷗と向かい合っていることでしょう。楚の国は詩人の多い土地柄、どのような人と最も親しくつきあっていますか。

# 滁州西澗

獨憐幽草澗邊生
上有黃鸝深樹鳴
春潮帶雨晚來急
野渡無人舟自橫

滁州《じょしゅう》の西澗《せいかん》

独《ひと》り憐《あわれ》む　幽草《ゆうそう》の澗辺《かんぺん》に生《しょう》ずるを
上《うえ》に黄鸝《こうり》の深樹《しんじゅ》に鳴《な》く有《あ》り
春潮《しゅんちょう》雨《あめ》を帯《お》びて晩来急《ばんらいきゅう》なり
野渡《やと》人《ひと》無《な》く　舟《ふね》自《おの》ずから横《よこ》たわる

韋応物《いおうぶつ》



メモ
滁州は安徽省滁県。その西の谷川の夕暮れ時の静かな風景を詠う。前半は近景で静的な美。第3句は、潮が増す夕暮れどき雨が降ってきて流れが速くなるという、動きのある景色。第4句は雨が降ったので「無人」になり、舟が「自ずから横たわる」、静かな景。七言絶句。韻字＝生・鳴・横（下平・庚韻）。

**大意**

谷川のほとりにひっそり生い茂る草に、ただ独り心ひかれる。頭上には深い梢に鶯が鳴いている。水かさが増した春の川は、雨を含んで夕暮れになると流れはますます速くなった。野の渡し場には人影もなく、舟が静かに横たわっている。

# 遊子吟

慈母手中線
遊子身上衣
臨行密密縫
意恐遲遲歸
誰言寸草心
報得三春暉

遊子吟《ゆうしぎん》

慈母《じぼ》　手中《しゅちゅう》の線《いと》
遊子《ゆうし》　身上《しんじょう》の衣《ころも》
行《ゆ》くに臨《のぞ》んで密密《みつみつ》に縫《ぬ》う
意《い》は恐《おそ》る　遅遅《ちち》として帰《かえ》らんことを
誰《たれ》か言《い》う　寸草《すんそう》の心《こころ》の
三春《さんしゅん》の暉《き》に報《むく》い得《え》んとは

孟郊《もうこう》

メモ
親孝行の難しさ。作者はこのとき、ようやく官吏になって母を呼び寄せることができた。その喜びが第5句・第6句に詠われる。「三春」は孟春・仲春・季春。五言古詩。韻字＝衣・帰・暉（上平・微韻）。

**大意**

慈母は手に糸を持ち、旅に出る息子の衣を、出発する直前まで、一針《ひと》一針丁寧に縫う。帰りがのびのびになるのを心配しながら。一寸の草は三春の日ざしを受けて成長するが、母の愛を受けて成長した子が、三春の日ざしのような母の慈しみに報いられると、誰が言えよう。（とても難しいことだが、報いなければいけない）

# 十五夜望月

中庭地白樹棲鴉
冷露無聲濕桂花
今夜月明人盡望
不知秋思在誰家

十五夜《じゅうごや》月《つき》を望《のぞ》む
王建《おうけん》

中庭《ちゅうてい》地《ち》白《しろ》く樹《き》に鴉《からす》棲《す》み
冷露《れいろ》声《こえ》無《な》く桂花《けいか》を湿《うるお》す
今夜《こんや》　月明《げつめい》　人《ひと》尽《ことごと》く望《のぞ》むも
知《し》らず　秋思《しゅうし》誰《た》が家《いえ》にか在《あ》るを

メモ
第1句は、庭に照る月光の白と、樹上の烏の黒とを対照的に描く。第2句の「桂」は木犀。中秋の明月のころ花が咲き香ることから、詩歌ではよく「桂」と「月」とを一緒に詠う。縁のある言葉なので縁語という。月は望郷の念を呼び起こす詩語。第4句、誰が一番物思いにふけっているかというが、自分が一番だということ。七言絶句。韻字＝鴉・花・家（下平・麻韻）。

**大意**

中庭の地面は白く、烏が樹のねぐらに就き、冷たい露が結んで木犀《モクセイ》の花をしっとり濡らしている。このよい中秋の名月の明るい光を、人はみな仰ぎ見ているが、秋の夜、一番物思いにふける人は誰だろうか。

# 秋思

洛陽城裏見秋風
欲作家書意萬重
復恐匆匆說不盡
行人臨發又開封

秋思《しゅうし》

洛陽城裏《らくようじょうり》　秋風《しゅうふう》を見《み》る
家書《かしょ》を作《つく》らんと欲《ほっ》して　意万重《いばんちょう》
復《ま》た恐《おそ》る　匆匆《そうそう》説《と》いて尽《つ》くさざるを
行人発《こうじんはっ》するに臨《のぞ》んで又封《またふう》を開《ひら》く

張籍《ちょうせき》

メモ

第1句は、風が吹いて木の葉が舞い散ったりすること。秋になると故郷が恋しくなる。昔、手紙は、届け先の近くに行く人に届けてもらってい た。書き洩らしがないか心配になり、旅人が出発する間際にまた開くという慌ただしさ。故郷への思いがつまっている。七言絶句。韻字＝風・重・封（上平・東韻冬韻通押）。

**大意**

洛陽の町に秋風を見た。家に手紙を書きたくなり、書きはじめると次から次へと思いが湧く。急いで書いたので書き洩らしたことがあったのでは、と心配になり、届けてくれる旅人が出発するとき、また封を開いて確かめた。

## 左遷至藍關示姪孫湘

一封朝奏九重天
夕貶潮州路八千
欲爲聖明除弊事
肯將衰朽惜殘年
雲橫秦嶺家何在
雪擁藍關馬不前
知汝遠來應有意
好收吾骨瘴江邊

左遷《させん》せられて藍関《らんかん》に至《いた》り姪孫《てっそん》の湘《しょう》に示《しめ》す　韓愈《かんゆ》

一封朝《いっぷうあした》に奏《そう》す　九重《きゅうちょう》の天《てん》
夕《ゆう》べに潮州《ちょうしゅう》に貶《へん》せらる　路八千《みちはっせん》
聖明《せいめい》の為《ため》に弊事《へいじ》を除《のぞ》かんと欲《ほっ》す
肯《あえ》て衰朽《すいきゅう》を将《もっ》て残年《ざんねん》を惜《お》しまんや
雲《くも》は秦嶺《しんれい》に横《よこ》たわりて家《いえ》は何《いず》くにか在《あ》る
雪《ゆき》は藍関《らんかん》を擁《よう》して馬前《うますす》まず
知《し》る汝《なんじ》の遠《とお》く来《きた》る応《まさ》に意《い》有《あ》るべし
好《よ》し　吾《わ》が骨《ほね》を収《おさ》めよ　瘴江《しょうこう》の辺《へん》に

メモ

「藍関」は長安（陝西省）東南にある関所、藍田関。「姪孫」は兄弟の孫。「潮州」は広東省潮州市。「秦嶺」は長安の南に横たわる秦嶺山脈。「瘴江」の瘴は高温多湿によって起こる風土病。毒気。元和十四年（八一九）韓愈五十二歳の作。「仏骨を論ずる表」（仏骨を都に迎えることに反対する文）を奉ったため皇帝の怒りをかい左遷された。七言律詩。韻字＝天・千・年・前・辺（上平・先韻）。

**大意**

朝、一通の上奏文を九重《ここのえ》の朝廷に奉ったところ、夕べには八千里彼方の潮州に流されることになった。聖明なる天子のために国家の弊害を取り除こうとしたまでのこと。この衰え果てた身で余生を惜しもうとは思わない。雲は秦嶺に立ち込めて我が家はどのあたりか見当もつかない、雪は藍関をうずめて、馬は前へ進まない。おまえがはるばるやってきたのはきっと何かわけがあるのだろう。よし、それなら私の骨を毒気の立ち込める大川のほとりまで拾いにくるがよい。

# 醉後

煌煌東方星
奈此衆客醉
初喧或忿争
中靜雜嘲戲
淋漓身上衣
顛倒筆下字
人生如此少
酒賤且勤置

醉後《すいご》

韓愈《かんゆ》

煌煌《こうこう》たる東方《とうほう》の星《ほし》
奈《いか》んせん此《こ》の衆客《しゅうかく》の酔《よ》える
初《はじ》めは喧《かまびす》しくして或《ある》いは忿争《ふんそう》せるも
中《なか》ごろは静《しず》かにして嘲戯《ちょうぎ》を雑《まじ》う
淋漓《りんり》たる身上《しんじょう》の衣《ころも》
顛倒《てんとう》せる筆下《ひっか》の字《じ》
人生《じんせい》此《か》くの如《ごと》きは少《すく》なし
酒《さけ》は賤《やす》し　且《か》つは勤《つと》めて置《お》け

メモ
人生は短い、大いに酒を飲んで楽しもうという。同じ詩趣の詩は多い（67、102頁）。この詩は酔態を具体的に描いていておもしろい。第4句の「嘲戯」は、あざけり戯れる。五言律詩。韻字＝酔・戯・字・置（去声・寘韻）。

**大意**

東の空には星がキラキラ輝き、もうみんな酔っぱらっている。はじめのうちは賑やかで、喧嘩をする者もいた。しばらくすると静かになるが、嘲けり戯れる者もいる。着物は酒でぐしょぐしょ、字を書けばグダグダ。短い人生でこんなに楽しいことは稀にしかない。酒は安い、せいぜい買ってくるがいい。

# 早春呈水部張十八員外

早春《そうしゅん》水部《すいぶ》張十八員外《ちょうじゅうはちうんがい》に呈《てい》す　韓愈《かんゆ》

天街小雨潤如酥
草色遙看近卻無
最是一年春好處
絶勝煙柳滿皇都

天街《てんがい》の小雨《しょうう》　潤《うるお》うて酥《そ》の如《ごと》し
草色《そうしょく》遙《はる》かに看《み》るも近《ちか》づけば却《かえ》って無《な》し
最《もっと》も是《こ》れ一年春《いちねんはる》の好《よ》き処《ところ》
絶《はなは》だ煙柳《えんりゅう》の皇都《こうと》に満《み》つるに勝《まさ》れり



メモ

柳の緑が煙る時節が最もすばらしい、という通念を破り、乾いていた大地が春雨に濡れ、若草がわずかに萌え出てくるころが、一年のうちで最も風情があるという。「酥」は羊や牛の脂肪分を煮しめて作った白くてなめらかなあぶら。「水部張十八員外」は水部員外郎の張十八。「十八」は排行。張籍のこと。七言絶句。韻字＝酥・無・都（上平・虞韻）。

**大意**

小雨に濡れた都大路は酥のようにつややかに、遠目に見れば若草が萌えているようだが、近づくとまだいくらも芽生えてはいない。一年のうちで最もすばらしいのは春の今時分。皇都に柳が煙るように青々と繁るよりずっと風情がある。

# 海棠渓

春教風景駐仙霞
水面魚身總帶花
人世不思靈卉異
競將紅纈染輕沙

海棠渓《かいどうけい》

春《はる》は風景《ふうけい》をして仙霞《せんか》を駐《とど》め教《し》め
水面《すいめん》の魚身《ぎょしん》　総《すべ》て花《はな》を帯《お》ぶ
人世《じんせい》思《おも》わず　霊卉《れいき》の異《い》を
競《きそ》って紅纈《こうけつ》を将《もっ》て軽沙《けいさ》を染《そ》む

薛濤《せっとう》

メモ
前半は霊妙な自然界の美、後半は染色の人工の美。春の光に照らされてどちらも美しい。後半は、自然美と人工美を競（くら）べるとは愚かなことというが、これは批判ではなく、競いながら自然美と人工美が溶けあっていっそう美しい情景だと讃える。「霞」はかすみではなく、朝焼け・夕焼けをいう。七言絶句。韻字＝霞・花・沙（下平・麻韻）。

## 大意

春の造化の神は風景の中に仙界の霞（海棠の赤い花）を留めさせ、水面を泳ぐ魚はみな花模様をつけたよう。世間の人は自然の花の霊妙な美しさが分からず、川岸の砂の上に、赤く染めた纈《しぼり》を干して、美を競っている。

# 秋泉

冷色初澄一帶煙
幽聲遙瀉十絲絃
長來枕上牽情思
不使愁人半夜眠

秋泉《しゅうせん》

冷色《れいしょく》　初《はじ》めて澄《す》む一帯《いったい》の煙《けむり》
幽声《ゆうせい》　遥《はる》かに瀉《そそ》ぐ十糸《じゅっし》の絃《げん》
長《なが》く枕上《ちんじょう》に来《きた》りて情思《じょうし》を索《ひ》き
愁人《しゅうじん》をして半夜《はんや》の眠《ねむ》りをなさ使《し》めず

薛濤《せっとう》

メモ
琴の音のようにかすかに聞こえる泉の音。ずっと響いて情思をかき立て、夜半になっても眠れない。七言絶句。韻字＝煙・絃・眠（下平・先韻）。



**大意**

もやが晴れると、あたりは冷ややかに澄みわたり、遠くに流れる泉のかすかな音は、十絃の琴のよう。いつまでも枕べに響いてきて恋心をかき立て、愁いを抱く人の夜半の眠りを妨げる。

# 折楊柳

水邊楊柳麴塵絲
立馬煩君折一枝
惟有春風最相惜
慇懃更向手中吹

折楊柳《せつようりゅう》

楊巨源《ようきょげん》

水辺《すいへん》の楊柳《ようりゅう》　麹塵《きくじん》の糸《いと》
馬《うま》を立《と》め君《きみ》を煩《わずら》わして一枝《いっし》を折《お》る
惟《た》だ春風《しゅんぷう》の最《もっと》も相《あ》い惜《お》しむ有《あ》り
慇懃《いんぎん》に更《さら》に手中《しゅちゅう》に向《む》かって吹《ふ》く

メモ

別れてゆく人々との惜別の情をストレートにいわず、春風が枝との別れを惜しんでいる、という。手の中で風に揺れる黄緑色の枝は、別れを悲しむ作者の揺れる心。七言絶句。韻字＝糸・枝・吹（上平・支韻）。

**大意**

水辺の柳の柔らかな芽は麹のかびの色。馬を止めて君に枝を折ってもらう。すると春風は枝との別れを惜しむかのように、手の中にまで丁寧に吹いてくる。

# 賞牡丹

庭前芍藥妖無格
池上芙蕖淨少情
惟有牡丹眞國色
花開時節動京城

牡丹《ぼたん》を賞《しょう》す

劉禹錫《りゅううしゃく》

庭前《ていぜん》の芍薬《しゃくやく》　妖《よう》として格無《かくな》し
池上《ちじょう》の芙蕖《ふきょ》　浄《きよ》くして情少《じょうすく》なし
惟《た》だ牡丹《ぼたん》のみ真《まこと》の国色《こくしょく》有《あ》り
花開《はなひら》く時節《じせつ》　京城《けいじょう》を動《うご》かす

メモ

「牡丹」「芍薬」「芙蕖」を美人に見立てて品評した詩。「牡丹」と言えば、李白の「清平調詞」（214頁）。楊貴妃の面影が浮かぶ。友人の白楽天の「長恨歌」（296頁）にも傾国の美女という表現がある。また、「買花」には牡丹の花が咲くと人々が競って花を買う様子が描かれている。「真の国色」は、国一番の美人。韻字＝情・城（下平・庚韻）。

**大意**

庭に咲く芍薬の花は妖艶で品がなく、池に咲く芙蕖《ハス》の花は清らかすぎて色気がない。ただ牡丹だけは、まことに国一番の美人のような美しさ。花が咲くころ、都じゅうを騒がせる。

# 烏衣巷

朱雀橋邊野草花
烏衣巷口夕陽斜
舊時王謝堂前燕
飛入尋常百姓家

烏衣巷《ういこう》

朱雀橋辺《すじゃくきょうへん》　野草《やそう》の花《はな》
烏衣巷口《ういこうこう》　夕陽《せきよう》斜《なな》めなり
旧時《きゅうじ》の王謝《おうしゃ》　堂前《どうぜん》の燕《つばめ》
飛《と》んで入《い》る　尋常百姓《じんじょうひゃくせい》の家《いえ》

劉禹錫《りゅううしゃく》

メモ
「烏衣巷」は六朝東晋時代の都・建康にあった街の名。貴族の王氏や謝氏が住んでいた。この入口にかかり朱雀門に向かいあっていたのが「朱雀橋」。橋の下には淮河が流れる。「朱」と「烏（黒）」の色が鮮やかで、かつての盛況が偲ばれるが、今やすっかりさびれ、野草の花が咲き、夕陽が寂しそうに射し、燕は庶民の家に入っていく。燕の飛ぶ姿が過去から現在へとワープして、栄枯盛衰の思いを誘う。七言絶句。韻字＝花・斜・家（下平・麻韻）。

**大意**

朱雀橋のほとりには野草の花が咲き、烏衣巷の入り口には夕陽が斜めに射している。昔は王氏や謝氏の堂前に巣をかけていた燕は、今はありふれた庶民の家に入っていく。

# 秋風引

何處秋風至
蕭蕭送雁群
朝來入庭樹
孤客最先聞

秋風《しゅうふう》の引《いん》

何処《いずこ》より秋風《しゅうふう》至《いた》る
蕭蕭《しょうしょう》として雁群《がんぐん》を送《おく》る
朝来《ちょうらい》　庭樹《ていじゅ》に入《い》るを
孤客《こかく》最《もっと》も先《さき》に聞《き》く



劉《りゅう》禹《う》錫《しゃく》

メモ

雁は手紙を運ぶ鳥として詩によく詠われ、雁を待つ人は故郷からのおとずれを待ち望む、というイメージが重なる。独り旅をするわびしさから、雁の音によって故郷への思いが強まり、朝がたのざわつく木々の音にいち早く秋を感じ取った。「雁群」の「群」と「孤客」の「孤」との対比によって、作者の孤独感はいっそう鮮やか。五言絶句。韻字＝群・聞（上平・文韻）。

**大意**

いったいどこからか秋風が吹いてくるのか、寂しそうに音を立てて雁の群れを送ってくる。朝がた庭の木々に吹き込んで枝をざわつかせている音は、独り旅をする私が真っ先に聞きつけた。

# 秋思　二首　其一

自古逢秋悲寂寥
我言秋日勝春朝
晴空一鶴排雲上
便引詩情到碧霄

秋思《しゅうし》　二首《にしゅ》　其《そ》の一《いち》　　劉禹錫《りゅううしゃく》

古《いにしえ》より秋《あき》に逢《あ》って寂寥《せきりょう》を悲《かな》しむも
我《われ》は言《い》う　秋日《しゅうじつ》は春朝《しゅんちょう》に勝《まさ》れりと
晴空一鶴《せいくういっかく》　雲《くも》を排《はい》して上《のぼ》る
便《すなわ》ち詩情《しじょう》を引《ひ》いて碧霄《へきしょう》に到《いた》る

メモ
宋玉の「九弁」（44頁）や漢の武帝劉徹の「秋風の辞」（53頁）以来、秋といえば「悲秋」の語が連想され、「秋思」の詩では別離や旅情などを詠う詩が多くある。この詩はそうした通念を批判して、新たな詩境を開いている。秋の詩情は寂寥を悲しむものではない、清らかで爽やかなことにある、と。七言絶句。韻字＝寥・朝・宵（下平・蕭韻）。

大意

昔から秋になると寂寥を悲しんだものだが、私は秋の日は春の朝よりもすばらしいと言いたい。なぜなら、晴れた空に一羽の鶴が雲を押し分けて上り、たちまち詩情を引いて青々と澄みわたる空の彼方に飛んでいくから。

# 江雪

千山鳥飛絶
萬徑人蹤滅
孤舟蓑笠翁
獨釣寒江雪

江雪《こうせつ》

千山《せんざん》　鳥《とり》飛《と》ぶこと絶《た》え
万径《ばんけい》　人蹤滅《じんしょうめつ》す
孤舟《こしゅう》　蓑笠《さりゅう》の翁《おきな》
独《ひと》り釣《つ》る　寒江《かんこう》の雪《ゆき》

柳宗元《りゅうそうげん》



メモ
雪が降りしきって鳥も絶え、雪が積もって足跡が滅する「絶滅」の世界。孤舟を浮かべて独り釣り糸を垂れる「孤独」な老人。孤独や絶望に耐える作者の心象風景である。五言絶句。韻字＝絶・滅・雪（入韻・屑韻）。

大意

山という山には飛ぶ鳥の姿が絶え、道という道には人の足跡が消えた。一艘の小舟に蓑《みの》と笠《かさ》を着けた翁が、独り雪の降りしきる川で釣り糸を垂れている。

# 魚翁

魚翁夜傍西巖宿
曉汲清湘然楚竹
煙銷日出不見人
欸乃一聲山水綠
廻看天際下中流
巖上無心雲相逐

## 魚翁《ぎょおう》

柳宗元《りゅうそうげん》

魚翁夜西巌《ぎょおうよるせいがん》に傍《そ》うて宿《しゅく》し
暁《あかつき》に清湘《せいしょう》を汲《く》み楚竹《そちく》を然《や》く
煙《けむり》銷《き》え日《ひ》出《い》でて人《ひと》を見《み》ず
欸乃一声《あいだいいっせい》　山水緑《さんすいみどり》なり
天際《てんさい》を廻看《かいかん》して中流《ちゅうりゅう》を下《くだ》れば
巌上《がんじょう》　無心《むしん》　雲《くも》相《あ》い逐《お》う

メモ
第4句は、「欸乃（えいやあ）」という一声が山や水にこだまする中、朝陽が昇り山水の緑が照らし出されるという、清々しい光景。第6句では、こだまの余韻が消えゆく中の「無心の雲」は無心に自然と一体になっている翁の生き方を表す。七言古詩。韻字＝宿・竹・緑・逐（入声・屋韻）。

### 大意

漁師の翁は夜西岸の岩のもとに舟を止めて泊り、暁に清らかな湘水（洞庭湖に注ぐ川）の水を汲み楚（湖南省一帯を領有した国）の竹を燃やして朝餉《あさげ》の支度をする。もやが晴れて日が昇ると、その人影はもう見えない、えいやあと舟をこぐかけ声が一つ響くと、山も水も緑に染まる。水平線の彼方を振り返りながら川の中ほどを下ると、昨夜泊った岩の上には、無心の雲が互いに相追いながら流れてゆく。

# 與浩初上人同看山寄京華親故

柳宗元《りゅうそうげん》

海畔尖山似劍鋩
秋來處處割愁腸
若爲化得身千億
散上峰頭望故鄉

浩初上人《こうしょしょうにん》と同《とも》に山《やま》を看《み》て
京華《けいか》の親故《しんこ》に寄《よ》す

海畔《かいはん》の尖山《せんざん》　剣鋩《けんぼう》に似《に》たり
秋来処処《しゅうらいしょしょ》　愁腸《しゅうちょう》を割《さ》く
若為《いかで》か身《み》を千億《せんおく》に化《か》し得《え》て
散《さん》じて峰頭《ほうとう》に上《のぼ》りて故郷《こきょう》を望《のぞ》まん

メモ
「浩初上人」は龍安海禅師の弟子。「若為」は、「どうにかして～したい」の意。山の形が剣のようだから、郷愁で腸がちぎれそうだ、だから、分身してすべての山に登って故郷の方を眺めたい、と。七言絶句。韻字＝鋩・腸・郷（下平・陽韻）。

**大意**

海辺の尖った山は剣の切っ先に似ていて、秋になると至るところで愁いのために腸《はらわた》が断ち切られるような思い。どうにかしてこの身を千人億人に分身させ、一つずつ峰の上に登って故郷を眺めることができないものか。

# 賦得古原草送別

離離原上草
一歳一枯榮
野火焼不盡
春風吹又生
遠芳侵古道
晴翠接荒城
又送王孫去
萋萋滿別情

古原《こげん》の草《くさ》を賦《ふ》し得《え》たり　送別《そうべつ》　白楽天《はくらくてん》

離離《りり》たり　原上《げんじょう》の草《くさ》
一歳《いっさい》に一《ひと》たび枯栄《こえい》す
野火《やか》　焼《や》けども尽《つ》きず
春風《しゅんぷう》吹《ふ》いて又生《またしょう》ず
遠芳《えんぽう》　古道《こどう》を侵《おか》し
晴翠《せいすい》　荒城《こうじょう》に接《せっ》す
又《また》王孫《おうそん》の去《さ》るを送《おく》れば
萋萋《せいせい》として別情《べつじょう》満《み》つ

**大意**

生い茂る古原の草は、一年に一度枯れてはまた栄える。枯草は野火に焼かれても根は尽きず、春風が吹けばまた芽ぶく。遠くまで広がる芳草は古道をおおい、晴れた日の草原は荒れた城壁へと続く。今日もまた親しい友を見送れば、萋々《せいせい》と生い茂る芳草のように、別れの悲しみが胸に満ちる。

メモ

白居易十六歳の作品。「萋萋」と茂る「芳草」は悲しい別れの象徴である（46頁）。芳草は一年に一度枯れてはまた栄え、人の通らない古道をおおい、寂びれた城壁まで続く。悲しい別れは芳草のように、胸の中に満ちる。白楽天は上京して著作郎の顧況に面会すると、況は「居易」という名を見て「長安の物価は高く、『居は易くはない（生活は容易ではない）』」と言ったが、この詩を見ると「居は難からず（生活は難しくはない）」と賞賛した。これが出世作となり白居易の名が一挙に高まったという。五言律詩。韻字＝栄・生・城・情（下平・庚韻）。

送王十八歸山
寄題仙遊寺

曾於太白峰前住
數到仙遊寺裏來
黑水澄時潭底出
白雲破處洞門開
林間煖酒燒紅葉
石上題詩掃綠苔
惆悵舊遊無復到
菊花時節羨君迴

王十八《おうじゅうはち》の山《やま》に帰《かえ》るを送《おく》り
仙遊寺《せんゆうじ》に寄題《きだい》す

白楽天《はくらくてん》

曾《かつ》て太白峰前《たいはくほうぜん》に於《お》いて住《す》み
数《しば》しば仙遊寺裏《せんゆうじり》に到《いた》りて来《きた》る
黒水澄《こくすいす》む時《とき》　潭底《たんていい》出で
白雲破《はくうんやぶ》る処《ところ》　洞門開《どうもんひら》く
林間《りんかん》に酒《さけ》を煖《あたた》めて紅葉《こうよう》を焼《た》き
石上《せきじょう》に詩《し》を題《だい》して緑苔《りょくたい》を掃《はら》う
惆悵《ちゅうちょう》す　旧遊《きゅうゆう》復《ま》た到《いた》ること無《な》きを
菊花《きくか》の時節《じせつ》　君《きみ》が迴《かえ》るを羨《うらや》む

メモ
白居易三十六歳、長安での作。「王十八」は王質夫（おうしつぷ）。「十八」は排行。白居易が三十五歳、盩厔（ちゅうちつ）県（長安の西郊）の役人をしていたとき、「長恨歌」を書くように勧めた友人。「仙遊寺」は勤務地の近くの寺で、一緒に遊んだ。第5句・第6句は『和漢朗詠集』に採られて紅葉の名句として有名。七言律詩。韻字＝来・開・苔・迴（上平・灰韻）。

**大意**

かつて太白峰の前に住み、しばしば仙遊寺を訪れた。黒水が澄むとき、淵の底が見え、白雲が切れたところに、洞門が開いていた。林の中で紅葉を燃やして酒を温めたり、緑の苔を払って石の上に詩を書いたりした。悲しいことに、昔遊んだところへはふたたび行けない。菊の花が咲く時節に君が帰っていくのが羨ましい。

## 遊雲居寺贈穆三十六地主

雲居寺《うんきょじ》に遊《あそ》び穆三十六地主《ぼくさんじゅうろくちしゅ》に贈《おく》る　　白楽天《はくらくてん》

亂峰深處雲居路
共蹋花行獨惜春
勝地本來無定主
大都山屬愛山人

乱峰深《らんぽうふか》き処《ところ》　雲居《うんきょ》の路《みち》
共《とも》に花《はな》を蹋《ふ》みて行《ゆ》き　独《ひと》り春《はる》を惜《お》しむ
勝地《しょうち》は本来定主《ほんらいていしゅ》無《な》し
大都《おおむね》山《やま》は山《やま》を愛《あい》する人《ひと》に属《ぞく》す

メモ
雲居寺は長安の南、終南山にある寺院。前半は惜春の情をにじませ、後半は、美しい自然はそれを愛する人々の共有物だという。七言絶句。韻字＝春・人（上平・真韻）。

**大意**

重なり合う峰々の奥深いところに雲居寺への路が続く。ともに落花を踏みながら歩き、我々だけが春を惜しんでいる。景勝地はもともと定まった所有者はいない。おおむね山は山を愛する人のものなのだ。

八月十五日夜禁中
獨直對月憶元九

銀臺金闕夕沈沈
獨宿相思在翰林
三五夜中新月色
二千里外故人心
渚宮東面煙波冷
浴殿西頭鐘漏深
猶恐淸光不同見
江陵卑濕足秋陰

八月十五日《はちがつじゅうごにち》の夜《よる》、禁中《きんちゅう》に独《ひと》り
直《とのい》し月《つき》に対《たい》して元九《げんきゅう》を憶《おも》う

白楽天《はくらくてん》

銀台金闕《ぎんだいきんけつ》　夕《ゆう》べ沈沈《ちんちん》
独宿《どくしゅく》　相《あ》い思《おも》うて翰林《かんりん》に在《あ》り
三五夜中《さんごやちゅう》　新月《しんげつ》の色《いろ》
二千里外《にせんりがい》　故人《こじん》の心《こころ》
渚宮《しょきゅう》の東面《とうめん》　煙波《えんぱ》冷《ひや》やかに
浴殿《よくでん》の西頭《せいとう》　鐘漏《しょうろう》深《ふか》し
猶《な》お恐《おそ》る　清光《せいこう》同《おな》じくは見《み》ざらんことを
江陵《こうりょう》は卑湿《ひしつ》にして秋陰《しゅういん》足《た》る



メモ

元和五年（八一〇）八月十五日の夜、宮中に独り宿直した作者が、中秋の名月を見ながら親友の元稹（げんしん）を思って作った詩。元九の「九」は排行、一族の同年代の子どもにつけた番号である。この年、白楽天は三十九歳、翰林学士（かんりんがくし）だった。一方の元稹は三十二歳で、宦官（かんがん）との争いのため、監察御史（かんさつぎょし）から江陵（湖北省江陵県）の士曹（しそう）に左遷されていた。月は、遠く離れていても、同時に見ることができる。そこで漢詩では、月を見て家族や親友と会えない悲しみを詠ったり、懐かしい思い出を詠ったりする。李白は「静夜思」で「頭を挙げて山月を望み、頭を低れて故郷を思う」（200頁）と詠っている。詩中の「夕」は夕方ではなく夜。「三五の夜」は三かける五で、十五夜。「新月」は、今日言う月齢が零（ゼロ）の月ではなく、出たばかりの満月をいう。「故人」は親友の意。韻字＝沈・林・心・深・陰（下平・侵韻）。

## 大意

宮中のあちこちに聳える銀《しろがね》の門や金《こがね》の御殿が夜のしじまに溶け込むとき、私は君のことを思いながら独り翰林院に宿直している。こよいは十五夜、出たばかりの月は澄みわたり、二千里離れている旧友へと思いを馳せる。君のいる渚のほとりの宮殿の東側では、もやの立ち込めた波が、月の光に冷たく光っていることであろう。ここ宮城の浴殿の西のあたりでは、時を告げる鐘と水時計の音が静かな夜に深く刻まれていることを、君は月を見ながら想像していることであろう。それでもなお心配なのは、この清らかな月の光が、ここと同じようにはっきりと見えないのではないかということ。なぜなら、君のいる江陵は低地で湿気が多く、秋でも曇りがちの日が多いというから。

# 長恨歌

漢皇重色思傾國
御宇多年求不得
楊家有女初長成
養在深閨人未識
天生麗質難自棄
一朝選在君王側
廻眸一笑百媚生
六宮粉黛無顔色

## 長恨歌《ちょうごんか》

白楽天《はくらくてん》

漢皇色《かんこういろ》を重《おも》んじて傾国《けいこく》を思《おも》う
御宇多年《ぎょうたねん》求《もと》むれども得《え》ず
楊家《ようか》に女《むすめ》有《あ》り　初《はじ》めて長成《ちょうせい》す
養《やしな》われて深閨《しんけい》に在《あ》り　人未《ひといま》だ識《し》らず
天生《てんせい》の麗質自《れいしつみずか》ら棄《す》て難《がた》く
一朝選《いっちょうえら》ばれて君王《くんおう》の側《かたわら》に在《あ》り
眸《ひとみ》を廻《めぐ》らして一笑《いっしょう》すれば百媚生《ひゃくびしょう》じ
六宮《りくきゅう》の粉黛《ふんたい》　顔色無《がんしょくな》し

メモ
詩は全１２０句の七言古詩。この8句は、楊貴妃の出身と容姿の美しさをいう。「漢皇」は漢の武帝をいうが、ここでは唐の玄宗を指す。唐代の詩は時代設定を漢に置いた。「傾国」は（56頁）参照。韻字＝国・得・識・側・色（入声・職韻）。

**大意**

漢の皇帝は女性の容貌を重視して、国を傾けるほどの美人を得たいと思い、帝位に就いてから長年探し求めたが得られなかった。このとき楊の家に娘がいて、ようやく大人になったばかり、深窓に育てられたので、その存在は誰も知らない。しかし、生まれながらの麗しさは、そのまま埋もれたままになるはずはなく、ある日突然選ばれて皇帝のおそばに侍ることになった。その日、彼女が瞳をめぐらしてほほえむと、得も言れぬなまめかしさがあふれ、後宮の化粧を凝らした美しい宮女たちも色あせてしまうのだった。

春寒賜浴華清池
溫泉水滑洗凝脂
侍兒扶起嬌無力
始是新承恩澤時

春寒《はるさむ》くして浴《よく》を賜《たま》う　華清《かせい》の池《ち》
温泉《おんせん》水滑《みずなめ》らかにして凝脂《ぎょうし》を洗《あら》う
侍児《じじ》扶《たす》け起《お》こせば嬌《きょう》として力無《ちからな》し
始《はじ》めて是《こ》れ新《あら》たに恩沢《おんたく》を承《う》くる時《とき》

(以上　第一段①)

メモ
楊貴妃が初めて寵愛を受けたときのことをいう。韻字=池・脂・時(上平・支韻)。

**大意**

春はまだ寒く、天子は彼女のために華清池の温泉に湯浴するように特別にお命じになった。温泉の水は滑らかで、白くすべすべした肌に注ぎかかる。侍女が抱きかかえて起こそうとすると、彼女は色っぽくぐったりしている。これが楊貴妃が初めて天子の寵愛を受けたばかりのときのことであった。

雲鬢花顔金步搖
芙蓉帳暖度春宵
春宵苦短日高起
從此君王不早朝

雲鬢《うんびん》　花顔《かがん》　金歩揺《きんほよう》
芙蓉《ふよう》の帳暖《とばりあたた》かにして春宵《しゅんしょう》を度《わた》る
春宵短《しゅんしょうみじか》きに苦《くる》しみ日高《ひたか》くして起《お》き
此《こ》れより君王早朝《くんおうそうちょう》せず

メモ
結婚の夜のこと。夜を楽しみ天子が早朝の政務を怠るようになった。韻字=揺・宵・朝(下平・蕭韻)。

**大意**

雲のように高い黒髪、花のような美しい顔、歩みにつれてゆらゆら揺れる金のかんざし。芙蓉《ハス》の花模様の帳《とばり》の中は暖く、春の夜はふけてゆく。春の夜の短かさを嘆きつつ、日が高く昇ってからやっと起き、これより後、天子は朝の政務を怠るようになった。

承歡侍宴無閑暇
春從春遊夜專夜
後宮佳麗三千人
三千寵愛在一身
金屋粧成嬌侍夜
玉樓宴罷醉和春

歓《かん》を承《う》け宴《えん》に侍《じ》して閑暇《かんか》無《な》く
春《はる》は春《はる》の遊《あそ》びに従《したが》い夜《よる》は夜《よる》を専《もっぱ》らにす
後宮《こうきゅう》の佳麗三千人《かれいさんぜんにん》
三千《さんぜん》の寵愛一身《ちょうあいいっしん》に在《あ》り
金屋《きんおく》粧《よそお》い成《な》って嬌《きょう》として夜《よる》に侍《じ》し
玉楼《ぎょくろう》　宴罷《えんや》んで酔《よ》うて春《はる》に和《わ》す

（以上　第一段②）

メモ
楊貴妃が玄宗の寵愛を独占したこと。韻字＝暇・夜（去声・禡韻）、人・身・春（上平・真韻）。

**大意**

彼女は天子のご機嫌を取り、遊宴に侍って少しの暇もなく、春は春の遊びのお供をし、夜は夜で寵愛を独り占めした。後宮には佳麗な女性が三千人もいたが、三千人の寵愛は彼女一人に注がれた。黄金造りの宮殿で綺麗に化粧を凝らし、なまめかしく夜のおともをし、玉の台《うてな》の宴が終わると、ほんのり酔って春の気分に溶け込む。

姊妹弟兄皆列土
可憐光彩生門戶
遂令天下父母心
不重生男重生女

姉妹弟兄《しまいていけい》皆《みな》土《ど》を列《つら》ね
憐《あわれ》むべし　光彩門戸《こうさいもんこ》に生《しょう》ずるを
遂《つい》に天下《てんか》の父母《ふぼ》の心《こころ》をして
男《おとこ》を生《う》むを重《おも》んぜず女《おんな》を生《う》むを重《おも》んぜしむ

メモ
楊貴妃の一族の繁栄ぶり。「列土」は諸侯となって領土を連ねること。従兄の楊国忠は宰相にまでなった。韻字＝土・戸・女（上声・麌韻）。

**大意**

姉妹兄弟たちはみな諸侯に封ぜられて領土を連ね、驚いたことに、彼ら一門一族の上に美しい光が輝いている。そこで世の父母の心に、男を生むより女を生む方が良いと思わせるほどになった。

驪宮高處入青雲
仙樂風飄處處聞
緩歌慢舞凝絲竹
盡日君王看不足
漁陽鼙鼓動地來
驚破霓裳羽衣曲

驪宮《りきゅう》高《たか》き処《ところ》青雲《せいうん》に入《い》り
仙楽《せんがく》風《かぜ》に飄《ひるがえ》りて処処《しょしょ》に聞《き》こゆ
緩歌慢舞《かんかまんぶ》糸竹《しちく》を凝《こ》らし
尽日《じんじつ》君王《くんおう》看《み》れども足《た》らず
漁陽《ぎょよう》の鼙鼓《へいこ》地《ち》を動《うご》かして来《きた》り
驚破《きょうは》す　霓裳羽衣《げいしょうういい》の曲《きょく》

（以上　第一段③）

メモ
粋を凝らした歓楽と、安禄山が叛乱を起こしたことという。天宝十四年(七五五)のことである。「漁陽」は安禄山が節度使となっていたところ。今の北京付近。「鼙鼓」は陣太鼓。「霓裳羽衣の曲」は西域伝来の舞曲。全120句の四分の一が、玄宗・楊貴妃の歓楽を詠う。以下、楊貴妃の死の場面へと展開する。韻字＝雲・聞（上平・文韻）、竹・足・曲（入声・屋韻）。

**大意**

驪山の離宮は高く聳えて青雲に届かんばかり、仙人の奏でるような美しい調べが風に翻ってあちこちから聞こえてくる。ゆるやかな調子の歌やゆったりとした舞、琴や笛の粋を凝らし、一日中見ていても天子は飽きることがない。そのとき突然、漁陽から攻め太鼓が大地を揺り動かして押し寄せ、演奏中の霓裳羽衣の曲は驚いて止んでしまった。

九重城闕煙塵生
千乘萬騎西南行
翠華搖搖行復止
西出都門百餘里
六軍不發無奈何
宛轉娥眉馬前死

九重《きゅうちょう》の城闕《じょうけつ》　煙塵《えんじん》生《しょう》じ
千乗《せんじょう》万騎《ばんき》　西南《せいなん》に行《ゆ》く
翠華《すいか》揺揺《ようよう》として行《ゆ》きて復《ま》た止《とど》まり
西《にし》のかた都門《ともん》を出《い》づること百余里《ひゃくより》
六軍《りくぐん》発《はつ》せず奈何《いか》んともする無《な》く
宛転《えんてん》たる娥眉《がび》馬前《ばぜん》に死《し》す

**大意**

九重の門のある宮城に戦乱の煙と塵が巻き上がり、皇帝の軍勢は西南の方へと落ちていった。翡翠《カワセミ》の羽を飾った天子の御旗は、ゆらゆらしながら進んだかと思うと止まり、都の城門から西へ百余里余りのところに行きついた。すると近衛の軍が出発を拒み、どうすることもできず、美しい眉の人は、皇帝の馬の前で死んでしまった。

メモ
玄宗の都落ちと楊貴妃の死。「六軍」は皇帝の軍隊。「宛轉」はすんなりと長くて丸いさま。「娥眉」は三日月眉のことで、美人をいう。近衛の司令官陳玄礼（ちんげんれい）の要求に、玄宗が止むなく楊貴妃を仏堂の前の梨の木にくびり殺した。韻字＝生・行（下平・庚韻）、止・里・死（上声・紙韻）。

花鈿委地無人收
翠翹金雀玉搔頭
君王掩面救不得
回看血涙相和流

花鈿《かでん》地《ち》に委《す》てられて人《ひと》の収《おさ》むる無《な》し
翠翹《すいぎょう》　金雀《きんじゃく》　玉搔頭《ぎょくそうとう》
君王《くんおう》面《おもて》を掩《おお》いて救《すく》い得《え》ず
回《かえ》り看《み》れば血涙《けつるい》相《あ》い和《わ》して流《なが》る

（以上　第二段①）

メモ
楊貴妃が殺された場の情景と玄宗の悲しみを詠う。「花鈿」は螺鈿で作った花のかんざし。髪飾りを表す名詞だけを並べた。凄惨な死地に散らばる美しい飾りのことをいうだけで、死の詳細はのべない。それがいっそう悲しみを誘う。韻字＝収・頭・流（下平・尤韻）。

**大意**

花の形の螺鈿《らでん》のかんざしは地に棄てられたままで拾う者もいない。翠翹（カワセミの羽）や金雀（金の孔雀）の形の髪飾り、玉搔頭（玉で作ったこうがい）なども散らばっている。天子は顔をおおうばかりで助けることもできなかった。振り返り見て、血の涙を流した。

黄埃散漫風蕭索
雲棧縈紆登劍閣
峨嵋山下少人行
旌旗無光日色薄

黄埃《こうあい》散漫《さんまん》　風《かぜ》蕭索《しょうさく》
雲棧《うんさん》縈紆《えいう》　剣閣《けんかく》に登《のぼ》る
峨嵋山下《がびさんか》　人《ひと》の行《ゆ》くこと少《まれ》に
旌旗《せいき》光《ひかり》無《な》く　日色《にっしょく》薄《うす》し

メモ
危険な蜀の桟道を通り剣閣山を越えたこと。「蕭索」は風の寂しそうに吹くさま。
韻字＝策・閣・薄（入声・陌韻）。

蜀江水碧蜀山青
聖主朝朝暮暮情
行宮見月傷心色
夜雨聞鈴腸斷聲

**大意**

行く手には黄色い土埃が一面に舞い上がり、風はサワサワとわびしげに吹く。雲まで届く蜀の桟道が曲がりくねり、

剣閣山の難所を登っていく。峨嵋山の麓には道行く人もなく、皇帝の御旗の光も色あせ、太陽の日ざしまでも薄い。

蜀江《しょくこう》　水《みず》は碧《みどり》にして蜀山《しょくざん》は青《あお》く
聖主《せいしゅ》　朝朝暮暮《ちょうちょうぼぼ》の情《じょう》
行宮《あんぐう》に月《つき》を見《み》れば傷心《しょうしん》の色《いろ》
夜雨《やう》に鈴《すず》を聞《き》けば腸断《ちょうだん》の声《こえ》

メモ
成都で過ごす玄宗のわびしい生活。韻字＝青・情・声（下平・青韻庚韻）。

（以上　第二段②）

天旋日轉廻龍馭
到此躊躇不能去
馬嵬坡下泥土中

**大意**

蜀の川は深緑に、蜀の山々は青々としている。皇帝は朝な夕なに楊貴妃を思って悲しみに沈む。行宮（仮の皇居）

で見る月の色は悲しみをたたえ、夜の雨に聞こえてくる駅馬の鈴の音は、はらわたが断ち切れるような悲しい響き。

天旋《てんめぐ》り日転《ひてん》じて竜馭《りゅうぎょ》を廻《めぐ》らし
此《ここ》に到《いた》りて躊躇《ちゅうちょ》して去《さ》る能《あた》わず
馬嵬坡下《ばかいはか》　泥土《でいど》の中《うち》

メモ
玄宗が長安に帰る途中、馬嵬に立ち寄ったこと。ときに、至徳二載（七五七年）十一月。「龍馭」は帝王の馬。韻字＝馭・去・処（去声・御韻）、衣・帰（上平・微韻）。

不見玉顔空死處
君臣相顧盡霑衣
東望都門信馬歸

歸來池苑皆依舊
太液芙蓉未央柳
芙蓉如面柳如眉
對此如何不涙垂
春風桃李花開日
秋雨梧桐葉落時

玉顔《ぎょくがん》を見《み》ず　空《むな》しく死《し》せし処《ところ》
君臣《くんしん》相《あ》い顧《かえり》みて尽《ことごと》く衣《ころも》を霑《うるお》し
東《ひがし》のかた都門《ともん》を望《のぞ》み馬《うま》に信《まか》せて帰《かえ》る

**大意**

天がめぐり日が転じて天下の情勢が変わると、天子は龍馭を長安へ向けて帰ることになった。途中、あの馬嵬の駅に着くと、足が動かず、立ち去ることができない。馬嵬の堤の下、泥土の中に、玉のような美しい顔は見られず、

ただ空しく殺された場所だけがある。君主と臣下は互いにかえりみて、みな涙で衣を濡らしながら、東の方の都の門を目指して、馬の歩みにまかせて帰っていった。

帰《かえ》り来《きた》れば池苑《ちえん》皆《みな》旧《きゅう》に依《よ》る
太液《たいえき》の芙蓉《ふよう》　未央《びおう》の柳《やなぎ》
芙蓉《ふよう》は面《おもて》の如《ごと》く　柳《やなぎ》は眉《まゆ》の如《ごと》し
此《これ》に対《たい》して如何《いか》んぞ　涙《なみだ》の垂《た》れざらん
春風《しゅんぷう》　桃李《とうり》　花《はな》開《ひら》くの日《ひ》
秋雨《しゅうう》　梧桐《ごどう》　葉《は》落《お》つるの時



メモ
玄宗が都に帰り、池苑の景色を眺めて今は亡き楊貴妃を思い、心を傷める。韻字＝旧・柳（去声・宥韻、上声・有韻）、眉・垂・時（上平・支韻）。

西宮南内多秋草
落葉滿階紅不掃
梨園弟子白髪新
椒房阿監青娥老

**大意**

都に帰ってくると、池も庭もみな昔のまま、太液池の蓮の花も、未央宮の柳も。蓮の花は楊貴妃の顔のよう、柳は眉のよう。これを前にしてどうして涙を流さずにいられようか。春の風に桃や李の花が開き初める日、秋の雨に梧桐の葉が散るときには、とくに悲しみがつのる。

西宮《せいきゅう》　南内《なんだい》　秋草《しゅうそう》多《おお》く
落葉《らくよう》階《かい》に満《み》ちて紅《くれな》い掃《はら》わず
梨園《りえん》の弟子《ていし》　白髪《はくはつ》新《あら》たに
椒房《しょうぼう》の阿監《あかん》　青娥《せいが》老《お》いたり

（以上　第三段①）

メモ
前節を承けて、昔と変わったことを詠う。「梨園」は玄宗が宮中に設けた俳優や音楽家を養成する場所。「弟子」は教習生。「椒房」は未央宮の中にある皇后の部屋。山椒を壁に塗り込んであった。「阿監」は宮女を取り締まる女官。「青娥」は美しい眉。美人をいう。韻字＝草・掃・老（上声・皓韻）。

夕殿螢飛思悄然
孤燈挑盡未成眠

**大意**

西の宮殿や南の御苑には秋の草が生い茂り、落ち葉が階段いっぱいなのに、その散った紅《くれない》の葉は掃除もされない。かつての梨園の歌手や舞子たちもすっかり白髪頭になり、後宮の女官取り締まり役の青娥も老けてしまっている。

夕殿《せきでん》　螢《ほたる》飛《と》んで思《おも》い悄然《しょうぜん》たり
孤灯挑《ことうか》げ尽《つ》くして未《いま》だ眠《ねむ》りを成《な》さず

遲遲鐘鼓初長夜
耿耿星河欲曙天
鴛鴦瓦冷霜華重
翡翠衾寒誰與共
悠悠生死別經年
魂魄不曾來入夢

遅遅《ちち》たる鐘鼓《しょうこ》　初《はじ》めて長《なが》き夜《よる》
耿耿《こうこう》たる星河《せいが》　曙《あ》けんと欲《ほっ》するの天《てん》
鴛鴦《えんおう》の瓦《かわら》は冷《ひ》ややかにして霜華《そうか》重《おも》く
翡翠《ひすい》の衾《しとね》は寒《さむ》くして誰《たれ》と共《とも》にせん
悠悠《ゆうゆう》たる生死《せいし》　別《わか》れて年《とし》を経《へ》たり
魂魄《こんぱく》曾《かつ》て来《きた》りて夢《ゆめ》に入《い》らず

（以上　第三段②）

**大意**

夕方、宮殿に飛ぶ蛍を見てはしょんぼりと悲しみ、ポツンと点る灯火の芯をかき立て尽くしても、まだ寝つかれない。時刻を告げる鐘や太鼓の音が、のろのろと鳴り、秋の夜長を初めて思い知らされる。やがて明けようとする空にキラキラと天の川が輝く。鴛鴦《オシドリ》の形の屋根瓦は冷えびえとし、霜が重く降り、翡翠《カワセミ》の刺繍をした掛布団は寒々として、ともに寝る人はいない。生と死と世界を異にして二人は遠く隔たり、別れてから久しく年月が経ったが、楊貴妃の魂は一度も夢の中にさえ訪れない。

メモ
前の節を承けて玄宗の傷心を詠う。「挑」は灯芯をかき立てる。
韻字＝然・眠・天（下平・先韻）、重・共・夢（去声・宋韻送韻）。

臨邛道士鴻都客
能以精誠致魂魄
爲感君王輾轉思
遂敎方士殷勤覓
排空馭氣奔如電
昇天入地求之遍
上窮碧落下黄泉
兩處茫茫皆不見
忽聞海上有仙山
山在虚無縹緲間
樓閣玲瓏五雲起
其中綽約多仙子
中有一人字太眞
雪膚花貌參差是

臨邛《りんきょう》の道士《どうし》　鴻都《こうと》の客《かく》
能《よ》く精誠《せいせい》を以《もっ》て魂魄《こんぱく》を致《いた》す
君王《くんおう》が輾転《てんてん》の思《おも》いに感《かん》ずるが為《ため》に
遂《つい》に方士《ほうし》をして殷勤《いんぎん》に覓《もと》めしむ
空《くう》を排《はい》し気《き》に馭《ぎょ》して奔《はし》ること電《いなずま》の如《ごと》く
天《てん》に昇《のぼ》り地《ち》に入《い》りて之《これ》を求《もと》むること遍《あまね》し
上《かみ》は碧落《へきらく》を窮《きわ》め下《しも》は黄泉《こうせん》
両処茫茫《りょうしょぼうぼう》として皆《みな》見《み》えず
忽《たちま》ち聞《き》く海上《かいじょう》に仙山《せんざん》有《あ》り
山《やま》は虚無縹緲《きょむひょうびょう》の間《かん》に在《あ》りと
楼閣《ろうかく》は玲瓏《れいろう》として五雲《ごうん》起《お》こり
其《そ》の中《うち》　綽約《しゃくやく》として仙子《せんし》多《おお》く
中《うち》に一人《いちにん》有《あ》り　字《あざな》は太真《たいしん》
雪膚花貌参差《せっぷかぼうしんし》として是《こ》れならん

(以上　第四段①)



メモ

道士が楊貴妃の魂魄を求めて仙界を訪ねることをいう。神秘的で幻想的な内容となる。漢の武帝が道士に命じて李夫人の魂を招かせた故事がすでにある(54頁)。「輾転」は恋人を思い、寝がえりを打って眠れないこと。『詩経』の関雎の詩に見える(26頁)。「殷勤」は念入りに。「碧落」は青空。「黄泉」はよみの国。「虚無縹緲の間」は、何もないように見える遥か彼方の世界。「玲瓏」は透き通るような美しさ。「参差」はそれらしいが見極めがたいことをいう。韻字＝客・魄・覓・(入声・陌韻錫韻)、電・遍・見(去声・霰韻)、山・間(上平・删韻)、起・子・是(上声・紙韻)。

金闕西廂叩玉扃
轉教小玉報雙成
聞道漢家天子使
九華帳裏夢魂驚
攬衣推枕起徘徊
珠箔銀屏邐迤開
雲鬢半偏新睡覺

金闕《きんけつ》の西廂《せいしょう》に玉扃《ぎょくけい》を叩《たた》き
転《てん》じて小玉《しょうぎょく》をして双成《そうせい》に報《ほう》ぜしむ
聞道《きくなら》く漢家《かんか》の天子《てんし》の使《つか》いなりと
九華《きゅうか》の帳裏《ちょうり》　夢魂《むこん》驚《おどろ》く
衣《ころも》を攬《と》り枕《まくら》を推《お》し起《た》ちて徘徊《はいかい》し
珠箔銀屏《しゅはくぎんぺい》　邐迤《りい》として開《ひら》く
雲鬢半《うんびんなか》ば偏《かたよ》りて新《あら》たに睡《ねむ》りより覚《さ》め

**大意**

時に、蜀の臨邛の道士が、長安の鴻都門のあたりに仮住まいしていて、精神を集中し、死者の魂魄を招くことができた。皇帝が思慕の情に夜も眠れないことに心を動かし、方士に命じて楊貴妃の魂魄をすみずみまで探させた。方士は雲を押し分け、大気に乗って、稲妻のように走り、天空に昇ったり、地中にもぐったりして、楊貴妃の魂魄をくまなく探し求めた。上は青空の果てまで、下は黄泉の国にまで極めたが、

両方とも茫々《ぼうぼう》と限りなく広くて、見つからない。このとき、ふと聞きつけたのは、海上に仙山があり、山は何もないかのような、果てもない彼方にあり、仙山には楼閣が玉《ぎょく》のように透き通って美しく輝き、五色の雲がたなびき、その中にはしなやかな仙女がたくさん住んでいる。その仙女の一人に、字《あざな》が太真という者がおり、雪のような白い肌、花のような美しい顔というので、どうやら楊貴妃らしい、とのこと。

メモ

道士が仙女となっている楊貴妃と会うことをいう。第97句の「猶お霓裳羽衣の舞に似たり」は、第32句の「驚破す霓裳羽衣の曲」を承けたもの。「闌干」は涙がしとどに流れるさま。韻字＝扃・成・驚(下平・青韻庚韻)、徊・開・来(上平・灰韻)、挙・舞・雨(上声・語韻麌韻)。

花冠不整下堂來
風吹仙袂飄飖舉
猶似霓裳羽衣舞
玉容寂寞涙闌干
梨花一枝春帶雨

花冠《かかん》整《ととの》えず堂《どう》を下《くだ》りて来《きた》る
風《かぜ》は仙袂《せんべい》を吹《ふ》いて飄飖《ひょうよう》として挙《あ》がり
猶《な》お霓裳羽衣《げいしょううい》の舞《まい》に似《に》たり
玉容寂寞《ぎょくようせきばく》として涙闌干《なみだらんかん》
梨花一枝《りかいっし》　春《はる》　雨《あめ》を帯《お》ぶ

(以上　第四段②)

**大意**

仙山を訪れた道士は、黄金で造られた宮殿の西の廂《むね》に到り、玉の門を叩き、小玉という名の侍女から双成という名の侍女に取りつがせた。漢の国家の天子の使者だと聞くと、花模様の豪華な帳《とばり》の中で寝ていた太真は驚いて夢から覚めた。上衣を手に取り、枕を押しやって起き上がり、部屋の中を行ったりきたり、いくつも続く部屋の真珠の簾や銀の屏風がつぎつぎと開かれる。美しい髪の毛は半ばくずれ、眠りから覚めたばかりで、花の冠もきちんとなおさないまま、奥の御殿から降りてくる。風が仙衣のたもとを吹いて、ひらひらと翻り、ありし日の霓裳羽衣の舞のよう。玉のような美しい顔は寂しそうで、涙がはらはらと流れ落ち、春の雨に濡れた一枝の梨の花のよう。

含情凝睇謝君王

情《じょう》を含《ふく》み睇《ひとみ》を凝《こ》らして君王《くんおう》に謝《しゃ》す

一別音容兩渺茫
昭陽殿裏恩愛絶
蓬萊宮中日月長
囘頭下望人寰處
不見長安見塵霧
唯將舊物表深情
鈿合金釵寄將去
釵留一股合一扇
釵擘黄金合分鈿
但敎心似金鈿堅
天上人間會相見

一別音容《いちべつおんよう》両《ふた》つながら渺茫《びょうぼう》たり
昭陽殿裏《しょうようでんり》　恩愛《おんあい》絶《た》え
蓬萊宮中《ほうらいきゅうちゅう》　日月《にちげつ》長《なが》し
頭《こうべ》を回《めぐ》らして　下《しも》　人寰《じんかん》を望《のぞ》む処《ところ》
長安《ちょうあん》を見《み》ずして塵霧《じんむ》を見《み》る
唯《た》だ旧物《きゅうぶつ》を将《も》って深情《しんじょう》を表《あらわ》し
鈿合金釵《でんごうきんさ》　寄《よ》せ将《も》ち去《さ》らしむ
釵《さ》は一股《いっこ》を留《とど》め合《ごう》は一扇《いっせん》
釵《さ》は黄金《おうごん》を擘《さ》き合《ごう》は鈿《でん》を分《わか》つ
但《た》だ心《こころ》をして金鈿《きんでん》の堅《かた》きに似《に》しむれば
天上人間《てんじょうじんかん》会《かなら》ず相《あ》い見《まみ》えん

（以上　第四段③）

メモ
楊貴妃が真心を伝えようと、持っていた金の釵を二つに裂き、螺鈿の小箱を身と蓋に分け、それぞれの半分を道士に託す。韻字＝王・茫・長（下平・陽韻）、処・霧・去（去声・語韻遇韻）、扇・鈿・見（去声・霰韻）。

**大意**

情を込め、目を凝らしてじっと見つめ、皇帝にお礼を申し上げる。「お別れしてから、お声もお姿も遥か遠くのものとなりました。昭陽殿で賜った恩愛は途絶え、この蓬萊宮の中での日月が長くなりました。振り返って、下の方の

臨別殷勤重寄詞
詞中有誓兩心知
七月七日長生殿
夜半無人私語時
在天願作比翼鳥
在地願爲連理枝
天長地久有時盡
此恨綿綿無盡期

人間世界を望んでみても、長安は見えず、ただ塵と霧が一面に見えるだけです。今はただ帝に賜った思い出の品を差し上げて、私の切ない気持ちをお見せしたく、螺鈿の小箱と金のかんざしをお持ちください」。そして金のかんざしを裂き、螺鈿の小箱は蓋と身を離し、その片方ずつを自分の手元に留めた。「かんざしはその黄金の身が裂かれ、小箱は螺鈿の身を離されましたが、二人の心が、本来一体であるこの黄金や螺鈿のように堅く結びついていれば、天上界と人間界とに分かれていても、きっとお会いする日がありましょう」。

別《わか》れに臨《のぞ》んで殷勤《いんぎん》に重《かさ》ねて詞《ことば》を寄《よ》す
詞中《しちゅう》に誓《ちか》い有《あ》り両心《りょうしん》のみ知《し》る
七月七日《しちがつなのか》長生殿《ちょうせいでん》
夜半《やはん》人無《ひとな》く私語《しご》の時《とき》
天《てん》に在《あ》りては願《ねが》わくは比翼《ひよく》の鳥《とり》と作《な》り
地《ち》に在《あ》りては願《ねが》わくは連理《れんり》の枝《えだ》と為《な》らんと
天長《てんなが》く地久《ちひさ》しきも時有《ときあ》りて尽《つ》く
此《こ》の恨《うら》みは綿綿《めんめん》として尽《つ》くる期無《ときな》からん

（以上　第四段④）

メモ

道士が帰るとき、楊貴妃と玄宗の二人だけしか知らない誓いの言葉が伝えられた。どこにいても永遠に夫婦でいようと。「長生殿」は驪山の離宮にある宮殿。「比翼の鳥」は雌雄それぞれ一目一翼で、常に二羽が一体となって飛ぶ鳥。「連理の枝」は幹が二本で、枝が一つになっている木。愛し合う男女の仲をたとえる。韻字＝詞・知・時・枝・期（上平・支韻）。

**大意**

別れぎわに、丁寧にまたもう一度伝言をつけ加えた。その言葉の中の誓いは、二人だけが知っているものだった。「七月七日の七夕の夜、長生殿に夜がふけてあたりに人がいなくなったとき、帝がこっそりとおっしゃいました。天上にあっては比翼の鳥となり、地上にあっては連理の枝となって、いつも一緒にいたいね」と。天は長く地は久しいといっても、いつかは尽きるときが訪れる。しかし二人の愛の悲しみだけは、いつまでも尽きることはない。

# 賣炭翁　苦宮市也

炭《すみ》を売《う》る翁《おきな》　宮市《きゅうし》に苦《くる》しむなり　　白楽天《はくらくてん》

賣炭翁
伐薪焼炭南山中
滿面塵灰烟火色
兩鬢蒼蒼十指黑
賣炭得錢何所營
身上衣裳口中食
可憐身上衣正單
心憂炭賤願天寒
夜來城外一尺雪
曉駕炭車輾氷轍
牛困人飢日已高
市南門外泥中歇
翩翩兩騎來是誰

炭《すみ》を売《う》る翁《おきな》
薪《たきぎ》を伐《き》り炭《すみ》を焼《や》く　南山《なんざん》の中《うち》
満面《まんめん》の塵灰《じんかい》　烟火《えんか》の色《いろ》
両鬢蒼蒼《りょうびんそうそう》　十指《じゅっし》黒《くろ》し
炭《すみ》を売《う》り銭《ぜに》を得《え》て　何《なん》の営《いとな》む所《ところ》ぞ
身上《しんじょう》の衣裳《いしょう》　口中《こうちゅう》の食《しょく》
憐《あわれ》むべし　身上《しんじょう》　衣正《ころもまさ》に単《ひとえ》なり
心《こころ》に炭《すみ》の賎《やす》きを憂《うれ》え　天《てん》の寒《さむ》からんことを願《ねが》う
夜来《やらい》　城外《じょうがい》　一尺《いっしゃく》の雪《ゆき》
暁《あかつき》に炭車《たんしゃ》に駕《が》して氷轍《ひょうてつ》を輾《きし》らしむ
牛困《うしつか》れ人飢《ひとう》えて日已《ひすで》に高《たか》く
市《いち》の南門外《なんもんがい》　泥中《でいちゅう》に歇《やす》む
翩翩《へんぺん》たる両騎《りょうき》　来《きた》るは是《こ》れ誰《たれ》ぞ

メモ

題の「宮市」は、宮中で必用なものを市場で買い上げ、適当な金を払う制度をいうが、実際は民の財物を強奪するものだった。宦官がその職に当たるようになると、「宮市」だといって安い値段で持っていったという。この詩は、炭を安値で強奪するさまが描かれる。第19句の「疋」はたんものの長さの単位。一疋は四丈。当時、帛一疋の値は八百文。米一斗は千五百文だった。第20句「向」は「於」と同じ。楽天は社会風刺の詩を重んじ、「新楽府」五十篇を作った。これは第三十二首である。七言古詩。韻字＝翁・中（上平・東韻）、色・黒・食（入声・食韻）、単・寒（上平・寒韻）、雪・轍・歇（入声・屑韻月韻）、誰・児（上平・支韻）、勅・北・得・直（入声・職韻）。

黄衣使者白衫兒
手把文章口稱勅
廻車叱牛率向北
一車炭重千餘斤
宮使驅將惜不得
半疋紅綃一丈綾
繫向牛頭充炭直

黄衣《こうい》の使者《ししゃ》と白衫《はくさん》の児《じ》
手《て》に文章《ぶんしょう》を把《と》って口《くち》に勅《ちょく》と称《しょう》し
車《くるま》を廻《めぐ》らし牛《うし》を叱《しっ》して率《ひ》いて北《きた》に向《む》かわしむ
一車《いっしゃ》の炭《すみ》の重《おも》さ千余斤《せんよきん》
宮使《きゅうし》駆《か》り将《さ》りて惜《お》しみ得《え》ず
半疋《はんびき》の紅綃《こうしょう》　一丈《いちじょう》の綾《あや》
牛頭《ぎゅうとう》に繋《か》向けて炭《すみ》の直《あたい》に充《あ》つ

**大意**

炭売りの爺さんは、終南山の山の中で薪を切り、炭を焼いている。顔中塵や灰にまみれて、すすけた色をして、両の鬢はごま塩で、十本の指は真っ黒。炭を売り銭をもうけて何をするかというと、身につける着物と口に入れる食べ物を手に入れる。気の毒に、身に着けているのはひとえのもの。それでも炭の値段が安くなるのを心配して、もっと寒くなれと願っている。昨夜、町の外に一尺の雪が降り積もったので、夜が明けると牛車に炭を積み、氷の道の轍に沿って車をきしらせて町へと行く。牛は疲れ、爺さんは腹ペコ、日はもう高くなっている。そこで市場の南門の外の泥道の中で一休み。すると威勢よく二頭の馬が駆けてきた、誰かと思って見れば、黄色い服をきた宮中の使いと白い上衣の兵士だ。手に文章を持って「勅命だ」と口ばしり、車の向きを変えさせ、牛を叱りつけ北へ向かう。車いっぱいの炭の重さは千余斤、宮中の使者に駆り立てられてはどうにもならない。半疋（一疋は四丈）の赤い生絹《きぎぬ》と一丈の綾絹が牛の頭にくくりつけられて炭の代金にされたのだった。

# 暮立

黄昏獨立佛堂前
滿地槐花滿樹蟬
大抵四時心總苦
就中腸斷是秋天

暮《く》れに立《た》つ

黄昏《こうこん》独《ひと》り立《た》つ仏堂《ぶつどう》の前《まえ》
満地《まんち》の槐花《かいか》　満樹《まんじゅ》の蟬《せみ》
大抵《たいてい》四時《しいじ》心《こころ》総《すべ》て苦《くる》しきも
就中《なかんずく》腸《はらわた》の断《た》つは是《こ》れ秋天《しゅうてん》

白楽天《はくらくてん》



メモ
楽天四十歳、母の陳氏が亡くなり、喪に服すため下邽に帰っていたときの作。秋は悲しいものという伝統的な「悲秋」観（44、53頁）に加えて母の死の悲しみが詠われる。仏堂の前に散りしいている白いエンジュの花、秋の夕暮れの蟬の声。悲しい清浄な世界である。七言絶句。韻字＝前・蟬・天（下平・先韻）。

## 大意

黄昏どき、独り仏堂の前に立つと、地面いっぱい槐《エンジュ》の花が散りしき、木という木には蟬が鳴きしきる。おおむね四季それぞれみな悲しみを誘うものだが、とりわけ腸がちぎれるほど悲しいのは秋である。

# 村夜

霜草蒼蒼蟲切切
村南村北行人絶
獨出門前望野田
月明蕎麥花如雪

村夜《そんや》

白楽天《はくらくてん》

霜草《そうそう》は蒼蒼《そうそう》として虫《むし》は切切《せつせつ》
村南村北《そんなんそんぼく》　行人《こうじん》絶《た》ゆ
独《ひと》り門前《もんぜん》を出《い》でて野田《やでん》を望《のぞ》めば
月明《つきあき》らかにして　蕎麦《きょうばく》　花雪《はなゆき》の如《ごと》し

メモ
前作と同じく下邽での作。月の光に浮かび上がるようにソバの花が美しく詠われる。その雪のような白は母を失った作者の心の空しさでもある。七言絶句。韻字＝切・絶・雪（入声・屑韻）。



**大意**

霜枯れの草は白く生気を失い、虫が悲しそうに切々と鳴いている。村の南にも村の北にも道を行く人の姿は途絶えた。独り門前に出て野の中の畑を眺めると、月が明るく輝き、蕎麦《ソバ》の花は雪のように白い。

# 白鷺

人生四十未全衰
我爲愁多白髮垂
何故水邊雙白鷺
無愁頭上亦垂絲

白鷺《はくろ》

人生四十《じんせいしじゅう》未《いま》だ全《まった》くは衰《おとろ》えざるに
我《われ》は愁《うれ》い多《おお》きが為《ため》に白髪垂《はくはつた》る
何故《なにゆえ》ぞ　水辺《すいへん》の双白鷺《そうはくろ》
愁《うれ》い無《な》き頭上《とうじょう》に亦《ま》た糸《いと》を垂《た》る

白楽天《はくらくてん》

メモ
江州へ左遷の船中で作った詩。元和十年（八一五）楽天四十四歳。若白髪だったようで十歳のときに「初めて白髪を見る」という詩がある。「愁」「白」「垂」が二回ずつ使われているが、それぞれが上手く機能して煩わしさはない。七言絶句。韻字＝衰・垂・糸（上平・支韻）。



**大意**

人生四十は、すっかり衰えたという年齢でもないのに、私は愁いが多いため、白髪が垂れている。どうしてだろう、水辺の二羽の白鷺は、愁いなどないのに、頭の上に白い糸のような毛を垂れている。

# 舟中讀元九詩

把君詩卷燈前讀
詩盡燈殘天未明
眼痛滅燈猶闇坐
逆風吹浪打船聲

## 舟中元九《しゅうちゅうげんきゅう》の詩《し》を読《よ》む

白楽天《はくらくてん》

君《きみ》が詩巻《しかん》を把《と》りて灯前《とうぜん》に読《よ》む
詩《し》尽《つ》き灯《とう》残《おとろ》えて天《てん》未《いま》だ明《あ》けず
眼《め》痛《いた》み灯《とう》を滅《めっ》して猶《な》お闇坐《あんざ》すれば
逆風《ぎゃくふう》浪《なみ》を吹《ふ》いて船《ふね》を打《う》つ声《こえ》

メモ
四十四歳の作。「元九」は友人の元稹。「九」は排行。元稹は通州司馬に左遷され、出発する前に編纂ずみの自分の詩集を白楽天に託した。元稹は楽天のこの詩に応えて「白楽天舟に泊る夜、微之の詩を詠むに酬ゆ」の詩を作った。後半は二人が置かれていた厳しい社会や政治状況を暗示する。七言絶句。韻字＝明・声（下平・庚韻）。

### 大意

君の詩集を灯火の前で読む。詩を読み尽くすと、灯火は消えそうだが、夜はまだ明けていない。目が痛むので灯りを消し、暗がりの中に座っていると、逆風が波を吹き上げて、船に打ちつける音がする。

# 暮江吟

一道殘陽鋪水中
半江瑟瑟半江紅
可憐九月初三夜
露似眞珠月似弓

暮《ぼ》江《こう》吟《ぎん》

一道《いちどう》の残陽《ざんよう》　水中《すいちゅう》に鋪《し》く
半江《はんこう》は瑟瑟《しつしつ》　半江《はんこう》は紅《くれない》
憐《あわれ》むべし　九月初三《くがつしょさん》の夜《よる》
露《つゆ》は真珠《しんじゅ》に似《に》　月《つき》は弓《ゆみ》に似《に》たり

白楽天《はくらくてん》



メモ
第2句と第4句はそれぞれ句中対。前半は色彩豊かな夕暮れ、後半は夜になろうとする時間帯の露の輝きと三日月。七言絶句。韻字＝中・紅・弓（上平・東韻）。

**大意**

一すじの名残の夕陽が川面を染めている。川の半分はもとの深緑色で、半分は紅《くれない》色。すばらしいのは、九月三日の夜になろうとするとき、露は真珠のように輝き、月は弓のような三日月。

香爐峰下新卜山居
草堂初成偶題東壁

日高睡足猶慵起
小閣重衾不怕寒
遺愛寺鐘欹枕聽
香爐峰雪撥簾看
匡廬便是逃名地
司馬仍爲送老官
心泰身寧是歸處
故鄕何獨在長安

香炉峰《こうろほう》下《か》新《あら》たに山居《さんきょ》を卜《ぼく》し、
草堂《そうどう》初《はじ》めて成《な》り、偶《たま》たま東壁《とうへき》に題《だい》す

白楽天《はくらくてん》

日《ひ》高《たか》く睡《ねむ》り足《た》りて猶《な》お起《お》くるに慵《ものう》し
小閣《しょうかく》に衾《ふすま》を重《かさ》ねて寒《さむ》さを怕《おそ》れず
遺愛寺《いあいじ》の鐘《かね》は枕《まくら》を欹《そばだ》てて聴《き》き
香炉峰《こうろほう》の雪《ゆき》は簾《すだれ》を撥《かか》げて看《み》る
匡盧《きょうろ》は便《すなわ》ち是《こ》れ名《な》を逃《のが》るるの地《ち》
司馬《しば》は仍《な》お老《おい》を送《おく》るの官《かん》為《た》り
心泰《こころやす》く身寧《みやす》きは是《こ》れ帰《き》する処《ところ》
故郷《こきょう》何《なん》ぞ独《ひと》り長安《ちょうあん》にのみ在《あ》らんや

メモ
「重題（重ねて題す）」とする四首連作のその三。頷聯（第3句・第4句）は蒲団の中で寝ながら鐘の音を聴き、腕をだして簾を上げて香炉峰の雪を見ている。早起きして朝廷に出仕する必要のない安閑とした生活。左遷されて味わった楽しみである。七言律詩。韻字＝寒・看・官・安（上平・寒韻）。

### 大意

日は高く昇り、十分眠ったが、それでもなお起きるのは億劫だ。小さな部屋で掛布団を重ねているので、寒さは少しもこわくない。遺愛寺の鐘は枕をちょっと縦にして耳を澄まし、香炉峰の雪は簾を跳ね上げてしばし眺める。廬山は俗世の名誉から逃れ住むのにふさわしい土地であり、司馬は閑職で老人が余生を送るのにちょうどよい。心が安らかで身にさわりがない、これが人の行き着く境地。何も長安だけが故郷とは限るまい。

# 春題湖上

湖上春來似畫圖
亂峰圍繞水平鋪
松排山面千重翠
月點波心一顆珠
碧毯線頭抽早稻
青羅裙帶展新蒲
未能抛得杭州去
一半勾留是此湖

春《はる》　湖上《こじょう》に題《だい》す

湖上《こじょう》　春来《はるきた》りて画図《がと》に似《に》たり
乱峰《らんぽう》囲繞《いじょう》して水平《みずたい》らかに鋪《し》く
松《まつ》は山面《さんめん》に排《はい》す　千重《せんちょう》の翠《みどり》
月《つき》は波心《はしん》に点《てん》ず　一顆《いっか》の珠《たま》
碧毯《へきたん》の線頭《せんとう》　早稲《そうとう》を抽《ぬ》き
青羅《せいら》の裙帯《くんたい》　新蒲《しんぽ》を展《の》ぶ
未《いま》だ杭州《こうしゅう》を抛《なげう》ち得《え》て去《さ》る能《あた》わず
一半勾留《いっぱんこうりゅう》するは是《こ》れ此《こ》の湖《みずうみ》

白楽天《はくらくてん》

メモ
楽天は五十一歳のとき刺史として赴任し、五十三歳のときこの詩を作った。この年、西湖の湖の治水工事を行い、泥をさらって堤を築き、桃と柳を植えた。「白堤」という。のち宋の時代蘇東坡（そとうば）が赴任してきて、楽天に倣い別に堤を作った。これを「蘇堤」という。七言律詩。韻字＝図・鋪・珠・蒲・湖（上平・虞韻）。

## 大意

西湖のほとりに春が来て、あたりの景色は絵のようだ。さまざまな形の山々が周りを取り巻き、湖の水はどこまでも平らか。松は幾重にも深々と緑を山肌にしきつめ、月は一粒の真珠のように湖水の中心に影を落とす。緑色の絨毯の糸の先のように見えるのは、稲が早くも穂を出したところ、青い薄絹のスカートの帯のように見えるのは、蒲の穂がのびたばかり。杭州を投げ棄てて去ることができないのは、半ばはこの湖に引き止められているからだ。

# 正月三日閒行

白楽天《はくらくてん》

黄鸝巷口鶯初語
烏鵲河頭氷欲銷
綠浪東西南北水
紅欄三百九十橋
鴛鴦蕩漾雙雙翅
楊柳交加萬萬條
借問春風來早晩
只從前日到今朝

正月三日《しょうがつみっか》間行《かんこう》す

黄鸝《こうり》巷口《こうこう》　鶯《うぐいす》初《はじ》めて語《かた》り
烏鵲《うじゃく》河頭《かとう》　氷《こおり》銷《と》けんと欲《ほっ》す
緑浪《りょくろう》　東西南北《とうざいなんぼく》の水《みず》
紅欄《こうらん》　三百九十橋《さんびゃくきゅうじっきょう》
鴛鴦《えんおう》蕩漾《とうよう》す　双双《そうそう》の翅《つばさ》
楊柳《ようりゅう》交加《こうか》す　万万《ばんばん》の条《えだ》
借問《しゃもん》す　春風《しゅんぷう》　来《きた》ること早晩《そうばん》
只《た》だ前日《ぜんじつ》より今朝《こんちょう》に到《いた》る

メモ
楽天は五十四歳のとき、刺史として蘇州に赴任した。これは五十五歳の一月三日に、蘇州の町を閒行（散歩）したときの作。緑の水が縦横に流れ、赤い欄干の橋がかかり、鴛鴦が水面にただよい、柳が春風に揺れる美しい風景。蘇州はのちに「水の都」と言われる。七言律詩。韻字＝銷・橋・条・朝（下平・蕭韻）。

**大意**

黄鸝巷のあたりで鶯が鳴きはじめ、烏鵲河のほとりでは氷が溶けかかっている。東西南北どちらを見ても緑の水が流れ、三百九十の紅《あか》い欄干の橋がかかっている。水の上にはつがいの鴛鴦が羽を並べてただよい、川辺の柳は幾万もの枝がからむように垂れている。ちょっとお尋ねします。春風はいつから吹きはじめたのですか。ほんの昨日から今朝にかけて吹きはじめたのですよ。

# 對酒

蝸牛角上爭何事
石火光中寄此身
隨富隨貧且歡樂
不開口笑是癡人

酒《さけ》に対《たい》す

白楽天《はくらくてん》

蝸牛角上《かぎゅうかくじょう》　何事《なにごと》をか争《あらそ》う
石火光中《せきかこうちゅう》　此《こ》の身《み》を寄《よ》す
富《とみ》に随《したが》い貧《ひん》に随《したが》いて且《しばら》く歓楽《かんらく》せよ
口《くち》を開《ひら》いて笑《わら》わざるは是《こ》れ癡人《ちじん》

メモ
楽天五十八歳、洛陽に隠居しているときの作。人生は短いのだから、富める者も貧しい者もそれなりに楽しもう、という。「蝸牛角」「石火光」はどちらも微小なことをいう。『荘子』「則陽篇」の寓話に見える。七言絶句。韻字＝身・人（上平・真韻）。

**大意**

蝸牛《カタツムリ》の角の上のような小さな世界で、いったい何を争うのか。火打石を打つと出る火花のようにはかない人生に、仮にこの身をあずけているのだ。富める者は富めるなりに、貧しい者は貧しいなりに、とりあえずまあ楽しもう。大きく口を開けて笑わないのは、愚か者だ。

# 遊趙村杏花

趙村紅杏每年開
十五年來看幾迴
七十三人難再到
今春來是別花來

趙村《ちょうそん》の杏花《きょうか》に遊《あそ》ぶ　白楽天《はくらくてん》

趙村《ちょうそん》の紅杏《こうきょう》　毎年《まいねん》開《ひら》く
十五年来《じゅうごねんらい》　看《み》ること幾迴《いくかい》ぞ
七十三《しちじゅうさん》の人《ひと》は再《ふたた》び到《いた》り難《がた》し
今春来《こんしゅんきた》るは是《こ》れ花《はな》に別《わか》れんとして来《きた》る

メモ
会昌四年（八四四）七十三歳の作。「趙村」は洛陽の東にあった村で、アンズの花の名所だった。この二年後、会昌六年八月、楽天は七十五歳で亡くなった。七言絶句。韻字＝開・迴・来（上平・灰韻）。

### 大意

趙村の紅《あか》い杏は、毎年花を開かせる。十五年このかた、何回見たことだろう。七十三歳の人は、もう一度来ることは難しい。今春訪ねてきたのは、花に別れを告げるため。

# 聞樂天左降江州司馬

楽天《らくてん》の江州司馬《こうしゅうしば》に左降《さこう》せらるを聞《き》く

元稹《げんじん》

殘燈無焰影幢幢
此夕聞君謫九江
垂死病中驚起坐
暗風吹雨入寒窗

残灯《ざんとう》焔《ほのお》無《な》く影幢幢《かげどうどう》
此《こ》の夕《ゆう》べ君《きみ》が九江《きゅうこう》に謫《たく》せらるを聞《き》く
垂死《すいし》の病中《びょうちゅう》驚《おどろ》いて起坐《きざ》すれば
暗風雨《あんぷうあめ》を吹《ふ》きて寒窓《かんそう》に入《い》る



**大意**

灯火《ともしび》の炎が消えかかり、影がゆらゆら揺れている。この夕べ、君が九江に左遷されることになったと聞いた。今にも死にそうな病に臥しているが、驚きのあまり起き上がってしまった。すると真っ黒な闇から、夜風が雨を含んで我がわび住まいの窓に吹き込んできた。

メモ

楽天が江州司馬に左遷されたのは西暦八一五年。元稹は前年江陵士曹から通州司馬に転任して体をこわしていた。病床で親友の左遷を知り、驚いて作った詩。楽天は元稹に送った手紙の中でこの詩を引用して「この詩は他人ですら聞くに耐えない、いわんや僕においてをや」といっている。使用されている言葉が暗澹とした気持ちを表す。「幢幢」は光が揺れるさま。心が定まらないことにも使う。七言絶句。韻字＝幢・江・窓（上平・江韻冬韻）。

# 莫種樹

李賀《りが》

園中莫種樹
種樹四時愁
獨睡南牀月
今秋似去秋

樹《き》を種《う》うる莫《な》かれ

園中《えんちゅう》　樹《き》を種《う》うる莫《な》かれ
樹《き》を種《う》うれば四時《しいじ》愁《うれ》う
独《ひと》り睡《ねむ》る　南牀《なんしょう》の月《つき》
今秋《こんしゅう》は去秋《きょしゅう》に似《に》たり

メモ

木々は季節ごとに葉の色や姿が変わる。そのたびに悲しい気持ちが起こる。今年の秋は去年の秋と同じように、もう十分悲しいから、木は植えなくていい、と。科挙の試験に落第したときの作品とされる。五言絶句。韻字＝愁・秋（下平・尤韻）。

## 大意

故郷の庭に木を植えないでくれ、木を植えたら四季ごとに悲しくなるから。月明りのもと、南の窓辺のベッドに独り眠る私にとって、今年の秋も去年の秋も似たようなものだから。

# 雁門太守行

黑雲壓城城欲摧
甲光向月金鱗開
角聲滿天秋色裏
塞上燕脂凝夜紫
半捲紅旗臨易水
霜重鼓聲寒不起
報君黃金臺上意
提攜玉龍爲君死

雁門太守行《がんもんたいしゅこう》

李《り》賀《が》

黒雲城《こくうんしろ》を圧《あっ》して　城《しろ》摧《くだ》けんと欲《ほっ》す
甲光月《こうこうつき》に向《む》かいて　金鱗《きんりん》開《ひら》く
角声天《かくせいてん》に満《み》つ　秋色《しゅうしょく》の裏《うち》
塞上《さいじょう》　燕脂《えんじ》　夜紫《やし》を凝《こ》らす
半《なか》ば捲《ま》ける紅旗《こうき》は易水《えきすい》に臨《のぞ》み
霜重《しもおも》く　鼓声《こせい》寒《さむ》くして起《お》こらず
君《きみ》が黄金台上《おうごんだいじょう》の意《い》に報《むく》いて
玉竜《ぎょくりゅう》を提携《ていけい》して　君《きみ》が為《ため》に死《し》せん



メモ

「雁門太守行」は楽府題。雁門は山西省にある。「太守」は郡の長官。「易水」は河北省を流れる川。戦国時代、燕の荊軻が秦王を暗殺するために出発した場所（50頁）。「黄金台」は戦国時代、燕の昭王が天下の賢者を招くために築いた殿閣。易水の東南十八里のところにあった。郭隗が「先ず隗より始めよ」と、自分を招いたら天下の賢人が集まる、と進言した。七言古詩。

韻字＝摧・開（上平・灰韻）、裏・紫・水・起・意・死。

## 大意

真っ黒な雲が町を圧《お》さえつけて、町は今にも砕けんばかり。鎧《よろい》は月の光にきらめき、金の鱗が開いたよう。秋空の中、角笛の音が天に響きわたる。とりでの上の深紅の血潮は、夜には紫色に凝り固まる。半ば巻かれた赤い旗は易水に臨んで静まり、霜が厚く降りて、寒さに太鼓の音も起こらない。黄金台を築き、招いてくださった太守様のお志に報いて、玉竜の剣を引っ提げて、あなたのために死にましょう。

# 將進酒

琉璃鍾
琥珀濃
小槽酒滴眞珠紅
烹龍炮鳳玉脂泣
羅屛繡幕圍香風
吹龍笛
擊鼉鼓
皓齒歌
細腰舞
況是青春日將暮
桃花亂落如紅雨
勸君終日酩酊醉
酒不到劉伶墳上土

将進酒《しょうしんしゅ》　李賀《りが》

琉璃《るり》の鍾《さかづき》
琥珀《こはく》濃《こま》やかなり
小槽酒《しょうそうさけ》滴《したた》りて真珠紅《しんじゅくれない》なり
烹竜《ほうりゅう》　炮鳳《ほうおう》　玉脂《ぎょくし》泣《な》き
羅屏《らへい》　繡幕《しゅうばく》　香風《こうふう》囲《かこ》む
竜笛《りゅうてき》を吹《ふ》き
鼉鼓《だこ》を撃《う》ち
皓歯《こうし》歌《うた》い
細腰《さいよう》舞《ま》う
況《いわ》んや是《こ》れ青春《せいしゅん》　日《ひ》将《まさ》に暮《く》れんとし
桃花《とうか》　乱《みだ》れ落《お》ちて　紅雨《こうう》の如《ごと》し
君《きみ》に勧《すす》む　終日酩酊《しゅうじつめいてい》して酔《よ》わんことを
酒《さけ》は到《いた》らず　劉伶墳上《りゅうれいふんじょう》の土《つち》

**大意**

琉璃色の杯《さかずき》に、濃い琥珀色の酒。小さな槽《ふね》には真珠の赤い色の葡萄酒が滴る。竜を煮、鳳を焼けば、玉の脂が涙とこぼれ、薄絹の屏風、刺繡の垂れ幕の中では、香風が立ち込める。竜骨の笛を吹き、ワニ皮の太鼓を叩き、歌姫は白い歯を輝かせて歌い、舞姫は細い腰をくねらせて舞う。ましてや今は青春の日が暮れかかり、桃花が乱れ散って紅《くれない》の雨を降らす時節。君に勧めて終日酩酊するまで酔おう、酒飲みの劉伶も死ねば飲むこともかなわず、塚に酒を届ける者はいないのだから。

メモ
楽府題の一つ。「将進酒」は「さあ、酒を飲もう」、の意。美しい色彩の中での快楽。そして孤独と悲しみ。古体詩。芥川竜之介が愛唱した。韻字＝鍾・濃・紅・風（上平・冬韻東韻）、鼓・舞・雨・土（上声・麌韻）。

# 度桑乾

客舍幷州已十霜
歸心日夜憶咸陽
無端更渡桑乾水
却望幷州是故鄕

桑乾《そうかん》を度《わた》る

幷州《へいしゅう》に客舎《かくしゃ》して已《すで》に十霜《じゅっそう》
帰心日夜咸陽《きしんにちやかんよう》を憶《おも》う
端無《はしな》くも更《さら》に渡《わた》る桑乾《そうかん》の水《みず》
却《かえ》って幷州《へいしゅう》を望《のぞ》めば是《こ》れ故郷《こきょう》

賈島《かとう》



メモ

「桑乾」は山西省を流れる川。「幷州」は今の山西省太原市。「却」は、意に反して、「何と」、の意。故郷を遠く離れて地方で長年過ごし、さらにまたその地を離れて遠くへ行くと、それまで厭だと思っていたところが「かえって」故郷のように思われる。この詩から第二の故郷を懐かしむことを「幷州の情」という。七言絶句。韻字＝霜・陽・郷（下平・陽韻）。

**大意**

幷州での暮らしも、すでに十年。故郷の長安に帰りたいと思う心は、昼も夜も止むことがない。思いがけず、さらに桑乾河を渡って別の地に向かうことになったが、何と、振り返って幷州を眺めてみると、厭だと思っていた前の仮住まいの町がかえって故郷のように感じられる。

## 尋隠者不遇

松下問童子
言師採薬去
只在此山中
雲深不知處

隠者《いんじゃ》を尋《たず》ねて遇《あ》わず

賈島《かとう》

松下《しょうか》　童子《どうじ》に問《と》う
言《い》う　師《し》は薬《くすり》を採《と》りて去《さ》れりと
只《た》だ此《こ》の山中《さんちゅう》に在《あ》り
雲深《くもふか》くして処《ところ》を知《し》らず

メモ
わざわざ尋ねていったのに会えなかったという新たな境地を開いた詩。「松」「童子」「薬」「山中」「雲」は隠者を詠う常套的な言葉。五言絶句。韻字＝去・処（去声・御韻）。



### 大意

松の木の下で隠者に仕える童《わらべ》に尋ねたら、先生は薬草を探しにゆかれた、と。この山の中にきっといるに違いないが、雲が深くていったいどこにいるのか見当がつかない。

# 憫農

鋤禾日當午
汗滴禾下土
誰知盤中餐
粒粒皆辛苦

農《のう》を憫《あわれ》む

禾《いね》を鋤《す》いて日《ひ》は午《ご》に当《あ》たる
汗《あせ》は滴《したた》る　禾下《かか》の土《つち》
誰《たれ》か知《し》らん　盤中《ばんちゅう》の餐《さん》
粒粒《りゅうりゅう》　皆辛苦《みなしんく》なるを

李紳《りしん》



メモ
日ごろ何気なく食べている飯の一粒一粒が農民の辛苦の結晶だという。鋭い指摘にどきっとする。「粒粒皆辛苦」の五字は滑らかなひびきだが、内容は耳にも目にも強烈である。五言絶句。韻字＝午・土・苦（上声・麌韻）。

**大意**

稲の手入れをしていると、真昼時の太陽が照りつけ、吹き出す汗が稲の下の土に滴り落ちる。誰が知っていよう、この大皿の中の飯の、一粒一粒がみな農民の労苦のたまものであることを。

# 粤自居寒山

粤《ここ》に寒山《かんざん》に居《す》みてより

寒山《かんざん》

粤自居寒山
曾經幾萬載
任運遯林泉
棲遲觀自在
巖中人不到
白雲常靉靆
細草作臥褥
青天爲被蓋
快活枕石頭
天地任變改

粤《ここ》に寒山《かんざん》に居《す》みてより
曾《かつ》て幾万載《いくまんさい》をか経《へ》たる
任運《にんぬん》　林泉《りんせん》に遯《のが》れ
棲遅《せいち》して観自在《かんじざい》
巌中《がんちゅう》　人到《ひといた》らず
白雲《はくうん》　常《つね》に靉靆《あいたい》たり
細草《さいそう》を臥褥《がじょく》と作《な》し
青天《せいてん》を被蓋《ひがい》と為《な》す
快活《かいかつ》に石頭《せきとう》に枕《まくら》し
天地《てんち》　変改《へんかい》するに任《まか》す

メモ

寒山の生きざまのうかがえる詩。第3句の「任運」は、あるがままにあること。禅僧愛用の語。「林泉」は山林と同じ。第4句の「観自在」は、仏教用語で、一切の迷いがなく、ものを融通無碍に見ること。第6句の「靉靆」は、雲がたなびくさま。五言古詩。韻字＝載・在・靆・蓋・改（去声・隊韻泰韻、上声・賄韻）。

## 大意

この寒山に棲んでから、何万年経ったことだろう。天運のあるがままにまかせて山林に隠遁し、のびのびとした安らぎの中で自在にものを観ている。巌《いわお》の住まいに訪ねてくる人もなく、白雲がいつもたなびいている。柔らかな細草を敷布団とし、青空を掛布団とし、石を枕として心地よく横たわる。天地がどう変わろうと、知ったことではない、変わるにまかせるのだ。

# 漢詩の日本文学への影響

記録によると大和朝廷の応神天皇のころに『論語』と『千字文』が伝来したという。日本人は、漢詩漢文を学び、和漢混交文や万葉仮名を考案し、漢字の一部からカタカナを作り、漢字の草書からひらがなを生み、やがて和文による日本文学が成就する。漢文は朝廷の記録文や勅令に用いられ、漢詩も貴族の交遊に詠われ、実用から次第に日本の純文学として発展していった。

日本最古の漢詩集は奈良時代の『懐風藻《かいふうそう》』（七五一年成立）で、大友皇子の作品が巻頭に置かれている。壬申の乱（六七二年）の後、大津皇子や文武天皇などが登場し、宮廷における侍宴応詔《じえんおうしょう》の詩が盛んに作られた。六朝詩の影響を受けて詠物詩が現れ、詩宴では各人に一定の韻字が与えられて作詩することも行われた。この時期の詩人たちは『文選《もんぜん》』『玉台新詠集《ぎょくだいしんえいしゅう》』『藝文類聚《げいもんるいじゅう》』などに詩句の手本を求めていて、六朝詩の模倣が目立つ。

養老から天平（七一七〜七四八年）になると、詩苑の中心が宮廷から政治権力者に移り、長屋王の佐保邸に官人や文人が集まり、新羅の使節を迎えて詩宴が催されたり、藤原《ふじわらの》武智麻呂《むちまろ》の習宜《すげ》の別邸には詩人たちが招かれ詩才を競ったりした。この時期の詩には六朝詩だけでなく初唐の王勃《おうぼつ》や駱賓王《らくひんおう》の詩の影響が見られる。ただ、一般的に中国文学の摂取も皮相的なもので、内容に立ち入ることはない。
漢詩漢文は官僚に必須のものだったが、平安時代になると、漢詩漢文が上流階級に広まり、女性たちも熱心に読むようになる。

## 一、漢詩漢文の受容

奈良から京都に遷都した桓武天皇は儒教に基づいた政治体制を確立すべく、遣唐使を派遣し学問を奨励した。それを継承した嵯峨天皇《さがてんのう》のとき、唐風文化は黄金期を迎える。「文章は経国の大業、不朽の盛事」（曹丕『典論』論文）を体して文学が永遠不朽のもので国家経営に不可欠であることを強調し、この文学理念のもとに『凌雲集《りょううんしゅう》』『文華秀麗集《ぶんかしゅうれいしゅう》』『経国集《けいこくしゅう》』の勅撰三集が相次いで編纂された。

当時宮廷や離宮などで頻繁に詩宴が催され、多くの詩篇が生み出された。唐風文化への傾斜は舶載された詩集の増加にともない、使用される語句が豊富になり、新傾向の詩風や詩体が受容され、『懐風藻』の詩より格段に進歩していった。詩の内容も、遊覧・宴集・贈答から述懐・艶情・梵門・楽府などに拡大し、詩形も奈良時代の五言詩から七言詩へと移行する。長編や雑言体の詩も急速に増加し、我が国最初の填詞《てんし》（詞《ツー》）も生まれる。

弘仁期（八一〇～八二四年）の詩壇は嵯峨天皇を中心として小野岑守《おののみねもり》、菅原清公《すがわらのきよきみ》、滋《しげ》野貞主《ののさだぬし》、良岑安世《よしみねのやすよ》などの文人官僚によって構成され、宮廷文学的な性格を持っていた。この宮廷詩壇と密接な関わりを持つものに僧侶の文学があった。その頂点に立つのが空海であり、詩文集『遍照発揮性霊集《へんじょうほっきしょうりょうしゅう》』や中国の詩論を収録した『文鏡秘府論《ぶんきょうひふろん》』『文筆眼心抄《ぶんぴつがんしんしょう》』などがある。円仁には入唐の紀行『入唐求法巡礼行記《にっとうぐほうじゅんれいこうき》』があり、紀行日記の先駆とされる。

漢文学は承和期（八三四～八四八年）に大きな転換期を迎える。この期に白居易（白楽天）の『白氏文集《はくしもんじゅう》』が渡来すると、詩人たちは競ってその摂取・模倣に努め、従来の詩風が一変した。この白氏尊崇は鎌倉時代まで続く。白居易は「文曲星神《ぶんきょくせいしん》」（『本朝麗藻』下）と崇められ、その詩は「尽くこれ黄金なり」（『都氏文集』）と尊ばれた。『令』の規定で創設された大学寮は長い間経書の研究を主とした明経道《みょうぎょうどう》が重んじられていたが、これに代わって歴史や文学を学ぶ紀伝（文章《もんじょう》）道が優位を占めるようになり、文章院の設立によって菅原・大江の二家を頂点とする儒家が確立し、文壇は学者詩人が中心となって展開する。

承和から貞観（八五九～八七七年）にかけてはまだ律令制の官僚機構が維持され、人材登用の道が開かれていたので、学者たちは格式の制定や国史の編纂に従事しながら政治に参与し、一方で新しい詩文の世界を開拓していった。自己の鬱憤を詩に託した小野篁《たかむら》、『都氏文集《としぶんしゅう》』に民間伝承を取り上げ記録体散文を確立した都良香《みやこのよしか》、台閣に列して多くの著述を行った菅原是善《これよし》、大江音人《おとんど》、橘広相《たちばなのひろみ》、当代の詩匠と讃えられた『田氏家集』の島田忠臣《しまだのただおみ》などがおり、その後に菅原道真が登場する。

菅原道真の作品は『菅家文草《かんけぶんそう》』『菅家後集《こうしゅう》』に収められている。彼はその他『類聚国史』の編纂や『新撰万葉集』の著述も行っている。多情多感な道真は二度の僻地生活によって庶民生活を取り上げて新しい詩境を開拓し、太宰府への流謫という緊迫した状況のもとで率直に感情を詠いあげた。天性の詩心により、漢詩の世界は唐風を脱して日本固有のものへと昇華したのだった。

## 二、白楽天の詩と平安文学

白楽天の詩は平安貴族に愛読され、『枕草子』や『源氏物語』などに詩句が引用されたり、創作のもとになったりしている。例えば、白楽天の「香炉峰下新たに山居をトし、草堂初めて成り、偶たま東壁に題す」(319頁)の頷聯(第3句・第4句)の「遺愛寺の鐘は枕を欹てて聴き　香炉峰の雪は簾を撥げて看る」は、『源氏物語』の「総角《あげまき》」、『和漢朗詠集』巻下、『千載佳句』巻下、『大鏡』(巻二)などに引用・利用され、『枕草子』では、中宮定子《ちゅうぐうていし》に「香炉峯の雪いかならん」と尋ねられた清少納言が「御簾《みす》を高く上げ」て応えたので、定子がお笑いになり、周りの人々を驚かせた、という話を載せている。

雪のいと高う降りたるを、例ならず御格子まゐりて、炭櫃に火おこして、物語などして集りさぶらふに、「少納言よ、香炉峯の雪、いかならむ」と、おほせらるれば、御格子上げさせて、御簾を高く上げたれば、笑はせたまふ。人々も、「さることは知り、歌などにさへ歌へど、思ひこそ寄らざりつれ。なほ、この宮の人には、さべきなめり」と言ふ。

『新古今和歌集』巻十八には藤原俊成の和歌に

暁とつげの枕をそばだてて聞くもかなしき鐘の音かな

とある。

白楽天は、草堂について同題のその一で「五架三間の新草堂、石階桂柱竹編の牆」(奥行五間、間口三間の新築のわらぶきの家、石の階段、桂(モクセイ)の柱、竹で編んだ垣根)という。これが『源氏物語』「須磨」の巻に、光源氏須磨謫居の場面に用いられている。

また『源氏物語』須磨の巻には、

うちかへりみたまへるに、来《こ》し方の山は霞はるかにて、まことに三千里の外《ほか》のここちするに

とか、

今宵《こよい》は十五夜なりけりとおぼし出でて(中略)二千里《じせんり》の外《ほか》の故人の心と誦《ず》じたまへる、例の涙もとどめられず。

とある。これは白楽天の詩「八月十五日夜禁中獨直對月憶元九」(294頁)の句

を踏まえたものである。

八月十五日《はちがつじゅうごにち》の夜《よる》、禁中《きんちゅう》に独《ひと》り直《とのい》し月《つき》に対《たい》して元九《げんきゅう》を憶《おも》う　白楽天《はくらくてん》

銀臺金闕夕沈沈　銀台金闕《ぎんだいきんけつ》　夕《ゆう》べ沈沈《ちんちん》
獨宿相思在翰林　独宿《どくしゅく》　相《あ》い思《おも》うて翰林《かんりん》に在《あ》り
三五夜中新月色　三五夜中《さんごやちゅう》　新月《しんげつ》の色《いろ》
二千里外故人心　二千里外《にせんりがい》　故人《こじん》の心《こころ》
渚宮東面煙波冷　渚宮《しょきゅう》の東面《とうめん》　煙波《えんぱ》冷《ひや》やかに
浴殿西頭鐘漏深　浴殿《よくでん》の西頭《せいとう》　鐘漏《しょうろう》深《ふか》し
猶恐清光不同見　猶《な》お恐《おそ》る　清光《せいこう》同《おな》じくは見《み》ざらんことを
江陵卑濕足秋陰　江陵《こうりょう》は卑湿《ひしつ》にして秋陰《しゅういん》足《た》る

白楽天の「長恨歌」（296頁）は『源氏物語』の構成や表現に大きな影響を与えた。「桐壺」に引用される割合が多く、例えば

唐土《もろこし》にも、かかる事の起りにこそ、世も乱れ、あしかりけれど、やうやう天《あめ》の下にもあぢきなう、人のもてなやみぐさになりて、楊貴妃の例《ためし》も引き出でつべくなりゆくに、いとはしたなきこと多かれど、かたじけなき御心ばへのたぐひなきを頼みにてまじらひたまふ。

と、女性問題がもとで世が乱れる例証として「長恨歌」が引き合いに出され、あるいは

かの贈り物御覧ぜさす。亡き人の住処《すみか》尋ねいでたりけむ、しるしの釵《かんざし》ならましかば、と思ほすも、いとかひなし。

と、玄宗の使者の道士が楊貴妃の魂魄を仙界に尋ね、証拠の釵と小箱を持ち帰ったこと（「長恨歌」第１０７句・第１０８句）をさりげなく言い、帝の歌が続く。

尋ねゆく幻もがなつてにも魂《たま》のありかをそこと知るべく

また、これに続けて

絵にかける楊貴妃の容貌《かたち》は、いみじき絵師《えし》といへども、筆限りありければ、いとにほひ少なし。太液《たいえき》の芙蓉《ふよう》、未央《びよう》の柳《やなぎ》も、げに通ひたりし容貌《かたち》を、・・・・朝夕《あさゆう》の言種《ことくさ》に、翼《はね》をならべ、枝をかはさむと契らせたまひしに・・・

と、「長恨歌」の第58句、第１１７句・第１１８句の言葉を用いる。

紫式部は「長恨歌」はもちろん白楽天の『白氏文集』を精読したであろうから、『源氏物語』の執筆の意図も、推し量ることができよう。

# 三、菅原道真の詩

『枕草子』に「読むべき文《ふみ》は、文選《もんぜん》、文集《もんじゅう》」と教養人の必読書として、中国南朝梁の時代に編纂された『文選』と白楽天の『白氏文集』が挙げられている。漢詩は、近江朝以来、奈良、平安時代に皇族や貴族、豪族、僧侶、学者によって詠われ続け、平安時代になって菅原道真《すがわらのみちざね》が、それまでの中国の模倣から脱し、『文選』『白氏文集』をしっかり学んで、漢詩を自らの思いを詠う日本の詩へと昇華させた。道真が大宰府に流罪となったときに詠った詩。

不出門　　門《もん》を出《い》でず　　菅原道真《すがわらのみちざね》

一従謫落在柴荊　　一《ひと》たび謫落《たくらく》せられて柴荊《さいけい》に在《あ》りしより
萬死兢兢跼蹐情　　万死《ばんし》兢々《きょうきょう》たり　跼蹐《きょくせき》の情《じょう》
都府樓纔看瓦色　　都府楼《とふろう》は纔《わず》かに瓦《かわら》の色《いろ》を看《み》
觀音寺只聽鐘聲　　観音寺《かんのんじ》は只《た》だ鐘《かね》の声《こえ》を聴《き》く
中懐好逐孤雲去　　中懐《ちゅうかい》好《よ》し　孤雲《こうん》を逐《お》うて去《さ》り
外物相逢満月迎　　外物《がいぶつ》相《あ》い逢《あ》うて満月《まんげつ》迎《むか》う
此地雖身無検繋　　此《こ》の地《ち》　身《み》に検繋《けんけい》無《な》しと雖《いえど》も
何爲寸歩出門行　　何為《なんす》れぞ寸歩《すんぽ》も門《もん》を出《い》でて行《ゆ》かん

（大意）罪をこうむって柴の戸に暮らす身となってからは、万死にもあたる思いで、戦々兢々《きょうきょう》と、広い天地の間にも身の置きどころがない気持ちで謹慎している。大宰府の庁舎の高殿は木の間からわずかに瓦の色を仰ぎ見、近くの観音寺もただ朝夕の鐘の音を聴くだけである。心の中では、一片の白雲が去るように浮き世のことは忘れ、外のものに対しては、満月が無心にものを照らし迎えるように円満な心もちである。この地では我が身を拘束するものは一切ないが、一歩たりとも門を出ていくことがあろうか、ない。

白楽天に「不出門」の詩があるので、同じ題で作ったものであろう。この詩の頷聯《がんれん》（第3句・第4句）は白楽天「香爐峰」の頷聯を踏まえている。

九月十日

去年今夜侍清涼
秋思詩篇獨斷腸
恩賜御衣今在此
捧持毎日拝餘香

九月十日《くがつとおか》　菅原道真《すがわらのみちざね》

去年《きょねん》の今夜《こんや》清涼《せいりょう》に侍《じ》す
秋思《しゅうし》の詩篇《しへん》　独《ひと》り断腸《だんちょう》
恩賜《おんし》の御衣《ぎょい》　今此《いまここ》に在《あ》り
捧持《ほうじ》して毎日《まいにち》余香《よこう》を拝《はい》す

（大意）去年の今夜は清涼殿に侍り、他の臣たちとともに「秋思」の詩を作り、自分の詩だけが腸もちぎれんばかりの悲しい思いにあふれていた。そのとき賜った御衣は今ここにある。日ごとに奉って移り香を拝し、天恩の厚きに感じ入っている。

「秋思」の詩が作られたのは、西暦九〇〇年。その翌年、道真は大宰府に左遷され、この詩を作った。天皇への忠誠が、素直に詠われている。身に覚えがなくても、天皇の怒りに触れて大宰府に流された道真は、俗に榎寺《えのきでら》といわれる浄妙寺で謹慎の生活を送り、質素な生活をし、家族を思いながら、九〇三年、五十九歳で亡くなり安楽寺に葬られた。

　学者として誠実な生涯を送った道真は、天神《てんじん》として祀られ、やがて学問の神、和歌の神、書道の神として広く信仰される。道真は死に臨み、大宰府で作った漢詩を集め、封緘《ふうかん》して紀長谷雄《きのはせお》のもとに送った。それを見た長谷雄は天を仰いで「大臣の藻思《そうし》は絶妙で、天下無双である」と嘆息したという。

# 咸陽城東樓

一上高城萬里愁
蒹葭楊柳似汀洲
溪雲初起日沈閣
山雨欲來風滿樓
鳥下綠蕪秦苑夕
蟬鳴黃葉漢宮秋
行人莫問當年事
故國東來渭水流

## 咸陽城《かんようじょう》の東楼《とうろう》

許渾《きょこん》

一《ひと》たび高城《こうじょう》に上《のぼ》れば万里《ばんり》愁《うれ》う
蒹葭《けんか》　楊柳《ようりゅう》　汀洲《ていしゅう》に似《に》たり
渓雲《けいうん》初《はじ》めて起《お》こりて　日《ひ》　閣《かく》に沈《しず》み
山雨《さんう》来《きた》らんと欲《ほっ》して　風《かぜ》　楼《ろう》に満《み》つ
鳥《とり》は緑蕪《りょくぶ》に下《くだ》る　秦苑《しんえん》の夕《ゆう》べ
蟬《せみ》は黄葉《こうよう》に鳴《な》く　漢宮《かんきゅう》の秋《あき》
行人《こうじん》問《と》う莫《な》かれ　当年《とうねん》の事《こと》
故国《ここく》　東来《とうらい》　渭水《いすい》流《なが》る

342

メモ
咸陽は秦の都があったところ。渭水を隔てて長安を望めた。かつては長安と同じく栄華を誇った秦の都が、今ではすっかり荒れてしまい、昔と変わらないのは東に流れる渭水だけだという。第4句は、大きな動乱が起こる予感をいう名句。七言律詩。韻字＝愁・洲・楼・秋・流（下平・尤韻）。

**大意**

高い城壁に上って見わたすと、無限の愁いに満ちている、町は一面蒹葭《アシ》や楊柳《ヤナギ》が生え、あたかも川の汀《みぎわ》のよう。谷間に雲が湧いたかと思うと、夕陽はもう楼閣の彼方に沈み、山間の雨がやってくるのか、冷たい風が楼閣に満ちあふれる。鳥は荒れた緑の草に舞い降りて、秦の庭園は暮れてゆき、蟬は黄ばんだ葉に鳴いて、漢宮のあたりに秋の気配がただよう。旅人よ、もうあの華やかな時代のことなど尋ねないでくれ、この古い都で、昔のままなのは、東へと流れる渭水だけなのだ。

# 題烏江亭

勝敗兵家事不期
包羞忍恥是男兒
江東子弟多才俊
巻土重來未可知

烏江亭《うこうてい》に題《だい》す

杜牧《とぼく》

勝敗《しょうはい》は兵家《へいか》も事《こと》期《き》せず
羞《はじ》を包《つつ》み恥《はじ》を忍《しの》ぶは是《こ》れ男児《だんじ》
江東《こうとう》の子弟才俊《していさいしゅん》多《おお》し
巻土重来《けんどちょうらい》未《いま》だ知《し》るべからず

メモ

烏江亭は、安徽省和（か）県の東にあった渡し場。漢の劉邦と戦って敗れた楚の項羽が最期をとげた場所。「亭」を「廟」とするテキストもある。承句の「羞」「恥」はどちらも「はじ」「はじる」意だが、「羞」はおもはゆく思う、「恥」は自分の悪い点を認めて恥じ入る、また、人に恥をかかす。七言絶句。韻字＝期・児・知（上平・支韻）。

## 大意

戦の勝敗は戦略家も予測はできない。羞を包み恥を忍ぶことこそ真の男子。項羽の本拠地江東には優れた若者が多くいた。土を巻く勢いでふたたび攻め上ることができたかもしれなかったものを。

# 赤壁

折戟沈沙鐵未銷
自將磨洗認前朝
東風不與周郎便
銅雀春深鎖二喬

## 赤壁《せきへき》

折戟《せつげき》　沙《すな》に沈《しず》んで鉄《てつ》未《いま》だ銷《しょう》せず
自《みずか》ら磨洗《ません》を将《も》って前朝《ぜんちょう》を認《みと》む
東風《とうふう》　周郎《しゅうろう》がために便《べん》ならずんば
銅雀《どうじゃく》　春深《はるふか》うして二喬《にきょう》を鎖《とざ》さん

杜牧《とぼく》



メモ

三国時代、呉蜀の連合軍が魏の曹操の軍と赤壁で戦ったとき（208年）、吹いてきた東風に乗じて、燃える薪を積んだ船を魏の水軍に突っ込ませて敵の船を焼いて勝利した。詩の後半は、歴史的な事実を引っくり返して、「もし～だったら」という仮定法によって、曹操がもし勝っていたら絶世の美人姉妹が色好みの曹操に手ごめにされただろう、という。七言絶句。韻字＝銷・朝・喬（下平・蕭韻）。

### 大意

折れたほこが砂に埋もれ、鉄の部分がまだ残っている。手に取って水で洗い磨くと、まさしくあの時代のものだ。もし、東風が呉の周瑜のために吹いてくれなかったら、春深いころ、喬姉妹は曹操が建てた銅雀台に捕えられていただろう。

# 泊秦淮

杜牧《とぼく》

煙籠寒水月籠沙
夜泊秦淮近酒家
商女不知亡國恨
隔江猶唱後庭花

秦淮《しんわい》に泊《はく》す

煙《けむり》は寒水《かんすい》を籠《こ》め　月《つき》は沙《すな》を籠《こ》む
夜《よる》秦淮《しんわい》に泊《はく》して酒家《しゅか》に近《ちか》し
商女《しょうじょ》は知《し》らず　亡国《ぼうこく》の恨《うら》み
江《こう》を隔《へだ》てて猶《な》お唱《うた》う後庭花《こうていか》

メモ
「籠」は、立ち込める、すっぽりと包む。「秦淮」は金陵（南京）の町を流れる運河。このあたりは南朝最後の国・陳の都があり、陳の後主陳叔宝が「玉樹後庭花」（120頁）を唱って遊びほうけ、政治をおろそかにして、ついに隋に滅ぼされてしまった。詩の前半はしっとりとした風情。後半は昔の都の地で聞く悲しい歌。歌う妓女はそれが亡国の悲しい歌とは知らない。七言絶句。韻字＝沙・家・花（下平・麻韻）。

**大意**

夕もやが冷たい水の上に立ち込め、月が川辺の砂を白々と照らしている。夜、秦淮河に舟泊まりしたのは、妓楼の近く。遊女たちは、亡国の恨みがこもる歌とは知らず、水を隔てた向こうから、今なお玉樹後庭花の曲を歌っている。

# 江南春

千里鶯啼綠映紅
水村山郭酒旗風
南朝四百八十寺
多少樓臺煙雨中

江南《こうなん》の春《はる》

千里《せんり》鶯《うぐいす》啼《な》いて　緑《みどり》　紅《くれない》に映《えい》ず
水村《すいそん》　山郭《さんかく》　酒旗《しゅき》の風《かぜ》
南朝《なんちょう》四百《しひゃく》八十寺《はっしんじ》
多少《たしょう》の楼台《ろうだい》　煙雨《えんう》の中《うち》

杜牧《とぼく》

メモ
前半は晴れの日の江南。広々として彩りが鮮やかで、鶯が鳴き風も爽やかである。後半は雨の日の江南。多くの寺院は春雨に煙り、古都の悠久の歴史を感じさせる。金陵（今の南京）には当時四八〇ほどの寺院があったという。「秦淮に泊す」（３４５頁）のような陳の滅亡の歴史もある。晴れていても雨が降っていても、魅力的な春の江南である。七言絶句。韻字＝紅・風・中（上平・東韻）。

**大意**

広々とした平野のあちこちから鶯の鳴き声が聞こえ、木々の緑が花の紅《くれない》と照り映えている。水辺の村や山沿いの村には、酒屋の旗が春風になびいている。一方、雨の日には、古都金陵の南朝以来の四百八十もの寺院の楼台が、春雨の中に煙っている。

# 清明

清明時節雨紛紛
路上行人欲斷魂
借問酒家何處有
牧童遙指杏花村

清明《せいめい》

清明《せいめい》の時節《じせつ》　雨紛紛《あめふんぷん》
路上《ろじょう》の行人《こうじん》　魂《こん》を断《た》たんと欲《ほっ》す
借問《しゃもん》す　酒家《しゅか》　何《いず》れの処《ところ》にか有《あ》る
牧童遥《ぼくどうはる》かに指《ゆび》さす杏花《きょうか》の村《むら》

杜牧《とぼく》

メモ
清明は二十四節気の一つで、冬至から106日目、およそ四月四日か五日に当たる。この日に家族で墓参りをする習慣があった。清らかで明るい時節なのに、雨が降り、独り旅をしている旅人にとっては気が重い。牧童が指差す杏の花は、心を慰めてくれるようだ。七言絶句。韻字＝紛・魂・村（上平・文韻元韻通押）。



**大意**

清明の時節だというのにしきりにこぬか雨が降り、道行く旅人（私）の心をすっかり滅入らせてしまう。「ちょっと尋ねるが、酒屋はどこにあるかね」。すると、牛飼いの子が、遥か向こうの杏の花の咲く村を指差した。

# 山行

遠上寒山石徑斜
白雲生處有人家
停車坐愛楓林晩
霜葉紅於二月花

山行《さんこう》　杜牧《とぼく》

遠《とお》く寒山《かんざん》に上《のぼ》れば石径斜《せきけいなな》めなり
白雲生《はくうんしょう》ずる処《ところ》　人家《じんか》有《あ》り
車《くるま》を停《とど》めて坐《そぞ》ろに愛《あい》す　楓林《ふうりん》の晩《くれ》
霜葉《そうよう》は二月《にがつ》の花《はな》よりも紅《くれない》なり

メモ
前半は、モノクロームの世界。雲の湧くあたりにある家は黒い点のように見え、隠者の住まいを思わせる。後半は一転して赤く色づいた紅葉。夕陽に照らされて燃えるように赤い。春に咲く赤い花は生気にあふれているが、紅葉は散り際の葉ゆえ、当時は鑑賞の対象にならなかったが、杜牧の詩によって見なおされるようになった。七言絶句。韻字＝斜・家・花（下平・麻韻）。

**大意**

寒々とした山をはるばる上ってくると、石ころだらけの小道が斜めに上へと向かっている。見れば、白雲が湧くあたりに人の住む家がある。車を停めて何となく夕暮れ時の楓の林を愛でると、霜に打たれた葉は二月の花よりもさらに紅《あか》くて美しい。

# 漢江

溶溶漾漾白鷗飛
綠淨春深好染衣
南去北來人自老
夕陽長送釣船歸

漢江《かんこう》

杜《と》牧《ぼく》

溶溶漾漾《ようようようよう》として白鷗《はくおう》飛《と》ぶ
緑《みどり》浄《きよ》く春《はる》深《ふか》くして衣《い》を染《そ》むるに好《よ》し
南去北来《なんきょほくらい》　人《ひと》自《おの》ずから老《お》ゆ
夕陽《せきよう》長《なが》く送《おく》る　釣船《ちょうせん》の帰《かえ》るを

メモ
自然の大きな営みの中の孤独と老いへの悲しみをにじませる。前半は春たけなわの景色。青々とした水と白い鷗が爽やかさをいざなう。後半は旅に老いる人の運命。帰りゆく船を優しく包み込むように、遠くどこまでも夕陽が照らす。七言絶句。韻字＝飛・衣・帰(上平・微韻)。



## 大意

豊かな水が揺らめき流れる川面の上を、真っ白な鷗が飛んでゆく。緑の水は清らかに、春も深まって、衣も染まってしまいそう。南へ北へと行き来しているうちに、人はいつしか老いてしまった。紅《あか》い夕陽は、遠くどこまでも、家路につく釣り船を照らしてくれる。

# 懐呉中馮秀才

長洲苑外草蕭蕭
卻算遊程歳月遙
唯有別時今不忘
暮煙秋雨過楓橋

呉中《ごちゅう》の馮秀才《ふうしゅうさい》を懐《おも》う　杜牧《とぼく》

長洲苑外《ちょうしゅうえんがい》　草蕭蕭《くさしょうしょう》
却《かえ》って遊程《ゆうてい》を算《かぞ》うれば歳月遥《さいげつはる》かなり
唯《た》だ別時《べつじ》の今《いま》に忘《わす》れざる有《あ》り
暮煙《ぼえん》　秋雨《しゅうう》　楓橋《ふうきょう》を過《す》ぐ

メモ
長洲苑は、春秋時代、呉王闔閭が狩りをして遊んだと伝えられる苑。今の江蘇省呉県の西南、太湖のほとりにあった。楓橋は「楓橋夜泊」(264頁)で有名な橋。友との交遊は遠い記憶の彼方のものになってしまったが、別れたときの寂しい気持ちは今も忘れていない。冷たい秋雨に煙る夕まぐれの楓橋に、寂しさが増す。七言絶句。韻字＝蕭・遥・橋(下平・蕭韻)。

**大意**

長洲苑のあたりには、一面の草がわびしそうに風に揺れている。ふと、君と一緒に過ごした旅を振り返り指折り数えてみると、もう遥か昔のことになった。ただ一つ、君と別れたときのことだけは忘れられない。夕もやが立ち込め、秋雨の降る中、舟で楓橋を通り過ぎたことを。

## 將赴吳興登樂遊原

杜牧《とぼく》

清時有味是無能
閒愛孤雲靜愛僧
欲把一麾江海去
樂遊原上望昭陵

将《まさ》に呉興《ごこう》に赴《おもむ》かんとして楽遊原《らくゆうげん》に登《のぼ》る

清時《せいじ》味《あじ》有るは是《こ》れ無能《むのう》
間《かん》は孤雲《こうん》を愛《あい》し静《せい》は僧《そう》を愛《あい》す
一麾《いっき》を把《と》りて江海《こうかい》に去《ゆ》かんと欲《ほっ》し
楽遊原上《らくゆうげんじょう》　昭陵《しょうりょう》を望《のぞ》む

メモ

「呉興」は浙江省太湖のほとりにある郡。楽遊原は長安の東南にある高台。一帯を一目で見わたすことができた。「一麾」は地方長官の旗。閑静な生活から官界に入ることになり、太宗李世民のような善政を行おうと気を引き締めた詩。七言絶句。韻字＝能・僧・陵（下平・蒸韻）。



### 大意

清らかな太平の世に快適な暮らしができるのは、無能な人である。一《ひと》ひらの雲がのんびりただようのを楽しみ、僧と静かに語らうのを楽しむ。刺史の旗じるしを立てて南の江海に赴こうとして、楽遊原に登って名君太宗の眠る昭陵を眺めるのだった。

# 遣懐

落魄江湖載酒行
楚腰纖細掌中輕
十年一覺揚州夢
贏得青樓薄倖名

懐《おも》いを遣《や》る

江湖《こうこ》に落魄《らくはく》して酒《さけ》を載《の》せて行《い》く
楚腰纖細《そようせんさい》　掌中《しょうちゅう》に軽《かろ》し
十年《じゅうねん》　一《ひと》たび覚《さ》む　揚州《ようしゅう》の夢《ゆめ》
贏《か》ち得《え》たり　青楼薄倖《せいろうはっこう》の名《な》

杜牧《とぼく》

メモ
杜牧は三十一歳のとき、唐代第一の繁華な商業都市揚州に淮南節度使牛僧孺（ぎゅうそうじゅ）の招きで赴いた。ここで毎日妓楼に入りびたり、歓楽生活に溺れた。それから十年、青春時代の甘美な夢から覚めると、薄情な浮気者という評判を得ていた、と自嘲的に詠う。七言絶句。韻字＝行・軽・名（下平・庚韻）。

### 大意

江南地方で自由気ままに遊び暮らしていたときには、どこへ行くにも舟に酒を載せていった。楚の宮女のような、細い腰の遊女は、手のひらの上でも舞えそうな軽やかさ。それから十年、揚州の夢が覚めてみると、残ったものは、色町での浮気者、という評判だけ。

# 題禪院

觥船一棹百分空
十歳青春不負公
今日鬢絲禪榻畔
茶煙輕颺落花風

禅院《ぜんいん》に題《だい》す

觥船一棹《こうせんいっとう》　百分空《ひゃくぶんむな》し
十歳《じゅっさい》の青春《せいしゅん》　公《こう》に負《そむ》かず
今日鬢糸《こんにちびんし》　禅榻《ぜんとう》の畔《ほとり》
茶煙軽《ちゃえんかる》く颺《あが》る　落花《らっか》の風《かぜ》

杜牧《とぼく》

メモ

前半は、自らの本性に従った青春時代の豪遊ぶり、後半は、老年の静かな暮らしぶり。青春の思い出は、茶葉を炒る煙のほろ苦さのよう。「公」は、自分を客観的に見た言い方、と取る。七言絶句。韻字＝空・公・風（上平・東韻）。

## 大意

船の形の大きな杯《さかずき》を、一棹差すようにグイと傾ければ、すっかり空になる。十年におよぶ青春の日々は、公《おまえ》自身の本性《ほんせい》に負くことはなかった。今は、両鬢が糸のように白くなり、寺院の腰かけに座り、花を散らす春風の中、茶を炒る煙が軽やかに上がるのを静かに見つめる。

# 贈別

多情却似總無情
惟覺罇前笑不成
蠟燭有心還惜別
替人垂淚到天明

## 別《わか》れに贈《おく》る

杜牧《とぼく》

多情《たじょう》は却《かえ》って似《に》たり総《すべ》て無情《むじょう》なるに
惟《た》だ覚《おぼ》ゆ　罇前《そんぜん》に笑《わら》いの成《な》らざるを
蠟燭《ろうそく》心《こころ》有《あ》りて還《ま》た別《わか》れを惜《お》しみ
人《ひと》に替《か》わって涙《なみだ》を垂《た》れて天明《てんめい》に到《いた》る

メモ
第3句の「心」はロウソクの「芯」に懸ける。第4句は、ロウソクが燃えるとロウの滴が垂れる。それを涙にたとえた。ロウの滴＝ロウの涙＝「蠟涙」は、別れの悲しみを言う詩語。七言絶句。韻字＝情・成・明（下平・庚韻）。

### 大意

物事にあまりにも感じやすい心は、かえって何事にも感じない心と同じになってしまう。どうにか気づいたのは、別れの酒を前にして、笑おうにも顔が強張って笑えないこと。ロウソクは、別れを悲しむ心を持ち、同情して、私のために夜が明けるまで涙を流してくれた。

# 勸酒

于《う》武陵《ぶりょう》

勸君金屈巵
滿酌不須辭
花發多風雨
人生足別離

酒《さけ》を勧《すす》む

君《きみ》に勧《すす》む　金屈巵《きんくつし》
満酌《まんしゃく》　辞《じ》するを須《もち》いず
花発《はなひら》けば風雨《ふうう》多《おお》し
人生別離《じんせいべつり》足《た》る

メモ
楽しみは永遠に続くことはなく、いつかは終わる、だから飲める今、存分に飲もうという。陶淵明の「雑詩其の一」（102頁）に通じる。井伏鱒二は『厄除け詩集』で「コノサカヅキヲ受ケテクレ／ドウゾナミナミツガシテオクレ／ハナニアラシノタトヘモアルゾ／「サヨナラ」ダケガ人生ダ」と翻案した。五言絶句。韻字＝巵・辞・離（上平・支韻）。

**大意**

君に一献差し上げよう、この金に輝く杯《さかずき》を。なみなみ注いだこの酒を、どうか断らないでくれたまえ。花が咲いたら風が吹き雨が降るのが世のならい。人生には別離がつきもの、だから、さあ飲もう。

# 商山早行

晨起動征鐸
客行悲故郷
雞聲茅店月
人迹板橋霜
槲葉落山路
枳花明驛牆
因思杜陵夢
鳧雁滿回塘

## 商山早行《しょうざんそうこう》

温庭筠《おんていいん》

晨《あした》に起《お》きて征鐸《せいたく》を動《うご》かす
客行《かくこう》　故郷《こきょう》を悲《かな》しむ
鶏声《けいせい》　茅店《ぼうてん》の月《つき》
人迹《じんせき》　板橋《ばんきょう》の霜《しも》
槲葉《こくよう》　山路《さんろ》に落《お》ち
枳花《きか》　駅牆《えきしょう》に明《あき》らかなり
因《よ》りて思《おも》う　杜陵《とりょう》の夢《ゆめ》
鳧雁《ふがん》　回塘《かいとう》に満《み》つるを



メモ

「商山」は陝西省商県の東にある山。「故郷」は唐代の詩では都の長安を指すことが多い。「茅店」「板橋」は山村のわびしさを表し、「槲葉」「枳花」によってますますわびしさが増す。頷聯（第3句・第4句）は名詞を並べただけだが、視覚・聴覚に訴えて山村のたたずまいを立体的に描いている。五言律詩。韻字＝郷・霜・牆・塘（下平・陽韻）。

### 大意

朝早く起きると馬の首につけた鈴が響き、旅する身は悲しく故郷が偲ばれる。雞が時を告げて鳴くとき、茅葺の上に月がまだ残り、板を渡しただけの橋に霜が降りて、早くも誰かが通った足跡がついている。槲《カシワ》の葉の散りしいている山路を行くと、枳《カラタチ》の花が駅舎の土塀に明るく咲いている。そこでふと夢のような懐かしい杜陵を思い出した。野鴨や雁が曲江にいっぱい集まっていたことを。

# 瑤瑟怨

冰簟銀牀夢不成
碧天如水夜雲輕
雁聲還過瀟湘去
十二樓中月自明

瑶瑟怨《ようしつえん》

温庭筠《おんていいん》

冰簟《ひょうてん》　銀牀《ぎんしょう》　夢《ゆめ》成《な》らず
碧天《へきてん》水《みず》の如《ごと》く夜雲《やうん》軽《かろ》し
雁声《がんせい》還《ま》た瀟湘《しょうしょう》を過《す》ぎて去《さ》り
十《じゅう》二《に》楼中《ろうちゅう》　月《つき》自《おの》ずから明《あき》らかなり

メモ
幻想的で美しい詩。「瑶瑟」は玉の装飾がほどこされた大琴。「瀟湘」は湖南省の境、湘水が零陵県の西で瀟水と合流するあたり。風光明媚なところとして知られる。「十二楼」は伝説の崑崙山にあるという五城十二楼。仙人が住んでいるという。銭起の「帰雁」（271頁）に通じる。七言絶句。韻字＝成・軽・明（下平・庚韻）。

**大意**

冷ややかな竹の筵《むしろ》や銀のベッドでは夢も結べない。水のように青い夜の空には、雲が軽やかに浮いている。雁は鳴きながら瀟湘の彼方へ飛んでゆき、十二楼の中は月の光だけがあふれて明るい。

# 錦瑟

錦瑟無端五十絃
一絃一柱思華年
荘生暁夢迷蝴蝶
望帝春心託杜鵑
滄海月明珠有涙
藍田日暖玉生煙
此情可待成追憶
只是當時已惘然

錦瑟《きんしつ》

李商隠《りしょういん》

錦瑟《きんしつ》　端《はし》無《な》くも五十絃《ごじゅうげん》
一絃一柱《いちげんいっちゅう》　華年《かねん》を思《おも》う
荘生《そうせい》の暁夢《ぎょうむ》　蝴蝶《こちょう》に迷《まよ》い
望帝《ぼうてい》の春心《しゅんしん》　杜鵑《とけん》に託《たく》す
滄海《そうかい》　月明《つきあき》らかにして珠《たま》に涙《なみだ》有《あ》り
藍田《らんでん》　日暖《ひあたた》かにして玉煙《ぎょくけむり》を生《しょう》ず
此《こ》の情《じょう》　追憶《ついおく》を成《な》すを待《ま》つべけんや
只《た》だ是《こ》れ当時《とうじ》　已《すで》に惘然《ぼうぜん》



メモ

第3句は荘周の「胡蝶の夢」、第4句は蜀の望帝が臣下の妻と姦通し不義を恥じて世を逃れ、亡くなるとホトトギスとなって故郷を思い悲しく鳴いたという故事。第5句は昔ある人が龍宮で人魚の涙でできた真珠を得たという故事、第6句は呉王夫差の娘紫玉が侍童との恋を裂かれ悲しみのために死んだ。ある朝、母親が庭に輝く紫玉を見つけ抱こうとすると煙となって消え失せたという。七言律詩。韻字＝絃・年・鵑・煙・然（下平・先韻）。

## 大意

この錦の模様のある大琴は、図らずも五十絃。一本の絃、一つの柱《ことじ》にも、華やかだった昔を思い出させる。荘生(荘周）は暁の夢に、蝴蝶《チョウ》になって舞い楽しんだことが夢か現実か迷い、望帝は春の思いを、杜鵑の悲しい鳴き声に託したという。大海原に月が明るく照る夜、真珠は涙を流し、藍田に日が暖かく射すとき、玉は煙となって消えてしまう。この失意の情は、いつか追憶となってよみがえることが期待できるだろうか。今でさえすでに茫然としているのに。

# 常娥

雲母屏風燭影深
長河漸落暁星沈
常娥應悔偸靈藥
碧海青天夜夜心

常娥《じょうが》　　李商隠《りしょういん》

雲母《うんも》の屏風《へいふう》　燭影《しょくえい》深《ふか》し
長河《ちょうが》漸《ようや》く落《お》ちて暁星《ぎょうせい》沈《しず》む
常娥《じょうが》応《まさ》に悔《く》ゆべし　霊薬《れいやく》を偸《ぬす》みしを
碧海青天《へきかいせいてん》夜夜《やや》の心《こころ》

メモ
「常娥」は古代伝説中の仙女。夫の羿が西王母からもらった不老不死の薬を、こっそり飲んだため体が軽くなり、月の世界にまで飛んでゆき、月の女神になった。「嫦娥」「姮娥」ともいう。結句は幻想的な美しい世界。一人不老不死で過ごす常娥の悔恨と孤独が伝わる。一説にこの詩は、李商隠を裏切り、高官のもとに走った女性を詠ったものという。七言絶句。韻字＝深・沈・心（下平・侵韻）。

**大意**

雲母の屏風に灯火が深く影を落としている。天の川も次第に沈み、明け方の星も消えはじめた。常娥は、きっと、不老不死の霊薬を盗み飲んだことを悔いているに違いない。碧《みどり》色の海、青い空を夜ごと眺める、悲しい思い。

## 夜雨寄北

君問歸期未有期
巴山夜雨漲秋池
何當共剪西窗燭
却話巴山夜雨時

夜雨《やう》北《きた》に寄《よ》す　　李商隠《りしょういん》

君《きみ》は帰期《きき》を問《と》うも未《いま》だ期《き》有《あ》らず
巴山《はざん》の夜雨《やう》　秋池《しゅうち》に漲《みなぎ》る
何《いず》れか当《まさ》に共《とも》に西窓《せいそう》の燭《しょく》を剪《き》って
却《かえ》って巴山夜雨《はざんやう》の時《とき》を話《はな》すべし

メモ

「西窓」は女性の部屋の窓。詩中「巴山夜雨」が二度言われている。夜の山に冷たい雨が降り、部屋の中は暗く、孤独であることを強調する。対して蠟燭の火は明るく暖かく、二人で灯りの芯を切りながら、今のことを過去のこととして語りたい、という。七言絶句。韻字＝期・池・時（上平・支韻）。

**大意**

君はいつ帰ってくるかと尋ねてきたが、まだいつ帰れるか分からない。今は巴山のあたりにいて、夜の雨が秋の池いっぱいにあふれている。いつになったら、一緒に西の窓のロウソクの芯を切りながら、巴山に夜の雨が降り、寂しい思いをしたことを話してあげられるだろうか。

# 樂遊原

向晩意不適
驅車登古原
夕陽無限好
只是近黄昏

楽遊原《らくゆうげん》

晩《くれ》に向《なん》んとして意適《こころかな》わず
車《くるま》を駆《か》って古原《こげん》に登《のぼ》る
夕陽《せきよう》　限《かぎ》り無《な》く好《よ》し
只《た》だ是《こ》れ黄昏《こうこん》に近《ちか》し

李商隠《りしょういん》

メモ
捉えどころのない不安を詠う。「楽遊原」は杜牧の「将赴呉興登樂遊原」（351頁）参照。真赤な夕陽は、不安な自分をかぎりなく包み込んでくれるが、すでに闇が迫っている。五言絶句。韻字＝原・昏（上平・元韻）。



大意

夕暮れが迫ると心が落ち着かず、車を走らせて古原に登る。夕陽は限りなく美しい、しかし美しさのあとには、黄昏の闇が近づいているのだ。

## 江樓書感

獨上江樓思渺然
月光如水水連天
同來翫月人何處
風景依稀似去年

江楼《こうろう》にて感《かん》を書《しょ》す　　趙嘏《ちょうか》

独《ひと》り江楼《こうろう》に上《のぼ》れば思《おも》い渺然《びょうぜん》たり
月光《げっこう》は水《みず》の如《ごと》く　水《みず》は天《てん》に連《つら》なる
同《とも》に来《きた》りて月《つき》を翫《もてあそ》びし人《ひと》は何《いず》れの処《ところ》ぞ
風景《ふうけい》は依稀《いき》として去年《きょねん》に似《に》たり

メモ
去年一緒に月を愛でた人はいない、今年は独りで月を眺めている。「水」を二回言うことによって、純粋な愛と無限の悲しみが伝わる。作者は科挙受験のため都に上っている間、愛人を節度使に奪われ、悲しみのあまり詩を一首作った。節度使がそれを読んで哀れに思い、都にいる彼のもとへ人を介して女性を送り届けると、途中二人は偶然出会い、痛哭して再会を喜びあったが、女性は再会の二日後に亡くなってしまった。明代の譚元春（たんげんしゅん）は「言葉の端ばしに、とどまるところを知らないすすり泣きがある」と評している。七言絶句。韻字＝然・天・年（下平・先韻）。

**大意**

ただ独り川のほとりの高殿に登れば、思いは果てしなく広がる。月の光は水のように澄みわたり、川の水は遠く天に連なる。ともにこの楼に上り、月を眺めた人はどこに行ってしまったのだろうか。この風景は、去年と変わらないようなのに。

# 山亭夏日

緑樹陰濃夏日長
樓臺倒影入池塘
水晶簾動微風起
一架薔薇滿院香

山亭夏日《さんていかじつ》

緑樹《りょくじゅ》陰《かげ》濃《こま》やかにして夏日《かじつ》長《なが》し
楼台《ろうだい》影《かげ》を倒《さか》しまにして池塘《ちとう》に入《い》る
水晶《すいしょう》の簾《すだれ》動《うご》いて微風《びふう》起《お》こり
一架《いっか》の薔薇《しょうび》　満院《まんいん》香《かんば》し

高駢《こうべん》

メモ

前半は、風のない夏の水辺の蒸し暑さ。後半は、そよ風に水晶の簾がかすかに音を立て、薔薇の香りが庭いっぱいにひろがる。「一」と、「満」の使い方が絶妙。後半は、「涼」といわずに、聴覚・視覚・触覚・嗅覚に訴えて「涼」を詠う。七言絶句。韻字＝長・塘・香（下平・陽韻）。

**大意**

緑の木々が濃い影を落とし、夏の強い日ざしはいつまでも続く。池の水面には楼台がさかさに映っている。ふと、水晶の簾が揺れ、そよと風が吹くと、一架のほんの少しの薔薇《バラ》なのに、その香りが庭いっぱいにただよった。

## 己亥歳

澤國江山入戰圖
生民何計樂樵蘇
憑君莫話封侯事
一將功成萬骨枯

己亥《きがい》の歳《とし》　　曹松《そうしょう》

沢国《たっこく》の江山《こうざん》　戦図《せんと》に入《い》る
生民《せいみん》何《なん》の計《けい》あってか樵蘇《しょうそ》を楽《たの》しまん
君《きみ》に憑《よ》って話《はな》すこと莫《な》かれ　封侯《ほうこう》の事《こと》
一将功《いっしょうこう》成《な》って万骨《ばんこつ》枯《か》る

メモ
「己亥」は乾符六年（八七九）にあたる。八七五年に黄巣の乱が起こり、四川・湖南・湖北・安徽・江蘇などの各地が大混乱に陥った。「澤國」を「江國」とするテキストもある。後半は王昌齢の「閨怨」（180頁）を意識していよう。女性が夫に手柄を立ててきて、と言うのに対し、こちらは、手柄は立てなくてもいいから無事で帰ってきて、という。「一将功成って万骨枯る」は古来よく知られる警句。七言絶句。韻字＝図・蘇・枯（上平・虞韻）。

**大意**

水の豊かな国々の川や山も戦乱によって荒らされた。人々はどうしたら木こりや草刈りのような仕事をのんびり楽しむことができよう。どうかあなた、手柄を立てて出世しようなどと言わないでください。一人の将軍が手柄を立てるかげには、多くの兵卒の骨が戦場に散って枯れていくのですから。

# 金陵圖

韋荘《いそう》

江雨霏霏江草齊
六朝如夢鳥空啼
無情最是臺城柳
依舊煙籠十里堤

金陵《きんりょう》の図《ず》

江雨《こうう》霏霏《ひひ》として江草《こうそう》斉《ひと》し
六朝《りくちょう》夢《ゆめ》の如《ごと》く鳥《とり》空《むな》しく啼《な》く
無情《むじょう》なるは最《もっと》も是《こ》れ台城《だいじょう》の柳《やなぎ》
旧《きゅう》に依《よ》りて煙《けむり》は籠《こ》む十里《じゅうり》の堤《つつみ》

メモ

金陵（今の南京）の台城付近の景観を描いた絵を見て詠んだ詩。人は情があってものに感じやすい。ものには情はないが、人は情のない草や鳥によって古を懐かしみ悲しむ。最も無情なのは「台城の柳」、春になると青々と葉が茂り、人々を悲しませる。別離の象徴である柳を巧みに取り込んでいる。七言絶句。韻字＝斉・啼・堤（上平・斉韻）。

**大意**

長江の岸辺に草が生えそろい、雨がしとしと降り注ぐ。六朝は遠い夢のようで、聞く人もいないのに鳥が啼いている。もっとも無情なのは台城の柳。昔と変わらず十里の堤に糸のように芽吹き、春雨にけぶっている。

# 秋怨

自歎多情是足愁
況當風月滿庭秋
洞房偏與更聲近
夜夜燈前欲白頭

秋怨《しゅうえん》　　魚玄機《ぎょげんき》

自《みずか》ら歎《たん》ず　多情《たじょう》は是《こ》れ足愁《そくしゅう》なるを
況《いわ》んや風月庭《ふうげつにわ》に満《み》つるの秋《あき》に当《あ》たるをや
洞房《どうぼう》偏《ひと》えに更声《こうせい》と近《ちか》し
夜夜《やや》灯前《とうぜん》　白頭《はくとう》ならんと欲《ほっ》す

メモ

魚玄機は激情の女流詩人で、二十六歳で刑死した。その伝記は森鷗外の小説『魚玄機』に詳しい。起句の「多情は是れ足愁」は杜牧の「多情は却って似たり総て無情なるに」(354頁)を意識している。「足」は「多い」の意。于武陵の詩に「人生別離足る」とある(355頁)。承句は秋の風景。「風月」には男女の色恋の意もあり、唐の中程でよく用いられる。ここも、物寂しい風景ではなく、なまめいた気配がただよう。転句で「洞房」というが、これは女性の部屋の意で、また新婚の部屋をいうこともある。七言絶句。韻字=愁・秋・頭（下平・尤韻）。

**大意**

多情で感じやすい人は愁いが多い、とつい嘆いてしまう。ましてや、秋風が吹き、明月の光が庭一面に照り注ぐ季節には。ままならないのは、部屋のすぐ近くに聞こえる、時間を告げる太鼓の音。毎晩毎晩、私は灯火の前で、太鼓の音を聞いているうちに、緑の黒髪も白くなろうとしている。

# 野塘

侵曉乘涼偶獨來
不因魚躍見萍開
捲荷忽被微風觸
瀉下清香露一杯

野塘《やとう》　　韓偓《かんあく》

暁《あかつき》を侵《おか》し涼《りょう》に乗《じょう》じて偶《たま》たま独《ひと》り来《きた》る
魚《うお》の躍《おど》るに因《よ》らずして萍《ひょう》の開《ひら》くを見《み》る
捲荷《けんか》忽《たちま》ち微風《びふう》に触《ふ》れられ
瀉《そそ》ぎ下《くだ》す　清香《せいこう》の露一杯《つゆいっぱい》

メモ

早起きして偶然見た景色を詠う。第2句、浮草が開いたのは、風が吹いてきたからで、その風が第3句で蓮の葉を揺らす。結句の「清香の露一杯」が、蓮の香りがほのかに立つ、清々しい早朝を演出する。七言絶句。韻字＝来・開・杯（上平・灰韻）。

**大意**

人がまだ起き出さない暁に、涼しさに誘われてたまたま独り池のほとりにやってきた。すると、魚が跳ねたわけでもないのに、浮草がスーと開いた。おやと思うと、くるりと巻いた蓮の葉がそよ風に揺れ、たまっていた清らかな香りの露が一杯、ザーと水面に注ぎ落ちた。

## 夏日題悟空上人院詩

三伏閉門披一衲
兼無松竹蔭房廊
安禪不必須山水
滅却心頭火亦涼

夏日《かじつ》悟空上人《ごくうしょうにん》の院《いん》に題《だい》する詩《し》　杜荀鶴《とじゅんかく》

三伏《さんぷく》門《もん》を閉《と》ざして一衲《いちのう》を披《き》る
兼《か》ねて松竹《しょうちく》の房廊《ぼうろう》を蔭《おお》う無《な》し
安禅《あんぜん》は必《かなら》ずしも山水《さんすい》を須《もち》いず
心頭《しんとう》を滅却《めっきゃく》すれば火《ひ》も亦《ま》た涼《すず》し

**大意**

暑い盛りの三伏でも門を閉ざして僧衣を着ている。もとより松や竹が部屋や廊下をおおって涼しくしてくれることもない。安らかな禅の境地は必ずしも山水を必要とはしない。雑念を払って心を無にすれば燃え盛る火もまた涼しくなる。

メモ
題名の「悟空上人」の詳しいことは不明。「悟空」は空を悟る、の意。「三伏」は、一年で最も暑い時節。「安禅」は、坐禅して心身を安らかにし、禅定に入ること。夏にする坐禅は、夏安居（げあんご）、坐夏（ざげ）ともいう。結句は、これだけで独立して用いられる名句。禅家では偈（げ）として伝えられ、坐禅はどこでもできるという意味で、『碧巌録（へきがんろく）』にも見える。どんなに暑くても心が静かであれば身は涼しい。日本の戦国時代、天正十年（一五八二）、織田信長が武田勝頼を討って甲斐（山梨）に攻め入り、ついで臨済宗の恵林寺（えりんじ）を焼き討ちしたとき、快川和尚は法衣を着て衆僧とともに端坐し、この句を誦しながら死に就いたと伝えられている。韻字＝廊・涼（下平・陽韻）。

# 題慈恩塔

漢國山河在
秦陵草樹深
暮雲千里色
無處不傷心

慈恩塔《じおんとう》に題《だい》す

荊叔《けいしゅく》

漢国《かんこく》　山河《さんが》在《あ》り
秦陵《しんりょう》　草樹《そうじゅ》深《ふか》し
暮雲《ぼうん》　千里《せんり》の色《いろ》
処《ところ》として心《こころ》を傷《いた》めざるは無《な》し

メモ
大雁塔から眺めた光景に、国家の衰運を傷む詩。漢の国の栄華はすべて滅び去り、山河だけが昔と同じようにあり、権勢を誇った秦の始皇帝の御陵には、草木が茂っている。杜甫の「国破れて山河在り、城春にして草木深し」を踏まえ、前半は懐古の情をにじませる。後半は、次第に迫る夕刻。南斉・劉絵（りゅうかい）の「汀州千里の芳（はな）、暮雲万里の色」（謝文学の離夜に餞す）を下敷きにして、前半の悲哀の情を無限の空間に広げてゆく。五言絶句。韻字＝深・心（下平・侵韻）。



## 大意

漢の国の山や河が今も残り、秦の始皇帝の御陵には草や樹が深々と茂っている。果てしなく空をおおう夕暮の雲、どこもかしこも目に触れる風景は心を悲しみに沈ませるものばかり。

# 第四章

# 北宋・南宋の詩

（十世紀〜十三世紀）

五代十国（九〇七年〜九六〇年）—北宋（九六〇年〜一一二六年）—南宋（一一二七年〜一二七九年）

唐の滅亡から宋の建国に至るまでの約五十年間、華北では五つの王朝が興亡し、華北以外では十国が興亡した。この時代は詞《ツー》の隆盛を迎え、南唐の李煜《りいく》の詞《ツー》は憂愁に満ちる。

宋代の文学の代表は詞《ツー》であるが、詩も唐詩とは異なる独特の詩風に彩られる。宋代は、唐末五代の戦乱を経て、古い門閥貴族が潰滅し、科挙によって高官への道が開けた。総理大臣クラスの高官になった欧陽脩《おうようしゅう》、王安石《おうあんせき》、司馬光《しばこう》などがいる。北宋（九六〇年〜一一二六年）では他に、梅尭臣《ばいぎょうしん》、蘇軾《そしょく》、黄庭堅《こうていけん》などが独特の詩風を生んだ。詩の題材も広がり、梅尭臣のように猫や昆虫などを詠う詩人もいる。蘇軾は宋詩を代表する詩人で、詞にも文にも書にも秀で、第一級の作品を残した。政争によって海南島に流されても、前向きで明るい。

南宋（一一二七年〜一二七九年）は、臨安（現在の杭州）に都を置き、淮河以北を金王朝に支配される中、陸游《りくゆう》、范成大《はんせいだい》、楊万里《ようばんり》等の詩が輝いた。陸游は愛情深く、農民たちと交わりながら、生涯、失われた北の領土を奪還しようという気概が衰えることがなかった。思想家の朱熹《しゅき》も詩に巧みである。

宋詩は日常を淡々と描き、唐詩に比して平板であるが、理知的で哲学的である。唐詩と宋詩、これが後の時代の模範となる。

## 探春

盡日尋春不見春
杖藜蹈破幾重雲
歸來試把梅梢看
春在枝頭已十分

春《はる》を探《さぐ》る　戴益《たいえき》

尽日《じんじつ》春《はる》を尋《たず》ねて春《はる》を見《み》ず
杖藜《じょうれい》踏破《とうは》す　幾重《いくちょう》の雲《くも》
帰来《きらい》試《こころ》みに梅梢《ばいしょう》を把《と》って看《み》れば
春《はる》は枝頭《しとう》に在《あ》って已《すで》に十分《じゅうぶん》

メモ

「尽日春を尋ね」「踏破す幾重の雲」などと大げさに春を探がしたことを言っておき、家に帰ると庭の梅の梢に春がきていた、という意外な結末。春を見つけた喜びがいっそう伝わる。七言絶句。韻字＝春・雲・分（上平・真韻文韻通押）。

### 大意

一日中、春が来ているか尋ねたが、春の景色には会えなかった。アカザの杖をついて幾重にも重なる雲を見ながら歩き尽くした。帰ってきて、ちょっと庭の梅の梢を折って見ると、春の気配は枝の先にあり、もう十分に膨らんでいた。

# 春日雑興

兩枝桃杏夾籬斜
粧點商山副使家
何事春風容不得
和鶯吹折數枝花

春日雑興《しゅんじつざっきょう》

王禹偁《おううしょう》

両枝《りょうし》の桃杏《とうきょう》　籬《まがき》を夾《さしはさ》んで斜《なな》めなり
粧点《しょうてん》す　商山副使《しょうざんふくし》の家《いえ》
何事《なにごと》ぞ　春風《しゅんぷう》容《ゆる》し得《え》ず
鶯《うぐいす》と和《とも》に吹《ふ》き折《お》る　数枝《すうし》の花《はな》

メモ
風と鶯が一緒になって、せっかく咲いた花を両枝から数枝へと広範囲に散らす。何と不風流な、許せないというが、これが逆に春のほのぼのした気分を伝える。「副使」は団練副使（地方の監察事務をつかさどる）。作者が就いていた官。七言絶句。韻字＝斜・家・花（下平・麻韻）。

**大意**

桃と杏の枝が籬をはさんで斜めに出て、商山の町の団錬副使の我が家を風流に飾っている。それなのに何と春風め、許せない。鶯と一緒に他の数本の枝の花まで吹き散らしている。

# 山園小梅　二首　其一

衆芳搖落獨暄妍
占盡風情向小園
疏影橫斜水淸淺
暗香浮動月黃昏
霜禽欲下先偸眼
粉蝶如知合斷魂
幸有微吟可相狎
不須檀板共金尊

山園《さんえん》の小梅《しょうばい》　二首《にしゅ》　其《そ》の一《いち》　林逋《りんぽ》

衆芳揺落《しゅうほうようらく》して独《ひと》り暄妍《けんけん》たり
風情《ふうじょう》を占《し》め尽《つ》くして小園《しょうえん》に向《む》かう
疎影横斜《そえいおうしゃ》　水清浅《みずせいせん》
暗香浮動《あんこうふどう》　月黄昏《つきこうこん》
霜禽《そうきん》下《くだ》らんと欲《ほっ》して先《ま》ず眼《め》を偸《ぬす》み
粉蝶《ふんちょう》如《も》し知《し》らば合《まさ》に魂《こん》を断《た》つべし
幸《さいわ》いに微吟《びぎん》の相《あ》い狎《な》るべき有《あ》り
須《もち》いず檀板《だんぱん》と金尊《きんそん》と

メモ

「梅」と言わずに梅をいろいろな角度から描き、その清らかで気高いさまを詠う。西湖のほとりに隠棲し、梅を妻とし鶴を子として世俗と交わることのなかった作者の人がらが反映されている。梅の詩の最高傑作で、ことに頷聯（第3句・第4句）の対句は名高い。七言律詩。韻字＝園・昏・魂・尊（上平・元韻）。

## 大意

多くの花が散り落ちてしまったあと、梅の花だけが独り美しく咲き、小園の風情を独り占めしている。澄んだ浅瀬にまばらな影を横ざまに映し、月の光の差し上る黄昏時に、どこからともなくほのかな香りがただよってくる。霜の季節に飛ぶ白い鳥は、地上に降りようとして、花か霜かと定めかねてこっそりあたりを見回し、粉蝶《モンシロチョウ》がもし美しい梅の花があることを知ったなら、きっとびっくりするであろう。さいわいひそかに詩を吟ずる私の声が、この花とよく打ち解け合うから、檀板（拍子木）を鳴らして調子を取ったり、酒樽の酒を飲んだりする必要はない。

# 初晴遊滄浪亭

夜雨連明春水生
嬌雲濃暖弄微晴
簾虚日薄花竹靜
時有乳鳩相對鳴

初《はじ》めて晴《は》れ滄浪亭《そうろうてい》に遊《あそ》ぶ

蘇舜欽《そしゅんきん》

夜雨《やう》　明《めい》に連《つら》なりて春水生《しゅんすいしょう》ず
嬌雲《きょううん》　濃暖《のうだん》　微晴《びせい》を弄《ろう》す
簾虚《れんむな》しく日薄《ひうす》く　花竹静《かちくしず》かなり
時《とき》に乳鳩《にゅうきゅう》の相《あ》い対《たい》して鳴《な》く有《あ》り

メモ

「滄浪亭」は蘇州（江蘇省）にある庭園。雨上がりの春の朝、人もなく、静寂の中で鳩の親子が鳴いている。「乳鳩」は育てられている鳩、つまり雛とは限らない。鳩の親は、雛に乳のような液体を与えることが知られており、親鳥を指すこともある。七言絶句。韻字＝生・晴・鳴（下平・庚韻）。

**大意**

夜の雨が明け方まで続き、園中の池や川に春の水があふれている。垂れ込めた雲は、かすかに晴れて暖かな光と戯れている。誰もいない軒先の簾には薄日が差して、花も竹も静まり返り、ときおり鳩の親と雛が鳴き交わしている。

# 祭猫

自有五白猫
鼠不侵我書
今朝五白死
祭與飯與魚
送之于中河
呪爾非爾疎
昔爾齧一鼠
銜鳴遶庭除
欲使衆鼠驚
意將清我廬
一從登舟來
舟中同屋居
糗糧雖甚薄

猫《ねこ》を祭《まつ》る

五白《ごはく》の猫《ねこ》を有《ゆう》してより
鼠《ねずみ》　我《わ》が書《しょ》を侵《おか》さず
今朝《こんちょう》　五白《ごはく》死《し》し
祭《まつ》りて飯《めし》と魚《うお》とを与《あた》う
之《これ》を中河《ちゅうか》に送《おく》り
爾《なんじ》を呪《じゅ》するは　爾《なんじ》を疎《そ》するに非《あら》ず
昔爾一鼠《むかしなんじいっそ》を齧《か》み
銜《くわ》え鳴《な》きて庭除《ていじょ》を遶《めぐ》れり
衆鼠《しゅうそ》をして驚《おどろ》かしめんと欲《ほっ》し
意《い》は将《まさ》に我《わ》が廬《ろ》を清《きよ》めんとす
一《ひと》たび舟《ふね》に登《のぼ》り来《きた》りてより
舟中屋《しゅうちゅうおく》を同《おな》じうして居《お》る
糗糧甚《きゅうりょうはなは》だ薄《うす》しと雖《いえど》も

梅尭臣《ばいぎょうしん》

メモ
宋詩は題材が広範にわたり、日常生活を詠うようになった。梅尭臣は愛玩動物の他に、蚊・蝿・虱なども詠う。この詩は、飼い猫への愛情を言うだけでなく、第16句から第18句のように、鶏や豚、馬やロバのような目立った働きはしないが、日ごろの「精勤」に言及し、その存在価値を認める。死者のために書く文を「祭文」という。それを猫に応用している。平淡で、読むほどに味が出る。五言古詩。韻字＝書・魚・疎・除・廬・居・余・猪・驢・獻（上平・魚韻）。

免食漏竊餘
此實爾有勤
有勤勝鷄猪
世人重驅駕
謂不如馬驢
已矣莫復論
爲爾聊欷歔

漏窃《ろうせつ》の余《よ》を食《くら》うを免《まぬか》る
此《こ》れ実《じつ》に爾《なんじ》の勤《つと》むる有《あ》ればなり
勤《つと》むること有《あ》るは鶏猪《けいちょ》に勝《まさ》れり
世人《せじん》は駆駕《くが》を重《おも》んじ
馬驢《ばろ》に如《し》かずと謂《い》う
已矣《やんぬるかな》　復《ま》た論《ろん》ずること莫《な》けん
爾《なんじ》の為《ため》に聊《いささ》か欷歔《ききょ》す

**大意**

我が家に白ぶちの猫が来てから、鼠が私の本を齧らなくなった。今朝、猫が死んだので、飯と魚を供えて祭った。川の中に見送り、お前に祈りを捧げ、お前をおろそかには扱わない。

昔お前が鼠を一匹捕まえたとき、それを口にくわえて鳴きながら庭を歩き回った。他の鼠どもを驚かし、我が家から追い出そうというつもりだったのだろう。この舟に乗ってから、舟の中で一緒に暮らしてきた。食事は粗末ではあったが、鼠に小便をかけられたり余りを食べたりしなくてすんだ。これはまったくお前の働きがあったからだ。その働きは鶏や豚より勝っている。世の人々は車に乗るので、馬や驢馬におよばないと言うが、そんなことはない。ああ、もうどうしようもない。その話はもうよそう。いささかむせび泣いて、お前を送ろう。

# 梅花

似畏群芳妬
先春發故林
曾無鶯蝶戀
空被雪霜侵
不道東風遠
應悲上苑深
南枝已零落
羌笛寄餘音

梅花《ばいか》

群芳《ぐんぽう》の妬《ねた》みを畏《おそ》るるに似《に》て
春《はる》に先《さき》んじて故林《こりん》に発《ひら》く
曾《かつ》て鶯蝶《おうちょう》の恋《こ》うる無《な》く
空《むな》しく雪霜《せっそう》に侵《おか》さる
東風《とうふう》の遠《とお》きを道《い》わず
応《まさ》に上苑《じょうえん》の深《ふか》きに悲《かな》しむべし
南枝《なんし》已《すで》に零落《れいらく》す
羌笛《きょうてき》　余音《よいん》を寄《よ》すべし

梅尭臣《ばいぎょうしん》

メモ
第7句・第8句は「梅花落」という笛の曲を念頭においている。梅の花の散るさまは笛の調べにたとえられ、笛の調べも梅の花の散るさまにたとえられる。五言律詩。韻字＝林・侵・深・音（下平・侵韻）。

**大意**

他の花から妬まれるのを心配しているからであろうか。梅の花は春に先がけて、他の花が咲く前になじみの林に咲く。慕いよる鶯も蝶もなく、ただ雪と霜に痛めつけられて。思いのほか春風の吹くのが遅く、御苑の奥深くで悲しみに沈んでいるのだろう。南の枝ではもう散りかけた。笛の調べに余音を残しながら。

# 清夜吟

月到天心處
風來水面時
一般清意味
料得少人知

清夜吟《せいやぎん》

月《つき》　天心《てんしん》に到《いた》る処《とき》
風《かぜ》　水面《すいめん》に来《きた》る時《とき》
一般清意《いっぱんせいい》の味《あじ》わい
料《はか》り得《え》たり　人《ひと》の知《し》ること少《すく》なきを

邵雍《しょうよう》

メモ
月夜の清風によって、天地自然の清らかな味わいを得た感動を詠う。「天心」は大空の中心。「一般」はいっさい、すべて、の意。「清意味」は一点の汚れもない心境に感じられる妙味。風物を借りて人のあるべき心境を詠う。五言絶句。韻字＝時・知（上平・支韻）。



## 大意

夜がふけて澄んだ月が中天に輝くころ、清らかな一陣の風が池の水面に吹きわたるとき。この天地自然のすべての清らかな味わいを、真に知り得る人は、恐らく少ないことだろう。

# 二月雪

寧傷桃李花
無損杞與菊
杞菊吾所嗜
惟恐食不足
花開少年事
不入老夫目
老夫無遠慮
所急在口腹
風晴日暖雪初銷
踏泥自採籬邊緑

二月《にがつ》の雪《ゆき》

寧《むし》ろ桃李《とうり》の花《はな》を傷《そこな》うも
杞《くこ》と菊《きく》とを損《そこな》う無《な》かれ
杞《くこ》と菊《きく》は吾《われ》の嗜《この》む所《ところ》
惟《た》だ食《しょく》の足《た》らざるを恐《おそ》る
花開《はなひら》くは少年《しょうねん》の事《こと》
老夫《ろうふ》の目《め》には入《い》らず
老夫《ろうふ》は遠《とお》き慮《おもんばか》り無《な》し
急《いそ》ぐ所《ところ》は口腹《こうふく》に在《あ》り
風《かぜ》晴《は》れ日《ひ》暖《あたた》かにして雪初《ゆきはじ》めて銷《き》ゆ
泥《どろ》を踏《ふ》み自《みずか》ら採《と》らん籬辺《りへん》の緑《みどり》

欧陽脩《おうようしゅう》



**大意**

桃や李《スモモ》の花を傷つけても、枸杞《クコ》と菊は損わないでくれ。枸杞と菊は私の好物、たっぷり食えないと困るのだ。花が咲いたと喜ぶのは若いうちだけのこと、老人は花など目に入らない。老人は先のことは考えない、腹がいっぱいになるかどうか、それが問題なのだ。風が爽やかに吹き、日ざしも暖かく、雪が解けはじめたら、泥を踏んで籬《まがき》に萌え出た緑を自分で摘むとしよう。

メモ
季節はずれの雪が降ったので、桃や李の花が凋んでも、枸杞と菊は傷めつけるな、という。枸杞と菊は建康によい食品。欧陽脩五十四歳の作。七言古詩。韻字＝菊・足・目・腹・緑（入声・屋韻）。

# 憶滁州幽谷

滁南幽谷抱千峯
高下山花遠近紅
當日辛勤皆手植
而今開落任春風
主人不覺悲華髪
野老猶能說醉翁
誰與援琴親寫取
夜泉聲在翠微中

滁州《じょしゅう》の幽谷《ゆうこく》を憶《おも》う　欧陽脩《おうようしゅう》

滁南《じょなん》の幽谷《ゆうこく》　千峯《せんぽう》を抱《いだ》き
高下《こうげ》の山花《さんか》　遠近紅《えんきんくれない》なり
当日辛勤《とうじつしんきん》して皆手《みなて》もて植《う》え
而今《じこん》の開落《かいらく》　春風《しゅんぷう》に任《まか》す
主人覚《しゅじんおぼ》えず華髪《かはつ》を悲《かな》しむも
野老猶《やろうな》お能《よ》く酔翁《すいおう》を説《と》かん
誰《たれ》か与《ため》に琴《こと》を援《ひ》きて親《した》しく写《うつ》し取《と》らん
夜泉《やせん》の声《こえ》は翠微《すいび》の中《うち》に在《あ》り

メモ
欧陽脩は滁州太守のとき「酔翁」と号した。「酔翁亭記」という有名な文がある。この詩は都に戻り、滁州をなつかしんで作ったもの。この詩は四十八歳の作。第8句の「翠微」は中腹あたりの青々したところをいう。前半の「紅」と「翠微」は昔と今の気持ちを表している。七言律詩。韻字＝峯・紅・風・翁・中（上平・東韻冬韻通押）。

**大意**

滁州の南の幽谷はたくさんの峰に抱かれて、高みにも山裾にも、遠くにも近くにも花が咲いて紅《くれない》色に染まっている。あれはみな当時私が苦労して手ずから植えたものだが、今は咲くのも散るのも春風まかせ。植えた人は白髪頭になったことをふと悲しむこともあるが、田舎の故老は今もなお酔翁と号した私を語り草としているだろう。誰か私のために琴を取って一曲の中に写し取ってくれまいか、夜半の泉の音が山腹の翠微に響いているのを。

## 日本刀歌

昆夷道遠不復通
世傳切玉誰能窮
寶刀近出日本國
越賈得之滄海東
魚皮裝貼香木鞘
黄白閒雜鍮與銅
百金傳入好事手
佩服可以禳妖凶
傳聞其國居大島
土壤沃饒風俗好
其先徐福詐秦民
採藥淹留丱童老
百工五種與之居

日本刀《にほんとう》の歌《うた》　欧陽脩《おうようしゅう》

昆夷《こんい》の道《みち》は遠《とお》くして復《ま》た通《つう》ぜず
世《よ》に玉《ぎょく》を切《き》ると伝《つた》うるも誰《たれ》か能《よ》く窮《きわ》めん
宝刀《ほうとう》近《ちか》ごろ日本国《にっぽんこく》より出《い》で
越《えつ》の賈《こ》之《これ》を滄海《そうかい》の東《ひがし》に得《え》たり
魚皮《ぎょひ》装貼《そうてん》す　香木《こうぼく》の鞘《さや》
黄白《こうはく》間《かん》に雑《まじ》う　鍮《ちゅう》と銅《どう》と
百金《ひゃっきん》伝《つた》え入《い》る　好事《こうじ》の手《て》
佩服《はいふく》すれば以《もっ》て妖凶《ようきょう》を禳《はら》うべし
伝《つた》え聞《き》く　其《そ》の国《くに》大島《だいとう》に居《お》り
土壌《どじょう》沃饒《よくじょう》にして風俗《ふうぞく》好《よ》し
其《そ》の先《せん》徐福《じょふく》秦民《しんみん》を詐《あざむ》き
薬《くすり》を採《と》りて淹留《えんりゅう》し丱童《かんどう》老《お》ゆ
百工《ひゃくこう》五種《ごしゅ》之《これ》と居《お》り

メモ
日本には秦の始皇帝が焚書する以前の「逸書百篇」（第18句）「先王の大典」（第21句）があるが、「蒼波浩蕩」（第22句）とした東方の「夷貊」（異民族）ゆえに見られない、残念だ、という。「古文」（第20句）は焚書以前の古い文字で書かれている文献をいう。七言古詩。韻字＝通・窮・東・銅・凶（上平・東韻冬韻通押）、島・好・老・巧・藻（上声・皓韻）、焚・存・文・津・云（上平・文韻元韻真韻通押）。

至今器玩皆精巧
前朝貢獻屢往來
士人往往工詞藻
徐福行時書未焚
逸書百篇今尚存
令嚴不許傳中國
舉世無人識古文
先王大典藏夷貊
蒼波浩蕩無通津
令人感激坐流涕
鏽澁短刀何足云

今《いま》に至《いた》るまで器玩《きがん》皆《みな》精巧《せいこう》なり
前朝《ぜんちょう》貢献《こうけん》して屢《しば》しば往来《おうらい》し
士人《しじん》往往《おうおう》詞藻《しそう》に工《たく》みなりと
徐福《じょふく》行《ゆ》く時《とき》　書《しょ》未《いま》だ焚《や》かれず
逸書百篇《いっしょひゃっぺん》　今《いま》尚《な》お存《そん》す
令《れい》厳《きび》しく中国《ちゅうごく》に伝《つた》うるを許《ゆる》さず
世《よ》を挙《あ》げて人《ひと》の古文《こぶん》を識《し》る無《な》し
先王《せんおう》の大典《たいてん》　夷貊《いばく》に蔵《ぞう》され
蒼波《そうは》浩蕩《こうとう》として津《しん》に通《つう》ずる無《な》し
人《ひと》をして感激《かんげき》して坐《そぞ》ろに涕《なみだ》を流《なが》さしむ
鏽渋《しゅうじゅう》せる短刀《たんとう》　何《なん》ぞ云《い》うに足《た》らん

**大意**

西方の伝説の国への道は遠く、決して行くことはできないので、玉をも切るという、かの地に産する鉄で造った剣を求めることはできない。しかし、近ごろ宝刀が日本国より来た。越の商人が青々とした大海の東で手に入れたものだ。香しい木の鞘には魚の皮が貼りつけられ、黄と白の真鍮と銅が入りまじっている。百金で好事家の手に入ったもので、これを佩服すれば妖凶を払い除くこともできよう。伝え聞くに、その国は大きな島の中にあり、土壌は肥沃で、人々の気風もよい。その昔徐福が秦の民を欺き、仙薬を採らせるために滞留させ、彼の地で童男童女は老いてしまった。さまざまな職工や農民もともに住んだため、今に至るまで道具はみな精巧で、前朝（唐の時代）ではしばしば朝貢し、士人の中には往々にして文学に秀でた者もいたという。徐福が行くとき、まだ書物が焚かれておらず、散逸した書物が百篇今もなお日本にあるという。禁令が厳しく中国へ書物を送ることが許されないため、こちらでは誰一人としてそれらを読める者はいない。先王の重要な古典が夷貊の地にしまわれたまま、青い波は広くどこまでも続き、訪ねゆく方法もない。大海原の彼方に重要な書物があると思うと、感激して涙を流さずにいられない、錆びた短い刀が伝えられても、何ほどのことがあろう。

# 客中初夏

四月清和雨乍晴
南山當戶轉分明
更無柳絮因風起
惟有葵花向日傾

客中初夏《かくちゅうしょか》

四月清和《しがつせいわ》　雨乍《あめたちま》ち晴《は》れ
南山戸《なんざんこ》に当《あ》たって転《うた》た分明《ぶんめい》なり
更《さら》に柳絮《りゅうじょ》の風《かぜ》に因《よ》って起《お》こる無《な》く
惟《た》だ葵花《きか》の日《ひ》に向《む》かって傾《かたむ》く有《あ》り

司馬光《しばこう》



メモ
初夏の雨上がりの爽やかな風景。「葵花」はアオイの花。「日に向かって傾く」とあるが、ヒマワリではない。ヒマワリは元のころ中国に入った。七言絶句。韻字＝晴・明・傾（下平・庚韻）。

## 大意

陰暦四月は清々しく穏やかで、雨が降ってもすぐに晴れ、家の真向かいに、南山がますますくっきりと望まれる。もはや柳絮が風に吹かれて舞うこともなく、今はただ葵《アオイ》だけが、初夏の日を浴びて我が物顔に庭を占領している。

## 獨歩至洛濱

草軟波清沙徑微
手攜筇竹著深衣
白鷗不信忘機久
見我猶穿岸柳飛

独《ひと》り歩《ほ》して洛浜《らくひん》に至《いた》る　　司馬光《しばこう》

草軟《くさやわ》らかに波清《なみきよ》くして沙径微《さけいかす》かなり
手《て》に筇竹《きょうちく》を携《たずさ》えて深衣《しんい》を著《つ》く
白鷗信《はくおうしん》ぜず　忘機《ぼうき》久《ひさ》しきを
我《われ》を見《み》て猶《な》お岸柳《がんりゅう》を穿《うが》ちて飛《と》ぶ

メモ
「忘機」はたくらみの心を忘れること。昔、鷗と仲の良い少年が父親に言われて鷗を捕まえようとすると、一羽も近づいてこなかった、という故事を踏まえる。鳥は人の機(たくらみ)に敏感である。利欲にまかせ人を蹴落として立身出世するという俗な心を棄てることも「忘機」。官服を着て散歩するようでは鳥に疑われてもしかたがない、俺はまだまだ、と自嘲的な詩。七言絶句。韻字=微・衣・飛(上平・微韻)。

**大意**

岸辺の草は柔らかに、寄せる波は清らかに、砂浜の小道がわずかに通じている。手に竹の杖を持ち、官職の服を着て独り歩いてゆく。白い鷗は、私の俗心がすっかりなくなっているのを信じず、私を見ると岸の柳を掠めて飛んでいった。

# 初夏

雨過横塘水滿堤
亂山高下路東西
一番桃李花開後
惟有青青草色齊

初夏《しょか》

雨《あめ》は横塘《おうとう》を過《す》ぎて水堤《みずつつみ》に満《み》つ
乱山高下《らんざんこうげ》　路東西《みちとうざい》
一番《いちばん》の桃李《とうり》　花開《はなひら》くの後《のち》
惟《た》だ青青《せいせい》として草色《そうしょく》の斉《ひと》しき有《あ》り

曾鞏《そうきょう》

メモ
桃や李の花が終わると、一雨ごとに草の青さが増して一面に広がる。前半の二句は句中対で風景を立体的に描く。七言絶句。韻字＝堤・西・斉（上平・斉韻）。

**大意**

雨上がり、池の水があふれて岸を浸し、高い山や低い山が重なり、麓の道は東や西にのびる。桃や李《スモモ》の花がしばし咲き誇った後には、ただ至るところ一面に青草が茂るだけ。

# 梅花

牆角數枝梅
凌寒獨自開
遙知不是雪
爲有暗香來

梅花《ばいか》

牆角《しょうかく》　数枝《すうし》の梅《うめ》
寒《かん》を凌《しの》いで独自《どくじ》に開《ひら》く
遥《はる》かに知《し》る　是《こ》れ雪《ゆき》ならざるを
暗香《あんこう》の来《きた》る有《あ》るが為《ため》なり

王安石《おうあんせき》

メモ
梅の花の気高さが描かれる。たくさんの花が咲く春に先がけ、寒さの中で独り何ものにも影響されずに咲く。香りもほのかである。五言絶句。韻字＝梅・開・来（上平・灰韻）。

**大意**

垣根の角の数枝の梅の花が、寒さを凌いで咲き初めた。白いその花が雪ではないと分かるのは、ひそやかな香りがただよってくるから。

# 杏花

垂楊一徑紫苔封
人語蕭蕭院落中
獨有杏花如喚客
倚牆斜日數枝紅

杏花《きょうか》

垂楊《すいよう》　一径《いっけい》　紫苔《したい》封《ふう》ず
人語《じんご》蕭蕭《しょうしょう》　院落《いんらく》の中《うち》
独《ひと》り杏花《きょうか》有《あ》りて客《かく》を喚《よ》ぶが如《ごと》し
牆《しょう》に倚《よ》りて　斜日《しゃじつ》　数枝《すうし》紅《くれない》なり

王安石《おうあんせき》

メモ
静かな庭。夕陽の射す中、赤い杏の花が自分を迎えてくれる。七言絶句。韻字＝封・中・紅（上平・冬韻東韻通押）。

**大意**

柳の垂れたもと、一本の小道が紫の苔に封じ込められている。人の話し声が庭の中からひそやかに聞こえてくる。杏《あんず》の花だけが来客を告げるかのように、数本の枝の紅《くれない》の花が、垣根にもたれて夕陽に染まる。

# 鍾山卽事

澗水無聲遶竹流
竹西花草弄春柔
茅簷相對坐終日
一鳥不啼山更幽

鍾山即事《しょうざんそくじ》

王安石《おうあんせき》

澗水声無《かんすいこえな》く竹《たけ》を遶《めぐ》って流《なが》れ
竹西《ちくせい》の花草《かそう》　春柔《しゅんじゅう》を弄《ろう》す
茅簷《ぼうえん》相《あ》い対《たい》して坐《ざ》すること終日《しゅうじつ》
一鳥《いっちょう》啼《な》かず山更《やまさら》に幽《ゆう》なり



メモ

第2句の「弄」は「そのものが持つ特性を存分に発揮する」というニュアンス。第3句「相対」は、李白の「独り敬亭山に坐す」（２０９頁）を意識していよう。第4句は、六朝梁の王籍の「若耶溪に入る」に「蟬噪いで林逾いよ静かに、鳥鳴いて山更に幽なり」とあるのを踏まえる。七言絶句。韻字＝流・柔・幽（下平・尤韻）。

**大意**

谷川の水は音もなく竹林をめぐって流れ、竹林の西には花や草が戯れるように柔らかく風に揺れている。茅葺の軒下に終日座って鍾山に向かっていると、鳥は一羽も鳴かず、山はますます静か。

## 自遣

閉戸欲推愁
愁終不肯去
底事春風來
留愁愁不住

自《みずか》ら遣《や》る　王安石《おうあんせき》

戸《こ》を閉《と》じて愁《うれ》いを推《お》さんと欲《ほっ》するも
愁《うれ》いは終《つい》に肯《あえ》て去《さ》らず
底事《なにごと》ぞ　春風来《しゅんぷうきた》れば
愁《うれ》いを留《とど》めんとするも愁《うれ》いは住《とど》まらず

メモ
春は心がうきうきして愁いが消えてしまう。春の愁いの詩を作りたいのに。五言古詩。
韻字＝去・住（去声・御韻遇韻）。

**大意**

部屋に閉じ込もって愁いを追い出そうとするが、愁いはどうしても出ていこうとしない。それなのにどうしてだろう、春風が吹いてくると、愁いを留めておこうと思っても、愁いは留まってくれない。

# 初夏即事

石梁茅屋有灣碕
流水濺濺度兩陂
晴日暖風生麥氣
綠陰幽草勝花時

初夏即事《しょかそくじ》

王安石《おうあんせき》

石梁《せきりょう》　茅屋《ぼうおく》　湾碕《わんき》有《あ》り
流水濺濺《りゅうすいせんせん》として両陂《りょうひ》に度《わた》る
晴日《せいじつ》　暖風《だんぷう》　麦気《ばくき》を生《しょう》じ
緑陰《りょくいん》　幽草《ゆうそう》　花時《かじ》に勝《まさ》る



メモ
第1句は、石・茅・碕と材質の異なるものを組み合わせて立体的に描き、第2句は、「湾碕」から堤がずっと続いて、水がサラサラ流れ、聴覚にも訴えながら、視線を、第1句の近景から、遠くへと導く。転句では広い「風景」を詠い、暖かい風に乗って、麦の香りがただよう。ふと見ると、初夏の明るい緑の木陰のもとに、ひっそりと茂る緑の草。花の咲く春にはない風情がある。七言絶句。韻字＝碕・陂・時（上平・支韻）。

**大意**

石の橋、茅葺《かやぶき》の家、そして湾曲している岸がある。水はサラサラと両側の堤の間を流れてゆく。よく晴れた日、暖かな風が吹きわたり、麦の香りがただよい、こんもり繁った木陰にひっそりと草が茂るその様子は、花の咲くときよりも趣きがある。

# 夜直

金爐香盡漏聲殘
翦翦輕風陣陣寒
春色惱人眠不得
月移花影上欄干

夜直《やちょく》

金炉《きんろ》香《こう》尽《つ》きて漏声《ろうせい》残《かす》かなり
翦翦《せんせん》の軽風《けいふう》　陣陣《じんじん》の寒《さむ》さ
春色《しゅんしょく》人《ひと》を悩《なや》まして眠《ねむ》り得《え》ず
月《つき》移《うつ》りて花影《かえい》欄干《らんかん》に上《のぼ》る

王安石《おうあんせき》

メモ

「翦翦」は、断続的に風が吹くこと。「陣陣」は、一区切りの時間的な経過を表す。切れ切れに続くさまを表す。風にも「陣陣風」のようにいう。第4句は、眠れないまま過ぎ去る時間を、花の影の移動によって表す。七言絶句。韻字＝残・寒・干（上平・寒韻）。

**大意**

黄金の香炉に香が燃え尽き、水時計の音も消え入りそう。ひとしきり、ひとしきり、そよそよ風が吹いて、そのたびに肌寒く感じる。春の気配は人を悩ませ、眠ろうにも眠れない。月が動いて花の影が欄干まで上ってきた。

# 和子由澠池懷舊

人生到處知何似
應似飛鴻踏雪泥
泥上偶然留指爪
鴻飛那復計東西
老僧已死成新塔
壞壁無由見舊題
往日崎嶇還記否
路長人困蹇驢嘶

子由《しゆう》の「澠池懐旧《べんちかいきゅう》」に和《わ》す　　蘇軾《そしょく》

人生到《じんせいいた》る処《ところ》　知《し》んぬ何《なに》にか似《に》たる
応《まさ》に飛鴻《ひこう》の雪泥《せつでい》を踏《ふ》むに似《に》たるべし
泥上《でいじょう》　偶然《ぐうぜん》　指爪《しそう》を留《とど》むるも
鴻《こう》飛《と》んで那《なん》ぞ復《ま》た東西《とうざい》を計《はか》らん
老僧《ろうそう》は已《すで》に死《し》して新塔《しんとう》と成《な》り
壊壁《かいへき》は旧題《きゅうだい》を見《み》るに由無《よしな》し
往日《おうじつ》の崎嶇《きく》たる　還《な》お記《き》するや否《いな》や
路長《みちなが》く人困《ひとくる》しみて蹇驢《けんろ》嘶《いなな》きしを

メモ
「子由」は弟の蘇轍、子由は字。「澠池」は洛陽の西方。この詩の五年前、兄弟でこの町の寺に泊まり、奉閑という老僧の僧房の壁に記念の詩を書いた。第8句の「蹇驢」は痩せた驢馬。はじめは馬に乗っていたが、澠池の手前で死んだ。第2句に蘇軾の人生観が表れている。二十六歳の作。七言律詩。韻字＝泥・西・題・嘶（上平・斉韻）。



**大意**

人生はつまるところ何に似ているのだろう。きっと飛んでいた雁が舞い降りて雪まみれの泥を踏むようなものに違いない。泥の上に偶然爪の跡だけは残っても、雁が飛び去ってしまえば、東へ行ったか西へ行ったか分からない。

あのときの老僧はすでに亡くなって新しい卒塔婆が造られ、壊れた壁にはかつて書き記した詩を見るすべもない。君はあの日の苦しい旅を覚えているかい。道は長く人は疲れ、痩せた驢馬がしきりに鳴いていたことを。

# 六月二十七日望湖樓醉書

六月《ろくがつ》二十七日《にじゅうしちにち》望湖楼《ぼうころう》にて酔書《すいしょ》す

蘇軾《そしょく》

黒雲翻墨未遮山
白雨跳珠亂入船
巻地風來忽吹散
望湖樓下水如天

黒雲《こくうん》墨《すみ》を翻《ひるがえ》して未《いま》だ山《やま》を遮《さえぎ》らず
白雨《はくう》珠《たま》を跳《おど》らして乱《みだ》れて船《ふね》に入《い》る
地《ち》を巻《ま》き風《かぜ》来《きた》って忽《たちま》ち吹《ふ》き散《さん》ず
望湖楼下《ぼうころうか》　水天《みずてん》の如《ごと》し

メモ
三十七歳の熙寧五年（一〇七二）六月二十七日、西湖のほとりの望湖楼で酔いにまかせて作った詩。前半は比喩を巧みに用いた対句。にわか雨の降り出す瞬間を捉える。「白雨」はにわか雨。雨粒を真珠にたとえ、ばらばらという音まで表している。前半の、激しく動く遠景の黒・近景の白、激しい音とせばまる視界から、一転して後半は、風の動から静寂・透明な青の視界が広がる。七言絶句。韻字＝山・船・天（上平・刪韻、下平・先韻通押）。

**大意**

黒雲は墨汁を引っくり返したようにあっという間に空に広がったが、山々がまだおおわれていない刹那に、ばらまいた真珠のように白雨がばらばらと船に降り込む。と、地を巻く風が起こってたちまちみな吹き散らし、望湖楼のあたり、湖水はどこまでも大空の青さ。

# 飲湖上初晴後雨

水光瀲灩晴偏好
山色空濛雨亦奇
若把西湖比西子
淡粧濃抹總相宜

湖上《こじょう》に飲《いん》す　初《はじ》め晴《は》れ後《のち》に雨《あめ》ふる　蘇軾《そしょく》

水光瀲灩《すいこうれんえん》として晴《は》れて偏《ひとえ》に好《よ》く
山色空濛《さんしょくくうもう》として雨《あめ》も亦《ま》た奇《き》なり
若《も》し西湖《せいこ》を把《と》って西子《せいし》に比《ひ》すれば
淡粧《たんしょう》　濃抹《のうまつ》　総《すべ》て相《あ》い宜《よろ》し

メモ
三十八歳の作。前半は対句で、「瀲灩」「空濛」は語尾のそろう畳韻の語で調子をととのえる。第1句目は晴れているときの西湖。第2句は雨の西湖。「奇」は、ひときわすばらしい、の意。後半は、西施を引き合いに出し、西湖は、晴れているときは「濃抹」、丹念に化粧した西施のよう、雨のときは「淡粧」、あっさり化粧した西施のよう、という。西施は春秋時代の人で、この地方の出身。「西湖」「西子」と語呂もよく、化粧の比喩も絶妙。七言絶句。韻字＝奇・宜（上平・支韻）。

**大意**

広々した湖水にさざ波が輝く晴れた景色はもちろん美しいが、山々が朧に煙る雨の景色もまたすばらしい。もし西湖を西施にたとえるなら、淡い化粧でも、念入りの化粧でも、すべてみなよく似合う。

# 和孔密州五絶
## 東欄梨花

梨花淡白柳深青
柳絮飛時花満城
惆悵東欄一株雪
人生看得幾清明

孔密州《こうみつしゅう》に和《わ》す五絶《ごぜつ》
東欄《とうらん》の梨花《りか》

蘇軾《そしょく》

梨花《りか》は淡白《たんぱく》　柳《やなぎ》は深青《しんせい》
柳絮《りゅうじょ》飛《と》ぶ時《とき》　花城《はなしろ》に満《み》つ
惆悵《ちゅうちょう》す　東欄一株《とうらんいっしゅ》の雪《ゆき》
人生《じんせい》看《み》得《う》るは幾清明《いくせいめい》

**大意**

梨の花はほのかに白く、柳の葉は細やかな緑色。柳の絮《わた》が舞うころは、花が町中に咲き誇る。心が傷むのは、東の欄干のあたりに咲いていた梨の花。これから何回、このようなすばらしい清明の景色を眺めることができるのだろう。

メモ
蘇軾四十二歳、密州知事から徐州知事に転任するおり、密州の後任知事となった孔宗翰（こうそうかん）から贈られた詩に和したもの。「淡白」と「深青」の色彩を対比させた静的な描写に始まり、承句では白い柳の花（柳絮）が飛び交う動きにつれて町中に一斉に咲く花が詠われる。転句で一転し、清明の佳節に、密州の官舎の東欄に美しく咲いていた梨の花を思い浮かべているうちに、悲しい思いに沈む。花の命は短い。華やかに咲いていてもやがて柳の花のように散っていく。前半が華やかなだけに、後半のわびしさがいっそう胸に迫る。七言絶句。韻字＝青・城・明（下平・青韻庚韻通押）。

# 梅花　二首　其一

蘇軾《そしょく》

春來幽谷水潺潺
的皪梅花草棘間
一夜東風吹石裂
半隨飛雪渡關山

梅花《ばいか》　二首《にしゅ》　其《そ》の一《いち》

春来《しゅんらい》　幽谷《ゆうこく》　水潺潺《みずせんせん》
的皪《てきれき》たる梅花《ばいか》　草棘《そうきょく》の間《かん》
一夜東風石《いちやとうふういし》を吹《ふ》いて裂《さ》く
半《なか》ばは飛雪《ひせつ》に随《したが》って関山《かんざん》を渡《わた》る

メモ
四十五歳、元豊三年（一〇八〇）一月、黄州（湖北省黄岡）に流され、途中今の河南省と湖北省の山脈を越えるあたりでの作。七言絶句。韻字＝潺・間・山（上平・刪韻）。

**大意**

春になって幽谷の水はさらさら流れ、梅の花は草棘《イバラ》の間に輝くように白い花を咲かせた。一夜、石を裂くかのように東の風が吹くと、半ばは舞う雪とともに関所の山を越えて飛び去る。

# 東坡　八首　其四

種稲清明前
樂事我能數
毛空暗春澤
鍼水聞好語
分秧及初夏
漸喜風葉擧
月明看露上
一一珠垂縷
秋來霜穂重
顛倒相撑拄
但聞畦壠間
蚱蜢如風雨
新春便入甑

東坡《とうば》　八首《はっしゅ》　其《そ》の四《よん》

蘇軾《そしょく》

稲《いね》を種《う》う　清明《せいめい》の前《まえ》
楽事《らくじ》　我《われ》能《よ》く数《かぞ》えん
空《そら》に毛《もう》して春沢《しゅんたく》暗《くら》く
水《みず》に鍼《しん》して好語《こうご》を聞《き》く
秧《なえ》を分《わか》ちて初夏《しょか》に及《およ》び
漸《ようや》く風葉《ふうよう》の挙《あ》がるを喜《よろこ》ぶ
月《つき》明《あき》らかにして露《つゆ》の上《のぼ》るを看《み》れば
一一《いちいち》　珠《たま》　縷《る》を垂《た》る
秋《あき》来《きた》れば霜穂《そうすい》重《おも》く
顛倒《てんとう》して相《あ》い撑拄《とうちゅ》す
但《た》だ聞《き》く　畦壠《けいろう》の間《かん》
蚱蜢《さくもう》　風雨《ふうう》の如《ごと》きを
新春《しんしょう》　便《すなわ》ち甑《こしき》に入《い》り



メモ
黄州に左遷されて貧窮生活を送っていたが、二年目（元豊四年、一〇八一）に兵営の跡地をもらい受けて耕すことができた。日照りの後で、農作業はずいぶん労苦したという。第1句の「清明」は二十四節気の一つで、立春から十五日目、第3句の「毛」は「雨毛」のことで蜀では「細雨」をいう。第12句の「蚱蜢」は小さなイナゴのような虫で、稲が実るころ群れをなして飛ぶという。稲に害はおよぼさない。「東坡」にいたことから、蘇軾はこれを号とした。四十六歳の作。五言古詩。韻字＝数・語・挙・縷・拄・雨・筥・土・許（上声）。

玉粒照筐筥
我久食官倉
紅腐等泥土
行當知此味
口腹吾已許

玉粒《ぎょくりゅう》　筐筥《きょうきょ》を照《て》らす
我久《われひさ》しく官倉《かんそう》を食《は》む
紅腐《こうふ》して泥土《でいど》に等《ひと》し
行《ゆく》ゆく当《まさ》に此《こ》の味《あじ》を知《し》るべし
口腹《こうふく》　吾已《われすで》に許《ゆる》せり



**大意**

清明の前に稲の種を播く。これから始まる楽しいことが次々と浮かんでくる。そぼ降る雨に春の沢は煙り、「稲の針が見えてきたぞ」と農夫たちの嬉しそうな声。田植えが終わって初夏がやってくると、吹きくる風にだんだんと葉先がそよぐようになる。月がさやかに照る秋の夜には、露が稲の葉に結んで、一つ一つ真珠が糸でつながれたように垂れる。秋たけなわ、霜の降りた稲穂は重そうに垂れ、支えきれずに倒れてしまう。蚱蜢《バッタ》は群れて畦《あぜ》の間を飛び交い、風雨のようにざわざわと騒がしい。収穫するとさっそくつかれて蒸し器に入れられ、ざるに盛られた米粒は玉のように輝く。私は長いことお上の倉の米を食べてきたが、赤みを帯びた古米は、泥のようなまずさだった。ゆくゆくはこの新米を味わえよう。私は、口と腹とに今から約束しておく。

## 題西林壁

横看成嶺側成峰
遠近高底無一同
不識廬山眞面目
只緣身在此山中

西林《さいりん》の壁《かべ》に題《だい》す　蘇軾《そしょく》

横《よこ》より看《み》れば嶺《れい》と成《な》り　側《かたわら》には峰《ほう》と成《な》る
遠近高低《えんきんこうてい》　一《いつ》として同《おな》じきは無《な》し
廬山《ろざん》の眞面目《しんめんもく》を識《し》らざるは
只《た》だ身《み》の此《こ》の山中《さんちゅう》に在《あ》るに縁《よ》る

メモ
四十九歳の作。西林寺は廬山の麓にある。前半は、視点の違いによる山容の変化、後半は、山中にいるため本質が見えないことをいう。「嶺」は連なった山、山なみ。「峰」は独立した山。七言絶句。韻字＝峰・同・中（上平・冬韻東韻通押）。

**大意**

遠く横から見ると山々が連なり、近くから側面を見ると切り立つ峰。見る位置の遠近高低によってそれぞれ違った姿で、同じものは一つもない。廬山の真の姿が分からないのは、自分が山の中にいるからだ。

# 恵崇春江暁景

竹外桃花三兩枝
春江水暖鴨先知
蔞蒿滿地蘆芽短
正是河豚欲上時

恵崇《えすう》の春江暁景《しゅんこうぎょうけい》

竹外《ちくがい》の桃花《とうか》　三両枝《さんりょうし》
春江《しゅんこう》　水暖《みずあたた》かにして　鴨《かも》先《ま》ず知《し》る
蔞蒿《ろうこう》は地《ち》に満《み》ち　芦芽《ろが》は短《みじか》し
正《まさ》に是《こ》れ河豚《ふぐ》の上《のぼ》らんと欲《ほっ》する時《とき》

蘇軾《そしょく》

**大意**

竹やぶの向こうに、花をつけた桃の花の枝が二つ三つ見える。春の川がぬるんできたのを真っ先に鴨が知って、水の上に浮かんでいる。蔞蒿《ヨモギ》があたり一面に生い茂り、芦《アシ》の芽が短く吹き出ている。今まさに、河豚《フグ》が川を上ってくる時期だ。

メモ

五十歳の作品。宋初の僧・画家の恵崇の「春江暁景」の絵に書きつけた詩。第3句にいう「蔞蒿」「芦」はフグの毒消しに効く。絵に「蔞蒿」「芦」が描いてあったので、フグの料理を思い出したのである。蘇軾は食いしん坊で知られている。中華料理の「東坡肉(トンポーロウ)」は蘇軾の考案とされる。また南方に流されたとき、毎日茘枝が三百個食べられる、と喜んでいる（404頁）。七言絶句。韻字＝枝・知・時（上平・支韻）。

# 贈劉景文

荷盡已無擎雨蓋
菊殘猶有傲霜枝
一年好景君須記
最是橙黃橘綠時

劉景文《りゅうけいぶん》に贈《おく》る

蘇軾《そしょく》

荷《はす》は尽《つ》きて已《すで》に雨《あめ》に擎《ささ》ぐるの蓋《かさ》無《な》く
菊《きく》は残《おとろ》えて猶《な》お霜《しも》に傲《おご》るの枝《えだ》有《あ》り
一年《いちねん》の好景《こうけい》　君須《きみすべか》らく記《しる》すべし
最《もっと》も是《こ》れ橙《とう》は黄《き》に橘《きつ》は緑《みどり》なる時《とき》

メモ

五十五歳の作。初冬の季節の美しさを詠う。前半は対句。すべてが凋落する季節の中で、「擎」「傲」のありふれた漢字を使って、ハスの芯の強さと菊の内から湧くエネルギーを表している。これを承けて後半では、盛りを迎えるユズやミカンを鮮やかに詠う。七言絶句。韻字＝枝・時（上平・支韻）。

**大意**

荷《ハス》の葉は枯れ、雨をさえぎる傘のような姿はもうない。菊の花は衰えてしまったが、それでも霜にも負けない一枝がある。一年のうちの好い景色を、あなたにはぜひ覚えておいてほしい。何よりも、橙《ユズ》の実が黄色く、橘《ミカン》が緑色のこのときを。

# 食茘枝

羅浮山下四時春
盧橘楊梅次第新
日噉茘枝三百顆
不辭長作嶺南人

茘枝《れいし》を食《くら》う

蘇軾《そしょく》

羅浮山下《らふさんか》　四時春《しいじはる》なり
盧橘《ろきつ》　楊梅《ようばい》　次第《しだい》に新《あら》たなり
日《ひ》に噉《くら》う　茘枝《れいし》　三百顆《さんびゃくか》
辞《じ》せず　長《とこし》えに嶺南《れいなん》の人《ひと》と作《な》るを

メモ
六十一歳、恵州での作。「羅浮山」はその西北にある山。流謫の身であるが、茘枝が食べられるなら一生ここに住みたいと、グルメぶりを発揮する。七言絶句。韻字＝春・新・人（上平・真韻）。



**大意**

羅浮山の麓は一年中春で、盧橘《キンカン》、楊梅《ヤマモモ》と次々に新しい実がなる。その上、毎日茘枝を三百個も食べられるのだから、一生嶺南に住んでもかまわない。

## 澄邁驛通潮閣

蘇軾《そしょく》

餘生欲老海南村
帝遣巫陽招我魂
杳杳天低鶻沒處
青山一髪是中原

澄邁駅《ちょうまいえき》の通潮閣《つうちょうかく》

余生《よせい》老《お》いんと欲《ほっ》す　海南《かいなん》の村《むら》
帝《てい》は巫陽《ふよう》をして我《わ》が魂《こん》を招《まね》かしむ
杳杳《ようよう》として天低《てんた》れ　鶻《こつ》の没《ぼっ》する処《ところ》
青山一髪《せいざんいっぱつ》　是《こ》れ中原《ちゅうげん》

メモ

六十五歳の元符三年（一一〇〇）正月、哲宗が崩じて徽宗が即位して政局が一変した。蘇軾は、嶺南に流謫されて七年、海南島に渡って四年目、詔により五月に大陸への帰還を許された。この詩は海南島北岸の澄邁駅という宿場に着き、その通潮閣から対岸の大陸を望んで詠ったもの。第4句は帰還への望みがかなった喜びを詠う。七言絶句。韻字＝村・魂・原（上平・元韻）。

**大意**

余生をこの海南の村で終えようと思っていたが、天帝が巫陽を遣わして屈原の魂を招いたように、私も帝の詔書によって大陸に帰れるようになった。はるか彼方、大空が垂れて鶻《ハヤブサ》が没するあたり、髪の毛の一すじほどに見える青い山なみが、懐かしい我が中原だ。

# 春夜

蘇軾《そしょく》

春宵一刻直千金
花有清香月有陰
歌管樓臺聲細細
鞦韆院落夜沈沈

春夜《しゅんや》

春宵一刻《しゅんしょういっこく》　直千金《あたいせんきん》
花《はな》に清香《せいこう》有《あ》り　月《つき》に陰《かげ》有《あ》り
歌管楼台《かかんろうだい》　声細細《こえさいさい》
鞦韆院落《しゅうせんいんらく》　夜沈沈《よるちんちん》

メモ

制作年は不明。「宵」は夜。「一刻」は、一昼夜の百分の一の時間。十五分弱である。賑やかな音楽も庭での遊びも終わってしまい、中庭には乗る者もなくブランコがひっそりぶら下がっている。賑わいのあとの静寂、しんしんとふけゆく春の夜、美しい夜を独り占めできるこのときが、作者にとって千金にも値するものなのである。七言絶句。韻字＝金・陰・沈（下平・侵韻）。

## 大意

春の夜は、一《ひと》時が千金に値する。花には清らかな香りがただよい、月は朧に霞んでいる。先ほどまで賑やかだった歌声や管弦の音は、今は細々とし、宮女たちがたくさん遊んでいた中庭には、ひっそり鞦韆《ブランコ》がぶら下がり、夜が静かにふけてゆく。

## 乞猫

秋來鼠輩欺猫死
窺甕翻盆攪夜眠
聞道貍奴將數子
買魚穿柳聘銜蟬

猫《ねこ》を乞《こ》う

黄庭堅《こうていけん》

秋来《しゅうらい》　鼠輩《そはい》　猫《ねこ》の死《し》せるを欺《あなど》り
甕《かめ》を窺《うかが》い盆《ぼん》を翻《ひるがえ》して夜眠《やみん》を攪《みだ》す
聞道《きくなら》く　貍奴《りど》　数子《すうし》を将《ひき》ゆと
魚《うお》を買《か》い柳《やなぎ》に穿《うが》ちて銜蟬《かんせん》を聘《へい》せん

メモ
猫の詩は梅尭臣に「猫を祭る」がある（376頁）。第3句の「貍奴」は猫の雅称、第4句の「銜蟬」は、蟬を口にくわえることで、猫の俗称。三十五歳の作。七言絶句。韻字＝眠・蟬（上平・先韻）。

**大意**

秋になって、猫が死んだのにつけ込んで、鼠どもが水甕をのぞいたり盆を引っくり返したりして、夜の眠りを妨げている。聞くところによると、お宅の猫様が子猫を数匹引きつれているとか。魚を買い柳の枝に差し、にゃんこをお迎えしよう。

# 夜發分寧寄杜澗叟

陽關一曲水東流
燈火旌陽一釣舟
我自只如常日醉
滿川風月替人愁

夜分寧《よるぶんねい》を発《はっ》し杜澗叟《とかんそう》に寄《よ》す　黄庭堅《こうていけん》

陽関《ようかん》の一曲《いっきょく》　水東《みずひがし》に流《なが》る
灯火《とうか》　旌陽《せいよう》　一釣舟《いちちょうしゅう》
我《われ》は自《みずか》ら只《た》だ常日《じょうじつ》の如《ごと》く酔《よ》うも
満川《まんせん》の風月《ふうげつ》　人《ひと》に替《か》わって愁《うれ》う

メモ

「分寧」は今の江西省修水県。黄庭堅の故郷。盛唐の張謂に「満堂の糸管君が為に愁う」(盧挙使の河源に使いするを送る)の句がある。七言絶句。韻字＝流・舟・愁（下平・尤韻）。



大意

陽関曲の別れの一節が歌われる中、水は東へと流れ去る。旌陽山のあたりには、漁火《いさりび》を点した釣り舟が一つ。私はいつものようにただ酔っているが、川一面に満ちる風と月が私に代わって悲しんでくれる。

## 六月十七日晝寢

紅塵席帽烏鞾裏
想見滄洲白鳥雙
馬齧枯萁諠午枕
夢成風雨浪翻江

六月十七日《ろくがつじゅうしちにち》昼寝《ひるい》ぬ

黄庭堅《こうていけん》

紅塵《こうじん》　席帽《せきぼう》　烏鞾《うか》の裏《うち》
想見《そうけん》す　滄洲《そうしゅう》　白鳥《はくちょう》の双《なら》ぶを
馬《うま》は枯萁《こき》を齧《か》みて午枕《ごちん》に諠《かまびす》し
夢《ゆめ》に風雨《ふうう》と成《な》り　浪《なみ》は江《こう》に翻《ひるがえ》る

メモ
神宗実録院に在任中、四十五歳の作。七言絶句。韻字＝双・江（上平・江韻）。

**大意**

都の塵の中で、麦わら帽を被り、黒い靴をはいて、仙人の島・滄洲のつがいの白い鳥を想い浮かべていた。馬が豆がらを食う音が昼寝の枕元まで聞こえてきても、夢の中ではそれが風雨となり、大江に翻える波の音になるのだった。

# 雨中登岳陽樓望君山二首　其二

滿川風雨獨憑欄
綰結湘娥十二鬟
可惜不當湖水面
銀山堆裏看青山

雨中《うちゅう》岳陽楼《がくようろう》に登《のぼ》り君山《くんざん》を望《のぞ》む
二首《にしゅ》　其《そ》の二《に》

黄庭堅《こうていけん》

満川《まんせん》の風雨《ふうう》　独《ひと》り欄《らん》に憑《よ》る
綰結《わんけつ》す　湘娥《しょうが》の十二鬟《じゅうにかん》
惜《お》しむべし　湖水《こすい》の面《おもて》に当《あ》たらずして
銀山堆裏《ぎんざんたいり》　青山《せいざん》を看《み》る

メモ
五十八歳の作。第2句の「十二鬟」は君山をいう。君山は十二のまげを結った頭ような形をしている。「綰結」は結び合わせる、「湘娥」は湘君。第4句、「銀山」は波、「青山」は君山を指す。劉禹錫に「白銀盤裏の一青螺」（洞庭を望む）の句がある。七言絶句。韻字＝欄・鬟・山（上平・刪韻）。

**大意**

川一面の風雨の中、独り欄干に寄りかかると、湘水の女神が結い上げた十二のまげのような形の君山が見える。惜しいことに、洞庭湖の鏡のような水面にその姿は映らず、銀山のような波が盛り上がるとき、青山がわずかに見える。

# 武昌松風閣

依山築閣見平川
夜闌箕斗插屋椽
我來名之意適然
老松魁梧數百年
斧斤所赦今參天
風鳴媧皇五十絃
洗耳不須菩薩泉
嘉二三子甚好賢
力貧買酒醉此筵
夜雨鳴廊到曉懸
相看不歸臥僧氈
泉枯石燥復潺湲
山川光輝爲我妍

## 武昌《ぶしょう》の松風閣《しょうふうかく》

黄庭堅《こうていけん》

山《やま》に依《よ》りて閣《かく》を築《きず》き　平川《へいせん》を見《み》る
夜闌《よるたけなわ》にして　箕斗《きと》　屋椽《おくてん》に挿《さ》す
我来《われきた》り之《これ》に名《な》づけて意適《いまさ》に然《しか》り
老松《ろうしょう》の魁梧《かいご》たる　数百年《すうひゃくねん》
斧斤《ふきん》の赦《ゆる》す所《ところ》　今天《いまてん》に参《まじ》わる
風《かぜ》は鳴《な》る　媧皇《かこう》の五十絃《ごじゅうげん》
耳《みみ》を洗《あら》うに　須《もち》いず　菩薩泉《ぼさつせん》
二三子《にさんし》の甚《はなは》だ賢《けん》を好《この》むを嘉《よみ》す
貧《ひん》を力《つと》めて酒《さけ》を買《か》い　此《こ》の筵《えん》に酔《よ》わしむ
夜雨《やうろう》廊に鳴《な》り　暁《あかつき》に到《いた》るまで懸《か》かる
相《あ》い看《み》て帰《かえ》らず　僧《そう》の氈《せん》に臥《が》す
泉《いずみ》枯《か》れ石燥《いしかわ》くも復《ま》た潺湲《せんかん》
山川《さんせん》の光輝《こうき》　我《わ》が為《ため》に妍《けん》なり

メモ
五十八歳の作。「武昌」は、今の武漢市鄂城県。「松風閣」は武昌の西方約1・7キロ、長江南岸の樊山（西山）の、西山寺にある高殿。詩中にあるように黄庭堅が命名した。自筆の詩も現存する。第6句の「媧皇」は伝説に出てくる「女媧」。人間の頭に蛇の体を持つ女神で笛の「笙」を発明したとされる。「五十絃」は瑟《おおごと》。発明者は神話では伏羲とされる。第7句の「菩薩泉」は西山寺にあった泉。蘇東坡の「菩薩泉の銘の序」に「色がしろくて甘い」という。第15句「寒谿」は西山寺の東にある谷川の名。第16句「東坡道人」は蘇軾、号東坡。第17句「張侯」は張耒（ちょうらい）。侯は尊称。第18句「釣台」は西山の北側の長江のなかにあった岩の名。三国時代の呉の孫権が酒宴を開いたという名勝。第19句「怡亭」は長江の小島にあった名勝。「亭」

野僧旱飢不能饘
曉見寒谿有炊煙
東坡道人已沈泉
張侯何時到眼前
釣臺驚濤可晝眠
怡亭看篆蛟龍纏
安得此身脫拘攣
舟載諸友長周旋

野僧《やそう》　旱飢《かんき》　饘《せん》する能《あた》わず
暁《あかつき》に見《み》る　寒渓《かんけい》　炊煙《すいえん》有《あ》るを
東坡道人《とうばどうじん》　已《すで》に泉《せん》に沈《しず》み
張侯《ちょうこう》何《いず》れの時《とき》か眼前《がんぜん》に到《いた》らん
釣台《ちょうだい》　濤《なみ》に驚《おどろ》き　昼眠《ちゅうみん》すべし
怡亭《いてい》　篆《てん》を看《み》ん　蛟竜《こうりゅう》纏《まと》うを
安《いず》くんぞ得《え》ん　此《こ》の身《み》の拘攣《こうれん》を脱《だっ》し
舟《ふね》に諸友《しょゆう》を載《の》せて長《とこし》えに周旋《しゅうせん》するを



は展望用の建物。唐の李陽氷の篆書の「怡亭の銘」が島の岩に刻まれていた。第21句「周旋」はいっしょに交遊すること。七言古詩。韻字＝毎句七字目（下平・先韻）。

**大意**

山の地形に沿って閣が築かれ、広々とした長江が見える。夜ふけには南箕・北斗の星座が屋根に突き刺さる。この閣の名前は私が来訪して実景に即してつけたものだ。老松は数百年経ってまことに壮大で、斧の魔手を逃れて今や天にまじわっている。風は媧皇が五十絃の瑟《おおごと》をかき鳴らしているように清らかで、「菩薩の泉」で耳を洗う必要もない。君たちが先輩を慕うのはまことに立派なことだ。貧窮の中酒を用意してくれたのだから、楽しく酔わせていただこう。夜の雨が回廊に鳴り響いて暁まで続いたので、顔を見合わせて帰るのを止め、僧の毛布にくるまって横になった。日照りのため泉は枯れ石は乾いていたが、この夜の雨でまたさらさら流れ、山川は光り輝き、私のために美しい姿を見せてくれた。田舎住まいの僧は日照りによる飢饉のため粥をすることもできない。暁に寒谿のあたりに炊事の煙りの立つのを見るだけだ。東坡道人はとうに黄泉の国に沈み、張氏はいつ目の前に現れることか。釣台岩ではこの驚濤の音を聞きながら昼眠したいし、怡亭では、蛟龍が身をくねらせるような篆書《てんしょ》を見よう。どうにかしてこの身が憂き世の拘束から逃れ、友人たちと舟に乗って永遠に交流したいものだ。

## 春日　五首　其二

一夕輕雷落萬絲
霽光浮瓦碧參差
有情芍藥含春涙
無力薔薇臥曉枝

春日《しゅんじつ》　五首《ごしゅ》　其《そ》の二《に》　　秦観《しんかん》

一夕《いっせき》　軽雷《けいらい》　万糸《ばんし》を落《お》とし
霽光《せいこう》瓦《かわら》に浮《う》かんで碧参差《へきしんし》
有情《ゆうじょう》の芍薬《しゃくやく》は春涙《しゅんるい》を含《ふく》み
無力《むりょく》の薔薇《しょうび》は暁枝《ぎょうし》に臥《が》す

メモ

にわか雨のあと、屋根瓦が洗われ、芍薬の花には雨粒がたまり、薔薇の花は枝に力なく横たわっている。春の雨上がりの艶冶な情景。七言絶句。韻字＝糸・差・枝（上平・支韻）。



### 大意

ある日の夕方、軽い雷鳴とともに万の糸を垂れるように雨が降り、やがて晴れると屋根に光が浮かんで瓦が深緑色に輝く。春の芍薬の花は情を寄せるように涙を含み、薔薇《バラ》の花は力なく暁の枝に横になっている。

# 秋日　三首　其一

霜落邗溝積水清
寒星無數傍船明
菰蒲深處疑無地
忽有人家笑語聲

秋日《しゅうじつ》　三首《さんしゅ》　其《そ》の一《いち》

秦観《しんかん》

霜《しも》は邗溝《かんこう》に落《お》ちて積水清《せきすいきよ》し
寒星無数《かんせいむすう》　船《ふね》に傍《そ》うて明《あき》らかなり
菰蒲深《こほふか》き処《ところ》　地無《ちな》きかと疑《うたが》うも
忽《たちま》ち有《あ》り　人家《じんか》　笑語《しょうご》の声《こえ》

メモ
秋の夜の水郷舟航の感懐。「邗溝」は、春秋時代に邗江に城を築き、溝を掘って長江と淮水を結んだことからの名。今の揚州の西北から淮安へ通じる運河。漕河ともいう。「積水」はたくさん集まった水。七言絶句。韻字＝清・明・声（下平・庚韻）。

**大意**

霜が運河の邗溝に降りる時節となって、広々とした水は澄みきっている。寒々とした星は、船の進む両側に無数に明るく輝いている。菰《マコモ》や蒲《ガマ》が深々と茂って陸地がないのかと思うと、突然、人家があり、笑いながら話す声が聞こえてくる。

# 絶句

書當快意讀易盡
客有可人期不來
世事相違每如此
好懷百歲幾回開

絶句《ぜっく》　陳師道《ちんしどう》

書《しょ》は快意《かいい》に当《あ》たって　読《よ》んで尽《つ》き易《やす》く
客《かく》に可人《かじん》有《あ》るも　期《き》すれば来《きた》らず
世事《せいじ》相《あ》い違《たが》うこと毎《つね》に此《か》くの如《ごと》し
好懐《こうかい》　百歳《ひゃくさい》　幾回《いくかい》か開《ひら》く

メモ
前半は対句を用いたシャレた言い回し。何事もままならない。本当に楽しい思いをするのは、人生百年の間に何度もあるものではない。だから、清貧のうちにも心の楽しみを求めることが大事だ、という。作者は困窮のあまり、妻子を実家にあずけたという詩もある。七言絶句。韻字＝来・開（上平・灰韻）。

**大意**

書物はおもしろいとすぐに読み終わってしまう。客人に良い人がいても、なかなか会えない。世の中のことは、いつもこのようにままならぬ。心を開いて楽しむことは、人生百年の間、何回あるだろうか。

曉行

老去功名意轉疎
獨騎瘦馬取長途
孤村到曉猶燈火
知有人家夜讀書

暁行《ぎょうこう》

晁冲之《ちょうちゅうし》

老《お》い去《さ》って　功名《こうめい》　意《い》転《うた》た疎《そ》なり
独《ひと》り痩馬《そうば》に騎《き》して長途《ちょうと》を取《と》る
孤村《こそん》暁《あかつき》に到《いた》って猶《な》お火《ひ》を灯《とも》す
知《し》んぬ　人家《じんか》に夜読書《よるどくしょ》する有《あ》るを

メモ
第2句、痩せ馬に乗ってとぼとぼ行くのは、貧窮や敗残のさまを表す。今は功名心は薄れたが、明け方の灯火を見て、昔自分も青雲の志をもって夜通し勉強したな、と感慨にふける。七言絶句。韻字＝疎・途・書（上平・魚韻虞韻通押）。

**大意**

老いて功名を思う心はますます薄くなった。独り痩せ馬にまたがって遠い路を行く。旅の途中、寂しげな村を通ると、夜明けまでなお灯火をつけている家がある。あれはきっと夜の間ずっと読書していたのだな。

# 聲聲慢

尋尋　覓覓
冷冷　清清
凄凄慘慘戚戚
乍暖還寒時候
最難將息
三杯兩盞淡酒
怎敵他晩來風急
雁過也
正傷心
却是舊時相識
滿地黃花堆積

声声慢《せいせいまん》　李清照《りせいしょう》

尋《たず》ね尋《たず》ね　覓《もと》め覓《もと》むれど
冷冷《れいれい》　清清《せいせい》
凄凄《せいせい》　惨惨《さんさん》　戚戚《せきせき》
乍《たちま》ち暖《あたた》かく還《ま》た寒《さむ》き時候《とき》
最《もっと》も将息《しょうそく》し難《がた》し
三杯両盞《さんばいりょうさん》の淡《あわ》き酒《さけ》
怎《な》んぞ他《か》の晩来《ばんらい》の風《かぜ》の急《きゅう》なるに敵《てき》せん
雁《かり》の過《す》ぐるや
正《まさ》に心《こころ》を傷《いた》ましむ
却《かえ》って是《こ》れ旧時《きゅうじ》の相識《そうしき》
満地《まんち》　黄花堆積《こうかたいせき》し

メモ
寂しく悲しい気持ちをどうにか慰めようとしてもできないことを繰り返し詠う。第1句から第3句の十四の連語と第15句の「黒」は絶妙、と高い評価を得ている。詞は曲調に合わせて歌う韻文で、その曲調を詞牌（しはい）という。「声声慢」も詞牌の一つ。平仄の配置、押韻の場所が決まっていて、それに合わせて詞（ことば）を塡めていくので「塡詞（てんし）」ともいう。詩形は詞（ツー）。韻字＝覓・戚・息・急・識・積・摘・黒・滴・得（入声）。

憔悴損
如今有誰堪摘
守着窗兒
獨自怎生得黑
梧桐更兼細雨
到黄昏
點點滴滴
這次第
怎一箇愁字了得

憔悴《しょうすい》し損《そこな》う
如今《じょこん》誰《たれ》有《あ》ってか摘《つ》むに堪《た》う
窓児《まど》を守着《まも》りて
独《ひと》り自《みずか》ら怎生《いかん》ぞ黒《くろ》きを得《え》ん
梧桐《ごどう》更《さら》に細雨《さいう》を兼《か》ね
黄昏《こうこん》に到《いた》る
点点《てんてん》　滴滴《てきてき》
這《こ》の次第《しだい》
怎《なん》ぞ一箇《いっこ》の愁《うれい》の字《じ》もて了《りょう》し得《え》ん



**大意**

（心を慰める方法を）尋ね尋ね、求め求めても、冷たく涼しく、寂しく、傷ましく、悲しいだけ。暖かくなったり、寒くなったりする時節には、とても耐えられない。二杯や三杯の淡い酒では、どうしてあの夕暮れの激しい風に立ち向かえましょう。

雁が空を渡っていくと、心が痛む。でも、何度も見ている昔からの知り合い。

地に積み重なる黄菊の花は、やつれ衰えて、今はもう摘む人もいない。窓辺に寄り添い、独りで暗い夜を迎えることなど、とてもできそうにありません。

青桐の葉は散り、その上小雨が降り、黄昏時ともなると、葉は点々と、雨は滴々と滴り落ちる。このときの思いを、ただ「愁」の一字ですますことなど、どうしてできましょう。

# 襄邑道中

飛花兩岸照船紅
百里楡堤半日風
臥看滿天雲不動
不知雲與我倶東

襄邑道中《じょうゆうどうちゅう》　　陳与義《ちんよぎ》

飛花《ひか》　両岸《りょうがん》　船《ふね》を照《て》らして紅《くれない》なり
百里《ひゃくり》の楡堤《ゆてい》　半日《はんじつ》の風《かぜ》
臥《が》して看《み》る　満天《まんてん》　雲動《くもうご》かざるを
知《し》らず　雲《くも》と我《われ》と倶《とも》に東《ひがし》するを

メモ

「襄邑」は北宋の都汴京（べんけい）(開封)の東南にあり、恵済川を通っていく。堤に咲く赤い花が一斉に散り、その間に楡の木が柔らかな緑をつけて並んでいる。第2句は、百里（約50キロ）の川旅を風に吹かれて半日で行くことを、句中対で詠う。北宋が滅ぶ前の、明るく、若々しい雰囲気の詩。作者三十代半ば以前の作。七言絶句。韻字＝紅・風・東（上平・東韻）。

**大意**

花びらが両岸に舞って舟を紅《あか》く照らす。帆に風をはらみ、舟は百里の楡《ニレ》の並木の堤を半日で過ぎていく。舟の上に寝ころんで空を見ると、満天の雲は動かない。何と、雲も私と一緒に東に向かっているのだった。

## 書憤

早歳那知世事難
中原北望氣如山
樓船夜雪瓜洲渡
鐵馬秋風大散關
塞上長城空自許
鏡中衰鬢已先斑
出師一表眞名世
千載誰堪伯仲間

憤《いきどお》りを書《しょ》す

早歳那《そうさいなん》ぞ知《し》らん　世事《せいじ》の難《かた》きを
中原《ちゅうげん》を北望《ほくぼう》して　気《き》は山《やま》の如《ごと》し
楼船《ろうせん》　夜雪《やせつ》　瓜洲《かしゅう》の渡《わたし》
鉄馬《てつば》　秋風《しゅうふう》　大散関《だいさんかん》
塞上《さいじょう》の長城《ちょうじょう》　空《むな》しく自《みずか》ら許《ゆる》すも
鏡中《きょうちゅう》の衰鬢《すいびん》　已《すで》に先《ま》ず斑《まだら》なり
出師《すいし》の一表《いっぴょう》　真《まこと》に世《よ》に名《な》あり
千載誰《せんざいたれ》か堪《た》えん　伯仲《はくちゅう》の間《かん》

陸游《りくゆう》

メモ
陸游は、失われていた淮水以北の地を回復したいと思っていたが、かなわなかった。第2句、中原とは、金が支配していた黄河流域の平野。第3句の「楼船」は高くやぐらを組んだ戦争用の船。「瓜洲渡」は、江蘇省鎮江と長江を隔てて向かい合う渡し場。第4句「大散関」は関中西部から秦に入る要衝。第7句「出師表」は諸葛孔明が書いた名文で、魏を討伐する前に天子に奉った。第8句「伯仲間」は優劣つけがたいこと。前線に出よという命が下れば「出師の表」に劣らぬ名文を書いて出かけるのに、と憤りをぶつける。七言律詩。韻字＝難・山・関・斑・間（上平・刪韻）。

**大意**

若いころは世の中の難しさに気づかず、北の中原の方を眺めては、失われた国土を取り返そうと心意気は山のように高かった。雪の夜、楼船に乗って瓜洲の渡しを渡ったこともある、秋風に吹かれながら鎧《よろい》をつけた馬に乗って大散関に進んだこともあった。自分こそは辺境の塞における万里の長城のような国の守り、と気負っていたものだが、今鏡をのぞくと、鬢にはまだらに霜が降りている。諸葛孔明の「出師」の表は真に世に名声を博した一篇であるが、千年の後に、誰が彼に並ぶことができよう。

# 遊山西村

莫笑農家臘酒渾
豐年留客足雞豚
山重水複疑無路
柳暗花明又一村
簫鼓追隨春社近
衣冠簡朴古風存
從今若許閒乘月
拄杖無時夜叩門

山西《さんせい》の村《むら》に遊《あそ》ぶ　陸游《りくゆう》

笑《わら》う莫《な》かれ　農家《のうか》の臘酒渾《ろうしゅにご》れると
豊年《ほうねん》　客《かく》を留《とど》めて鶏豚足《けいとんた》る
山重水複《さんちょうすいふく》　路無《みちな》きかと疑《うたが》い
柳暗花明《りゅうあんかめい》　又一村《またいっそん》
簫鼓追随《しょうこついずい》して春社近《しゅんしゃちか》く
衣冠簡朴《いかんかんぼく》にして古風存《こふうそん》す
今《いま》より若《も》し間《かん》に月《つき》に乗《じょう》ずるを許《ゆる》さば
杖《つえ》を拄《つ》き　時無《ときな》く夜門《よるもん》を叩《たた》かん

メモ
四十三歳、故郷（浙江省紹興県）での作。第3句はほとんど道もないような山や谷を通ることを言う。それだけに第4句の、花柳の村に到る喜びが大きく、人々の平和な暮らしを象徴する。この二句は一字も無駄のない精巧な対句で、名句として知られる。頸聯（第5句・第6句）の村の様子は、陶淵明の描いた村（「桃花源記」）に通じる。七言律詩。韻字＝渾・豚・村・存・門（上平・元韻）。

**大意**

「農家のこととて、師走に仕込んだ酒が濁っているなどと笑わないでください。去年は豊作だったので、客人をもてなすのに鶏も豚もあります」。山が重なり川が幾筋も流れてもう行きどまりかと思うと、柳がほの暗く繁り、花が明るく咲いて、また一つ村がある。

笛や太鼓が調子を合わせて、春祭も近く、村人たちの着物や冠は簡素で古の風俗が残っている。「これからも月明りのもと、のんびりと訪ねてきてもいいと言うなら、杖をつき時を定めず不意にやってきて夜中に門を叩きますよ」。

# 剣門道中遇微雨

衣上征塵雜酒痕
遠遊無處不消魂
此身合是詩人未
細雨騎驢入剣門

剣門道中《けんもんどうちゅう》　微雨《びう》に遇《あ》う　陸游《りくゆう》

衣上《いじょう》の征塵《せいじん》　酒痕《しゅこん》を雑《まじ》う
遠遊処《えんゆうところ》として消魂《しょうこん》せざるは無《な》し
此《こ》の身《み》合《まさ》に是《こ》れ詩人《しじん》なるべきや未《いな》や
細雨《さいう》驢《ろ》に騎《の》りて剣門《けんもん》に入《い》る

メモ

中国では、詩人は驢馬の背で詩句を練るというイメージがある。第4句はそれを踏まえる。驢馬の背に揺られながら詩を練った詩人に、唐の李白、鄭綮、李賀などがいる。七言絶句。韻字＝痕・魂・門（上平・元韻）。

**大意**

埃にまみれた旅の衣には酒の染みがまじり、遠く旅をする道中、魂が消えるほど、感動しないところはなかった。私は、詩人となるべく運命づけられているのだろうか。霧雨の降る中、驢馬にまたがり剣門へと入ってゆく。

# 小園　四首　其一

小園煙草接隣家
桑柘陰陰一徑斜
臥讀陶詩未終巻
又乘微雨去鋤瓜

小園《しょうえん》　四首《よんしゅ》　其《そ》の一《いち》　　陸游《りくゆう》

小園《しょうえん》の煙草《えんそう》　隣家《りんか》に接《せっ》し
桑柘陰陰《そうしゃいんいん》として一径斜《いっけいなな》めなり
臥《が》して陶詩《とうし》を読《よ》みて未《いま》だ巻《かん》を終《お》えざるに
又微雨《またびう》に乗《じょう》じて去《ゆ》きて瓜《うり》を鋤《す》く

メモ
五十七歳、故郷での作。前年、任地の撫州（江西省）で飢饉があり、陸游は上司の命令を待たずに農民たちに役所の米を分かち与えた。その罪により免職され故郷に帰った。雨が降れば詩を読み、晴れれば畑仕事をする閒居の生活を描く。陶淵明の詩を読む、というのがポイント。田舎で閒居した元祖は陶淵明。七言絶句。韻字＝家・斜・瓜（下平・麻韻）。

**大意**

小さな畑は、もやに煙る草が隣の家まで続き、こんもり繁る桑の林には、小道が一本斜めに通っている。寝ころんで陶淵明の詩集を読み、まだ読み終わらないが、雨が小降りになってきたので、また瓜畑を鋤きにいく。

## 小園　四首　其三

村南村北鵓鴣聲
水刺新秧漫漫平
行遍天涯千萬里
却從隣父學春耕

小園《しょうえん》　四首《よんしゅ》　其《そ》の三《さん》　陸游《りくゆう》

村南村北《そんなんそんぽく》　鵓鴣《ぼっこ》の声《こえ》
水《みず》は新秧《しんおう》を刺《さ》して漫漫《まんまん》として平《たい》らかなり
行《ゆ》きて天涯《てんがい》に遍《あまね》きこと千万里《せんまんり》
却《かえ》って隣父《りんぽ》に従《したが》って春耕《しゅんこう》を学《まな》ぶ



メモ
陸游はこれまで官吏として蜀に行ったり（「剣門道中微雨に遇う」422頁）、遠く金と対峙する南鄭を視察しにいったこともあった。が、今では隣の農民から田植えの手ほどきを受けている、という。第1句の「鵓鴣」は、羽は黒褐色、胸毛は赤褐色の鳥で、鳴き声で雨を知らせるという。カッコウと訳すこともある。七言絶句。韻字＝声・平・耕（下平・庚韻）。

**大意**

村のあちこちで鵓鴣の声がする。水の上には植えたばかりの稲が突き出て一面に広がっている。天の果てまであまねく万里もめぐったが、今は隣のおやじさんから春の野良仕事を教わっている。

# 沈園　二首　其一

城上斜陽畫角哀
沈園非復舊池臺
傷心橋下春波緑
曾是驚鴻照影來

沈園《しんえん》　二首《にしゅ》　其《そ》の一《いち》　　陸游《りくゆう》

城上《じょうじょう》の斜陽《しゃよう》　画角《がかく》哀《かな》し
沈園《しんえん》　復《ま》た旧池台《きゅうちだい》に非《あら》ず
傷心《しょうしん》す　橋下《きょうか》　春波《しゅんぱ》緑《みどり》なるに
曾《かつ》て是《こ》れ　驚鴻《きょうこう》影《かげ》を照《て》らし来《きた》る

メモ
沈園は紹興の町の郊外禹跡寺（うしゃくじ）のそばにあった。陸游は二十歳ころ母方の姪の唐琬と結婚したが、唐琬は姑との間がうまくゆかず、離縁されて趙士程と結婚した。陸游も再婚し、三十一歳の春、たまたま沈園に遊んだとき趙夫婦を見かけた。唐琬も気づき、夫に告げて人をやって陸游に酒肴を届けさせた。陸游は邸の壁に「釵頭鳳（さいとうほう）」の詞（ツー）を書いて立ち去り、唐琬はその後まもなくして亡くなった。第4句の「驚鴻」は唐琬のことをいう。七言絶句。韻字＝哀・台・来（上平・灰韻）。

**大意**

城壁の上に夕陽が傾き、角笛の音が哀しく響いてくる。沈氏の庭園の池や楼台は、もはや昔のままではない。橋の下に春の水が緑の波をたたえ、私を悲しくさせる。かつてこの水は驚いて飛び立つ大鳥の影を映したこともあった。

## 沈園　二首　其二

夢斷香消四十年
沈園柳老不吹綿
此身行作稽山土
猶弔遺蹤一泫然

沈園《しんえん》　二首《にしゅ》　其《そ》の二《に》　陸游《りくゆう》

夢《ゆめ》断《た》たれ香消《こうき》えて四十年《しじゅうねん》
沈園《しんえん》　柳《やなぎ》老《お》いて綿《わた》を吹《ふ》かず
此《こ》の身《み》行《ゆ》くゆく稽山《けいざん》の土《つち》と作《な》らんも
猶《な》お遺蹤《いしょう》を弔《とむら》いて一《ひと》たび泫然《げんぜん》たり

メモ
沈園二首は、唐琬と偶然出会ってから四十年あまり後、沈園を訪れて彼女を偲んで作った詩。陸游七十五歳の作。韻字＝年・綿・然（下平・先韻）

**大意**

夢は断たれ、香りも失せたまま、もう四十年。沈園の柳は老いて、綿も飛ばない。ゆくゆくは会稽山の土となる身だが、思い出の跡を訪れると、涙があふれ落ちる。

# 釵頭鳳

紅酥手
黄縢酒
滿城春色宮牆柳
東風惡
歡情薄
一懷愁緒
幾年離索
錯錯錯

春如舊
人空瘦
涙痕紅浥鮫綃透
桃花落

釵頭鳳《さいとうほう》

紅酥《こうそ》の手《て》
黄縢《こうとう》の酒《さけ》
満城《まんじょう》の春色《しゅんしょく》　宮牆《きゅうしょう》の柳《やなぎ》
東風《とうふう》は悪《あ》しく
歓情《かんじょう》は薄《うす》し
一懐《いっかい》の愁緒《しゅうしょ》
幾年《いくねん》か離索《りさく》す
錯《さく》　錯《さく》　錯《さく》

春《はる》は旧《きゅう》の如《ごと》く
人《ひと》は空《むな》しく瘦《や》せ
涙痕紅《るいこんくれない》に浥《うるお》うて鮫綃透《こうしょうとお》る
桃花落《とうかお》ち

陸游《りくゆう》

メモ
第1句・第11句の「紅」は女性の美しさを表す。「鮫綃」は鮫人が織ったという薄絹。鮫人は水中に住む伝説上の人魚。第15句「錦書」は手紙の美称。第16句「莫」は、寂しくうつろなさま。韻字＝手・酒・柳（上声・有韻）、悪・薄・索・錯（入声・薬韻）、旧・瘦・透（去声・宥韻）、落・閣・託・莫（入声・薬韻）。

閑池閣
山盟雖在
錦書難託
莫莫莫

池閣《ちかく》閑《しず》かなり
山盟《さんめい》在《あ》りと雖《いえど》も
錦書《きんしょ》託《たく》し難《がた》し
莫《ばく》　莫《ばく》　莫《ばく》



**大意**

美しくつややかな手。黄藤の酒。町中に春の気配があふれ、禹跡寺《うしゃくじ》の土塀に柳が芽吹く。いじわるな春風、はかない恋。胸に満ちる悲しみ、幾年別れて暮らしたことか。誤れり、誤れり、誤れり。

　春は昔のままだが、人は空しく痩せ細る。涙の跡は紅《くれない》色にうるおい、薄絹を濡らして染み通る。桃の花は散り、池のほとりの高殿は静まり返っている。永遠の堅い契りは今も忘れないが、便りを託すことすら難しい。寂し、寂し、寂し。

## 梅花絶句　六首　其三

聞道梅花坼暁風
雪堆遍満四山中
何方可化身千億
一樹梅前一放翁

梅花絶句《ばいかぜっく》　六首《ろくしゅ》　其《そ》の三《さん》　陸游《りくゆう》

聞道《きくなら》く　梅花《ばいか》暁風《ぎょうふう》に坼《ひら》き
雪《ゆき》は堆《うずたか》く　遍《あまね》く四山《しざん》の中《うち》に満《み》つと
何《いず》れの方《ほう》ありてか身《み》を千億《せんおく》に化《か》し
一樹《いちじゅ》の梅前《ばいぜん》　一放翁《いちほうおう》なるべき

メモ
七十八歳の作。こよなく梅を愛し、すべての花を見たい、という。身を千億にするという発想は、柳宗元の「浩初上人と同に山を看て京華の親故に寄す」（290頁）に「若為か身を千億に化し得て、散じて峰頭に上りて故郷を望まん」を踏まえる。第4句の「放翁」は陸游の号。七言絶句。韻字＝風・中・翁（上平・東韻）。



### 大意

聞くところによると、梅の花が夜明けの風に誘われて咲き初《そ》め、雪が枝に積もるように、四方の山々があまねく白くなったという。いったいどんな方術を使えば、この身を何千何億にもして、一本の梅の木の前に、一人ずつ私がいるようにできるだろうか。

梅花絶句　六首　其六

紅梅過後到緗梅
一種春風不竝開
造物無心還有意
引教日日放翁來

梅花絶句《ばいかぜっく》　六首《ろくしゅ》　其《そ》の六《ろく》　陸游《りくゆう》

紅梅《こうばい》過《す》ぎし後《のち》　緗梅《しょうばい》に到《いた》る
一種《いっしゅ》の春風《しゅんぷう》　並《なら》び開《ひら》かず
造物《ぞうぶつ》　無心《むしん》にして還《ま》た意《い》有《あ》り
引《ひ》きて日日《ひび》放翁《ほうおう》をして来《きた》らしむ



メモ
第3句の「造物」は「造物主」「造物者」の略。万物を創造する神をいう。毎日花を見にいくのは、次々に違う花を咲かせる造物主のたくらみだ、という。七言絶句。韻字＝梅・開・来（上平・灰韻）。

**大意**

紅梅が咲き終わったあとで黄梅が咲く。同じ梅でも、同じ春風で同時には咲かない。造物主は無心だが、意図があるのだ。私を毎日ひきつけて花のもとに来させる。

## 夢中行荷花萬頃中

天風無際路茫茫
老作月王風露郎
只把千尊爲月俸
爲嫌銅臭雜花香

夢中《むちゅう》荷花《かか》万頃《ばんけい》の中《うち》を行《ゆ》く　陸游《りくゆう》

天風《てんぷう》際《かぎ》り無《な》く　路《みち》茫茫《ぼうぼう》たり
老《お》いて作《な》る　月王《げつおう》　風露《ふうろ》の郎《ろう》
只《た》だ千尊《せんそん》を把《と》りて月俸《げっぽう》と為《な》す
銅臭《どうしゅう》の花香《かこう》に雑《まじ》るを嫌《きら》うが為《ため》なり

メモ
「荷花」はハスの花。「万頃」は極めて広いことを言う。八十五歳、臨終の床にあっての作。七言絶句。韻字＝茫・郎・香（下平・陽韻）。

**大意**

天からの風は果てもなく吹きつのり、路はどこまでも続く。この身は老いて月の王、風と露の亭主になったのか。酒壺を一千、これだけを月々の俸給としてもらえればいい。銭の銅の臭いが花の香にまじるのは嫌だから。

# 示兒

死去元知萬事空
但悲不見九州同
王師北定中原日
家祭無忘告乃翁

児《じ》に示《しめ》す　陸游《りくゆう》

死《し》し去《さ》されば元《もと》より知《し》る　万事空《ばんじむな》しと
但《た》だ悲《かな》しむ　九州《きゅうしゅう》の同《おな》じきを見《み》ざるを
王師《おうし》　北《きた》のかた中原《ちゅうげん》を定《さだ》むるの日《ひ》
家祭《かさい》　忘《わす》るる無《な》く乃翁《だいおう》に告《つ》げよ

メモ
陸游の詩集『剣南詩稿』の最後の詩。八十五歳の作。第4句「乃翁」はおやじ、の意。七言絶句。韻字＝空・同・翁（上平・東韻）。

**大意**

死んでしまえば、すべてが無となることは、もとより承知している。だが、それでも、祖国の統一をこの目で見ることができないのは、悲しい。我が皇軍が北に進撃して中原を平定したその日には、家の祭りをして、このおやじに報告するのを忘れるでないぞ。

# 催租行

輸租得鈔官更催
踉蹌里正敲門來
手持文書雜嗔喜
我亦來營醉歸耳
牀頭慳囊大如拳
撲破正有三百錢
不堪與君成一醉
聊復償君草鞋費

催租行《さいそこう》　　范成大《はんせいだい》

租《そ》を輸《いた》して鈔《しょう》を得《う》るも　官《かん》は更《さら》に催《うなが》す
踉蹌《ろうそう》として里正《りせい》　門《もん》を敲《たた》きて来《きた》る
手《て》に文書《ぶんしょ》を持《も》ち　嗔喜《しんき》を雑《まじ》う
我《われ》も亦《ま》た来《きた》り営《いとな》む　酔《よ》うて帰《か》えらんのみ
牀頭《しょうとう》の慳嚢《けんのう》　大《おお》いさ拳《こぶし》の如《ごと》し
撲《たた》き破《やぶ》れば正《まさ》に三百銭《さんびゃくせん》有《あ》り
君《きみ》が与《ため》に一酔《いっすい》を成《な》すに堪《た》えざるも
聊《いささ》か復《ま》た君《きみ》に草鞋《そうあい》の費《ひ》を償《つぐな》わん

メモ
当時は年貢を納めると役所が領収証を発行したが、これは何の役にも立たず、役所では記録を抹消したり隠したりして未納扱いにし、二重三重に年貢を催促することが少なくなかった。年貢の督促は里正（村長）の役目で、役所と結託して賄賂を要求することもあった。楽府。七言古詩。韻字＝催・来（上平・灰韻）、喜・耳（上声・紙韻）、拳・銭（下平・先韻）、酔・費（去声・寘韻未韻）。

## 大意

年貢を納めて証文をもらっているのに、役所から追加の取り立てがあり、村長がよろよろした足取りでやってきて戸口を叩く。令状を手に持ち、頭ごなしに怒ったり、機嫌を取るようににこにこしたり。「おれもこんな用事でわざわざ来たのだから、一杯飲ませてくれなきゃ帰れんぞ」。しかたなく、ベッドのそばの拳ほどの大きさのへそくりの壺を、叩き割ってみると、三百文出てきた。「これでは酔うこともできないでしょうが、せめて草鞋代にお受け取りください」。

# 金氏菴

醉墨題窓側暮鴉
蔓藤縁壁走靑蛇
春深有燕捎飛蝶
日暮無人掃落花

金氏菴《きんしあん》

酔墨《すいぼく》　窓《まど》に題《だい》するは　暮鴉《ぼあ》側《かたむ》き
蔓藤《まんとう》　壁《かべ》に縁《よ》るは　青蛇《せいじゃ》走《はし》る
春深《はるふこ》うして燕《つばめ》の飛蝶《ひちょう》を捎《かす》む有《あ》り
日暮《ひく》れて人《ひと》の落花《らっか》を掃《はら》う無《な》し

范成大《はんせいだい》



メモ

「金氏菴」は蘇州の西北、高景山にあった庵室。范成大の詩集の自注に「庵は廃せられ、人の居る無し」とある。七言絶句。韻字＝鴉・蛇・花（下平・麻韻）。

**大意**

窓に酔って墨書したように見えたのは、夕暮れの鴉の影、壁を青蛇が這っているように見えたのは、壁を這う蔓《ツル》や藤《カズラ》。春長けて燕が蝶を掠めて飛び、日が暮れて落花を掃う人もいない。

# 枕上

明月無聲滿屋梁
夢餘分影上人牀
素娥脈脈翻愁寂
付與風鈴語夜長

枕上《ちんじょう》

明月《めいげつ》　声無《こえな》く屋梁《おくりょう》に満《み》ち
夢余《むよ》　影《かげ》を分《わか》ちて人牀《じんしょう》に上《のぼ》る
素娥《そが》は脈脈《みゃくみゃく》として愁寂《しゅうせき》を翻《ひるがえ》し
風鈴《ふうれい》に付与《ふよ》して夜《よる》の長《なが》きに語《かた》る

范成大《はんせいだい》

メモ

「素娥」は嫦娥（常娥とも）。老いることなく、死ぬこともなく、永遠に月に住むという伝説の女神。天上で独り寂寞の愁いを抱いているであろうという想像から多くの詩が生まれた。李商隠に「常娥」の詩がある（359頁）。七言絶句。韻字＝梁・牀・長（下平・陽韻）。

**大意**

明月の光は音もなく屋根に満ち、夢の名残に、光を分けて私のベッドに忍びより照らしてくれる。嫦娥は、心に積もる寂寞の愁いを翻し、風鈴に託して長い夜に語り続ける。

# 晩歩西園

料峭輕寒結晩陰
飛花院落怨春深
吹開紅紫還吹落
一種東風兩種心

晩《くれ》に西園《せいえん》を歩《ほ》す

范成大《はんせいだい》

料峭《りょうしょう》　軽寒《けいかん》　晩陰《ばんいん》を結《むす》ぶ
飛花《ひか》　院落《いんらく》　春《はる》の深《ふか》きを怨《うら》む
紅紫《こうし》を吹《ふ》き開《ひら》き　還《ま》た吹《ふ》き落《お》とす
一種《いっしゅ》の東風《とうふう》　両種《りょうしゅ》の心《こころ》

メモ
第4句の「一種の東風　両種の心」は、陸游の「梅花絶句其の六」の「一種の春風　並び開かず」（430頁）を応用したもの。陸游は同じ春風でも花の種類によって開花の時期が異なることをいい、范成大は、同じ春風が花を咲かせ、散らせるという。七言絶句。韻字＝陰・深・心（下平・侵韻）。

**大意**

冷たい風に、軽い寒気が夕暮れとともに増し、奥まった庭に落花が舞い、春の愁いが深まる。吹いては紅《くれない》や紫の花を開かせ、また吹いては落とす。同じ春風が、二心を持っているのだ。

# 夔州竹枝歌　九首　其七

夔州竹枝歌《きしゅうちくしか》　九首《きゅうしゅ》　其《そ》の七《しち》　范成大《はんせいだい》

白帝廟前無舊城
荒山野草古今情
只餘峽口一堆石
恰似人心未肯平

白帝廟前《はくていびょうぜん》　旧城《きゅうじょう》無《な》し
荒山《こうざん》　野草《やそう》　古今《ここん》の情《じょう》
只《た》だ余《あま》す　峡口《きょうこう》の一堆石《いちたいせき》
恰《あたか》も似《に》たり　人心《じんしん》の未《いま》だ肯《あ》えて平《たい》らかならざるに

メモ
「竹枝歌」は「竹枝詞」ともいう。唐代に流行した民謡の一つで、劉禹錫から始まったという。第1句の「白帝廟」は李白の「早に白帝城を発す」（198頁）の「白帝城」。この詩のころには城はなく、廟だけになっていた。第3句の「峡口一堆石」は瞿塘峡の西端にあった「灩澦堆」という岩石。川の流れが速い難所で舟が暗礁に乗り上げて事故が多かった。七言絶句。韻字＝城・情・平（下平・庚韻）。

## 大意

白帝廟の前には昔の城壁もなく、荒れた山と生い茂る野草に、古今の情を抱く。今に残るのは峡谷の入り口に突き出た岩一つ。あたかもまだ静まらない人の心のうちのように。

四時田園雑興
六十首　錄三

晩春田園雜興

胡蝶雙雙入菜花
日長無客到田家
雞飛過籬犬吠竇
知有行商來買茶

四時田園雑興《しいじでんえんざつきょう》
六十首《ろくじっしゅ》　三《さん》を録《ろく》す

范成大《はんせいだい》

晩春田園雑興《ばんしゅんでんえんざつきょう》

胡蝶双双《こちょうそうそう》　菜花《さいか》に入《い》る
日長《ひなが》くして客《かく》の田家《でんか》に到《いた》る無《な》し
鶏《にわとり》は飛《と》んで籬《まがき》を過《す》ぎ　犬《いぬ》は竇《あな》に吠《ほ》ゆ
知《し》る　行商《ぎょうしょう》の来《きた》りて茶《ちゃ》を買《か》う有《あ》るを

メモ

「四時田園雑興」は、蘇州郊外の石湖の隠居所で見た田園の風物を折りに触れて詠ったもの。春日・晩春・夏日・秋日・冬日の五部にそれぞれ十二首、計六十首からなっている。ここでは、晩春・夏日・冬日のそれぞれ第一首目を載せる。

この詩は晩春の一首。晩春の静かな昼下がり、鶏と犬の騒ぎが収まると、さらに静寂がおとずれる。鶏犬(けいけん)は平和な村里の象徴としてよく詩に詠われる。出典は『老子』で「鶏犬の声相い聞こゆ」とあり、陶淵明に「狗は吠ゆ深巷の中、鶏は鳴く桑樹の巓」とある（99頁）。七言絶句。韻字＝花・家・茶（下平・麻韻）。

**大意**

つがいの蝶がヒラヒラ菜の花畑に舞っている。日は長く、田家を訪ねてくる旅人もいない。突然、鶏が籬を飛び越え、犬が塀の穴から吠えだした。そうか、茶を買う商人がやってきたのだな。

夏日田園雜興

梅子金黃杏子肥
麥花雪白菜花稀
日長籬落無人過
惟有蜻蜓蛺蝶飛

夏日田園雑興《かじつでんえんざつきょう》

梅子金黄《ばいしきんこう》　杏子《きょうし》肥《こ》え
麦花雪白《ばくかせっぱく》　菜花稀《さいかまれ》なり
日長《ひなが》くして籬落人《りらくひと》の過《す》ぐる無《な》し
惟《た》だ蜻蜓蛺蝶《せいていきょうちょう》の飛《と》ぶ有《あ》るのみ

范成大《はんせいだい》

メモ
実がみのり、麦の花が咲き、通る人はいない。ただトンボとチョウが我が物顔に飛んでいる。第4句、虫偏の漢字が四つ連なり、虫たちが楽しんでいる風景が見えてくる。七言絶句。韻字＝肥・稀・飛（上平・微韻）。



**大意**

梅の実が黄金色に熟し、杏《アンズ》の実も肥えた。麦の花は雪のように白く、菜の花はめったに見かけなくなった。夏の日長に籬のあたりを通る人もいない。ただ蜻蜓《トンボ》と蛺蝶《チョウ》だけが飛んでいる。

## 冬日田園雑興

榾柮無煙雪夜長
地爐煨酒煖如湯
莫嗔老婦無盤飣
笑指灰中芋栗香

冬日田園雑興《とうじつでんえんざつきょう》

范成大《はんせいだい》

榾柮《こつとつ》煙《けむり》無《な》く　雪夜《せつや》長《なが》し
地爐《ちろ》　酒《さけ》を煨《あたた》むれば煖《あたたか》きこと湯《ゆ》の如《ごと》し
老婦《ろうふ》を嗔《しか》る莫《な》かれ　盤飣《ばんてい》無《な》しと
笑《わら》って指《ゆび》さす　灰中《はいちゅう》　芋栗《うりつ》香《かんば》しきを

メモ

「榾柮」は木の切れ端、ほた。「地爐」は地下に設けた暖炉。囲炉裏。「煨酒（わいしゅ）」は酒を温める。「盤飣」は大皿に食物をもる。七言絶句。韻字＝長・湯・香（下平・陽韻）。

**大意**

榾火《ほだび》は燃やしても煙は上がらず、雪の夜は長い。囲炉裏で燗をする酒は、湯のような温かさ。肴の用意がないと婆さんを叱ることはない。笑いながら指差している、灰の中の芋と栗が香しく焼けているのを。

## 夏夜追涼

夜熱依然午熱同
開門小立月明中
竹深樹密蟲鳴處
時有微涼不是風

夏夜涼《かやりょう》を追《お》う

楊万里《ようばんり》

夜熱《やねつ》依然《いぜん》として午熱《ごねつ》に同《おな》じ
門《もん》を開《ひら》いて小立《しょうりつ》す　月明《げつめい》の中《うち》
竹深《たけふか》く樹密《きみつ》にして虫鳴《むしな》く処《ところ》
時《とき》に微涼《びりょう》有《あ》り　是《こ》れ風《かぜ》ならず

メモ
虫の音に涼しさを感じるのは、「竹深樹密」の暗がりに鳴くから。第4句の「不是風」は、風のないときの涼味を強調する。陸游の「晩涼」にも「此の地風無くして亦た自ずから涼し」の句がある。七言絶句。韻字＝同・中・風（上平・東韻）。



**大意**

夜の暑さは、依然として昼の暑さと同じ。門を開いて外に出て、しばらく月明りの中に立つ。竹がうっそうと茂り、樹木がこんもりしたあたりに、虫が鳴く。そのとき、かすかな涼しさを感じたが、風が吹いたのではない。

# 暁過大皐渡

霧外江山看不眞
只憑鷄犬認前村
渡船滿板霜如雪
印我青鞋第一痕

暁《あかつき》に大皐渡《だいこうと》を過《す》ぐ

楊万里《ようばんり》

霧外《むがい》の江山《こうざん》　看《み》れども真《しん》ならず
只《た》だ鶏犬《けいけん》に憑《よ》りて前村《ぜんそん》を認《みと》む
渡船《とせん》　満板《まんぱん》　霜雪《しもゆき》の如《ごと》し
印《いん》す　我《わ》が青鞋《せいあい》の第一痕《だいいっこん》

メモ

「大皐渡」は作者の郷里、吉州吉水（江西省吉安県）の南を流れる贛江の渡し場。第2句の「鶏犬」は平和な村里の象徴。第4句の板の霜に足跡をつける描写は、温庭筠の「商山早行」にも「鶏声茅店の月、人跡板橋の霜」とある（356頁）。楊万里はこれを踏まえながらのびやかな気分を詠う。七言絶句。韻字＝真・村・痕（上平・真韻元韻通押）。

**大意**

霧の立ち込める中、渡し船に乗って向こう岸へ向かうと、江山はまだはっきりとは見えない。ただ鶏や犬の鳴き声がするので、前方に村があることが分かる。渡し場から岸へ下ろした板には、雪のように真っ白な霜が降りている。そこに第一番に青鞋《わらじ》の痕をくっきりつけて陸に上がる。

# 過百家渡　四絶句　其三

百家渡《ひゃっかと》に過《よぎ》る　四絶句《よんぜっく》　其《そ》の三《さん》

楊万里《ようばんり》

柳子祠前春已殘
新晴特地却春寒
疎籬不與花爲護
只爲蛛絲作網竿

柳子《りゅうし》の祠前《しぜん》　春《はる》已《すで》に残《すた》る
新《あら》たに晴《は》れて特地《とくち》に春寒《しゅんかん》を却《しりぞ》く
疎籬《そり》は花《はな》の与《ため》に護《まも》りと為《な》らず
只《た》だ蛛糸《ちゅうし》の網《あみ》を作《つく》る為《ため》の竿《さお》たり

メモ
「百家渡」は零陵の郊外にあった渡し場。「柳子祠」は柳宗元を祀る祠。柳宗元は零陵県永州の司馬として左遷された。七言絶句。韻字＝残・寒・竿（寒韻）。

**大意**

柳子の祠の前に春はすでに過ぎ去り、晴れ上がったばかりの空はすっかり春の寒さを追いのけてくれた。まばらな籬《まがき》は、散る花をつなぎ止める守りとはならず、ただ蜘蛛《クモ》が網を張るための竿の役となっている。

過百家渡　四絶句　其四

一晴一雨路乾濕
半淡半濃山疊重
遠草平中見牛背
新秧疎處有人蹤

百家渡《ひゃっかと》に過《よぎ》る　四絶句《よんぜっく》　其《そ》の四《よん》　楊万里《ようばんり》

一晴一雨《いっせいいちう》　路乾湿《みちかんしつ》
半淡半濃《はんたんはんのう》　山畳重《やまじょうちょう》
遠草《えんそう》の平《たいら》かなる中《うち》に牛背《ぎゅうはい》を見《み》
新秧《しんおう》の疎《そ》なる処《ところ》に人蹤《じんしょう》有《あ》り

メモ
前半の二句が対句、後半の二句も対句の「全対格」の詩。近景から遠景、遠景から近景を詠う。七言絶句。韻字＝重・蹤（上平・冬韻）。



**大意**

晴れかと思うと雨になり、道も乾いたり濡れたり。半ばは淡く半ばは濃く、山は幾重にも重なる。平らに遥かに続く草原の中に牛の背が見える。植えたばかりの早苗のまばらなあたりに人の足跡が残っている。

## 舟行呉江　其一

獨立呉江第四橋
橋南橋北渺銀濤
此身正在呉江裏
不用并州快剪刀

舟《ふね》にて呉江《ごこう》を行《ゆ》く　其《そ》の一《いち》　楊万里《ようばんり》

独《ひと》り立《た》つ　呉江《ごこう》の第四橋《だいしきょう》
橋南橋北《きょうなんきょうほく》　銀濤渺《ぎんとうびょう》たり
此《こ》の身《み》　正《まさ》に呉江《ごこう》の裏《うち》に在《あ》り
用《もち》いず　并州《へいしゅう》の快剪刀《かいせんとう》

メモ

「并州」は山西省太原。賈島の「桑乾を度る」（328頁）から「并州の情」の語が生まれ、望郷の思いを表す。并州は鋭利な剪刀（刃物）の産地であることから「并州の剪」の語も生まれた。望郷の思いを断ち切る、というときにこの語を使う。七言絶句。韻字＝橋・濤・刀（下平・蕭韻豪韻通押）。

### 大意

呉江の第四橋に独り立つ。橋の南も橋の北も銀の濤が広々ひろがる。この身は今まさに呉江のうちにいる。望郷の思いを断ち切るために并州の鋭利な剪刀は必要ない。

## 舟行呉江　其二

江湖便是老生涯
佳處何妨且泊家
自汲松江橋下水
垂虹亭上試新茶

舟《ふね》にて呉江《ごこう》を行《ゆ》く　其《そ》の二《に》　楊万里《ようばんり》

江湖《こうこ》は便《すなわ》ち是《こ》れ老生涯《ろうしょうがい》
佳処《かしょ》　何《なん》ぞ妨《さまた》げん　且《か》つ家《いえ》に泊《はく》するに
自《みずか》ら松江橋下《しょうこうきょうか》の水《みず》を汲《く》み
垂虹亭上《すいこうていじょう》　新茶《しんちゃ》を試《こころ》む

メモ
「松江」は呉淞江。「垂虹亭」は呉江県の東。七言絶句。韻字＝涯・家・茶（下平・麻韻）。

**大意**

江湖を旅するのが、あこがれの生き方。気に入ったところがあればどこにでも泊まり、陸に上がって家に泊まることもある。今日は、松江橋下の水を自分で汲み、垂虹亭で新茶を飲む。

過臨平蓮蕩

人家星散水中央
十里芹羹菰飯香
想得薫風端午後
荷花世界柳絲郷

臨平《りんぺい》の蓮蕩《れんとう》を過《す》ぐ

人家星散《じんかせいさん》す　水《みず》の中央《ちゅうおう》
十里《じゅうり》　芹羹《きんこう》　菰飯香《こはんかんば》し
想《おも》い得《え》たり薫風端午《くんぷうたんご》の後《のち》
荷花《かか》の世界《せかい》　柳糸《りゅうし》の郷《きょう》

楊万里《ようばんり》

メモ
「臨平」は湖の名。浙江省杭州県の臨平山の東南。「蓮蕩」は蓮が植えられている水沢。七言絶句。韻字＝央・香・郷（下平・陽韻）。

**大意**

臨平湖に続く沢の中ほどから見ると、人家は星のように散らばっている。通り過ぎると十里ほどは、どの家からも芹《セリ》の吸い物や菰《マコモ》の飯のおいしそうな匂いがただよってくる。きっと端午の節句の後には、初夏の風に吹かれて、沢いっぱいに蓮の花が咲き香る世界となり、岸には柳が緑の糸をそよがせる風流な郷《さと》となっているだろう。

# 凍蝿

隔窓偶見負暄蝿
雙脚挼挲弄暁晴
日影欲移先會得
忽然飛落別窗聲

凍蝿《とうよう》　楊万里《ようばんり》

窓《まど》を隔《へだ》てて偶《たま》たま見《み》る　暄《けん》を負《お》う蝿《はえ》
双脚挼挲《そうきゃくださ》して暁晴《ぎょうせい》を弄《ろう》す
日影移《にちえいいうつ》らんと欲《ほっ》して先《ま》ず会《さと》り得《え》たり
忽然《こつぜん》　飛《と》んで別窓《べっそう》に落《お》つるの声《こえ》

メモ
宋代になって猫や蝿など身近な小動物を詠うようになった。楊万里は観察がより行き届き、第2句や第3句のような表現が生まれた。七言絶句。韻字＝蝿・晴・声（下平・蒸韻庚韻通押）。

**大意**

窓ごしに、たまたま日向に止まっている蝿を見た。両脚をすり合わせながら、朝の光を楽しんでいる。日ざしが移って陰になろうとすると、真っ先に察して、ふいに飛んでいって、別の窓に落ちた音がする。

## 道旁店

路旁野店兩三家
清曉無湯況有茶
道是渠儂不好事
青瓷瓶揷紫薇花

道旁《どうぼう》の店《てん》

路《ろ》旁《ぼう》の野店《やてん》　両三家《りょうさんか》
清暁《せいぎょう》に湯無《ゆな》し　況《いわ》んや茶有《ちゃあ》らんや
道《い》う是《こ》れ渠儂《かれ》は好事《こうじ》ならずと
青瓷《せいじ》の瓶《へい》に挿《さ》す　紫薇《しび》の花《はな》

楊万里《ようばんり》

メモ
第4句の「青瓷」は、薄い緑色の釉薬をかけて焼いた磁器で、宋代に発達した技法。調度品もない殺風景な田舎の店に、碧玉のような美しい花びんがあり、そこにサルスベリの赤い花が活けてある。七言絶句。韻字＝家・茶・花（下平・麻韻）。

**大意**

村の街道沿いには二・三軒の店。ここでは、夜が明けたのに湯も沸かさない。ましてや茶などあるはずもない。それならば、この店の主人は風流心がないというのか。いや、そんなことはない。青磁の花びんに紫薇《サルスベリ》の花が挿してある。

# 宿城外張氏莊早起入城 三首　其二

破店無雞報五更
只將夢覺當雞鳴
匆匆上却藍輿子
隔壁人家政睡聲

城外《じょうがい》の張氏荘《ちょうしそう》に宿《しゅく》し　早《つと》に起《お》きて城《じょう》に入《い》る
三首《さんしゅ》　其《そ》の二《に》

楊万里《ようばんり》

破店《はてん》　鶏《とり》の五更《ごこう》を報《ほう》ずる無《な》し
只《た》だ夢《ゆめ》の覚《さ》むるを将《もっ》て鶏《とり》の鳴《な》くに当《あ》つ
匆匆《そうそう》　藍輿子《らんよし》に上却《のぼ》れば
壁《かべ》を隔《へだ》てて　人家《じんか》　政《まさ》に睡声《すいせい》

メモ
作者は吉水の郊外に住んでいたが、役人が転任することになったので見送りのため吉水の町にいくことになった。当時はその土地の実力者が見送りに出るのが慣例で、作者のような名士も義理として見送った。「張氏荘」は村の名前。七言絶句。韻字＝更・鳴・声（下平・庚韻）。

**大意**

すたれた宿屋には夜明けを告げる鶏はいない。夢が覚めたら、鶏が鳴いたということ。急いで竹の駕籠に乗り込むと、壁隣の人は、大いびき。

宿城外張氏莊早起入城
三首　其三

眠雲漱石十餘年
回首抛官一瞬間
送舊迎新也辛苦
一番辛苦兩年閑

城外《じょうがい》の張氏荘《ちょうしそう》に宿《しゅく》し　早《つと》に起《お》きて城《じょう》に入《い》る
三首《さんしゅ》　其《そ》の三《さん》

楊万里《ようばんり》

雲《くも》に眠《ねむ》り石《いし》に漱《すす》いで十余年《じゅうよねん》
首《こうべ》を回《めぐ》らせば　官《かん》を抛《なげう》ちてより一瞬《いっしゅん》の間《かん》
旧《きゅう》を送《おく》り新《しん》を迎《むか》うるは也辛苦《またしんく》
一番辛苦《いちばんしんく》して両年閑《りょうねんかん》なり

メモ
作者のような名士は、地方長官が就任・離任するとき、義理として送迎に参加しなければならなかった。役人の任期は三年なので、新任者を出迎え、離任者を送れば、原則としてあとの二年間はその必要はなく、暇である。七言絶句。韻字＝年・間・閑（下平・先韻、上平・刪韻通押）。

**大意**

雲のかかる山中に眠り、石で口を漱ぐ生活をして十余年、思い返せば、官を投げ出してから一瞬のこと。古い人を送り新らしい人を迎えるのは面倒だが、一度面倒をがまんすれば、二年はのんびりできる。

# 落花

紅紫成泥泥作塵
顛風不管惜花人
落花辭樹雖無語
別倩黄鸝告訴春

落花《らっか》　　楊万里《ようばんり》

紅紫《こうし》泥《どろ》と成《な》り　泥塵《どろちり》と作《な》る
顛風《てんぷう》管《かん》せず　花《はな》を惜《お》しむ人《ひと》
落花《らっか》樹《き》を辞《じ》して語《かた》ること無《な》しと雖《いえど》も
別《べつ》に黄鸝《こうり》を倩《やと》って春《はる》を告訴《こくそ》せしむ

メモ
春の作品。楊万里は、この夏、五月八日に亡くなる。七言絶句。韻字＝塵・人・春（上平・真韻）。

**大意**

紅《くれない》の花も紫の花も泥となり、泥は塵となる。狂った風は、花を惜しむ人などおかまいなし。花が木から去るとき何も語らないが、鶯に頼みまだ春だよと語ってもらう。

# 夏日閑坐

無數山蟬噪夕陽
高峰影裏坐陰涼
石邊偶看清泉滴
風過微聞松葉香

夏日閑坐《かじつかんざ》す

徐璣《じょき》

無数《むすう》の山蟬《さんせん》　夕陽《せきよう》に噪《さわ》ぐ
高峰影裏《こうほうえいり》　陰涼《いんりょう》に坐《ざ》す
石辺偶《せきへんたま》たま看《み》る　清泉《せいせん》の滴《したた》るを
風過《かぜす》ぎて微《かす》かに聞《き》く　松葉《しょうよう》の香《かんば》しきを

メモ
一日の暑さを忘れ、身も心も洗われたことを詠う。前半で夕陽の当たるところでは「蟬」「噪」と言い、自分は「山影」の「涼」に座り、心静かであることをいう。後半では澄んだ泉、涼しい風、あるかなきかの松の香りを詠い、俗世から隔絶した世界を描く。七言絶句。韻字＝陽・涼・香（下平・陽韻）。



## 大意

無数の蟬が夕陽の当たる山に鳴いている。私は、高い峰の影の中、涼しい木陰の下に座っている。ふと見ると、岩のわきから清らかな泉の水が滴り、風が吹きすぎると、松葉のかすかな香りがする。

## 約客

黄梅時節家家雨
青草池塘處處蛙
有約不來過夜半
閑敲碁子落燈花

客《かく》と約《やく》す

黄梅《こうばい》の時節《じせつ》　家家《かか》の雨《あめ》
青草《せいそう》の池塘《ちとう》　処処《しょしょ》の蛙《かえる》
約《やく》有《あ》るも来《きた》らず　夜半《やはん》を過《す》ぐ
閑《しず》かに碁子《ごし》を敲《たた》けば灯花《とうか》落《お》つ

趙師秀《ちょうししゅう》



メモ
来ない友を怨む詩ではない。心静かに待つ心を詠う。碁(棋)は君子の「四友」、琴・棋・書・画の一つ。友を待ちながら棋譜を並べ、石を打つ。パチリというかすかな音に灯芯の先が落ちる。梅雨の時節、ゆっくり過ぎる時間。閑雅な詩趣がただよう。前半は対句。七言絶句。韻字＝蛙・花（下平・麻韻）。

**大意**

梅が黄色く熟すころ、雨が家々を降り込め、青い草が生い茂る池の堤には、あちらこちらで蛙の声がする。約束した友が来ないまま、夜中を過ぎた。心静かに碁石を盤に打つと、灯芯がポトリと落ちた。

## 偶成

少年易老學難成
一寸光陰不可輕
未覺池塘春草夢
階前梧葉已秋聲

偶成《ぐうせい》

少年《しょうねん》老《お》い易《やす》く学《がく》成《な》り難《がた》し
一寸《いっすん》の光陰《こういん》　軽《かろ》んずべからず
未《いま》だ覚《さ》めず　池塘《ちとう》　春草《しゅんそう》の夢《ゆめ》
階前《かいぜん》の梧葉《ごよう》　已《すで》に秋声《しゅうせい》

朱熹《しゅき》

メモ
「少年」は今日いう少年とは違い、遊興に明け暮れる富豪の子弟を指す。王維の「少年行」（193頁）参照。第3句の「池塘春草の夢」は、六朝時代の謝霊運が夢の中で得たという句「池塘生春草」（池塘春草を生ず）を下敷きにし、第4句は俚諺「桐一葉落、天下尽知秋」（桐一葉落ちて、天下尽く秋を知る）を踏まえる。七言絶句。韻字＝成・軽・声（下平・庚韻）。

**大意**

今は若くてもすぐに老いはやってくる。それでいて学問はなかなか成就しない。だから、ほんのわずかな時間でも軽んじてはいけない。池のほとりに草が萌え出し、春の楽しい夢を見続けて覚めないうちに、庭先の青桐の葉が散って、秋を知らせる音を立てている。

# 觀書有感　二首　其二

昨夜江邊春水生
艨艟巨艦一毛輕
向來枉費推移力
此日中流自在行

書《しょ》を観《み》て感《かん》有《あ》り　二首《にしゅ》　其《そ》の二《に》　朱熹《しゅき》

昨夜《さくや》江辺《こうへん》　春水《しゅんすい》生《しょう》じ
艨艟《もうどう》　巨艦《きょかん》　一毛《いちもう》軽《かろ》し
向来《きょうらい》枉《むなし》く費《つい》やす　推移《すいい》の力《ちから》
此《こ》の日《ひ》　中流《ちゅうりゅう》　自在《じざい》に行《ゆ》く

メモ
一見、水量が多くなって軍用船が自由に航行できた、という詩のようだが、題名に「書を観て感有り」とあるので、全体が比喩であることが分かる。巨艦のような難題があったが、昨夜読んだ書物でその本質が理解でき、すべて自在に理解できた、というのである。七言絶句。韻字＝生・軽・行（下平・庚韻）。

**大意**

昨夜の雨で、川は春の水が多くなっている。そこで、軍用船の臣艦も、まるで一本の毛のように軽々と浮かんでいる。これまでは水量が少なかったため、軍用船を動かすのに無駄に時間がかかったが、この日は流れの真ん中へ自由自在に行くことができた。学問もこれと同じで、本質をつかめば何でも容易に理解することができるのだ。

## 醉下祝融峰

我來萬里駕長風
絶壑層雲許盪胸
濁酒三杯豪氣發
朗吟飛下祝融峰

酔《よ》うて祝融峰《しゅくゆうほう》を下《くだ》る　　朱熹《しゅき》

我来《われきた》りて万里《ばんり》長風《ちょうふう》に駕《が》す
絶壑《ぜつがく》の層雲《そううん》　許《か》く胸《むね》を盪《うご》かす
濁酒三杯《だくしゅさんばい》　豪気発《ごうきはっ》す
朗吟《ろうぎん》飛《と》び下《くだ》る　祝融峰《しゅくゆうほう》

メモ
長沙の岳麓書院に張南軒を訪ね、学問の合間にともに衡山の最高峰の祝融峰に登ったときの作。第1句は長風の助けをかりて頂上に立ったこと、第2句は深い谷間に層雲が重なる様子。「許く胸を盪かす」とその感動が素直に表現される。後半は、大きな風景の中で酒を三杯飲んでさらに豪快になり、朗吟して飛ぶように山を下る。第4句は全体をまとめる勇壮な詠い方。幕末の学者、藤田東湖はこの詩が好きで、しばしばこれを墨書して人にあげたという。七言絶句。韻字＝風・胸・峰（上平・東韻冬韻通押）。

**大意**

私は、万里の道のりを長風に乗って祝融峰までやってきた。深い谷にもくもく重なる雲が湧き起こる風景は、かくも私の胸をゆり動かす。濁り酒を三杯飲むと、たちまち豪快な気持ちになり、高らかに詩を吟じながら祝融峰を下ってきた。

# 梅花十絶　其九

有梅無雪不精神
有雪無詩俗了人
薄暮詩成天又雪
與梅併作十分春

梅花十絶《ばいかじゅうぜつ》　其《そ》の九《きゅう》

方岳《ほうがく》

梅《うめ》有《あ》りて雪《ゆき》無《な》ければ精神《せいしん》ならず
雪《ゆき》有《あ》りて詩《し》無《な》ければ人《ひと》を俗了《ぞくりょう》す
薄暮《はくぼ》詩《し》成《な》って天又雪《てんまたゆき》ふる
梅《うめ》と併《あわ》せて作《な》す　十分《じゅうぶん》の春《はる》



メモ

「梅」「雪」「詩」を繰り返し用いて、春の情趣を十分味わうには、この三つが必要だという。字数の少ない絶句は同じ字を何度も使わない、というのが作詩の作法だが、これは逆にわざと使っている。宋の詩らしく理屈っぽいが、「精神ならず」「俗了す」の俗語的な表現も織りまぜて軽妙な味わいを出している。七言絶句。韻字＝神・人・春（上平・真韻）。

## 大意

梅が咲いても雪がなければ、風景はいきいきしない。雪が降っても詩ができなければ、せっかくの風景も人を俗なものにしてしまう。夕暮れどき、詩ができて、さらに空から雪が降ってきた。これで、梅と合わせて三つがそろい、十分な春になった。

# 過零丁洋

辛苦遭逢起一經
干戈落落四周星
山河破碎風抛絮
身世飄搖雨打萍
惶恐灘頭説惶恐
零丁洋裏歎零丁
人生自古誰無死
留取丹心照汗青

零丁洋《れいていよう》を過《す》ぐ　文天祥《ぶんてんしょう》

辛苦《しんく》　遭逢《そうほう》するは一経《いっけい》より起《お》こる
干戈落落《かんからくらく》たり　四周星《ししゅうせい》
山河破砕《さんがはさい》して風《かぜ》絮《じょ》を抛《なげう》ち
身世飄揺《しんせいひょうよう》して雨《あめ》萍《ひょう》を打《う》つ
惶恐灘頭《こうきょうだんとう》　惶恐《こうきょう》を説《と》き
零丁洋裏《れいていようり》　零丁《れいてい》を歎《なげ》く
人生古《じんせいいにしえ》より誰《たれ》か死《し》無《な》からん
丹心《たんしん》を留取《りゅうしゅ》して汗青《かんせい》を照《て》らさん

メモ
元軍に捕えられ、帝に降伏を勧める手紙を書くことを強要されたが、この詩を作って胸中を示し、峻拒した。作者四十二歳の作。題名の「零丁洋」は、海の名。広東省香山県の東にある。第5句の「惶恐灘」は、はやせの名。江西省万安県の江流中に十八の灘があり、その一つ。第8句「留取」は、あとに残しておく、「丹心」は、まごころ。「汗青」は、歴史。七言律詩。韻字＝経・星・萍・丁・青（下平・青韻）。

**大意**

古典を学んで仕官し、国の大事に艱難辛苦に遭い、たてやほこを取って元軍と戦ったが、失敗して早くも四年が過ぎた。山河は元軍に蹂躙されて、柳の花が風にもてあそばれるよう。我が身も浮沈して、雨に打たれる浮草のようだった。惶恐灘のほとりでは国家滅亡の惶恐（恐れ）を説き、零丁洋では身の零丁（零落）を歎いた。人は古《いにしえ》より、死なない者はなかった。どうせ死ぬなら、至誠忠義の心を世に残し、長く歴史に輝かしたい。

# 新涼

煙花林幽處
田園秋暮時
深村人到少
閏月稻黃遲
旋決渠分水
新編竹補籬
地爐煨芋栗
莫遣貴人知

新涼《しんりょう》

真山民《しんさんみん》

煙花《えんか》　林幽《はやしゆう》なる処《ところ》
田園《でんえん》　秋暮《あきく》るる時《とき》
深村《しんそん》　人《ひと》の到《いた》ること少《まれ》に
閏月《じゅんげつ》　稲黄《とうこう》遅《おそ》し
旋《たちま》ち決《けっ》して　渠《きょ》は水《みず》を分《わ》かち
新《あら》たに編《あ》みて　竹《たけ》は籬《まがき》を補《おぎな》う
地炉《ちろ》　芋栗《うりつ》を煨《や》く
貴人《きじん》をして知《し》らしむる莫《な》かれ

メモ
真山民は南宋から元にかけての人というが、詳しいことは不明。秋の黄昏の田園で静かに暮らす楽しさを詠う。五言律詩。韻字＝時・遅・籬・知(上平・支韻)。

## 大意

もやに包まれて、林の奥まったところに花がひっそり咲き、田園に秋の日が暮れようとするとき。山深い村に訪れる人は稀で、閏の月ゆえに稲が黄色く実るのも遅い。さっと堰を切り落として溝から水を分け、新たに竹を編んで籬を補う。地に切った囲炉裏で採れたての芋や栗を焼くこの楽しさ、お偉い人に教えてはいかんぞ。

第五章

# 金・元の詩

（十二世紀～十四世紀）

金（一一一五年～一二三四年）―元（一二七九年～一三六七年）

金は女真族の建てた国である。北宋を攻め、淮河以北を領土とし、燕京（北京）に都を置いた。金は、南宋と対峙するかたわら、西北の強国・遼への対応が常に迫られていた。やがて蒙古軍が遼を滅ぼし、金に侵入してくる。都を放棄して汴京《べんけい》（開封）に移る。哀宗《あいそう》の天興二年（一二三三）、蒙古軍が南下してくると哀宗は出奔し、都が蒙古軍に包囲されると、金の宰相崔立《さいりつ》が蒙古と講和を結び、翌年金は亡ぶ。百二十年ほど続いた金王朝には、詩人も多くいたであろう。その一端が元好問《げんこうもん》の『中州集』によってうかがい知ることができる。元好問が遺文遺詩を蒐集していなかったら、すべてが無になっていたに違いない。元好問は、金朝末年の悲劇に身を置き、滅びゆく金王朝を深い悲しみをたたえて冷静に詩に詠い、蒙古軍に捕虜となり、解放されてからは、悲哀を静かに詠う。

蒙古が中国を支配した元は八十八年続き、多くの詩人を輩出した。趙孟頫《ちょうもうふ》は宋帝室の連枝に当たることから、元朝に仕えて重用されて批判を受けたが、文化・文芸を後世に伝えた功績は大きく、書道史や絵画史上で高く評価されている。范梈《はんぽう》は独立独行の士として知られ、楊維楨《よういてい》は、王朝末期に、心を許した詩人たちと世俗を忘れて詩酒にふけり、常に妓女を集めて自由奔放に振る舞い、「文妖」と称された。

# 岐陽

百二關河草不横
十年戎馬暗秦京
岐陽西望無來信
隴水東流聞哭聲
野蔓有情縈戰骨
殘陽何意照空城
從誰細向蒼蒼問
爭遣蚩尤作五兵

岐陽《きよう》

元好問《げんこうもん》

百二《ひゃくに》の関河《かんが》　草横《くさよこ》たわらず
十年《じゅうねん》の戎馬《じゅうば》　秦京《しんけい》暗《くら》し
岐陽《きよう》　西望《せいぼう》するも来信《らいしん》無《な》く
隴水《ろうすい》　東流《とうりゅう》して哭声《こくせい》を聞《き》く
野蔓《やまん》情《じょう》有《あ》りて戦骨《せんこつ》に縈《まと》い
残陽《ざんよう》何《なん》の意《い》か空城《くうじょう》を照《て》らす
誰《たれ》に従《したが》い細《こま》かに蒼蒼《そうそう》に向《む》かって問《と》わん
争《いか》でか蚩尤《しゆう》を遣《し》て五兵《ごへい》を作《つく》らしめしと

メモ
岐陽は陝西省鳳翔府の地。正大八年（一二三一）元好問四十二歳の作で、この年の正月、都の鳳翔が蒙古軍に囲まれ、四月に陥落した。第4句は鳳翔が陥落して、多くの避難民が東へと逃れてきたことをいう。第8句の「蚩尤」は古代神話の人物。いろいろな武器を作り、兵乱の源をなしたといわれる。七言律詩。韻字＝横・京・声・城・兵（下平・庚韻）。

**大意**

百分の二の兵力で守りが足りる要害の地も、今は草も生えなくなった。この十年の戦乱で、秦の都は暗澹としている。遥か西の岐陽を見わたしても、何の便りもない。ただ隴水が東に流れ、慟哭するかのように音を立てる。野にはびこる蔓草《ツル》は、情があるかのように、戦死者の白骨にまつわりつき、夕陽がどういうつもりか人けのない町を照らす。いったい誰にすがったら、国家を滅亡させる天の意志を問いただすことができるのか。そもそもどうして蚩尤などという乱暴者に、五種類の武器を作らせたのか。

# 俳體　雪香亭雜詠　其十三

暖日晴雲錦樹新
風吹雨打旋成塵
宮園深閉無人到
自在流鶯哭暮春

俳体《はいたい》　雪香亭雑詠《せっこうていざつえい》　其《そ》の十三《じゅうさん》　元好問《げんこうもん》

暖日晴雲《だんじつせいうん》　錦樹新《きんじゅあら》たなるに
風《かぜ》吹《ふ》き雨《あめ》打《う》ちて旋《たちま》ち塵《ちり》と成《な》る
宮園深《きゅうえんふか》く閉《と》ざして人《ひと》の到《いた》る無《な》し
自在《じざい》の流鶯《りゅうおう》　暮春《ぼしゅん》を哭《こく》す

メモ

鳳翔が陥落して都を汴京に移したが、ここも危ういことから皇帝は出奔し、汴京の守りを崔立が担ったが、蒙古軍に囲まれるとクーデターを起こして元に投降した。雪香亭は汴京の宮殿内にあった建物の名。「俳体」は俳諧体の意で、滑稽や可笑しみをねらった詩体。しかし詩は深刻な内容で救いがない。「俳体」と言わなければ慰めようがなかったのだろう。七言絶句。韻字＝新・塵・春（上平・真韻）。

**大意**

暖かな日ざし、晴れた空にただよう雲、木々の花は錦を織ったばかりなのに、風が吹き雨が打って、たちまち塵となった。宮殿の庭は深く閉ざされ、訪れる人もないまま、のびのびと枝を渡る鶯が、去りゆく春を傷んで哭《な》いている。

## 聊城寒食

輕陰何負探花期
白髮於春自不宜
城外杏園人去盡
煮茶聲裏獨支頤

聊城《りょうじょう》の寒食《かんしょく》

元好問《げんこうもん》

軽陰《けいいん》何《なん》ぞ負《そむ》かん探花《たんか》の期《き》に
白髪《はくはつ》は春《はる》に於《お》いて自《おのずか》ら宜《よろ》しからず
城外《じょうがい》の杏園《きょうえん》　人《ひと》去《さ》り尽《つ》くし
茶《ちゃ》を煮《に》る声裏《せいり》　独《ひと》り頤《あご》を支《ささ》う

メモ
天興二年（一二三三）五月から、元好問は元の捕虜となって家族とともに聊城に軟禁され、翌天興三年（一二三四）金が滅んだ。「寒食」は冬至から105日目。火を使うことが禁じられた。国が滅んだ今、火を禁ずるなどというしきたりは無用である。白髪あたまの老人が、頬杖をつき茶が煮える音を独り静かに聴くという、わびしくも寂しい詩。七言絶句。韻字＝期・宜・頤（上平・支韻）。

**大意**

薄曇りだからと花見の約束を破るわけではない。この白髪頭ではどうしても春にふさわしくないのだ。郊外の杏畑にみなが行ってしまったあと、茶の煮える音の中独り頬杖をついている。

# 濟南雜詩

兒時曾過濟南城
暗算存亡只自驚
四十二年彈指過
只疑來處是前生

済南雑詩《せいなんざつし》

児《じ》たりし時《とき》　曽《かつ》て済南城《せいなんじょう》に過《よぎ》る
暗《ひそ》かに存亡《そんぼう》を算《かぞ》えて只《た》だ自《みずか》ら驚《おどろ》く
四十二年《しじゅうにねん》　弾指《だんし》に過《す》ぐ
只《た》だ疑《うたが》う　来《きた》る処《とき》は是《こ》れ前生《ぜんせい》かと

元好問《げんこうもん》

メモ
聊城の黄河をはさんだ向こう側が済南である。金王朝があったころを回想した詩。四十二年はあっという間に過ぎて、国が滅亡した今となってみれば、若いころのことは夢のように平和な、前世のことだったのだ。七言絶句。韻字＝城・驚・生（下平・庚韻）。

**大意**

子どものころ済南の町に来たことがある。あのときの人が今どれだけいるかと胸の中で数えて、はっと驚いた。四十二年はまたたくうちに過ぎた。かつてここへ来たのは、ことによると前世だったのではないか。

## 初挈家還讀書山　雜詩

幷州一別三千里
滄海横流二十年
休道不蒙稽古力
幾家兒女得安全

初《はじ》めて家《いえ》を挈《たずさ》えて読書山《どくしょざん》に還《かえ》る　雑詩《ざっし》　元好問《げんこうもん》

幷州《へいしゅう》に一別《いちべつ》して三千里《さんぜんり》
滄海《そうかい》に横流《おうりゅう》して二十年《にじゅうねん》
道《い》う休《な》かれ　稽古《けいこ》の力《ちから》を蒙《こうむ》らずと
幾家《いくか》の児女《じじょ》か　安全《あんぜん》を得《え》たる

メモ
金が滅んだあと、危険を冒して故郷の太原（山西省）に帰ったときの詩。第3句の「稽古力」は、古のことを考えること。学問、学習をいう。人は言う、いくら学問しても国の滅亡を阻止できたわけでもなし、これから何の役に立つというのか、圧倒的な暴力の前では学問など必要ない、と。それに対して作者は、古典を学んだことによって子どもたちを死なせずにすんだ、他の多くの家では子どもたちを失っているではないか、という。七言絶句。韻字＝年、全（下平・先韻）。

**大意**

幷州と別れてから三千里の旅路を歩んだ。大海にあてどなく流されたような二十年。学問した甲斐はなかったなどと言ってはいけない。子どもたちが無事だった家がどれほどあることか。

# 大暑

旱雲飛火燎長空
白日渾如墮甑中
不到廣寒氷雪窟
扇頭能有幾多風

大暑《たいしょ》

趙元《ちょうげん》

旱雲《かんうん》　火《ひ》を飛《と》ばして長空《ちょうくう》を燎《や》き
白日《はくじつ》　渾《すべ》て甑中《そうちゅう》に堕《お》つるが如《ごと》し
広寒氷雪《こうかんひょうせつ》の窟《くつ》に到《いた》らずんば
扇頭《せんとう》　能《よ》く幾多《いくた》の風《かぜ》有《あ》らんや

メモ
二十四節気の大暑を詠んだ詩。一年で最も暑い時節である。第3句の「広寒」は月にあるという「広寒宮」。不老不死の女神嫦娥が住んでいる。この暑さは広寒宮の、さらに「氷雪の窟」に行かない限り涼しくならない、という。七言絶句。韻字＝空・中・風（上平・東韻）。



**大意**

旱雲《ひでり》が火を飛ばして大空を焼き、ギラギラ輝く太陽が蒸し器のような部屋に落ちてくる。月の広寒宮の氷室にでも行かないかぎり、とても団扇だけでは涼しい風は起こせない。

夏至

玉堂睡起苦思茶
別院銅輪碾露芽
紅日轉階簾影薄
一雙蝴蝶上葵花

夏至《げし》

趙秉文《ちょうへいぶん》

玉堂《ぎょくどう》に睡起《すいき》して苦《ねんごろ》に茶《ちゃ》を思《おも》う
別院《べついん》の銅輪《どうりん》　露芽《ろが》を碾《ひ》く
紅日《こうじつ》　階《かい》に転《てん》じて簾影《れんえい》薄《うす》し
一双《いっそう》の蝴蝶《こちょう》　葵花《きか》に上《のぼ》る



メモ

「玉堂」「別院」「銅輪」「露芽」から、貴族や高級官僚の家と分かる。「露芽」は最高級の茶。第3句、簾の影が薄くなったのは、太陽が移動して夕暮れになったから。だが、まだ暑い。そこで茶を飲み清涼を味わいながら、葵の花のあたりに飛ぶチョウを眺める。七言絶句。韻字＝茶・芽・花（下平・麻韻）。

**大意**

玉堂の昼寝から目が覚めるとやけに茶が飲みたくなった。別院で銅の碾き臼を回して露芽をひいてもらう。暑い太陽の日ざしが階段に移り簾の影が薄くなるころ、つがいの蝶が葵《アオイ》の花の上を飛ぶ。

## 薔薇

色染女眞黄
露凝天水碧
花開日月長
朝暮閲兩國

薔薇《しょうび》

色《いろ》は染《そ》む　女真黄《じょしんこう》
露《つゆ》は凝《こ》る　天水碧《てんすいへき》
花開《はなひら》いて日月長《じつげつなが》く
朝暮《ちょうぼ》　両国《りょうこく》を閲《けみ》す

劉因《りゅういん》

メモ
「女真黄」は女真族が建てた金で好まれた黄色。「天水碧」は五代南唐後主の李煜（りいく）が好んだ青い色。天からの水（露で）染め色が濃くなり、李煜がこの色を愛して「天水碧」といった。「天水碧」を愛した李煜が君主になってまもなく国が滅びた。この詩の作者劉因は金の滅亡を目の当たりにした。劉因にとって、「女真黄」「天水碧」は国の滅亡の悲しみをたたえた色である。五言絶句。韻字＝碧・国（入声・陌韻職韻）。



### 大意

薔薇の花は女真黄に染まり、露は天水碧に凝縮した。花が咲いて月日が経ち、ある朝と晩、女真の国が滅んで元の国になるのを見た。

# 過采石驛

客路青山外
鄉心落照邊
潤煙浮野樹
涼雨過淮天
水調誰家笛
江帆何處船
峨眉臺上月
今夜照孤眠

## 采石駅《さいせきえき》に過《よぎ》る

薩都刺《さつとら》

客路《かくろ》　青山《せいざん》の外《そと》
郷心《きょうしん》　落照《らくしょう》の辺《へん》
潤煙《じゅんえん》　野樹《やじゅ》に浮《う》かび
涼雨《りょうう》　淮天《わいてん》を過《す》ぐ
水調《すいちょう》　誰《た》が家《いえ》の笛《ふえ》ぞ
江帆《こうはん》　何処《いず》くの船《ふね》ぞ
峨眉台上《がびだいじょう》の月《つき》
今夜《こんや》　孤眠《こみん》を照《て》らす



メモ
題名の「采石」は安徽省当塗の北にある町。長江に臨む。唐の李白が舟遊びし、酔って水に浮かんだ月を捉えようとして溺れ死んだという伝説がある。第5句の「水調」は歌曲の題名。第7句の「蛾眉台」は、采石山の上にあった「峨眉亭」をいう。五言律詩。韻字＝辺・天・船・眠（下平・先韻）。

**大意**

旅路は青山の彼方に続き、望郷の思いは沈む夕陽のあたりにたゆたう。しっとりと霧が野づらの樹々にかかり、冷たい雨が淮河の空を過ぎてゆく。水調の調べはどの家の笛だろう、川辺に立つ帆は、どこから来た船だろう。蛾眉台の上に輝く月は、今夜は孤独な私の眠りを照らすのだ。

# 雨

摵摵衆葉響
滋滋生意新
知誰實揮洒
解使盡圓勻
蛛網懸珠絡
荷盤瀉汞銀
喜涼生枕簟
愁潤逼衣巾

雨《あめ》

趙孟頫《ちょうもうふ》

摵摵《せきせき》として衆葉響《しゅうようひび》き
滋滋《じじ》として生意新《せいいあら》たなり
誰《たれ》か実《まこと》に揮洒《きさい》して
解《よ》く尽《ことごと》く円匀《えんきん》ならしむるを知《し》らん
蛛網《しゅもう》　珠絡《しゅらく》を懸《か》け
荷盤《かばん》　汞銀《こうぎん》を瀉《そそ》ぐ
涼《りょう》の枕簟《ちんてん》に生《しょう》ずるを喜《よろこ》ぶも
潤《うるお》いの衣巾《いきん》に逼《せま》るを愁《うれ》う

メモ

降り注いだ雨の様子を詠う。第4句で雨粒が丸いといい、第5句・第6句で具体例をあげる。蜘蛛の巣は真珠を連ねたように雨粒がつき、ハスの葉の上には水銀をこぼしたように丸い粒がコロコロする、と。五言律詩。韻字＝新・勻・銀・巾（上平・真韻）。

## 大意

サラサラと木の葉が鳴って、しっとりと万物がよみがえる。誰がこの雨をまき散らし、一粒一粒うまくまん丸くするのだろう。蜘蛛の巣は真珠をつづったよう、蓮の葉に水銀をこぼしたよう。寝床が涼しくなるのは嬉しいが、着物が濡れるのが心配だ。

# 岳鄂王墓

鄂王墳上草離離
秋日荒涼石獸危
南渡君臣輕社稷
中原父老望旌旗
英雄已死嗟何及
天下中分遂不支
莫向西湖歌此曲
水光山色不勝悲

## 岳鄂王《がくがくおう》の墓《はか》

趙孟頫《ちょうもうふ》

鄂王《がくおう》の墳上《ふんじょう》　草《くさ》離離《りり》たり
秋日荒涼《しゅうじつこうりょう》として石獣《せきじゅう》危《たか》し
南渡《なんと》の君臣《くんしん》　社稷《しゃしょく》を軽《かろ》んじ
中原《ちゅうげん》の父老《ふろう》　旌旗《せいき》を望《のぞ》む
英雄《えいゆう》已《すで》に死《し》して嗟《さ》するも何《なん》ぞ及《およ》ばん
天下《てんか》中分《ちゅうぶん》して遂《つい》に支《ささ》えず
西湖《せいこ》に向《む》かいて此《こ》の曲《きょく》を歌《うた》う莫《な》かれ
水光山色《すいこうさんしょく》　悲《かな》しみに勝《た》えず

メモ

南宋の滅亡からまもないころの作。「岳鄂王」は南宋初期の忠臣岳飛。金に都を占領されたとき、宋の君臣が南に渡り臨安（杭州）に都をおき、中国の南半分を領有する南宋時代が始まった。岳飛は失われた北半分を回復しようとしたが陰謀によって殺され、のち鄂王の位を追贈され、杭州郊外の西湖のほとりに葬られた。趙孟頫は、南宋の滅亡を目の当たりにして、岳飛を偲びながら人の世のはかなさを詠う。七言律詩。韻字＝離・危・旗・支・悲（上平・支韻）。

### 大意

鄂王の墓には草が生い茂り、荒涼とした秋の日ざしに石獣が傾いている。南に渡ってきた君臣は北宋の国土を軽んじたが、中原の古老たちは官軍の来る日を待ち望んでいた。しかし英雄岳飛が死んでしまっては、嘆いてももはやおよばない。天下は二つに分かれ、ついに支えきれなくなったのだ。西湖を前にしてこの曲を歌ってはならぬ。水の光も山の色も耐えきれない悲しみをそそるから。

# 暁起聞鶯

趙孟頫《ちょうもうふ》

暑氣暁來清
時時聞遠鶯
還思故園路
松下緑苔生

暁《あかつき》に起《お》きて鶯《うぐいす》を聞《き》く

暑気《しょき》　暁来清《ぎょうらいきよ》く
時時《じじ》　遠鶯《えんおう》を聞《き》く
還《ま》た思《おも》う　故園《こえん》の路《みち》
松下《しょうか》　緑苔生《りょくたいしょう》ぜん

メモ
元の朝廷に仕えていたときの作と推定される。故郷が懐かしい、という。五言絶句。韻字＝清・鶯・生（下平・庚韻）。

**大意**

暑いさなかでも明け方は清々しい。時おり遠く鶯の声が聞こえてくる。また故園の路を思い起こす、松の下には緑の苔が生えていよう。

## 部中暮歸寄周公謹

日暮空街生白煙
歸來羸馬不勝鞭
明朝又逐雞聲起
孤負日高花影眠

部中《ぶちゅう》より暮《く》れに帰《かえ》りて周公謹《しゅうこうきん》に寄《よ》す　趙孟頫《ちょうもうふ》

日暮《にちぼ》　空街《くうがい》　白煙《はくえん》を生《しょう》ず
帰《かえ》り来《きた》れば羸馬《るいば》鞭《むち》に勝《た》えず
明朝又鶏声《みょうちょうまたけいせい》を逐《お》うて起《お》く
孤《ひと》り負《そむ》く　日高《ひたか》くして花影《かけい》に眠《ねむ》るに

メモ
夕暮れまで激務をこなし、朝は「鶏の声を逐って起き」、夜明け前に参内して朝礼に出席しなければならない。日が高く昇るまで花影に眠る生活との対比によって激務のほどが伝わる。七言絶句。韻字＝煙・鞭・眠（下平・先韻）。

**大意**

日が暮れて人けのない通りに白いもやが立つ。家に帰ると痩せ馬は鞭もあてられないほど。明朝はまた鶏の声を追って起きねばならない。日が高くなるまで花影に眠る生活にはそむいたまま。

## 即時

橘子花香滿四隣
綠陰如染淨無塵
幽齋獨坐鳥聲樂
萬慮不干心地春

即事《そくじ》

趙孟頫《ちょうもうふ》

橘子《きつし》の花香《かこう》　四隣《しりん》に満《み》つ
緑陰《りょくいん》染《そ》むるが如《ごと》く浄《きよ》くして塵無《ちりな》し
幽斎《ゆうさい》独《ひと》り坐《ざ》せば鳥声《ちょうせい》楽《たの》し
万慮《ばんりょ》干《おか》さず　心地《しんち》の春《はる》

メモ
最晩年、官界から引退して郷里に隠棲したときの作と推定される。趙孟頫は宋の皇族の流れを汲むが、南宋が滅んだあと元に仕えた。宋の遺老から、また元の朝廷からも批判された。今の春を楽しむのではなく、万慮にも犯されない「心地（胸のうち）の春」を楽しむ。七言絶句。韻字＝隣・塵・春（上平・真韻）。



**大意**

橘《ミカン》の花の香りが隣近所にあふれ、染めたような緑の木陰は塵一つない清らかさ。奥まってひっそりとした書斎に独り座れば鳥の声も楽しそう、幾万の雑念にも犯されない心のうちの春。

## 苦熱　懐楚下

苦熱不可極
念此西南風
誰云灝氣遠
乃在庭戸中
我家百丈下
井上雙梧桐
向夕集歸鳥
未秋足鳴蛩
自從別家來
江海倍不通
宛宛維桑思
願從孤征鴻
夜夢白髮親

苦熱《くねつ》　楚下《そか》を懐《おも》う

苦熱《くねつ》極《きわ》むべからず
念《おも》うは此《こ》れ西南《せいなん》の風《かぜ》
誰《たれ》か云《い》う　灝気《こうき》遠《とお》きも
乃《すなわ》ち庭戸《ていこ》の中《うち》に在《あ》りと
我《わ》が家《いえ》　百丈《ひゃくじょう》の下《もと》
井上《せいじょう》　双梧桐《そうごどう》
夕《ゆう》べに向《む》かいて帰鳥《きちょう》集《あつ》まり
未《いま》だ秋《あき》ならざるに鳴蛩《めいきょう》足《た》る
家《いえ》に別《わか》れて自従《よ》り来《このかた》
江海《こうかい》倍《ます》ます通《つう》ぜず
宛宛《えんえん》　桑思《そうし》を維《つな》ぐ
願《ねが》わくは孤征《こせい》の鴻《こう》に従《した》わん
夜《よる》白髪《はくはつ》の親《おや》を夢《ゆめ》む

范梈《はんほう》



メモ
ままならない役人生活と、望郷の思いを詠う。福建閩海道知事に在任していたときの作と推定される。第2句の「西南の風」は秋を告げる海風。第5句の「百丈」は山の名。故郷の楚（湖南省）にある山を指すが、この名の山はたくさんあるので特定はできない。第10句の「江海」は「江湖」と同じ。朝廷に仕えず、世を捨てた人のいるところのたとえ。第20句「転蓬」は風に吹かれる根なし草。流浪して居所の定まらない生活をいう。五言古詩。韻字＝風・中・桐・蛩・通・鴻・僮・忡・豊・蓬（上平・東韻）。

歡笑攜稚僮
倚門望子歸
未歸憂忡忡
東皋無良田
何以待歳豐
盛年將稱意
無爲學轉蓬

歓笑《かんしょう》して稚僮《ちどう》を携《たずさ》う
門《もん》に倚《よ》りて子《こ》の帰《かえ》るを望《のぞ》み
未《いま》だ帰《かえ》らずして憂《うれ》い忡忡《ちゅうちゅう》たり
東皋《とうこう》に良田《りょうでん》無《な》し
何《なに》を以《もっ》てか歳《とし》の豊《ゆた》かなるを待《ま》たん
盛年将《せいねんまさ》に意《い》に称《かな》わんとするも
無為《むい》にして転蓬《てんぽう》を学《まな》ぶ

**大意**

厳しい暑さは終わりそうもなく、西南の風が待ちどおしい。秋の気はまだ遠いが、暑さの中でも秋の気配は庭先にあるものだ、などと誰かが言ったのか。私の故郷は百丈山の麓、井戸のわきには二本の青桐がある。夕暮れになると鳥がねぐらに戻り、秋が来る前から蛩《コオロギ》がたくさん鳴いていた。家に別れを告げてから、江湖の生活とはますます疎遠になった。ひたすら故郷を思い続け、一羽の飛びゆく雁についていきたいとも願った。夕べ白髪の母親を夢に見た。楽しそうに笑い、幼い孫の手を引いて、門口に立ちながら息子の帰りを待ち望んでいたが、息子が帰らないので愁いに沈み悲しそうだった。東の沢には良い田もないので、豊作など望めない。男盛りなら思いのままにできようが、何もせず根なし草のように放浪している。

# 西湖

西湖風景開圖畫
墨客騷人入詠嗟
扇底魚龍吹日影
鏡中鶯燕老年華
蘇堤物換前朝柳
葛嶺人耕故相家
今古消沈一杯水
兩峯長照夕陽斜

## 西湖《せいこ》

楊維楨《よういてい》

西湖《せいこ》の風景《ふうけい》　図画《とが》を開《ひら》く
墨客《ぼっかく》　騒人《そうじん》　詠嗟《えいさ》に入《い》る
扇底《せんてい》　魚竜《ぎょりゅう》　日影《にちえい》を吹《ふ》き
鏡中《きょうちゅう》　鶯燕《おうえん》　年華《ねんか》老《お》ゆ
蘇堤《そてい》　物《もの》は換《か》わる　前朝《ぜんちょう》の柳《やなぎ》
葛嶺《かつれい》　人《ひと》は耕《たがや》す　故相《こしょう》の家《いえ》
今古《きんこ》消沈《しょうちん》す　一杯《いっぱい》の水《みず》
両峯長照《りょうほうちょうしょう》して夕陽《せきよう》斜《なな》めなり

メモ

第6句「葛嶺」は西湖の北方にある山。「故相の家」は南宋の宰相賈似道（かじどう）の邸宅。半間亭と称した。大きな権力を握ったが、後世では「奸相」と批判された。唐の白楽天は西湖を風流な美しい湖として詠ったが、この詩では、古今の悲しい歴史を「消沈」させていくものとして詠う。七言律詩。韻字＝嗟・華・家・斜（下平・麻韻）。

**大意**

西湖の風景は絵巻物を広げたよう。墨客文人はこの風景に深い思いを込めてきた。団扇《うちわ》のような丸い湖の底の魚竜が日ざしを吹き上げるかのように、水は明るく輝き、鏡のような水面は、鶯が鳴き燕が飛ぶ晩春の景色を映し出す。蘇堤のたたずまいはすっかり変わり、残っているのは前朝の柳だけ。葛嶺では、農夫がかつての宰相の屋敷跡を耕している。今も古《いにしえ》も、みなこの一杯の水の中へと沈み消えてゆくのだ。二つの峰はいつまでも夕陽に照らされている。

# 第六章

# 明代の詩

（十四世紀～十七世紀）

明代の詩は、古文辞を重んじる「古文辞派」と性霊を重んじる「性霊派」が文壇を主導し、その流れは四期に分けられる。

【第一期（十四世紀後半）】元末の繊弱の習気を脱して、袁凱《えんがい》、高啓《こうけい》等が活躍する。高啓は明代を代表する詩人で、あらゆる詩形に通じたが、三十九歳で刑死した。

【第二期（十五世紀～十六世紀前半）】永楽時代から正徳時代。一世紀ほど顕著な動きはなかったが、李東陽《りとうよう》が復古を提唱して唐詩への回帰を目指し、李夢陽《りぼうよう》、何景明《かけいめい》らによって唐詩への回帰が潮流となる。七人の主だった詩人がいたことから「古文辞派前七子」と言われる。この時期、南の呉（江蘇省蘇州市）を中心として、沈周《しんしゅう》、唐寅《とういん》、文徴明《ぶんちょうめい》ら、詩書画に才のある文人が活躍する。徐禎卿《じょていけい》は呉中の才子と称されたが、科挙に及第して北京文壇に加わり、「古文辞派前七子」の一人に数えられる。

【第三期（十六世紀後半）】嘉靖時代後半から万暦時代前半。古文辞派の「文は秦漢、詩は盛唐」のスローガンが全国規模に広がり、古文辞が一世を風靡する。王世貞《おうせいてい》や『唐詩選』の序を書いた李攀竜《はんりょう》ら主導的立場にいた人が七人いたことから「古文辞派後七子」と言われる。詩は摸擬剽窃に終始して詩的感興に欠けることから、李贄《りし》（卓吾）、湯顕《とうけん》祖《そ》、徐渭《じょい》らが真情の発露を主張する。

【第四期（十七世紀前半）】崇禎から永暦。性情の自由な発露と柔軟な表現による清新軽俊を主張する袁宏道《えんこうどう》らの「公安派」や、幽深孤峭を説く竟陵の鍾《しょう》惺《せい》、譚元春《たんげんしゅん》によって、詩風が一変する。銭謙益《せんけんえき》が古文辞派を徹底的に批判し、陳子竜《ちんしりょう》、呉偉業《ごいぎょう》が個性ある詩を作った。

# 京師得家書

江水三千里
家書十五行
行行無別語
只道早歸郷

京師《けいし》にて家書《かしょ》を得《え》たり

袁凱《えんがい》

江水《こうすい》　三千里《さんぜんり》
家書《かしょ》　十五行《じゅうごぎょう》
行行《ぎょうぎょう》　別語《べつご》無《な》く
只《た》だ道《い》う　早《はや》く郷《きょう》に帰《かえ》れと



メモ
前半二句は対句。故郷まで「三千里」もあるが、手紙はたった「十五行」。長さと短さを対比させて、それぞれを際立たせる。第2句の「行」から第3句の「行行」と「行」を三字連ねたところが一つの見所で、家族の深い思いが伝わる。五言絶句。韻字=行・郷(下平・陽韻)。

## 大意

長江の流れは三千里、家族からの手紙はたった十五行。どの行も、どの行も、他の言葉はない。ただ、早く故郷に帰れとあるだけ。

## 梅花

瓊姿只合在瑤臺
誰向江南處處栽
雪滿山中高士臥
月明林下美人來
寒依疎影蕭蕭竹
春掩殘香漠漠苔
何郎自去無好詠
東風愁寂幾囘開

梅花《ばいか》　　高啓《こうけい》

瓊姿《けいし》只《た》だ合《まさ》に瑤台《ようだい》に在《あ》るべきに
誰《たれ》か江南《こうなん》に向《お》いて処々《しょしょ》に栽《う》えたる
雪満《ゆきみ》ちて山中《さんちゅう》に高士《こうし》臥《が》し
月明《つきあきら》かにして林下《りんか》に美人来《びじんきた》る
寒《かん》は依《よ》る　疎影蕭蕭《そえいしょうしょう》の竹《たけ》
春《はる》は掩《おお》う　残香漠漠《ざんこうばくばく》の苔《こけ》
何郎《かろう》去《さ》ってより好詠《こうえい》無《な》し
東風《とうふう》　愁寂《しゅうせき》　幾回《いくかい》か開《ひら》く

メモ
梅の花は、雪の中では高士のように気高く、月光のもとでは美人が立っているかのようだ、と咲きはじめと満開の花を詠う。そして、まばらになった梅の影が物寂しい竹に寄り添えば寒そうであり、散った花びらが苔をおおえば、もう本格的な春だ、と、散りゆく花を惜しむ。高啓はこよなく梅を愛し、多く詩に詠った。七言律詩。韻字＝台・栽・来・苔・開（上平・灰韻）。

### 大意

玉のような美しい梅は、仙人の棲む瑤台にあるべきなのに、誰が人間の住む江南の地のあちこちに植えたのだろう。雪が降り積もれば、山中に高士が寝ているように気高く、月光と照り映えれば、林下に美人が立っているようななまめかしさ。梅のまばらな影が、物寂しい竹に寄り添っているのは、いかにも寒そうであり、散った花びらが、一面に生えている苔に留まっているのは、春がおおっているようである。梅をこよなく愛して、梅を詠った梁の詩人・何遜がいなくなってから、優れた梅の詩は作られず、春風の吹くころ、寂しそうに、毎年花を咲かせている。

尋胡隱君

渡水復渡水
看花還看花
春風江上路
不覺到君家

胡隠君《こいんくん》を尋《たず》ぬ

水《みず》を渡《わた》り復《ま》た水《みず》を渡《わた》り
花《はな》を看《み》　還《ま》た花《はな》を看《み》る
春風江上《しゅんぷうこうじょう》の路《みち》
覚《おぼ》えず君《きみ》が家《いえ》に到《いた》る

高啓《こうけい》



**大意**

川を渡り、また川を渡り、花を見、また花を見る。春風の吹く川沿いの路を歩いているうちに、いつの間にか君の家に来てしまったよ。

メモ

「水を渡り」「花を看る」を重ねて繰り返すことによって、川沿いの路を足の向くまま気の向くまま、寄り道をしながら歩いている様子がうかがえる。高啓は水の都の蘇州の人。詩題の「胡隠君」の胡は名字。具体的に誰かは不明。「隠君」は隠遁生活をしている人。隠君を訪ねていく作者も隠士然としている。五言絶句。韻字＝花・家（下平・麻韻）。

出郭舟行避雨樹下
一片春雲雨滿川
漁蓑欲借苦無緣
多情水廟門前樹
遮我孤舟半日眠

郭《かく》を出《い》でて舟行《しゅうこう》し雨《あめ》を樹下《じゅか》に避《さ》く　高啓《こうけい》

一片《いっぺん》の春雲《しゅんうん》　雨《あめ》　川《かわ》に満《み》つ
漁蓑《ぎょさ》借《か》らんと欲《ほっ》するも縁無《えんな》きに苦《くる》しむ
多情《たじょう》なり　水廟門前《すいびょうもんぜん》の樹《じゅ》
我《わ》が孤舟《こしゅう》の半日《はんじつ》の眠《ねむ》りを遮《かく》す

メモ
「遮」から、緑の葉がこんもり茂り、枝が大きく川に張り出していることが分かる。舟の雨宿りには最適。七言絶句。韻字＝川・縁・眠（下平・先韻）。

**大意**

一ひらの春の雲が、川いっぱいに雨を降らせた。漁師の蓑《みの》を借りようにも、困ったことにツテがない。情け深いのは、水神社の門前の木。私の小舟の半日の眠りを隠してくれた。

# 田舎夜舂

新婦舂糧睡獨遲
夜寒茅屋雨來時
燈前每囑兒休哭
明日行人要早炊

田舎《でんしゃ》の夜舂《やしょう》　高啓《こうけい》

新婦《しんぷ》糧《りょう》を舂《うすず》き　睡《ねむ》り独《ひと》り遅《おそ》し
夜《よる》は寒《さむ》し　茅屋《ぼうおく》　雨来《あめきた》るの時《とき》
灯前《とうぜん》　毎《つね》に嘱《しょく》す　児《こ》よ哭《な》くを休《や》めよと
明日《みょうにち》　行人《こうじん》に早《はや》く炊《かし》ぐを要《よう》す

メモ
呉越を旅したときの詩。「行人」は高啓自身を指す。「舂」は臼で穀物をつき、もみ殻を除くこと。臼でついたり炊事をしたり、すべて妻の仕事だった。七言絶句。韻字＝遅・時・炊（上平・支韻）。



**大意**

若い妻は穀物をついて、一人だけ寝るのが遅い。茅葺の家に雨が降るとき、夜は寒い。灯火の前の赤ん坊が泣くたびに、泣かないで、とあやす。明日は旅人のために早くご飯を用意しないといけないのよ。

# 江村樂　四首　其四

日斜深塢牛臥
潮落平沙蟹行
秋社未開緑醞
夜炊初碓紅秔

江村《こうそん》の楽《たの》しみ　四首《よんしゅ》　其《そ》の四《よん》　高啓《こうけい》

日斜《ひな》めにして　深塢《しんお》　牛臥《うしが》し
潮落《うしお》ちて　平沙《へいさ》　蟹行《かにゆ》く
秋社《しゅうしゃ》　未《いま》だ緑醞《りょくうん》を開《ひら》かず
夜炊《やすい》　初《はじ》めて紅秔《こうこう》を碓《うす》づく

メモ
川のほとりの村で、牛がのんびり眠り、蟹が砂の上を這っている。秋の取り入れも終わり、秋祭りまでの平和な時間がゆっくり流れる。豊作だったのだろう。「緑醞」は美酒をいう。「紅秔」は赤いうるち米。詩形は、珍しい六言絶句。韻字＝行・秔（下平・庚韻）。



### 大意

日が傾き、奥の築地に牛が寝そべり、潮が引いて、平らな砂の上を蟹が這ってゆく。秋祭までは、まだおいしい酒の甕は開けない。夜の炊事にと、赤いうるち米を臼でつく。

## 秋懐　十首　其一

少時志氣壮
不識秋氣悲
呼儔射鳴雁
深騖東山陂
中年漸多懐
惻惻當此時
登高望原陸
不見車馬馳
思我平生歡
高墳鬱累累
世人非羨門
誰能久華滋
惟有盈觴酒
可以持自怡

秋懐《しゅうかい》　十首《じゅっしゅ》　其《そ》の一《いち》

少時《しょうじ》　志気《しき》壮《さか》んにして
秋気《しゅうき》の悲《かな》しきを識《し》らず
儔《とも》を呼《よ》んで鳴雁《めいがん》を射《い》
深《ふか》く東山《とうざん》の陂《さか》を騖《か》ける
中年《ちゅうねん》　漸《ようや》く懐《おも》い多《おお》く
惻惻《そくそく》として此《こ》の時《とき》に当《あ》たる
高《たか》きに登《のぼ》りて原陸《げんりく》を望《のぞ》むに
車馬《しゃば》の馳《は》するを見《み》ず
我《わ》が平生《へいぜい》の歓《よしみ》を思《おも》えば
高墳《こうふん》　鬱《うつ》として累累《るいるい》たり
世人《せじん》は羨門《せんもん》に非《あら》ず
誰《た》か能《よ》く久《ひさ》しく華滋《かじ》ならん
惟《た》だ觴《しょう》に盈《み》つる酒《さけ》有《あ》れば
以《もっ》て自《みずか》ら怡《たの》しみを持《じ》すべし

高啓《こうけい》

### 大意

若いときは意気盛んで、秋の悲しさなど分からなかった。仲間を呼び集めて鳴きわたる雁を射たり、東山の坂道を奥深くまで馬で駆けたりした。中年になると次第に分別がつき、この時節になると心が傷むようになった。高みに登って平原を眺めても、馳せゆく車馬は見えない。私が日ごろ親しんだ人々を思うと、高い墳墓が累々と立ち並ぶばかり。俗人は羨門子（仙人）ではないので、永遠に若さを保つことはできない。ただ杯《さかずき》にあふれる酒があれば、楽しく過ごすことができるのだ。

メモ
第5句から中年以降の作と分かる。高啓は三十九歳で刑死した。第11句の「羨門」は仙人の名。「羨門子」。秦の始皇帝が探させたという（『史記』始皇本紀）。五言古詩。韻字＝悲・陂・時・馳・累・滋・怡（上平・支韻）。

## 暑夜

此夜炎蒸不可當
開門高樹月蒼蒼
天河只在南樓上
不借人間一滴涼

暑夜《しょや》

此《こ》の夜《よ》　炎蒸《えんじょう》当《あ》たるべからず
門《もん》を開《ひら》けば　高樹《こうじゅ》　月《つき》蒼蒼《そうそう》たり
天河《てんが》は只《た》だ南楼《なんろう》の上《うえ》に在《あ》り
借《か》さず　人間一滴《じんかんいってき》の涼《りょう》

釋宗泐《しゃくそうろく》

メモ
南方の、蒸し風呂のような暑さを描く。第4句は黄庭堅の「清風明月人の管する無く、併せて作（な）す南楼一味の涼」（「鄂州の南楼」）を応用する。七言絶句。韻字＝当・蒼・涼（下平・陽韻）。



**大意**

今夜の蒸し暑さはとてもがまんできない。外に出ると高い木の上に月が青白く照っている。天の川はただ南楼の上にあり、この人間世界には一滴の涼しさも貸してくれない。

## 桃源圖

啼飢兒女正連邨
況有催租吏打門
一夜老大眠不得
起來尋紙畫桃源

桃源《とうげん》の図《ず》　沈周《しんしゅう》

飢《うえ》に啼《な》く児女《じじょ》　正《まさ》に邨《むら》を連《つら》ぬ
況《いわ》んや租《そ》を催《うなが》して吏《り》の門《もん》を打《う》つ有《あ》るをや
一夜《いちや》　老大《ろうだい》　眠《ねむ》り得《え》ず
起《お》き来《きた》って紙《かみ》を尋《たず》ね　桃源《とうげん》を画《えが》く

メモ
「催租」（税を促す）の語は范成大の「催租行」にもみられる（433頁）。いつの世も弱者は虐げられる。桃源郷は戦争もなく食糧が豊富で、美しい田園の広がる理想の世界。陶淵明の「桃花源の記」に見える。七言絶句。韻字＝邨・門・源（上平・元韻）。

**大意**

食い物がなくて泣く子どもたちは今どこの村にもいる。それなのに、税を督促して役人が門を叩くとは。そんな夜には、老いぼれた私でさえ眠れない。起き上がって紙を探し、桃源の図を描くのだ。

## 雪

竹間凍雨密如麻
靜聽圍爐夜煮茶
嘈雜錯疑蠶上葉
寒潮落盡蟹扒沙

雪《ゆき》

唐寅《とういん》

竹間《ちくかん》の凍雨《とうう》　密《みつ》なること麻《あさ》の如《ごと》し
静《しず》かに聴《き》きて炉《ろ》を囲《かこ》み　夜茶《よるちゃ》を煮《に》る
嘈雑《そうざつ》　錯《あやま》って疑《うたが》う　蚕《かいこ》の葉《は》に上《のぼ》り
寒潮《かんちょう》落《お》ち尽《つ》くして蟹《かに》の沙《すな》に扒《は》うかと

メモ

冷たい雨が夜になって雪に変わったことを、音だけで表す。第2句の「聴」は、耳を傾けてきくこと。第3句の「錯って疑う」は、「間違って～と思う」、の意。雪の降る音が、蚕が葉に上る音や蟹が砂を這う音に聴こえたと、機知に富む。詩の中では一言も「雪」とは言わない。七言絶句。韻字＝麻・茶・沙（下平・麻韻）。

**大意**

竹の間に降る氷雨は麻のように細やか。静かに雨の音を聴きながら、夜、炉を囲んで茶を煮る。やがて騒がしい音がして、はじめは、蚕が桑の葉に上っているのではないのか、冬の潮がすっかり引いたあと、蟹が沙の上を這っているのではないかと思った。

# 山中示諸生　五首　其五

山中諸生《さんちゅうしょせい》に示《しめ》す　五首《ごしゅ》　其《そ》の五《ご》　王守仁《おうしゅじん》

溪邊坐流水
水流心共閑
不知山月上
松影落衣斑

溪辺《けいへん》　流水《りゅうすい》に坐《ざ》す
水流《みずなが》れて心共《こころとも》に閑《かん》なり
知《し》らず　山月《さんげつ》の上《のぼ》るを
松影《しょうえい》　衣《ころも》に落《お》ちて斑《まだら》なり

メモ
谷川のせせらぎを聞きながら座っていると、やがて月が上り、松の葉ごしに光を注ぐ。心が「閑」なのは李白の「独り敬亭山に坐す」（209頁）に通じる。王維の「鹿柴」（189頁）や「竹里館」（190頁）に通じる幽玄の世界。五言絶句。韻字＝閑・斑（上平・刪韻）。



**大意**

谷川の流れのほとりに座ると、谷川の水の流れは、我が心と同じようにのどかだ。いつしか夕暮れとなり、いつの間にか月が山の端にかかっている。ふと見ると、松の影が、我が衣服にまだらに映っていた。

# 泛海

險夷原不滯胸中
何異浮雲過太空
夜靜海濤三萬里
月明飛錫下天風

海《うみ》に泛《うか》ぶ　王守仁《おうしゅじん》

險夷《けんい》　原《もと》より胸中《きょうちゅう》に滞《とどこお》らず
何《なん》ぞ異《こと》ならん　浮雲《ふうん》の太空《たいくう》を過《す》ぐるに
夜《よる》は静《しず》かなり　海濤三万里《かいとうさんまんり》
月明《げつめい》　錫《しゃく》を飛《と》ばして天風《てんぷう》に下《くだ》る

メモ

哲学的な深い味わいと、豪邁の気風とが溶け合った作品。波乱万丈の人生を送り、幾多の危難を乗り越えて初めて悟り得た境地である。「浮雲」「太空」は実景ではなく比喩であるが、後半の情景を呼び起こす働きをする。七言絶句。韻字＝中・空・風（上平・東韻）。

**大意**

世の中の逆境や順境などはどうでもいいことで、心の中につかえるものは何もない。ちょうど空に浮かんでいる雲が自然に大空を通り過ぎてゆくのと同じである。この果てしなく広がる大海原、今夜は幸い静かである。月の明るく照っているうちに、錫杖をついて空吹く風を御し、天下るように出発するのだ。

獄雨　二首　其一

冷雨天橫八月來
黑雲來往赤雲開
潯陽李白何如此
宋玉悲秋未是哀

獄雨《ごくう》　二首《にしゅ》　其《そ》の一《いち》

李夢陽《りぼうよう》

冷雨《れいう》天《てん》に横《み》ちて八月《はちがつ》来《きた》る
黒雲来往《こくうんらいおう》して赤雲《せきうん》開《ひら》く
潯陽《じんよう》の李白《りはく》　此《これ》と何如《いかん》
宋玉《そうぎょく》の悲秋《ひしゅう》　未《いま》だ是《こ》れ哀《かな》しからざらん



メモ
作者は権力に逆らい、何度も投獄された。いつの投獄のときかは確定できないが、獄中に陰暦八月を迎えた。李白は晩年、反乱軍とされた永王璘の軍に加わわったため、潯陽（江西省九江）の獄につながれた。宋玉は戦国時代の人で「悲しいかな、秋の気たるや」（44頁）といった。七言絶句。韻字＝来・開・哀（上平・灰韻）。

**大意**

冷たい雨が天に満ち、八月になった。赤く染まった雲が開く間を、黒い雲が往来している。潯陽の獄につながれた李白は、これと比べてどうだったのだろう。宋玉が悲しんだ秋も、まだこれほど哀しくはあるまい。

江南樂　八首
代内作　其七

與郎計水程
三月定到家
庭中赤芍藥
爛漫齊作花

江南楽《こうなんらく》　八首《はっしゅ》
内《つま》に代《かわ》りて作《つく》る　其《そ》の七《しち》

徐禎卿《じょていけい》

郎《ろう》の与《ため》に水程《すいてい》を計《かぞ》うれば
三月《さんがつ》定《さだ》めて家《いえ》に到《いた》らん
庭中《ていちゅう》の赤芍薬《せきしゃくやく》
爛漫《らんまん》　斉《ひと》しく花《はな》と作《な》らん

メモ
妻が夫の帰りを心待ちにしていることを詠う。爛漫と咲く赤い芍薬は妻の嬉しさの象徴。芍薬は中国最古の詩集『詩経』に、恋人に贈る花として詠われている。五言絶句（楽府題）。韻字＝家・花（下平・麻韻）。

**大意**

あなたの船の路程を数えると、三月にはきっと家に着くはず。そのとき、庭中の赤い芍薬《シャクヤク》が、一斉にあふれるほど美しい花を咲かせているわ。

蕭蕭篇　哭孫　三首　其二

西北浮雲白日微
蕭蕭木葉傍人飛
那知十載窮途涙
幷向秋風濕我衣

蕭蕭篇《しょうしょうへん》　孫《まご》を哭《こく》す　三首《さんしゅ》　其《そ》の二《に》　李攀竜《りはんりょう》

西北《せいほく》の浮雲《ふうん》　白日微《はくじつかす》かなり
蕭蕭《しょうしょう》として　木葉《もくよう》　人《ひと》に傍《そ》うて飛《と》ぶ
那《なん》ぞ知《し》らん　十載窮途《じゅっさいきゅうと》の涙《なみだ》
幷《あわ》せて秋風《しゅうふう》に向《お》いて我《わ》が衣《ころも》を湿《うるお》さんとは



メモ

「蕭蕭」は秋風の音、また秋風に散る木の葉などの淋しい音の形容。この作品三首すべてに「蕭蕭」の語が使われる。秋はただでさえ悲しいのに、さらに孫を悼むことになろうとは。七言絶句。韻字＝微・飛・衣（上平・微韻）。

大意

西北の空には流れる浮き雲、太陽の光は陰り、落葉が蕭々と私を包むように舞い飛ぶ。思いもしなかった、貧乏のために十年も流した涙が、さらに秋風の中で私の衣を濡らすことになろうとは。

# 避暑山園

殘杯移旁水邊亭
暑氣衝人忽自醒
最喜樹頭風定後
半池零雨半池星

暑《しょ》を山園《さんえん》に避《さ》く

王世貞《おうせいてい》

残杯《ざんぱい》　移《うつ》し旁《そ》う水辺《すいへん》の亭《てい》
暑気《しょき》　人《ひと》を衝《つ》いて忽《たちま》ち自《おの》ずから醒《さ》む
最《もっと》も喜《よろこ》ぶ　樹頭《じゅとう》　風定《かぜさだ》まるの後《のち》
半池《はんち》は零雨《れいう》　半池《はんち》は星《ほし》

メモ
前半は、夏の夜の水辺の蒸し暑さ。後半は、風が止んだあとの涼味。「風定まる」は風が止んだことをいうが、にわか雨が止んだこともいう。だから結句で「零雨」、雨の雫が落ちると言う。七言絶句。韻字＝亭・醒・星（下平・青韻）。

**大意**

飲み残しの酒を持って水辺の亭へ場所を変えると、蒸し暑さが襲ってきて、たちまち酔いが醒めてしまった。こんな中でも最も好きなのは、梢を揺らす風が収まったあと、池の半分に雨の雫が落ち、池の半分に星が映って輝く景色だ。

# 花朝即事

雨過庭花好
開尊亦自幽
不知今夕醉
消得幾年愁
一朶新紅甲
四筵半白頭
久知行樂是
老矣復何求

花朝即事《かちょうそくじ》

雨《あめ》過《す》ぎて庭花《ていか》好《よ》し
尊《たる》を開《ひら》きて亦《ま》た自《おの》ずから幽《ゆう》なり
知《し》らず　今夕《こんせき》の酔《よ》いの
幾年《いくねん》の愁《うれ》いを消《け》し得《え》たるかを
一朶《いちだ》　新紅《しんこう》の甲《つぼみ》
四筵《しえん》　半白《はんぱく》の頭《あたま》
久《ひさ》しく知《し》る　行楽《こうらく》の是《ぜ》なるを
老《お》いたり　復《ま》た何《なに》をか求《もと》めん

袁宏道《えんこうどう》

メモ

「花朝」は陰暦の二月十二日、または十五日。百花の生まれる日とされている。第5句の「春」と第6句の「(人生の)秋」の対比から、第7句・第8句が導かれる。人生行楽すべし、という表現は「古詩十九首其の十五」(67頁)や陶淵明「雑詩其の二」(102頁)、李白「月下独酌」(205頁)などに見られる。行楽して、酒を飲み、幽雅を満喫し、愁いを消した、もう何もほしいものはない、という。五言律詩。韻字=幽・愁・頭・求(下平・尤韻)。

**大意**

雨上がりには庭の花がことのほか美しく、酒壺を開けるとおのずから幽雅な気分になる。今夜の酔いで、何年分の愁いを消しただろう。一枝の色鮮やかな紅《あか》い花のつぼみ、一座の人々の半ばは髪が白い。以前から知っていた、人生は行楽すべきだと。ああ、お互い年を取ったな、これ以上何を求めよう。

江上見數漁舟爲公卒所窘

浪道漁家樂
供輸亦未閑
君欲長安穩
隱于徒隷間

江上《こうじょう》に数漁舟《すうぎょしゅう》の公卒《こうそつ》に窘《くるし》めらるるを見《み》る

袁宏道《えんこうどう》

浪《みだ》りに道《い》う　漁家《ぎょか》は楽《たの》しと
供輸《きょうゆ》するも亦《ま》た未《いま》だ閑《かん》ならず
君《きみ》　長《とこし》えに安穏《あんのん》ならんことを欲《ほっ》せば
徒隷《とれい》の間《かん》に隠《かく》れよ

メモ
詩の世界では漁夫は自由に生きる隠者とされるが、現実には年貢を納め、また時には追加を督促される。下役人に何かといじめられるのだ。それがいやなら、下役人になればいい、という。農民が年貢を納めても、さらに督促されるという詩がある（433頁、488頁）。五言絶句。韻字＝閑・間（上平・删韻）。

**大意**

漁師は楽しいなどといい加減に考えていたが、お上に年貢を納めても、のんびりなどできない。漁師よ、ずっと安穏な生活を送りたいなら、下役人となってひっそりすることだな。

# 答君御諸作

溪鳥溪花盡寄聲
花源無路只空行
陶潛老被漁翁悞
枉把青山累後生

君御《くんぎょ》の諸作《しょさく》に答《こた》う　　袁宏道《えんこうどう》

溪鳥溪花《けいちょうけいか》　尽《ことごと》く声《こえ》を寄《よ》するも
花源路無《かげんみちな》く　只《た》だ空《むな》しく行《ゆ》く
陶潛老《とうせんお》いて漁翁《ぎょおう》に悞《あや》まられ
枉《ま》げて青山《せいざん》を把《と》って後生《こうせい》を累《わずら》わさん

メモ
詩の世界では理想的な隠者とみなしていた陶淵明を、おいぼれ爺さんが漁夫にだまされたのだ、という。七言絶句。韻字＝声・行・生（下平・庚韻）。



**大意**

谷の鳥も谷の花もみな声をかけてくれるが、桃花源への路はなく、ただ空しく歩いている。陶淵明の爺さんは漁翁にだまされ、青い山をむりにそれらしく言って後世の人々を煩わせたのだ。

# 獄中雜詩　三十首　其十七

霜慘雲繫鎖鐵扉
茶香萸酒事都非
南冠潦倒憐烏帽
獄卒踉蹌認白衣
人比籬花何許瘦
身如朔雁幾時歸
遙知四海登高會
多少燕山酹夕暉

獄中雑詩《ごくちゅうざつし》　三十首《さんじゅっしゅ》　其《そ》の十七《じゅうしち》

銭謙益《せんけんえき》

霜惨《そうさん》　雲繋《うんけい》　鉄扉《てっぴ》に鎖《とざ》され
茶香《ちゃこう》　萸酒《ゆしゅ》　事《こと》都《すべ》て非《ひ》なり
南冠潦倒《なんかんりょうとう》して烏帽《うぼう》を憐《あわ》れみ
獄卒踉蹌《ごくそつろうそう》として白衣《はくい》を認《みと》む
人《ひと》は籬花《りか》と比《くら》べて何許《いくばく》か痩《や》せたる
身《み》は朔雁《さくがん》の如《ごと》く幾時《いくとき》にか帰《かえ》る
遥《はる》かに知《し》る　四海《しかい》　登高《とうこう》の会《かい》
多少《たしょう》　燕山《えんざん》　夕暉《せきき》に酹《むく》ゆるを

メモ

刑部の獄舎につながれ、重陽の節句を迎えての作。第2句「萸酒」は茱萸酒。茱萸はカワハジカミ。枝を髪に挿すことが多かった。第3句「南冠」は他国の囚人になること、「烏帽」は隠者の被る帽子。第4句「白衣」は、陶淵明の故事に基づく。貧乏な淵明のもとに、地方長官が同情して白衣の使者に酒を届けさせた。第8句の「燕山」は北京近傍の山。七言律詩。韻字＝扉・非・衣・帰・暉（上平・微韻）。

**大意**

鬢におく霜、乱れた髪、鉄の扉に鎖され、茶の香りも茱萸《シュユ》の酒も、すべて縁はない。囚人は落ちぶれて隠士を慕い、近づいてくる獄卒に白衣の使者かと思う。故郷の妻は籬《まがき》の菊花と比べてどれほど痩せたことか、我が身は北から渡る雁のように、いつ帰れるだろうか。ここからでも分かる、天下の人々が菊花の宴に登高し、多くが燕山の方を望み、夕陽に一杯捧げていることを。

# 自信

自信平生懶是眞
底須辛苦踏春塵
毎逢虚落愁戎馬
却聴風濤話鬼神
濁酒一杯今夜酔
好花明日故園春
長安冠蓋知多少
頭白江湖放散人

## 自《みずか》ら信《しん》ず　呉偉業《ごいぎょう》

自《みずか》ら信《しん》ず　平生《へいぜい》　懶《らん》は是《こ》れ真《しん》なりと
底《なん》ぞ須《すべか》らく辛苦《しんく》して春《はる》の塵《ちり》を踏《ふ》むべき
虚落《きょらく》に逢《あ》う毎《ごと》に戎馬《じゅうば》を愁《うれ》う
却《かえ》って風濤《ふうとう》を聴《き》きて鬼神《きしん》を話《はな》さん
濁酒一杯《だくしゅいっぱい》　今夜《こんや》は酔《よ》わん
好花《こうか》　明日《みょうにち》　故園《こえん》の春《はる》
長安《ちょうあん》の冠蓋《かんがい》　知《し》る多少《たしょう》
頭《かしら》は白《しろ》し　江湖《こうこ》　放散《ほうさん》の人《ひと》



メモ
明が滅び清になり、清朝から官職に就くように誘われたころの作と思われる。官職について春の塵を追うより、怠惰に生きるのが自分の性分だ、と言う。第8句の「江湖」は世を捨てた人のいるところ。「放散」は、気まま、我がまま。七言律詩。韻字＝真・塵・神・春・人（上平・真韻）。

### 大意

自分では怠惰こそ真の生き方だと思っている。何をわざわざ苦労して春の塵や埃にまみれる必要があろう。荒れ果てた村を通るたびに、戦争の止まないことに心を傷める、それならいっそ風と波の音を聴きながら、怪談にでも興じていよう。濁り酒を一杯飲んで今夜は酔おう、明日にはまた明日の花が故郷の春を彩るだろう。長安には昔の仲間がどれくらい官僚になっていることか。江湖に気ままに暮らす私の髪は、もう真白だ。

## 第七章

# 清代の詩、近代の詩

（十七世紀〜二十世紀初頭）

清代は、時代の終焉によって滅んでいった古典文学が、もう一度燦然と輝いた時代だった。例えば漢代の長編の「賦」。また六朝時代の「四六駢儷文」。これらは流盛したのち、その時代の衰退終焉の後ほとんど作られなくなったが、清代では新たな作者が登場して文学史を賑わせた。

　詩は、唐詩・宋詩のどちらの詩風を模範とすべきか、古文辞を重んじるべきか性霊の発露を重んじるべきか、という選択の時代から、それらをすべて飲み込んだうえで、新たな詩が作られている。

王士禛《おうししん》の「秋柳詩」は典故を縦横に駆使し、古典の情緒を受け継ぎながら、神韻を標榜して新たな時代の情緒を詠う。袁枚《えんばい》は、古典の世界で尊重されたことを否定して、思いのままに自由に詩を詠っている。格調を重んじた沈徳潜《しんとくせん》は、『唐詩別裁』『古詩源』などを編集した。

　中国の詩人は、詩人と言っても基本は政治家や官僚、役人であり、詩で生計を立てていたわけではない。が、黄景仁《こうけいじん》のような、今日言うような「詩人」も出た。いずれにしても清の詩人は古典の詩趣を詠いながらも、時代の新たな詩材によって思いを自在に詠う。今日の我々に近いだけに、その詩想に共感するところが多い。

　近代の詩で取り上げたのは女流詩人の秋瑾《しゅうきん》、魯迅《ろじん》である。

## 荷花

梁間巣燕幾曾來
竈下貍奴去不囘
猶有荷花憐舊雨
年年一爲主人開

荷花《かか》

梁間《りょうかん》の巣燕《そうえん》　幾《なん》ぞ曾《かつ》て来《きた》らんや
竈下《そうか》の貍奴《りど》　去《さ》って回《かえ》らず
猶《な》お荷花《かか》の旧雨《きゅうう》を憐《あわ》れむ有《あ》って
年年《ねんねん》一《ひと》たび主人《しゅじん》の為《ため》に開《ひら》く

朱彝尊《しゅいそん》

メモ
「荷花」は蓮の花。第3句の「旧雨」は古い交わりをいう。「雨」(ウ)と「友」(イウ)は音が通じるので同じ意味に用いる。杜甫の詩に「旧雨は来たりて、新雨は来たらず」の句がある(「詩小序」)。七言絶句。韻字＝来・回・開(上平・灰韻)。



### 大意

梁《はり》に巣を作った燕は、いつになったら帰ってくるのだろう。竈《かまど》の下にいた猫は、どこかへ行ったまま戻らない。それでも蓮《ハス》の花だけは旧友に同情して、毎年一度だけ主人のために咲いてくれる。

## 秋柳　四首　其一

秋來何處最銷魂
殘照西風白下門
他日差池春燕影
祇今憔悴晩煙痕
愁生陌上黄驄曲
夢遠江南烏夜村
莫聽臨風三弄笛
玉關哀怨總難論

秋柳《しゅうりゅう》　四首《よんしゅ》　其《そ》の一《いち》　　王士禛《おうししん》

秋来《しゅうらい》　何《いず》れの処《ところ》か最《もっと》も銷魂《しょうこん》なる
残照《ざんしょう》　西風《せいふう》　白下《はっか》の門《もん》
他日《たじつ》差池《しち》たり　春燕《しゅんえん》の影《かげ》
祇《た》だ今《いま》憔悴《しょうすい》す　晩煙《ばんえん》の痕《あと》
愁《うれ》いは生《しょう》ず　陌上《はくじょう》　黄驄《こうそう》の曲《きょく》
夢《ゆめ》は遠《とお》し　江南《こうなん》　烏夜《うや》の村《むら》
風《かぜ》に臨《のぞ》んで三弄《さんろう》の笛《ふえ》を聴《き》くこと莫《な》かれ
玉関《ぎょくもん》の哀怨《あいえん》　総《す》べて論《ろん》じ難《がた》し

メモ
二十四歳、順治十四年（一六五七）山東の済南での作。典故を多用する。第2句「白下門」は南京の城門。第7句「三弄笛」は、東晋の笛の名手桓伊（かんい）と書家の王徽之（おうきし）の故事。王徽之がたまたま岸辺を通った桓伊を見かけて、人をやって笛を一曲聞きたいと申し入れると、桓伊は車から降りて床几にかけ三曲演奏した。二人とも終始一言も語らず別れた。第8句の「玉関の哀怨」は李白の「子夜呉歌其の三」（203頁）などを踏まえる。七言律詩。韻字＝魂・門・痕・村・論（上平・元韻）。

## 大意

秋になって最も魂が消え入りそうになる悲しいところはどこだろう。それは夕陽に照らされ、秋風に柳が揺れる白下の門。かつて春には燕が飛び交いその影を落とした柳は、今はただ夕もやの名残の中ですっかりやつれている。愛馬を悼む「黄驄の曲」（唐の太宗が常に戦場にともなった「黄驄」という名馬が途中で死んだのを追悼した曲）を聞けば悲しみが湧き起こり、江南の烏夜村の出来事（晋の何準《かじゅん》が村に隠棲しているとき、ある夕方烏が多く集まって鳴いて、娘が誕生した。のち娘が皇后になったとき、また烏が鳴いた）は、遠い夢。三たび繰り返される「折楊柳」（別れの曲。「涼州詞」１７８頁、「元二の安西に使いするを送る」１８６頁参照）の笛の音《ね》を、風を前に聴いてはならない。玉門関の楊柳の哀怨は、すべて語り尽くすことは難しいのだから。

## 秦淮雜詩　二十首　其一

年來腸斷秣陵舟
夢繞秦淮水上樓
十日雨絲風片裏
濃春煙景似殘秋

秦淮《しんわい》雑詩《ざつし》　二十首《にじゅっしゅ》　其《そ》の一《いち》　王士禛《おうししん》

年来《ねんらい》　腸《はらわた》は断《た》つ　秣陵《まつりょう》の舟《ふね》
夢《ゆめ》は繞《めぐ》る　秦淮《しんわい》　水上《すいじょう》の楼《ろう》
十日《じゅうじつ》の雨糸《うし》　風片《ふうへん》の裏《うち》
濃春《のうしゅん》の煙景《えんけい》　残秋《ざんしゅう》に似《に》たり

メモ

「秣陵」は南京。「秦淮」は南京の市中を流れて長江に到る運河。六朝以来、川に臨んで妓楼が立ち並び、歓楽の地として知られた。清軍が侵攻して破壊と略奪が行われ、作者が訪れたころは、かつての繁華はなかったと思われる。結句で残秋のようだというのは、長く続く雨風のせいばかりではない。七言絶句。韻字＝舟・楼・秋（下平・尤韻）。

**大意**

数年来、はらわたが断ち切れるほど思いこがれた南京の舟遊び。夢の中で秦淮河のほとりの妓楼をめぐっていた。ところがこの十日ばかり、糸のような細かい雨が降り、風が吹いたり吹かなかったり。春の盛りの煙る風景は、あたかも晩秋のようだ。

# 再過露筋祠

翠羽明璫尙儼然
湖雲祠樹碧於煙
行人繫纜月初墮
門外野風開白蓮

再《ふたた》び露筋祠《ろきんし》に過《よぎ》る　　王士禛《おうししん》

翠羽《すいう》　明璫《めいとう》　尚《な》お儼然《げんぜん》たり
湖雲《こうん》　祠樹《しじゅ》　煙《けむり》よりも碧《あお》し
行人《こうじん》　纜《ともづな》を繋《つな》いで月初《つきはじ》めて堕《お》ち
門外《もんがい》の野風《やふう》　白蓮《はくれん》開《ひら》く



メモ

「露筋祠」は、旅の途中日が暮れて、見知らぬ家に宿を借りるのを嫌い、ここに野宿して死んだという少女を祀った祠。前半は祀られている少女の塑像を、「翠」「明」「碧」と明るく色彩豊かに描く。作者が夜明けにふたたび訪れ、舟から降りると月が沈み、清らかな風が渡り、白蓮の花が開く。それはあたかも少女の清らかさを象徴するように、白く、馥郁として香る。七言絶句。韻字＝然・煙・蓮（下平・先韻）。

**大意**

翡翠《カワセミ》の羽の髪飾りも、輝く耳飾りも、なおそのまま残っている。湖上をおおう雲、祠のあたりの木々は、朝靄よりも青々している。旅人が祠の近くの渚に纜《ともづな》をつなぐと、月が落ちかかり、祠の門外に野風が渡り、白蓮の花が開いた。

# 元旦大雪

跡遠疎賓客
心空穩睡眠
正宜晴閉戸
況乃雪漫天
與世喜無事
爲農占有年
庭梅生意動
報我一花先

元旦《がんたん》　大《おお》いに雪《ゆき》ふる

査慎行《さしんこう》

跡遠《あととお》く賓客疎《ひんかくまれ》に
心空《こころむな》しくして睡眠穏《すいみんおだ》やかなり
正《まさ》に宜《よろ》し　晴《は》れて戸《と》を閉《と》ざすに
況《いわ》んや乃《すなわ》ち雪天《ゆきてん》に漫《はびこ》るをや
世《よ》と事無《ことな》きを喜《よろこ》び
農《のう》の為《ため》に年有《みのりあ》るを占《うらな》う
庭梅《ていばい》　生意《せいい》動《うご》き
我《われ》に報《ほう》じて　一花《いっか》先《さき》なり

メモ
六十五歳、官を辞して初めて郷里で迎えた正月。世俗から離れて穏やかに暮らす喜びを詠う。元旦に大雪が降っても、梅が一輪咲いて春の到来を知らせてくれる。雪が多い年は、豊作になる。五言律詩。韻字＝眠・天・年・先（下平・先韻）。

## 大意

俗世から遠く離れているので、賓客も稀にしか来ず、心には心配事もなく穏やかに睡眠できる。晴れた日でも戸を閉め切っていて差しつかえないほど。まして雪が天から盛んに降っているとなればなおのこと。人々と無事であることを喜び、農民のために今年は豊作に違いないと占う。庭の梅に万物の生気が動き出した。私に告げるように、一輪の花が真っ先に咲いている。

## 悼亡姫

一場短夢七年過
往事分明觸緒多
搦管自稱詩弟子
散花相伴病維摩
半屏涼影頽低髻
幽徑春風曳薄羅
今日書堂覓行跡
不禁雙鬟爲伊皤

亡《な》き姫《き》を悼《いた》む　　厲鶚《れいがく》

一場《いちじょう》の短夢《たんむ》　七年《しちねん》過《す》ぐ
往事分明《おうじぶんめい》　緒《しょ》に触《ふ》るること多《おお》し
管《ふで》を搦《と》りて自《みずか》ら称《しょう》す　詩《し》の弟子《ていし》と
散花《さんげ》相《あ》い伴《ともな》う　病維摩《びょうゆいま》
半屏《はんぺい》の涼影《りょうえい》　低髻《ていけい》頽《くず》れ
幽径《ゆうけい》の春風《しゅんぷう》　薄羅《はくら》を曳《ひ》く
今日《こんにち》　書堂《しょどう》に行跡《こうせき》を覓《もと》むれば
禁《きん》ぜず　双鬟《そうびん》　伊《かれ》の為《ため》に皤《しろ》きを

### 大意

一場の短い夢のように七年が過ぎた。昔のことは今もはっきり覚えていて、心の糸に触れて悲しくなることが多い。筆を持ちながら、私は詩の弟子よ、と言ったこともあった。散華天女のように病気の維摩（私）に寄り添ってもくれた。屏風の片側の涼しい影の中で、低く結った髷《まげ》が崩れた夜、ひっそりした小道を吹く春風が薄絹の裾を引いた日。今日、書斎の中にありし日の跡を訪ねると、双鬢が君のために白くなるのを止めることができない。

メモ
乾隆七年（一七四二）正月、五十一歳の作。「姫」は妾。姓は朱氏といった。雍正十三年（一七三五）十七歳で妾に迎えられ、二十四歳で亡くなった。第3句にあるように、書と詩が好きで、唐詩の絶句を二百余首教えたところすぐに暗誦したという。病気がちの作者をいつも熱心に看病した。第4句の「維摩」は天竺の維摩詰（ゆいまきつ）。病気になったとき、仏の命令で天女が見舞い、花を降らせたという。「散花」はその「散華天女」をいう。七言律詩。韻字＝過・多・摩・羅・皤（下平・歌韻）。

## 隨園雜興

花自帶春來
春不帶花去
雲自共水流
水不留雲在
我欲問其故
無人有高樹
樹下閑思量
春與雲歸處

随園雑興《ずいえんざっきょう》

花《はな》は自《おの》ずから春《はる》を帯《お》びて来《きた》り
春《はる》は花《はな》を帯《お》びずして去《さ》る
雲《くも》は自《おの》ずから水《みず》と共《とも》に流《なが》れ
水《みず》は雲《くも》を留《とど》めずして在《あ》り
我《われ》其《そ》の故《ゆえ》を問《と》わんと欲《ほっ》するも
人《ひと》無《な》く　高樹《こうじゅ》有《あ》り
樹下《じゅか》　閑《しず》かに思量《しりょう》す
春《はる》と雲《くも》の帰《かえ》る処《ところ》

袁枚《えんばい》

メモ
三十七歳、陝西省の県令に赴任するため随園を出るときの作。随園を去る悲しみとこれからの行く末を案じる。五言古詩。韻字＝去・在・樹・処（去声・御韻隊韻遇韻）。

### 大意

花は春になると咲き出すが、春は花とともに去ることはない。雲は川の水のようにおのずから流れるが、川の水は雲を引き止めようとはしない。その理由を尋ねてみたいが、人はおらず、高い木が聳えるだけ。その木の下でのんびりとあれこれ考えてみる、春と雲の帰るところはどこなのだろうか、と。

馬嵬　四首　其二

莫唱當年長恨歌
人間亦自有銀河
石壕村裏夫妻別
涙比長生殿上多

馬嵬《ばかい》　四首《よんしゅ》　其《そ》の二《に》

袁枚《えんばい》

唱《うた》う莫《な》かれ　当年《とうねん》の長恨歌《ちょうごんか》
人間《じんかん》　亦《ま》た自《おの》ずから銀河《ぎんが》有《あ》り
石壕村裏《せきごうそんり》　夫妻《ふさい》の別《わか》れ
涙《なみだ》は長生殿上《ちょうせいでんじょう》に比《ひ》して多《おお》し



メモ
三十七歳の作。「馬嵬」は楊貴妃が死を賜ったところ。「長恨歌」は白楽天の作品（296頁）。第2句の「銀河」は七夕伝説の牽牛と織女が銀河を挟んで別れていることを借りて、男女の別れをいう「古詩十九首其の十」（65頁）。第3句は杜甫の「石壕吏」（235頁）参照。七言絶句。韻字＝歌・河・多（下平・歌韻）。

**大意**

唐の時代の長恨歌を今さら歌うことはない。人間世界にもまた銀河に隔てられたような悲しい別れがある。杜甫の詩に詠われた石壕村の夫妻の別れは、長生殿での別れより遥かに多くの涙を誘う。

# 書懐

袁枚《えんばい》

我不樂此生
忽然生在世
我亦樂此生
忽然死又至
已死與未生
此味原無二
終嫌天地間
多此一番事

懐《おも》いを書《しょ》す

我《われ》は此《こ》の生《せい》を楽《たの》しまざるも
忽然《こつぜん》として生《う》まれて世《よ》に在《あ》り
我《われ》も亦《ま》た此《こ》の生《せい》を楽《たの》しむも
忽然《こつぜん》として死《し》又《また》至《いた》る
已《すで》に死《し》すと未《いま》だ生《う》まれざると
此《こ》の味《あじわ》い原《もと》より二《に》無《な》し
終《つい》に嫌《きら》う　天地《てんち》の間《かん》
此《こ》の一番《いちばん》の事《こと》多《おお》きを

メモ

乾隆二十年（一七五五）晩秋、または冬の作。作者四十歳。五言古詩。韻字＝世・至・二・事（去声・霽韻寘韻）。

**大意**

私は、人として生きることが楽しいと思ったわけでもないのに、いつの間にかこの世に生まれていた。私は、人として生きることが楽しいのに、今度は突然死がやってくる。死んだ後と、生まれる前と、感覚的には違いがあるはずはない。つまり、天地の間には、生と死という一つ余計なことがあり、これが嫌なのだ。

# 春日雑詩　十二首　其一

春日雑詩《しゅんじつざつし》　十二首《じゅうにしゅ》　其《そ》の一《いち》

袁枚《えんばい》

千枝紅雨萬里煙
畫出詩人得意天
山上春雲如我懶
日高猶宿翠微巓

千枝《せんし》の紅雨《こうう》　万里《ばんり》の煙《けむり》
画《えが》き出だす　詩人得意《しじんとくい》の天《てん》
山上《さんじょう》の春雲《しゅんうん》は我《わ》が懶《らん》の如《ごと》し
日高《ひたか》くして猶《な》お宿《しゅく》す　翠微《すいび》の巓《いただき》

メモ
乾隆二十四年（一七五九）四十四歳、随園での作。「紅雨」は赤い花が散ること。七言絶句。韻字＝煙・天・巓（下平・先韻）。

**大意**

千本の紅《くれない》の花が雨のように散り、万里に立ちこめる霞、詩人の心にかなう風景を画き出してくれた。山上の春の雲は私と同じように怠け者だ。日が高く昇っても、まだ山の中腹に寝ころんでいる。

# 意有所得雜書數絶句　九首　其九

意《い》に得《う》る所《ところ》有《あ》り数絶句《すうぜっく》を雑書《ざつしょ》す　九首《きゅうしゅ》　其《そ》の九《きゅう》

袁枚《えんばい》

莫説光陰去不還
少年情景在詩篇
燈痕酒影春宵夢
一度謳吟一宛然

説《い》う莫《な》かれ　光陰《こういん》去《さ》って還《かえ》らずと
少年《しょうねん》の情景《じょうけい》は詩篇《しへん》に在《あ》り
灯痕《とうこん》　酒影《しゅえい》　春宵《しゅんしょう》の夢《ゆめ》
一度謳吟《ひとたびおうぎん》して　一《ひと》たび宛然《えんぜん》たり

メモ
乾隆四十二年（一七七七）六十二歳の作。七言絶句。韻字＝還・篇・然（上平・刪韻、下平・先韻通押）

**大意**

時は過ぎ去るだけで戻ってこない、などと言ってはいけない。若いころの情景は詩の中に残っている。灯火のもとでの思い出も、酒を傾けたときの思いも、春の夜の夢も、詩に詠われている。一度口ずさむと、そのときの情景がはっきり思い出される。

雪中過紅橋
玲瓏玉樹冷棲鴉
多少紅樓隔水涯
一路畫簾寒不卷
隔牆香出白梅花

雪中《せっちゅう》　紅橋《こうきょう》を過《す》ぐ　　陳文述《ちんぶんじゅつ》

玲瓏《れいろう》たる玉樹《ぎょくじゅ》　棲鴉《せいあ》冷《ひ》ややかなり
多少《たしょう》の紅楼《こうろう》　水涯《すいがい》を隔《へだ》つ
一路《いちろ》　画簾《がれん》　寒《さむ》くして巻《ま》かず
牆《しょう》を隔《へだ》てて香《かお》りは出《い》づ　白梅花《はくばいか》

メモ
雪の白さと梅花の白さ、見分けのつかない白一色の中から馥郁とただよいくる梅の香り。すべてが美しい世界。七言絶句。韻字＝鴉・涯・花（下平・麻韻）。

**大意**

玉のような美しい樹に、ねぐらの鳥も冷たいことだろう。水に臨んで多くの妓楼が立ち並んでいる。道に面する高殿では、寒さのため絵を描いた美しい簾を下ろしたまま。それでも塀ごしに白梅の良い香りがただよってくる。

# 別老母

搴幃拜母河梁去
白髪愁看涙眼枯
慘慘柴門風雪夜
此時有子不如無

老母《ろうぼ》に別《わか》る

幃《とばり》を搴《かか》げ母《はは》に拜《はい》して河梁《かりょう》を去《さ》る
白髪《はくはつ》　愁《うれ》い看《み》て涙眼《るいがん》枯《か》る
慘慘《さんさん》たり　柴門《さいもん》　風雪《ふうせつ》の夜《よる》
此《こ》の時《とき》　子《こ》有《あ》るも無《な》きに如《し》かず

黄景仁《こうけいじん》

メモ
乾隆三十六年（一七七一）、作者二十三歳、貧窮のため職をもとめて家を出た。四歳のとき父を亡くし、祖父に引き取られたが、十二歳のときに祖父も亡くなり、母の手で育てられた。家郷は江蘇省武進（常州）。七言絶句。韻字＝枯・無（上平・虞韻）。

**大意**

帳《とばり》をかかげて部屋に入り、母に挨拶をし、別れを告げて旅立つ。髪の白くなった母は、目に悲しみをたたえ、涙は枯れている。風雪が柴の戸を叩く暗く寂しい夜。このとき、息子があるのはないよりつらい。

# 都門秋思　四首　其二

四年書劍滯燕京
更值秋來百感并
臺上何人延郭隗
市中無處訪荊卿
雲浮萬里傷心色
風送千秋變徵聲
我自欲歌歌不得
好尋騶卒話生平

都門秋思《ともんしゅうし》　四首《よんしゅ》　其《そ》の二《に》　黄景仁《こうけいじん》

四年《よねん》　書剣《しょけん》もて燕京《えんけい》に滞《とどこお》り
更《さら》に秋《あき》の来《きた》るに値《あ》いて百感《ひゃくかん》并《あ》わさる
台上《だいじょう》　何人《なんぴと》か郭隗《かくかい》を延《まね》く
市中《しちゅう》　処《ところ》として荊卿《けいけい》を訪《たず》ぬる無《な》し
雲《くも》は浮《う》かぶ　万里《ばんり》　傷心《しょうしん》の色《いろ》
風《かぜ》は送《おく》る　千秋《せんしゅう》　変徴《へんち》の声《こえ》
我自《われみずか》ら歌《うた》わんと欲《ほっ》して歌《うた》い得《え》ず
好《よ》し　騶卒《すうそつ》を尋《たず》ねて生平《せいへい》を話《はな》さん

メモ

第1句「燕京」は北京。第3句「台上」「郭隗」は、戦国時代の故事を踏まえる。燕の昭王が国力を高めるため天下の賢者を招こうと郭隗に相談したところ、郭隗が「まず隗より始めよ」と言い、黄金台を築いて住まわせたという。第4句「荊卿」は秦王を暗殺しようとした荊軻(50頁)。燕の町を歩き回り、悲歌慷慨していたが、やがて燕の太子丹に認められた。第6句「変徴」は音階の一つ。悲しい調べ。七言律詩。韻字＝京・并・卿・声・平(下平・庚韻)。

## 大意

四年もの間、書物と剣を携え都の燕京に居たが、秋を迎えて、百の感慨が重なる。黄金台上に郭隗を招いてくれる人はいないものか、ともに悲歌慷慨したいが、市中どこにも荊卿を訪ねる場所とてない。雲は万里の彼方まで傷心の色を浮かべ、風は千年にわたって変徴の悲しい歌声を送る。私も自分で歌いたいが、うまく歌えない。よし、それなら東方朔にならって馬丁でも訪ねて日頃の怨みを話してみよう。

端陽相州道中

杏子櫻桃次第圓
炎涼無定麥秋天
馬蹄歩歩來時路
照眼榴花又一年

端陽《たんよう》　相州《そうしゅう》の道中《どうちゅう》　　張問陶《ちょうもんとう》

杏子《きょうし》　桜桃《おうとう》　次第《しだい》に円《まど》かなり
炎涼定《えんりょうさだ》まること無《な》し　麦秋《ばくしゅう》の天《てん》
馬蹄歩歩《ばていほほ》　来時《らいじ》の路《みち》
眼《め》を照《て》らす榴花《りゅうか》　又一年《またいちねん》

メモ
「端陽」は旧暦五月五日（端午の節句）の日。科挙の試験に落第し、相州（河南省安陽市付近）を南下して長江へ出、舟に乗って故郷の四川省遂寧（すいねい）へと帰る道中の作。起句は白居易「春風」の「桜杏桃梨次第に開く」を応用し、結句は韓愈「榴花」の「五月榴花眼を照らして明らかなり」を踏まえる。転句の「馬蹄歩歩来時の路」に失意の様子がうかがえ、結句の「又一年」に実感がこもる。七言絶句。韻字＝円・天・年（下平・先韻）。

**大意**

杏の実や桜桃《サクランボ》が順々に丸く熟し、暑かったり涼しかったり、気まぐれな麦秋の時節。馬の背に揺られて、一歩一歩、来たときの道を行くと、目に鮮やかに映る石榴《ザクロ》の赤い花。また一年過ぎたのだ。

# 醉後口占

錦衣玉帶雪中眠
醉後詩魂欲上天
十二萬年無此樂
大呼前輩李青蓮

醉後《すいご》の口占《こうせん》

張問陶《ちょうもんとう》

錦衣玉帯《きんいぎょくたい》　雪中《せっちゅう》に眠《ねむ》る
醉後《すいご》の詩魂《しこん》　天《てん》に上《のぼ》らんと欲《ほっ》す
十二万年《じゅうにまんねん》　此《こ》の楽《たの》しみ無《な》し
大呼《たいこ》す　前輩《ぜんぱい》の李青蓮《りせいれん》



メモ
第1句でいう衣服は官服である。礼服が汚れようとおかまいなしの高踏超俗の酔態。第3句の「十二万年」は口から出まかせに言ったもので、楽しさを大げさに表す。先輩李白も「白髪三千丈」（210頁）、「爾来四万八千歳」と大きな数字を出して読者を驚かせる詩もある。李白から張問陶まで千年経っているが、十二万年の前では比べものにならない。七言絶句。韻字＝眠・天・蓮（下平・先韻）。

**大意**

錦の美しい着物に玉の飾りのついた帯をしたまま、雪の中に寝てしまう。酔った魂は天にも昇らんばかり。思えば、こんな楽しいことは、十二万年このかたなかったものだ。そこで、先輩の詩人李白の名を大声で呼んでみた。

## 己亥雜詩　其六十二

古人製字鬼夜泣
後人識字百憂集
我不畏鬼復不憂
靈文夜補秋燈碧

己亥雑詩《きがいざつし》　其《そ》の六十二《ろくじゅうに》　龔自珍《きょうじちん》

古人《こじん》字《じ》を製《つく》りて　鬼《き》　夜《よる》泣《な》く
後人《こうじん》字《じ》を識《し》りて　百憂《ひゃくゆう》集《あつ》まる
我《われ》は鬼《き》を畏《おそ》れず　復《ま》た憂《うれ》えず
霊文《れいぶん》　夜《よる》に補《おぎな》えば　秋灯《しゅうとう》碧《あお》し

メモ
癸亥の年、道光十九年（一八三九）の作。作者四十八歳。第1句、昔蒼頡が文字を作ったとき、栗が天から降り、鬼（幽霊）が夜泣いたという（『淮南子』本経訓）。第2句、宋の蘇軾の詩に「人生字を識りて憂患始まる」（「石蒼舒酔墨堂」）とある。第4句「霊文」は霊妙な文字。作者は『説文』の欠字を補う仕事をしていた。七言古詩。韻字＝泣・集・碧（仄声・緝韻陌韻）。



### 大意

古人が字を作ったとき、夜中に死者の霊がすすり泣き、後の人は字を覚えてから、百年の憂いが押し寄せてきたという。私は幽霊を恐れず、また憂いもしない。『説文』に欠けている霊妙な文字を補っていると、秋の灯火が青く輝いた。

# 不忍池晩遊

山色湖光一列奇
莫將西子笑東施
卽今隔海同明月
我亦高吟三笠辭

不忍池晩遊《しのばずのいけばんゆう》

黄遵憲《こうじゅんけん》

山色《さんしょく》　湖光《ここう》　一列《いちれつ》奇《き》なり
西子《せいし》を将《も》って東施《とうし》を笑《わら》う莫《な》かれ
即今《そっこん》海《うみ》を隔《へだ》てて明月《めいげつ》を同《おな》じうす
我《われ》も亦《ま》た高吟《こうぎん》せん　三笠《みかさ》の辞《じ》

メモ

幕末から明治にかけて、不忍池を小西湖といった。本場の西湖を西施になぞらえるなら、こちらは東施というわけだ。それほどに美しい、というのが前半。阿倍仲麻呂は中国にいて月を眺め、望郷の和歌を詠った。黄遵憲は今日本にいて明月を眺め、望郷の詩を高吟しよう、というのが後半。機知に富む。七言絶句。韻字＝奇・施・辞（上平・支韻）。

**大意**

上野の山の色、不忍池の輝き、どれも優れている。西施になぞらえる中国の西湖が美しいからと、この不忍池を東施になぞらえて笑ってはいけない。今、

私は海を隔てて、中国の人が見ているのと同じ明月を眺めている。阿倍仲麻呂は月を見て三笠山の歌を詠った、私もまたそれに負けない詩を高吟しよう。

# 秋海棠

栽植思深雨露同
一叢淺淡一叢濃
平生不藉春光力
幾度開來鬪晩風

## 秋海棠《しゅうかいどう》

栽植《さいしょく》　思《おも》いは深《ふか》く　雨露《うろ》同《おな》じ
一叢《いっそう》は浅淡《せんたん》　一叢《いっそう》は濃《こま》やか
平生《へいぜい》藉《か》らず　春光《しゅんこう》の力《ちから》
幾度《いくたび》も開《ひら》き来《きた》って晩風《ばんぷう》と闘《たたか》う

秋瑾《しゅうきん》

メモ
他の花と同じように、秋海棠も丹精込めて手入れされ、雨露の恵みを受けて花を咲かせる。しかし、春の暖かな光は借りず、冷たい秋風と闘って何度も花を咲かせる。国を良くしようと闘った秋瑾の生きざまが重なる。七言絶句。韻字＝同・濃・風（上平・東韻冬韻通押）。

**大意**

丹精込めて植え、雨露の恵みもみな等しいので、一叢《ひとむら》は淡い紅《くれない》色に咲き、一叢《ひとむら》は濃い紅《くれない》色に咲いた。しかし秋海棠は、春の光の恩恵は受けず、何度も花を開かせては秋風と闘うのだ。

# 自題小像

靈臺無計逃神矢
風雨如磐闇故園
寄意寒星荃不察
我以我血薦軒轅

自《みずか》ら小像《しょうぞう》に題《だい》す

魯迅《ろじん》

霊台《れいだい》　神矢《しんし》を逃《のが》るるに計《けい》無《な》く
風雨《ふうう》磐《いわお》の如《ごと》く　故園《こえん》闇《くら》し
意《い》を寒星《かんせい》に寄《よ》するも　荃《せん》は察《さっ》せず
我《われ》は我《われ》が血《ち》を以《もっ》て軒轅《けんえん》に薦《すす》めん

メモ

「小像」は写真。日本に留学中の魯迅は、明治三十六年（一九〇三）、清国の風俗の弁髪を断ち切り、記念に写真を撮った。その裏に記念として書いたのが、この詩である。第1句の「霊台」は心の意。中国の意とする説もある。第3句の「荃」は、清朝の支配下にある民衆をいう。「軒轅」は中国の開祖の黄帝。このころ、中国は欧米の列強に蝕まれていた。七言絶句。韻字＝園・轅（上平・元韻）。

**大意**

心は、神の矢に射られたように、痛みから逃れるすべはない。風雨が大岩のように故郷を閉ざして真っ暗だ。寒空《さむぞら》の星に私の思いを託そうにも、中国の民衆は察してくれない。私は我が身を漢民族の祖の黄帝軒轅に捧げるつもりだ。

# 自嘲

運交華蓋欲何求
未敢翻身已碰頭
破帽遮顔過鬧市
漏船載酒泛中流
横眉冷對千夫指
俯首甘爲孺子牛
躱進小樓成一統
管他冬夏與春秋

自《みずか》ら嘲《あざけ》る　　魯迅《ろじん》

運《うん》は華蓋《かがい》に交《あ》うも何《なに》をか求《もと》めんと欲《ほっ》する
未《いま》だ敢《あ》えて翻身《ほんしん》せざるに已《すで》に碰頭《ほうとう》す
破帽《はぼう》もて顔《かお》を遮《おお》いて鬧市《どうし》に過《よぎ》り
漏船《ろうせん》に酒《さけ》を載《の》せて中流《ちゅうりゅう》に泛《うか》ぶ
眉《まゆ》を横《よこ》たえて冷《ひ》ややかに対《たい》す　千夫《せんぷ》の指《ゆび》
首《こうべ》を俯《た》れて甘《あま》んじて為《な》る　孺子《じゅし》の牛《うし》
小楼《しょうろう》に躱《のが》れ進《すす》みて一統《いっとう》を成《な》し
他《か》の冬夏《とうか》と春秋《しゅんじゅう》とに管《かか》わらんや

メモ
第5句で、どんな仕打ちにも決して屈しないというが、実際には何もできずに時が過ぎ去っていく空しさを「自嘲」する。七言律詩。韻字＝求・頭・流・牛・秋（下平・尤韻）。

**大意**

私は凡人が華の蓋を被ると不幸になると言われる「華蓋運」に遭ったが、その運から逃れようと何かを求めようとは思わない。凡人から立派な人に変身しようともしないので、華の蓋で目がふさがれたままで、すでに頭をぶつけているのだ。相変わらず破れた帽子で顔を隠して雑踏の街を通り過ぎ、ぼろ船に酒を載せて川の流れにただよっている。多くの人から指弾されれば目を怒らして冷ややかに対応し、我が子のためなら甘んじて首を垂れて四つん這いの牛にもなる。小さな住まいに身をひそめて我が家を平和に治め、春夏秋冬の季節の変化（世間のこと）など気にも留めないのだ。

# 詩人略歴



| 詩人 | よみ | 生没年 | 略歴 |
|---|---|---|---|
| 無名氏 | むめいし | | 日本では「よみ人しらず」 |
| 屈原 | くつ・げん | 前340？〜前278？ | 名は平。原は字。戦国時代、楚の国の三閭大夫（王族を統べる役）。博覧強記で、書物を一度見ただけで覚えたという。楚の懐王の信任を得て内政・外交に活躍したが、讒言により次の頃襄王のときに放逐され、放浪の果てに汨羅に身を投げた。代表作は「離騒」「九歌」「天問」「九章」。その命日は旧暦の五月五日。 |
| 宋玉 | そう・ぎょく | ？〜？ | 生没年・事跡など一切不明。戦国時代、楚の人。屈原の弟子といわれる。『楚辞』には「九弁」「招魂」、『文選』には「風の賦」「高唐の賦」「女神の賦」「登徒子好色の賦」が収められる。 |
| 淮南小山（劉安） | わいなんしょうざん（りゅう・あん） | 前179？〜前122 | 淮南小山は劉安のもとに集まった食客の一グループの名という。劉安は、高祖劉邦の孫で、淮南王を継いだが、のちに謀反を企てたとして自殺させられた。『淮南子』を編纂した。 |
| 荊軻 | けい・か | ？〜前227 | 戦国時代末期の人。各地を放浪する無頼の徒だったが、胆力があり沈着冷静な人だった。燕の国で太子丹から秦王（のちの始皇帝）の暗殺を託され、秦に旅立つとき、易水のほとりで「易水の歌」を歌い、興奮のあまり髪の毛が逆立って冠を突き上げたという（『史記』刺客列伝）。 |
| 項羽 | こう・う | 前232〜前202 | 名は籍。羽は字。秦末の混乱に乗じて楚から兵を挙げ、反秦の軍勢を統括する項王となり、秦を倒した。一時は天下を治める勢いだったが、劉邦との争いで敗れた。 |
| 漢・高祖 劉邦 | かん・こうそ りゅう・ほう | 前256〜前195 | 前漢の初代皇帝。秦末に兵を起こし、秦を滅ぼした。項羽と覇を争い、鴻門で会見し、あやうく殺されるところだったが、張良・樊噲らの計で逃れた。垓下の戦いで項羽を追いつめ、烏江で敗り、漢王朝を建てた。 |
| 漢・武帝 劉徹 | かん・ぶてい りゅう・てつ | 前156〜前87 | 前漢第七代の皇帝。前漢王朝の全盛期を築いた明君。中央集権を強固にし、領土を拡張し西域との交流を促進した。文化の振興を推し進め、音楽をつかさどる役所「楽府」を設けた。在位は五十五年。 |
| 烏孫公主 | うそん・こうしゅ | ？〜？ | 武帝のときに烏孫国に嫁した漢の皇族。名を細君と称した。父は江都王劉建という。武帝の兄の子なので、公主は武帝の従孫にあたる。烏孫は西域の国名で、新疆省イリ河流域を領有した。 |
| 李延年 | り・えんねん | ？〜？ | 漢の武帝に気に入られた歌手。妹の李夫人が寵愛され、協律都尉（音楽担当の役人）に取り立てられたが、李夫人が死ぬと誅殺された。 |
| 班婕妤 | はん・しょうよ | 前48？〜前6？ | 名は不明。前漢の成帝の寵愛を受け、婕妤（宮女の官名）に取り立てられたが、趙飛燕姉妹が新たに寵を得ると、皇后や班婕妤を讒言し、皇后は廃せられた。班婕妤は災いのおよぶのを避け、長信宮に住む皇太后に仕えたいと願い出て退いた。 |

| 詩人 | よみ | 生没年 | 略歴 |
|---|---|---|---|
| 魏・武帝<br>曹操 | ぎ・ぶてい<br>そう・そう | 155〜220 | 字は孟德。沛国譙（安徽省亳県）の人。後漢末の混乱に乗じて兵を挙げ、官渡の戦い（二〇〇）で最強の袁紹を破って北中国を支配した。しかし赤壁の戦い（二〇八）で呉の孫権・蜀の劉備の連合軍に敗れ、三国が鼎立し、帝位に就かないまま没した。曹丕の代に武帝と称された。武人・政治家として活躍し、また学者・文人として傑出した才を発揮し、各地の群雄にいた文人を支配下に治め、文学サロンを開いて建安文学を隆盛に向かわせた。詩は雄々しく力強く、楽府にも長じた。 |
| 王粲 | おう・さん | 177〜217 | 字は仲宣。山陽高平（山西省）の人。後漢の名門の生まれ。若くして当時の随一の学者蔡邕に認められた。長安から荊州の劉表に身を寄せた。風采が上がらなかったため、長い間不遇だったが、曹操のもとに移り重用された。博学多識で、筆を執ればただちに文を為し、訂正するところがなかったという。 |
| 魏・文帝<br>曹丕 | ぎ・ぶんてい<br>そう・ひ | 187〜226 | 字は子桓。魏の武帝の長子。文帝と諡された。曹操の死後、魏の初代の皇帝となった。曹操のもとに集まった文人を率いて建安の文学を興し、自身も筆を振るった。詩は、よく人情を写して優艶。文学論「典論」に文学の重要性を説く。 |
| 曹植 | そう・しょく | 192〜232 | 字は子建。曹丕の弟。陳王に封ぜられ「思」と諡されたので、陳思王と称される。十歳でよく文を作り、武帝に愛されたが、即位した曹丕から危険視され地方に追いやられた。気骨の秀でた慷慨の詩風は屈原以降第一と言われる。建安文学の代表。 |
| 阮籍 | げん・せき | 210〜263 | 字は嗣宗。陳留尉氏（河南省開封）の人。建安七子・阮瑀の子。学識が高く、従事中郎となったが、歩兵の厨に美酒が多いと聞いて、歩兵校尉となった。常に礼俗をかえりみず、嵇康らと清談し、竹林の七賢の一人に数えられる。音楽に通じ、特に琴を愛し、人の欠点を言わず、人に対するに青眼白眼で区別したという。 |
| 嵇康 | けい・こう | 224〜263 | 字は叔夜。譙国銍（河南省夏邑付近）の人。阮籍と並んで竹林の七賢に数えられる。魏の宗室と姻戚関係があったため、権力を握った司馬氏から疎まれ、司馬昭によって死刑に処せられた。風采すぐれ、詞気美しく、よく琴を弾じて名手として知られた。老荘思想に親しみ「養生論」を表し、音楽論に「声無哀楽論」などがある。 |
| 潘岳 | はん・がく | 247〜300 | 字は安仁。滎陽中牟（河南省）の人。若くして秀才にあげられ、黄門侍郎に進んだが、趙王倫が実権を握ると、誣告されて殺された。容姿美しく、街を歩くと女性から果実を投げられたという。詩は艶麗で、とりわけ死者を悼む哀傷の詩文で知られる。 |
| 孫綽 | そん・しゃく | 314〜371 | 字は興公。太原中都（山西省平遥県）の人。太学博士から尚書郎に遷り、各地の県令や長史を歴任、晋の哀帝のとき、著作郎等を歴任した。王羲之の蘭亭の会にも参加し、書家としても知られる。玄言詩派の代表的詩人。 |
| 王献之 | おう・けんし | 344〜388 | 字は子敬。会稽（浙江省紹興市）の人。王羲之の子。諡は憲。草書・隷書をよくし、父と並んで「二王」と称せられる。官は中書令に至る。 |

| 詩人 | よみ | 生没年 | 略歴 |
| --- | --- | --- | --- |
| 陶淵明 | とう・えんめい | 365～427 | 名は潜、字は淵明。一説に名が淵明。字は元亮など諸説ある。潯陽柴桑（江西省九江市）の人。二十九歳のとき東晋王朝の下級官吏となったが、四十一歳のときに辞職して郷里に帰った。村人たちと交遊し、田園に生きる思いを素朴に詠い、酒と菊を愛する隠逸詩人として知られる。唐詩の自然詩の源流であり、唐の詩人に大きな影響を与えた。文に「桃花源の記」「帰去来の辞」「五柳先生伝」などがある。 |
| 謝霊運 | しゃ・れいうん | 385～433 | 陳郡陽夏（河南省）の人。祖父の爵の康楽公を継いで、康楽公と称せられた。謝氏は六朝を代表する大貴族。政治に志を持ったが果たせず、その不満から常識外れの行動を取り、最後は死刑に処せられた。山水に遊んでは豪華を窮め、景色のよいところにいくつも別荘を建て、湖を深くしたり険しい峰を造ったりした。山水を詠じた詩は新境地を開き、山水詩の祖と称せられる。陶淵明と並び「陶謝」と称される。六朝第一の詩人。 |
| 謝朓 | しゃ・ちょう | 464～499 | 字は玄暉。陳郡陽夏（河南省）の人。宣城（安徽省宣城市）太守、中書郎などを経て尚書吏部郎に至る。永元（四九九～五〇一）の初め、蕭遙光を皇帝に立てようとする画策に従わなかったため、獄に入れられて死んだ。沈約らとともに「永明体」を創始した。風景を細やかに描写し、唐代に李白をはじめ広く愛された。 |
| 范雲 | はん・うん | 451～503 | 字は彦竜。南郷舞陰（河南省泌陽県西北）の人。斉に仕えて広州刺史となり、蕭衍（後の武帝）が梁を興すのに力を尽くし、尚書右僕射に至った。竟陵王蕭子良のもと、沈約らとともに「竟陵八友」の一人に数えられた。詩は「清便宛転、流風廻雪」と評される。 |
| 梁・武帝<br>蕭衍 | りょう・ぶてい<br>しょう・えん | 464～549 | 字は叔達。南斉皇室の血筋。東昏侯を倒して、五〇二年に梁を建てた。初代皇帝として半世紀近く在位し、政治の安定と、文化の隆盛をもたらし、自身も詩をはじめ諸芸に通じた。「竟陵八友」の一人。 |
| 沈約 | しん・やく | 441～513 | 字は休文。南朝宋・南斉・梁の三朝に仕えた。「竟陵八友」の一人で、「永明体」詩風の代表。漢字の四声を明らかにし、韻律の配置による詩の良し悪しを唱えた「四声八病説」を展開し、のちの近体詩の道を開いた。 |
| 何遜 | か・そん | ?～518? | 字は仲言。東海郯（山東省郯城県の西）の人。若くして范雲、沈約に詩を認められた。梁の水部郎を経て、廬陵王蕭続の記室となった。謝朓を継ぐ細やかな自然描写が特色。 |
| 陳・後主<br>陳叔宝 | ちん・こうしゅ<br>ちん・しゅくほう | 553～604 | 陳の最後、また六朝最後の皇帝。多芸多才だったが、自ら歌曲を作っては宴楽にふけり、終日酒色に溺れ、国事をかえりみず、隋に滅ぼされた。後主とは、六朝あるいは五代などの短く終わった王朝の最後の皇帝を称する語。 |
| 庾信 | ゆ・しん | 513～581 | 字は子山。南陽新野（河南省新野県）の人。庾肩吾の子。梁に仕えて右衛将軍となったが。元帝のとき、西魏に聘使として行き、梁が滅んだため、そのまま留められた。北朝では厚遇され、驃騎大将軍・開府儀同三司に進んだ。常に故国を思い、詩は才力豊かで、晩年の悲憤の情を述べ、喪乱を詠う詩は沈痛である。 |

| 詩人 | よみ | 生没年 | 略歴 |
| --- | --- | --- | --- |
| 王績 | おう・せき | 585〜644 | 字は無功。絳州竜門（山西省河津の西）の人。隋の煬帝の時代に秘書省の正字になったが辞め、唐の高祖の武徳初年に門下省の待詔になったが足の病を口実にして辞めた。黄河のほとりに隠棲して東皐子と号し自由な生活を送った。阮籍・陶淵明を慕い、虚飾を廃して素朴な詩を作ろうとした。 |
| 駱賓王 | らく・ひんおう | 640?〜684 | 婺州義烏（浙江省義烏県）の人。初め道王（高祖の第三子）の府の属官となり、武功（陝西省武功県）、長安の主簿を歴任し、臨海（浙江省臨海県）の丞に左遷され、不満を抱いて官を辞した。則天武后に反抗した徐敬業に従い、敗れて行方知らずとなった。五言詩に優れ、王勃・楊炯・盧照鄰とともに「初唐の四傑」と称せられる。「帝京篇」は絶唱ともてはやされた。 |
| 杜審言 | と・しんげん | 648?〜708 | 字は必簡。襄州襄陽（湖北省襄陽県）の人。また京兆（陝西省西安市）の人とも。咸亨元年（六七〇）の進士。隰城（山西省汾陽県）の尉から洛陽の丞になるなど諸職を歴任し、則天武后の政権が倒れると、神竜元年（七〇五）には峰州（北ベトナムのハノイ付近）に流され、のち都に帰った。杜甫の祖父に当たる。五言詩を得意とし、詩風は初唐一般の綺麗さを持つ。 |
| 王勃 | おう・ぼつ | 650〜676 | 字は子安。降州龍門（山西省河津市）の人。皇族の闘鶏を風刺する檄文を書いて高宗の怒りに触れ、免職して蜀（四川省）を放浪。のち罪を犯した官奴をかくまい、露見を恐れてこれを殺し、死刑の判決を受けた。大赦によって救われたが、父は交趾（ベトナムハノイ付近）に左遷され、父を見舞う途中海に落ちて死んだ。「初唐の四傑」の一人。詩は清新な句が多く、才気あふれる。文章を立ちどころに作るので「腹稿」と言われた。 |
| 楊炯 | よう・けい | ?〜692 | 字不詳。華陰（陝西省華陰）の人。顕慶六年（六六一）十二歳で神童科に及第、上元二年（六七五）の進士。校書郎、崇文館学士、詹事司直などを歴任し、則天武后の時代に梓州（四川省三台県）におとされた。王勃・盧照鄰・駱賓王とともに「初唐の四傑」と称される。「従軍行」などの優れた辺塞詩を残している。 |
| 劉希夷 | りゅう・きい | 651〜679? | 字が廷芝ともいい、名が庭芝ともいう。汝州（河南省臨汝県）の人。また穎川（河南省許昌市）の人とも。上元二年（六七五）の進士。美男子で談笑を好み、琵琶をよくし、大酒のみで、世のならわしに従わなかった。三十になる前、人の手にかかって殺された。詩には六朝の華麗さを帯び、従軍・閨情の詩をよくし、哀苦の思いを詠う。 |
| 宋之問 | そう・しもん | 656?〜713 | 字は延清。汾州（山西省汾陽県）の人。則天武后の時代に権臣張易之に取り入って宮廷詩人として活躍し、沈佺期と並んで「沈宋」と称せられた。とくに五言詩に長じ、律詩の完成に功績があった。張易之らが失脚すると宋之問も嶺南に流された。 |
| 沈佺期 | しん・せんき | 656?〜714 | 字は雲卿。相州内黄（河南省内黄県）の人。上元二年（六七五）の進士。則天武后の時代、宮廷詩人として活躍した。中宗の時代、収賄の罪で驩川（北ベトナム）に流され、戻されて、起居郎、修文館直学士から中書舎人、太子少詹事に至った。律詩の完成に力を尽くし、七言律詩に優れる。宋之問と「沈宋」と言われる。 |

| 詩人 | よみ | 生没年 | 略歴 |
| --- | --- | --- | --- |
| 陳子昂 | ちん・すごう | 661〜702 | 字は伯玉。梓州射洪（四川省射洪県）の人。若いころは狩猟や賭博に明け暮れていたが、のちに勉学にはげみ、洛陽に上って開耀二年（六八二）進士に及第、右拾遺、武攸宜将軍などを歴任し、聖暦元年（六九八）老父に仕えるべく郷里に帰った。陳子昂の家の財産に目をつけた県令の段簡にとらえられ、四十二歳で獄死した。李白、杜甫など盛唐詩の先駆をなす、初唐の革新的詩人。 |
| 蘇頲 | そ・てい | 670〜727 | 字は廷碩。雍州武功（陝西省武功県）の人。調露二年（六八〇）の進士。中宗の時代に中書舎人などを歴任し、玄宗の時代には宰相にまでなった。父のあとを継ぎ許国公に封ぜられた。文学でも名を馳せ、燕国公の張説と並んで「燕許大手筆」と言われた。 |
| 盧僎 | ろ・せん | ?〜? | 臨漳（河南省臨漳県）の人。中宗のころ聞喜（山西省聞喜県）の尉から集賢院学士、吏部員外郎を歴任した。 |
| 賀知章 | が・ちしょう | 659〜744 | 字は季真。則天武后のときに進士に合格し、秘書監などを歴任。李白を一目見て「謫仙人（人間世界に流謫された仙界の人）」と呼んだという。杜甫の「飲中八仙歌」で筆頭に数えられる酒飲みで、自ら「四明狂客」と号した。八十歳を過ぎて官を辞めて故郷に帰るとき、玄宗に褒美に何がよいか問われて、故郷の湖（鏡湖）を一つもらった。 |
| 張説 | ちょう・えつ | 667〜730 | 字は説之、または道済。微賤の出だったが才能によって出世し、玄宗の信任が厚く、太平公主の事件に功があり、中書令になった。開元時代の名宰相の一人で、燕国公に封ぜられた。三十年にわたって文壇の第一人者であり、許国公の蘇頲と並んで「燕許の大手筆」と言われた。 |
| 張九齢 | ちょう・きゅうれい | 678〜740 | 字は子寿。一名博物。韶州（広東省曲江県）の人。長安二年（七〇二）の進士。校書郎、左拾遺を経て中書舎人に進み、中書令にまで登ったが、のちに推挙した人が朝廷で人を殺したことから、荊州（湖北省江陵）に左遷された。その詩は古雅で清致。 |
| 王翰 | おう・かん | 687〜726 | 字は子羽。并州（山西省太原）の人。景雲元年（七一〇）の進士。若いときから酒やばくちを好み、才を鼻にかけて人に驕るところがあった。張説に認められて駕部員外郎に抜擢されたが、張説の失脚とともに汝州刺史に追われた。素行が収まらず道州（湖南省道県）で没した。 |
| 崔国輔 | さい・こくほ | 687〜755 | 字は不詳。山陰（浙江省紹興市）の人とも、呉郡（江蘇省蘇州）の人ともいう。開元十四年（七二六）の進士。集賢院直学士、礼部員外郎に進み、近親者の事件に坐して竟陵（湖北省天門県）司馬に左遷された。詩文はつやがあって清楚。短い楽府に優れる。 |
| 孟浩然 | もう・こうねん | 689〜740 | 名は浩、字は浩然ともいわれる。襄陽（江北省襄樊市）の人。襄陽の鹿門山に隠棲し、また各地を放浪した。四十歳ころ都に出て王維、張九齢、李白らと親しく交わった。山水詩をよくし、王維とともに「王孟」と並び称される。 |
| 崔恵童 | さい・けいどう | ?〜? | 山東省博州の人。玄宗の第四皇女晋国公主を妻に迎え、駙馬都尉となった。王維の輞川荘と川一つ隔てた対岸に玉山草堂を営み、兄の孝童や昆弟の敏童らとともにしばしば宴集吟遊して楽しんだ。 |

| 詩人 | よみ | 生没年 | 略歴 |
| --- | --- | --- | --- |
| 張敬忠 | ちょう・けいちゅう | ?〜? | 字、出身など不詳。張仁愿が朔北にいたとき、御史張敬忠を用いて軍事にあずからしめ、のち開元年間に平廬節度使となった、という。 |
| 王湾 | おう・わん | 692〜750? | 字は不詳。洛陽（河南省）の人。二十歳ころ進士となる。滎陽（河南省）の主簿から宮中の図書校訂に従事し、のち洛陽の尉となった。 |
| 崔顥 | さい・こう | 704〜754 | 字は不詳。汴州（河南省開封市）の人。開元十一年（七二三）の進士。天宝中、司勲員外郎、太僕寺丞に至った。秀才だが、人物は軽薄で、妻を何べんも取り替えたという。若いころは浮艶な詩を作っていたが、晩年は風骨凛然とした詩を作った。 |
| 王之渙 | おう・しかん | 688〜742 | 字は季陵。絳郡（山西省新絳県）の人。若いころは侠客気取りだったが、のち読書に専念して十年、文名を馳せたという。王昌齢、高適と親交があり、冬のあるとき、料亭で芸妓の歌う詩で三人の優劣を定めようということになり、王昌齢の絶句が二首、高適の絶句が一首歌われ、最後に王之渙があの美人がおれの詩を歌うと言うと「涼州詞」が歌われたという（旗亭画壁）。 |
| 王昌齢 | おう・しょうれい | 698〜755? | 字は少伯。長安（陝西省西安市）の人。一説に太原の人、江寧の人とも。開元十五年（七二七）進士に及第。役人となり、地方に左遷された。七言絶句に優れ、「詩家の夫子王江寧」と称せられ、「辺塞詩人」「閨怨詩人」とも呼ばれる。 |
| 王維 | おう・い | 699?〜761 | 字は摩詰。太原（山西省太原市）の人。幼少より詩・画・音楽の才を発揮し、十五で長安に出て社交界で名を馳せた。開元七年（七一九）二十一歳で進士に及第。以後役人生活を送る。安禄山の乱（七五五）のとき賊軍に捕えられ無理やり官職に就けさせられ、乱の収束後死罪となったが死を免れ、その後は順調に出世して尚書右丞となった。自然を愛し、輞川荘で閑適の時を過ごした。陶淵明の詩の流れを汲み、自然派詩人と称される。篤く仏教を信仰し「詩仏」と称される。 |
| 李白 | り・はく | 701〜762 | 字は太白。青蓮居士と号した。父は西域の商人といわれる。幼少時、蜀の青蓮郷（四川省綿陽市）で過ごし、二十五歳のとき蜀を出て官職を求めつつ各地を放浪。四十二歳のとき翰林供奉となったが、三年ほどで讒言によって長安を追われた。四十四歳のとき洛陽で杜甫と出会い一緒に旅をした。仕えた永王璘が逆族とされたため、夜郎に流されたが途中恩赦され、当塗のあたりまで戻り、六十二歳で没した。酒を愛し、仙界にあこがれ、豪放磊落、躍動感に富む明るい詩が多く、長編の古詩や楽府、七言絶句に長じた。「詩仙」と称された。 |
| 高適 | こう・せき | 709?〜765 | 字は達夫。滄州渤海（河北省滄県）の人。若いころは無頼の生活をしていたが、中年になって発憤し、詩を学んでたちまち名声を挙げた。安史の乱のとき手柄を立て、高官に上った。西川節度使（蜀の長官）のとき杜甫の庇護者となった。詩は辺塞詩に巧み。 |
| 李華 | り・か | 715?〜766 | 字は遐叔。趙州賛皇（河北省賛皇県）の人。開元二十三年（七三五）進士。監察御史になったが、楊国忠に逆らって右補闕に移された。安禄山の乱のとき母を救い出そうとして賊軍にとらえられ、迫られて鳳閣舎人になったため、乱の平定後、杭州司戸参軍におとされたが、節義を汚したことを恥じて江南に隠退した。 |

| 詩人 | よみ | 生没年 | 略歴 |
|---|---|---|---|
| 常建 | じょう・けん | 708～? | 字は不詳。長安（陝西省西安市）の人。開元十五年（七二七）の進士。昇進が遅いのに不満を抱き、琴や酒に気をまぎらせ、紫閣などの名山を訪ね歩いた。晩年は鄂渚（湖北省武昌市）に隠棲し、王昌齢、張僨らを招いて自由に暮らして名声をあげた。孟浩然や王維と同様に山水の美を詠うことに優れていた。 |
| 儲光羲 | ちょ・こうぎ | 742前後 | 袞州（山東省滋陽市）の人。開元十四年（七二六）の進士。監察御史となったが、安禄山に仕えたため、乱平定後、嶺南（広東省）に流されて没した。詩は王維と似る。 |
| 杜甫 | と・ほ | 712～770 | 字は子美。少陵と号した。晋の杜預の子孫で、初唐の杜審言の孫に当たる。三十三歳、洛陽で李白と出会い、親交を結ぶ。幾度も科挙を受けたが及第できず役人生活に恵まれなかった。安禄山の乱（七五五）によって社会は益々疲弊し、食糧不足のため妻子を連れて各地を流浪した。成都（四川省）で草堂を築いて生活した時期が唯一平穏だった。夔州での「秋興八首」は七言律詩の傑作とされる。誠実な人柄と儒教的な信念から「詩聖」と称され、社会派詩人とも称される。 |
| 岑参 | しん・じん | 715～770 | 字は不詳。荊州（湖北省江陵県）の人。苦学して三十歳ころ進士に及第。長く辺塞地域で生活し、その体験や珍しい風物を詩に詠って、高適、王昌齢、王之渙とともに「辺塞詩人」と称された。西域従軍の体験に基づいた七言歌行にユニークな作品がある。嘉州（四川省楽山市）の刺史（長官）の任期が終わり、都に帰る途中で病死した。 |
| 金昌緒 | きん・しょうしょ | ?～? | 伝記不詳。 |
| 張謂 | ちょう・い | 721～780? | 字は正言。河内（河南省沁陽）の人。天宝二年（七四三）の進士。節度使の幕下に加わり北方に従軍したが、罪に問われ薊門（河北省北京付近の土城関）のあたりを放浪した。のち無実と判明して、乾元（七五八～七五九）以降、尚書侍郎、礼部侍郎、知貢挙などを歴任して、潭州（湖南省長沙）に左遷された。 |
| 戴叔倫 | たい・しゅくりん | 732～789 | 字は幼公。潤州金壇（江蘇省金壇県）の人。湖南江西節度使の李皐に仕え、のち撫州（江西省臨川県）刺史、容春（広西僮族自治区の東部）経略使となって治績をあげた。晩年辞職して道士となった。 |
| 耿湋 | こう・い | 736～787 | 字は洪源。河東（山西省永済県）の人。宝応二年（七六三）の進士。左拾遺に至った。「大暦十才子」の一人に数えられる。 |
| 司空曙 | しくう・しょ | 740～790? | 字は文明。広平（河北省広平県）の人。長林県（湖北省荊門県）の丞などを経て左拾遺となり、貞元初年（七八五）ころ水部老中から虞部郎中に至った。潔癖な性格で権臣に媚びず、長沙（湖南省長沙県）のあたりに流寓していたこともある。銭起らとともに大暦十才子の一人に数えられる。 |
| 張継 | ちょう・けい | ?～? | 字は懿孫。襄州（湖北省襄樊市）の人。七五三年の進士。節度使の幕僚から中央に官を得て検校祠部郎中に至る。「楓橋夜泊」の一首で有名。 |

| 詩人 | よみ | 生没年 | 略歴 |
| --- | --- | --- | --- |
| 盧綸 | ろ・りん | 739〜799? | 字は允言。河中（山西省永済県）の人。「大暦十才子」の一人に数えられる。進士には及第しなかったが、重臣に才を認められ、監察御史や検校戸部老中になっている。 |
| 李益 | り・えき | 746〜829 | 字は君虞。隴西姑蔵（甘粛省武威県）の人。大暦四年（七六九）の進士。地方官を歴任し、召されて秘書少監・集賢殿学士に抜擢され、礼部尚書に至った。七言絶句の評判が極めて高く、一首できるごとに楽人たちが買い求めて楽曲にのせたり、好事家たちが屏風絵に描かせたりしたという。 |
| 劉長卿 | りゅう・ちょうけい | 710?〜785? | 字は文房。河間（河北省河間県）の人。開元二十一年（七三三）の進士。中央・地方の要職を歴任したが、権力者に逆らい、二度左遷された。五言詩に長じ、自ら「五言の長城」と称した。 |
| 銭起 | せん・き | 722〜780? | 字は仲文。安禄山の乱の少し前に進士に及第した。駆け出しのころ長安の南の藍田の尉（事務官）となり、輞川荘の王維のもとに出入りしたこともある。「大暦十才子」の一人で、詩は繊細で美しい。 |
| 韋応物 | い・おうぶつ | 737〜792 | 字は義博。長安京兆（陝西省西安市）の人。名門の出身だが、若いころ遊侠に身を投じ、玄宗の警備兵を務めた。安禄山の乱で職を失ってから勉学に励み、地方官を歴任した。詩は王維、孟浩然の流れを汲み、柳宗元と併せて「王孟韋柳」と称される。白楽天は「詩情亦た清閑」と述べている。 |
| 孟郊 | もう・こう | 751〜814 | 字は東野。性格が人と合わず、若いころ嵩山（河南省）に隠れ、五十歳近くなって進士に及第した。溧陽（江蘇省）の尉となったが、世渡り下手で生涯不遇だった。思考をとぎすまし、鬼気迫る詠いぶりで、同じく韓愈門下の賈島とともに「郊寒島痩」と評せられる。 |
| 王建 | おう・けん | 766?〜830? | 字は仲初。または仲和。穎川（河南省許昌市）の人。大暦十年（七七五）の進士。渭南県尉、秘書郎などを歴任し、地方に出て陝州司馬となる。白楽天や劉禹錫と交わり、張籍とは親友だった。ともに韓愈の門下で、「張王」と称された。風刺の効いた楽府を得意とし、宮詞（宮中の女性の心情や生活を詠う）の名手だった。 |
| 張籍 | ちょう・せき | 766?〜830? | 字は文昌。和州烏江（安徽省和県）の人。また蘇州呉県の人ともいう。韓愈に才能を認められ、その門下生となる。貞元十五年（七九九）の進士。秘書郎、水部郎中、国子博士を歴任し、国子司業に終わった。詩風は白楽天・元稹に近く、とくに楽府に長じ、王建と並称して「張王の楽府」といわれる。 |
| 韓愈 | かん・ゆ | 768〜824 | 字は退之。文公と諡された。南陽（河南省修武県）の人。貞元八年（七九二）二十五歳で進士に及第したが、上級試験には落第し、十年後にようやく官を得た。その後も剛直な性格からしばしば左遷された。官は京兆尹、吏部侍郎などを歴任。詩は晦渋で難解なものが多いが、小品には親しみやすいものがある。柳宗元とともに古文復興を提唱し、後進を導いて、孟郊、賈島、李賀ら多くの詩人たちを門下から輩出した。 |

| 詩人 | よみ | 生没年 | 略歴 |
|---|---|---|---|
| 薛濤 | せつ・とう | 768〜831 | 字は洪度。もと長安の良家の娘だったが零落して成都で楽妓となった。詩に巧みで、名士との交わりも多く「女校書」と呼ばれた。晩年浣花渓に住み、そこで作った紙は「薛濤箋」としてもてはやされた。魚玄機とともに唐代を代表する女流詩人で、詩は繊細な抒情を詠う。 |
| 楊巨源 | よう・きょげん | ?〜833 | 字は景山。蒲中（山西省蒲県）の人。また河中（山西省永済県）の人とも。貞元五年（七八九）第二位で進士に及第。虞部員外郎から太常博士、礼部員外郎を経て国子司業となった。詩は声律に力を入れ、長編の詩は彫琢を凝らし、絶句には清らかな趣きがある。 |
| 劉禹錫 | りゅう・うしゃく | 772〜842 | 字は夢得。中山（河北省定県）の人。貞元九年（七九三）二十二歳、柳宗元とともに進士に及第。王叔文らの政治改革に参加し、永貞元年（八〇五）王叔文が失脚すると、朗州（湖南省常徳市）司馬に左遷された。のち中央に戻されたがふたたび連州（広東省連県）に左遷された。のち官は検校礼部尚書に至った。晩年、親交のあった白楽天に「詩豪」と言われ「詩のあるところには神仏の護持がある」と讃えられたという。 |
| 柳宗元 | りゅう・そうげん | 773〜819 | 字は子厚。河東（山西省永済県）の人。貞元九年（七九三）二十一歳で進士に及第。要職を歴任するが、永貞元年（八〇五）王叔文らの失脚にともない、永州（湖南省永州市）に左遷された。十年後いったん中央に復帰するが、また柳州（広西壮族自治区柳州市）に左遷され、その地で没した。自然詩に優れ、王維、孟浩然、韋応物とともに「王孟韋柳」と称される。散文では、韓愈とともに古文復興を提唱し「韓柳」と並称される。 |
| 白楽天 | はく・らくてん | 772〜846 | 名は居易。楽天は字。香山居士、酔吟先生と号した。下邽（陝西省渭南県）の人。貞元十六年（八〇〇）二十九歳で進士に及第。上級試験にも合格して役人となり、のち翰林学士や左拾遺などの要職に就いた。元和十年（八一五）上書をとがめられて江州司馬に左遷され、のち忠州にも左遷され、杭州、蘇州の刺史を歴任し、刑部尚書に至った。晩年は洛陽に住み、郊外の香山寺の僧侶と親交を結び、香山居士と称した。若いころは社会風刺の「新楽府」「秦中吟」を盛んに作ったが、江州左遷以後は閑適・感傷の詩を多く作った。『白氏文集』は日本にも将来され、日本文学に大きな影響を与えた。 |
| 元稹 | げん・じん | 779〜831 | 字は微之。河南洛陽（河南省洛陽市）の人。九歳で詩に巧みで、十五歳で明経科に及第、上級試験にも通って穆宗のとき宰相に上った。直情径行のため人の恨みを買いやすく、役人生活は起伏が激しかった。白楽天と親交があり、ともに分かりやすい詩を作った。二人の唱和詩も多く「元白」と並称されたが、一方で「元軽白俗」と酷評もされた。自身の恋愛体験をもとにした伝奇小説『鶯鶯伝』がある。 |
| 李賀 | り・が | 790〜816 | 字は長吉。福昌（河南省福昌県）の人。韓愈の推薦を受けて進士の試験を受けるが、李賀の才を妬む者から横やりがあり、受験できなかった。元和六年（八一一）奉礼部の職を得たが、同八年（八一三）病気のせいもあり辞職して故郷の昌谷に帰った。杜牧は『李賀詩集』の序に「創作における踏みならされた道筋をまったく無視した」と記す。李賀の詩は奇異な用語や表現に富み、中唐の「鬼才」と呼ばれている。 |

| 詩人 | よみ | 生没年 | 略歴 |
| --- | --- | --- | --- |
| 賈島 | か・とう | 779〜843 | 字は浪（閬）仙。范陽（河北省涿県）の人。科挙に落第し、出家して無本と号した。元稹・白楽天の平易・通俗的な詩風に反発して奇僻の句を求めて苦吟した。韓愈に認められて還俗し、進士にも及第したが、官途には恵まれず地方の小官で終わった。苦吟派といわれる詩風で、友人の孟郊と並称され「郊寒島痩」と評せられる。 |
| 李紳 | り・しん | 772〜846 | 字は公垂。亳州（安徽省亳県）の人。元和元年（八〇六）の進士。翰林学士などを歴任し、李徳裕、元稹と交わり「三俊」と称せられた。のち宰相になり、文粛と諡された。 |
| 寒山 | かん・ざん | ?〜? | 社会に背を向け自然と一体となって暮らした隠者。生卒年は未詳。一説に、寒山という一人の人物ではなく、七〜八世紀、天台山（浙江省）の国清寺に寄寓し、近在の寒山に棲んだ奇人たちによって形作られた南宗禅の思想の影響のもとに詠われた詩の総称を寒山詩という。 |
| 菅原道真 | すがわらのみちざね | 845〜903 | 平安時代の学者、政治家、詩人。菅公または菅丞相と称される。文章博士（もんじょうはかせ）・大学頭（だいがくのかみ）の家に生まれ、三十三歳で博士となった。宇多天皇の寛平三年一月十三日、讃岐守から抜擢されて蔵人頭（くろうどのかみ）となり、その後次々と出世し、五十五歳で右大臣になったが、左大臣藤原時平（ふじわらのときひら）の讒言によって太宰権帥（だざいごんのそつ）に左遷され、延喜三年二月二十五日配所で没した。享年五十九歳。中唐の白楽天を学び、漢詩を日本の文学にまで高めた。 |
| 許渾 | きょ・こん | 791〜854 | 字は用晦。潤州丹陽（江蘇省丹陽県）の人。苦学して、太和六年（八三二）進士に及第。各地で善政を行い、晩年、潤州の丁卯橋のほとりに隠居した。 |
| 杜牧 | と・ぼく | 803〜852 | 字は牧之。攀川と号した。京兆万年（陝西省西安）の人。太和二年（八二八）二十六歳で進士に及第して、エリート官僚のコースを踏み出すが、眼病の弟を抱えて、各地の地方官をつとめることが多かった。若いころ揚州で浮き名を流し、風流才子ともてはやされた。詩は軽妙洒脱で七言絶句をよくした。杜甫を「老杜」と呼ぶのに対して「小杜」と称される晩唐第一の詩人。 |
| 于武陵 | う・ぶりょう | 810?〜? | 名は鄴。字は武陵。宣宗の大中年間（八四七〜八五九）進士に及第したが、役人勤めが性に合わず、琴と書を携えて各地を放浪した。洞庭湖、湘江一帯の風物をとくに愛したという。晩年は、嵩山（河南省洛陽市の東南）の南に隠棲した。旅の孤独、さすらいの悲しみを詠う詩が多い。 |
| 温庭筠 | おん・ていいん | 812〜872? | もとの名は岐。字は飛卿。若くして文才があったが、素行が悪く、試験場で他人の答案を代作してやったり、遊里を飲み歩いて警官と喧嘩したりした。科挙のとき、詩の問題を前にして八度腕組みすると八韻の詩ができ上がったので「温八叉」と呼ばれたという。晩唐期を代表する詩人で、李商隠とともに「温李」と並称される。音楽にも通じ、詞の作者としても有名。 |
| 李商隠 | り・しょういん | 813〜858 | 字は義山。玉渓生と号した。懐州河内（河南省沁陽市）の人。開成二年（八三七）の進士。若いとき知遇を受けた令狐楚の属する牛僧孺一派と、李商隠の岳父の属する李徳裕一派による牛李の党争の間にあって、どちらにも属さず不遇だった。七言律詩に優れ、典故のある語を連ねて独特の風格がある。「無題」と題する詩に恋愛を詠う。温庭筠と並び称される晩唐の代表詩人。 |

| 詩人 | よみ | 生没年 | 略歴 |
| --- | --- | --- | --- |
| 趙嘏 | ちょう・か | 810?〜856? | 字は承祐。山陽（江蘇省淮安県）の人。会昌四年（八四四）の進士。詩人としての名は高かったが、官は低くかった。「残星幾点雁塞を横ぎり、長笛一声人楼に倚る」の句が杜牧に激賞され、人々に「趙倚楼」と呼ばれた。 |
| 高駢 | こう・べん | 821?〜887 | 字は千里。幽州（河北省北京市西南）の人。軍の名家の出で乗馬弓剣に習熟した。各地の節度使を歴任、また唐末の黄巣の乱（八七五〜八八五）の討伐にも功があり、淮南地方を占領して覇をとなえたが、武将畢師鐸に殺された。 |
| 曹松 | そう・しょう | 830?〜901 | 字は夢徴。舒州（安徽省潜山県）の人。天復元年（九〇一）、七十余歳で初めて進士に及第した。七十過ぎの及第者が四人いたので「五老榜」と呼ばれた。詩を賈島に学び、一字一句に苦心して作詩した。 |
| 韋荘 | い・そう | 836〜910 | 字は端己。文靖と諡された。京兆杜陵（陝西省西安市東南）の人。五十九歳で進士に及第したが唐王朝の滅亡に遭い、後蜀の宰相をつとめた。黄巣の乱の惨状を詠った「秦婦吟」で名を馳せ、また新興の「詞（ツー）」の作者でもあった。後蜀時代には、杜甫の旧宅の浣花草堂に住んだ。 |
| 魚玄機 | ぎょ・げんき | 844?〜871? | 字は幼微、また蕙蘭とも。長安の色町に生まれ、のち李億という高級官僚の側室となった。李億に捨てられ女道士になるが、召使を殺した罪で刑死した。森鷗外に小説『魚玄機』がある。 |
| 韓偓 | かん・あく | 842〜923? | 字は致堯。また致光とも。京兆万年（陝西省西安市）の人。龍紀元年（八八九）の進士。中央の要職を歴任して活躍したが、権力者の朱全忠（のちの梁の太祖）に従わなかったため、濮州（山東省濮県）に左遷された。詩は世に対する憤りを詠うものが多いが、男女の情愛や女性美を詠うものも多い。『香匳集』がある。 |
| 杜荀鶴 | と・じゅんかく | 846?〜904? | 字は彦之。池州（安徽省池州市）の人。杜牧の庶子といわれる。大順二年（八九一）進士に及第。翰林学士や主客員外郎、知制誥となった。朱全忠に気に入られたが、傲慢だったので人に憎まれたという。 |
| 荊叔 | けい・しゅく | ?〜? | 年代・事績ともに不明。今に伝わる詩は一首のみ。 |
| 戴益 | たい・えき | ?〜? | 姓名、出身地ともに不詳。宋代の人という。 |
| 王禹偁 | おう・うしょう | 954〜1001 | 字は元之。済州鉅野（山東省鉅野県）の人。農家の出身で、太平興国八年（九八七）の進士。右拾遺、直史館に抜擢されたが、剛直な性格でしばしば上書するなど、ことの理非曲直を厳しく批判したため、数回にわたって官職を降ろされたり、地方に出されたりした。 |
| 林逋 | りん・ぽ | 967〜1028 | 字は君復。仁宗より和靖先生という諡を賜る。通称、林和靖。一生仕官せず、はじめ江淮（江蘇・安徽地方）を放浪し、後に杭州に帰り西湖のほとりの孤山に廬を結んで隠棲した。生涯娶らず、梅の花と鶴を愛し、「梅妻鶴子」と称せられた。詩は警句に富み、清らかで奥深い。作るとすぐ捨てたという。行書や画も巧み。 |

| 詩人 | よみ | 生没年 | 略歴 |
| --- | --- | --- | --- |
| 蘇舜欽 | そ・しゅんきん | 1008～1048 | 字は子美。開封（河南省）の人。景祐元年（一〇三四）の進士。光禄寺主簿、知長垣県（河北省）から大理評事に移り、集賢校理監進奏院となった。役所の古紙を売って、その金で芸者を呼んで宴を開いたことから弾劾され、失脚し、蘇州（江蘇省）に追放された。蘇州では、五代のときの呉越王銭氏の一族の旧館を四万銭で買って、手入れして滄浪亭と名づけ、読書や詩作にふけった。蘇州の詩には、逆境にありながら、明るい色調の、柔らかな詩がある。 |
| 梅尭臣 | ばい・ぎょうしん | 1002～1060 | 字は聖兪。宣州宛陵（安徽省宣城県）の人。役人としては出世しなかった。詩に情熱を注ぎ、「平淡」の詩風を主張し、日常の身近なもの、例えば蚊、蠅、虱、河豚、蚯蚓、蛙、犬、猫などの小動物まで詠った。欧陽脩は、「オリーブのようにはじめは固くて味がないが、噛むうちにだんだん味が出てくる」と評した。 |
| 邵雍 | しょう・よう | 1011～1077 | 字は尭夫。康節と諡された。共城（河南省耀県）の人。青年時代、共城に近い蘇門山麓の百源に庵を結び学問した。李之才から図書先天象数の学を授けられ、数十年の思索を加えて、象数（図像と数字による易の解釈）を基礎とする独自の壮大な宇宙論を作り上げ、程明道、程伊川兄弟、張横渠らの道学者から兄事された。貧窮を見かねた司馬光から買い与えられた自宅を安楽窩と名づけて、興が湧くまま詩を吟じた。 |
| 欧陽脩 | おう・ようしゅう | 1007～1072 | 字は永叔。酔翁、六一居士と号した。吉州廬陵（江西省吉安市）の人。天聖八年（一〇三二）二十四歳、進士に及第。各官を歴任したのち滁州（安徽省滁州）に出され、その後、揚州（江蘇省揚州市）、穎州（安徽省阜陽市）の知州を経て、翰林学士、権知礼部貢挙に就いて蘇軾、曾鞏らを選抜した。政治家・文学者として多方面に活躍し、散文では中唐の韓愈の文学論を継承して達意の文を目指し、詩では内容のある新しい詩風を提唱した。梅尭臣や蘇舜欽の詩才を高く評価し、宋詩の方向づけをした。 |
| 司馬光 | しば・こう | 1019～1086 | 字は君実。陝州（山西省夏県）の人。涑水郷にいたので涑水先生と呼ばれた。神宗のとき御史中丞となった。が、王安石の新法に反対して退職し、洛陽に隠居した。その間、編年体の『資治通鑑』を著した。哲宗のとき官界に復帰し、太師温国公の称号を贈られ、文正と諡された。 |
| 曾鞏 | そう・きょう | 1019～1083 | 字は子固。建昌南豊（江西省南豊県）の人。それで曾南豊と呼ばれる。嘉祐二年（一〇五七）三十九歳、進士及第。蘇軾兄弟と同期だが、仕官したのは遅い。名文家として知られ、司馬遷・韓愈の文体を学んで当時第一と言われた。「唐宋八大家」の一人に数えられる。 |
| 王安石 | おう・あんせき | 1021～1086 | 字は介甫。半山と号した。撫州臨川（江西省臨川）の人。二十二歳で進士に及第し、神宗に召されて宰相となった。新法によって政治改革を断行し、元豊二年（一〇七九）より鍾山に隠棲した。詩は杜甫の影響を受け、用語・構成などに意を用い、知的で端整。特に絶句は北宋第一とされ、政敵の欧陽脩や蘇軾からも高く評価された。 |

| 詩人 | よみ | 生没年 | 略歴 |
| --- | --- | --- | --- |
| 蘇軾 | そ・しょく | 1036〜1101 | 字は子瞻。東坡居士と号した。眉州眉山（四川省眉山県）の人。父の洵、弟の轍とともに「三蘇」と称される。嘉祐二年（一〇五七）二十二歳で轍とともに進士に及第。王安石の新法に反対したため、左遷させられたり、獄につながれたりし、六十二歳のときには海南島にまで追放されたが、逆境にあっても常に前向きで、詩は明朗闊達である。詩・詞・散文・書・画の各方面に才能を発揮し、料理にも強い関心を示した。 |
| 黄庭堅 | こう・ていけん | 1045〜1105 | 字は魯直。号は涪翁。また山谷道人と号した。分寧（江西省修水県）の人。治平四年（一〇六七）二十三歳、進士及第。国子監教授、校書郎、秘書丞兼国史編修官を歴任した。蘇軾と並んで「蘇黄」と呼ばれる。江西派の祖とされる。草書も巧み。 |
| 秦観 | しん・かん | 1049〜1100 | 字は少游、また太虚。揚州高郵（江蘇省高郵県）の人。出身地から秦淮海と呼ばれた。元豊八年（一〇八五）の進士。若いころから慷慨の気に富み、兵法書を好んだといわれる。蘇軾の知遇を得、蘇門学士の一人に数えられた。元祐三年（一〇八八）、蘇軾の推薦で太学博士となり、国史院編修官として黄庭堅らと『神宗実録』の編纂にあたった。詩は悲哀と感傷が過剰で、そのためか「詞」の作者としての名の方が高い。 |
| 陳師道 | ちん・しどう | 1053〜1101 | 字は履常また無己。後山と号した。徐州彭城（江蘇省銅山県）の人。若年より苦学し、十六歳のとき文を以て曾鞏に謁して知遇を得た。王安石の科挙改革に反対して進士に応じなかった。杜甫に学び、律詩に優れたものが多い。黄庭堅とともに江西詩派の祖とされ、北宋末から南宋初めにかけて大きな影響を与えた。詩論に『後山詩話』がある。 |
| 晁沖之 | ちょう・ちゅうし | ?〜? | 字は用道または叔用。具茨と号した。済州鉅野（山東省鉅野県）の人。晁補之・晁説之らの従弟。承務郎を授けられたが、紹聖年間（一〇九四〜一〇九七）に党禍が起こり、従兄弟たちが相継いで追放されるのを見て、飄然と具茨山（河南省禹県の北）の麓に隠棲した。もっぱら杜甫の詩を学び、江西詩派二十五人の一人に数えられた。南宋の劉克荘は「意度宏闊、気力寛余、詩人の窮餓辛酸の態を一洗した」と評している。 |
| 李清照 | り・せいしょう | 1084〜1151? | 字は易安。早くから文学的な才能を発揮し、十八歳のとき金石学に打ち込む趙明誠と結婚し、夫を助けて『金石録』三〇巻を完成させた。夫は地方官を歴任し、やがて金軍の侵攻に遭い、江南に転居して没した。以後、李清照は江南を転々として、その消息も分からなくなった。生涯と作風は、幸福で豊かな前半生と、孤独で悲しみに満ちた後半生とに分けられる。詞が五十首弱、詩が十五首、文が三篇伝えられている。 |
| 陳与義 | ちん・よぎ | 1090〜1138 | 字は去非。簡斎と号した。洛陽の人。政和三年（一一一三）甲科に及第。北宋末の都の汴京が陥落してのち各地を放浪し、紹興元年（一一三一）杭州の政府に招かれ、兵部員外郎、翰林学士知制誥、参知政事などを歴任した。若いときから詩名が高く、唐詩とくに杜甫を好んだ。黄庭堅・陳師道と並んで、江西派の三宗の一人に名を連ねている。 |
| 陸游 | りく・ゆう | 1125〜1209 | 字は務観。放翁と号した。越州山陰（浙江省紹興市）の人。金に侵略されて一家は放浪し、陸游九歳のとき山陰に落ちついた。生涯金に対する抗戦を主張し、波瀾の役人生活を経たのち、六十六歳で故郷の山陰に隠居した。八十五歳の長寿を保ち、九千二百首の詩を残した。その詩は、陶淵明の自然愛と、杜甫の人間愛を兼ね備えている。 |

| 詩人 | よみ | 生没年 | 略歴 |
| --- | --- | --- | --- |
| 范成大 | はん・せいだい | 1126～1193 | 字は至能。石湖居士と号した。呉県（江蘇省蘇州市）の人。紹興二十四年（一一五四）二十九歳で進士に及第。副宰相にまで昇ったが、病気のため引退し、郷里に帰って石湖の別荘で悠々自適の生活を送った。陸游、楊万里、尤袤（又は蕭徳藻）とともに南宋の四大家に数えられ、紀行文にも優れる。 |
| 楊万里 | よう・ばんり | 1127～1206 | 字は廷秀。誠斎と号した。吉州吉水（江西省吉安市）の人。紹興二十四年（一一五四）の進士。同年の合格者に范成大がいる。要職を歴任したが、剛直な性格と、金に対する徹底抗戦を主張して天子に疎まれ、地方に出されることが多かった。晩年は郷里に隠棲した。詩は「誠斎体」と称され、奇抜な発想のものが多く、口語を積極的に取り入れている。四千二百首あまりの詩を残している。 |
| 徐璣 | じょ・き | 1162～1214 | 字は文淵、または致中。霊淵と号す。家はもと晋江（福建省晋江県）にあったが、父の徐定（一一二八～一一九一）が温州永嘉（浙江省永嘉県）の鮑氏と結婚したあと、永嘉に移り住んだ。武当（湖北省均県）の県令から長泰（福建省泰県）に変わり、着任前に没した。同郷の徐照（霊暉）・翁巻（霊舒）・趙師秀（霊秀）とともに「永嘉の四霊」と呼ばれた。江西派の詩風に反対し、中晩唐風の五言律詩を得意とした。 |
| 趙師秀 | ちょう・ししゅう | ?～? | 字は紫芝。霊秀と号した。温州永嘉（浙江省永嘉県）の人。永嘉四霊の一人に数えられる。地方官を歴任して、高安（江西省高安県）の推官に終わった。 |
| 朱熹 | しゅ・き | 1130～1200 | 字は元晦。晦菴と号した。朱子と称せられる。徽州婺源（江西省婺源）の人。紹興十八年（一一四八）十九歳で進士に及第。哲学者としては、漢や唐に行われた訓詁学（古典の字句の注釈や解釈をする学問）を離れ、形而上学の新しい哲学体系「朱子学」「宋学」を築き、日本の思想界にも大きな影響をおよぼした。詩は、自己の思想を詠み込んだ古体詩の他、情感豊かな近体詩にも優れる。 |
| 方岳 | ほう・がく | 1199～1262 | 字は巨山。秋崖と号した。祁門（安徽省祁門県）の人。紹定五年（一二三二）の進士。吏部侍郎、秘書郎正丞となり、出て淮閫参議官となり、南康（江西省南康県）軍知、袁州（江西省宜春県）の知となった。才気鋭く、名言佳句を多く生み出した。江湖派の詩人で劉克荘と名声が並ぶ。農村の風景、農民の生活を詠う詩が多い。 |
| 文天祥 | ぶん・てんしょう | 1236～1282 | 南宋末の忠臣。字は宋瑞、履善、号は文山。忠烈と諡された。吉州廬陵（江西省吉安県）の人。二十一歳のとき状元（首席）進士に及第。徳祐元年（一二七五）義勇軍に加わって元軍と戦い、右丞相（宰相）に任じられたが、敗れて捕虜となり大都（北京）に送られた。元の世祖は帰順を勧めたが応じず、三年間幽閉されたのち殺された。詩は憂国の情がみなぎり、特に獄中での作「生気の歌」が有名。 |
| 真山民 | しん・さんみん | ?～? | 姓名、出身地ともに不詳。宋末の遺民で世を逃れ、人に知られることを求めず、自ら「山民」と呼んだ。一説に、宋末に進士に及第したともいう。 |

| 詩人 | よみ | 生没年 | 略歴 |
|---|---|---|---|
| 元好問 | げん・こうもん | 1190～1257 | 字は裕之。遺山と号した。太原秀容（山西省忻県）の人。金の興定三年（一二一九）の進士。鎮平などの知事を経たのち、左司都事、尚書省掾などの官に就いた。金の滅亡後は元に仕えず、金史の資料を収集して『野史』を著し、また金一代の詩の総集『中州集』を編集した。 |
| 趙元 | ちょう・げん | ?～? | 字は宜之。愚軒居士と号した。定襄（湖北省江陵県）の人。若くして童子科に挙げられ、官途に入り、詩人としての名声も高かった。病により失明して官を去ったが、詩はますます巧みになった。 |
| 趙秉文 | ちょう・へいぶん | 1159～1232 | 字は周臣。閑閑居士と号した。別に閑閑老人。磁州滏陽（河北省磁県）の人。大定二十五年（一一八五）の進士。五つの朝に高官として仕え、その名は朝野に聞こえた。詩・文・書・画に秀で、七言古詩は李白・蘇軾に学び、五言古詩は陶淵明・王維に、七言絶句は楊万里に学んだ。 |
| 劉因 | りゅう・いん | 1249～1293 | 字は夢吉。保定容城（河北省清苑県付近）の人。静修と号した。由来は、諸葛亮の「静を以て身を修む」。代々儒者の家に生まれ、はじめは訓詁注釈の伝統的な儒学を修めたが、それに満足せず宋代の新儒学に転じ、北方の儒学の重鎮となった。皇太子チンキンの御所で教官を務めたことがあったが、すぐに辞職した。 |
| 薩都剌 | さつ・とら | 1308?～? | 字は天錫。直斎と号した。蒙古の荅失蛮（タシマン）部族の出身、または中国人の朱氏の出身ともいう。泰定四年（一三二七）の進士。元代第一流の詩人で、豪放剛健と艶麗清新を兼ね備え、近代的な情味もある。詞も多い。魯迅の愛読書であり、日本でも親しまれた。 |
| 趙孟頫 | ちょう・もうふ | 1254～1322 | 字は子昂。松雪道人と号した。湖州（浙江省）の人。宋の太祖の子孫。宋末に小官吏となったが、宋が滅ぶと学問に専念した。元に仕えて世祖に気に入られたが、旧王室の一族から裏切者とされ、世祖の末年自ら身を引いて地方官となった。仁宗アユルバリバトラ（在位一三一一～一三二〇）の時代に宮廷に戻り、皇帝から唐の李白。宋の蘇軾になぞらえられた。文学者としても官僚としても当代一流であるが、書画にも精通して元代第一流の名家と評されることの方が多い。 |
| 范梈 | はん・ほう | 1272～1330 | 字は亨父、または徳機。清江（江西省峡江付近）の人。早く孤児になり、母親に育てられた。貧しかったので易者をして生活していたが、三十六歳で北京に出て、次第に名が広まり、多くの名士と交際し推薦されて翰林院に入った。後半生は清廉な官僚として評判が高い。 |
| 楊維楨 | よう・いてい | 1296～1370 | 字は廉夫。鉄崖、東維子と号した。山陰（浙江省紹興）の人。泰定四年（一三二七）の進士。学者としても詩人としても当代一流とされたが、非妥協的な性格のため、官界では出世できなかった。元末の戦乱時、松江（江蘇省）に居を移し、詩酒に明け暮れ、妓女を集めて自由奔放に振る舞った。奇をてらう傾向もあり、「文妖」と批判された。 |
| 袁凱 | えん・がい | 1316?～? | 字は景文。海叟と号した。華亭（上海市松江県）の人。元末に「白燕」の詩で名声を得、「袁白燕」と呼ばれた。明初に監察御史となったが、太祖に疎まれ、病と称して帰隠した。明初の代表的な詩人で、古文辞派「前七子」の先駆けである。 |

| 詩人 | よみ | 生没年 | 略歴 |
| --- | --- | --- | --- |
| 高啓 | こう・けい | １３３２〜１３７０ | 字は季迪。青邱と号した。長洲（江蘇省蘇州市）の人。明の洪武帝に招かれて『元史』の編纂に携わった。三年後、戸部侍郎（大蔵次官）に抜擢されたが、辞退して故郷へ帰った。友人の謀反の罪に連座して腰斬の刑に処せられた。一説に、七言絶句「宮女の図」が太祖の好色を風刺していたので、太祖の怒りに触れたのだという。詩は清新雄健で明代第一といわれる。楊基、張羽、徐賁とともに「呉中の四傑」ともいう。 |
| 釋宗泐 | しゃく・そうろく | １３１８〜１３９１ | 俗名は季潭。明代の詩僧で、全室和尚とも呼ばれる。日本の五山の絶海中津の師で、名づけ親でもある。詩は陶淵明の面影があると称せられる。 |
| 沈周 | しん・しゅう | １４２８〜１５０９ | 字は啓南。石田、白石翁と号した。長洲（江蘇省蘇州）の人。一生仕官せず、蘇州郊外の地主として糧長（徴税請負人）をつとめ、農民と苦楽をともにした。群書を博覧し、文は左伝、詩は白楽天・蘇軾・陸游、書は黄庭堅を学んだ。画は元の末の四大家（呉鎮・黄公望・王蒙・倪讃）を継いで明代第一とされる。芸術を追求する文人の生き方は、唐寅、祝允明、文徴明らに受け継がれた。 |
| 唐寅 | とう・いん | １４７０〜１５２３ | 字は子畏。また伯虎。呉県（江蘇省蘇州市）の人。六如居士、逃禅仙吏などと号した。弘治十一年（一四九八）南京郷試に首席で合格したが、翌年の会試に試験問題漏洩事件に巻き込まれて投獄された。その後は桃花塢に家を建て「江南第一風流才子」と称して気ままに暮らした。詩・文・書・画に巧み。 |
| 王守仁 | おう・しゅじん | １４７２〜１５２８ | 字は伯安。諡は文成。余姚（浙江省余姚市）の人。郷里の陽明洞に書斎を築いて読書したことから、陽明先生と呼ばれる。弘治十二年（一四九九）の進士。龍場で悟りを得て、知行合一、良知良能を説いた。儒教の実践を重んじる陽明学の祖。政治家でもあり、諸官を歴任し、寧王朱宸濠の乱を平らげて軍功があった。徐禎卿の墓銘を書いている。 |
| 李夢陽 | り・ぼうよう | １４７２〜１５２９ | 字は献吉。空同と号した。慶陽（甘粛省慶陽県）の人。弘治七年（一四九四）の進士。皇后の兄の不正を糾弾して投獄された。死は免れたが、のち権力者の劉瑾を弾劾して山西布政司に左遷され、命をねらわれた。劉瑾の死後、もとの官に復したが、同僚とのいざこざから停職処分となった。朱宸濠の叛乱のとき、以前朱宸濠のために書いた文が問題となり、逮捕され、釈放の後身分を奪われ、まもなく没した。明代古文辞派「前七子」の領袖で、唐詩の復興を鼓吹した。 |
| 徐禎卿 | じょ・ていけい | １４７９〜１５１１ | 字は昌穀。呉県（江蘇省蘇州市）の人。家に一書も持たないのに、知らないことはなかった。親友の唐寅によって、沈周や楊循吉に紹介され、名を知られた。弘治十八年（一五〇五）の進士。大理寺左寺副より国子博士に貶せられた。詩は、白楽天・劉禹錫を好み、六朝の艶麗を喜んだが、北京で李夢陽・何景明らと交わり、漢魏盛唐の詩風へと傾いた。詩論を論じた『談芸録』がある。 |

| 詩人 | よみ | 生没年 | 略歴 |
|---|---|---|---|
| 李攀竜 | り・はんりょう | 1514〜1570 | 字は于鱗。滄溟と号した。歴城（山東省歴城県）の人。嘉靖二十三年（一五四四）の進士。明代中期以降の「古文辞」と呼ばれる擬古主義の主導者で、文は秦漢を、詩は盛唐を手本とした。七言律詩に巧みで、王世貞、謝榛らとともに「後七子」に数えられる。『唐詩選』の編者とされるが、序文を書いただけとも言われる。七絶七律は格調高い。 |
| 王世貞 | おう・せいてい | 1526〜1590? | 字は元美。鳳州、弇州山人と号した。太倉（江蘇省）の人。嘉靖二十六年（一五四七）の進士。「文は秦漢、詩は盛唐」をスローガンとして古文辞復興を主張し、一世を風靡した。李攀竜・呉国倫ら主導的な七人を「古文辞派後七子」といい、その領袖。古文辞の主張は江戸時代の荻生徂徠に影響を与えた。詩風は、晩年になると変化し、白楽天・蘇軾の詩を愛し、装飾過多が次第に平淡に赴いた。 |
| 袁宏道 | えん・こうどう | 1568〜1610 | 字は中郎。石公と号した。公安（湖北省公安県）の人。万暦二十年（一五九二）の進士。呉県の知事から、順天府教授、国子監助教、礼部儀制司主事などを歴任し、吏部稽勲郎中に至った。呉県当時一世を風靡していた古文辞派（後七子）の文学を否定し、文学は真情を吐露すべきであるという「性霊説」を主張した。兄の宗道（字は伯修）、弟の中道（字は小修）とともに「公安三袁」と言われる。 |
| 銭謙益 | せん・けんえき | 1582〜1664 | 字は受之。牧斎、蒙叟と号した。常熟（江蘇省常熟）の人。万暦三十三年（一六一〇）の進士。福王のとき礼部尚書となる。明代古文辞派の文学を徹底的に批判し、文学の重鎮と目された。のち清に仕えて礼部右侍郎となったことから弐臣とされ、著作を処分された。 |
| 呉偉業 | ご・いぎょう | 1609〜1671 | 字は駿公。梅村と号した。太倉（江蘇省太倉県）の人。崇禎四年（一六三一）二十三歳で進士及第、翰林院編集、南京国子監司業となった。三十六歳、崇禎帝に殉じようとしたが果たせず、帰郷。明の滅亡後、四十五歳、北京に召し出されて秘書院侍講、国子監祭酒となり、二年足らずで辞職、帰郷した。終生、清に仕えたことを後悔したという。詩詞に巧みで、その詩風ははじめ艶麗、のちに悲愴なものになった。銭謙益、朱彝尊、王士禎と並び称された。 |
| 朱彝尊 | しゅ・いそん | 1629〜1709 | 字は錫鬯。竹垞と号した。浙江秀水（浙江省嘉興県）の人。五十歳まで、広く中国の奥地まで入り込み、文化遺産を探索し、史実の考証を行った。文学の分野では、王士禛と並称される大家。詩は、典故を多用して晦渋に陥る。詞の作者としても一家をなした。 |
| 王士禛 | おう・ししん | 1634〜1711 | 字は貽上。阮亭、漁洋山人と号した。士禛は本名。死後、世宗雍正帝の諱の胤禛を避けて士正と改められ、さらに乾隆三十年（一七六五）詔によって士禎と名を賜った。諡は文簡。順治十五年（一六五八）の進士。国子監祭酒（国立大学総長）、刑部尚書に至った。詩の「神韻説」を唱え、典故を多用し、品格を重んじ、余韻を尊んだ。 |
| 査慎行 | さ・しんこう | 1651〜1728 | 字は悔余。査田と号した。海寧（浙江省海寧県）の人。康熙四十二年（一七〇三）の進士。若くして黄宗羲に学び『易』に造詣が深く、また山水の間に遊び、感興を詩に詠うことを好んだ。翰林院編修をつとめた。『佩文韻府』の編集にも携わった。 |

| 詩人 | よみ | 生没年 | 略歴 |
| --- | --- | --- | --- |
| 厲鶚 | れい・がく | 1692〜1752 | 字は太鴻。樊榭と号した。銭塘（浙江省杭州）の人。乾隆元年（一七三六）博学鴻詞に推薦されたが試験に落第し、挙人の身分で終わった。家が貧しかったため、裕福な蔵書家に寄寓しながら宋代文学の研究を続け、『絶妙好詞箋』『宋詩紀事』などを著した。 |
| 袁枚 | えん・ばい | 1716〜1797 | 字は子才。号は簡斎。随園先生と称せられた。銭塘（浙江所杭州市）の人。乾隆四年（一七三九）の進士。各地の知事を歴任し、四十歳で官界から身を引き、江寧（江蘇省南京）の小倉山に「随園」という山荘を築いて悠々自適の生活を送った。天才肌の風流人で、「性霊説」を主張して沈徳潜の「格調説」と対立した。七言律詩に長じた。 |
| 陳文述 | ちん・ぶんじゅつ | 1771〜1843 | もとの名は文傑、字は退盦（たいあん）、また雋甫（せんぽ）。雲伯と号した。銭塘（浙江省杭州）の人。嘉慶五年（一八〇〇）の挙人で、各地の長官を歴任した。詩ははじめ西崑体を学んだが、晩年はのびやかな詩風になり、七言歌行に優れる。 |
| 黄景仁 | こう・けいじん | 1749〜1783 | 字は仲則、また漢鏞。鹿非子と号した。武進（江蘇省常州市）の人。童試は首席で及第したが挙人には失敗した。名士の幕客となって禄を得、各地を遊歴した。詩、駢文、書、画に巧みだった。 |
| 張問陶 | ちょう・もんとう | 1764〜1814 | 字は仲冶。船山と号した。遂寧（四川省遂寧県）の人。乾隆十五年（一七九〇）二十七歳で進士に及第。洪亮吉の紹介で八十歳前後になっていた袁枚に会った。そのとき、袁枚は「私が老いながら死ななかったのは、まだ君の詩を読んでいなかったからだ」と言ったという。翰林院検討・吏部郎中などをつとめたのち、山東省の莱州の知事となったが、上官とうまくいかず、嘉慶十七年（一八一二）に退官した。平易で情緒的な詩風は、明治期の日本人に好まれた。 |
| 龔自珍 | きょう・じちん | 1792〜1841 | またの名は鞏祚。字は璱人。定盦と号した。仁和（浙江省杭州市）の人。道光九年（一八二九）の進士。礼部主事などの小官を歴任。思想家・文学者で、近代の改良主義運動の先駆者。詩は豪快で、当時、文字の獄が頻発したため、用語・内容の難解なものも多い。 |
| 黄遵憲 | こう・じゅんけん | 1848〜1905 | 字は公度。広東嘉応（広東省梅県）の人。幼少年時代は太平天国の乱、青年時代は欧米列強の圧力に清朝が弱まっていった時期にあたる。光緒二年（一八七六）順天郷試に及第。来日して明治維新や、日本の政治・文化・教育の歴史と現実に深い興味を寄せ、日本の自由民権運動にも触れ、将来の啓蒙家、中国の維新運動家としての思想を得た。詩は、旧詩の典故や詩語にとらわれず、思いのままに、即今の流俗語を用いて、詠うべきである、とする。 |
| 秋瑾 | しゅう・きん | 1877〜1907 | 清末の女性革命家。山陰（浙江省紹興）の人。日本に留学して革命思想を抱き、孫文らの同盟会に参加。帰国後、紹興の明道女学校などで教鞭を執り、革命に奔走した。光緒三十三年（一九〇七）徐錫麟の巡撫恩銘暗殺事件に連座し、死刑に処せられた。 |
| 魯迅 | ろ・じん | 1881〜1936 | 本名は周樹人。字は豫才。紹興（浙江省紹興府）の人。光緒二十七年（一九〇一）二十一歳で日本に留学。東北大学で医学を学んだが、文学に転向。宣統元年（一九〇九）二十九歳、故郷に帰り、教鞭を執りながら、民国七年（一九一八）文学革命運動が起こると「魯迅」というペンネームで小説『狂人日記』を書く。以後、『阿Q正伝』など多数の小説・随筆を発表。民国十九年（一九三〇）中国左翼作家連盟に加盟し、翻訳や文学史研究を行った。 |

# あとがき

本書は「一冊で読む」シリーズの一つで、当初は漢詩を500首収載する予定でしたが、書き下し文を載せ、大意が大意ですまない部分もあり、400首になりました。白楽天の「長恨歌」や他にも長い詩があります。

日本では漢字だけで書かれている詩を「漢詩」と言い、漢字だけで書かれている文を「漢文」と言います。中国では、例えば漢の時代の詩を「漢詩」、魏の詩を「魏詩」、唐代の詩を「唐詩」、宋代の詩を「宋詩」のように時代ごとに呼び、それらを総称して「中国古典詩」と言っています。日本の「漢詩」は、漢代の詩を指して言うのではなく、中国の古典詩を指していう言葉です。

しかもこの「漢詩」は、中国語の原音で読むのではなく、日本語で読み、覚えられてきました。英語やフランス語などでは、原音で読んで理解するか、原音で読めない場合は翻訳で読みます。ところが漢詩は、訓読します。訓読は、原音を知らなくても内容が理解できる、直接翻訳とも言えるとても便利なものです。そして中国古典詩は訓読すると、そのまま日本の「古典詩」になるのです。原詩を日本語で読み下《くだ》したものをそのまま書いた文が「書き下し文」です。

漢詩漢文はただ読むだけではなく、日本人は本場の中国にも劣らない漢詩漢文を作ってきました。本書の「コラム」に記したように、白楽天の詩の言葉や表現が和文脈の日本文学に利用されたり、菅原道真の詩のような立派な漢詩が作られたりしました。

日本最古の漢詩集は『懐風藻』(七五一年成立)で大友皇子の作品が最初に載っています。当時は六朝や初唐の詩が模倣されていました。平安時代は白楽天の影響が絶大で、菅原道真によって日本漢詩は



唐詩に比肩する水準になりました。鎌倉・室町時代、五代の僧侶は多く宋に留学し、仏教を学び、詩も本場で学びました。五代の時代は宋の蘇軾《そしょく》や黄庭堅《こうていけん》が学ばれました。一休さんも漢詩人で、俗世を超越した詩を残しています。戦国の武将も幼いころから漢詩漢文を学び、詩を作っていました。武田信玄や上杉謙信の名作も残っています。

江戸時代の初期には杜甫《とほ》が学ばれていましたが、後に宋詩が尊ばれ、その後、荻生徂徠が古文辞を提唱し作詩を奨励し、『唐詩選』を勧めました。今日の大学の一般科目の漢文学では、春期に『唐詩選』、秋期に『論語』を学ぶところが多いようですが、『唐詩選』を学ぶのは、江戸時代からの伝統ということでしょうか。江戸の後期には、詩人それぞれが中国

の好みの詩人を学び、個性あふれる詩人が輩出し、独自の詩風を打ち立てました。漢学塾が各地に建てられて漢学を学び、日本全国をめぐって作詩指導する詩人もいました。柏木如亭は東洋のボードレールなどと言われます。

明治になると学者、専門詩人の他に、森鷗外や夏目漱石等の小説家も漢詩漢文を作りました。漱石は十代で漢文がスラスラ書けたので、行く末は漢文作家になろうと思ったと言っています(『木屑録』)。『明暗』執筆中、俗了された心を浄化するため七言律詩を作っていたことはよく知られています。漱石は作詩について『思い出す事など』(五)で次のように言っています。

「詩の趣は王朝以後の伝習で久しく日本化されて今日に至ったもの……風流を盛るべき器が、無作法な十七字と、佶屈な漢字以外に日本で発明されたらいざしらず、……いつでもその無作法とその佶屈とを忍んで、風流を這裏に楽しんで悔いざるものである。」

明治では清の張問陶《ちょうもんとう》の詩が好まれ、作詩には、張問陶から始め、明の高啓《こうけい》に遡り、さらに陸游《りくゆう》に遡るのがよい、という人もいます。明治以前は、詩と言えば漢詩を指しました。

日本での詩の受容、作詩の歴史は長く、漢詩の愛好者は途絶えることはありません。本書の400首を読み、忘れていた詩を思い出し、またあらたな詩風や詩人を発見して是非漢詩を楽しんでいただきたいと思います。本書を手元に置いて、折ふし紐解いていただければ幸いです。

本書は、先人の業績の恩恵を蒙っています。いちいち記しませんが、この場を借りて御礼申し上げます。また原稿を細かくチェックしていただいた編集者の大原彩季加氏にも謝意を表します。

## ま



## み



## む



## め



## も



## や



## ゆ



## よ



## ら



## り



## れ



## ろ



## わ

**す**



**せ**



**そ**



**た**

# 題名索引

# 作者名索引

本書で紹介された作品のなかには、
今日の観点から見ると考慮すべき表現が
含まれる部分が幾つかあります。
これらの表現につきましては、
それぞれの作品が成立した時代の社会状況、
また各作品の文学的な価値に鑑み、
原文そのままといたしました。
差別などを助長する意図がないことを
読者のみなさまに
ご理解いただけましたら幸いです。

（編集部）

編著者紹介

**鷲野正明**（わしの・まさあき）

長岡高専（工業化学科）卒業後、大東文化大学（中国文学科）、筑波大学大学院（中国文学専攻）で漢詩漢文を学ぶ。

国士舘大学名誉教授。全日本漢詩連盟会長、千葉県漢詩連盟会長。

NHK-Eテレ「吟詠」の作品解説を担当。

著書　『はじめての漢詩創作』白帝社、2005年
『漢詩と名蹟』二玄社、2009年
『漢詩の美しい言葉　季節』翔泳社、2024年
ほか共著多数

監修　『漢詩の読み方・楽しみ方』メイツ出版、2019年
『中国の伝統色』翔泳社、2023年
『美しい中国の伝統色と文様』ホビージャパン、2024年

詩集　漢詩集『花風水月』私家版、2011年

装丁・デザイン ― 天池 聖（drnco.）
装画 ― 岡添健介
本文組版 ― STELLA
印刷／製本 ― 平河工業社

**一冊で読む漢詩400**

令和7年（2025）5月5日　初版第1刷発行
令和7年（2025）7月20日　第2刷発行

編著者　**鷲野正明**
発行者　池田圭子
発行所　笠間書院
〒101-0064
東京都千代田区神田猿楽町2-2-3
電　話　03-3295-1331　FAX03-3294-0996

ISBN 978-4-305-71035-2 C0092

https://kasamashoin.jp/
mail：info@kasamashoin.co.jp